U0638698

穿越
喀斯特

谢朝平　刘月诗

著

光明日报出版社

图书在版编目（CIP）数据

穿越喀斯特 / 谢朝平, 刘月诗著. —北京：光明
日报出版社, 2022.9

ISBN 978-7-5194-6791-3

Ⅰ. ①穿… Ⅱ. ①谢… ②刘… Ⅲ. ①报告文学—中
国—当代 Ⅳ. ①I25

中国版本图书馆CIP数据核字（2022）第165268号

穿越喀斯特
CHUANYUE KASITE

著　者：谢朝平　刘月诗

责任编辑：许黛如　曲建文　　　责任校对：傅泉泽
封面设计：明鑫源　　　　　　　责任印制：曹　净

出版发行：光明日报出版社
地　　址：北京市西城区永安路 106 号，100050
电　　话：010-63169890（咨询）, 010-63131930（邮购）
传　　真：010-63131930
网　　址：http://book.gmw.cn
E - mail：gmrbcbs@gmw.cn
法律顾问：北京市兰台律师事务所龚柳方律师

印　　刷：固安兰星球彩色印刷有限公司
装　　订：固安兰星球彩色印刷有限公司
本书如有破损、缺页、装订错误，请与本社联系调换，电话：010-63131930

开　　本：170mm × 240mm
字　　数：420 千字　　　　印　　张：24.75
版　　次：2022 年 9 月第 1 版　　印　　次：2022 年 9 月第 1 次印刷
书　　号：ISBN 978-7-5194-6791-3

定　　价：66.00 元

书写绝版的贵广高铁

张平

谢朝平、刘月诗的《穿越喀斯特》，书写的是绝版的贵广高铁。

所谓"绝版"，不仅是说 857 千米的贵广线上 92.1%（贵州段）的桥隧比会成为中国高铁建设史上的绝版，还指一个桥桩柱下打出 9 层溶洞、100 多号人被"极尽折磨"两年半才浇筑成两个桥桩柱、数个桥桩柱同时有规律地升降等，肯定都会成为世界"工程禁区"建设中的绝版。而它复杂、曲折的立项、审批、建设过程，也许更会是中国高铁史上独一无二的"绝版"……

写工程建设的作品，很容易因为不能体现表达方式上的形式美和无法给读者带来心理上的刺激感而显得"不好看"。不过，初读《穿越喀斯特》，则完全超越了这种感觉——即使既无花前月下的卿卿我我，也无江湖的打打杀杀和谍战的悬念，照样能够引人入胜。无论从哪一部分"断章取义"，都能找到你熟悉并能引起强烈共鸣的元素。

中国报告文学学会前会长何建明先生如此评价谢朝平："叙事和讲故事的能力超乎想象，呈现的是一位老手和高手的水平。"

作为小说作家，我比较认可哥伦比亚著名作家马尔克斯的说法，"我们写小说的人看作品，就要看它是怎么构成的"。

我认为，《穿越喀斯特》引发的强烈共鸣，当然也包括作者结构能力的非同寻常。一个长期从事法制纪实文学创作的"门外汉"，涉猎中国高铁这种宏大叙事的重大题材，能记住高铁领域方方面面的业务和各种名词术语已属不易，驾驭陌生领域的题材并构架成一个吸引人的故事框架，还能不露痕迹地在诸多阅读节点上设置充满矛盾冲突的典型事件，张弛有度地层层推进情节，既讲叙贵广高铁"多灾多难"、一波三折的命运，又通过建设中的酸甜苦辣来反映高铁人的艰苦卓绝和与众不同的责任担当，更是难能可贵。

　　《穿越喀斯特》的故事构架大致是这样：林树森出任贵州省长时，"地无三里平，人无三分银"的贵州，去中原、去珠三角、去成渝，都只有"三线建设"时期的单线铁路。由于路况差、速度慢，成都、重庆开往华东、广东方向的12趟列车经渝怀铁路"甩开"了遵义、贵阳等大部分贵州城市，贵州铁路交通因此进一步被边缘化……

　　这期间，蕴含了无数感人的情节和动人的故事。

　　刚上任，林树森就被贵州通江达海的梦想缠绕，于是，他规划修建贵广铁路。他的规划很不顺——审批部门有人反对、"有关方面"不支持、省内很多人也将信将疑。

　　为"寻路"，贵州有过太多的历史纠结。

　　贵州曾希望中国最大的经济中心上海能够带动自己发展，但"远水解不了近渴"；遂又提出"南下北上，东连西进"的四面开花发展战略，结果无疾而终；国家曾先后把贵州划入北海和成渝经济圈，可贵州一个"圈"也没能进；后来又推出"南（宁）贵（阳）昆（明）"经济带，结果，有人给贵州送了个很伤人自尊的雅号——"丐帮联盟"……

　　穷则思变。修建贵广线的消息传来，沿途各省、（区）市、县在线路走向、设站等方面开始了激烈争夺；林树森等贵州领导也在立项、审批、工程变更等环节闯关夺隘，终于推着贵广高铁"挤"进了国家的"十一五"规划。

此后，贵广高铁成了贵广公司张建波等人和 10 万建设大军的主场，《穿越喀斯特》的场景从此也就一直浸润在贵广线危机四伏的工地和沿线特殊的社会氛围里：穿越格老山时各种不同意见的争论；为制止偷工减料行为而突袭"考文垂"；参建和监理单位为保证工程质量而"清理门户"……

贵广线正紧锣密鼓施工，2011 年，"成也萧何败也萧何"的历史宿命使中国高铁的车速连同铁路建设全都"一夜入冬"，陷入资金冻结窘境的高铁项目部分或完全停工。在贵广高铁危机重重的工程命运里，喀斯特高原那些神秘莫测的工程建筑"密码"令人触目惊心、拍案称奇，建设者在战胜恶劣地质环境时遭遇的种种工程难关也都纷纷扑面而来。

《穿越喀斯特》就是这样以贵广高铁修建过程为主线，从独特的视角复制气势磅礴、可歌可泣的贵广高铁建设史，以饱满的故事元素呈现贵广高铁线上颇具影响意义而又鲜为人知的事件和人物，把握工程人酸甜苦辣的生活质感，抓住工程人的特质去书写他们灵魂深处的涛涌。

振聋发聩，力挺八极。

在文学创作中，氛围营造的艺术价值是显而易见的。它能让人着迷于某种氛围而很快进入阅读状态，并使其沉醉于作品的情景中。

《穿越喀斯特》在氛围营造时轻描淡写与浓墨重彩相结合的笔触冷静而深邃，有张有弛的烘托刻画形成了强烈逼真的现场感和透视感，让人如临其境地触摸到工地上弥漫着的那些令人揪心的情景。

我们甚至能够感受到工人在"水帘洞"施工时的艰苦和"火焰山"是如何把他们热得昏厥；能感同身受长期在潮湿、闷热的隧道里工作的人们身上密密麻麻长满的那些湿疹、脓疮是如何让人奇痒难忍、痛苦不堪；能感觉到在离河水不到3米下的隧道施工时那种提心吊胆，让读者不禁随着工程中不断出现的险情和曲折而叹息，而扼腕。

《穿越喀斯特》文路清晰，结构完整精巧，更可贵的是在准确表达主题的同时，作品能不枝不蔓，不正面多用笔墨地揭示现实社会政治的、经济的、文化的、历史的、科技的等各个侧面。并以传统的文化品格物化于社会，对把贵广高铁当"唐僧肉"啃的钉子户，用"举报"进行不当竞争的个体老板，用"舆论监督"绑架贵广公司的个别记者等社会现象履行了适度的"干预"职责。这些能给人余味，给人启迪的笔法正是报告文学最难表现而又极需的优点——正是这种优点，显示出了作品的厚度和深度。

我以为，同小说创作一样，这部报告文学不仅塑造了形形色色的三维立体人物，也塑造了拥有七情六欲的人物精神和人物群像。

《穿越喀斯特》宣传的是正能量，作品的人物形象必须正，但作者没有把他们"正"成像神而不像人那种"高、大、全"式的英雄，作品中的正面人物优点突出，"缺点"也明显：那个喜欢站在中国地图前思考贵州问题的省长林树森，谈论贵广高铁时会显现出具有战略眼光和战略思想的特质，但他喜怒哀乐总是不加掩饰地溢于言表，人们在赞美他率直的同时，也遗憾他的"高调"、强势影响他在贵州没能走得太远。

在贵广高铁修建这盘大棋局中，张建波本可"放下"而确保自身的平安，但这样贵州会因他的"放下"而失去高铁枢纽的发展机遇，国家的铁路战略也会因此受到影响。关键时刻，张建波挺身而出，担当起建设贵广高铁的责任，碰到矛盾不上交，遇到困难不回避，面对责任不推诿——他甘愿成为具有悲剧意味的那种英雄：播种，但不参加收获……

不过，在作者笔下，带10万工程人擦亮了"中国创造"的张建波并非是完美无瑕的"榜样人物"。他也曾觉得新郑县的"高干子弟"进工务段工作太没面子，他甚至"煽动"母亲去求父亲给他换一个"坐办公室"或轻松点的工作；后来，他虽押上自己的前程和身家性命掏心掏肺地去修建贵广高铁，但危险降临时，他也曾想起孔圣人的"君子不立于危墙之下"……

这种积极写实的正面人物创作，对当代现实题材的文学创作，提供了非常有益的借鉴和探索。

《穿越喀斯特》中，作者还成功塑造了众多铁骨铮铮的硬汉形象。

力排众议单洞穿越格老山的郑大榕，一诺千金提前半年打通岩山隧道的吕保良，临危受命收拾"残局"的周长进，在天平山隧道创造奇迹的张朝阳、王毅军，带一支"地方武装"在贵广线背水一战的白宏州，长期不能回家差点被儿子"断绝父子关系"的刘志波等人物形象使贵广线上的故事变得更加厚重和悲壮，在汶川大地震时冲进办公大楼抢救设计资料的陈莹，喜欢舒婷《致橡树》的高级工程师李阳春等"女汉子"的表现也都令人肃然起敬。

在讲述这些人的故事时，作者把握住小人物的生活质感，通过多角度的描写，以真实的笔触直抵人物的内心，把一个个可信的人物留在了读者的记忆中，让我们看到了一群可敬可爱的国企工人形象……

作者用事实告诉我们，高铁人的奋斗和奉献是值得的。

贵广高铁开通后，重庆、成都、昆明、长沙、广州五条高铁齐聚贵阳，贵阳成了高铁枢纽城市，贵州的发展从被边缘化变为"左右逢源"，从此，贵州经济芝麻开花节节高——2016年，在全国28个省、市GDP的排行榜上，贵州省以10.7％的高增速排名全国第三；2021年，贵州的GDP比上年增长8.1％，比2019年增长13％……

旅游部门统计：2021年，贵州旅游接待总人数达6.44亿人次，收入6642.16亿元。而6.44亿人次的游客至少有60％坐过贵广等高铁——这就是贵广高铁的价值和意义，这就是张建波等10万建设者创造奇迹后产生的奇迹！

有人说，新闻（报告文学最基本的特征是新闻性）是历史的草稿，历史则是经过提炼的新闻。

《穿越喀斯特》就是这样的"历史"和"草稿"。

这样的"历史"和"草稿"，注定会成为"经典"。

是为序。

（张平，全国人大常委会常务委员，全国人大教科文卫副主任，历任山西省作家协会主席，山西省副省长，中国作家协会第七、第八、第九届副主席，中国文联第十届副主席。）

目 录

第四章 决战"滑铁卢"

第五章 贵广脊梁

第六章 "贵以道惠民"

引　子

　　2014 年 12 月 26 日上午 8 时，贵广高铁的首发列车在贵阳观山湖东站一声长啸，宣告贵州正式迈入了高铁时代。回望贵广路，我们看到，6 年建设历程，10 万建设大军在西南高原那片喀斯特"禁区"用智慧和汗水成就着中国高铁的梦想与精彩。

　　有人说，将不可思议的事情变成现实便是创造，便是价值。如今，10 万人创造的精彩和价值连同他们"不畏艰险、勇于创新，精诚协作，领跑行业"的贵广精神已经印在了中国高铁建设史的"底片"上，成为人们心目中最珍贵的国家记忆。

——采访手记

第一章

一个省长和一条高铁

每个时代都有一个阶层要背负着特殊的使命。

贵州省第14任省长林树森注定会因为这样的使命成为贵广路上一个符号性的人物。

到中组部任职谈话那天，他摊开一张中国地图寻找"夜郎国"历史和现实的切合点，规划出了贵广高铁，也规划出了自己的贵州使命。

第一节　林树森的贵州使命

1

后来，人们都说，没有林树森就没有贵广高铁。

据说，贵广高铁开通时，贵阳城里有位读过几天私塾的"老夫子"写了这样一副对联：

无林公则无贵广，

有坦途全凭斯人。

这副对联很合民意，在 2014 年之后的几年里，贵广高铁沿途很多人都喜欢在门上贴这副对联。

被人们口口相传的不仅只是一副对联。

几年后，林树森卸任贵州省省长。当他的背影消失在赴任全国政协常委的路途时，却很难从贵州人的视野里"谢幕"——即使乡间那些不怎么出门的农民也都认为："林树森是贵广高铁的贵人，也是贵州百姓的贵人。"更有人评价："林树森是贵州的张之洞。他几招就把贵州给盘活了！"

对林树森的离开，很多人都伤感地嗟叹："这是贵州最大的损失……"贵州的人们觉得，林树森这个广东汕头老头儿就是他们的福星。

"福星"是 2006 年 6 月下旬的一天升起在贵州高原的——那天，中央组织部召见时任广州市委书记的林树森例行任职谈话，要他到贵州担任省委副书记，准备参选贵州的第 14 任省长。于是，他成了主政一方的"封疆大吏"，也正是从那个时候起，这个与铁路建设八竿子不搭界的人一下被历史推到了筹划贵广高铁的"主角"位置。

对这次任命谈话后的心情，林树森后来向记者回忆说："在北京，中央找我谈话，要我到贵州工作。虽在考察公示时就已知道会接受这次任命，但这么快就任命谈话，还是感到有些仓促急迫，甚至还有点茫然……"

从北京西长安大街 80 号的中组部出来，回到这次北京之行的住处西单广州大厦时，林树森的神色里依旧流露着一种莫名的忐忑。那张为官几十年仍不

"富态"，仍然没有多少城府甚至是有些平淡无奇的脸上充满了忧郁与严肃。

从市领导"进步"到省领导，林树森也许应该呈现出人之常情的那种欣喜之情——再不济，脸上也应该挂一点儿志得意满的笑容。但一个长期采访领导的摄影记者说："即使有升迁之喜，也很难捕捉到林老头儿的笑容，更别说志得意满的那种笑容。"

他是个笑点很低且又不会装笑的人，即使出席有重要领导参加的场合，他也不会像有些人那样咧着个嘴很经典地假笑、媚笑——本来，他知道笑是一种没有副作用的镇静剂，但他觉得老违心地装笑会损伤肌肉，影响心理健康。于是，只有情到自然时，他才会真诚地、发自内心地笑。他放达无忌的笑意中会充满一种洗练后的人生那种完全直白的真实表露，一点儿也不会有官场常见的那种一本正经和矜持。

但眼下，陌生的贵州和贵州那些无法让人乐观的现状使他笑不出来，也使他无法不如此志忑茫然。

中学课本里"夜郎自大"和"黔驴技穷"的故事构成了林树森当年对贵州最主要的了解和印象。那时，他还为贵州鸣不平：古夜郎国王只不过向汉使问了句汉与夜郎谁大，怎么就让世人贻笑千年，使贵州永遭贬损？柳宗元老先生明明说"黔无驴"，是"好事者""船载以人"，被老虎吃掉后怎么就成了"黔驴"并被用来嘲讽贵州人？

不过，林树森也曾从另一个角度思考过：是什么原因使夜郎国王那样妄自尊大地去询问汉使——是他愚昧无知？还是因为夜郎国交通信息闭塞使他不知道山外有山？还有，"好事者"为什么要费尽周章地把那头外地毛驴弄到贵州？柳老先生是想以此批评不顾实情，贸然引进最终造成毛驴被荒废扼杀的好事者？还是想告诉后人，不要被貌似强大的敌人吓倒，要以敢于斗争、善于斗争的精神去争取胜利？

中国文化博大精深，每个成语都蕴含着丰富的智慧和深刻的人生哲理。林树森觉得，就要到贵州工作了，自己真应该好好琢磨琢磨古人那些关于黔地的故事，更应该熟悉"黔驴"和夜郎国王曾经生存的那个地方。

对2006年之前的贵州，林树森实在没有多少了解，只是2005年6月，他有机会随广东省党政代表团到贵州进行过为期3天的访问。那次，他考察了贵阳市的金阳新区、南明河治理和"老干妈"风味食品后，还去了遵义会议会址，到红军山向烈士陵园敬献了花篮。

林树森对贵州的接触与了解，仅此而已。

此外，他还听说过一些关于贵州的只言片语。什么"一棵树、一座楼、一瓶酒"（黄果树瀑布、遵义会议会址那座楼和茅台酒），什么"欠发达、欠开发"，什么"中国的非洲""西部的西部""短板中的短板"，什么"不沿海、不沿江、不沿边，八山一水一分田"，还有什么"天无三日晴，地无三里平，人无三分银"……

似乎人世间那些最荒芜寂寥的字眼和可以用来形容贫穷落后的词汇，几乎全都不幸集中到了中国这个偏远的省份，烘托出了一种凝重肃杀的氛围，令人为贵州百姓艰难的生存环境而叹息，而扼腕。

从众定式的惯性思维往往会使人产生非正常的不饥而食，不困而眠，不愠而吼，进而在潜意识里形成一种先入为主的"偏见"——现在，就要到人们所说的"中国的非洲""西部的西部"去任职了，"偏见"使林树森实在难以很快就进入"一棵树、一座楼、一瓶酒"那种凄苦的意境之中。"不沿海、不沿江、不沿边，八山一水一分田""天无三日晴，地无三里平，人无三分银"，这些令人沉重的长短句则像一排排巨浪汇成的狂潮，不断扑击着他的心灵之岸，使其心绪如麻，悲怆之感油然而生。

从中组部任职谈话回到住处后，林树森慢慢沉静下来，坐在沙发上，努力调整自己被定式思维和"偏见"影响的心绪，试图摆脱描绘贵州那些文字的纠缠。

但他的心情并未得到根本的改变，烦乱的目光和眉宇间依然隐现着一丝淡淡的阴云。

此时此刻，林树森表现出的无法马上进入角色的状态和这种状态中蕴含的任何忐忑惆怅甚至是迷茫恍惚都完全可以理解——毕竟，几十年来，他从未离开富庶的广东去外省工作过。毕竟，在广州这座国际大都市辛勤地耕耘了十多年，他的执政理念和工作方式已被这里的官员和百姓接受，他的政绩，他的人脉资源和他的情感以及他的亲人都留在了这片热土上。

顺风顺水，功成名就之时，却突然要去一个十分贫穷且完全陌生的地方，那种本能的心理不适可想而知——大凡了解一点广州和贵州经济现状的人也都不难想象，此次调动，对他这个今后要主抓一省经济发展的"封疆大吏"将意味着什么。

也许，意识到此去贵州可能会"水土不服"时，谁都会笑不出来并难免产生一丝半点的沉郁。

不过，林树森这种沉郁的情绪是短暂的。很快，他站起身，踱到广州大厦临北的那扇大玻璃窗前极目远望，把一幅壮美的景色尽收眼底：紫禁城的殿宇和黄瓦飞檐连绵成片，满天晚霞把天安门、故宫、北海等景观浸染得金碧辉煌，光彩夺目。中南海、北海的水面波光粼粼，中轴线上的钟鼓楼、前门等建筑物很容易把人带入古劲苍茫、壮怀激烈的意境……

眼前这壮美的意境唤起了林树森心中的雄风，令他精神为之一振——他那闪射着智慧光芒的眼神可以让人感觉到，生命之火已重在他的灵魂深处蓬勃燃烧。

60岁之际被中央委以重任，他自有老骥伏枥，不辱使命的豪情壮志，甚至一种"壮士一去不复还"的气概和情怀也油然而生。但贵州那"不沿海、不沿江、不沿边"的地域环境又难免让他有点诚惶诚恐、如履薄冰。与此同时，一种到了65岁正部级退休年龄时仍不能解决贵州"人无三分银"的担心和着一丝"夕阳无限好，只是近黄昏"的凄惶，也情不自禁地掠过了他的心头……

那丝凄惶也是转瞬即逝。这位极具个性，一向较为"高调"的广东汕头人，一贯以率直强势、果断敢言闻名广东官场，虽然有人遗憾他的太过直率使他没能在贵州走得太远，但积极的人生观和年轻的心理年龄使他始终充满自持、自信，年近六旬依旧有着"老夫喜作黄昏颂，满目青山夕照明"那种宝刀不老、志在千里的昂扬斗志。

广州官场和民间对林树森的这种状态评价很高，说他已近"耳顺"，照样老而强健，不失风采。话传到林树森那里，他哈哈一笑道："但求夕阳无限好，何必惆怅近黄昏？"

他的强健和风采不仅仅表现在精神层面，林树森夜以继日、宵衣旰食的工作状态，也可以看出他旺盛充沛的精力和令他骄傲的那种"力可拔山"的健壮体魄。2006年初夏，为带动万人畅游珠江的活动，林树森同1200余人一起彩排，以蛙泳的姿势用24分钟游完了珠江中大码头至星海音乐厅之间的800米江面。对非职业且已60岁的畅游选手来说，这很考验体力，更考验毅力。但主持那次畅游彩排的广州市政府秘书长陈国告诉记者："林书记棒极了，他是第一个游上岸的！"

也许正是看重林树森在广州10年政绩不凡，有东部工作经验又体魄健壮，中央才在他从政年龄即将"到点"之时让他前去西南，主政贵州。

这种信任和重用把比泰山还重的担子沉甸甸地压在了林树森的肩上，从中组部回到广州大厦后，他的耳畔一直回响着中组部领导任职谈话时的内容："树森同志，中央对 60 岁的老同志很少做出这样的安排。现在让你去贵州，这对你是一种信任，更是一种使命和责任。"中组部领导语重心长地说："贵州还很落后很穷啊，树森同志，去后要为贵州，为贵州的百姓多做些事情——多做那种不朽的事情！"

中组部领导意味深长的话语让林树森更觉责任重大。怎样才能不辱使命，做出不朽之事？怎样才能扭转贵州落后的局面？我能使这个"西部的西部"摆脱"人无三分银"的贫困日子吗？

一丝焦虑悄悄涌上了林树森的心头，无形的压力和紧迫感使他的思绪有些繁杂纷乱。他从窗前沉重转身，缓缓绕过茶几在沙发上坐下，摘下眼镜，双目微闭，一边用五指轻轻捋着数年一贯的"自由式"发型一边苦苦思索。良久，他似乎想到了什么，两眼一亮，猛地从沙发里站起，迅速换上平时常爱穿的那件 T 恤，离开房间下楼，步履匆匆地走进夕阳的余晖里。

他是要去买张地图。

这次外出，林树森没有要车，也没有带秘书。在广州时，他已养成了像平常人那样穿一件普通 T 恤去跑步，去逛书店。有时，他甚至还像个斤斤计较的退休老头儿在菜市场与人讨价还价，了解商贩和市民们共同的价格底线。

他身边的工作人员感慨说，真正的大人物，是那种身居高位却仍懂得去做平常人的人。

林树森说，走出市委大院，自己本来就是一个平常人，平常人就得有个平常人的样，像进书店买张地图这种小事，没必要前呼后拥。何况对北京西单一带的地形他十分熟悉，以他一向喜欢健步快走的习惯，广州大厦到天安门步行 20 分钟内就可到达，而到西长安街电报大楼旁的北京图书大厦七八分钟即可，根本不用谁带路就能找到那里。

他从西单横二条甲 3 号出来进入熙熙攘攘的西单商业街，然后沿着汉光百货大厦旁那条长巷拐进西单文化广场，再步入北京图书大厦……

1 小时后，林树森从图书大厦出来时已是满载而归，他一手拎着几本与贵州相关的书，一手握着卷成筒状的地图，顺原路匆匆回到广州大厦。然后，在房间的茶几上展开那张刚买来的 1∶100 万的中国地图，把眼镜认真擦拭一番后戴上，这才俯下身子凑近地图仔细端详起来。

后来，林树森曾告诉记者："缩绘的地图让我把整个西南和华南的山川河流一览无余，那一瞬间，我有了灵感，思路也开阔起来，从而确定了发展贵州经济的定位和格局。"

林树森的思路和他所说的定位、格局这些东西都很重要：世上很多事情都是思路决定出路。对事情的定位不同，也就会有不同的格局，有一种说法是格局有多大，天地就有多大。

调制"心灵鸡汤"的人曾勾兑了这样一个故事：三个泥瓦匠去应聘，第一个说自己工作的意义是砌砖；第二个说自己砌砖可建造摩天大楼；第三个则说自己砌砖能建设一座大都市。

10年后，第一个泥瓦匠还是个普通的建筑工人，第二个成了工程师，第三个则成了开发商。

由此可见，"眼界决定高度，高度决定境界，境界决定格局，格局决定结局"这样的说法还是很符合芸芸众生的生存逻辑的。

"不谋万世者，不足谋一时；不谋全局者，不足谋一域。"所以，定位和格局这些东西对领导的决策也同样十分重要。正因为林树森拥有"谋"贵州发展之"万世"和"全局"的特质，他才能从那张地图上找到破解贵州发展困局的思路，决策出了改变贵州甚至是改变西南、华南交通面貌的大格局。

事后，林树森写文章回忆说："那天，我在那张地图前久久注视西南的贵州和华南的广州，认真记住标示在两者之间的山川河流，测算其间的距离，从中寻找出贵州历史和现实的切合点，规划其发展的出路……"

很多年前，在广东的基层任职时林树森就宣传"要想富，先修路"。但要去贵州当省长时，他才知道，贵阳至广州的火车需经由湘黔铁路东行至湖南株洲，然后再转京广线南下，东拐西绕近23小时才能到达广州。不仅耗费时间，且给本来就已不堪重负的京广线增加了更大的负担。

所以那天，林树森在中国地图前给贵州规划的"出路"首先就是要修一条取直线经广西桂林、贺州等地直达广州的高速铁路——2006年就能跑200千米时速的那种高速铁路，让发达地区的人能够方便地进入贵州，让贵州人能够方便地走出大山，在思想、经济等方面接受广州、深圳一带的影响和辐射，从而改变其落后面貌。

现在，中国高铁的时速动辄就跑300或350千米，时速200千米的火车已经不足挂齿。但要知道，2006年那阵，林树森规划修建时速200千米的铁路在当时已经非常前卫。

20 世纪 90 年代，世界上的高速铁路越来越多，行车时速都在 200 千米以上。而那时，中国还在为京沪高速铁路究竟是"兴建高速新线"还是"改造提速旧线"两种方案争论得面红耳赤，致使该项目被搁置多年。中国客运列车平均 40 千米左右的时速也就一直"保持"到了开始铁路大提速的 1997 年。

到 2001 年，中国第一条达到亚高铁指标的广深动车组列车终于跑出了 160 千米的时速。但那时，中国还没有高铁的概念——2004 年 1 月 21 日，国务院审议通过的《中长期铁路网规划》才设计了时速指标为 200 千米的客运专线，高铁的概念也才从国家的层面正式确定了下来。

而林树森在北京的广州大厦看中国地图那天下午，他给贵州设想的那条"出路"就是按照时速 200 千米的标准规划贵广客运列车的。只是可惜，当时因为种种原因，贵广铁路必须附加时速 120 千米的货运列车。所以，林树森当初设想的贵广铁路不是客运专线，也不能算是高铁。

当时，根本就没有谁打算从贵州向广州修高铁。

在国务院 2004 年审批的那份《中长期铁路网规划》的高速铁路宏图中，林树森发现，国家投资 2 万亿元，到 2020 年前建设 1.2 万千米时速 200 千米以上的"四纵四横"铁路客运专线线路里，西部只有兰州、重庆、成都、西安有高铁到达，贵阳没有。并且，经过这几个城市的路线只有东西走向，没有南北走向的高铁。

所以林树森在广州大厦看中国地图那天，把《中长期铁路网规划》反复研究后，他得出了这样的结论：这是一个并不完善且很受局限的高铁蓝图！

按照林树森的这个评价标准，国家后来规划的西部高铁蓝图也仍受局限仍不完善：2007 年，国家发改委的《综合交通网中长期发展规划》提出了"五横五纵"国家综合交通运输大通道的概念。这个"概念"颁布的时间是在贵广铁路补充列入"十一五"计划之后，"包头至广州运输大通道规划线路"中虽然加上了贵广铁路项目，但当时，贵广铁路是作为客货共线铁路列入计划的，而不是以高铁的身份加入的"概念"。

2008 年，《中长期铁路网规划》再次进行调整。"四纵四横"中，有东西走向的沪昆客运专线经过贵阳，但西部依然没有南北走向的高铁。

这些都是不久后林树森想弥补中国高铁网络中的"短板"，千方百计地把客货共线的贵广铁路变更为贵广客运专线的根本原因。

林树森把自己关在宾馆里看中国地图的那天下午，他脑海中也曾闪现过要打破西部没有南北走向客运专线这一局限的念头。

但这样的念头很快被林树森打消。他明白：这个世界上，可以一蹴而就的好事毕竟太少。眼下，受周边环境、政策规定及国家规划等因素局限，自己能搞一条从贵阳到广州的客货共线大通道就已经相当不错了，一步到位地去搞一条客运专线——那样虽好，但难度太大——堪比登天！

难度太大的好事往往会寸步难行。于是，他决定还是一步一步地走好眼前的路……

西长安街华灯初上时，林树森终于以两点连线的理论，用笔和直尺在那张中国地图上把贵阳和广州联结起来进入了他的设计构想。

直线打通一条从贵阳到广州的大通道设想形成时，林树森兴奋地想：今后，这条铁路通过升级改造，对于改变西南、华南的交通格局，促进区域发展将产生重要而深远的影响！

从那一刻起，林树森已被贵州通江达海的梦想深缠。

2

2006 年 7 月 20 日，新华社发布消息：7 月 19 日，贵州省十届人大常委会第 22 次会议决定任命林树森同志为贵州省副省长，并决定由其代理贵州省省长职务……

人们看到这则消息时，林树森已于 20 多天前从广州飞抵贵阳，履行中共中央任命的贵州省委副书记一职。

对林树森的到任，贵州省政府的官员们表示，贵州上上下下对来自沿海发达地区的林树森同志抱有很高的期待。因为，"改革开放 20 年，广东一直是排头兵，我们相信，他能给贵州带来新思维、新发展和新面貌"。

一些记者在追述林树森从政的"前世今生"的同时，也迫不及待地揣测他将如何在贵州"新官上任三把火"。

翻开媒体的文章，可以看到林树森在广东几十年间可圈可点的精彩人生。

从 1970 年毕业于广东工学院土木建筑工程专业到 1996 年步入广东政坛要职，林树森跋涉了 26 年。26 年间，经历了从一个县纤维厂技术员到县工业局干部，再到广东省惠阳地区行署常务副专员、广东省政府副秘书长、广东省计划委员会主任等职务的磨砺后，1997 年到 2006 年，在广州这个国际大都市任市长、书记又是 10 年。

一位对政界颇多微词的学者在评价林树森主政广州的工作时，却毫不吝啬地使用了许多赞美的句子："这 10 年，他首先是一个城市战略家。他对整个城市的发展有一个整体的思考和思路，对城市空间和产业布局的调整，有他独到的思考。这在国内城市的主官中并不多见……"

人们还记得，林树森在任上先后敲定的广州新白云机场及南沙开发区等重要项目，为广州的长远发展奠立了基础。后来，他写的那部"虽不够精细却能很好了解广州城市建设发展"的《广州城记》，讲述的就是他如何从战略规划、城市道路交通、生态城市等方面治理广州。

在广州的 10 年，林树森用自己的坚持保住了这座曾经受到严峻挑战的城市的先进性，还保住了中心城市的枢纽性设施。白云大机场、南沙大港口、亚洲最大的火车站、延伸成网的地铁，撑开了整个广州的城市布局。地铁一、二号线，内环路建设，九运会场地，城市绿化，大学城建设，老城区修整及珠江两岸灯光工程……都是广州百姓念念不忘并大加赞赏的利民工程。此外，以汽车为代表的广州工业和国有企业群体也大大得到复兴。在林树森去贵州前，广州人均生产总值已达 8500 美元。

前国务院总理朱镕基以前一直对广州印象不好，说广州"脏、乱、差，到处乱糟糟的，农村不像农村，城市不像城市"。2001 年 10 月到广州视察，朱镕基总理却赞不绝口："广州这几年来整个基础设施建设、房子建设、市容、市貌建设都有很大的变化。这样一个包袱沉重的老城市能够做到今天这个程度，真是很不容易。"

3

贵广铁路公司原总经理张建波，现任（天）津保（定）、津秦（皇岛）铁路公司总经理评价林树森"具有战略眼光和战略思想，是一个层次较高的政治家和实干家"。

如今，已经交往十多年却仍听不懂林树森讲"广东普通话"的张建波对他十分敬佩的这位忘年之交还是有些不解："一直生活、工作在南方，但他怎么完全就是一个北方人性格？"

张建波把林树森的"北方人性格"概括为"为人诚挚、耿直刚强，逻辑思维能力超强，说话粗声大气，喜怒哀乐总是不加掩饰地溢于言表"。

不过，张建波认为，"林树森的这种性格只是一种表象。他的道德风范形成足够的正气，搭配上智慧和强悍，那股清高和超凡脱俗的傲骨，实际上已成为某种人格力量"。

文人墨客把官场之人分为两种：一种是官，一种是吏。有个作家说："一群人在一起，那个将头扬得最高的，肯定是官，那些俯首帖耳跟在身边的，肯定是吏。"

知道林树森的那些老百姓对官场的观察没有文人那么细致，他们对官的归类泾渭分明：一种是清官，一种是贪官。

林树森也把官场的人归类为两种：一种是当官的，一种是干事的。

他认为自己属于后者。

2006 年夏天，林树森到贵州履职时，中国经济已从计划经济时代的"摸着石头过河"向按规则出牌转变。一个新省长上任，想再让中央财政"拉兄弟一把"已不可能，得靠自己干、自己解决和改变本省的经济问题。

林树森一定会用"干事"的方式去改变贵州面貌无人怀疑，大家只是不知道他会在贵州怎样"干事"——有人猜测：林树森在广州从政的亮点总是与建设有关，到贵州后，他工作的重心肯定也会同工程有关。

果然，林树森这次搞了个比新白云机场、南沙大港口都还大许多的工程——他要把自己 20 多天前从中国地图上给贵州寻找的那个"出路"开辟出来，在满是喀斯特地貌的贵州高原上修一条铁路，直线打通贵阳到广州的大通道！

2006 年 7 月 20 日的《贵州都市报》报道说，贵州省某领导在接受《南方都市报》专访时透露，林树森代省长一到贵州，就在谋划修建广州到贵阳的高速公路和直通铁路。建成后，从广州到贵阳只要 8 小时和 4 小时左右，将为两省、市带来更多双赢机会……

后来，林树森整理的那篇《树森谈贵广高铁》也证实了《贵州都市报》的那则消息。他在文章中写下了这样一段话：

2006 年 7 月 18 日，我从贵州省委到省政府上班。7 月 20 日，在省政府全体成员会议上提出要建设贵广高铁和贵广高速公路的建议。在地图上看，两条线路几乎是重叠的。原来没有这个通道，现在一下子又修高速公路又修高铁，肯定会引起非议。为了避人耳目，只好把贵广高速公路搭上国家高速公路网已有的厦蓉高速公路的名字，使两项工程可以同时进行建设……

人们常说，中国的事情是复杂的。所以，在复杂的中国社会，为了干成同时建设贵广高铁和贵广高速公路这种"关卡"很多的事情，林树森也难免要耍点"避人耳目"的小技巧、小手段。否则，他的时间和精力都会耗在扯皮的事情上。

对于这种扯皮的事情，广西桂林市铁建办副主任王文杰屡见不鲜。

王副主任 1991 年就在市计委和交通能源科工作，对铁路、公路工程建设的运行周期比较了解，以他之前的经验，"修一条铁路，尤其是修一条跨越三省、区的高铁，没有 7 至 10 年的时间去协调那些乱七八糟的扯皮事是开不了工的"。

后来担任贵广铁路公司副总经理的曾维德也有同感——2006 年 8 月下旬，他从成都铁路局工务处调计划处任处长，上午刚宣布，下午局长就火急火燎地催他快到贵阳去，说要建贵广铁路了，贵州省的领导同铁道部（注：2013 年改革时，不再保留铁道部，组建国家铁路局，由交通部管理，承担原铁道部的其他行政职责；组建中国铁路总公司，承担铁道部的企业职责。书中涉及改革前的讲述仍称铁道部）计划司的司长要商谈有关事宜，"让我赶紧去陪同一下，不要影响了工程"。

当时，曾维德觉得局长太性急，说："忙啥子嘛，这事没有三五年肯定搞不成，何必在乎这一天半天？"

结果，令王文杰、曾维德都没有想到的是，"搞成"贵广铁路没有用三五年，更没有出现 7 至 10 年的"扯皮"，从立项到动工只用了 10 个月！

二人连连赞叹：贵广铁路从提出到补编列入"十一五"规划，再到预可行性报告、咨询评估到立项仅用了 10 个月，这在世界上也是绝无仅有的，堪称奇迹！

显然，王文杰、曾维德当初对搞定贵广铁路的误判是因为他们太不了解林树森的行事作风，更是低估了林树森对贵广铁路的"作用力"。

2006 年下半年，为把贵广铁路和高速公路的修建摆上议事日程，林树森一直马不停蹄地奔走相告，上下疏通。

他实在有些着急。上任后，广州市与贵州省对比的几组数据深深地烙印在他的脑海里，时时强烈地刺激着他——

广州市的人口仅为贵州的 1/6，面积不足贵州的 1/24。

但是，4000 多万人口，17.6 万平方千米国土面积，9 个地级行政区划单位，88 个县级单位的贵州，2005 年的财政总收入不到广州市的 1/4，GDP 只是广州市的 1/3！

贵州的生产总值最辉煌的是 1959 年，占全国生产总值的 1.63%，1994 年以后，一直在 1.1% 以下，人均只有全国平均水平的 1/3。

贵州百姓的贫困更令林树森震惊——全省贫困人口 255 万，占全国贫困人口总数的 12%！

这些数字强烈地刺痛着林树森的神经，成了心中无法排解的难过。

到任后，林树森在秘书准备的资料中看到了很多令贵州人沾沾自喜的"优势"——比如，烟、酒、中药材和汽车零部件生产。但一经比较，他发现各种优势都面临丧失的危险：贵州的烤烟和卷烟生产不如云南，酿酒不如四川，铝及铝加工不如广西，汽车零部件生产不如重庆，中成药生产不如四川、广西和湖南。

抽查 1995 年以来外资投资情况，林树森进一步发现了贵州与毗邻省区的差距。

一是外商投资企业少。1995 年，贵州全省外商投资企业 997 家，投资总额 196921 万美元，注册资本 167183 万美元，其中外方资本 95402 万美元；而四川是 5897 家，投资总额 1268022 万美元，注册资本 930253 万美元，外方资本 497587 万美元；广西 4876 家，投资总额 1345334 万美元，注册资本 486254 万美元，外方资本 496966 万美元；云南 1286 家，投资总额 286967 万美元，注册资本 193779 万美元，外方资本 259654 万美元。

二是出口贸易总额占全国生产总值比重少。1995 年，全省出口贸易额 44269 万美元，占国内生产总值的 5.85%；而云南 125753 万美元，占 8.7%；广西 170181 万美元，占 8.83%。贵州比云桂两省区分别低 2.83 和 2.96 个百分点。

所有资料都无不显示：外资不到贵州来，贵州的产品出不去，根本的原因都是因为交通不便……

如今，面对林树森重提贵广高铁时的谈笑自若，谁也无法想象他当年痛心疾首的模样。人们后来知道的是，自从到贵州代理省长那天起，他就非常清楚：自己拿到的不是一手"好牌"……

当贵州的上上下下都等着新省长"烧三把火"时，林树森还成天在省内的城乡忙前忙后地盘点"家底"，寻找破解贵州"牌局"的招数。

很快，他出"牌"了：首先，以增加农民收入为核心，把尽可能多的土地用于发展经济作物；其次，实行生态移民，逐步把山民们迁到山下，改善他们的居住环境；再次是修路，他说："山地丘陵占全省面积93%的贵州不改变交通格局，实现经济跨越发展不过是一枕黄粱的梦幻。"在广州一直都主张实干兴市的他明白，要振兴贵州，必须尽快把那个"直线打通贵阳到广州大通道"的规划付诸实施，同时搞好公路交通，让农民把自己的农土特产品运到山外去赚钱，让他们坐贵广高铁到广州、珠海、桂林等城市打工……

开局不凡，出手大气磅礴——2006年那个闷热的夏天，林树森调研离开省交通厅不久，十多条高速公路项目就开始在全省实施。按计划，六七年后，全省高速公路通车里程可达到1700千米，初步形成南北贯通、东西相连、干支结合的高速高等级公路主骨架。此外，东接湖南，西连云南，北上四川、重庆，南下广西的"十"字形高速公路、高等级公路框架也同时在贵州高原搭建……

4

林树森到任50天后的8月18日，贵州省政府向国务院和有关国家领导人上报《关于加快建设贵阳至广州快速铁路有关问题的请示报告》等材料。知道"上边"把报送的材料都批转给了有关部门，林树森带着副省长包克辛、孙国强和省长助理郝嘉伍，省政府副秘书长林积及张克湘、唐德智、刘远坤等官员兴冲冲地到北京"跑程序"。

最初遭遇的是一盆冷水。一些部门和专家一听就直摇头："在贵州高原这种喀斯特地貌上修高铁，悬！"

某部门的一位领导跟他"探讨"："林省长，西部条件那么差，又没有多少人，有必要修高铁吗？你修高铁给谁坐？"

有人还用不容置疑的口气告诉他："林省长，别费劲了，不要说不可能在贵州修高铁，京广线以西都没有必要修高铁！"

更有理由让林树森知难而退的现实是：铁道部制订的全国铁路网修建的

"十一五"规划中没有贵广铁路——接待的人说，这么大的工程，首先要列入五年计划才有后续工作可做。这次，贵广铁路没有能列入"十一五"规划，只能5年后列入"十二五"规划了。

接待的人学着外国人的样子耸耸肩，两手一摊，说："林省长，爱莫能助，5年后你们再来吧……"

当时，别说一个普通的接待人员，即使是部委的领导也会"爱莫能助"——因为，贵州向国家提出修贵广铁路时，"十一五"规划已经实施8个多月。按常规，此时是不会有谁考虑搞什么贵广铁路的。

"跑程序"不顺，林树森有些沮丧。

同去北京"跑程序"的一位官员突然想起："我们的贵（阳）珠（海）铁路不是已经列入'十一五'规划了吗？既然修建方向都差不多，调换一下规划不就行了吗？"

这位官员说的是几年前贵州做出的一个重要决策。在那篇《树森谈贵广高铁》的回忆文章中，林树森写道：……当时的贵州省委、省政府主要领导为和珠三角密切关系，于2004年8月31日同铁道部的代表就加快贵州铁道建设的有关问题进行座谈。8个月后的2005年4月3日，贵州省与铁道部签署关于加快贵州铁路建设和运输发展的协议，确定争取"十一五"规划期间开工合建贵珠铁路。

缺乏落实，有时会把协议变得纸上谈兵一样毫无价值。

《贵珠铁路协议》签署后，在轰轰烈烈的氛围中石沉大海。直到2006年6月8日，《贵州日报》才报道：在6月6日的"珠洽会"上，贵阳至珠海铁路项目吸引了众多与会者的"眼球"。该报道称，这段铁路将途经贵州、广西和广东三省区，全长990多千米，其中贵州境内255千米。目前，贵珠铁路建设已经列入铁道部"十一五"规划，预计2010年建成，项目总投资282亿元。该铁路的修建将为贵州开辟出海新通道。

林树森明白，贵珠铁路虽与自己构想的贵广铁路在线路走向、速度、建设标准上都相差甚远，但它已列入"十一五"规划，若能按部就班地实施，对已有被边沿化危机的贵州铁路也不失是一次机会。可是，在缺乏落实的背景下，所有的好运和机会注定是要用来错过的——贵珠铁路最终成了贵州人追悔莫及的回忆！

眼下，刚刚提出贵广铁路方案就又遭反对，林树森清楚地意识到：要么闯关夺隘，使贵广铁路"挤"进"十一五"的"程序"，要么知难而退，让其胎死腹中，等 5 年后再来为贵广铁路"投胎"立项，等待渺茫的审批。

到那时，反对的人也许还会反对，反对的理由照样存在，贵广铁路也就还会因这些反对的人和他们的反对理由而继续与好运和机会擦肩而过。

想到这些，林树森不由得急了：什么贵州的喀斯特地貌不适合修高铁，西部条件差修高铁没有人坐，京广线以西都没有必要修高铁，统统都是那些怀有偏见的人推脱搪塞的危言耸听！

"贵州等不起！不等了！"林树森决定让贵广铁路方案闯关夺隘。

与同行的包克辛、孙国强、刘远坤及跑各部委的几路人马一合计，林树森做出了一个后来证实还是比较准确的判断：贵广铁路有贵人相助，它"挤"进"十一五"的"程序"有一定希望。

林树森一行到京后，铁道部副部长卢春房、总调度长吴强、总经济师兼发展计划司司长黄民等人听取了贵州方面的汇报。

林树森后来回忆说，"铁道部的几位领导用很肯定的态度表示他们支持修贵广铁路，但他们也提醒：关键是要国家发改委批准立项"。接着，几人简略介绍了铁路建设审批程序各个环节的难点之后，还透露第一关要过的是国家发改委基础产业司的王庆云司长。

与林树森一同从广州到贵州任省政府副秘书长的林积是个非常精明能干的人，铁道部的会议还未结束，他已约好了发改委王庆云司长。

在那篇回忆文章中，林树森心怀感激地写道：王庆云司长很关心和支持贵州的工作，明白了贵州的意图和思考了贵广铁路对贵州经济社会发展的意义之后，明知有很多难处，他还是表示要想法将其补充列入"十一五"规划。

就在与铁道部沟通的那天下午，国家发改委副主任张茅及有关司局领导听取了贵州省政府的汇报。张茅等人表示支持贵广铁路建设。林树森的回忆文章中特别提道："会议期间，发改委的投资司长一直在低头研究我们的汇报材料，轮到他发言时，很简单地说了一句话：看来，解决贵州的问题只能修这条铁路。"

参加那次会议的一位官员回忆说，会上没有明显的反对声音，但对贵广铁路如何操作也没有明确的答复。

久居官场的林树森等人知道，这种模糊不清的支持往往是靠不住的。他告诉同僚们：贵广路计划还未成功，同志仍须努力！

通过种种努力，他们终于见到了原国家发改委的马凯主任和陈德铭、张国宝等副主任。"各位领导听完汇报之后都表示支持。"林树森一行终于松了一口气。

国土资源部最热情，时任部长孙文盛不单答应把贵广"两高"用地指标列入计划，还亲自出面在部里的饭堂请林树森等人吃饭。在听取汇报和考察后，在两项目未予立项之前，国土资源部就出函明确支持贵州"两高"项目的用地指标。

5

为万无一失，林树森还向时任总理温家宝做了专题汇报。

在那篇回忆贵广铁路的文章中，林树森写道："8 月 19 日至 25 日之间，承蒙领导的关心，我有机会单独向时任总理温家宝同志和曾培炎副总理做了一次详细汇报。"

对这次汇报，有人说林树森"走上层路线"。他笑称自己是为贵广铁路"接受总理面试"。

这次"面试"进行了一个多小时。但林树森在回忆中只有短短的一句"温总理听了汇报并询问了一些有关情况，表示会关心和支持这条铁路的建设"。

对这次"面试"的内容虽然没有详细记录，但林树森清楚地意识到：贵广铁路将是自己贵州使命的一个重要内容，也是自己必须向中央交上的一份答卷。

从北京回贵州，飞机飞临龙洞堡机场上空时，林树森突然有一种到贵州赶考的感觉。他有些动情地想："今后，我就是一个贵州考生了！"

而林树森身边的工作人员发现：林省长像一个运筹帷幄的将军，时常站在办公室那张中国地图前，目光顺着他的"贵广战场"缓缓移动……

他在心里反复揣着这道"贵州考题"的重点和难点，进而整理"答题"的思路。

"贵广铁路的深层次意义是从理论和实践上解决经济社会落后地区如何修高铁，从而完善整个西部的高铁网。"林树森觉得：恶劣的地理环境和交通条件制约了贵州的发展，矿产品和农副产品向外运输困难，贵州的城市对经济的带动功能极差。

他曾经看到过这样一个资料：某权威机构把西部地区的 45 个中心城市分成四级，贵州的省会城市贵阳排在第三级，和其他省、区如柳州、包头、绵阳等二线城市并列。而六盘水、遵义、安顺等市才勉强被算作西部地区的四级中心城市……

这是一种令人郁结、焦灼的现状。

但林树森看到，贵州也有自己的优势——资源丰富，没有被污染。到任后，林树森清理过贵州"家底"时发现：在已探明储量的 76 种矿产中，有 42 种列全国前 10 位，27 种居前 5 位；贵州有"江南煤海"之称，煤炭储量居全国第 5 位；可开发水能资源量达 1683 万千瓦，居全国第 6 位；贵州还拥有野生植物 3800 多种，野生动物 1000 多种，是全国重要的动植物种源地和中药材四大产区之一，被誉为"生物资源聚宝盆"……

20 世纪 80 年代中期，就有学者指出："贵州的贫困是'富饶的贫困'，是'穷而不白'，是'生在金山缺钱用，活在煤海没炭烧'，是暂时的尴尬，一待养在深闺有人识了，将前途无量！"

林树森同意学者的观点。从开发历史看，贵州从明永乐十一年（1413）建省到西部大开发前，除抗战、三线建设时期外，一直没有大规模开发，所以没有工业污染，被人称为中国难得的一块净土。

对这块净土的情况，他在《树森谈贵广高铁》中引用了中科院中国现代化研究中心发布的《中国现代化报告》，并据此梳理贵州的发展思路："中科院对 2000 年和 2004 年全国各省、市、区生态现代化的实现程度进行了研究。结果显示：2000 年，贵州生态现代化指数在全国排名第 28 位。4 年后，在全国排名第 19 位。这说明，如果我们能够抓住机遇，一边科学合理地利用好贵州的资源，一边追赶并跳上生态文明的这班车，选择广州带动辐射贵州发展，那么，贵州将有可能从工业现代化的起步阶段直接进入生态现代化这个人类现代化进程的最新阶段，从而实现经济社会发展的历史性跨越。"

林树森认为："从提高广大农村农民的商品生产水平到加速工业化、城市化或加速进入生态现代化，需要解决两个先决条件：一是需要寻找一个真正具有较强辐射带动能力的城市或地区，不能亦步亦趋地跟在别人后面。二是区域可达性的改变直接影响到区域经济的发展，必须迅速改变贵州交通现状，解决从贵州到那个具有经济辐射能力地区容易程度的空间、距离、可达性问题。"

把广州选择为带动贵州发展的城市就是因为那里具有强大的辐射带动能力和可达性价值。

在林树森看来，"广州市的财政、GDP 等经济指标都数倍于贵州，它完全有能力辐射带动贵州"。他强调："贵广铁路的建成开通，不光将贵州与广州连接了起来，而是与整个珠三角连接了起来，包括深圳、东莞、佛山、珠海等城市，这些城市中的任何一个都比贵州早年选择的广西北海市有更强的经济辐射能力。如果把香港、澳门算进去，整个珠三角地区的经济实力和辐射带动能力比长三角都强。"

对贵广铁路的可达性，林树森在回忆文章中写道："广州与贵州的直线距离只有 750 多千米，是长三角上海与贵州直线距离的一半。以前，从贵阳坐火车到广州需 22 个多钟头，汽车一般在 30 小时左右。到广州的高速铁路和高速公路如果建成，高铁按照时速 250 千米算，即使规划 850 千米，也就 3 个多钟头，比起 22 小时可节约 18 个多小时。高速公路如果规划 850 千米，每小时跑100 多千米，8 小时左右也就到广州了……"

这样的速度跑完这样的距离，林树森觉得自己已经拥有了缩地成寸之术，一种大手笔、大制作的自豪感不觉油然而生。

他大胆地预测着这条铁路的前景："贵广高铁建成后，就能交通改变地理。作为西南地区通往珠三角的便捷通道，贵广高铁能使昔日群山阻隔的贵州实现从西部'边缘'向都市'中心'的转变——今后，贵阳将是连接重庆、成都、昆明、长沙、广州的高铁枢纽城市，也将成为整个西部连接珠三角地区的中枢。同时，贵阳至广州，贵阳至昆明快速铁路和已建成的昆曼国际公路连接在一起，将形成一条连接泛珠三角地区和东盟的国际旅游大通道（注：以上预测后来都成了现实）……"

顺着这个中心枢纽和大通道，林树森开始考虑更为重要的事情："贵广大通道建成后，不仅将极大地缩短贵州与珠三角的时空距离，也将改变贵州与东南亚的联系，贵州的发展将从被边缘化变为'左右逢源'。以贵阳为中心的大通道，一头是经济活力和辐射带动能力都很强的珠三角，一头是拥有丰富资源，发展潜力巨大的东南亚地区。而这条大通道沿路 3000 多千米包括阳朔、桂林、黄果树等在内的众多旅游景点，不亚于世界上任何一条旅游线。这样，它势必成为一条旅游黄金通道……"

将清"贵州考题"所有的重、难点后，林树森的"解题"思路变得更加清晰，他利用自己巧妙的"官场艺术构思"，进一步深化着"解题"所要表达的主题：

抢占西南铁路中心枢纽的制高点，贵广立项、开工建设不单要好，更需要快。

贵广高铁开工之后，当务之急是开工长（沙）昆（明）铁路。

构筑国家精品旅游区和参与建设珠江至东盟旅游的大通道。

产业发展必须坚持生态文明的原则。

用好"后发赶超"，迅速提高全省社会事业发展水平……

这样的思路使林树森产生了一种慷慨激昂之情，思考问题的境界也更加开阔。他以一贯豪放的风格和娴熟的官场笔法大刀阔斧地挥就着自己气势不凡的"贵广力作"——

放弃水城，从贵阳到昆明拉直建设长昆客专贵昆段。

放弃铜仁和修建铜玉城际铁路。

连通安顺至六盘水、贵阳至开阳的城际铁路。

修建贵州至南宁的高铁。

毫不犹豫承纳贵广铁路贵州段投资 49% 的资本金。

积极应对贵州高铁时代，为高铁网覆盖的城市、城镇发展在规划上留更多的余地……

在做这些工作的同时，"贵州考生"林树森利用一切机会宣传、凸显贵广铁路的重要性。

2008 年春运期间，广州、湖南、贵州、重庆等 20 个省（市）遭遇特大雨雪冰冻灾害，导致不少输电线路因覆冰倒塌、断线。部分高速公路关闭，长途客运班车停运，航班延误。沪昆线、湘黔线、京广线湖南段一度中断，数百趟列车受到影响，60 万旅客滞留广州站……

灾情发生后，温家宝总理到贵州视察指导抗灾救灾工作时，林树森以雪灾带来的交通影响为例再次向其汇报贵广铁路的重要性。"贵广铁路不单是解决贵州的问题，而且有助于解决整个西南的铁路运输问题。"他强调，每年春运期间，京广线运力紧张，一个很重要的原因就是没有贵广这条路。如果天气不好，大量旅客就会堵在广州、湖南。因为在珠三角的民工大多来自四川、重庆、贵州，他们返乡都要往北先到湖南，然后再往西走。贵广铁路建成后，旅客就可以直接到贵州再进四川和重庆了……

这是不可否认的现实。总理温家宝对林树森的说法很认同，故对贵广铁路的建设十分关心和支持。特别是总理第一次听了林树森的汇报后，贵广铁路的前期审批很快有了着落。2006年9月，国务院在重新调整国家中长期铁路网规划时，贵广高铁"挤"进了"十一五"规划。

与此同时，林树森也结束了他6个月零8天"代省长"的历史——2007年1月27日，新华社发布消息：贵州省第十届人民代表大会第五次会议27日举行第三次全体会议，选举林树森为贵州省第14任省长。

一个月后，每年一次的"两会"在北京召开。

3月8日，新当选的贵州省省长林树森参会之余在中央电视台亮相，畅谈他"从东到西任职，从西往东修路"，阐述"打通贵州"的发展思路和贵广铁路对发展贵州经济的意义。

他踌躇满志地告诉记者："我想告诉你们的是，目前贵广铁路的前期工作已进行得如火如荼！"

并不是所有贵州官员都敢于像林树森那样对外宣传贵广铁路建设的大好形势。"当时，因有贵珠铁路泥牛入海的教训，贵州省里的多数同志还是不敢相信贵广铁路能成事。"林树森在他的文章中回忆了这样一件事：2007年1月底，一位中央领导到贵州视察指导工作时，省委的正式汇报材料一个字也不敢提"贵广铁路"，只讲了句"我省铁路运输分别受周边三个铁路局管理，边缘化问题在铁路管理方面表现突出"。

虽然正式报告没有提贵广铁路，但事先已了解到贵广铁路的中央领导还是强调"要加快论证和启动贵州至广州快速铁路和高速公路两大通道建设"。林树森说，可见中央领导一开始就对贵广铁路十分重视和支持……

对贵广路十分支持的还有前总理朱镕基。2006年7月，在贵州考察、休息的朱镕基听了贵州有关领导关于修建贵广铁路的汇报后，一向表情肃穆威严的前总理脸上浮现出了欣喜的微笑，说："把贵广线修通是一件非常有意义的大事，要尽快办，抓紧办，要办好。"接着，他告诉在场的一位铁道部官员："你们要全力支持贵州把贵广铁路修起来。"最后还幽默地叮嘱："记住，贵广铁路开工前不要忘记告诉我们这些退休老头子！"

为此，贵广铁路正式拍板前，铁道部还专门给他写了一封信。信中说：

……长期以来，您对铁路工作高度重视，十分关心。您在担任副总理、总理期间明确提出要把铁路建设作为战略性问题来抓，做出了建设京九铁路等一系列重大决策，对中国铁路的发展起到了至关重要的作用，我们将永远铭记。

今天，特向您报告的是，在党中央、国务院的亲切关怀和国家有关部门的大力支持下，经过有关各方的共同努力，您十分关心的贵广铁路前期工作已全面完成，将于 10 月 13 日全线开工建设。这一铁路全长 857 千米，工程投资估算总额为 858 亿元，计划工期 6 年，力争提前建成……

第二节　寻路

6

建省之前，贵州的土皇帝们总喜欢用"××国"这样的头衔自封。春秋时期的牂牁古国，崛起于战国，神秘消失于西汉末年的夜郎国，彝族先民建立的"罗氏鬼国"，还有后来那些对贵州产生过深远影响的土司政权，都曾留下过这样的历史背影……

不管怎样江山易主，王朝更替，贵州历史上的那个"黔"字却一直代代相同，至今不变。

明朝在 1413 年组建的那个贵州省疆域多变，地盘也并不大。1727 年，清雍正皇帝将四川所属 3 万多平方千米的遵义府及所属县改隶贵州，至此，贵州的疆域才基本形成——它北与四川、重庆相连，东壤湖南，南接广西，西邻云南。

在西南这片土地上，自然造化似乎特别恩宠于斯，将峰险涧深、山峻水美的特色全部集中于黔，使其自成一派风姿。有人断定，再大气磅礴的笔触，也无法概括出贵州"山国""山海"连绵不尽的万般形态。于是，贵州文人只能用写实的手法描写他们的家园：这里山连着山，山环着山，山套着山，山抱着山——北边的大娄山，自西向东北斜贯北境；南部苗岭横亘；东北方有武陵山，由湘蜿蜒入黔；黔北咽喉乌蒙山高耸险峻，豪气冲天……

相对而言，贵州的水要温柔些。以苗岭为分水岭的贵州河流处在长江和珠江两大水系上游的交错地带，境内河流两岸群峰叠翠，风光旖旎——山里的"小桥、流水、人家"可媲美江南水岸的婉约之美；山间珍禽、灵木、传说的神秘色彩构成了贵州大山的朦胧之美；清澈的河水急缓有致，微波翻滚，叠叠而下。时见野鸭凫游，遇人拍浪惊起，行行贴水而飞……

对这个群山苍苍，碧水茫茫，气候宜人，资源富集的省份，回顾它的历史，人们也许会记得古蜀国帝王杜宇的小儿子笃慕乌武在蜀中洪荒泛滥时逃到云贵高原，发展成为彝族"六祖"分支的传说；太平军翼王石达开率部"假道黔境，以入蜀疆"而兵败乌江的悲剧；蜀国丞相诸葛亮在贵州安顺一带七擒七纵孟获的故事……

但很多人不知道贵州属于哪里。

网上有这样一段对话：

你是哪里人？

贵州。

贵州是不是在广西？

贵州就是贵州，怎么跟广西扯在一起！

听说你们那里还在刀耕火种，茹毛饮血？

瞎说！贵州是有点落后，但刀耕火种的时代早就过去了！

哦，不刀耕火种了？在我的印象中，还一直以为你们贵州人在拿老虎当狗养，常骑着大象上街，杀了人也没有事呢……

这种"印象"使贵州人在外地很不受待见。一个贵州学生在他的微博里愤怒而自卑地写道："我在遵义长大。读大学时，有同学听说我是贵州来的，很不屑地问我贵州是不是属贵阳管。我回答：你说呢！你不知道贵州吗？他答：中央台天气预报老说贵阳，但是，还真不知道贵州是贵阳的省会……真叫人哭笑不得！从此，如果再有人问我，我就只告诉他我来自遵义，不说自己是贵州人……"

无知者们说贵州属于广西或贵阳让人贻笑大方。贵州人的"逸事"则令人深感悲哀。

贵广铁路开工后，在黔桂两省区交界的九万大山腹地从江县的一处工地附近，住着80多岁的老人万林。"文革"中，万林到贵州的铜仁走亲戚时，造反派动员他去"保卫毛主席"。不料发生了武斗，一阵乱枪，几个"红卫兵小将"倒在了他的身边。受到极度惊吓的万林逃回从江，从此再未走出过大山半步。2008年年底，修贵广铁路的施工队进山后，万林特意穿上当年"保卫毛主席"时的那件补缀不尽且早已褪色的黄军装去工地问："毛主席最近身体还好吗？是他老人家派你们来为我们修高铁的吧？"

林树森深感震惊错愕。是什么原因让贵州人"不知有汉，无论魏晋"？那位在这片土地上长大的大学生为什么自卑得不愿承认自己是贵州人？"生在金山缺钱用，活在煤海没炭烧"的贵州人为何不向外推销自己的"金山""煤海"，却一味选择自我消化贫穷和落后？

有人以"受地理环境制约"做解。有人强调封闭造成了贵州的贫穷。还有人抱怨历史的原因造成了贵州的落后。

林树森则认定：贵州落后在观念上，穷在"路"上——归咎于环境制约，强调地理条件无法改变不过是一种安于现状、穷不思变的托词。在厦蓉高速公路贵州段开工仪式上，他大声喝问："我们为什么不创造条件摆脱贫穷？为什么不把广州人、深圳人、香港人视为宝贝的绿色产品运去赚钱？为什么不到经济发达的珠江三角洲寻找脱贫致富的门路？"

他用北大教授厉以宁的一句诗自问自答道："'不是夜郎真自大，只因无路去中原'啊！沟壑纵横、山高谷深、道路崎岖的地理环境隔断了我们与外界的交往，阻断了我们去'中原'去珠三角寻求致富的门路，也断绝了贵州百姓脱贫的希望之路……"

7

其实，贵州并非"无路去中原"。刚赴任不久，林树森就听说，早在数十年前，就有条很有名气的公路通向了比"中原"更远的国外。

这条路叫滇黔公路。

滇黔公路上的"24 道拐"更是赫赫有名。

盘旋曲行于贵州晴隆县陡峭山脉间那道低凹陡坡上的"24 道拐"古称"鸦关"，有一夫当关，万夫莫开之势，是黔滇公路的必经之地。

"24 道拐"修建于 1936 年。全长 4 千米，有效路面宽约 6 米，山脚第一道拐与山顶第 24 道拐间的直线距离约 350 米，垂直高度约 250 米。这段路在倾角约 60 度的斜坡上以"S"形顺山势而建，蜿蜒盘旋至关口。

它闻名于世界，不仅仅因其雄、奇、险、峻而被人们视作滇黔公路的一个缩影，还因为它的另一端经云南伸向了缅甸，连接着印度。二战期间，美国的援华物资经过滇缅公路到达昆明后，必须经滇黔线上的"24 道拐"才能送到前线和重庆。"24 道拐"成了中缅印战区交通大动脉上的咽喉，其雄险名噪滇黔。

抗日战争期间，日军曾多次派飞机轰炸"24 道拐"，企图截断"抗战生命线"上的这段黔滇咽喉。1942 年，美国的公路工程部队 1880 工兵营用水泥砌挡墙，对"24 道拐"进行维修，保证了抗战物资的运输畅通。因"24 道拐"连接的滇黔线有力支撑了抗战的进行，日本投降时，也有人称"24 道拐"为胜利之路。

美军随军记者的一张老照片曾使"24 道拐"闻名全球。战后，这里却尘封于并不久远的历史之中。如今，美国工兵铸造的那些水泥桩柱和墙体早变成一堆堆残垣断壁，似乎还在隔着时空向后来者诉说一段段金戈铁马的战争往事。当年曾经赫赫有名的"24 道拐"战后竟然因为史志记录者的疏忽而阴差阳错地"归属"了云南，成了一个多世纪的谬误。要不是那位研究滇西抗战史的云南人戈叔亚发现了它的"身世"，让其在几十年后回归贵州本土，它也许至今还会被云南人引以为豪。

知道"24 道拐"的这段历史后，林树森非常遗憾地叹息：由国外伸来的"胜利之路"，后来为什么没有能成为贵州通江达海的经济发展之路呢？

那时，林树森还不知道，通江达海的现代文明意识和半封闭状态的现实在大山里是那样格格不入。很多习惯了在大山里生活的贵州人，似乎并不大爱考虑要修些路去通江达海——山里人缺钱不缺时间，他们觉得，能把自己家里的路修修，有时速四五十千米的绿皮火车坐就不错了，干吗还那么费劲地往别人的地盘上修那么好的路？

20 世纪六七十年代"三线建设"时，国家修了川黔、湘黔、贵昆、黔桂铁路，在西南地区构建起了以贵阳为中心的"十字架"形铁路交通网。可惜，这 4 条铁路在修建期间，受国家生产力水平特别是资金、技术、建筑材料等条件的限制，建设标准都很低，运行速度和效率不高。后来，贵州又没有能"保养"、拓展这张通向山外的交通网，而是在省内的"综合运输通道规划"中搞出了很不错的"三纵三横"和"三纵三横八联八支"的山地铁路和公路框架。

林树森到任时，这个"框架"的雏形已经基本形成。但这些"框架"大多在贵州"体内循环"，去"中原"、珠三角、成渝的铁路仍只有"三线建设"时期的单线铁路。

在省里的一次干部会上，林树森提起了那段不堪回首的往事。

他说："第一个突破贵州铁路格局的是渝怀铁路。渝怀铁路的可行性方案中讲了四条，第一条就认为重庆和四川是经济发达地区，而这两个地区不论从湖北往北，还是从贵阳往南，铁路的标准都很低，几万平方千米之内没有一条好路。所以他们要从重庆修一条铁路到怀化。由于这条铁路的建设主要是从四川、重庆的需要来考虑，所以七弯八拐基本上甩开了贵州，只是擦贵州铜仁的边而过。"

林树森叹息："路不好，'邻居'们也不愿上门打交道了。"就在林树森去贵州不久，媒体报道说：按照第六次铁路提速方案，由成都、重庆开往华东、广东方向的12趟列车将不再走川黔线，而是经由通行速度更快、线路更短的渝怀铁路，"甩开"了遵义、贵阳等大部分贵州城市……

由此，贵州铁路交通进一步被边缘化。

林树森意识到，贵州交通被边缘化的结果就是人流、物流越来越难流通，生产出来的东西相对成本越来越高，卖不出去。外面的企业进不来，自己的企业搞不大，不能很好地进行社会化分工，永远只能在自给自足的低水平内部循环……

严峻的形势迫使林树森等贵州领导更加坚定地把寻找发展出路的目光定格在了广州。他们要穿越千山万水，打通一条直线大通道，用贵广高铁把贵广两地联结起来。

林树森也很庆幸渝怀铁路"甩开"了贵州，这条路如果从重庆拉直到湖南郴州，多数线段都在贵州，就跟我们现在的贵广快速铁路是平行的，那样的话，贵广快速铁路就没有建设的理由了。但正是渝怀铁路为了绕开贵州七弯八拐，才"歪打正着"，使今天建设贵广铁路成为可能。

对贵广高铁建成后的情形，林树森充满了憧憬。他告诉记者："我到贵州后，很多广州市民给我写信，说他们不知贵州在哪里，去查了之后，得出的结论是贵阳很远！"林树森给广州的市民回信说："如果有一天，你从广州吃完早饭出发，三四小时后就可在贵阳吃午饭，那距离跟广州到肇庆一样，你还觉得贵阳远吗？"

三四小时当然不算远。林树森说，到那时，他会坐高铁经常回广州，不是为了看看，而是为了"探亲"。

8

几年后，以这样的速度和方式去广州"探亲"已经不是一种憧憬和设想。但是，林树森刚到贵州那阵，如果要坐火车或汽车回广州"探亲"，那还真是够远的。

那时，贵阳到广州的铁路运输距离 1400 多千米，经独山进入广西柳州再去广州的 K829 次列车长期保持着 22 小时 40 分钟的运行纪录。

当然，也可走另外的路去广州。十多年过去了，《检察日报》记者龙平川至今还记得他的那次贵广之行。"2003 年，我和几个同行从贵阳到广州采访，有人给我们推荐说，经从江到广西再去广州的路还近点。于是，我们没有坐火车走湖南方向，而是坐客车从贵阳出发到从江，坐船在都柳江里顺流而下，到了广西的河池，再在那里转车。有一段路没有赶上车，搭乘一辆手扶拖拉机颠簸了数小时。四天三夜后终于到达广州……"

此时，龙平川等人才明白：自己被人蒙了！

说句公道话，也算不上别人蒙他们，是他们坐船坐手扶拖拉机耽误了行程。交通工具使用不当，就只能多花些时间了——可以对比的是，他们的这次贵广之行，与贵州农民工鲁朝军等人骑摩托车从广东到贵州的时间就大致相同。

每年春节，都会有 10 多万打工者组成的"摩托大军"从珠三角出发，沿 321 国道向西北进发，返回广西、贵州、湖南过年。

2011 年 1 月，中央电视台以"三个农民工家庭骑摩托车的回家之路"为题，报道了贵州籍农民工鲁朝军等人骑着 3 辆摩托从广东回家过年的整个过程。

故事中的主人翁鲁朝军是 2001 年带着妻子和 3 个孩子及老母到广东打工的，10 年没回家过年了，浓浓的思乡之情使鲁朝军"梦魂常向故乡驰，始信人间苦别离"。2011 年春节前，他决定无论如何也要回家看看。

1 月 24 日，鲁朝军和妻弟汪正年夫妇、汪正年的堂哥汪长军夫妇，三家五口骑着 3 辆摩托车从广东肇庆启程，踏上了千里走单骑的"摩托返乡路"，目的地是贵州省石阡县大沙坝乡鲁家寨。在经历了雨雪、受伤、迷路、故障等挫折后，鲁朝军等人五天四夜骑行 1350 千米，终于回到了久别的家乡……

相对于鲁朝军等人的摩托车，汽车要快得多。贵阳市 46 岁的出租车司机刘启明9年前和小舅子张宏经常开着他那辆"东风"往广州拉货。

他们走的是321国道。贵阳至广州的这段国道长1354千米，要经黔南苗岭到广西河池，七拐八拐，再到桂林经贺州进入广州。沿途的独山、人头山、九头山一带全是峰峦重叠、丘壑纵横的大山。很多时候，车都在陡峭如壁，山如刀削的险途上穿行。蜿蜒曲折的山路不仅坡陡弯急，很多路段还坑坑洼洼，路况极差，稍不注意就会掉下深渊车毁人亡。

刘启明说："跑夜车时，我们好几次看到亮着大灯的汽车像流星一样坠入谷底。每当此时，恐惧会使人脚抖手颤，不敢继续行车，只好靠在路边稍事休息，稳定情绪后再走……"

即使是两人轮流开，日夜兼程，怎么也要30多小时才能跑完这段充满凶险的路程。刘启明说："一趟跑下来，真是人困车乏，不但人像要散架一样，若是沿途看见车坠谷底的凶险情形，还会让人噩梦不断……"

走路也许会安全些，但所需的时间会长得令人不敢相信。《贵阳晚报》曾经报道过一个男子从广州步行到贵州的事情。

报道说，2014年6月24日上午，贵阳市巡警大队的黎警官巡逻到老客车站立交桥下时，发现一名短发男子蜷缩在桥下休息。男子自称姓关，是重庆人，2013年年初，他在广州进了一家黑工厂，直到2013年10月，才找到机会逃出。由于没钱，他一路要饭往家走，走了8个月，才到达贵阳……

还有一个打工仔也很悲催。2014年春节，在广东打工的重庆城口人张某因未买到车票，距春节还有3天时，他骑自行车往老家赶，想在除夕前和家人团圆。不料，自行车在321国道上出了故障，在湖北恩施境内又迷了路。正月初七，春节都已快过完了，张某骑着辆破自行车还在回家的路上踽踽独行……

多少年来，贵州通往外界的路途大多像"24道拐"、321国道这样的凶险畏途，成了贵州人及要经过贵州前往广州的四川人、重庆人无法摆脱的梦魇。

9

为避开那些畏途，寻找到改变命运的出海口，贵州曾经有过多次历史纠结。

20世纪90年代，贵州曾试图将出海口选在中国最大的经济中心上海，希望上海能够带动发展。但后来发现，直线距离有 1500 千米之遥的上海不仅"远水解不了近渴"，从上海到贵阳的沿途还有很多不发达的地方，这些"穷哥们儿"无疑会层层消减上海带动贵州的初衷。

2005 年以前，贵州又提出了"南下北上，东连西进"的四面开花发展战略，同时，制订了建设"十字形"大通道的规划，声称要"南下广西，东接湖南"，打通连接广西的交通瓶颈，将贵州的出海大通道定位于广西的北海。

当时还有一个"二横二纵四连线"的高等级公路体系建设规划，这个规划如果建设成功，其南下通道仍是强调与广西连为一体。因为种种原因，贵州的这一发展战略收效甚微。

后来，考虑到加快西部地区的发展，国家要推进区域经济合作，划了一些经济圈，把贵州划入成渝经济圈。

这个划分法似乎有些道理。

贵阳龙洞堡机场飞往全国各大城市的航线，班次最多的就是飞成都——办铁路车皮、出国签证，稍微富裕点的女性买衣服和化妆品，小年轻们想到山外去见见世面或散散心时，贵州人大多要往成都跑。

黔渝关系更是热络。

2006 年 10 月，遵义市所辖的桐梓县甚至在党代会上做出了把该县打造成重庆市卫星城市的决定。

这一决定在当地引起强烈反弹，有人酸溜溜地问："你们是不是觉得重庆才是你们的省府？"

更有人质疑桐梓县府："你们的官帽是南边（贵州）给的，经济上向北（重庆），还要不要升官了？"

遵义市委答复说："桐梓经济发展，必须依托重庆、长江。经济上去了，南边会给桐梓的负责人更大的官帽。"

于是，桐梓县从此融入重庆 2 小时经济圈。

融入重庆 2 小时经济圈的不只是桐梓。重庆到贵阳的高速公路通车后，遵义市苟家井服装批发市场的多数经营户从此不再跑贵阳，而是改到重庆朝天门市场进货。原来习惯到贵阳坐飞机的遵义人也都纷纷跑到重庆的江北机场飞往全国各地。

夏天是重庆用电的高峰季节。而属亚热带高原季风湿润气候的贵州冬无严寒，夏无酷暑，气温最高的 7 月也才 22 至 25 摄氏度，只有进入冬季，用电量才会增大。于是，贵州人看到了商机：进入炎夏之际，贵州的一些电力企业将"清凉电"送到重庆，既解了雾都的炎热之急，也赚了个盆满钵满。

黔北 10 多个县的数十万农户更是脚踏实地、心甘情愿地做着重庆的菜园子、果盘子，长期把反季节蔬菜、水果源源不断地送到重庆⋯⋯

把一个县或者是把黔北地区置于重庆的辐射之下也许会有双赢的效果，但真要把整个贵州"圈"入成渝就不灵了：这个圈圈得不是很紧密，想靠同为西部的成渝来带动贵州似乎也不太现实——因为成渝首先要把自己的周边带动后才有可能轮到带动贵州，贵州短期内难有较大被拉动的机会。靠成渝带动这种模式，贵州的发展也将只有永远落在别人后面。

还有一个大家都心知肚明却不好说出口的原因——2007 年，当重庆的GDP 发展到 1834 美元，四川也已有 1638 美元时，贵州仍保持着 945 美元的"全国倒数第一"。

林树森苦笑着问记者："什么经济圈，贵州与周边的省份门不当户不对，你穷，别人看不起你，还愿带着你贵州玩吗？"

后来，又推出了一个"南贵昆"经济带，想使广西、云南、贵州有明确一致的开发空间和方向。结果文件刚出，就有人送了个很伤人自尊的雅号——"丐帮联盟"！

同为"老少穷边"，泥菩萨过河自身难保，哪有能力帮衬"邻里"？不久，这个"联盟"无疾而终⋯⋯

上任后，林树森在多个场合坦言："多年来，贵州为脱贫致富四处寻找出路的经验、教训使我们明白，上海和贵阳距离太远，想靠上海带动贵州'远水不救近火'；成渝虽近，但我们同为西部，即使他们愿意相助也有心无力；贵州的出海口选择广西北海也很欠妥，从贵州到北海与从贵州到广州直线距离相差无几，但北海与广州对贵州经济的带动、辐射作用相差甚远；'南贵昆'经济带更是弱弱联合，大家自顾不暇，能有什么效果？"

在知道了贵州与"邻里"之间的"家底"和利益关系后，林树森也想明白了自己那块辖地的发展思路和"投靠"方向："为防止贵州被边缘化，我们必须摒弃以往依靠上海或成都、重庆的发展思路，要找一个能够真正辐射带动贵州的区域。"

他强调："我们只有选择珠三角！"

10

林树森站在独特的角度，以远见卓识的战略眼光品味着贵广铁路的意义：它不仅是一条西南地区连接珠三角的快速通道，可以改变广州受自然地理局限，经济腹地有限的格局。而且，如果把贵广线再向西延伸，与昆明连接在一起，将与泛亚铁路融为一体，成为东盟进入我国内地的快速铁路通道，甚至通过陆路连接印度洋与太平洋……

因工作关系曾与林树森有过几次接触的原贵广公司综合部部长柴强铎说，一般人看问题时最多只是走一步想两步。而林省长考虑问题是走一步就会想到三四步之后怎么走。

综合部部长钦佩地称赞："林省长是一个博弈的高手！"

林树森也承认，贵广铁路进入"十一五"尘埃落定后，他在下一盘更大的棋。

这盘"大棋"的走法是：国家确定建贵广线后，贵州不找湖南一起修长（沙）贵（阳）客专，而是把准备好的材料送给云南，希望一起修长（沙）昆（明）线。

为什么贵广之后不是迅速联通重庆或成都，尽快形成南北大通道，而是先考虑构筑东西走向的大动脉？林树森解释说："处贵州以北的重庆、成都，或许不想到贵阳，但肯定想到广州。一旦贵广、长昆两条高铁在贵阳交汇，贵阳处西南大通道枢纽的位置已无可代替……"

正因为如此，贵州人并不在乎渝黔、成贵什么时候动工，而希望云南一起来修长昆线。

2008 年 7 月 1 日，国家发改委将长昆客专纳入 2008 年版国家中长期线网规划并于 2010 年 3 月 26 日开工，贵州人的努力变成了国家层面的"概念"。

为了促成这一"概念"的形成，贵州放弃水城，从贵阳到昆明拉直建设长昆客专贵昆段。同时放弃铜仁和修建铜玉城际铁路，毫不犹豫地承纳了贵广铁路贵州段投资 49% 的资本金……

已故中国工程院院士王梦恕曾以欣赏的目光关注着林树森的那盘"大棋"。他评价说："贵广铁路能够帮助贵州脱贫，并为其赢得发展的机遇。同时，贵广铁路及其随后建设的西部南北向客运专线完善了整个西部的高铁网，打破了

2007年前西部没有规划南北走向客运专线的局限。为中国沿着贵广路继续西行去开拓更大发展空间，去寻找与世界合作的舞台打通了一条出路。贵广铁路在国家发展战略中这盘大棋局的价值和意义更加重大。"

要知道王梦恕院士这番话的含义，首先应该回顾一下出现在中国铁路史上的6次列车大提速。

20世纪末，中国铁路修建到6万千米的时候，列车提速的问题摆上了国家的议事日程。从1997年4月到2007年4月的10年间，中国铁路相继在京广、京沪、京哈、陇海、兰新、京九、浙赣等线路上进行大面积提速，并在原有的"T"字头（特快列车）、"K"字头（快速列车）、"L"字头（临时客车）的基础上出现了"Z"字头列车（直达列车）和时速200千米以上的"D"字头的动车组。特别是最后一次提速，旅客列车时速可达200至250千米，这已达到国际铁路在既有线路提速改造的目标值。也就是说，铁路将终结在既有线路上再提速，今后，中国铁路将着眼于建设高速客运专线，使其最高速度达到350千米。

京津城际高铁、京沪、武广、郑西等高铁就是这种大背景下的产物。

6次大提速大多都在京哈线、京沪线、京九线、京广线、陇海线内的沿海地区，整个西部地区基本被排斥在外。

2007年，在修订铁路"十一五"规划时，提出了尽快建立起"八纵八横"大通道的跨越式发展战略，要求高铁把全国所有的省会连接起来，各省会之间连通以后，省会到省内各市、地也要修通高铁……

王梦恕院士介绍说："那之后，除乌鲁木齐、拉萨以外，全国掀起了修建高铁的高潮：成都到西安的高铁在施工，以前两地需要11小时，修通后只需要3小时；重庆到郑州也已开工，拉通以后只需3小时，而从重庆到北京只需要5小时；西北兰州拉通后，从兰州到北京也就是5个多小时；兰州到西宁在修，兰州到银川在修，建成后就把西北三省连接起来了。

"西南、西北的高铁连通也是我国高铁建设的大计划。除了贵广高铁，贵阳到昆明、长沙、成都、重庆，兰州到重庆、成都的高铁正在紧锣密鼓地施工，前5条铁路在贵州境内超过1250千米，省会贵阳通往全国的'7小时快铁交通圈'正在加速变成现实。"

11

2006 年 9 月 14 日，贵州省政府递交报告不到一个月，国家发改委就向贵州发出《国家发展改革委办公厅关于新建贵阳至广州铁路有关问题的复函》，"同意将贵广铁路列入国家铁路'十一五'规划，并在《中长期铁路网》调整时一并纳入。"

林树森为贵广线的成败存亡一直紧绷的神经终于在那一纸批文送达他的案头时松弛了下来。

还有一件让他激动不已的事情——在《树森谈贵广高铁》中，林树森写道："对整个西部地区来说，更令人兴奋的还有议论了几十年一直未能立项的兰州至重庆的铁路也获批准。它预示着，兰州至重庆至贵阳再至广州将构造一条新的交通区位线……"

林树森分析："兰渝铁路立项建设将激发四川往北修快速通道的热情。由于成都没有向西的铁路，兰渝铁路建成以后，大量西北、西南的人流、物流势必经重庆输往珠三角，成都可能因此在整个西部交通格局中被边缘化。

"成渝两地的人们也看到了这一事态的发展趋势，在两地网站论坛上，围绕成兰铁路和兰渝铁路的争论异常热闹。有网友提出，成兰铁路与兰渝铁路之争直接关系到四川（成都）的交通枢纽地位，一着输则全局输……"

果不出林树森所料，2009 年 1 月 22 日，国家发改委批准新建成都至兰州铁路项目建议书。新建铁路自成都铁路枢纽青白江站引出，经什邡、松潘、九寨沟，引入在建兰渝铁路哈达铺站。为更有效地促进成都融入泛珠三角、中国至东盟自由贸易区，四川提出从成都南面的乐山直接连接贵阳的高铁方案。国家发改委 2009 年 12 月批准成贵铁路立项。重庆到贵阳的铁路改建也因此毫无悬念。

至此，我国西北兰州和西南贵阳形成两条新的交通区位线——东侧：兰州—重庆—贵阳；西侧：兰州—成都—贵阳。而昆明、长沙方向的高速铁路也将进入贵阳，届时，包括贵广铁路在内的五条高铁将齐聚贵阳……

林树森在文章中兴奋地写道："在贵广铁路补充列入'十一五'规划的同时，铁道部安排中铁二院工程集团有限责任公司、中铁第四勘察设计院集团有限公司（以下简称铁二院、铁四院）开展工程预可研方案研究。2006 年 9 月 18 日，铁道部发展计划司给中国铁路建设投资公司下达了贵广铁路预可研方案竞选工作的通知……"

贵广铁路建设庞大的"工程机器"就此开始启动。

两年后，铁二院、铁四院的初测为贵广路的行车速度提供了直接的参考依据。2008年3月18日至19日，中国国际咨询公司（下称中咨公司）依据两个院提供的勘测资料在广州对工程可行性研究报告进行了评估。

对贵广线旅客列车的行车速度，中咨公司放弃了时速160千米的设计方案。"时速160千米方案不能满足从贵阳至广州5小时以内的旅行时间目标值，而且线路横穿山脉河流，基本上桥隧相连，小半径曲线节省工程投资有限，因此对该方案予以放弃。"

中咨公司事后出具的《咨询评估报告》，仅对时速200千米预留250千米，时速250千米预留300千米的两个方案进行了比选。通过比选，中咨公司推荐时速200千米预留250千米的方案。

2008年8月21日，国家发改委主任会议批准了贵广铁路工程可行性研究报告——按时速200千米作为客运速度目标值上报。

一直想把贵广铁路建成时速300或350千米的林树森多少有些不甘："心里不满意但也没办法，主要就是为了迅速动工。"

为了尽快开工，生平极少妥协的林树森只有任由环境的砂轮打磨自己较真的性格，努力接受不能改变的现实，无可奈何地通知省政府办公厅写报告，按速度目标值时速200千米，预留时速250千米的客货共线方案上报。他说："这样可以减少扯皮，最省论证、审批时间……"

第三节　僵局

12

贵广铁路从一开始就扯皮。在立项、论证、审批阶段已耽误了太多的时间。

按照规定，修建贵广铁路需要写份建议书，铁道部和贵州、广西、广东三省区盖章同意后，国家发改委才会受理。

但在那份至关紧要的建议书上，只有铁道部和贵州两家同意马上盖章，两广对此的反应则表现出了令贵州忐忑不安的"迟钝"——对此，林树森特别能理解：进入广东的高铁、高速公路太多，别人忙得一时半会儿还顾不上表达贵广铁路到来后的喜悦。

但他搞不明白：广西为什么对谁都会认为是从天而降的"贵广铁路馅饼"似乎没有什么兴趣？

愿意盖章的两家单位商议后分了一下工：考虑林树森来自广东，省里的很多领导都是他的老上级，所以，贵州去做通广东盖章的工作。广西同铁道部有很多工作交集，关系一直不错，就由铁道部负责做广西方面的工作。

2006年9月16日，贵州省政府发函与广东省委、省政府联系，同时，给时任省委书记张德江、省长黄华华、常务副省长钟阳胜写信报告规划建设贵广铁路一事。广东的几位领导对自己曾经的部下到贵州"烧"出的第一把火很是赞赏和支持，5天后，张德江首先做出回应。他在信件上批示："建设贵阳至广州的铁路对贵州省和广东省都有利，我省应积极支持。请华华、阳胜同志批转省发改委研究。"

接下来，省长和常务副省长签下"同意"的有关资料很快转到了广东省发改委。从此，广东对贵广线的筹建一路绿灯，畅通无阻。

铁道部到广西去征求意见的人却不大顺利。一位曾协助那次"疏通意见"的地方官员事后埋怨说："那里一些部门的一些办事人员哼哼哈哈，顾左右而言他。送去一条高铁却东推西阻，真不知这些同志是怎么想的！"

这种情况的确令人费解。

从"要想富，先修路""火车一响，黄金万两"这些民间俗语中，可以看出铁路与火车，特别是高铁在中国人心目中的分量——即使具体到不同阶层和群体头上，这种分量也是沉甸甸的。网上有人概括说："对于民众，高铁意味着便捷的交通；对于开发商，高铁就等于更高的房价；对于地方政府，高铁意味着一门新的政治经济学，代表着政绩……"

于是，2006年之后的几年里，一旦有高铁线路规划提出，沿线要求设立高铁路经站点的争夺大戏便会轮番上演：

在郑（州）万（州）高铁线上，湖北十堰和襄阳两市甚至把争夺战打到了全国"两会"上：时任十堰市委书记陈天会以全国人大代表身份，为争取郑万高铁提出专门建议。襄阳时任市委书记唐良智则利用在京参加"两会"的间隙，直接带领市经委、发改委等部门的人拜访国家发改委、铁道部，请求调整郑万铁路规划，将襄阳纳入路经站点建设。

两地的高铁争夺战一直持续到 2014 年 10 月，襄阳胜出——郑万高铁放弃十堰而走了襄阳。

十堰、襄阳两市的争夺刚刚结束，这条线上的另一场博弈又在河南的邓州和新野之间展开。邓州高调掀起"保卫高铁"运动，新野组成"新野保路联盟领导小组"，闹得不可开交，河南省只好在邓州与新野中间设邓州东站以兼顾两地；四川邻水民众聚集游行，要求重庆至达州的城际铁路过境；荆州、荆门原本一家，后分成两市。这对兄弟城市为高铁"反目"，爆发了民间"高铁争夺战"；争取沪昆高铁在自己的地盘设站时，湖南邵阳市略逊"邻居"娄底市，十万邵阳百姓高喊："争不到高铁，书记、市长下课！"为此，不少政府官员为高铁过境而"不惜舍身拼命"……

而当一条高铁主动送上门时，广西的一些部门似乎没有多少兴趣。网民们急了，有人发帖子追问："贵广高铁路过广西，至少可以解决桂东北贫困山区的交通和拉动沿途城市的经济，有关部门为什么如此冷淡？"

比这种追问更令人难以接受的诘难几乎充满了 2006 年的广西网络，像一排排巨浪，汇成怒海狂潮，猛烈扑向广西有关部门："是恼怒贵州这个'穷兄弟'聪明，修条贵广铁路就把整个西南带入了珠三角？还是嫉妒贵州因这条路会成为西南的铁路枢纽？或者是预感到苦心经营了近 20 年的西南出海通道发展战略走到了尽头……"

一位广西官员曾感叹："自治区的网民一向温和宽容，没有想到仅仅因为一个章盖得晚了点就引来他们如此严厉愤慨的指责，谁能吃得消？"

的确，愤慨的指责者们永远无法把林树森规划的那条贵广铁路同广西的历史心结联系起来，不会体察到广西数代领导人苦心经营的大西南出海口同贵广铁路之间的利益攸关。更没有思考过广西要借贵广铁路的东风建南广高铁共奔珠三角的良苦用心。

一个叫"壮府草民"的网民似乎揣摩出了"壮府"有关部门的心思，他在一篇网文中写道：号称"世界工厂"的广东"集聚"整个中国南方，广西难以望其项背；云南利用地缘优势打"东盟牌"，在泛亚铁路等重大问题上对广西进行"拆解"；贵州改变发展战略，奔珠三角"离群"而去，使"大西南出海通道"更加支离破碎，如果不乘贵广铁路审批之机捆绑上南广高铁向珠三角靠拢，广西的铁路交通将会被边缘化……

13

林树森从历史的深处看到了这位"邻居"激情燃烧的内心里夹杂着的那种无奈和焦躁。

在漫长的建省历程中，曾经"无海"的历史是广西人最伤感最刻骨铭心的记忆。

秦始皇平定岭南后，在如今广西的地面上设置了象郡。钦县、灵山、防城、合浦、北海市等县及北部湾那片大海都是象郡的领地。但象郡属广东。那时和后来相当长的一段时间里，都没有广西这个名字。988年，宋太宗才在如今的桂林置广南西路，简称"广西路"或"广西"，为今日广西得名之始。

广西虽然成省的历史较晚，但汉武帝时，地处北部湾旁边的合浦便是著名的海上丝绸之路始发港，被称为"西汉帝国海上交通枢纽"，是西南重要的出海口。

1363年，元顺帝从湖广行中书省南部划出地域另置广西行中书省，辖今广西大部，外加今广东雷州半岛、海南省。

1369年3月，钦廉之地的高州、雷州、钦州、廉州、琼州5府也被划入广西管辖。此时的广西背山面海，省境广阔。"海上交通枢纽"合浦港口前更是一番熙熙攘攘，热闹非凡的景象。但3个月后，明朝政府为防御倭寇侵扰的军事需要，将高州、雷州等5府改归广东行省。

那之后，广西的版图在人们的记忆中忽然变得陌生起来：熙熙攘攘的"海上交通枢纽"合浦港口及北部湾那一大片海域消失了，一些志书提到广西，只说它"八山一水一分田"。变成了内陆省的广西痛失入海通道，广西的海洋文明在"象郡"大地上停滞了600多年。

海对广西人成了解不开的一个心结。直到1951年，广西才再次呼吸到了久违的大海气息。这一年，刚诞生的中国新政权为方便肃清匪患，发展经济，把属广东的钦廉专区及辖下的钦县、灵山、防城、合浦四县和北海市委托给广西代管，次年，正式划归广西。

但好景不长。1955年5月，国务院第十次会议决定：出于加强对南海国防建设和渔业统一管理的需要，钦县、合浦、灵山、防城四县和北海市仍被划归广东省。

消息一出，广西上下莫不愕然。第一任广西省委书记兼省长的张云逸大将向中央提出，闭塞的广西应该有一片与世界相连的海洋。

接着，1964 年 7 月，正在指挥援越抗美的自治区党委书记韦国清将军从广西边防的军事战略和经济建设的全局出发，建议中央将钦州、合浦等 5 县划归广西。1965 年 6 月，中央批准了韦的请求。同年 10 月，国务院批准将广西僮族自治区改为广西壮族自治区。

前些年，有一种流行的说法："中国发展简史，5000 年看山西，3000 年看陕西，1000 年看北京，100 年看上海，20 年看深圳。"那么，下一个年份该看哪里？

有人预言："该看广西北部湾经济区！"

但是，广西在更名和得到北部湾那片海域后，古代海上丝绸之路并未出现想象的那种商机和繁荣。20 世纪 60 年代的抗美援越和七八十年代长达 10 年的中越边境自卫反击战使北部湾成了兵戎相见的战场，贸易往来和经济建设几乎陷入停滞。直到南疆黯淡了刀光剑影的战事，海洋文明的曙光才再次在北部湾沿岸出现。

那时，中国其他沿海城市已远远地跑到了前头：1980 年，深圳特区建立。它向全世界宣布，几千年的内陆文明，终于走到了大海的边上；1986 年，14 个沿海城市全面开放，中国正式摆出了向大海挑战的态势。

张云逸、韦国清的继任者们不忘使命，20 世纪 90 年代，广西的决策者们明确提出了"面向东南亚，背靠大西南"的战略发展方向，高调提出要在南宁打造第二个深圳。于是，广西奋发图强，厚积薄发，投入大量资金，建设了现代化的航空、铁路、公路、海运综合交通网络。

机遇开始垂青做了大量准备的北部湾。2007 年春天，时任总书记胡锦涛在全国"两会"提出："广西沿海发展应形成新的一极。"

广西上下顿感"天降大任于北部湾"，2007 年全国"两会"期间，广西代表团的 68 名全国人大代表及十多名全国政协委员分别请求国家将广西北部湾经济区列为国家经济开发区。代表、委员们动情地说，"给北部湾一个机会，还中国一个奇迹！"

在 2007 年那轮"新特区"热潮中，广西北部湾经济区 PK 湖北、辽宁、广东等 5 省份，自治区政府秘书长王跃飞在答记者问时毫不隐晦地说：全区上下将共同努力，力争成为第三个新特区。

虽然说的是"力争"，但踌躇满志的口气把志在必得的信心溢于言表。

秘书长的"信心"并非没有根据，由广西沿海的南宁、北海、钦州和防城港4市为主体组成的广西北部湾经济区，背靠大西南，面向东南亚，东临粤港澳，位居东盟经济圈、华南经济圈、西南经济圈的结合部，地处中国与东盟国家合作、中越"两廊一圈"、泛北部湾、泛珠三角合作、西南合作等多区域合作的交汇点。它既是西南地区走向东盟、走向世界市场的门户和最便捷的出海大通道和陆路大通道，也是中国与柬埔寨、马来西亚、印度尼西亚、新加坡、菲律宾等10个东盟国家合作的前沿和枢纽。

这样的天时地利与人和，广西入局"沿海经济发展新一极"已经毫无悬念，2008年1月，国家批准实施《广西北部湾经济区发展规划》。

人们更加相信，未来的北部湾一定会成长为继珠江三角洲、长江三角洲、环渤海湾之后，引领中国经济发展的"第四增长极"。

万事俱备，广西的领导和各部门主动上门迎客：到广东、湖南等省考察，探讨"桂粤联手，共同做大做强"；为"湘桂联姻，期待双赢"，广西还提议，采用"飞地经济"模式，让湖南在北部湾建造航海码头，使湖南这个内地省份成为"沿海省份"。后来，港口虽未建成，但武钢集团还是在防城港建设了能形成1000万吨生产能力的钢铁基地。

对西南的云贵川渝，广西更是真诚地欢迎其从北部湾出海口走向世界——当然，广西有理由坚信，北部湾才是云贵川渝出海最便捷的通道，除此他们别无他路。

后来，有人说，这种自我感觉良好的判断似乎主观意识太强，缺乏理性的判断基准。

失去基准的判断往往会出现误差——倾全区之力打造的北部湾出海大通道没有热闹起来：湖南并不完全倚重北部湾，他们经长江黄金水道，从上海吴淞口出海。他们把京广铁路及高速公路选作自己的出海通道，直奔广州、深圳而去。

2005年之前，贵州省把出海口定在北海。林树森任贵州省省长后，提出建贵广铁路，将出海口改到珠三角。更严重的是，贵广铁路一通，贵阳不仅会成为西南铁路的枢纽而使南宁边缘化，云贵川渝的出海口也将随之东去。届时，广西"面向东南亚，背靠大西南"的发展战略将面临失去依托而束之高阁的威胁。

威胁不仅来自贵广铁路。近年来，中国加紧和东盟的缅甸和南亚的孟加拉国进行政治、经济合作，三国达成了在中国云南修建一条横穿缅甸的公路和铁路，连接孟加拉国吉大港口，使云南省成为大西南最便捷的出海口。这样一来，北部湾出海口将会遭到极大冲击……

严峻的现实使广西的决策者们意识到：不能再被动地坐在大西南出海口等待兄弟省市来"做大做强"了，广西的铁路不能因贵广铁路而边缘化，自己要主动走出去，将广西融入珠三角以求更大发展。

广西筹划：要修一条南宁去广州的高铁。

14

林树森是在一次会议上知道广西要修南广高铁的信息的。

在《树森谈贵广高铁》中，林树森写下了这样一段话："2006 年 10 月 30 日至 31 日，中国——东盟 15 周年纪念峰会、东盟博览会在南宁召开，到会的省市区领导都是副职以下的同志，只有云南、贵州省政府的正职参加了这次会议。"

对参会的目的，林树森坦率地承认："我参加这次会议的意图不在于东盟会议，而在于找自治区的领导同志商讨'两高'的建设。那次，广西的领导对修贵广铁路给我表示的态度还是积极的……"

会议期间，林树森从自治区的一位领导处得知：广西也准备修南宁到广州的南广高铁。但后来，林树森听说，南广高铁在审批时碰到了问题。

问题的根源发生在 2004 年，国家《中长期铁路网规划》批准了广西柳州至广东肇庆的铁路建设规划。此路如能开通，广州—柳州—贵阳（怀化）—重庆—成都的铁路交通便会一路坦途。

但有人认为，"柳肇铁路通车之日便是北部湾封港之时"，故工程迟迟未能开工。现在又提出修南广线，国家发改委认定南广是"城际"铁路，不可能在"十一五"期间建设，也不可能给予立项。

这样的局面使"壮府"一些部门的人认为发改委是厚此薄彼，于是，赌气不让贵广铁路建议书"走程序"。建议书卡在下边迟迟不能上报批准盖章，国家发改委基础司也发了硬话："如果你们不在贵广铁路建议书上盖章，基础司今后不会受理你们的一切交通项目！"

僵局从此形成，拖延成了最致命的拒绝。

需要盖章的贵广铁路建议书在有关部门滞留了3个月。这3个月里，贵州方面使尽了浑身解数和广西有关部门协商，有关部门一次次都说没有什么问题，研究后就上报自治区政府盖章。

研究了很久，贵广铁路建议书的报告都没能报到自治区政府，盖章的建议书文件自然也就出不来。

林树森这才意识到："恐怕只要国家发改委基础司不同意南广高铁立项，贵广铁路的建议书就不可能出来了。"

林树森哭笑不得："去帮帮他们吧！"

同僚们很生气："广西有关部门自己的事情办不了就捏住我们，太不厚道了，为什么还要帮他们？"

人们为广西有关部门没有及时上报自治区盖章的事痛心疾首时，林树森给大家讲了一个少儿寓言故事：两只小羊都想先从独木桥上过河，互不相让，以角相抵，结果谁也没有过成河，还双双落入水中。

"大家都同为西部的兄弟省区，都有各自的利益，也都有各自的难处。如果我们也像那两只想先过河的小羊一样在独木桥上相互掐，最终也只能落得个双双落水的结局……"林树森要同僚们理解"邻居"的出海情结，他说，家家都有一本难念的经，贵州修贵广铁路，是为了不被边缘化，是为了发展。广西也想发展，也不愿被边缘化。南广高铁被否定，一些工作人员有情绪，办事没有积极性，可以理解，情有可原。

林树森直白地告诉同僚们："帮南广就是贵广。"他说："贵广铁路经不起拖，为了使贵广尽快立项，南广高铁的这个忙我们必须得帮，并且要像办自己的事情一样去帮。"

林树森带着他的助手们又上北京了。国家发改委和铁道部的人都感到奇怪："贵广铁路就差广西盖章就可以立项了，你们不去找广西跑到北京来干什么？"

当林树森一行人讲明帮助广西批南广高铁的意图后，一位领导不由得笑了起来："林省长，你这战术是围魏救赵，还是明修栈道，暗度陈仓？"

林树森苦笑："你们批了南广高铁就是一个救活全盘的战术嘛。"

南广立项的事情有眉目了，贵广线需要盖的那个章仍不能盖上。这次，广西方面不盖章的原因是在云桂铁路立项时，不再经过贵州的黔西南，为了更好地利用原南昆线，贵州方面找铁道部，希望改变原来黄（桶）百（色）铁路走向，从黄桶不到百色，直接接黔西南南昆线上的威舍。黄百铁路线上，贵州境内的煤矿很多，广西有关方面希望将来能通过黄百铁路把贵州的煤拉到广西，对贵州要求铁道部将黄百路改线到威舍的要求，广西一些部门的人觉得应该予以制衡。

在那个令人郁闷的下午，秘书把关于广西有人要求"制衡"贵州的那份《情况报告》送到了林树森的办公室。快速浏览完那份只有两页的材料，愤怒的浪花扑上了这位在官场历来都很强势的省长的心头。沉吟良久，他抬起头时，秘书从那对深邃的瞳仁中发现，一向睿智、强势的省长目光里充满了茫然和无奈。

"好吧，"林树森重摆了一下坐姿，摇摇头，长喘一口气，用很轻、很冷的语气说，"就这样办吧！"停了停，他补充说："老让人挖空心思地'惦记'着我们，这对双方的发展都非常不利。"接着，他用微微颤抖的右手拿起笔在《情况报告》上批示道："为加快贵广工程进度，接受广西方面的条件。请省发改委主任刘远坤（后任贵州省副省长）同志专程到广西对接此事！"

秘书不忍审视省长那憔悴凄苦的脸，拿起文件夹悄然退出时发现：批示末尾那个长长的感叹号划破了《情况报告》的两页薄纸……

事后，林树森对人谈起此事时说："当时，面对这样的要求，需要的不是强势，是解脱困境的智慧。故此，我只能隐忍，努力克制自己爱较真的性格，努力克制应该愤怒的，接受无力改变的。"

在那篇《树森谈贵广高铁》中，他这样记录了此事的最终解决结果："……时任贵州省发改委主任的刘远坤同志与省发改委副主任张杰、办公室主任王廷志、交通处处长陈熵等同志专程到广西对接此事。最后以贵州承诺黄（桶）百（色）铁路不改线为条件，广西在贵广铁路建议书上盖章……"

一波三折后，广西终于在贵广铁路建议书上盖下了那枚很有分量的印章。

这时，时间又过去了3个多月。

后来，媒体在表述这段经过时没有提及贵州承诺黄百铁路不改线的事情，只是说：经过工作，广西方面做出妥协姿态，同意铁道部上马贵广铁路……不久，广西又与铁道部就"部、区共同建设南宁至广州铁路"达成协议。2007年3月，贵广铁路项目建议书由铁道部和贵州、广西、广东三省区政府盖章上报国家发改委。2007年5月16日，国家发改委批准贵广铁路立项……

费九牛二虎之力盖齐了4个至关紧要的公章后，《树森谈贵广高铁》记录此后发生的一些情况时，文字却越发变得沮丧晦涩。

"……2007年9月初，铁道部工程设计鉴定中心组织专家和沿线地方领导对铁二院编制的工程可行性研究报告进行初审。广西和广东在贵阳和广州两点拉直的方案基础上，分别提出经过广西三江和广东肇庆、佛山的修改意见。"林树森对这种修改意见非常不满，"偏离直线方案去经过一些城市，从大区域长远看，都不是好方案！"

对这个不好的方案，林树森于心不甘，他盘算："……广东方面是否还可以做点工作？"

这期间，林树森找广州市的几位领导，希望他们到省里活动，让线路从怀集直接到花都的广州北站。因为一进肇庆、佛山，车速就只能跑160千米，这样的车速对贵广高铁已失去了意义。

但没有什么结果。林树森无可奈何："我们拖不起，只能按照两广的意见办！"

第四节　高铁争夺战

15

原桂林市铁建办副主任王文杰记得很清楚："2006年8月，铁二院、铁四院贵广铁路项目的设计部门来桂林做调研并征求意见时，初步提出了贵广铁路3条线路走向方案。"

这3条线路分别为：贵阳经湖南的怀化、永州至广州的北线方案；贵阳经广西桂林、贺州至广州的中线方案；贵阳经广西的柳州、梧州至广州的南线方案。

"北线方案太偏，线路最长，比选时被首先否定。是走桂林、贺州的中线还是走柳州、梧州的南线成了重点比选对象。"王文杰说，"现在回想起来，桂林当时还是比较悬的。因为，贵广铁路是一条传统意义上的黔桂线，走柳州方向会更靠近北部湾。自治区一直着力打造北部湾出海口，从北部湾开发战略考虑，广西很多部门都赞同走南线的柳州和梧州。"

自治区的这种意向在民间引起了巨大反弹。中线和南线的网民们自然要热血沸腾地展开一场铁路争夺战。一时间，网上狼烟四起，口诛笔伐，令人叹为观止。

两线、两地百姓如此"同仇敌忾"地争夺贵广铁路，自有一番历史渊源和现实纠结。

一位据说是官场人的网民"独步珠江"对这些历史渊源和现实纠结很有见地。他介绍说，谈广西的发展，不能不说广西历史上最重要的省辖市南宁、柳州、桂林和梧州。"独步珠江"强调："历史上，除柳州外，南宁、桂林、梧州都曾为广西壮族自治区首府。这种来自历史深处的优越感决定了在利益攸关之时，他们绝对不会文质彬彬，更不会温良恭俭让……"

没有自治区首府这种显赫地位的柳州在历史上却是西南地区一个老牌的铁路枢纽，焦柳铁路、黔桂铁路、湘桂铁路三大干线交汇于此。重要的枢纽地位不仅让柳州成为一个著名的工业城市，也让柳州获得了柳州铁路局这样一个全国唯一不设在省会城市的省级铁路局机关。

只是后来，焦柳铁路沿线的工业城市普遍衰落，黔桂线、湘桂线连接的也并非中国经济的命脉之地，柳州的枢纽地位不再那么显赫。柳州铁路局也于2007年迁至自治区首府南宁，更名为南宁铁路局，全国唯一一个不设在省城的铁路局从此成为历史。

然而，柳州这个广西最大的工业城市并没有因为一个铁路局的离去而泄气。柳州人明白，要想有地位，自己首先得在自治区有经济实力——试想一下，如果柳州在区内有着深圳那样的经济实力，柳州铁路局会更名为南宁铁路局吗？贵广铁路经过广西还用担心它会绕开柳州吗？

意识到这一点的柳州人求发展的愿望更加迫切，近年发展不理想的柳州更想把贵广铁路的经由站争夺到手。

梧州市位于广西东部，市区紧接两广边界，东邻广东，南接玉林，西连贵港、北通贺州、桂林，为广西"水上门户"和东大门，地理位置独特。但近十多年，由于水运萎缩，梧州区位优势不断弱化，发展也相对滞后。

但有着区位潜在优势和岭南文化发源地历史文化底蕴的梧州希望重闪光辉。故贵广铁路被提上日程后，梧州自然要和柳州联手，与中线的桂林、贺州博弈一番。

桂林是国际旅游目的地城市，在中国一极独大。贺州远离自治区首府，平时广西无力眷顾，该市甚至没有与省府南宁直接连接的铁路、公路通道。在

"独步珠江"看来，贵广铁路若能建成，被边缘化的贺州将主要依附珠三角取得发展，成为"珠三角后花园城市"……

事实上，想当"后花园"的贺州与桂林联手，同柳州、梧州展开贵广铁路争夺战已不是"独步珠江"的一种分析——2006年，这种争夺已从民间的网络大战发展到了官方的折冲樽俎，纵横捭阖。

把桂林和贺州"逼"上同一辆战车的是自治区有关部门。桂林的一位官员举例说："国家发改委的交通司司长和铁道部的总工程师等人沿途选线时，自治区的某副主席代表广西向他们表达了贵广铁路走南线的要求。并再次强调了北部湾出海口的重要意义。还说中线沿途地形复杂，施工难度大。后来，自治区又组织人专程到国家发改委和铁道部汇报，表达贵广铁路走南线的要求。"

几乎参加了国家发改委、铁道部和三省区每一次研讨会的桂林铁建办的官员们及时把自治区领导的选线倾向都及时报告给了市政府。

对自治区领导旗帜鲜明地力挺南线的态度，桂林没有选择隐忍和退让。据王文杰介绍："桂林肯定不愿将贵广铁路拱手相让给柳州和梧州，市领导紧急召集有关部门领导和专家商讨对策。"

桂林官方讨论研究争取贵广铁路的对策有三：一、与贺州市形成同盟，共同争取中线方案得到自治区和铁道部等方面的同意；二、向设计人员和铁道部、国家发改委领导、专家"游说"，强化他们的中线方案意识；三、打桂林旅游和中线优势这两张牌，抢占争夺贵广线的"政治、经济制高点"。

王文杰说，桂林所强调中线优势主要包括——

一是线路最短，预算投资最低。全线800多千米，而走南线要多出100多千米。中线因线路短可节约100多个亿。

二是这条线路所经过的地区多为贫困落后的少数民族地区，交通相对闭塞，铁路经过这里与中央开发西部地区的战略部署十分吻合。

三是这条线路的旅游资源丰富，可通过桂林这个世界著名旅游城市的辐射作用，带动这一线的旅游发展。

四是能够保证贵广铁路的运输客源。2006年，桂林市接待国内外游客达1337万人次，交通客运总量6697万人次，其中公路5869万人次，水运314万人次，民航206万人次，铁路308万人次，只占所有交通客运的4.6%左右。贵广铁路建成将大大提升桂林铁路交通所占的比例。

五是最佳路网布局线路……

总之，桂林强调的优势和对策释放出的只有一个意思：不管是从政治的角度还是从经济方面考量，贵广铁路都只适合走中线！

找到争夺贵广线的"政治、经济制高点"后，桂林官方在电话、邮件中与贺州官方多次商议。据王文杰讲："我们交换文件，贺州的同志还来到我们这里，分析游说对象和先后顺序等情况，然后，我们开始分头行动。"

桂林和贺州"行动"时首先排除了贵州。"因为，贵广铁路是贵州提出来的，在线路问题上，他们的态度很明确，倾向于走顺直、快捷的桂林、贺州路线。"

桂林方面把"行动"的重点放在设计单位。2006 年 11 月 6 日，市发改委非常正式地给铁二院、铁四院发去"关于前往贵院交换贵阳至广州铁路建设方案有关意见的函"。函件除接收单位不同外，其内容一字不差："为便于贵院开展贵阳至广州铁路前期的勘探定线工作，我市将由市人民政府一位副秘书长带队，一行四人前往贵院，就贵广铁路建设方案交换有关意见。"接着，在市政府周开发副秘书长带领下，"行动组"分别到武汉、成都，"与铁路设计部门进行了深入而富有成效的沟通"。

桂林铁建办的工作人员记得："这种沟通进行了好几次。在此基础上，市领导又多次带队进京，通过口头和书面形式向国家发改委、交通部、铁道部有关领导和专家汇报。与此同时，市政府与贺州市还共同到自治区和铁道部争取中线方案……"

最终，经过 2006 年年底和 2007 年年初的两次方案审查会，贵广铁路最后锁定了经桂林、贺州的中线方案。

在这场铁路争夺战中，柳州成了最受伤的"高铁输家"——不仅贵广铁路从其北边的桂林呼啸而过，与贵广铁路同时竣工的南广高铁也直抵柳州之南的南宁，柳州被夹在两大干线之间，成了"前不着村，后不着店"的边缘地带……

后来，在贵广铁路争夺战中胜出的贺州却是另外一番情景：利用贵广高铁如愿以偿地把自己变成了广州的"后花园"。同时为自己"争"来了广州、深圳等中心城市辐射带动的机会……

更令那些"争夺战"的亲历者没有想到的是，他们"争"来的贵广高铁还从根本上改变了贺州的战略地位，使其成了广西融入华南的一个重要窗口和平台。

贺州与桂林联手与南线的柳州、梧州争夺贵广高铁时，李宏庆是广西壮族自治区铁路建设办公室的常务副主任，参与了贵广铁路的南北中三线的选线和抉择。当时的李副主任是什么主张和偏向哪条线路现在已经不得而知。我们能够知道的是，贵广高铁"争夺战"过后不久，李宏庆便由区铁建办副主任调任为贺州的市长，两年多后，又出任贺州市委书记至今。

2015年年初，本书作者到贺州采访时，感觉到刚上任市长的李宏庆非常喜欢贺州这座已拥有2100多年历史且是潇湘文化、岭南文化、瑶族文化、客家文化相互交融的多元文化城市，他建议我们到"华南最大天然氧吧"姑婆山国家森林公园去看看，感受一下"中国最具旅游价值古城镇"的风采。

那时，李宏庆就觉得"贺州的交通区位优势非常明显也非常重要"——这里东距广州277千米、西距桂林208千米，是广西的"东大门"。当时虽然还没有直接通向南宁的铁路和公路，但在大学专攻政治经济学且有经济师头衔并有铁建办任职经历的李宏庆敏锐地预感到：这里早晚会成为一个区域性交通枢纽，贺州肯定会有大发展的机会。

正如李宏庆所料，几年后，洛湛铁路、柳韶铁路、贺州—梧州—玉林—北海城际铁路等4条铁路拉近了贺州与外界的距离，广贺高速、永贺高速等6条高速公路使贺州四通八达。

接着，李宏庆治下的贺州迎来了更大的发展机会：2017年，习近平总书记亲自谋划、部署、推动，把贵广高铁纳入国家战略——将人口约7000万、面积5.6万平方千米，GDP总量超过10万亿人民币的香港、澳门两个特别行政区和广州、深圳、珠海、佛山、肇庆、惠州、东莞、中山、江门9个城市组成开放程度最高、经济活力最强的粤港澳大湾区。

国家这一重大改革使贵广高铁重要的战略地位立即凸显了出来。

时任广西壮族自治区党委书记鹿心社要求贺州发挥大西南东进粤港澳重要通道的地理优势，突出特色，全力东融，接受大湾区辐射，承接大湾区产业，对接大湾区市场。

于是，根据自治区"南向、北联、东融、西合"全方位开放发展部署，贺州专门成立了东融新区。

李宏庆认为，东融新区是自治区赋予贺州建设广西东融先行示范区的新定位和新使命，可以使贺州加快融入粤港澳大湾区2小时经济圈……

融入粤港澳大湾区2小时经济圈的贺州从此效果明显——沿着贵广线，贺州东融的步伐和经济发展飞快提速。2019 年，全国首例大型能源精准扶贫项目"贺电送粤"成功落地，2019 年至 2020 年期间，华润贺州电厂每年向广东送电 30 亿千瓦时。"贺电送粤"让更多的瑶乡群众摘掉穷帽奔小康。2020 年 1 月至 8 月，华润贺州电厂完成发电量 67.3 亿千瓦时，工业产值 22 亿元，税收 1.78 亿元。在产业和项目的双带动下，2020 年上半年，贺州市生产总值为 339.28 亿元，比一季度提高 3.6 个百分点，同比增长 5.5%，增速居广西第二位。

贵广高铁带动游客赴桂林旅游热度的同时，也辐射了贺州的旅游市场，据统计，自贵广高铁开通以来，到贺州旅游人数实现连年大幅增长。贺州黄姚古镇等特色旅游项目被进一步打响，同时还带动了当地的餐饮、住宿、娱乐等行业的发展，充分释放了沿线地区的旅游经济发展潜力……

与此同时，在那场"争夺战"中与贺州联手胜出的桂林在战略地位等方面也得到了全面提升："桂林国际旅游胜地""国家健康旅游示范基地""国家可持续发展议程创新示范区"等名号标志着桂林国际旅游胜地建设正式上升为国家战略。这种重大意义大概是这座漂亮的城市当初在"争"到贵广铁路时还没有想到的。

当时，这座漂亮的城市一片狂欢。但狂欢的人们还没来得及进一步憧憬贵广铁路即将带来的好处，一场更大的争论便又悄然而至——高铁如何进入桂林这个世界著名风景旅游城市和历史文化名城？还有，市里有一个闲置了 10 年的桂林北站，怎么趁贵广铁路到来之际启用起来？

这些冲突与不和谐的元素让线路设计者们非常头疼。

设计人员先推荐了"北进中出"方案。

所谓"北进中出"，是贵广铁路从灵川定江进桂林北站，然后沿粮食专用线向东，在虞山大桥北侧跨过漓江，从尧山西南侧到灵川大圩。

这本是一个既可利用桂林北站又可以满足线路顺畅的方案。但方案传出，桂林城立即哗然——这个线路要经过市区，需架设高架桥，会影响市区观瞻，会打扰市民正常生活，还会影响漓江景区……

市民们纷纷质问："桂林是历史名城，你在城里弄些高架桥，它还有原来的韵味吗？"

"车从城中过，那噪声、污染还让我们能安生吗？"

"你修一条铁路而毁了漓江风景，值吗？"

于是，"北进中出"方案被否定。

经过反复酝酿，又有了"中进北出"方案。这个方案是让贵广铁路从芦笛岩景区北侧 100 多米的地方穿隧道进入市区到桂林北站，从灵川甘棠跨漓江，绕过靖江王陵保护区到灵川的灵田。

这个方案可以解决利用北站，同时对城市影响小，因为西面的中部还未形成城区。但铁路经过芦笛岩风景保护区边沿时，离市里的芦笛岩比较近，在它旁边的山里打隧道，人们担心：芦笛岩的钟乳石会不会有影响？

为此，市铁建办专门请桂林市地质研究院前去勘察。勘测的人说，如果采取小剂量的爆破，不会影响芦笛岩的钟乳石。但铁道部的专家们审批时很谨慎：这是一个著名的 5A 级景点，是漓江核心景区之一，万一损坏，谁能承担责任？

更重要的是，北出那里有一个规模庞大、气势磅礴的靖江王陵。靖江王陵是历代靖江王的王陵，位于桂林市区七星区东郊尧山西南麓，南北 15 千米，东西 7 千米，共有王亲藩戚墓葬 300 多座。有"北有十三皇陵，南有靖江王陵"之称，其中有 11 人葬尧山，有"靖江王 11 陵"之谓。是国家级文物保护单位，这样的地方是不能穿越的。

于是，中进北出方案又被否定。

接下来，又有北进南出，南进北出等数个方案被否定。

经过一年多的研究，贵广铁路如何过桂林的方案先后提出十多个，但一个个提出，又一个个被否定。

在设计人员一筹莫展之时，铁道部总工程师何华武 2007 年国庆节期间率领一个专家组专程到了桂林，经过实地考察，将"中进北出"方案里的"中进"修改成"北进"，形成了"北进北出"的方案。

这是一项匠心独运、构思精巧的方案——它结合湘桂铁路货车外绕线，将在桂林市区段的湘桂铁路和贵广铁路用联络线有机地连接起来，让贵广铁路从城市北部边缘穿过，通过联络线引入桂林北站，作为终到始发车站。考虑到过往列车在桂林的停靠，同时在灵川定江镇建设桂林西站，形成一个跑道形状的环绕铁路线。这个方案一出台就得到各方好评，很快获得通过。

16

有人说，没有高铁，城镇就是散落的珍珠，通了高铁，城镇就是项链上的珍珠。

谁愿意当"散落的珍珠"？听说高铁要从贵阳去广州，沿线的百姓和官员们都想自己的城市成为"项链上的珍珠"——即使那串"项链"的线不够长，就是线被扯弯扯断，他们也要想方设法地往这"项链"上挤——他们才不管高铁是否"顺直、快捷"那些讲究呢。

挤不上去他们就骂，就阻工，就要横。他们越级上书国家发改委，甚至当面叫板铁道部。在一次有铁道部和三省区领导参加的会议上，一位县长拍案而起："不在我们县里设站，拼上不要这顶乌纱我也绝不签字配合你们拆迁！"

当地百姓立即八方呼应："县长，没有了乌纱帽，我们养活你！"

这情形让一贯主张贵广线"顺直、快捷"的林树森叫苦不迭——他们这样"挤"下去，贵阳到广州750多千米的直线要多"挤"长多少千米呀！

沿途对贵广线的争夺使林树森着急上火，他竭力制止却又收效甚微。到最后，他真不知是该批评沿线那些人"自私狭隘的地方主义"，还是称道他们的不屈不挠和锲而不舍？

他甚至对那些冒着丢"乌纱"之险也要为当地把高铁争到手的干部产生了几分敬意。

为官一任，造福一方。官员们发展心切，与其说是争路，不如说是在争夺地方发展的先行之机。从这个意义上说，沿途发生那些"争夺高铁"的闹剧似乎也不难理解。毕竟，由西北伸向东南的贵广线只有这么一条，毕竟，在那充满凶险的喀斯特高原上等到一条高铁是千载难逢的事情——过了这一村，就真的没有下一店了……

一位官员写诗说，"高铁不常修，不争永无缘"。

这种时不我待的紧迫感使贵广线的争夺日渐白热化。在高铁线路走向、设站等问题上，他们不但与外省争，市与市之间争，即使同一个市的兄弟县也绝不相让。

恭城是一个瑶族自治县，在桂林的东南方向。贵广铁路初勘时，桂林到恭城之间有一座叫海洋山的大山，设计部门考虑顺直的因素，在那座大山下设计了一条18千米的隧道，从这个隧道走，可以经恭城到钟山县。但海洋山地质条件较差，每打一米隧道就要花好几千万，铁道部审查时觉得造价太高，不同意搞那么长的隧道，要求设计部门优化。

优化后的线路要往南走，进入桂林市的平乐县。天上掉馅饼，平乐县当然喜不自禁，马上派人与有关方面联系，表示会全力配合贵广铁路过境。

但恭城县不干了："原来说走我这里，我们都已经做了各种准备了，现在说不走就不走了，那怎么行！"

尽管是一级政府，急起来乱了方寸也会干些不讲程序的事情——也不管自己的级别是否可以直接与国家发改委联系沟通，2008 年 3 月 16 日，恭城瑶族自治县还是直接给国家发改委写了一个《关于贵广铁路的情况汇报及建议》。

在这个《汇报及建议》中，恭城县政府盛赞当初确定在恭城设站的方案是民心工程，"顺应了少数民族群众求发展的强烈愿望"，并说"经恭城到钟山的长隧直线方案符合科学发展观，对恭城及周边县经济社会发展具有不可估量的拉动作用"……

《汇报及建议》用很大篇幅强调：为配合这一"民心工程"，恭城成立了支持贵广铁路工程建设指挥部，投入了大量的人力和财力，新建了年产 300 万吨的水泥企业和年产 10 万吨的电解锌企业，为贵广铁路建设做了大量前期工作。但近来听说贵广铁路要改线走平乐县……

行文至此，《汇报及建议》又道："深表遗憾，希望贵广铁路重回恭城。"

也许是感到"人微言轻"，也许是觉得远水不解近渴，恭城又赶紧向桂林市政府求援。

几天后，研究贵广铁路走向的广州会议召开。会上，桂林市政府的代表表达了观点并提交了"关于桂林至贺州线路走向方案的建议"的书面材料。强调"恭城是广西贫困县。桂林至贺州的线路穿海洋山隧道正好经过恭城县城，线路顺直，地质条件较好，可以改善恭城的交通条件，有利于促进少数民族地区经济发展"……

据桂林市铁建办副主任王文杰讲，后来，为了保住恭城设站，中铁二院请地质院对沿途地质做了一个证明，说沿漓江的短隧方案（平乐方向）地质条件较差，特别是对漓江的环境会产生一定影响。汇报后，铁道部没有再坚持走平乐方向。只是将海洋山长隧道往南局部优化，变成了短隧道。

贵广铁路走向定下线路后，铁道部和一些县经常发冲突。广西柳州市的三江县原有一条铁路过境，但设站离城区 20 多千米，这让三江人很是恼火。贵广路勘测时，设计者又把车站设计在了距县城 50 多千米处。铁道部组织各方召开方案审查会时，三江县的人说，不行，那条铁路不经过我们县城，贵广路又不经过县城。这非常不利于三江百姓出行和三江的经济建设，车站一定要往县城靠！

有关人员解释，往县城靠地质情况复杂，线路加长，困难太多了。

解释者话音未落，三江代表硬邦邦地甩出一句"不往县城靠，群众意见很大，征地拆迁我们无法做通工作"！说罢，拂袖而去。

在会上放出狠话后，三江有关方面又从柳州一路找到北京。国家民委出面求情，广西壮族自治区也出面协调。最后，铁道部妥协，多开支几个亿，把车站移靠到了离三江县城只有 20 多千米的地方。

三江车站移靠后却给桂林市留下了无尽的遗憾。王文杰说："三江那边把线路一移，铁路虽然经过龙胜县，但设不了车站。"

其实，这是一个不得不留下的遗憾。当时，广西壮族自治区和桂林市为在龙胜设站的事情已经反反复复与铁道部交涉，但贵广铁路过龙胜县城附近时两边都是隧道，一个峡谷中的铁桥路和地面落差 100 多米，反复研讨都没能研讨出一个设站的办法来。

直到贵广铁路通车后，王文杰副主任仍在纠结。这个当年在贵广铁路桂林段举足轻重的人物，坐在办公室里望着一张偌大的贵广铁路线路图。然后，呷一口茶指点着地图，有些耿耿于怀地自责道："在龙胜设站的问题上，我们不那么坚决。因为，真要那样的话，铁路就要穿过我市的一个国家保护区。为了不影响保护区，高铁完全是从地下穿越。设计部门又不愿改线，他们前期投入相当大，要改线就要重新勘探，原来的勘探都要作废。重新做勘探，地质条件行不行还不知道……"

尽管知道存在种种不确定因素，但他还是强调自己的设想："当时，如果我们和三江一起行动，要求把线路往龙胜县城那边摆，贵广铁路在龙胜县设站还是有可能的。"

在王文杰看来，只要坚持，就可能为本地百姓争得利益。他说，这种情况，在阳朔就得到过印证。

阳朔原来也没有建站的计划——实在没有理由在那里建站，贵广铁路本来是不会经过阳朔的，因为恭城的海洋山隧道为了避免太长往南靠了一点，这才歪打正着地进入了阳朔的北部边缘。即使如此，线路勘探时也根本没有想过要设什么站。

阳朔的领导不干了,贵广铁路经过阳朔时跟高速公路有一个交汇,需要阳朔签字。但该县管交通的某领导开会时说:"你不设站我就不签字。"

为了让其签字,王文杰等人曾多次前去阳朔做工作,但都做不通。王文杰等人只好回过头与设计部门和铁道部沟通。铁道部考虑到阳朔是旅游胜地,设站对发展旅游业有好处,就决定将在灵川一个不办客运业务的中间站挪到了阳朔。

为这个站,设计部门搞了半年,站虽然搞成了,但很别扭。王文杰介绍说,阳朔高铁站位于县城北部的兴坪镇思的村,离兴坪风景点有10多千米,离县城20多千米。要进阳朔站,坐汽车驶过一段崎岖的山路,就能看到山腰上的一座高架桥,桥的一端是隧道,另一端是阳朔站的站房。

建成后的阳朔站最大的特点是隧道连着桥,桥上建站台。王文杰描述说,站台区域的高度有七八米,站台两侧的高架桥高20米左右。贵广高铁是双线铁路,而阳朔站站内设计有两股正线,两股停靠线和两股备用线。为了在十多米的高空将双线轨道变成6股轨道并引入车站,高架桥在距离站台200多米的位置分成了3个部分。从远处看,就像一座桥变成了3座桥进入车站……

原铁道部规定,县级站的站房只能建3000平方米,阳朔站站房面积却达到1万平方米。把车站建这么大,是按阳朔县年接待游客量约1000万人次这个接待标准来设计的。阳朔站站房多出的7000平方米要由县里出钱,加上从山外新修一条10千米长的一级公路进入车站要几千万,两项开支过亿。

但王文杰认为,这很值当!这个站离县城虽远了些,但离旅游点新坪很近,对阳朔发展旅游业很有帮助作用……

第二章

横枪跃马

走马上任贵广公司总经理时，张建波绝对没有想到，在那片满是溶洞、暗河、断层、软岩等灾害性地质的喀斯特高原，他的公司能创造出高铁史上的经典和奇迹，会如"中国创新榜样"组委会获奖理由所说的那样，"为高铁建设管理确立了世界标准"，自己也会成为高铁领域里被关注的人物。6年贵广路，一波三折，险关重重，难题不断。这个颇有儒雅之风的河南汉子恪尽职守，敢于担当，和建设者们横枪跃马，一路向前。

第五节　踏荒而来

17

桂林的自然风光虽美，但这个位于南岭山系西南部的城市在广西毕竟有些偏北。到省府南宁 380 千米的距离更使这里略显闭塞。

那些年，在市铁建办副主任的位置上，关于铁路方面的信息王文杰倒是知道不少：柳州铁路局要南迁南宁啦，国家批准了柳州到广东肇庆的铁路建设规划啦，贵州想改变黄（桶）百（色）铁路走向啦……

但王文杰唯独没有听说过贵广铁路的消息。他多次对本书作者讲："2006年 9 月底那个礼拜五的上午，突然接到铁二院发来的关于贵广铁路的函件时，我的手都有点抖……"

8 年后，王文杰还能一字不差地记得铁二院那封函件的内容："……贵阳至广州的快速铁路已补充列入'十一五'规划。近日，我院将派员前来进行工程预可研方案研究，望能配合其进行路线考察勘探等事宜。"

2006 年，湘桂铁路启动时，已在市发改委交通能源科工作了两年的王文杰到发改委铁建办当副主任，对交通工程方面的事情可算是见多识广。按以往的经验，一项大的工程启动前，广西壮族自治区有关方面会事先透露一星半点消息，或明或暗地来一番舆论摸底，接着再正儿八经地发红头文件正式通知，进行前期线路调查、征求意见、研究规划、会议动员……

然而，贵广铁路工程启动，除自治区发改委交通厅来电告之外，没有人来进行线路调查、征求意见、研究规划。甚至把"舆论摸底、会议动员、发文通知"等程序也都给省略了，要动工的信息竟然还是通过铁二院这个非官方组织以函件联系工作的方式透露给相关"当事人"。

尽管这种做法有些违反"官场公文程序"，但王文杰依然很高兴。"见到铁二院的函件，我的感觉是国家把一个大馅饼掉到了桂林！"

桂林交通一直滞后。20 世纪 30 年代修建的那条南北方向的湘桂铁路即使在 2004 年经过扩能改造，对桂林的交通也没有什么实质性改观，桂林去广州需绕到湖南衡阳，普通列车要折腾 11 小时。去贵州则要到柳州转车，十几小时还不一定能到达。

捏着铁二院的那封函件，王文杰兴奋地盘算：贵广铁路修好后，桂林到广州到贵阳都不过是两小时的事！

对这个突然从天而降的机遇，王文杰后来多次讲述："由于之前没有贵广铁路的任何信息，我们发改委的很多人都不敢相信修贵广铁路是真的。但接到铁二院函件不久后的一天，他们真的来了。"

那次，铁二院一下去了好几十号人，有线路勘察的，有地质勘探的，有设计的。铁二院领队的陈亮用夹杂着四川口音的普通话告诉王文杰，他们这次勘察主要是为了参加铁道部贵广铁路修建的设计投标。

刚把铁二院的人送走，铁四院的函件也来了，他们也要到桂林勘察和收集资料，准备加入贵广铁路的设计竞标。接着，他们也从勘察、设计等部门抽调来了几十号人，在贵广路东南端的深山里钻探勘察⋯⋯

当这两支队伍在西南喀斯特高原的崇山峻岭中忙碌时，人们自然会想起他们那个团队曾经辉煌的过去。

早在 30 多年前，铁四院就在为中国的高铁做准备。1982 年，在中国铁路一般客车的时速还只有五六十千米时，国家级勘察设计大师陈应先便主导铁四院的科研人员编译了《高速铁路》一书。他在书的前言中写道："⋯⋯北京、天津间，上海、杭州间，上海、南京间，完全有可能、有需要将时速提高到 120、140、160 千米乃至更高⋯⋯"

陈应先坚信，中国的高铁时代一定会到来。工程技术人员一定要眼光超前，要适应国家宏观发展。他开始组织设计人员搜集、追踪、掌握国际高速铁路的动态和信息，在院里的两间办公室里建了高铁文献资料库，组织技术人员及时翻译外国文献⋯⋯

《高速铁路》出版 20 多年后，秦皇岛至沈阳高铁、京津城际等高铁于 2003 年前后建成。陈应先知道，高铁时代即将来到中国。此后，已退居二线的陈应先仍坚持在对广（州）深（圳）准高速铁路和京沪高铁徐州至上海段可行性研究的一线。

广深准高铁的时速定在 160 千米——这是准高速的起点，是通往时速 200 千米及以上高铁的桥梁，是传统技术的延伸与新技术发展的接续点。通过广深准高速，中国拿到了通往京沪高铁的钥匙。历史也选择铁四院，让他们写下了京沪高铁恢宏史诗中最初的一笔。

陈应先这个京沪高铁的开辟者非常注重"薪火相传"，王玉泽、陈耀明、何志工、郭志勇等一批极具潜质的高铁才俊逐渐成长起来，先后走上了铁四院京沪高铁总体设计负责人的岗位。王玉泽等人又用自己的肩膀托举起如王安时、许国平、李其龙、赵尔官、朱军涛等更年轻的一代走上了贵广高铁线路的指挥设计岗位……

在这种生生不息的科研氛围里，几十年间，铁四院京沪高铁的科研队伍"摊子不散，目标不变，要求不降"，不断为中国高铁建设立下汗马功劳。截至 2012 年年底，铁四院设计了京沪、武广、郑西、京广、沪汉蓉、沿海大通道等一大批高铁，设计高铁里程达 4620 千米，占中国投入运营高铁的 60% 以上。设计在建高铁 5000 多千米，规模位居全国乃至世界之最，成为铁路现代化建设的领跑者。

铁二院的发展也令人叹为观止。

1952 年 9 月，铁二院成立于重庆两路口时，还只是铁道部西南铁路工程局的一个设计处。此后的几十年间，铁二院 7 次搬家，辗转于江西南昌、福建南平、贵州安顺等地，最后才在成都的通锦路定居下来。

这期间，铁二院 8 次更名，由铁道部西南铁路工程局设计分局改名为中铁二院工程集团有限责任公司时，它已是一个有 6400 余人的企业。其中，享受国务院政府特殊津贴专家 34 人，省级以上工程勘察设计大师 13 人，教授级高级工程师 170 余人，高级工程师 1100 余人，工程师 2000 余人。

这些大师、高级工程师、工程师从成昆、南昆等铁路建设工程先后捧回了国家科技进步特等奖、一等奖等数十项奖项；2011 年，在全国工程勘察设计企业总收入百强排序中，铁二院名列第 15 位；勘察设计铁二院连续 7 年名列第一，企业境外工程项目管理营业收入居全国首位，上缴营业税金及附加税列全国工程勘察设计企业第三位……

数字也许有些枯燥抽象，但新中国第一条铁路成渝铁路，第一条电气化铁路宝成铁路，扬名世界的成昆铁路，直上高原的南昆铁路，中国铁路史上的扛鼎之作川藏铁路，这些出自中铁二院之手的设计像在辽阔富饶的成都平原上堆起了一座座气势非凡的高地，使铁二院那些功垂千秋万代的业绩，不断增加高度，吸引着世人的目光。

在那些气势非凡的高地上，成昆铁路的设计尤其显眼。

1958年7月，成昆铁路成都至峨眉段开工。铁二院前身的铁道部西南设计分局及地质部先后调集5000多名工程地质勘测人员，完成了1.48万平方千米的地质测绘，钻探量达21.27万米。经过数年努力，勘测比较线路1.1万千米，制订大小比选方案300多个……

在最终确定的方案里，那为克服地势高差而在全线设计的7处螺旋形、圆形、灯泡形盘山展线，那13次跨越牛日河，8次跨越安宁河，47次跨越龙川江的线路走向成了整个工程的设计亮点。

牛日河上的尼波和洪峰两站之间直线距离只有7千米，但高差达142米，线路在地势险峻的龙川江峡谷里三叠交叉，跨大中桥6座，隧道11座，几经迂回重叠，盘旋而上，最后，进口和出口竟出现在升高几十米的同一个方向！

有人称，这是世界铁路设计史上的一个奇迹和惊世之作。

《人民日报》的文章说，支撑起铁二院这些设计成就的是踏踏实实的坚守和兢兢业业的创新。

二院人沉醉于他们创新的事业之中，不愿把目光转向他处，甚至连准备宣传他们工作的人也从不正眼一瞥，一次次将其拒之门外。可见二院人是何等淡定和低调。

但采访者们很理解铁二院的拒绝。一篇评说铁二院不愿被打搅的文章说："工程设计是一项沉默的工作。有些设计师一辈子就扑在一条铁路的选线上，有些工程师一生就在钻研一个地质问题，有些勘察人员可能大部分时间都在荒山野岭中度过，他们的设计也许要经过十几年甚至几十年的时间才能敲定。因为每一条线路的选定、每一个站点的选择都要反复推敲、重复试验才能确定，因为一笔下去，就关系到一条铁路的寿命，关系到千千万万人的出行保障，就可能是几千万甚至几个亿的开支。所以，他们要专心致志，分秒必争……"

18

2008年3月10日的皇历说："宜破屋坏垣，余事勿取。"意思是：这天只可以干些拆除房屋或围墙之类的事情，其他就什么都不要做了。有点"诸事不宜"的意思。

中铁二院地勘公司贵广铁路三江地质组组长覃雄谋做事没有看皇历的习

惯，在 3 月 10 日这个"诸事不宜""余事勿取"的日子里，他决定带着他的队员们到天平山勘测。

天平山隧道就要进入设计阶段了，但隧道进出口的工程地质条件到底如何，还存在哪些不良地质等问题还需进一步查清，因为这不但关系到线路方案的制订，还关系到工程设计资料的质量。所以，覃雄谋必须在近期完成这项任务。

头天晚上，他查了一下桂林地区的天气，当地的天气预报显示：10 日午后会有阵雨转强阵雨，气温 3 至 9 摄氏度。

看到这样的天气预报，覃雄谋心头有些发怵——这位广西南宁人在桂北待了一段时间后，他掌握了一个规律：桂林市预报的最高温度是 9 摄氏度，在天平山里肯定只有 6 摄氏度左右。加上再下点雨，在那遍地荆棘丛生，无路可走的山里行走就更加"难于上青天"了。

当时，他有些犹豫：是不是另挑个晴天上天平山？但一查桂林未来半个月的天气预报，覃雄谋直摇头：接下来 10 多天的预报栏里全是云朵下吊着雨滴的图案标记！

那堆积成山的工作还允许再等 10 多天吗？

2006 年 11 月，初探结束后，铁二院、铁四院 12 月中旬在北京的广州大厦参加铁道部发展计划司召开贵广铁路项目设计方案竞选，铁二院的设计方案中标，负责贵阳至贺州 598 千米的线路设计。铁四院负责广西贺州至广州 259 千米的线路设计。铁一院也竞得了贵广铁路定测及补充定测阶段工程地质勘察监理项目，担任总体单位，铁三院承担贺州至广州段 260 余千米的地勘监理。

那之后，4 个设计院各司其职，投入了紧张的设计和工程地质勘察监理。

老听院里的总体负责人陈亮等人在会上讲工期催进度，覃雄谋几乎能背出铁二院的工作日程表：2008 年 7 月前必须完成定侧地质勘察，完成浅孔钻探和部分深孔钻探；到 2010 年 5 月前，还要完成调整初步设计地质补充勘察，开展卫星遥感判释，水文地质和工程地质区测，详细工程地质测绘……

覃雄谋明白，要按时完成这些一环扣一环的工作，即使是夜以继日地加班加点都会很费劲。春节期间，当 2008 年那场 50 年一遇的雪灾降临整个中国南部时，院里总体负责人陈亮、郑才辉、陈纪纲等人还带领全体勘探设计人员在冰天雪地里苦干。

二院的很多人都为此做出了牺牲：搞隧道的女工程师游芬，为全身心地投人设计，一再推迟要小孩的时间；副总体蔺建国把结婚的日期推了又推；集团公司副总工程师张雪才生病住院还一只手输液一只手拿着设计文件研究；环评设计负责人陈莹立下"军令状"——"环境评价影响报告书不通过不结婚"；桥梁设计负责人廖尚茂的父亲去世后，他仅请假3天便又忍着悲痛全身心投入设计……

大家都在为贵广工程奋不顾身地拼搏，自己领导的小组怎么能因山里的天气和路况而耽误工作？

凌晨5点，天还没亮，覃雄谋便把他的3个队员从热被窝里连吼带拽地弄了起来，他告诉嘟嘟哝哝还想"再眯一会儿"的队员们："山里情况复杂危险，必须当天完成任务当天出山。还眯啥！再眯今天就下不了天平山了，晚上，你们想在山里就着凉水喝西北风等山体滑坡？"

从项目驻地颠簸3个半小时后终于到达天平山下。覃雄谋开始安排工作："李伟和我上山，到天平山隧道进口工点勘测。李朝辉和张天云在山下接应，应对突发情况。"临行，他拍拍李朝辉和张天云的肩："这下，你俩可以趁这段时间再好好眯一眯了。"

根据前期勘探的情况看，天平山隧道将成为贵广铁路的特长隧道之一，也是全线控制工期的重大工程。其地形陡峻，河谷深切，悬崖峭壁随处可见。到隧道的进口更是困难，那里荒无人烟，根本无路，要想到达进口处，需要在崎岖的沟谷中步行8千米，其中有近5千米要在齐腰的黄沙河中行进，还有一段要游泳才能渡过。然后，再绕过一段几乎是笔直的陡岩——后来，曾在此处勘测便道的中铁十二局二公司天平山隧道第一项目部经理张朝阳说，此段两岸的陡岩有点像长江上的夔门……

沿途的地形使得覃雄谋和李伟的行程从一开始便充满艰难和险情。在那两侧都是悬崖陡壁，谷底全是荆棘的2000多米的陆地上，覃雄谋和李伟边挥刀砍路，边缓慢前行。2000多米的路还没有走完，两人早已汗流浃背，脸上、手上也被荆棘刺得伤痕累累。

这还不算糟糕，糟糕的是还不到中午，天气预报所说的"午后有阵雨转强阵雨"便提前降临了。

先是空中突然涌满黑压压的乌云，瞬间就将山谷遮盖得傍晚一样昏天黑地。

接着，起风了——最初探访山谷的那阵风还算温柔，它没有扰动粗壮的树木，只是把灌木草丛吹得微微颤抖着发出簌簌的轻响。但这"温柔"只是一个象征性的过渡，那些灌木草丛还未从"温柔"的扰动中醒来，暴风就顺着山谷打着凄厉的响哨扑向大山，山谷里顿时飞沙走石，一片混沌。

睁不开眼的覃雄谋和李伟赶紧躲到一块向前突出的岩石下，惊惶地看着呼啸的暴风把山里的大树、毛竹和各种灌木草丛撕扯摇曳得东歪西倒。刮断的丫枝不时发出凄厉的尖叫，接着，马上就被尘土夹裹在树叶枯草中和那些惊恐万状的鸟儿狂飞乱舞着飘远。嶙岣苍莽的崇山峻岭中那一堆堆冷峻的奇峰怪石似乎也被吹得摇摇晃晃，给人一种莫名的恐惧……

李伟气恼地责怪气象台："不是预报只有阵雨转强阵雨吗？怎么刮起了妖风！"

覃雄谋开玩笑说："是老天爷眷顾你，强阵雨到来之前，先额外赠送你一阵暴风作为惊喜。"

两人正说笑，黑沉沉的天空已开始零星地"砸"下了比黄豆还大的雨滴。接着，雨点越来越密，很快，哗哗啦啦的大雨倾盆而下，像密密麻麻的利箭射向大地，地面迸溅着雨雾，一片迷蒙。

事后，李伟形容说：那强阵雨像是一种巨大的黏合剂，将天空和大地紧紧连接在了一起。我们躲在岩石下也被"连"了起来——顺着岩石漫下的山洪把我们淋成了狼狈的"落汤鸡"。待在泥水里还不如"沐浴"在大雨中，于是，我俩夺路而逃，在狂风暴雨中继续前行……

风卷着雨像无数条鞭子，狠命地抽打着艰难赶路的覃雄谋和李伟。被暴风雨拍打得摇摇晃晃的李伟突发异想："覃哥，假如现在再有一道闪电掠过，然后轰隆隆的雷声滚动着在空中咔嚓一声炸响，你会不会觉得更加刺激！"

覃雄谋忙用手摸李伟的额头："没发烧吧！"

李伟没好气地嗔道："难道你认为我是在发烧说胡话？"

覃雄谋反问："难道不是吗！"

"一点浪漫主义情怀都没有。别打岔，告诉我，此时此刻如果再来点电闪雷鸣是不是更刺激？"

"刺激你个头呀！"覃雄谋问，"这冬天不具备在云团中积累大量电荷的条件，又没有上升气流和它摩擦，哪来的闪电？又哪来的炸雷？"

李伟尴尬一笑，讪讪道："那倒是，我怎么忘了这茬儿。"

覃雄谋教训道："记住这些常识，别老瞎想什么刺激！"

李伟回击说："虽然没有闪电惊雷，看你被淋成落汤鸡的样子也觉得很刺激！"

覃雄谋淡然一笑道："这有什么呀！反正马上就到黄沙河齐腰深的水中行进了，到时，还是会弄得浑身湿透的。"

雨越下越大，长期在野外作业的覃雄谋预感到潜在的危险有可能降临：大雨汇集成洪水漫山而下，在谷底行走随时都有被洪水吞噬的危险！他提醒李伟："等会儿如果有洪水下来，赶紧往旁边的山坡上跑！"

好在桂林的气象台的预报总算报准了一回：山里的"阵雨转强阵雨"很快过去，虽然暴雨如注，形成过一阵气势汹汹的山洪，但这强阵雨后劲不足，最终没有能形成持久的大洪水威胁到谷底的覃雄谋和李伟。只是由于下雨，裸露出来的石头很滑，还是给他们降临了一点小小的灾难：李伟频频从像抹了油一样的石头上摔倒，全身多处被树枝杂草刮破。覃雄谋也从悬崖上滑倒跌入谷底的黄沙河里。虽已被雨水湿透，但在掉进河水的那一瞬间，覃雄谋还是被冰冷的河水激得忍不住哇一声大叫起来。

事后，他用南宁式的语调惊叹道："我丢！当时正是春寒料峭，黄沙河的水是山上流下来的雪水，落水的瞬间，那个的冷呀，简直就像针在刺我全身一样！"

覃雄谋落水的地方正好是他们即将面对的那近5千米长的水路。为了行走方便，覃雄谋、李伟干脆把仪器和资料像非洲人那样顶在头上，脱掉长裤，穿着短裤在水里行进。

但他们不能像非洲人那样四平八稳、轻松自如地用头顶搬运东西，两人双手扶着头顶的仪器和防水资料包，像醉汉一样在齐腰深的河水里跟跟跄跄，东倒西歪。

后来，覃雄谋回忆说："在河里走得东倒西歪并不完全是因为没有非洲人头顶东西的那种技能，而是因为冷，冷得牙齿咯咯咯地响个不停，全身直哆嗦，连路都走不稳……"

李伟一边憋着劲往前走一边想着美事："覃哥，要是能像蔡家鹏他们上次下河推车前那样来几口酒就好了！"

冻得快失去知觉的覃雄谋忍不住扑哧一声笑了："你小子真是哪壶不开提哪壶。酒没有，这河里有冰水你喝吧，让你里外凉个透！"

李伟仍想着酒的事情："哎，覃哥，蔡家鹏他们是不是有先见之明，知道要到刺骨的河水里推车，事先准备了白酒？"

李伟所说的蔡家鹏是铁二院搞钻探的同事。李伟怀疑蔡家鹏等人下河推车前准备白酒的事发生在两个月前的 1 月 11 日，钻探机组的蔡家鹏和方振华等人前往邦土车站钻探时，正赶上桂北地区的那场 50 年一遇的大雪灾，持续的低温形成的雪凝天气使沿途那些"油光可鉴"的路面都被五六厘米的冰层覆盖。晚上 10 点，拉钻机的卡车一个后轮滑进了四寨河中，任驾驶员怎么轰油门也爬不出来。见状，蔡家鹏、方振华和机组几个人从车里拿出一瓶白酒，每人喝几口后就嗷嗷大声喊叫着下到刺骨的河水里推车。

事后，蔡家鹏对人说，下河推车时虽然被冻得双腿麻木，但因为喝了酒，心里还是暖乎乎的……

此刻，在冰水里行走的覃雄谋、李伟因为没有酒喝，体味不到蔡家鹏所说的那种暖乎乎的滋味，只感到透彻骨髓的寒冷已快把他们击倒，只有咬紧牙关艰难地一步步朝前挪动。

在那个像长江"夔门"的地方，二人刚跌跌撞撞地上了岸，李伟就一下瘫坐在地上。覃雄谋边连拖带拽地拉李伟边大声吼："起来，起来！坐不得！坐下冻僵了就再也爬不起来了！"

接下来，两个浑身湿透的小伙子在河边使劲地乱蹦乱跳了 20 多分钟，直到僵硬的身体活泛过来又才继续赶路。

下午 2 点，覃雄谋、李伟终于到达天平山隧道进口处。此时，他们饥寒交迫，体能消耗殆尽。但他们还是坚持对工点进行详细勘测，量产状、打标本、调查沟中水石流情况及线路工程地质条件。然后，如获至宝地用保鲜袋和塑料布将那些获取到的资料包裹好几层，再放入防水袋里。直到 3 点多，二人才生起一堆火，开始共进"午餐"。

吃完"午饭"已是下午 4 点，二人赶紧踏上返程。

雨天，山里的夜色降临得格外早，6 点不到，夜幕就已经笼罩了大山。更糟糕的是，山雨也再次赶来为这两个不速之客"送行"，下得越来越急促的暴雨迷离了覃雄谋、李伟的视线，他们携带的手电筒浸了雨水只能发出微弱的光。凭着这微弱的光亮，二人艰难地摸索着前行。

此时，在外接应的张天云和李朝辉心急如焚，一直闪烁着越野车的应急灯向山里传递着盼归的信号。后来，二人沉不住气了，开始发动周边的村民准备进山找人。村民听说为了在大山里修铁路，铁二院有两位工程师徒步闯进山里搞勘测一直未归，几位老乡自发地要随张天云、李朝辉进山寻找。

晚上8点多，进山找人的队伍突然发现沟谷出口的地方有一丝微弱的光在闪动，张天云兴奋地喊了起来："是他们！他们回来了！"人群沸腾了，老乡们纷纷打开手电筒为其指引方向。两个身影摇摇晃晃地来到了跟前时，大家才看清他们浑身湿透，下身只穿着短裤，全身不停地颤抖，连话也说不出来。李朝辉与张天云冲上前，将随时都会瘫倒的同事拥在怀里，一边把自己的衣服脱下给他们换上，一边不停地说："终于回来了，终于回来了！"

后来，原铁道部的一位领导到贵广铁路检查工作时听到覃雄谋、李伟的故事，动情地赞叹说："二院这两个小伙子真敬业，真坚强，真能挺！"

熟悉二院情况的贵广公司总经理张建波介绍说："有人比他们还能挺呢，在被冰雪围困成孤岛的榕江县挺了一个多月！"

2008年年初，南方那场严重的冰冻雪灾使榕江县断电、断路、断水、断油、断通信。贵广项目定测期间，勘测设计榕江组所负责的路段情况更是糟糕到了极点：停水停电、停气停油的半个多月里，外界资源无法进入勘测组所在地，勘探队的几个组都陷入了无菜缺粮的绝境。手机充不了电，勘测组无法与外联系，有个在深山中钻探的小组，因道路结冰和道路边坡垮塌不能通行，钻探结束后，不能搬往下一个工点，被困在山中一个多月。

为确保项目工期，设计人员在组长李霞明带领下冒着零下5摄氏度的恶劣气候里坚守着现场，对控制线路方案的地物和重大不良地质工点多次进行现场核对和调查。停电时，他们就采用手绘方式研制方案，手冻僵了就烧炭烤烤。没有肉吃忍着，没有菜就用"玻璃汤"泡饭吃。没法开车就在冰冻的路上"滑"着去工地，好几个队员摔得鼻青眼肿也不肯去养伤。最后，李霞明与地方政府协调，争取到战备军用油为踏勘汽车加油出工。就这样，他们一直"挺"到完成勘探任务……

19

清晨，贺州市还没有从沉睡中醒来，铁四院贵广铁路项目勘探总工程师兼副指挥长、勘探队队长李其龙便带着勘探队员在淅淅沥沥的秋雨中出发了。牡丹牌中巴急匆匆地驶出他们驻扎的市区，沿贺街方向狂奔46千米后向南拐进了群山环抱、重峦叠嶂的大桂山中。

中巴轰鸣着爬上山梁时，大雨渐渐停歇。

雨后的山林里云雾缭绕，一片寂静。进山那条窄窄的机耕道迂回婉转缠绕在群峰之间，把大山的荒凉冷清渐渐牵扯了出来。不知是哪个时代火山喷发遗留下的海洋隆起带化石层暴露在机耕道边，那些白色的熔岩、卵石一堆堆、一片片地布满了沿途，把大山的千疮百孔渲染得更加触目惊心。不远处，绝崖峭壁上残存的古栈道，把一个个苍凉的记忆留在了古老的大桂山里。无数的奇峰怪石则像一个个冷峻的历史巨人，见证着山间一草一木苦难的年轮。

李其龙等十多号人乘坐的中巴缓慢地颠簸在坑坑洼洼的机耕道上，隐藏在密林草丛中的毛冠鹿、金猫、野猪远远地窥探着这个踽踽而行的"庞然大物"；猴子们在树梢青藤间惶恐不安地跳来荡去，同惊飞的白鹇、鹧鸪、黄莺等鸟儿一起高声鸣叫着给同类报警；受惊的野兔、青蛇不时窜到路上，不断给勘探队员们带来"惊喜"。望着它们惊惶逃窜的身影，李其龙不觉心生歉意："可爱的生灵们，你们才是这大山里的主角，对不起，打搅了……"

机耕道没完没了地蜿蜒盘旋着往沟壑纵横的峡谷深处延伸，坡陡弯急，狭窄不平的路况使得牡丹车几乎只能以步行的速度前进。很多路段，峡谷瀑布的水花溅进了车里，队员们脚忙手乱，赶紧关上车窗。在一个急弯里，车头拐过了弯道却把车尾悬在陡峭的崖壁之上，引得车内一阵恐惧的惊叫。

李其龙忙挥着手大声安抚队员们："淡定！坐好，大家都坐好！"大家都"淡定"了，他却满脸惶恐地摇头叹息。

每次接到山区勘测任务，李其龙都会头皮发麻，手心冒汗，他自嘲这是"山区勘察过敏反应症"，每次"过敏"时，他都会在心里暗骂："狗日的，那些悬崖峭壁又在招手了！"尤其这次到贵广线，他感觉到那种头皮麻得发炸的程度远远超过了以往的任何一次"过敏反应"——能不"反应"强烈吗？整个线路穿越贵州高原、广西倾斜盆地、珠江冲积平原，地形变化起伏大，岩溶、暗河、采空区、滑坡、软岩等不良地质遍布全线，一路很多地段都需要设计隧道和桥梁，勘探非常艰险——单是那"阎王坡"、落魂谷、"鬼见愁"之类的地名烘托出的令人惊怵恐怖的氛围，便足以让勘探者们闻而生畏……

过了梅花渡口不远处，两山间豁然开朗，出现了一片"屋舍俨然，有良田美池桑竹之属"的开阔地，村舍里，炊烟袅袅，隐约传来的鸡鸣犬吠声中夹杂着山民在田间奴使牛马的吆喝……

那片开阔地尽头的步头镇榕木村南水寨就是李其龙一行这天要去的目

的地。

早年，南水寨一带渺无人烟。1942年，日本鬼子攻下广州后再向广西进犯，打到了离贺州只有十多千米的贺街。于是，广东、广西、江苏等地的难民纷纷逃进大桂山深处，仅南水寨就有来自广东、广西、南京等地的难民。

行车记录仪显示，从进山的路口到南水寨外那条无法通过的小河沟只有28千米，但中巴车在那全是W字形的机耕道上"走"了两个多小时。李其龙等人并不觉得这有什么奇怪，过去的几十天里，中巴车在这条险象丛生的山路上大多数时间都是这样"走"过来的。

到南水寨后，他们开始走着路工作——每天，他们都要走20千米左右，用步子丈量线路上的每个山头、每片农田和每条溪沟河流。

白天，技术小组现场调查，取点定位，测量小组采集相应数据。晚上，技术小组将一天的成果进行数据分析，文字整理并绘制成图，再及时反馈给各专业设计负责人。经过紧张的测量、调查，基本确定了贵广铁路在贺州一带经过的线路和这段线路上的隧道、路基、桥梁，查勘清楚了地质构造、岩性、产状等基本地质情况，还一户一户地落实了这条线路路过南水等村寨时那些需要占地和拆迁的房屋……

如果仅仅做这些，李其龙他们的工作量也许还不算太大。他们还要时时顾及贵广线"环保"设计的原则，在工程条件允许的前提下，宁肯加大工程建设投资，增加桥隧比例，也要尽量避开自然保护区、风景名胜区、水源保护区和文物古迹等"红线"地带，这使他们的工作量增加不少。

经过广宁县内时，存在取直和绕避竹海森林公园两个方案。经过比选，取直方案线路缩短1.68千米，工程投资减少约1.32亿元，但对广宁竹海森林资源有较大破坏。最终，李其龙等人采用了绕避竹海森林公园的方案。

线路经过佛山市三水区境内时，原准备从一个长长的小岛两跨西江，但那附近有一个广东省第二战略水源保护区的取水口，在那里选线对勘测设计有利，但施工会造成污染。于是，设计改线，走费时费钱的思贤窖大桥……

一路绕避，一路顾忌环境敏感点，到勘测后期，李其龙带领的勘测队完成任务的预定时间已所剩不多了。

为了有更多的时间赶勘测进度，李其龙的勘测队常常就着山泉啃些饼干或泡点方便面凑合，久了，吃得大家瘪肠寡肚，面带菜色。李其龙意识到，大家天天都要扛着仪器翻山越岭，老这样凑合早晚会把队伍拖垮，就到沿线的老乡家按每人每餐交 10 元钱搭伙。10 元钱虽吃不上什么，但总算能吃上点热菜热饭，这对那些一见饼干、方便面就反胃的队员来说，已经很满足了。

为了节约下每天在路上折腾的那六七小时，2008 年秋天，队员们很多时间都在老乡家借宿。

大山里，村民们的住宿条件和卫生习惯大多不好，刺鼻的尿桶就放在床头，熏得人难以入眠；想捏着鼻孔睡会儿吧，虱子、跳蚤又会从那些破旧的被子里钻出来轮番"招呼"来自远方的客人；实在无法忍受，想到屋外去透透气，回避一下虱子、跳蚤，蚊虫又一拥而上，群起而攻之。那些长着长脚的家伙哼哼唧唧地扑向队员们猛叮猛咬，它们似乎认定，突然到来的这些城里人是"非法入侵者"，自己才是大山里真正的主人，应该赶紧把这些不速之客驱逐出境。于是，它们以可怕的攻势全面出击，把那些辛劳一天想得到休息的借宿者叮得乱拍乱跳……

贺州至南水寨一线的大部分勘测总算在桂东北的梅雨季节到来之前安全地完成，只剩下对南水寨寨后那座名叫牛栏界的大山勘探了。

因牛栏界山的存在，山下的隧道最初被命名为牛栏界隧道。

对牛栏界隧道的勘探一开始就非常不顺：好几个队员刚到这里就病得没法干活。运设备的车坏在路上怎么也修不好。在上一地段还好好的发电机运到牛栏界山却怎么也打不着火了，"罢工"两三天正准备找修理工时，它又莫名其妙地能够发动了……

李其龙对这些诡异的事情百思不得其解，怀疑"这个隧道是不是用牛栏界命名不对头"！

在铁路建设中存在着很多说不清道不明的现象——用动物名命名的隧道在修建时常常会遭遇一些奇怪的麻烦和事故，所以修建隧道时，人们总是避免用动物的名字来给隧道命名。

贵广线上，这种现象最典型的当数金鸡头隧道，此隧道全长不过 2.4 千米，修建初期，总是接二连三地出现塌方、移位、变形、滑坡，铁道部、铁二、三、四院、西南交大、北京交大、石家庄铁道大学的专家及中铁十三、十四、二十三局工程技术人员为此开了好几次研讨会。强力支付、用锚固桩加固山体，采用明拱暗墙法施工、增设排泄水等措施都用遍了，但隧道里仍不断出事。

无计可施时，有人建议将金鸡头隧道改名为贺街隧道——很奇怪，不知是因为之前所采取的那些措施奏了效还是改名后出现的奇迹，隧道的施工从此正常。

牛栏界隧道从勘探就出现了很多稀奇古怪的事情，后来施工时更是莫名其妙地出现很多事故，于是，牛栏界隧道也被改名为两广隧道……

过去，工程建设中这些说不清道不明的怪异现象一直是文人们笔下的神灵物语，民间则认为是某种道行较高的动物死后的精灵启示，或者是创造、主宰天地万物的神灵对人类的一种警告、暗示。

社会上还有一种说法：那些奇怪的事情受控于人类还无法把握的四维或五维空间。有人还举例说：1955 年，两个飞行员连同飞机一起失踪了，35 年后的 1990 年，这架飞机和两名驾驶员竟然在原定机场降落了；20 世纪 80 年代拍摄电视剧《西游记》时，经常天气不好，还老下雪落雨。但每当"观音菩萨"出场时，天气就会变晴，还会出太阳；更神奇的还有 1993 年毛泽东主席的铜像从南京运到韶山时，当地的杜鹃花突然反季节提前 3 个月开放。铜像揭幕时，天空还出现了 8 分钟"日月同辉"的奇异景象……

不管神灵暗示、四、五维空间多么神奇或者是否存在，艰难的勘探都还得继续下去。两广隧道山下的勘探完成后，该上牛栏界山打桩钻孔，获取有关地质资料了。钻探需把发电机和钻杆抬上山，但上山无路，勘探队员们就挥舞着砍刀砍出一条通往山上的路，然后，在陡峭的山坡上整理出一个平台，再艰难地把钻杆一节一节地抬上去。

钻探当天没能完成，晚上留下了两人守机器。

第二天，再次赶到勘探现场时，很多让李其龙放心不下的事情发生了——守机器的工人昨天晚上没有饭吃，只嚼了点饼干充饥。晚上，高山的寒冷正冻得两人发抖，半夜又突降暴雨，临时搭建的草棚很难抵挡南方的暴雨，守机器的人被淋得落汤鸡一样。特别是听守机器的人说，半夜里，听到豺狼、山猪等野兽不断发出瘆人的嚎叫……

为了全面掌握地质资料，李其龙决定带人翻越牛栏界勘探。事先，他从广东怀集县志和当地一些"驴友"处了解到：牛栏界是怀集和贺州八步区的界山之一，海拔 1250 米。山中全是崇山峻岭，谷深崖险，无处不是一夫当关，万夫莫开。这样的地形让李其龙想起了李白那"所守或匪亲，化为狼与豺"的诗句。

这绝不是他无病呻吟的矫情，"土匪窝"的地名告诉他，新中国成立前，绿林好汉是如何在此啸聚山林，杀富济贫。而就在几年前，山里那个叫永和村的地方，黄赌毒猖獗，有人自封"永和独立王国"，设立了"主席""总理"等大得吓人的职务。这伙人不但在山里为非作歹，欺压百姓，还多次伏击进山的警察。后来，当地政府出动数百武警才灭掉了这个疯狂的"独立王国"……

从此，山里虽恢复了昔日的太平，但有"驴友"还是劝告李其龙放弃上山，说："此山远观震撼人心，近观恐慌攻心——因上山基本就是无路可走，需用砍刀开路；广西猎人放置的山猪夹遍布山野，数量吓人；且还时时有崴脚、落石、滑坠、猝死和毒蛇、野兽袭击等意外风险……"

明知山里险，李其龙还是带人翻越了牛栏界。结果也真的经历了"驴友"所说的"砍刀开路"，险遭山猪夹暗算和崴脚等风险。但他这次翻越牛栏界勘探，获取了两广隧道进口几百米的断裂带资料，对线位进行了调整，躲过了危险的不良地质，保证了工程安全。

20

铁四院宣传部副部长刘新红用女性细腻的笔触这样介绍在贵广线上负责车站站房设计的赵尔官："他只有30多岁，头发却已稀疏，1.8米的个子向前佝偻着，憔悴的面容暴露了他长期得不到休整的极度疲倦……"

国内首座下进下出式车站——佛山西站开工那天，赵尔官这位贵广铁路站房设计的负责人和佛山西站站房总体设计的操作者遭遇了参工10年来最累最疲乏的时刻——他一上午连着开4个会后再也挺不住了，像一根长期处于紧绷状态的橡筋一样终于断裂，眼前一黑晕倒在地。

在赵尔官轰然倒地之时，与他一起并肩共事的站房专业人员尹健意识到："这个直爽豪放的山东人在身体问题上一直在瞒着大家，一直在努力扛着，好像从来都想不起叫苦叫累，结果把自己扛倒了！"

躺在病床上的赵尔官也承认："感觉精神状态大不如前，以前爱运动，中午吃完饭，都要打一会儿篮球，身体杠杠的。"现在，赵尔官渐渐失去的不仅是打篮球的爱好，还有生龙活虎的身体状态。

"这么壮实的人，因为工作忙，压力大，一下出现早衰的现象，看着让人心酸心疼！"尹健说，这种工作、身体状况是四院人的常态——包括他自己也是婚礼的最后一刻才从办公室直奔酒店。

对此，刘新红感叹不已：这就是生活质量和工作责任的矛盾。外人还在羡慕四院人的收入高，其实，围城内外，冷暖自知。为了贵广铁路以及中国在建、准备建的那些铁路早日蓝图落地，多少四院人的生活就是在提资料、交设计、跑现场、开会、做PPT、解释澄清中刻板循环。堂前行孝，夫妻绻缱，舐犊情深，共享天乐的情景似乎离他们太远太远……

离贵广铁路设计者们最近的是那些永远也画不完的图纸。徐艳琴是赵尔官的部下。这个武汉大学毕业的湖北女性从2003年起就开始没完没了地画那些枯燥无味的火车站站房，原本十分活泼的性格已被时间的砂轮磨去了棱角，变得沉默寡言。她说，从招标评选到初步设计再到施工图设计，一个三五千平方米的县级火车站就需画几百近千张图。久了，她发现自己的梦里老是那些长长短短的线条和各式各样的站房图。她还梦见自己被困在一堆线条和站房里无论如何都走不出去……

比这种梦魇更可怕的是她费尽心机设计出的站房图竟会在很完美的情况下数次被宣布作废——肇庆成了广东的重点开发区后，当地对火车站的设计面积也一改再改。先是3000平方米改成5000平方米，再由5000平方米改为8000平方米，最后才定下来要画12000平方米的站房设计图。徐艳琴等人画的几千张图也一次次作废，一次次重画，直到决定建12000平方米站房的那次才最后定下稿来。

这样的折腾可坑苦了徐艳琴这些设计者。按常规，这么多图要三四个月才能完成，可每改一次设计面积，都会耽误不少时间，为了赶时间，有关方面每次都会像火上了房一样催着，要求在两个月内完成，最后一次竟然要他们一个月内完成……

回忆那些日子，徐艳琴说，印象最深的就是忙。"几个月不间断地天天加班加点——3000平方米站房的设计图刚画完，又让画5000平方米的设计图，5000平方米的还未结束，又通知画8000平方米的……"

往事重提，徐艳琴仍哭笑不得，不断摇头叹气。

相比之下，负责桥梁设计的朱军涛、瞿国钊等人很幸运，没有遇上这种不断重画设计图纸的苦恼——江河之上，一个外行随心所欲地指手画脚要人修改设计图纸就不是那么好玩儿的事情了。毕竟，水火不留情，设计过火车的大桥人命关天，不光责任重大，而且技术含量高。对这种技术活指手画脚弄出事情，那种责任不是谁都能承担的。

没有干预的宽松环境给了朱军涛、瞿国钏等人充分发挥设计才华的自由空间。到贵广线上的佛山思贤窖水道和北江跑了几趟后，瞿国钏坚信自己能够在这两条河流上设计出漂亮的桥梁作品。

1995年从武汉大学结构工程专业毕业后，20年间，瞿国钏留下了很多能为四院长脸的漂亮作品——因设计新颖、施工工艺先进而被誉之为亚洲第一、世界领先的甬台温铁路雁荡山三叠合拱桥；在山势陡峻的宜万铁路上以178米的主跨一孔跨越深谷的落步溪大拱桥；还有瞿国钏情有独钟的珠海横琴二桥……

珠海横琴二桥是座双向六车道大桥，是内地第二座大跨度公路钢桁架拱桥。在这座国内桥面最宽的公路钢桁系杆拱桥上，首次实现了国内海洋潮湿环境高栓预张力的控制和研究，首次实现了国内强风地区大跨度钢桁拱桥结构稳定性及抗风性能的研究。

对眼下要设计的思贤窖大桥，瞿国钏也想多尝试一些"首次"。

他在思贤窖水道上要设计的大桥是贵广线和南（宁）广线在肇庆会合后进入广州的必经之路。与其他桥梁不同的是，承载两条高铁线过河的是四条铁路。

在可研阶段，瞿国钏设计了两种桥型：一、采用拱桥桥型；二、修建一座特大斜拉桥。

到现场勘测几次，对钢材、混凝土等进行概算，再进行优缺点比较后，瞿国钏选定了斜拉桥。他预感，用斜拉的桥型会使思贤窖水道上出现一个效果不错的景观。在瞿国钏的设计理念中，现代桥梁已不纯粹以满足功能为目的，一座城市，桥梁可能成为此处的标志或者形象代言。

在瞿国钏看来，桥梁的景观设计已是当代桥梁设计的潮流。桥要作为一个社会进步的载体，赋予桥梁极强的人文和时代气息，体现出时代特征。桥与环境要协调，使其成为这个城市的地标建筑，成为这一带的一道风景，一想到它就会想起这座城市。所以，在满足功能、技术、经济的前提下，对桥梁的布线、桥型、桥塔、桥亭以及桥栏、桥灯、桥面、色彩等进行景观尺度、景观生态、景观文化及美学方面的综合考量与组织，以最大限度地实现美学、历史文化、环保、功能、技术、经济的统一。

而在思贤窖水道上设计出跨度巨大、形体表现力强烈、尺度超凡的斜拉桥，无疑会对佛山这座城市产生很大影响。

与瞿国钊合作多年的朱军涛知道，瞿国钊选择斜拉桥还有地理环境方面的因素——在思贤窖水道上建拱桥会更高更厚，对桥墩及两端的引桥会产生很大影响。而斜拉桥的桥面薄，结构轻巧，能降低两端车站的高度，两端引桥的高度也会因桥面薄而降低高度，投资成本当然也会因此降低。而根据河宽，设计出跨度210多米的大跨度桥孔，显得通透，有利通航，桥面视野开阔，行车、养护、安全都更为有利，能充分满足桥下净空与美观要求……

接下来还有一个问题：让四条铁路以什么样的"姿势"通过思贤窖斜拉桥？

瞿国钊有三种设想：一、一条铁路一个钢箱笼子过河；二、两条铁路一个钢箱笼子过河；三、四条铁路共享一个钢箱笼子通过。

最后，与朱军涛等人一合计，瞿国钊选择了后一种方案。

他的考虑是：一线一个钢箱笼子或两线一个钢箱笼子都显得太杂乱，不简约，不美观，不符合地标建筑和美化城市的要求。而将四线用一个钢箱笼子结合在一起，除结构紧凑外，更重要的是，主跨230米，四线铁路两主桁钢梁斜拉桥设计技术在国内同类型桥梁中水平更为先进；四线并行全长12.609千米会使思贤窖大桥成为国内第一长桥；通过对宽桁断面、桁式以及对带边纵梁和水平K撑密横肋体系桥面系的创新性研究，能解决四线铁路宽桁斜拉桥设计中的技术难题。也就是说，四线铁路钢桁斜拉桥通常采用三主桁，本桥四线铁路采用两主桁宽桁斜拉桥，为国内首次采用。

用"第一""首次""创新性""先进水平"等词汇表述和记录的设计成果正是瞿国钊和他的那个团队一直会追求的设计目标和价值取向……

第六节　一波三折

21

当年，林树森为贵广铁路四处奔走呼号时，桂林市铁建办副主任王文杰带着铁二院陈亮、铁四院李其龙等人在贵广线沿途艰难勘探，瞿国钊、徐艳琴等人煞费苦心地设计思贤窖水道上的大桥和沿线站房时，前文多次提到的原贵广公司总经理张建波刚走出被称作"中国第一段"的许昌工务段，正在青藏铁路上大干苦干。直到 2009 年 1 月的一天，铁道部召张建波进京谈话，要他去贵州，主持修建林树森费九牛二虎之力审批下来的贵广铁路，他这才与推动贵广铁路修建的林树森有了工作交集。

趁着张建波到北京接受任命谈话的间隙，我们先了解一下他的有关经历。

档案里说，张建波，贵广铁路公司总经理。生于 1962 年，属虎。河南登封颍阳镇张庄村人……

对档案的记录，张建波曾有过口头纠错："我真正的原籍是河南洛阳市的伊川县。"他说，新中国成立前，他二爷爷参加地下党被国民党杀害，还殃及他的爷爷被杀，大伯和父亲也被追杀，一夜之间，张氏家族四下逃散。

张建波一家就是那时投靠登封颍阳镇一亲戚的。

为了报仇，张建波的父亲张发忠参加了解放军。1954 年，中国在县级设检察院，张建波的父亲出任河南新郑县第一任检察长。后来又担任了县委副书记兼组织部部长。

这样的职务在一个县里也算是位高权重了，可是，权位给父亲带来了灾难。

父亲是一个念念不忘"主义"的信徒，但他厌倦官场。"文革"结束复出后，父亲很正式地召集张建波等 5 个还不谙世事的子女开了一个会，要求孩子们今后各自学门技术养家糊口，不要踏入官场。

父亲定下的规矩直接影响了子女们的人生：张建波的姐姐、弟弟和妹妹都一直工作在营业员、工人的岗位上。1978 年，张建波迎来"文革"后的首次高考，他考上了河南师范学院，但他不想教书，就放弃了这次当"天之骄子"的机会。

命运之神又为张建波打开了数道机会之门——1978 年，百废待兴的中国各行各业都在招贤纳士，工商、商业、信用社等金融机构的很多岗位虚位以待，公检法也面向社会招人。张建波兴奋地拿着户口本四处报名参加招聘……

但所有的招聘都像进了一道旋转门，张建波一次次走进希望之门，又一次次被那些希望之门给"旋转"了出来——直到很多年后才搞清楚，他在前边报名，父亲在后面给人打招呼说："不管谁招收了张建波，我张发忠都有利用职权谋私之嫌，故求你们务必不要录取他当干部……"

父亲关上一道门，上帝却为张建波打开了一扇窗。1978 年秋天，郑州铁路局到新郑招工，县劳动局要求其不能光招收铁路局内部子弟，应该搭配一些地方的待业青年。当时，张建波已待业两年多，劳动局想把他"搭配"出去——当铁路工人很符合张发忠要求子女"靠技术吃饭"的标准，他终于不再"打招呼"了，张建波这才得以"搭配"给了郑州铁路局。

最初，被"搭配"的张建波还乐不可支地激动了好一阵子。激动的原因是被"搭配"时，他正巧在同学家那台14寸的黑白电视机里看到时任副总理的邓小平访日期间乘坐了日本的新干线。

几十年过去了，张建波一直没有忘记当时的电视画面：邓小平一行乘坐新干线"闪光81号"前往日本京都访问。列车飞驰，村庄、农田、树木、房屋不断在车窗外快速闪过。

记者问："怎么样，坐新干线有什么感想？"

邓小平有些兴奋地用数十年乡音不改的川话感慨道："就感觉有些快，就像是什么推着我们跑一样，有催人快跑的意思，我们现在正适合这样的速度了！"

见记者不完全明白自己的意思，邓小平补充说："像风一样快，我们现在正合适坐这样的车。我们现在很需要快跑起来！"

这则电视新闻让青春年少的张建波热血豪情，踌躇满志。"中国铁路就要凤凰涅槃，重获新生了！"他庆幸自己被"搭配"到了铁路局，赶上了铁路新生的好时机。他甚至浮想联翩：说不准今后还能当上高铁司机，驾驶从日本引进的新干线列车呢！

但是很快，张建波就觉得自己的乐观是多么盲目——因为，直到穿上那身质地坚硬的帆布劳动服，他都还不知道自己这个铁路工人具体是干什么的。

事前，同学、朋友们向他祝贺时说："张建波，你父亲是县委副书记兼组织部部长，你也算咱县的高干子弟了，到铁路上工作，再怎么差，坐办公室当个秘书总没问题吧！"

那时，张建波很虚荣也很"跩"："肯定没问题。凭我写作方面的才华，坐办公室当秘书算个啥？"

同学们跟他套近乎："建波，混好了可别忘了拉兄弟们一把！"

张建波点点头，一挥手："中！到时找我就中！"

在母亲那里张建波不敢"跩"也不敢瞎吹，他只是告诉母亲，铁路上还能干啥，要么开火车，要么当列车员，最不济也就是在火车站给火车加加水，拿个榔头敲敲火车轮子什么的。那口气好像他的岗位早就定好，自己不过是去报个到走走程序而已。

可是，最初的情形有些令人沮丧。没有谁安排他这个"高干子弟"坐办公室当秘书，开火车、当列车员张建波也没干成，甚至"给火车加水，拿个榔头敲敲火车轮子"这样的工作都没他的份——他被分到了一个工作环境最差最苦、劳动强度最大的岗位。到那时，他才知道，郑州铁路局在许昌还有一个名叫工务段的部门！

"每天，劳动布工作服一穿，每个人一把洋镐、一把大铁叉、一把铁铲，绳子一捆扛着就去工地。"至今，张建波还对当时的劳动情况记忆犹新，"我身体瘦弱，铲石渣臂力不行，就用膝盖去顶铁铲把。不到一个星期，裤子被磨破了，膝盖被磨得青紫红肿，双手全是血泡……"

周六回家时，张建波生怕被那帮同学看见，结果怕啥来啥，"伤兵"一样的张建波刚出火车站就碰上了他已答应要"拉一把"的那几个"兄弟"。一见面大家都惊诧地问："建波，坐办公室怎么伤成这样？"窘得一向斯文的张建波破口大骂："妈的，坐球的个办公室呀！"

回家后，母亲一看张建波手上的血泡就心痛得哭，可张建波心中最大的痛是"高干子弟"混进了工务段，在同学、朋友们那里太没面子太伤尊严。他想曲线找回丢失的"面子"和"尊严"，就煽动母亲去问父亲能不能托关系换一个坐办公室或其他轻松点的工作。

不料，母亲为儿子求情引来了父亲的雷霆之怒，他指着张建波的鼻子骂道："你这个拈轻怕重的怂人，不配做我张发忠的儿子！不好好在工务段干，我就跟你断绝父子关系！"

大爱无情，大悲无泪。仰天长啸出门去，怨也悠悠，怒也悠悠。

换工作的退路被父亲彻底堵死后的那个星期天，"怂人"张建波搭乘路过新郑的慢车回到许昌时，潇潇秋雨像从天宇深处飘落的泪滴，淋湿了他内心深刻的伤感与失落。在回单位的路上，深秋的凉意裹挟着张建波没精打采地趔趄而行，他那单薄、孤独的身影像是一个悲伤郁闷而又不靠谱的音符艰难地蹿动在他人生的节拍里。他一路走一路气恼地踢着地上的石子，一颗白色的河卵石被他踢飞，一路"啪嗒啪嗒"地尖叫着在坑坑洼洼的路面上弹跳着滚到远处，吓昏了似的不动了。一个令张建波迷茫的问题清晰地闯入了他的脑际：《易经》说，每个人的前程都是一命二运三风水，我人生的突破点在哪里？

他在心里快速地盘点自己的"命""运""风水"：生于"文革"乱世，兄弟姐妹太多，家庭经济脆弱，命有点苦；参工与公检法和银行工商等部门无缘

（那时，他还不知道是父亲使他与这些单位失之交臂），好不容易被"搭配"到铁路系统又碰上工务段这种苦差，运气不行；当县委副书记兼组织部部长的父亲本是可以改变命运的"风水"，可又要与自己"断绝关系"……

想到这些，一个悲哀的浪头扑到张建波心头，他不由得悲从中来："从此，没有靠山，'风水'无望，只有自己救自己……"

绝望中，那首曾激励无数人追寻光明未来的乐曲响起在张建波的耳畔，他情不自禁地轻声吟唱起来："从来就没有救世主，也不靠神仙皇帝……"

他越唱越激动，喉咙里爆发出慷慨激昂而又包含悲凉的音色。《国际歌》还没哼完，张建波的灵魂和人生已经开始重新组合。他暗下决心：一定要靠自己的努力，在父亲面前站立起一个"怂人"不怂的成功者形象！

想到这里，张建波猛地转身，挺起胸膛冲着新郑家乡的方向像狮吼般地大声叫喊道："断绝关系就断绝关系，不稀罕谁管我！"

后来，谈到当时的心境时，张建波觉得：自己的那声"狮吼"是回应父亲"绝交"的良苦用心，也是把自己"逼上梁山"的最后誓言。

时间总是很有耐心地等待着失落者的心灵复苏。那个"悲伤的音符"在那个郁闷的下午一声"狮吼"后慢慢缓过劲来，在自断退路时下定的决心的驱使下，张建波开始明白：人生在世都是有使命的，来到这个世上的人都应为自己的使命拼搏一把。从此，他的命运交响曲逐渐变得高昂激越——他的生命之河一改往日的沉重和抑郁，激越如峡江流水，呼啸着奔腾向前……

张建波开始毫不吝惜地在工作中倾注精力。工务段的工具房历来都是乱扔乱放的"垃圾场"——每天下班后，那些被铁锹、铁铲、铁锤折腾得腰酸背痛的小伙子站在门口没有好气地把这些玩意儿哐当一扔转身便走，一地"垃圾"让人无处下脚。张建波用在家里学做小板凳的那点手艺在工具房里做了几排工具架，每天下班后，他一件件地把那些被扔得满地都是的工具归类摆好。时间一长，工友们不好意思乱扔乱放了，他们慢慢习惯了在工具架上把工具归类摆好。

一件微不足道的小事使一个集体的面貌为之改变。领导对张建波有了好感：孺子可教可塑！

"可教可塑"的张建波远非只是具有公益心，他还有安身立命的真才实学。

在学校时，他就已经不是一个粗俗的写家。老师评价：他讲话、作文都很注意逻辑关系，条理清楚，语言规范，辞藻丰富华丽，富有激情和鼓动性——

他的这种作家或演说家的潜质虽在他后来的仕途生涯中成了一种不可或缺的特长，但张建波的老师和同学们还是遗憾地认为：若是继续深造，他或许能成为一颗中国文坛冉冉升起的新星。

"新星"虽然不幸埋没在了郑州铁路局的工地上，但他那能够安身立命的真才实学在他最艰难的岁月里无意间改变着他的处境——他经常利用休息时间帮段里办黑板报、办专栏，并包揽了总结、报告等材料的写作，工友们当了先进，他也乐此不疲地帮人写事迹材料……

久了，张建波逐渐成了工友们眼中的"雷锋式人物"，段领导也觉得，这个瘦弱单薄的年轻人身上有一种神秘而强大的气场，有一种主心骨的特质。凭人品和能力，凭其身上散发出的那种气场和特质，这张建波不只是个能做工具架能写材料的"材料"，还可以担任一点什么。

于是，张建波的命运之河从此转弯——19岁那年，他成了车间的记工员。十几个月后，车间领工员的位置空缺，领导让张建波"试试"。因工作"试"得出色，1983年，21岁的张建波被提拔为车间主任。

渐渐地，张建波的日积月累成了很多人的望尘莫及。

郑州铁路局一位姓刘的人事干部曾说："在许昌工务段，张建波已经不只是一个单纯优秀的车间主任，而是一个不可替代的人才。"

这种"不可替代"在许昌工务段已成为一种习惯：遇到苦事、难事、大事，领导和工友们都会首先想到张建波，都会觉得这事只有张建波"中"，没有张建波就没把握就"不中"……

还有一个无形的动力也在推动着张建波不断进步——几年前邓小平坐日本新干线时说的那句"我们现在很需要跑"令他如闻禅偈，心旌肃然。他总在想，既然成了铁路局的一员，就应该多长点本事，为这个"很需要跑"的企业多做些什么。于是，1986年，他考入了内蒙古包头铁路工程学校。毕业回到许昌工务段后，当了6年管生产、搞验收、抓施工的中层干部。1995年，他被调到郑州铁路局唯一的采石场负责道砟生产。随后，调郑州工务段当了1年多副段长，然后又回到许昌工务段当了5年半段长。

那是张建波人生大放光彩的5年。

当时，全国共200多个铁路工务段，1997年前后，铁道部每年都要提出一些目标搞竞赛活动，轨检的火车拉着计算机对沿途道床的弹性、钢轨的状态等技术参数进行动态检查，检查组还不断对路基、桥梁的状态及精检细修等情况进行人工静态评估。不论是静态的评估还是动态的检查，有 80 多个生产班组（工区）10 个车间 1258 个工人，管着 400 多千米线路的许昌工务段在 5 年的评比中，每次都是全国第一。

许昌段因此获得了"中国第一段"的殊荣。

由此，张建波这颗早年陨落的"文坛新星"化作铁路系统的一颗明星在中原大地冉冉升起，使从来都名不见经传的许昌铁路工务段从此有了令人仰慕的高度，有了一片让所有铁路人都感到神圣的厚土。

在那片厚土上，张建波从"而立"到"不惑"，那张典型的国字脸上除鼻梁越发挺拔，左鼻翼旁那颗黑痣更显突出外，他的外貌没有很大的改变——依旧是三七分的发型，依旧是仪表堂堂，气质独特，眼睛里虽时常充满疲惫但依旧是目光炯炯，气势灼人。就连身材也因为长期远离花天酒地的场合与持之以恒的锻炼而没有发福。

唯一变化的是，时间将张建波从当初的热血青年点化成了老成持重的练达之士，使他进入了"世事洞明皆学问，人情练达即文章"那种境界。他的灵魂也被时间不断洗练升华，使他对功名利禄，人情冷暖有了与众不同的认识。

他很喜欢一副带有佛家色彩的对联：名利如云，得必有失失必有得何苦患得患失；人生似梦，去便是来来便是去不须争来争去。

佛经说，出世是一种淡然，能使人不为外物所累。而入世则是一种责任，让人不忘心中的信仰，以一种积极向上的心态迎接生活的挑战。

有"出世"思想特征的张建波说自己要以出世的精神，做入世的事业。

一位曾经考察过张建波的政工干部对这位从事"入世事业"的铁路官员评价极高：这是一个把事业看得比自己、比家庭还重的人，工作执着坚韧，敢干敢担当，颇有建树；人品端正，为人善良正直、从不搞歪门邪道；对员工对同事亲切随和、真诚厚道；遇事深思熟虑，很有领导艺术……

一位采访过他的记者也从另一个角度评说过这种领导艺术："生于虎年的张建波身上既有虎的勇猛果敢，又有猴的睿智。"记者举例说：谈论问题时，他总是"虎视眈眈"地盯着对方的眼睛，让人不敢稍有一点懈怠。"他也很狡猾，明明想让我修改我自以为写得已经不错的稿件，他却说，稿件不错。接着，他又转弯抹角地说，如果再怎么怎么修改一下稿件会增色不少……"

对管辖的工作，张建波有时也会如此"狡猾"地去督促、鼓励那些本已干得很好的人把工程干得更好。但对那些工作不认真负责或在工程中偷工减料的人，张建波就不转弯抹角了——他会毫不含糊、毫不留情地表现出"虎视眈眈"，他身上那种绝不退让妥协的"虎性"会张扬到极致，让其心生畏惧。而在遇到重大问题或难题时，他则会一反惯常的儒雅之风：当机立断，勇猛出击，"气吞万里如虎"——这种典型的文人气质与性格中的"虎性"结合之后，在形成张建波独特的政治品德的同时，也让他一次次在铁路建设史上留下了浓墨重彩的记录，使他获得了远远超过他职务的影响力。

中国铁路 6 次大提速，有 4 次都选择了许昌段的线路进行提速试验。1997年，铁道部第一次选择较好的路段进行火车提速试验，许昌的管段就被选中。那次，跑出了 187.6 千米的时速。1998 年，国产的韶山 8 型机车，额定时速最高跑 170 千米，在许昌段的线路上却跑出了 240 千米的时速！

谁都知道，跑出这样的时速，必须具备跑这种速度的路基等硬件条件。铁道部多次把提速试验等活动放在许昌的管段内进行本身就是一种肯定，这种无声的肯定也奠定了段长张建波在这个行业里的声望。

他的声望成了关键时刻给郑州局排忧解难的资格。2003 年，郑州工务段遇到麻烦时，领导们都不约而同地想到了要调张建波到郑州工务段当段长。

走马上任后，张建波才意识到自己面临的是一种什么样的局势：2300 多人管 1000 多千米线路的郑州工务段，设备状态较差，人员结构复杂，各种评比全都落在后面还事故不断。京广线大修时，火车脱轨，中断行车几十小时……

从 20 世纪 80 年代初到张建波上任时的 20 年间，共换了 13 任段长。这 13 任段长，只有张建波的前任干了 5 年半，最短的只干了 153 天。张建波回忆说："十几任段长我是唯一受提拔调走的，其他很多比我还优秀比我能力强的都是被处分被撤职走的，或者是干不下去主动写申请调走的。"

但张建波在这个其他段长纷纷折戟沉沙的地方当段长刚一年，铁道部当年颁发的唯一的一个火车头奖杯就被郑州工务段捧走。

对此，张建波很得意："这个奖杯，你不付出，不努力，不做出几件像样的工作是不可能得到的。"

张建波做的第一件"像样的工作"是修通了一段路。他去郑州工务段那年，正好赶上第 5 次大提速，选择了北京到西安方向的线路。几十年来，北边往西南的火车都要进郑州站，摘换车头后再绕到北边去往西走。这一掉头在郑州段就要耽误 20 多分钟，不但影响旅客的时间，对线路空间利用的影响也不可低估——当时有一个测算：京广线能省出 1 分钟，它的价值就能增加 2 个多亿!

铁道部问郑州局："能不能在你们这里不掉头？"

郑州局说，如果能从旁边修一条环线绕到西边，就可以不掉头，能省出20多分钟。

但这条环线迟迟没有修建。

2003年11月26日，铁道部向郑州局发出最后通牒：5个月后的2004年4月18日前必须修通这条线，否则，局长自己把辞职报告交到部里！

这条线总长度11.7千米，要新修5.8千米，改造近6千米。

5个月时间修通这段路放在任何地方都会很困难，何况这段路在省会城市周边，存在房屋拆迁、土地征用、人员安置等一大堆麻烦事情。当时有人盘算：招投标这个程序走下来没有大半年是完不成的，再从立项到开工干到建成，一年半能修通就算很快了。

然而，新到任的张建波58天就建成了它！

2004年2月21日，铁道部几位领导开着专列从新建的环线通过时赞叹不已。媒体也赞叹说："不到两个月就建成了需一年半才能修通的这段路，不可思议！简直就是一个奇迹！"

对在这段路上创造的奇迹，张建波的回忆只剩下了一些只言片语的述说。但那不分白昼的加班加点，那在遇到房屋拆迁、土地征用等麻烦事情张建波带人苦口婆心做工作的情景，那大年除夕夜，张建波在一个立交桥上守着灌了一个晚上混凝土的镜头，至今还让很多郑州铁路人记忆犹新……

在郑州干了一年半后，张建波被调到郑西客专公司当管安全质量的部长。18个月后，去青藏铁路干了31个月分管工务的副总经理。

到青藏铁路那31个月也是临危受命。2006年7月1日，青藏铁路就要开通，届时，中央领导将前去剪彩。但这之前，青藏铁路的状况非常差，旅客放在桌上的茶杯摇摇晃晃、乱蹦乱跳，活像汽车行驶在坑坑洼洼的机耕道上。

铁道部领导明白，这种状态不改变，青藏路早晚都会出事。于是，铁道部在全国范围内选行家里手去青藏线进行道路改造升级。会上，铁道部的领导们不约而同地想起了3年前在郑州58天抢通11千米绕城铁路的张建波，于是，整个班子一致认为："去青藏线'救急'，非张建波莫属！"

去青藏线后，张建波先从给铁路补充道砟等基础工作抓起。没有设备，他向老家的郑州局求援。很快，当时在郑州当采石场场长的柴强铎（后任贵广公司综合部部长）带人开着 4 辆能自动组装卸装的风动车到青藏路支援了 3 个多月。道砟补充改造后，兰州到西宁，西宁到格尔木这 1000 多千米线路的路况得到改变，原来时速六七十千米的线路提升到了时速 160 千米，有的路段还跑到 190 至 200 千米的时速……

张建波在青藏线不凡的表现再次让铁道部动了要给他压担子的念头。

2009 年 1 月 6 日，铁道部政治部通知张建波到北京，说在提正局级前要进行谈话"走程序"。正式谈话时，他才发现"程序"的档次"走"得很高，几个部领导都到场参加了谈话，并且，刚走完提正局级的"程序"，就给他布置了一个重要的任务，弄得张建波有些忐忑不安。更让他紧张的是，严肃的谈话过程中，有领导还以玩笑的口吻提出了一个貌似题外的话题："建波，你知道什么是做善事吗？"

毫无思想准备的张建波一愣，不知怎么回答，就笑了笑，不说话。

那位领导嗔道："都提正局级了，连这个都不知道，修桥补路是最大的善事嘛！这次，部里要派你担任贵广铁路公司的总经理，到贵州和两广修桥补路，去做善事……"

见张建波的表情一下局促拘谨起来，领导说："既然是善事就是好事，好事就要把它当成事业去做。贵广线是全国为数不多的大项目，又处于西南山区，地质情况非常复杂，组织上相信你一定能把这个善事做好。"

张建波更加诚惶诚恐。他本想说几句担心自己能力有限，怕把事情做不好，会辜负组织信任之类的客套话，但话出口时，他说的竟是："既然组织定了，那我只有义无反顾，尽最大努力把贵广铁路修好……"

22

"尽最大努力把贵广铁路修好"的表态不仅仅只是张建波临危受命时的一种勇气和决心，更是一个具有强大动能和执行力的领导者的一种担当。

管理学家认为，没有执行力，就没有竞争力。敢于负责任，才能担重任。

从车间记工员、车间主任、"中国第一工务段"段长、郑西客专公司安质部长、青藏铁路副总经理一步步奋斗到贵广公司党委书记、董事长、总经理的岗位，张建波一直是一个敢负责，有担当，且能够应对各种复杂局面的强人级领导。在许昌，在郑州，在郑西客专和西藏铁路，都无不显现着这位"强人级领导"挑战风险、改变危局和创造奇迹的不凡表现。对工作，对未来，他的前瞻视野和未雨绸缪的底线思维在企业界更是可圈可点。

人们通常把这种前瞻视野和谋划形势的深思远虑称之为战略远见。

在企业，能够大干苦干并能干出成绩的领导比比皆是，而具有战略远见能够统筹谋划全局的优秀人才寥寥无几。不少企业领导都属于那种单纯的"任务管理者"——毛泽东主席早在1929年的古田会议上就曾批评过的那种"纯粹从军事角度想问题，而不考虑政治、经济和群众工作"的单纯军事观点。

说到底，就是这种领导格局有点不高。

晚清名臣曾国藩说："谋大事者首重格局。有多大的格局，就会有多大的成就。"

"任务管理者"和"单纯军事观点者"大多不懂"谋大事""谋全局"，不知何为格局，更不知企业文化是企业的灵魂。

张建波懂得并十分注重这个"灵魂"。

在许昌工务段，他提出"艰苦奋斗、自强不息、万众一心、共创伟业"的"中国第一段"精神；在青藏铁路，他推崇"挑战极限、勇创一流"的青藏铁路精神。同时，围绕这些精神，通过多种方式来表达企业共同的价值观、制度文化、行为文化和包括企业产品等在内的物质文化……

就要掌管贵广公司了，企业文化自然也是张建波不会绕过的一个核心话题。任职谈话的第二天，原铁道部人事司组织部副部长吴望根送张建波到贵阳赴任。从首都机场飞贵阳龙洞堡机场的两三小时里，他们谈论的大多是关于企业文化的问题。

思维敏捷且非常健谈的张建波从企业文化含义聊到企业文化与促进企业经济效益增长的关系，再以松下电器公司为例，探讨其每天早上8点，公司所有人朗诵本公司的"纲领、信条、七大精神"并唱公司歌曲的这些形式的作用。他告诉吴望根，修郑西客专和青藏铁路时，在跑步晨练的路上，他经常看到沿途商场的员工们在门前边做操边高呼："顾客第一，唯一的第一！"酒店的小伙子、小姑娘们举拳头猛喊："我是某某酒店人，我自信，我能行！"有个刚开张的面馆老板也让他请来的两个阿姨和一个乡村女孩在门口告诫自己："面馆刚刚开张，同志仍须努力"……

吴望根忍俊不禁："张总，一个面馆也搞企业文化？"

张建波认真回答说："吴部长，别小看他们的那些口号，通过早操等方式不断灌输一种理念，使其产生认同，增加自信，这其实是属于社会心理学的一部分。一个人经常说些具有象征意义的话，时间久了就会对其心理产生一定的调节作用，进而对这个人的性格产生影响，理念也就灌输到员工的思想里了……"

吴望根感慨道："还真不能小看这些形式，它其实是企业管理者在向员工灌输自己的管理思想、管理方式、管理理论以及与之相适应的思维方式与行为规范……"

在与吴望根聊后来被确定为贵广公司核心价值观的"贵以道惠民、广以和致远"时，张建波还谈到此去贵广线后，他要着力于理念创新、科技创新、安全创新、环保创新、文化创新和廉政创新等方面的打算，还表示要用创新驱动发展，打造独具特色的"贵广管理模式"，创造在最复杂艰险山区高标准修筑世界一流高铁奇迹。

张建波激动地说："吴部长，连酒店、面馆的老板都知道搞企业文化，国家花成百上千亿来建贵广铁路，15个工程局和10万多人参建，在喀斯特高原满是溶洞、暗河、断层、软岩等灾害性的地质上可能要苦战若干年，我们企业不能只会干活而不记录自己艰苦奋斗的历程，更不能让建设贵广铁路的10万建设者辛辛苦苦地干完工程后就默默无闻地各散一方……"

对张建波的感慨，吴望根副部长深有同感："是的，张总，企业为国家建设艰苦奋斗的历史的确应该记录，使其绵延不绝，代代薪火相传。否则，世事沧桑，人生飘逝，流淌的岁月会洗去贵广铁路这段厚重的历史和无数普通人曾经闪耀在国家建设工程里那些短暂的辉煌。只是不知张总有什么具体想法？"

"我们要把这段修建贵广铁路的历史升华到精神的层面，给工程留下精神的产品，给后世留下一种精神的作品……"

"张总，想法很好嘛！"吴副部长很感兴趣地问，"准备怎么搞你的产品和作品？"

"具体怎么搞我还没有想好，但初步设想，在贵广线上，我们至少要锻造一支队伍，创造一种精神，形成一种理念，创建一种模式，凝聚一种文化，用贵广铁路的经历诠释国家建设的历史，让贵广人在奋斗的过程中留下自己激情燃烧的背影……"

张建波的"初步设想"后来成了贵广公司"10个一工程"的重要组成部

分，在此基础上，他亲自谋划了一个代表着贵广公司统一价值理念、发展目标、行为准则和品牌形象的企业文化发展战略核心；提出了"改善民生，创造价值"和"质量立企、荟萃精英、打造双品牌，自主创新"的企业两大基点；提炼了"以道惠民，以和致远"的企业价值观和"不畏艰险，勇于跨越，精诚协作，领跑行业"的贵广精神及"创新、精品、绿色、和谐"的建设理念，把"品牌品格同在，质量生命共存"的企业发展最高价值取向和"尊重人、理解人、关心人、激励人，以理服人，以情感人，以心暖人，以事业聚人"的人文关怀紧密结合，用柔性的企业文化塑造员工的灵魂，铸造企业核心竞争力……

几年后，贵广文化规划硕果累累——

一份办了近4年的《建设文化与管理创新》杂志陪伴贵广铁路且歌且行，一路筑梦。

一册图文并茂的画册《铁流》，用具有视觉冲击力和视角美感的图片提炼贵广的企业理念、展示贵广建设者的风貌，给人以艺术的感染、实力的展现和精神的呈现。

一部《高原丰碑》的纪实文学记录了贵广人牢记企业使命，锐意进取，创造奇迹的奉献精神。

《阳光之路》《万水千山总是情》等DVD音乐电视努力塑造良好的企业形象，提升了贵广企业文化建设的品位……

而张建波"活动"全国政协委员下基层送欢乐，关牧村、孙丽英、李维康等著名歌唱艺术家在黔东南苗族侗族自治州凯里市体育场进行的那场公益演出，则极大地鼓舞了贵广高铁沿线的群众和建设者。

张建波还想在贵广高铁文化里唱响一首高铁人的歌。

于是，他利用自己的人脉资源，找曾任总政治部秘书长、军事科学院和二炮副政委的中将程宝山帮忙——军旅作家程将军也是河南人，曾以予子的笔名创作过很多歌词。他先写出的《高铁人之歌》唱起来雄赳赳气昂昂得像军歌一样。但程将军预感一首歌只局限在某一特定的范围，就很难被广泛传唱。于是，他又写了《东方彩虹》的歌词，这首歌词里面没有高铁二字，却让人能看到贵广线上横云断岭，飞桥锁溪的图景。"穿过山，跨过水，千里万里，各族儿女把太阳追"等歌词意境更是表现出了贵广高铁给西南各族人民生活带来的变化和喜悦。

特别是程将军请总政歌舞团那位少小成名、佳作迭出的音乐家刘青作曲，再请当时在演艺界已有很大名气的河南郑州籍歌唱演员曹芙嘉演唱后,《东方彩虹》在西南,在贵广高铁上广为传唱。

有人评论说,《东方彩虹》能让人从歌声、歌词里想起贵广线上的那些事情。

本书在叙贵广线上"那些事情"时插叙贵广公司企业文化中的那些书、那些画和那些杂志、DVD,读者肯定能理解这是作者为了展开情节,使张建波统筹谋划全局的"强人级领导"形象更加丰满完整。

插叙这些内容后,我们该继续讲叙任职谈话的第二天,张建波从北京飞抵贵阳赴任后的情况了。

张建波到贵阳后无大事,唯一重要点的事情是两天之后,林树森在省政府的办公室会见了他。

"他们一见如故,谈得十分投机。"随张建波一道去省政府的贵广铁路公司综合部部长柴强铎记得,"事先,林的秘书说,省长只能会见张总10分钟左右,然后听取其他部、局领导汇报。"

但一谈起贵广铁路,林、张二人便聊成了相见恨晚的知音,聊成了可以推心置腹、知无不言的朋友,更聊成了两个高铁迷的学术探讨和对话。贵州的交通现状,贵广铁路对贵州未来的影响,贵广铁路建设中存在的问题都成了他们的话题。一聊就是两个多小时,聊得忘了时间,甚至完全忘了那些等着汇报工作的部、局领导……

林树森给张建波介绍说,2008年10月12日,中央十七届三中全会闭幕后,时任国务院副总理张德江与发改委、铁道部的官员10多人乘机到了桂林,并于次日在桂林市灵川县贵广铁路甘棠江特大桥桥址举行开工动员大会,为贵广铁路奠基。后来,为了在本省也有些声势,贵州又在苗岭山脉中段的黔南自治州龙里县也搞了一个开工仪式。2008年12月,全线才真正开工。

开工后,在中央资金到位之前,贵州省先行垫付了征地拆迁所需资金,各市州也积极行动了起来。

林树森有些动情地对新来的贵广公司总经理说:"建波,能批出并且开工建设一条时速200千米客货共线的铁路不容易啊。在梦想变为现实之前,所有的战术是以快为好。"

张建波心中明白:省长是怕夜长梦多,再生变故,想在合法合规的同时把"生米煮成熟饭"——在中国,只要没有木已成舟,合法合规的决定被改变被否定被拖黄的事情也是可能发生的。

但省长那显得有些仓促的"战术"让张建波感到有些勉为其难——贵广铁路 2008 年 10 月就"开工"了，可到 12 月 22 日，主导修建的业主贵广公司才脚忙手乱地进行招投标，组织进场。张建波到任时，很多路段都开始施工了，但很多工程的图纸都还未最后确定，而有些工程的施工方案还在铁道部、设计单位和专家学者那里争论不休。

争议不仅仅存在于专家学者之间，连眼前这位想实施"以快为好战术"的省长对已被批准的贵广路修建方案也还存在异议。

2008 年 8 月 21 日，国家发改委主任会议批准贵广铁路客货共线、线间距 4.6 米，有砟轨道，客车设计时速 200 千米预留 250 千米，货车时速 120 千米的方案。当时，一直想把贵广线建成时速 300 千米预留提速到 350 千米的林树森就于心不甘。这天，与刚就任贵广公司总经理张建波交谈时，他明确表达了自己的无奈和遗憾。

故此，林树森还想修建另一条铁路弥补这种遗憾。这个喜欢站在中国地图前思考贵州问题的省长在地图上比画着说："建波，2008 年，国家中长期铁路网规划调整后，还没有一条从贵州直通拉萨的铁路，希望我们一道努力，做通铁道部和国家发改委的工作，把这条铁路定下来……"

凑近那张大地图，顺着林树森比画的线路端详片刻，张建波眼前不由得一亮："这条路一修，通过贵昆、黔桂、川黔、黔渝和湘黔等铁路干线，就把整个南中国都同西藏连起来了！"

张建波不由得一阵激动：往西藏修铁路是林树森的期盼，更是毛主席、周总理那一辈国家领导人的心愿。

早在 20 世纪 50 年代，党中央、国务院就批示铁道部对进藏铁路进行规划和线路勘测。铁道部经过多年的工作，研究制订了由北线青海、甘肃，中线四川，南线云南进入西藏的青藏、甘藏、川藏、滇藏铁路选线方案。

当时，有专家曾主张先修滇藏铁路。按规划，该线自云南广（通）大（理）铁路大理站西端接出，沿苍山东麓、洱海西岸北行，经黑惠河，跨澜沧江，穿梅里雪山进入西藏雅鲁藏布江畔林芝附近的中沙坝，再经朗县、加查、贡嘎，至终点拉萨市，线路全长 1594.4 千米。

应该说，这是一条不错的选线。滇藏线沿线大部分地区气候温和，雨量充沛，资源丰富。云南大理、丽江地区号称"滇西粮仓"，又是国内外游人向往的旅游胜地。铁路进入西藏以后贯穿藏南谷地，所经过的昌都、林芝、山南、拉萨等地、市，都是西藏资源最丰富、经济最发达地区，全线吸引人口 1000 余万人。

但最终，因经济等方面的原因，国家选择了修建青藏铁路。

1958 年，青藏铁路西宁至格尔木段开工，1979 年铺轨到格尔木。后因故停建格尔木至拉萨段，直至 2001 年又才复工，2006 年 7 月 1 日全线通车。

就在张建波赴任前夕，川藏铁路设计细节又在网上传播了，然而，滇藏铁路杳无信息。

更让林树森着急的是，这条重要的铁路干线忽视了贵州和四川等数省。他激动地问张建波："如果把滇藏铁路再连接至贵州，那将会是一种什么样的情形！"

张建波不假思索地答道："那将不仅仅是一个简单的交通连接，更是打通了一条国防、经济和旅游的大通道！"

张建波对这条线路意义的认识立即让林树森觉得多了许多共同语言，他倾吐的欲望更加强烈："首先，它会使整个西南连成一片，对于国防的战略意义显而易见。其次，这条线修通后，西藏同西南连接，拉动西藏发展的意义不言而喻。最后，它的重要性还在于，在强盛的南方经济圈拉动西藏发展的同时，这条线路沿途的红果、攀枝花等地也会为南中国的发展提供丰富的矿产、煤炭等强有力的资源支持。而沿途丽江、香格里拉、林芝等地的连接会使中国又多了一条旅游热线！建波，你说是不是？"

张建波赞同地点了点头。对这种具有战略思想的见解，张建波钦佩不已。他真不知道，是应该把眼前这位年过六旬的汕头老人界定为眼光独到的政治家，还是应该把他归为远见卓识的战略家，或者是善于务实创新的实干家……

只可惜，历史给予林树森贵州官场的时间还不足 5 年，从贵州直通拉萨的铁路建设还只是一个构想，有激情有蓝图的他便永远地退出了他本还可以大有作为的政治舞台——2010 年 8 月 30 日，人民网发布消息说，贵州省第十一届人大常委会第十七次会议决定，接受林树森因工作调动辞去贵州省省长职务的请求。

政声人去后，民意闲谈中。在林树森辞去贵州省省长这则消息后边，网友们留下了这样的评语：

"林树森是贵州的张之洞。他没有留下什么煽情的口号，讲话的排比句也很少，但他的确是一个了不起的'战略家'和'实干家'，他的确把贵州给盘活了！"

"如今，他走了。这个官场不可或缺的符号性人物的离开，对贵州肯定是一个损失！"

"不必赘述林省长为老百姓办了多少好事，只需看看有多少人谈论他的工作，关心他的去留，就会发现人们对林树森的故事是多么耳熟能详。"

"无泪之殇。祈福给高贵的灵魂找个住所……"

从贵州人无限伤感的唏嘘里可知，年过六旬还依然雄赳赳气昂昂的"贵州张之洞"今后不管去了哪里，都无法黯淡他"战略家"和"实干家"的本色。至少在很长一段时间内都会是贵州人茶余饭后的一个话题。

有人设想：如果再多给几年时间，他还会给贵州留下些什么？他会不会真同张建波那些人把贵州至西藏的铁路也给"鼓捣"出来？

斯人已去，如果历史能再多给林树森几年，贵藏路是否能够"成行"的问题自然也就不得而知。不过，还是可以这样说，当年，如果林树森、张建波他们真把贵藏铁路"鼓捣"成了，那么，川藏铁路这条中国国内第二条进藏的铁路也许不会于2014年12月开工建设。

当然，这只是一种假设。但执行力不讲假设和如果，只讲结果。

现在可以不用假设已有结果的是，林树森是贵广铁路的"贵人"这一点已是不争的事实。如果没有林树森，贵广铁路的修建大军至少不可能在2008年"成行"，更不会有后来的"工程措施调整"，把贵广铁路调整成客专的事情也许就不会发生。

还有一点可以肯定，当年，正是林树森与那位对中国铁路建设也同样很有理想抱负的张建波在谈论贵藏铁路这个话题时，才引出了贵广铁路的运行时速和运行方式的讨论，从而坚定了他要"把贵广铁路的货运拉下来，全线无砟，时速300千米一步到位"的决心。

从这个角度看，当历史彷徨在十字路口时，一个人，一件小事常常能撬动其走向——林树森、张建波这两个铁路迷谈论贵藏铁路这个微不足道的细节，不经意间改变了贵广铁路的命运，单就这一点来看，林树森与张建波当年设想贵藏铁路还是有一点意义的。

张建波记得，当林树森在那张大地图上指点着贵藏铁路的线路时，自己也被其高瞻远瞩的战略眼光感染了，激动地断言："林省长，贵藏铁路一通，贵州在西南的国防、经济和交通枢纽地位将会更加突出！"

那时，林树森却站在另外的角度看这条路在中国铁路网中的地位。他说："仅凭到西藏的一条铁路是不能确保贵州在西南的交通枢纽地位的。还得靠速度！"他感慨说："早先，我们贵州不是也有好几条铁路吗？但在渝怀铁路连接京广线和2007年铁路大提速时，我们不还是错过了两次重要机遇吗？两年前，成都、重庆开往华东、广州方向的12趟列车就甩开川黔线，经由渝怀铁路那边去了！"

讲着讲着，林树森激动地自问自答起来："贵州为什么会被甩开？因为我们的路线标准太低，线路太长，速度太慢！铁路枢纽的地位从来就是靠速度维持的，我们的速度不快，铁路市场就会淘汰我们！"

接着，林树森讲了一个更加可怕的事情："当初，如果从重庆到郴州修一条快速铁路或者是高铁进入京广线，那么，国家发改委就不可能再批贵广线了——贵广铁路与重庆到郴州的线路是一条平行线，贵州落后，重庆和成都是中心城市，修了重庆到郴州的高铁，一连上京广线，贵阳就彻底边缘化了，贵广铁路也就肯定没有希望了……"

张建波赞同地点点头。但就在点头之间，他突然想到："林省长，有了贵广铁路，今后成渝还会往郴州方向修高铁吗？"

林树森似乎早想到了这样的问题，非常肯定地答道："还会，贵广线的速度不能适应他们的要求时，成渝肯定会往郴州修速度更快的高铁。建波，你说是吗？"

张建波没有直接回答，而是熟练地讲解着高铁的概念："林省长，你是知道的，根据UIC（国际铁路联盟）的定义和我国的规定，时速160千米以下的叫普铁；时速160到200千米的叫准高速；高铁是指通过对原有线路进行直线化、轨距标准化改造后，使营运时速200千米以上，或者专门修建新的'高速新线'，使营运时速250千米以上的铁路系统。贵广铁路目前批准客车设计时速200千米预留到250千米，货车时速120千米的方案。按这种目标值设计，贵广铁路顶多只能算是快速铁路或亚高铁。"

张建波的回答听起来有点像答非所问的废话，其实，这种回答是一种很有必要的迂回，这种迂回实际上是一种对贵广铁路性质、地位的提醒和强调。

迂回着讲清讲透贵广铁路在全国高铁网络中所处的地位后，张建波把话题转到了林树森提出的问题上："中国的高铁发展很快，现在已经试验时速520千米的高铁了。说不定正像你所说，成渝等西南中心城市觉得贵广线200或250千米的时速不能适应他们的速度时，也许真会动修渝郴高铁的念头……"

张建波的回答让林树森感到遇上了知音——这个一向被不少人认为具有高瞻远瞩战略眼光的官场高手，在纵览中国建设风云变幻时，更是一个见识广博，学有专长的大方之家。特别是在对他热心的贵广铁路问题上，尤其感觉敏锐，反应快速。同张建波交谈时，他已意识到一个无形的威胁正在悄然迫近贵广铁路，贵广路的近忧远虑让他不安起来。

他有些激动地对张建波说："贵广铁路是西南通往广东最直最短最便捷和最高的一个线位，而且，它的附近没有铁路，如果不建成时速300千米以上的高铁，将是中国高铁史上的一个历史性错误！"

接着，林树森以绝对的语气强调自己的结论："建波，四五十年以后再来看——我可能不能再活四五十年，四五十年后，你大概还会健在，到时，你会发现，如果这么好的线位不把它改成高速铁路，那将不仅仅是我们个人的终身遗憾，也是国家的一个遗憾，更是国家的一种损失！"

转弯抹角地聊了那么多，要把贵广线"改成高速铁路"的想法终于通过林树森之口正式提了出来！

听到林树森的这个想法时，张建波心里咯噔了一下。后来，他承认："当时，我的心情是复杂的——既想像林省长那样把贵广铁路的命运由准高速改变成高速，又想告诉他：贵广路已经按客货共线的设计开工，林省长你就别给我这个执行修建任务的总经理添麻烦了！"

但初次见面，也倾向把贵广路修成高铁的张建波欲言又止，没有把"别添麻烦"之类的话说出口。

林树森以为张建波的欲言又止也是担心不能把贵广线修成高铁，会影响它在中国高铁网络中的地位与作用。后来，他把这种担心写进了那篇《树森谈贵广高铁》的文章中。"继贵广路列入国家十一五规划后，2008年7月，国家发改委召开有各省区市参加的调整铁路中长期规划会议，在国家发改委和铁道部的关心下，贵阳到周边省会城市的5条高速铁路全部进入了《全国中长期铁路网规划（2008调整）》。

"开工之后，战略思维层面的矛盾就显现了出来。中国的高铁肯定有一天会跑时速350或400千米，甚至更快，如果贵广铁路标准低了，贵阳丧失西南铁路中心枢纽的历史就会再次重演。要使贵广成为西南至华南的主要大通道，唯一办法就是提高贵广路的标准，用贵广路的高速度目标值抢占西南铁路中心枢纽的制高点……"

抱着这种为贵广路的近忧远虑而产生的升级目的，贵州紧锣密鼓地开始了一系列的动作。

先是与北京上层进行观念的疏通——当时，贵州已完全具备这种"疏通"能力。林树森回忆说："贵广铁路立项后，我们与国家发改委、铁道部等部委及有关司局建立了在贵州建设铁路项目彼此互信的合作关系，后来，很多铁路规划建设都比较顺利。一直在北京为贵广路奔波的省发改委主任刘远坤同志执着、热情、锲而不舍的工作精神也感动了国家机关的有关同志。国家各部委都对贵广铁路给予了最大的方便和支持，国家部委间和部委内的各个流程和环节基本都实现了零距离和短距离的衔接，大大缩短了前期工作的时间，实现了时间的叠加效应……"

做通北京各方工作之时，正逢长昆、渝黔、成贵三条线路于 2009 年年初启动前期工作。林树森觉得这是一个机会，于是，这年的 2 月 9 日，贵州省政府以黔府函〔2009〕16 号文向铁道部提出了把贵广铁路货运项目取消，将速度目标值调整为时速 250 千米，预留 300 千米的建议。

收到贵州的建议文件后，铁道部开始向有关方面做工作。

5 月，林树森带着刘远坤一行到铁道部和国家发改委汇报，试图"得寸进尺"，争取把可研中的"适当预留进一步提速条件"变为时速 300 千米一步到位，全无砟轨道，取消货运。

当时，林树森提出将时速 250 千米，预留 300 千米变为时速 300 千米一步到位，主要是考虑到桥梁、隧道的设计本身就能满足时速 300 千米的条件，只是接触网和信号这两块是时速 250 千米的设置，只要将这两块升级为时速 300千米的设置，也可以一步到位。

一步到位费用会高出很多，但可以免除今后再改的麻烦。铁道部同意了贵州的建议。这样，全路的线间距、隧道断面、轨道方式都要做相应调整。

这是一个牵一发而动全身的大事，做通有关工作刻不容缓。铁道部同贵州分了一下工：贵州省政府报文给国家发改委，争取支持。广西壮族自治区的工作由铁道部陆东福副部长去做。

23

最初，陆副部长以为广西的工作会很难做。因为，如果贵广铁路客货两用，桂林就是一个四通八达的客货中心。取掉货运，桂林东西向的货运就会受到很大影响。

桂林还有一个反对客专的理由——根据先期客货共线的设计，桂林的货物布局、建设、物流都做了许多工作，一改客专，就都报废了。特别是恭城专门投资了一个很大的水泥厂，但如果改为客专，这个原设计年产水泥110多万吨的水泥厂就只能年产50万吨左右，损失巨大。

这些实际的问题和正当的理由无疑会增加说服广西的难度。但令陆副部长意想不到的是：广西没有反对客货共线改客专。不仅如此，自治区有关部门的人还打招呼，贵广线改客专要求桂林市不要提反对意见。

有人认为，自治区有关部门的人之所以打招呼不让桂林反对改客专，是因为贵广线改客专，反倒不会对北部湾出海口的货运作用形成冲击和削弱，故他们要桂林积极而坚决地支持。

贵广客货铁路改客专原以为会反对的没有反对，原以为会支持的却出现了阻力。

2009年4月，铁道部给国家发改委发函：要求将贵广铁路"适当预留发展条件"改为时速300千米，线间距4.8米，全无砟轨道，货车下线，改为客运专线……

这个建议首先在铁二院碰了钉子。铁道部有了明确的态度之后，贵州希望铁二院出时速300千米、无砟轨道的施工图。

铁二院没有同意。

理由很正当：没有收到修改设计标准的文件，恕难从命！

知道国家发改委的程序非常复杂，不可能一下就通过升级方案，为了不影响施工，林树森等人只能把工作又转向铁道部——希望铁道部的有关司局能给铁二院一纸信函，让铁二院作为依据给出时速300千米的施工图。

林树森再次碰壁。《树森谈贵广高铁》中非常懊丧地写道："在国家发改委没有回复之前，有关司局谁也不想担这个风险。连一个纸条也不愿给。"

对此，林树森感到非常无奈和无助。后来，他回忆说："这是贵广铁路施工最困难最难熬的时期，如何实施时速300千米的施工意图？如何避免因改客专而造成工程的报废和停工？如果部分需要停工，施工人员如何安置？一系列问题都有着巨大的风险和压力……"

2009年9月下旬，通过林树森、刘远坤和省铁路建设办公室副主任陈熵等人持久耐心的工作，时任国家发改委基础产业司司长的黄民终于同意国庆节后启动贵广铁路调整标准程序。

阻力并未因此完全消失。2009年10月，铁二院按基础时速300千米编制了调整后的工可报告，总投资增加93亿元。一时间有关部门议论纷纷，新增加的93亿成了反对调整工程标准的一个正当理由。

反对不仅仅因为这些理由，原铁道部部长刘志军霸道的工作作风产生的反弹此时也表现了出来。林树森回忆说："黄民同志是司长，具体负责贵广铁路调整标准工作的还有副司长及有关处长。不知是历史上处理工程项目和铁道部积累了意见，还是对贵广铁路给他们出的这么大一个难题有看法，这位副司长对贵州找他的同志说：'贵广调标准不用批，京津城际调整标准没报批，铁道部不也照样干成了？你们到铁道部找刘志军去！'由于他不发话，铁道部不可能给安排评估，这项工作在这个环节一拖就是两个月。"

拖到2009年11月7日，中咨公司才终于组织召开了专家会。这次会议没有通知两广和贵州参加。会上，铁路专家们表示同意贵广铁路改客专。

专家的同意却使事情更加复杂起来。负责贵广项目评估的中咨公司说：功能定位、标准、工程投资均发生了重大变化，贵广改客专不属工程措施调整。调整就只能在原国家批复可研的基础上进行。要求铁二院和铁四院对把贵广定位为客专的理由，调整后对相关路网影响及双层集装箱运输的通路，对沿线广西、广东产业布局的影响等方面情况进一步梳理，对速度采用250千米还是300千米进行技术、经济方面的比选……

国家发改委基础司也有人呼应说："贵广铁路提高标准没有依据，最好是改规划。"

林树森觉得，中咨公司和基础司的要求几乎不可能达到。但他和他的同僚刘远坤、陈熵等人没有放弃，他们利用一切机会向参与评估的专家汇报，让其明白贵广铁路调整标准的必要性和长远的意义。

他们的汇报取得了良好的效果。专家组长曹菁跟林树森等人在座谈时曾问：为什么我们搞铁路搞了几十年都没有想到贵阳到广州拉直线修一条铁路？这位很有远见的专家组长提出：线位资源不可多得，不要浪费，要修就标准高一点。

其他专家也看清了提高标准后贵广铁路能在全国高铁主网中避免出现"短板"的意义。12月24日晚，正式评估时，某单位一位副处长发言说："快速铁路不一定非要客专，客专也不一定都搞300或350千米，铁路要回归其交通工具的基本功能，在大宗物资运输方面的优势不能丧失。"要求专家从路网、客货运量、工业布局方面研究调整的必要性，标准选用应尽量避免废弃工程，在满足功能的前提下不一定非用无砟轨道……

不过，专家们也有自己的价值取向。会议结束时，专家组长曹菁对等候在会议室外的刘远坤说："专家组内部讨论很激烈，不过，请你们放心，我们会按提高标准这个方向起草专家意见。"

最终，专家会议以1票反对、8票赞成的结果通过了调整贵广铁路为客运专线的评估意见。

有了专家评估意见，中咨公司仍迟迟没有按专家组意见出咨询报告。林树森在《树森谈贵广高铁》中说："在万般无奈的情况下，刘远坤只能'越级上访'。2010年1月11日，他找到中咨公司窦皓副总经理，详细汇报了贵广改客专的理由和当时评估工作的进展，希望中咨公司能尽快地签出评估报告。"

2010年1月27日，刘远坤再次见到窦皓时，窦皓表示支持改客专，会尽快安排出咨询报告。果然，2010年2月12日，贵广改客专的评估报告终于出台。

2010年3月22日，国家发改委办公厅知会贵州有关领导，"贵广路改客专没有大的工程和技术调整，概算调整不大，不用重新环评，也不用找分管领导同志签批，由国家发改委办公厅复函即可。"

2010年6月3日，国家发改委办公厅以发改办基础〔2010〕1324号文下发了《关于调整贵阳至广州铁路工程建设内容的批复》。明确贵广铁路改为客运专线，速度目标值时速250千米，基础设施预留进一步提速为300千米的条件……

贵广铁路最终的速度目标值确定后，网上一篇《贵广高铁300千米已经死亡》的文章尽显人们的无奈、沮丧和不满。

文章透露：改客专后，贵广线上四会等9个货运站将被撤销，每天列车运行的对数将会由原定的100对以内提高至103至106对，远期将达到147至152对……

远期列车运行对数还算不错，但不能一步到位达到时速 300 千米，林树森比一般人更加沮丧。但他也非常清楚，能争取到时速 250 千米，预留提速 300 千米这样的结局已实属不易。

24

对林树森费九牛二虎之力争取来的"实属不易"的结局，张建波却是几分暗喜几分愁。

本来，他是受命去修那条客货混线的贵广铁路的，林树森却变更出一条客运专线让他搞。张建波知道，这一变更，可不仅是把货车下线，把车速、线间距、轨道无砟等改变一下那么简单。

贵广铁路全长 857 千米，238 个隧道共计 468 千米——光隧道就占贵广铁路的 53.2%。一路还要穿越数不清的溶洞，要修建 210 千米桥梁，桥梁隧道占全程的 83%，而贵阳到桂林段的桥隧比更是高达 92%。

勘探、设计、审查阶段，专家们一致认定：贵广线的桥隧建设难度居全国之首。

这个建设难度居全国之首的工程在开工很久后又变更建设标准，对建设贵广铁路的组织者和施工者来说，危险和麻烦都是巨大且史无前例的。

当时，那种危险和麻烦给张建波最直观的感觉是，"进不了，退不得，干什么都无章可循，干什么都似乎不妥，干什么都是错，但什么都还得干。真是恼火得很！"

张建波最"恼火"的是一切都无章可循——没有变更文件，没有变更措施，甚至没有变更的施工图纸。

比这些更"恼火"的是，他要变更的工程早就木已成舟！

2009 年 2 月 9 日，贵州省政府正式向铁道部提出取消贵广路货运项目，将速度目标值调整为时速 250 千米，预留时速 300 千米，修建客货共线的贵广铁路已于 2008 年 10 月开工建设了近 4 个月。

2010 年 6 月 3 日，国家发改委正式下发《关于调整贵阳至广州铁路工程建设内容的批复》时，张建波领导的贵广公司已指挥 15 个工程局的 10 万多人干了近 20 个月。很多路段已经平整，很多桥梁已经挖好坑基打桩，238 个隧道也大多按客货共线的设计标准掘进开挖……

箭已离弦，却要求变更建设标准，那情形有点像工匠裁剪好布料正做一件中山服，有人突然要求他"将这些布料改做成一件西装"。

把中山服改成西装很难，把已经形成雏形的客货共线铁路变更成一条时速250千米、预留300千米的高铁更难。而如果按林树森曾设想的要将客货共线的贵广亚高铁变更成时速350千米的高铁则堪比登天。

时速200千米的贵广亚高铁与时速350千米的贵广高铁在技术标准上完全不一样，曲线半径、隧道断面、坡度等标准调整后，一切都会随之变化。但高铁的很多东西是无法变更的，一变就需拿钱往里"填"。

首先，时速350千米高铁的隧道断面不得少于100平方米，而客货共线的贵广铁路隧道断面是92平方米，只能变更成时速250千米的基础设施预留提速为300千米的高铁。隧道内施工的300多辆台车也都是按照隧道断面92平方米这个标准配备的。如果隧道断面要变更成100平方米，意味着所有的台车都会报废。一辆台车10万左右，300多辆台车报废就要损失几个亿。这几个亿谁来买单？

还有，开工后的20个月里，施工单位所干的238座隧道都是按隧道断面92平方米的标准去进行开挖掘进，再进行初期支护、二次衬砌等程序施工的，如果把隧道断面变更到100平方米，就要毁掉已按92平方米规格建成的那些隧道。这种情况如果出现，就不只是损失的问题，而是渎职的责任了，到时谁来承担这个责任？

其次，那时候，要把贵广客货共线的亚高铁变更成最高时速300千米的高铁还只是贵州省政府的愿望和铁道部的意思，国家发改委并没有表态更无正式批复。因无批复，设计院不肯出新的施工图纸，没有新图纸，变更时施工单位用什么去施工？

再次，没有批示没有新图纸就进行工程变更属违规违法施工，如有闪失谁来负责？贵州省只希望张建波赶紧指挥所有施工单位去做他们设想的那个贵广高铁，但该不该那么做，能不能那么做，做了出现问题怎么办等问题他们统统不管……

"他们也的确管不了。"后来，张建波回忆说："但这些事我得管我得负责，我不能让十多万人都停下来不干事，我告诉施工单位，先干起来再说！"

虽然要求施工单位"先干起来再说"，但对"不停工，不废弃，不增加投资，不重新做环境评价，不重新做土地预审"的变更施工指令张建波有些摸不着头脑、无所适从。

不能停工，那就只能干，但又没有新的施工图纸，怎么干？

经反复商讨协调，他告诉施工单位，"不管是时速 200 千米的亚高铁还是时速 250 千米的高铁，路基、桥梁的设计都是一样的，就按铁二院和铁四院第一次出的图纸干！"

隧道呢？把按 92 平方米的断面已经干好的隧道都毁掉重新来吗？

张建波说："不，还是按 92 平方米的断面干！"2009 年 2 月，贵州省政府向铁道部提出取消货运项目，把贵广路变更为高铁前，林树森曾想搞 350 千米的时速。如果要达到这个时速，所有隧道的断面都必须改成 100 平方米。张建波果断出面疏通协调，他多次跟林树森沟通说："林省长，隧道断面不能变了，再变损失就太大了！"

做工作让林树森放弃 350 千米的时速后，在执行"不停工，不废弃"等"五不"指令时，张建波收到了两全其美的效果：保留断面为 92 平方米的隧道既符合"不停工"并"不废弃"已建工程的指令，又能保证变更后的高铁速度符合贵州省政府时速 250 千米预留提速为 300 千米的要求。

张建波强调：我们既要支持贵州把贵广铁路由亚高铁变更成高铁，也要坚决执行"不废弃"的施工原则。"贵州向铁道部提出取消贵广铁路货运项目后，92 平方米的隧道完全能保证客专的速度目标值和预留提速。"

张建波的沟通和决策虽然符合贵州的变更要求和上级"不停工，不废弃"的施工原则，但在把客货共线的施工图纸变更为高铁施工图纸前，特别是在国家发改委的变更文件下达前，贵广线是不可以施工的。任何施工都是"违章作业"，就如同驾驶员无照开车一样违法违规！

"无照开车"违法违规，但贵广铁路有客货混线的批文和施工图纸这个"旧驾照"，在国家发改委没有下达变更文件前，如果"打擦边球"，让施工单位按客货共线图纸这个"旧驾照"施工还是说得过去的。

不过，这样做的风险很大：假如把"擦边球"打出了界，弄出了安全、质量问题，那就会后果很严重：到时，不但会追究安全、质量问题，谁让"打擦边球"弄出的安全、质量问题也会一并追究……

对此，张建波压力巨大。他是贵广公司的法人，不"打擦边球"去施工就无法执行"不停工"的指令，不停工他就必须做出让建设单位去"打擦边球"施工的决策。所有施工单位"打擦边球"他都必须管，所有"擦边球"打出了界他都必须承担责任。

于是，自从做出让所有施工单位"打擦边球"的决策后，他一直都惶惶不可终日，一直都战战兢兢、提心吊胆地关注着贵广线上所有工地的施工，马不停蹄地深入工地调查研究，和修建单位制定施工规章制度，解决施工中的具体问题。深更半夜时，他还在隧道里钻进钻出，看那些有断层、有岩溶，有突泥突水的地方是否有工程隐患和施工风险。以突袭的方式去逮个别企图在施工中偷工减料或粗制滥造者的"现行"……

贵广公司搞宣传的老陈说，张建波不是在工地，就是奔波在往返于工地的路上。

公司的驾驶员们说，"最怕被派车去跟张总出差，一出去就是十天半个月。很多时候，深更半夜还往工地上跑。特别是贵广铁路变更那半年多，他常在凌晨两三点让我们送他到工地检查安全，督促质量。"驾驶员们问："全国铁建系统有几个大项目的总经理能够长年累月没有白天黑夜地泡在工地上？又有几人在公司时凌晨一两点了还在办公室里忙？"

这么忙，张建波还如临深渊、如履薄冰，"那么多人，那么长的战线，谁知道哪个人哪个点会弄出个什么事来，让我这个决策指挥施工的人吃不完兜着走……"

担心"打擦边球"施工出事，张建波也担心工程因不"打擦边球"而停工。"这工的确停不得，当时，贵广线上有 15 个工程局，10 万多人施工，要是停了工，10 万人不可能在工地上等着，等着谁给钱？把施工队伍解散了，等到要干时又到哪里去找人？"

那时，为贵广工程殚精竭虑的张建波大概没有意识到：即使"打擦边球"执行了"不停工"的指令并留住了施工队伍且安全、质量也无问题，自己也还是危险的。综合部部长柴强铎曾提醒他：将来，万一国家发改委不同意工程调整怎么办？再退回去？但那时木已成舟，还退得回去吗？退不回去又怎么办？谁来承担这"退不回去"的责任？

这样的后果更令张建波胆战心惊。但他咬着牙告诉综合部长，"有责任就自己扛呗！我是总经理，我不下地狱谁下地狱？"

对人谈到这些时，张建波总是苦笑着摇头叹气，"总之，在当时那样的'变更'背景下，随便怎么做都有可能违法违规，一切都不好判断不好把握，一切都不好决策不敢决策但又不得不决策！"

不过，有一点他非常明白：在贵州高铁修建这盘大棋局中，自己只是一个棋子，但这个棋子很关键。自己可以躲闪自保，但贵州可能因此而失去高铁枢纽的地位和千载难逢的发展机遇；铁道部可能会直接被"将军"，国家的铁路战略也会受到影响。

想明白了这些，在2010年那个多事之秋，遭遇太多前所未有的困扰和纠结的张建波终于做出了决断：以破釜沉舟的勇气和悲壮去见证自己和林树森的贵广高铁之约！

当时，他甚至还想起了一个名人的名言：任何民族都需要自己的英雄，真正的英雄具有那种深刻的悲剧意味：播种，但不参加收获。

张建波回忆说：那时，我不只是准备"不参加收获"，还准备被"问责"被撤职。

他强调，"在担当起了本来可以放下不管的事情时，我就做好了吃力不讨好的思想准备。所以，在那种关键时刻，即使被问责、撤职，我也要做到碰到矛盾不上交，遇到困难不回避，面对责任不推诿！"

事后，林树森对张建波这个知音和忘年交在贵广高铁变更中敢于担当，冒着风险去协调、解决问题的做法心存感激。他说，面临工程变更的巨大风险和压力，可以为贵广铁路把心掏出来的当数张建波和他领导的贵广公司。

在《树森谈贵广高铁》中，林树森不惜笔墨地讲述说："工程措施调整前，建设单位已经进场了，发改委批不批准工程措施调整的标准还不可预料，但贵广公司的领导们敢于担当，在未批的情况下带领修建单位施工，张建波同志以高超的组织才能和超人的毅力带领着10万施工人员渡过了这一年的难关……"

25

张建波曾经以为，熬过了工程措施调整这一关，从国家层面把原来客货共线的贵广铁路变更成实际意义上的贵广高铁（为了区别客货共线的贵广铁路，本书从这里也改称贵广铁路为贵广高铁）后，自己要进行的建设任务就可以一帆风顺了。不料，半年之后的2011年，中国铁路流年不利，贵广高铁也因此遇到了另一道坎子。

这一年的7月23日晚20点30分，北京南站开往福州的D301次动车运行至温州附近时，与前边杭州开往福州的D3115次动车发生追尾事故，造成

40人死亡，约200人受伤。

"7·23"事故牺牲的不仅仅是几十条人命，还牺牲了高铁的速度和发展。

自2008年京津城际高速铁路开通运营以来，短短几年间，中国高铁很快发展到了"公交化"密集运营——从国内媒体使用的那些无不显示骄傲自豪的新闻标题里就可以知道中国高铁当时如火如荼的发展形势："'四纵四横'开始建网，'八纵八横'主通道正规划""南北东西去，来往亦纵横"……

中国高铁凤凰涅槃后，一直快马加鞭地扮演着高铁黑马的角色，从2006年研发时速200千米的"和谐号"动车组到2010年时速380千米的高速列车"和谐号"CRH380A下线，揭开神秘面纱的新一代高速动车组和惊人的高铁运量让外媒感叹：中国建成了世界上最大的高铁网和最快的高铁，中国人坐高铁像坐公交车一样。

据说后来，美国商人特朗普竞选总统时都拿中国高铁说事：

"……我们美国控制了高科技，居然在国际贸易中干不过中国……20多年来，中国私人轿车从无到全国性堵车，高铁占全球70%——很快，50万人的城市都会有高铁链接。高速公路从无到2000多个县都接通，世界上最长的桥、最高的桥、最难的桥中国人都不当回事就去造，中国人有钱的北京上海深圳的房价快要赶上我们的纽约还要疯抢，中国人不去哪个国家旅游哪个国家就急。中国人不买，世界铁矿石油就暴跌……

"而美国已经成为生活在巨大美元泡沫中无可救药的国家……"

如果这段演说真的出自特朗普之口，那肯定是因为高铁已是中国国家领导人出访的新外交名片，中国高铁正走向印度尼西亚、新加坡、俄罗斯等十多个国家。

就在"7·23"事故发生前，中铁已开始筹建中国首条完全自主知识产权的长沙磁浮铁路；中国与马来西亚等国家的磁悬浮列车兴建计划提上了议事日程；牵引动力国家重点实验室课题组向媒体透露：他们正在研制时速600千米的"真空管道"超级高铁，这种技术预计10年后实现运营……

那时，从技术层面看，中国高铁已经历了零下40℃高寒、零上40℃酷热、最大风速每秒37.6米的风沙、海风高盐等各种考验。继续发展下去，它无疑会以自己特有的"颜值"与"气质"加速改变人们的生活。

但"7·23"之后，那些令人鼓舞的消息大多戛然而止。更让很多人不解的是铁道部还宣布高铁"降速运行"——设计最高时速350千米的高铁，按时速

300 千米开行；设计最高时速 250 千米的高铁，按时速 200 千米开行；既有线提速到时速 200 千米的线路按时速 160 千米开行。

这意味着，除了京沪高铁等少数高铁保持 300 千米的运营时速外，大多数线路均回到了 2007 年铁路第六次大提速时的状态。

降速运营后，国内一片哗然。有人质疑：中国高铁在降速时已开始迅速走向世界，降速会不会让世界对中国高铁失去信心？

有人诘问，现在中国高铁是在拿"奥迪"当"奥拓"跑，这合理吗？

诘问者们盘算的是：中国高铁运营里程已快接近 2 万千米，其中有 1 万多千米的设计时速为 350 千米。2011 年降速之前，京津、武广等高铁是按照时速 350 千米在运营，一下降到时速 300 千米，原时速 300 千米、250 千米和 200 千米的也依次降速，这样降，已建的中国高铁会造成多大的资源浪费？

于是，2012 年之后，每年全国"两会"期间，"高铁应恢复 350 千米时速运行"的呼声都会不绝于耳。

对于社会各界的质疑和呼声，已由铁道部改制为中国铁路总公司属下的新闻办一直含糊其词，不做正面回答。

后来，实在不好回避时，铁路总公司的一位领导才告诉记者们，"以目前的技术、装备和管理，我国高铁每小时运行 350 千米没有问题。但高铁时速提高 50 千米，电价、零部件磨损加快和维修等成本将提高三分之一左右。目前，最高 310 千米的时速符合中国国情，效益也比较好……"

当时还健在的"中国铁路代言人"王梦恕院士则用科研的具体数据说明成本的具体情况：200 千米时速空气阻力系数是 30%，300 千米时速是 80% 左右，提升至 350 千米时速，将高达 90%，大大增加电力能耗。还有，提速后，水平推力增大，会大量增加对钢轨的维护维修成本。

该不该提速？王梦恕打了个形象的比方：人吃饭，八成饱好，还是十成饱好？老院士还用类比的方式说服要求提速的人，"全世界还没有任何一个国家的高铁运行时速是 350 千米。"

他建议那些"想跑得再快的人可以去坐飞机"。

为了说明中国高铁降速符合世界行情，王梦恕院士还举例说："历史上，重大事故后对铁路降速并非中国独有，1998 年，德国发生出轨事故并导致 101 人死亡后，将最高时速从 280 千米降为 160 千米。日本人在新干线上发生死亡 106 人的事故后也曾降速。但后来，他们都恢复了速度。"

对中国铁路总公司的回避，王院士建议：没有必要遮遮掩掩地犹抱琵琶半遮面，更不要因噎废食，要恢复速度就大大方方地公之于众，不恢复也理直气壮地讲明理由。

王院士的建议固然很有道理，但2011年，"成也萧何败也萧何"的历史宿命使中国高铁车速连同中国铁路建设全都"一夜入冬"。

"7·23"事故前后，铁道部的债务问题也逐渐浮出水面：截至2011年6月，铁道部负债总额为2.09万亿元，负债率为58.53%。银行贷款在过去10年中一直是铁道部资金来源的主要渠道，"7·23"后，央行收紧信贷额度，政策出现了微调，银监会加强了贷款集中管理，铁路建设从银行贷款日渐艰难。

至此，中国铁路雪上加霜，高铁建设突然进入拐点。在有人无限放大地质疑中国高铁的同时，银行也纷纷变脸，基本终止了贷款。于是，陷入资金冻结窘境之中的高铁项目部分停工、完全停工的消息雪片般纷沓至来。当时，《投资者报》记者所统计的53条在建高铁项目结果显示：约24条高铁处于停工、半停工或不能如期完工状态。其中，17条高铁处于半停工与部分停工，石武、津秦等7条原定在2011年完工的高铁也无法如期结束。"参加铁路建设的农民工，有些已经半年没拿到工资，单是中国中铁股份公司就发生了2000多起农民工讨薪事件……"

高铁资金链出现问题后，随之而来的是原先规划中的一些新建高铁线路被无限期推后，成本急剧上升。如京沈高铁2009年规划上马时预算只有700亿元，被推迟到2014年上马后，预算增加至1245亿元。

与此同时，多条高铁线路被降低标准，造成无法挽回的损失。如连接大同、太原、西安的线路是我国一条重要干线铁路，2011年已经按照350千米的时速标准完成线下主体工程，但在铺轨时曲线超高被限制为时速250千米运营。宝兰客专、兰新客专也遭遇了相同命运……

全国高铁建设"哀鸿遍野"之时，刚由亚高铁变更为高铁的贵广路也受到了冲击。巨大的资金缺口使得工程买不起材料、付不起工资，贵广线的建设脚步开始放缓，只能先干一些"节点"工程。

张建波再次被极度的焦虑煎熬。他知道，工程一旦停下，将会产生三方面的负面影响：一是部分工程二次启动成本增高；二是工程质量难以保证，后续隐患多；三是队伍不稳定，拖欠工程款、材料费和工资等都会产生矛盾。

幸好，银行对铁路贷款实行限制之前，他得到了一大笔"救命"的贷款。

那是 2011 年元月的一天，有人向张建波透露了银行对铁路贷款即将实行限制的风声，劝他贷几十个亿作为资金储备。张建波安排贷款时，贵广公司有人怀疑是银行的人为完成贷款任务而故意放风设局。"可不敢贷几十个亿放在那里，几十个亿一天的利息就是好多万呢，我们怎能负担得起？"

张建波也犹豫了，于是那天晚上，他把前段时间因为忙其他工作而没有看的报纸找出来翻了一遍，对全国的经济形势和"7·23 事件"等方面的情况进行了综合分析后，他大胆做出贷款 23 亿的决定。

这笔钱刚进入贵广公司账户，银行限制对铁路的贷款正式开始了。

接下来的日子里，各条高铁工程因资金问题人心惶惶之时，23 亿元的"胡椒面"撒下去之后，贵广高铁又维持了一段时间。但张建波知道，下一波危机很快就会到来。

对即将来临的危机，张建波本有很好的"规避"机会：2011 年春节前，因欠材料款、欠工资，很多项目的公司被围堵，出现不稳定因素，上边专门开会强调所有工程都必须停工遣散工人。上边来的人在会上批评张建波说，"别的工程只留下了几千人几百人看工地，你还让 10 万多人在干活。弄出什么乱子你张建波要负责！"

张建波笑着承诺："放心，我一定把事情处理好。"

上边的人"放心"地走了，张建波却心急如焚：10 万多人人吃马喂，每天都要花钱，无论如何也要贷到款！

有人劝张建波："别去找银行了，他们是一个只会锦上添花，不会雪中送炭的行业。在银行系统限制对铁路建设贷款之时，别人不上门逼债就很不错了。"

但张建波信心满满，"我这人待人比较心诚，过去，银行求我帮他们完成贷款任务时，我从来都是以诚相待，尽力帮助。相信他们也会投桃报李。"

但那次，平时很讲究礼尚往来的银行行长却面有难色地告诉张建波，"张总，今年的贷款指标已严格控制，少得可怜，真不能给你们贷款了！"

不过，那些"觉得张建波人品不错"的行长没有让张建波失望。工行的行长说，"我们在北京代办了一些理财基金，不纳入银行的正规报表，可以体外循环贷给你们使用。"

工行的钱贷出来了，张建波又去找到建行的领导，建行也从同样的渠道给贵广公司贷了款。

这样，张建波从两家银行共贷款 80 多亿。

贷到这笔钱后，张建波很得意，"在别的项目都停工半停工的情况下，那一年，贵广公司还完成了 270 多亿的产值！"

《贵阳晚报》当时的系列报道记录了这样的场景："贵广高铁始发站贵阳北站建设工地，有大量施工人员和机械在施工作业……"

"黔春高架桥工地也是一派繁忙的施工景象。施工场地上塔机、挖掘机、泵车、吊车、焊工、钢筋工、机械操作工等人机协同作业，弧光闪烁、机声隆隆……"

"在经历了半年的'严冬期'后，全国铁路建设迎来了破冰之日，贵广高铁那些半停工的工地也都悄然复工……"

第七节　穿越格老山

26

三都隧道的名字是后来改的。2009 年，铁二院的勘测报告还将贵广线上那条要穿越格老山的隧道称之为格老山隧道。但因其与宜万铁路线上一条曾让建设者们吃尽苦头的隧道名字相近，于是，铁道部一位领导不由"恨"屋及乌，将格老山隧道改成了三都隧道。

三都隧道在贵广线 2 标段都匀市和三都县境内，贯通长度 14.574 千米。这个设计长度在贵广线上原本是最长的，但位于榕江县古州镇的岩山隧道因入口上边有个木材厂，就把隧道口提前了一段，结果，14.693 千米的岩山隧道比 14.574 千米的三都隧道长了 100 多米。三都隧道的长度因此在贵广线上屈居第二。

三都隧道不仅长，地质情况也极其复杂。铁二院勘探表明，该隧道将穿越可溶岩碳酸岩和碎屑岩地层，有 13 条断层破碎段，3 条褶曲构造带，并处在一个完整的水文地质单元，预测常涌水量每天可能在 16 万立方米左右，雨季涌水量每天可达 23 万立方米。施工过程中遇到大型溶洞、暗河及五级围岩地质破碎等各种不良地质的可能极大。

勘探之后，铁二院从铁道施工技术难度的角度将其划分为 1 级高风险隧道。当时的铁道部则将三都隧道定为是否可以修通贵广线的重要控制性工程。

当初，铁二院勘探后设计了一个单洞双线合修三都隧道的施工方案。本来这个方案在安全、成本和可操作性等方面都是无可担忧的，但中铁隧道局在修建隧道外侧的导洞时出现了一点意外：刚掘进30多米就出现了严重的涌水。于是，人们惊诧莫名，议论纷纷。

议论传到了"上边"。非主管的某部门有人担心用大断面修建三都隧道风险很大，会产生一些意想不到的安全事故，提出"是不是可以分成两个小隧道来施工"？

提出这个问题的人也许是觉得自己的说法没有多少科学根据，故特意强调，"我只是随便说说，仅供参考"。

可是，这"随便说说"的"参考"意见引来不少附和，三都隧道的分修主张从此形成，铁二院设计的施工方案也被紧急叫停。

这可让铁二院犯了难，究竟是分修两个小隧道还是单洞双线合修一个大隧道，专家和上边迟迟没有具体意见，施工方又大火烧上房一样不停地催要新方案，可他们得等指示，等权威意见，无法给施工单位答复是合修还是分修。

设计单位举棋不定，中铁隧道局中标三都隧道后，2008年年底就进了场，几个月过去了，上千人的施工队伍只能停下隧道导洞的施工，边等待新的施工方案边搞些洞外路基、桥梁坑基等方面的辅助工程。

张建波想广泛地听听意见，尽快把三都隧道的修建方案确定下来。于是，2009年2月的一天，他把三都隧道的问题提到了公司中层以上的会上讨论。在开场白中，张建波特别强调说："贵广高铁使我们走到了一起，国家的这个重点工程犹如一条大船，船上的每个人都要站在掌舵的角度，本着对贵广高铁、对贵广公司负责的态度，就三都隧道是分修两条隧道还是单洞双线合修的问题知无不言言无不尽……"

接下来，公司分管工程的副总经理兼总工程师刘一乔首先简略地介绍了一下关于三都隧道分修、合修两种不同意见的由来和背景，并报出了三都隧道如果分修将会发生变化的一些数字。"根据铁二院评估计算，这个隧道概算总投资约12亿元，如果分修，将增大开支3.9亿元左右。它的合同工期为47.5个月，如果分修，工期可能会增加到56个月左右……"

刘一乔介绍情况后，公司副总经理黄嘉亿、贵阳指挥部指挥长吴青山、桂林指挥部指挥长杨延伟、佛山指挥部指挥长耿浩等人纷纷踊跃发言，表达自己的意见。

张建波归纳了一下，黄嘉亿等人大多倾向于合修，其理由是三都隧道的地质条件还没有恶化到必须分修的地步，分修的意见缺少勘探依据，铁二院当初的合修施工方案是经过勘探、论证后形成的，不能因为没有多少根据的一句质疑就将其否定。

张建波在心里暗暗赞同黄嘉亿等人的意见，"不管是主张分修还是主张合修，首先得有勘察根据，得有理论依据。"想着，他仍不住问道："质疑合修方案的同志有勘察等方面的根据和依据吗？"

没有人回答。张建波抬头快速地扫视了一下会场，那几个曾向他表达过分修意见的人轻轻地摇头，眼神里飘着一丝茫然。

见没人回答，耿浩接过话头说："我看质疑合修方案的同志担心用大断面修建风险很大，会产生意想不到的安全事故仅仅是一种推测和假设。但确定施工方案怎么能靠推测和假设？"

耿浩的快人快语使会场的气氛略显有些尴尬，为打破这种气氛，贵广公司分管安全和纪检工作的副总经理曾维德圆场说，赞同合修意见，但也没有勘察等方面的根据。讨论问题，推测和假设在所难免，大家应该畅所欲言地把自己的意见表达出来，以利于工程建设。

在曾维德等人发言时，张建波注意到，一些与会者一边抽烟喝茶，一边认真听着发言，有时，还会不那么自然地咳嗽一声或不小心碰响茶杯。看得出，抽烟、喝茶、咳嗽的表象背后，压抑着这些人内心激动的情绪。

张建波感觉到，会议室里正在酝酿、弥漫着一种即将爆发的激辩气氛。果然，工程部部长李建业等中层干部发言后，激烈的争论开始了，争论者先是集中在安质部、技装部、工程部等业务部门，接着，物资部、综合部和计财部的人也参与了进来。

张建波觉得这种激辩的氛围很好，很适合讨论三都隧道是分修还是合修这个棘手问题——当隧道施工方案彷徨在十字路口的时候，一场激烈的争辩或许就能辨别出它的正确走向。

但是，"正确的走向"没有能在最初的争论中出现，大家的发言一直围绕着分修或者合修两种意见进行。张建波发现，参与争论的那些部门并非都一致同意分修或合修，而是分修与合修的主张把所有人分成了两派。这些来自不同部门的人集合在相同意见的旗帜下，从各种不同角度表述着自己的观点。

主张合修者认为，合修不仅能节约人力物力，还可以节约 6 至 8 个月的工期，决策时应该考虑这些因素。他们强调，"节约三四个亿可不是一个小数目，6 至 8 月的工期我们更应慎重考虑！"

黄嘉亿甚至提出，在分修合修问题上，我们不应选择迎合与被动服从，除职责之外，还有一种技术上的坚守和把握。我们应该这样思考：既然能用一种小的代价解决合修，为什么还要费时费钱去分修？

黄嘉亿的意见遭到了反对，工程部一位工程师说，同 3.9 亿元比较，安全更重要。一旦发生灾难性风险，那可不是钱能解决问题的。

工程师还提出了一些令人惶恐的情况：根据初测，施工可能会遭遇较大及特大溶洞 60 多个，穿越可熔岩地段的技术难度要求极高。分修可以提高安全率，施工难度也不会那么大，可以使隧道贯通更有把握。

黄嘉亿边听边翻阅资料，等工程师讲完，他马上提出了自己的看法，"勘探资料表明，三都隧道的地质风险在可控范围内。且该隧道的中标单位中铁隧道局是国内一流的隧道施工队伍，储备了足以贯通三都隧道的经验和技术，合修能够控制工程风险，确保安全……"

不待黄嘉亿讲完，想说服他的工程师又提出了一个假设："隧道可能遇到的风险分修后就不一定都能遇上，一个隧道遇到问题了，另一个隧道还可以迂回进行，对安全等方面的影响就会小一些。合修遇到问题就只有停下来了，会花很长时间，造成更大损失……"

"这种假设没道理！"不待工程师讲完，黄嘉亿打断说，"格老山有 13 条断层破碎段，3 条褶曲构造带和一个完整的水文地质单元，合修只有一次遇到这些问题的概率，而分修会有两次遭遇这些东西的可能。一个隧道遇不着问题，两个就可能遇着问题了。"他反问：如果分修的两个隧道都遇上问题怎么办？那不是要花两倍于合修的时间、资金去处理吗？即使其中的一个不遇上问题，但遇上问题的那一个还是要花合修一样的时间和资金去解决，这样就划算吗？

黄嘉亿的说法得到了大多数与会者的认可，从大家的议论中，张建波预感，合修即将成为会议的最终意见。但就在这时，有人找出了分修的规章依据：2007 年，铁道部做出过《铁路隧道设计施工有关标准补充规定》，要求长度小于 10 千米的隧道可采用单洞双线隧道方案；长度大于或等于 10 千米的隧道，宜优先采用两个单线隧道方案。于是，主张分修的人坚持："三都隧道都快 15 千米了，应该分修！"

以规章为依据的分修意见再次遭到驳斥。分管工程的副总经理兼总工程师刘一乔首先发言说，铁道部的规定只是说 10 千米以上的隧道"宜优先采用两个单线隧道方案"，并未说不能采取单洞双线方案。具体采用什么方案，应该根据工程实际情况来定。

刘一乔的态度影响了与会者们的意见，吴青山、杨延伟、耿浩等人补充说，贵广线的实际情况是桥隧比高达 83%，贵州段的桥隧比更是高达 92.1%。这种桥隧比在世界上也极为罕见，要建的 238 座隧道中，超过 10 千米的隧道多达 9 座之多，这些隧道的建修成本本来就高，再强调长于 10 千米的隧道修双线桥、隧，将大大增加投资成本。

黄嘉亿对会增加投资成本且不合实际的规章表示反对，他建议：为有效控制项目投资规模，应该建议有关部门修改可研报告，长度 15 千米左右的隧道在条件允许时也可以采用单洞双线合修方案。

后来，黄嘉亿的建议通过贵广公司向铁道部报告后得到了认可和执行，这才使得贵广线上那 9 座超 10 千米的隧道没有被"10 千米的隧道采用两个单线隧道"的方案一刀切。这也算那次会议的一个重要成果，但三都隧道的修建方式没能在那次会议上得到解决。

那次会议开到最后，尽管大多数与会者都主张合修，但坚持分修的人们主张"还是再斟酌斟酌"。分修的意见毕竟来自上边，尽管上边提出分修意见的人并非主管部门领导，且该人也强调"只供参考"，但别人毕竟是"上边"，毕竟有权威。

这种思维方式虽令人感到悲哀，但现实往往就是这样，是"上边"是权威我们就得忌讳，就得慎重，就得三思而行。这种忌讳、慎重和三思而行甚至并不是"上边"或权威的意思，但为了保险，为了我们自己要求的那种慎重，大家还是要反复地谨小慎微，还是要反复地去揣摩夫思考去研判"上边"和"权威"那个"只供参考"的意见。

这种状况让张建波心急如焚。贵广路 2008 年 10 月就宣布开工了，4 个多月后，作为主导修建的业主单位还在为一个隧道是分修还是合修的问题争论不休！他觉得应该尽快结束争论，敦促工程施工方案尽快尘埃落定。

于是，在到任一个半月后的 3 月初，张建波以业主的身份促成了三都隧道技术方案研讨会在北京召开。

那次的参会者有铁道部、中国工程科学院、铁二院、铁四院、大西南监理公司、贵广公司等 20 多位专家。研讨了一整天，最后也照样研讨出了分修与合修两种意见，双方的意见也与张建波在公司内听到的两种意见大同小异。

会开完了，会议没有形成统一的意见，专家们带着自己的意见各散五方。

会后，心急如焚的张建波又找了一些专家聊天。"我想得到一些开诚布公的指点，为我的处置方案提供一个参考。哪怕是关于可以分修或是不能合修的一个暗示也行。"

但结果很令张建波失望。没有指点，也无暗示，他遇上了"可言而不与之言"的人。这些人神神秘秘地劝告说："建波啊，最好的方案就是等有关方面的施工设计方案……"

27

快快不乐地打车去机场回贵州时，张建波意识到，自己摊上了一个"烫手的山芋"。

无人对三都隧道合修或分修表态。设计单位不出方案。工程不能正常进行施工，着急的除施工单位外，还有他这个主导贵广高铁修建的业主法人！

他知道，这不是一个简单的表态，此时的表态就意味着一种责任，一种担当，更是一种风险——一种与前途、利益甚至是政治生命捆绑在一起的风险。

在三都隧道问题上，明眼人一看就知道，合修之利显然大于分修之弊。但因有人皱着眉头问了句"是不是可以分成两个小隧道来施工"，于是，人们就自己给自己戴上镣铐，从此"不敢多说一句话，不敢多走一步路"。

一位作家曾说："自己给自己戴上镣铐是因为一种合理的推定，让我们进行了安全的选择。'合理'是制度决定的——然而，不要一切都埋怨制度，安全的选择跟制度有关，更与潜规则有关……"

因为这种"潜规则"，人们对三都隧道分修与合修的普遍揣摩和思维推理是：既然"上边"都主张分修了，各个主管审批工程的领导是不是也会反对合修？既然有这种可能，就应该稳当点，少想点，少干点，想多了干多了反倒会费力不讨好，干得越多，就会错得越多。为官之道，要讲究"步子不大年年走，贡献不大年年有"，越是按部就班越能四平八稳，越是凑凑合合就越是平安无事。

眼下，三都隧道合修的施工方案虽然并未被谁正式否定，但有可能被否定，既然是有可能被否定的事情就应该慎言慎行，慎独慎微。在这种哪怕仅仅是揣测"上边可能会同意分修"的时候，谁支持合修，最不堪的结果就是失败。最安全的选择就是四平八稳，无为而治。

谁都忌讳失败，谁都奢望在老天的护佑下既能无惊无险地成功，同时又被光环笼罩。那样，虽然庸碌无为但可以平安无事。

所以，当三都隧道应该怎么修需要表态时，谁都不会告诉张建波是可以合修，还是可以分修。即使关系很铁的人，也只是说，建波，先等等吧。或者说，建波，等不及就干吧。

干成了，也许会有人欢呼雀跃：我们把三都隧道合修贯通了！我们成功了！

当然，也许会有人十分不屑：合修成功有什么了不起，你那是侥幸，是冒险……

至于在工程中合修省了 3.9 亿也没有谁认为有什么了不起，你分修浪费了 3.9 亿也没有谁说你浪费了有什么不对。别人可能还会说，虽然多用了一点钱，但这样干安全。安全大于天，多花点钱值！

也许，还会有人假设：合修万一出了事怎么办？到那时，你张建波承不承担责任？你愿不愿意把自己的职务、权力连同你的政治生命全都抵押进去？你真肯为工作上的事情付出牢狱之灾的代价？

当然，面对前方的险途，张建波完全可以不需要付出任何代价。他不用着急慌慌地去管是分修或者是合修，更不用考虑分修会多出 3.9 亿还是合修能节约 3.9 亿。既然别人都不着急，那就停工，就一年半载地拖着等着。管它哪，宠辱不惊，任庭前花开花落，日落月出，看天上云卷云舒。管它三都隧道能不能按时打通，反正因施工方案耽误的工期也用不着他承担丝毫责任，他照样可以四平八稳地当他的正局级总经理，他会一分钱不少地享用国家的俸禄，过几年，说不准他还会因为这种在重大问题上表现出的"淡定""稳重"而进一步提拔晋级。

但张建波做不到。他说，该表态而不表态，该作为而不作为，应该并且可以冒风险而不担当，我会良心不安！

还有一个他无法回避的问题。2009 年 3 月后，那个不应该由他捧着的"烫手山芋"已经落到了他的手中，他既无法把这个不知是从哪里扔来的"山芋"扔回去，也不忍心把它扔给中铁隧道局那个叫郑大榕的潮汕人。这个不应该由他来决策的事情，事实上已经逼着他表态决策了。

这时冒着风险去表态的人，要么是有担当的人杰，要么是不懂避险规则的傻瓜。

在利益攸关或危险降临时，选择利己和远离危险也许才符合人性的本能和中国社会自古以来的人文价值取向。2400多年前，弟子子路要去卫国做官时，万世圣人孔子劝其"危邦不入，乱邦不居"，并不厌其烦地教导弟子"防祸于先而不致于后伤情，知而慎行，君子不立于危墙之下"。

2400多年后，被派到满是喀斯特"危墙"之地修铁路的张建波却在思索：不站在"危墙之下"或者躲避"危墙"就是君子吗？君子可以违背职业道德，可以逃避责任，可以渎职吗？比如，军人该冲锋陷阵时畏缩不前，交警不愿站在满是雾霾和汽车尾气的环境里指挥交通，领导在工作中趋吉避凶，回避责任，不担当不作为……

他觉得孔圣人的话有问题，至少是跟他创立的那些学说自相矛盾。儒家不是要求君子为义不为利吗？佛家不是说我不入地狱谁入地狱吗？

一番纠结之后，对于职务和责任，对三都隧道那道"危墙"，张建波有了自己的解读：当贵广公司的总经理，是一种权力，更是一种责任。组织把贵广公司和贵广路的建设托付给我，贵广路就是我的事业，我的作品，更是我百年之后的墓志铭。国家对我信任，我要对国家负责，我要对国家的信任负责，更要对自己的作品和事业负责，不能没有担当，更不能回避自己必须承担的责任，要具备明知前途有凶险，却以义无反顾的执着去成就一种事业的壮怀激烈。

坚定了这样的信念，张建波与2标段主持修建三都隧道的中铁隧道集团副总工程师、项目常务副指挥长郑大榕频繁接触起来。他知道，几个月来，郑大榕并没有老老实实地等什么新的设计图纸，而是按照铁二院最早那个合修施工方案在打平行导坑。

平行导坑简称平导，即前边所说的导洞，是为修建隧道而开挖的小坑道，主要作用是为修建大隧道服务。如果分修两条隧道是不会打这种平导的。从郑大榕的举动中，张建波知道这个潮汕人是要决心合修三都隧道了。

果然，郑大榕告诉张建波："张总，不能老这样被动地等，既然铁二院已有合修的设计方案，分修只是一种口说无凭的建议，在没有人出文件否定合修方案前，我执行合修方案没有错！"

张建波无奈地笑笑："大榕，从道理上讲，执行合修方案你没有错。但现在很多事不讲道理，要看结果。"

郑大榕报以憨笑，有些不解。

张建波意味深长地说：大榕，你的思维和做法从逻辑上讲是正确的。但很多事情光讲逻辑和理论不行，还得讲规则——哪怕是潜规则。

对于这个，郑大榕也懂。于是，他首先在隧道局内寻找支持合修的同盟军。在做通了集团公司总经理和工程部长、项目经理等关键人物的工作后，郑大榕又去找贵广公司，先找工程部长李建业和技装部长黄嘉亿，接着找分管工程的公司副总刘一乔等人。

这之前，张建波已和主张合修的黄嘉亿、李建业等人有过沟通。让黄嘉亿琢磨琢磨，看在技术方面怎么突破。同时，完备程序，要找到合修的根据和理由，说服各部门反对合修的人。

已经揣摩到贵广公司态度的郑大榕再次跑到张建波的办公室说，平导我已经开挖，再不给新方案，我就要按照最早的合修方案开挖隧道了！

但在讨论具体问题时，郑大榕又有些担心畏惧了。张建波问，"大榕，合修究竟有多大把握？"

郑大榕一愣，没有回答。

张建波加重语气问，"合修失败的后果你想过吗？"

依旧没有回答。

张建波又问了"你是否愿意押上自己的职务、前程和身家性命去坚持合修三都隧道"等问题，郑大榕的脸开始由白变红。最后，挠着头皮苦笑道，"张总，真要拍板，我还是有些纠结，不踏实，我不能下定这最后的决心！我需要有人支持我来下这个决心！"

张建波非常理解郑大榕的这种纠结心情，说："大榕，我不能代替你说分修还是合修，但是，你要是觉得合修方案是科学的，安全与成本等因素都优于分修，你又愿意合修，你现在就什么话都不要说，回去就一个劲地往前打。你要是说我没有法打，那你就等着分修的方案。"

郑大榕的脸已憋得通红，仍不吱声，只盯着地板慢慢地挠头。

张建波意味深长地补充说："大榕，怎样做，你自己选择。我只是希望，时间能看到你曾经努力过的痕迹……"

"张总！"郑大榕抬起头问，"这样搞，是不是太冒险，太危险了！"

张建波平静地答道："人生中有时不去冒险比冒险更危险。"

郑大榕长长地吁了一口气，一拍桌子，"张总，我明白了！我会注意别人的意见，贯彻自己的主张！"

在郑大榕吁着长气表达出并不明朗的态度时，张建波分明感觉到，一份沉甸甸的责任已经落到了自己的肩上，从此，自己的政治生命与前程都已同这个擅长隧道施工的潮汕人捆绑在一起了。

他在心里激动地想：要么同挽狂澜，要么共赴深渊！

28

在明示郑大榕"什么话都不要说，回去就一个劲地往前打"的第二天，张建波认真查阅了铁二院的勘探资料，然后赶到隧道局的指挥部都匀，叫上郑大榕等人沿着平导实地进行踏勘。

在平导里，他看到洞内岩层破碎，溶洞多，板岩、沉积岩，一层一层地沉积，形成了一个很大的区域。平导里的水更是直接威胁到施工安全，有些地方冒出的水柱带着巨大冲力向外喷射，将进洞的人阻隔。张建波知道，这种隧道打起来风险最大，突泥突水，一放炮就会全部坍塌。

他有些担忧，问郑大榕，这种地质状况，你准备怎么干？

郑大榕胸有成竹。他告诉张建波，现在看到的平导是临时工程，断面小，今后它的进度一直会处在主洞前边。这样，通过平导就能够知道主洞的前面有没有断层和溶洞，有没有暗河涌水等情况，掌握情况后再采取相应措施，施工就会很安全。

张建波点头称赞，"大榕，你们隧道局摸索出的这个经验很不错！但洞里涌水这么大，你怎么排？"

郑大榕自信地说："张总，这个我自有办法。"他指着一张自己设计的草图说："我们现在这个平导的高度比主洞低 1.8 米，这样主洞施工时，洞里的水就可以都流到平导里，为正洞施工创造贫水环境，化解施工风险。"

张建波听后一阵感叹，"其他地方也有在 30 米外打平导的，但两洞的高度平行，没有降低 1.8 米这种做法。只有你们隧道局才想得出这种办法来排水！"

虽对其经验和技术能力由衷称道，但鉴于分修或合修的事情太重大，张建波还是准备在三都隧道正式开工前同郑大榕再好好聊一聊。

他们的那次长谈在贵广公司 27 楼的总经理办公室里进行。

贵广公司的工作人员泡好茶出去后，张建波说："大榕，现在就我们俩了，今天，对分修或者合修的问题，我们俩都要开诚布公，言无不尽。"在郑大榕表示会毫不保留地说真心话后，张建波又约定了一个谈话的原则。"大榕，我不站在业主的角度来探讨这件事，你也不要把自己当成施工单位，我们都站在施工技术和安全的角度，站在为国家利益负责的角度，既要把隧道修好，还要省钱，从技术的层面来分析究竟是分修好，还是合修好……"

郑大榕点头说："张总，我也是这样想的，如果我站在企业的角度，我就要同意分修，那样，我可以多赚钱还风险小。"

有了共识，他俩接着算了一笔账。

郑大榕告诉张建波，分修，中间至少要留 20 至 30 米的隔墙，要从外边很远的地方开始分，否则就分不开。要么就要把洞打得很大。单洞双线隧道的净空是 92 平方米，开挖断面是 140 至 150 平方米。如果在洞内分修，就必须有 200 平方米那么大的隧道才能分。

搞了多年工程的张建波知道，如此一来，成本就会大幅增加。他用手机的演算功能计算一番后告诉给郑大榕，"也就是说，一个断面就要多开挖 40 到 50 平方米，1 米有 40 到 50 立方的渣石，把它破碎后，就是 80 立方左右。也就是说，一米要多挖 80 立方左右的渣石……"

郑大榕补充说："张总，成本还远远不止这些，你还得花很多钱运这些本不该多出来的渣石。堆这些渣石，还会对隧道外的瑶人山国家森林公园环境带来不利影响。而从旁边分修，可能就不是 14 千米而是 20 千米了。"

张建波点头道，"是呀，一米就是 80 多立方的渣石，20 千米又是多少？运这些渣石和堆放这些渣石又会多出很多钱！"

郑大榕笑道："张总，其他暂且不说，在二级围岩打隧道是三四万一米，五级围岩要 10 多万一米。分修要多出多少个亿不就一目了然了吗？"

这是些不可不算的账。张建波让郑大榕把那些数据马上整理一下，作为分修或合修的一个重要参考依据。

在郑大榕整理数据的间隙，张建波又开始思考他已思考过无数次的问题——

合修，有把握吗？

他知道，要回答这个问题，需要对地质条件、队伍实力、工程技术人员尤其是标段指挥长的综合素质等情况进行全面论证。

对中铁隧道集团这支队伍，张建波还是放心的。在武广客运专线、广州地铁、青藏铁路等重难点工程建设中，该局都做出了突出贡献。

对在三都隧道领导施工的郑大榕，张建波更是比较了解。

这个精明能干的广东潮汕人与张建波有相似的经历："文革"中，红卫兵当着郑大榕的面捆走了他的父亲，舅舅也受牵连坐牢，是他那个只是一介山村医生却爱关心国家大事的外公带大并影响了他的一生：外公常把《参考消息》《人民日报》《人民画报》上关于国家重大工程建设的照片、消息剪辑张贴成册。20世纪70年代，成昆路修通，他更是弄了一个专辑。给外孙买的玩具，也一律是火车、汽车、轮船之类。

16岁高考时，郑大榕榜上有名。填志愿时，"神童大学生"想报师范专业。但父亲坚决反对，"不行，读文科容易犯错误！"

外公参谋说："搞技术不会犯错误，报能搞工程的专业吧。"

于是，郑大榕报了长沙铁道学院的铁道工程专业。

1982年毕业后，郑大榕分到了铁道部隧道局科研所。在那里，他遇上了国内隧道领域里的权威王梦恕。之后，他跟王梦恕到被外国专家称为"地质博物馆"和"不可能建成隧道"的大瑶山修隧道。

在大瑶山隧道，他见证并实践了王梦恕的"新奥法"施工技术，不仅使工程提前两年半完工，还改变了采用老方法每掘进100米就会死亡一人的局面——新技术应用后再没有工人因为塌方而丧命。大瑶山的经历为他在隧道施工方面积累了丰富的知识和经验。后来，他带着这些知识和经验走南闯北，在尼泊尔、昌平、武广等地修铁路、地铁和高铁时大显身手。

张建波曾对人这样介绍郑大榕，"凭着他的经历、经验和技术，修建三都隧道肯定没有问题。特别是他敬业，能干事，成本也算得很到位，管得很细。"

但张建波认为郑大榕也有不足，"书生气重，有点抠。"

领导去检查，他安排在工地的食堂吃饭。对此，张建波很赞成。但老婆去了，他让其打的而不要单位的车接，张建波觉得这就抠得有些过分了，"人家长期留守在家，支持你的工作，派车接一下还是应该的！"

不过，张建波觉得这种"抠"也没有什么不好，"有时，他一下就能为公司抠两个多亿！"

张建波听人说，2008年年底，刚与贵广公司签合同，郑大榕就马上去了趟三都县。当时，正是亚洲金融危机最紧张的时候，各行各业都很困难，物价一下降到了最低。郑大榕到三都后找到当地两家水泥厂说，我们在贵广高铁二标段有58亿的工程，要用很多水泥，我们可以合作。两家水泥厂当时很不景气，向郑大榕叫苦说，我们没钱，生产都无法维持了。郑大榕说，你们没有钱我可以先投点资，咱签一个协议，我现在给你投资支持你们，你们的水泥我都以200元一吨的价格包销。但要先讲好，今后，如果水泥涨价了，还是要执行这个价格。

水泥厂签了合同。金融危机过后，各行各业逐渐回暖，200多元一吨的水泥很快涨到了500元一吨，但水泥厂还是要以200多元一吨的价格给郑大榕的二标段供货。到工程结束，光水泥一项的差价就赚了两个多亿……

与郑大榕长谈那天，张建波提及此事时，郑大榕笑道："张总，在水泥的问题上，算是我撞大运吧！"

郑大榕的一句"撞大运"把这次长谈引入了另一个话题。张建波若有所思地说，"大榕，在分修、合修问题上，我们要综合论证，既要敢于担当，又要做到施工安全，可千万不敢撞大运啊！"

郑大榕点头道，"这种风险极高的施工也是有规律可循的。隧道修建出问题往往是因为不知道它突发的毛病在哪里，如果我们通过平导把不知变成可知，它出问题的概率就会大大减少。"

"出问题往往都是无知无畏。"张建波补充说："通过平导，我们知道了主洞哪些地方有断层，有岩溶，会突泥突水，就不能按部就班地用惯常的思维和程序去组织施工，那样肯定出问题。既然知道这个地方有断层，有岩溶等情况，我们就要把各种措施上得最强，上到位，还有什么问题解决不了呢？"

接着，他们就施工的技术措施、组织保证和机械化作业等问题进行了探讨。二人越聊越投机，越聊话题越广泛。中途，工作人员几次到办公室给二人续水，见其聊得正起劲，续上水就马上离开。而多次到办公室找张建波汇报工作的综合部部长柴强铎等人见状也都悄无声息地退到门外等着。

最后，只听张建波有些激动地说："大榕，抡刀上阵须放胆。就这么干！"

郑大榕大声应道："对，担得起事，才做得起人。就这么干！"

29

三都隧道正洞终于提心吊胆地正式开工。张建波的心也从此悬了起来。

他老往都匀跑。沿着厦蓉高速公路朝东走，从贵阳到都匀县86千米，一个多小时就到。张建波隔三岔五就要跑一趟。

最初，郑大榕对这个隧道合修的支持者非常理解：毕竟，他的事业、利益、前途乃至他的政治生命都已和格老山下的三都隧道捆在了一起，他能不经常来这里走动走动，以示重视吗？

但郑大榕很快发现，张建波并非只是到都匀走动走动以示重视，他是来"挑刺"的。每次到都匀，他从不提前通知，到后也不给谁打招呼就直奔隧道而去。并且，他每次的路线也没有规律，有时先去第四项目部负责的2号横洞及出口施工点，再到第三项目部负责的1号横洞。有时又会突然出现在第二项目部负责的进口，等得到消息的郑大榕赶到隧道时，张建波早在各工段检查完毕打道回府了……

这种突袭式的检查，那些在工程中偷工减料、粗制滥造者很容易被逮住"现行"。但张建波在三都隧道没有发现过什么"现行"，倒是多次在隧道里碰上一个星期就有四五天都在现场督战的郑大榕。

虽对张建波每次突然造访的意图心知肚明，但郑大榕心照不宣，见面后无事一样热情地招呼道："张总，来了？"每次，一向待人随和的张建波都不苟言笑地点点头回答说："嗯，来看看。"然后，在隧道里四处认真仔细地"看"了起来。

从表面看，张建波和郑大榕都神态淡定，语气平和，但实际上，他们在无声地进行着这样的心灵对话："张总，欢迎你突袭检查。"

"大榕，别客气了，职责所在，我就是来'挑刺'的！"

对三都隧道多次"挑刺"后，张建波脸上那不苟言笑的表情终于消失。一次，碰上刚从隧道里出来的郑大榕，他竟突然夸奖说："老郑，干得不错嘛！"

郑大榕知道，张建波是在夸自己的安全质量不错。但他有意把回答内容引向另一个话题，"张总，你一来到贵广公司就大抓大、长隧道施工机械化配套技术和装备，我们局又承担了铁道部隧道施工机械化配套技术及装备研究课题。为此，局里已投入6000多万元，装备了隧道钻爆、装碴运输、喷锚支护、仰拱铺底及混凝土衬砌等机械化配套作业生产线。这么久了，你还没有系统地看过我们的机械化作业，今天，我陪你看看，咋样？"

张建波笑笑，点点头，跟着郑大榕一行进了隧道。

这里，需要补充介绍一个情况：如今，高铁建设，特别是隧道建设，郑大榕所说的"隧道钻爆、装砟运输、喷锚支护、仰拱铺底及混凝土衬砌等机械化配套作业生产线"早就不足挂齿，刀盘直径4至18米的盾构机——土压平衡式、泥水式的一应俱全，德国的海瑞克、中国铁建重工的"振兴号"、日本的三菱、湖北天地重工各显神威，其隧道施工机械化配套技术和装备可谓完全现代化。

然而，12年前贵广铁路的隧道建设，施工机械化配套技术和装备完全不可与现在同日而语。就连在郑西客专、青藏铁路等重要工程中见多识广的张建波那次跟随郑大榕第一次系统地参观中铁隧道局的施工装备时，也忍不住流露出眼前一亮的惊奇。

当时的隧道里，凿岩台车正在打炮眼，虽不见人山人海的会战场面，但现场机器轰鸣，仍是一片热火朝天的景象。

郑大榕介绍说，以前，我们放炮的钻孔机，很多只能打5米。这种芬兰造的3个臂的凿岩坦姆洛克钻孔台车，它的钻杆接长后，可打15米的孔，这样，我们就可以把前方有没有溶洞，有没有涌水等地质情况探明。

张建波看到，每台三臂凿岩台车上各配备有3名操作人员，3个臂各执一方向前猛钻，钻进速度极快，3到5分钟就能钻成5米深的炮孔。钻进过程中不需要大量的操作人员及大量的风水管路，利用高压水跟进钻孔，减少了岩尘，对施工安全、环保、职业健康保护都非常有利。

钻完孔，十多个工人开始麻利地装药放炮。放完炮，1台用于找顶扒砟的PC220挖掘机，2台WA380装载机及6台VOLVO自卸汽车出砟各就各位，轰鸣着大干起来。2台装载机同时向1台自卸汽车装砟，单车装砟时间不到2分钟，单循环进尺4.5米。如此速度，张建波感叹不已……

接下来，工人们用喷锚湿喷机喷射加了速凝剂的混凝土对新开的毛洞进行初期支护。

郑大榕介绍说，原来是工人抱着管子往上喷射混凝土。为保证初支隧道施工的安全，项目部投入1100多万元，引进了3台西班牙生产的Sika—PM500PC砼喷射机组。该设备喷射头上安装有摆动马达和回转马达，喷射范围大，最大喷射高度16.8米，最大喷射宽度为30米，水平最远喷射距离为15

米。通过操作有线"遥控器"控制喷射头进行砼喷射作业，具有人机对话、施喷数据设置、记录存储、即时显示喷射状况、故障警告等先进自动控制系统。

与传统的湿喷机相比较，喷射混凝土机械手为自行式设备，无须接送风水管，混凝土运输到现场后即可直接进行喷射作业，相当于普通湿喷机6至9台同时作业的喷射效率。

隧道架拱打混凝土时，时间已晚，但在出隧道的路上，郑大榕仍不放过机会向张建波继续介绍：在仰拱施工中，他的项目部引进了27米的自行式仰拱栈桥，实现了段内纵向及横向整体自行移动；发明了整体式仰拱移动边模，大大加快了仰拱及仰拱填充的施工速度，这个发明获得了国家专利。

在另外一处工地，张建波看到一台钻机正在作业。郑大榕介绍道："针对三都隧道高风险施工特点，我们制定了TSP、加深炮孔全程贯通探测，异常地段采用地质雷达、红外探水、水平超前钻孔等手段综合探测。这是我们配备的意大利产C6多功能地质钻机。它最大水平钻进深度为200米，同时能实现钻、注一体化，能够在较短时间内完成对软弱围岩的加固及堵水处理，改变了传统的软弱围岩的开挖方式。"

听着听着，张建波不由笑了起来："大榕，我怎么听你有点炫耀和显摆的意思？"

郑大榕也笑了，"不，不，张总，不是炫耀和显摆，实力就摆在那里嘛！"

张建波点点头道："还中！"

虽然没有更多的评价，但在心里，张建波还是暗暗赞叹隧道局施工机械化配套技术的"实力"。他不由浮想联翩："在贵广线上，有多少施工单位的装备达到了隧道局这样的水平……"

带着这样的疑惑与不安，张建波同刘一乔、曾维德、黄嘉亿等副总对在贵广线上施工各公司的机械化配套技术和装备情况进行了一次检查。

事后，张建波在给铁道部的汇报材料中报告说：

"经过一年多的督促，贵广线上长、大隧道施工机械化配套基本实现了各作业线机械化——特别是有长、大隧道施工任务的中铁十二局、二十一局、二十三局、隧道局、二局、五局的多功能钻机钻孔深度可达150米，具有钻速快，钻孔定位准确，机械化、自动化程度高、功能强大等特点，为长、大隧道机械化安全快速施工提供了保障。

"三臂液压凿岩台车在进行隧道开挖断面爆破孔钻孔作业时，结合使用

RPD-150C 型多功能地质钻机、地震雷达和 TSp203 探测仪，其钻孔同时兼做隧道超前地质预报，进行地质探水探气作业，实现了一孔多用，节约了超前地质预报作业时间，提高了隧道施工效率。

"装运作业线采用了斗溶大，排放合理的挖掘机与装载机配合装渣，容量大排放合理，性能稳定的自卸汽车更是提高了隧道出渣效率，缩短作业循环时间……"

在报告中，张建波对湿喷机械手赞不绝口，"锚喷支护作业线采用拱架安装机进行拱架安装，网片安设，减轻了作业人员劳动强度，提高了拱架安装的效率，保证了拱架安装质量。在铁路隧道大断面施工中，湿喷机械手已经得到各施工单位的一致认可，主动投入湿喷机械手作为喷射混凝土作业的主要设备。"

对中铁十二局在天平山隧道施工时研制出的下挂式仰拱模板用于仰拱浇筑的情况，张建波表示："该模板为模块化设计，模板单位长度为 1 米，可根据仰拱施工长度决定模板的数量……"

后来，中铁二局在攻关研制隧道模板时，就曾参考过十二局下挂式仰拱模板，张建波认为它的好处是"组装方便，仅需一次组装，无须重复。每次浇筑时仅需安装可收缩横梁用于固定模板即可，大大降低了工人的劳动强度"。

张建波还把十二局在天平山隧道使用的自行式移动仰拱栈桥汇报给了铁道部："天平山隧道出口采用的仰拱栈桥主桥长 28 米，一个循环最大施工长度 11 米，采用悬臂式结构，可跨越已开挖仰拱移动。在开挖仰拱时，栈桥可退至安全位置，减少飞石对栈桥的损坏，延长了栈桥使用寿命。"

张建波大加赞赏的还有"在防水板作业线，很多施工单位都采用防水板铺设台车进行防水板铺设，减轻了防水板铺设作业人员劳动强度，提高了施工速度。该设备是目前国内防水板铺设的先进设备"。

报告中，张建波称"新型模板台车的应用是二衬作业线中的历史性革命，解决了隧道通风的瓶颈，比旧型模板台车更具优越性"……

具有"优越性"的施工装备和机械化配套技术并没有能够解决在复杂工程地质环境下施工的所有难题。即使是机械设备配套比较先进的中铁隧道局，他们那具有"优越性"的施工配套设备和技术照样在恶劣的地质环境里败下阵来——

三都隧道开挖到 11 千米处，因埋深等原因，隧道内的热空气极难排放，隧道内温度高达 40℃，工作面更如"火焰山"。到现场检查工作时，郑大榕觉得，"在三都隧道里，吸进肺里的空气都烫人"。工人们穿着裤衩工作仍大汗如雨，不断喝水仍像要被烤干一样。

在现场指挥施工的队长雍启彪、欧全文给郑大榕汇报说："遇上鬼了！每天，在外边冷得要命，进到'火焰山'脱衣服都来不及便是一身大汗，出洞时又要一路走一路加衣服，几小时就要循环一遍冬天、夏天、再到冬天……"

更严重的情况是：连那些最能吃苦的民工干十天半月就受不了，纷纷离三都隧道而去，只有隧道局 100 多名技术工人在那里苦苦坚守。

到现场"体验"了两次后，郑大榕也无计可施，他只好带着人拉上块冰，到洞内后化成冰水泼洒在工作面上；烧几桶绿豆汤，让工人们隔一会儿喝点；干 8 小时不行就改为 4 小时换班……

苦熬几个月，隧道终于突过了 1 千米长的"火焰山"。

热，咬咬牙也就挺过去了，但 2011 年 4 月 5 日，项目总工向纯双带队在出口段 508 断层带做加深炮孔探测打到高压水时，郑大榕再也不敢自己"挺"了，他赶紧给张建波打电话。

张建波赶到隧道时也暗暗吃惊：那高压水一喷就是 16 米多，其冲击力完全不亚于消防高压水枪。郑大榕告诉张建波，经初步测算，涌水量每天高达 15 万立方米，相当于 15 个标准的游泳池。

有人建议：通过平导统统排出去！

张建波马上严肃地问："还要像过去那样以排为主？"

郑大榕见状，责备建议排水的人："现在施工要环保，必须限量排放，怎么还要以排为主？小心沿途村民找你的麻烦！"

郑大榕忘不了，某路桥公司在重庆修一座公路隧道时，把顶上一个大水库给钻漏了，2000 多农民把施工面堵上，在隧道里打麻将，不让施工。那个工程投资 10 亿，隧道四五年都没法施工……

水不能乱排，就等等看吧。但张建波跑了好几趟三都隧道也不见那水小下来。后来，他承认："水冒得厉害的时候，我也有点害怕。水冒得那么高，万一爆水把人、机器淹了怎么得了！"

一时想不出什么好办法，张建波只好向铁道部求援。

铁道部副部长卢春房、工程管理中心主任张梅和王梦恕院士与铁二院、中铁隧道局及国内多家科研院所的专家赶赴现场，共商治水方案。观察几次后，张梅支招说：在出水口装上管子、阀门，测量水压究竟有多大，计算里边的水程有多高。然后多打几个孔，测流量一天是多少，看水的压力是不是在减小。减小就说明风险降低了。

这法子很灵，正如张梅所料，刚开始，一天一夜两万多方，后来降到一万多，压力也小了。

郑大榕大喜，准备恢复施工。但当年的雨季提前降临，水的流量又猛然增加，高压水越来越大，正洞恢复施工的计划被那气势汹汹的喷水化为泡影。担心出事，张建波和郑大榕等人经过多次商议，最后决定从冒水的正洞旁边打小导坑迂回过去，在正洞的前方实施"对打"。避开雨季后，水终于流得差不多了，停工3个月之久的三都隧道才得以在正洞和通过小导坑绕过去进行"对打"的工作面上全面复工。

虽费了很多周折，虽耽误了3个月的时间，但没有酿成任何事故，郑大榕又跨过了一个危险的坎子，使之成为修通三都隧道这一壮举中的又一个平淡无奇。

工程结束时，有记者曾想到三都隧道采访些轰轰烈烈的事迹。可张建波告诉记者：善战者无赫赫之功，善医者无煌煌之名。

记者大惑不解。张建波解释说：孙子说不战而屈人之兵，上之上者也。善于打仗的人运筹帷幄，用力于消除一切战争隐患，使得没有人有能力与其战斗。既无战斗，何来战功？就如高明的医生一样，防病于未然。既无病，何须医，又怎来煌煌之名？

对此，郑大榕也曾意味深长地感叹：有的人因其处理塌方等事故很容易一举成名，但我们就不让隧道塌方，不让隧道出事故，也就没有出名的机会。

不过，郑大榕还是想让人知道三都隧道的工作，他说，"若要问我们有多少人在三都隧道兢兢业业工作，防止隧道出事，那倒是很普遍……"

第八节　天堑通途

30

2009年汛期到来之前，紧张和焦虑是贵广高铁肇庆、佛山一带建筑工地所有人的主要表情。

望着烟雾朦胧的岭南大地，张建波心中不由一阵黯然神伤和无奈：田园旷野，河网纵横，那些一个接一个，一片连一片的鱼塘，像长期受积水浸泡而变得泥泞的沼泽地，星星点点地守望在那里，严重迟滞着贵广线的施工。

张建波非常不解：是谁弄了这么多鱼塘呀？

当地人告诉他，肇庆的亚热带气候与肥沃土壤，为鱼的生长提供了得天独厚的条件。当地出产的文乃鲤，因肉质鲜美，明朝时就被大规模养殖，清朝时曾作为朝廷贡品被赐名"鲤鱼王"。此后，"鲤鱼王"更成了肇庆的一种重要养殖品种，当地农民纷纷选择"桑基鱼塘"的生产方式"傍鱼而生"，形成了在池埂或鱼塘附近种植桑树，以桑叶养蚕，以蚕粪喂鱼，用塘泥肥桑的生产链条，将桑、蚕、鱼、泥互相依存、互相促进的"江南鱼米之乡"尽藏于此。

塘里的淤泥虽然常被挖去"肥桑"，但松软的淤泥在不断挖掘搅动中越积越深。贵广线施工时，很多桥墩都设计在鱼塘之中，抽干水后，工人们下到鱼塘，很快就像陷入"吞人"的沼泽被淹没到腰部。费九牛二虎之力才弄进鱼塘的旋挖机、打桩机等机械，也全都"泥牛入海"，陷入淤泥。

6 月初的一天，张建波到中交四航局的一个工地检查时，几十个被糊得泥猴一样的工人正在鱼塘里绳拉人推地往塘边拽打桩机。塘里的水原本是排干了的，但前几天下了一场雨，塘里灌满水后，淹没了刚运进鱼塘准备施工的打桩机，项目部只好将其从塘里往外打捞。

项目部负责施工的那位四川架子队队长不认识张建波，见他在塘边跑前跑后地观察，并向工人们打听鱼塘水和淤泥的深度，正为把打桩机拉不上岸的架子队队长没好气地问，"哪里来的？水多深泥多深哪个嘛！你还有啥子办法吗？"

张建波答道："别急，我们一起想办法嘛。"

随张建波去肇庆的驾驶员小李记得，"张总在鱼塘边度过了忙碌的一天。他和工人们一起测量水和淤泥的深度，先做几个桩基打入鱼塘，再用型钢在桩机上搭起架子铺上木板，然后再把旋挖机、打桩机运进去，在架子上进行施工。"

傍晚，离开工地时，张建波告诉中交四航局的一位领导，"今后在鱼塘里施工，都可以照这个样子搞！"他叮嘱，"汛期就要到了，抓紧点！"

从肇庆的鱼塘工地出去后，张建波和在佛山一带检查工地的刘一乔等人会合，到中交四航局贵广路 13 标一公司三项目部施工的北江大桥工地"探访"。

北江大桥项目工程部部长吴木怀记得，"张总他们到工地后，除了追问桩基成孔的进展就是强调汛期将至，语气中那'扬鞭催马'的意味让人压力巨大！"

为此，中交四航局派到 13 标段担任常务副指挥长的总经理助理王成功老有如牛负重的感觉，"一看贵广公司张总、刘总们那焦急的表情，一想起工程进度和即将到来的汛期就急就愁，愁得人长期失眠！"

一公司三项目部经理李俊勇除了被"探访者"的情绪一点点地浸染外，他更有另一种压力。四航局承建的贵广高铁 13 标段不过 38 千米，却集中了局里的三个主力公司：二公司的二项目部承建着标段内的西引桥和路基，三公司的一项目部在离北江大桥近 17 千米处承建与北江大桥几乎一模一样的思贤窖特大桥。明眼人一看就知道，这其实就是一个打擂台的项目格局——四航局的领导就是要让三个子公司在工程质量和进展等方面相互"较劲"，一决高低。

李俊勇明白：那竞争的压力从开工那一天起就暗暗开始了。

这种压力也让项目常务副经理李明忠、副经理张佳荣、总工程师何锦明等人寝食难安。几人时常握着对讲机在机声隆隆的工地上忙前忙后，不断狮吼般地叫喊，"施工员，通知 243 号墩栈桥上的车快开走，他挡住运机器的车了！"

"工程部，244 号墩沉淀池里的废渣满了，快安排船运走！"

"架子队，架子队，马上组织人卸材料……"

对工地上那略显紧张忙乱的阵脚，王成功曾给前去检查的张建波解释说：他们之所以有些急躁，主要是前期被耽误的时间太长了。

张建波知道，中交四航局 2008 年 12 月 18 日就中标贵广高铁 13 标段，但施工一直被佛山车站的设计问题耽误着。当时，佛山市政府希望把高铁站扩大到同广州南站一样大的规模。当时的铁道部却认为，广州南站离佛山太近，没有必要建那么大的站。意见不统一，佛山车站的设计图纸一直出不来，必须结合佛山高铁站的设计来确定北江大桥东引桥的设计图纸也就拖了下来。

征拆更是直接影响到北江大桥的施工。北江大桥施工范围在经济较发达的南海狮山、大沥，属工业城镇，征拆难度大。为此，书记黄景辉等人一面将民房、工厂、农田等情况了解清楚，一面三天两头跑村镇和佛山市政府沟通。征拆还未搞完，北江的水上栈桥修建、施工时间、防洪度汛等问题又被提出异议。黄景辉和分管副经理张佳荣等人忙前去协调，并组织专家评审，还与某海事处联合举行施工水域突发事件应急演练。几个回合下来，又过去了好几个月，北江那多年来一向十分准确的汛期也渐渐逼近了。

即将出现的汛期常让王成功等管理人员如芒在背。他们知道，北江的汛期到来之日就是北江大桥桩基冲孔施工的灾难之时！

发源于江西省信丰县的北江流到广东地界后水网交错，河塘密布，是珠江的第二大水系，每年的 4 至 9 月是汛期，降水量占全年的 75%。汛期时，北江洪水滔滔，涨势迅猛，呈一泻千里，吞噬万物之势。届时，如果北江大桥成孔、桩基等工作没有完成，之前几个月辛辛苦苦建造的桥墩桩基冲孔工程将会被洪水淹没，毁于一旦。

幸好天佑北江大桥——2009 年汛期时，广东东部、北部和江西一带出现干旱，北江流域的平均降水量比往年同期减少了 63%。蜿蜒的北江河道里，纤若游移的几缕清流无奈而去，留下被"挽留"在北江下游的百余艘船只，执着地守望在那里，一直等到当年 10 月迟到的雨季来临时才得到了解救。这场广东少见的旱灾使北江大桥的桩基冲孔施工躲过了遭洪水淹没填埋之险。10 月中旬，等雨季姗姗来迟，北江洪水汹涌而至时，北江大桥 243 号和 244 号主墩台的 36 根桩基和承台全部完成，已经升出水面的下塔柱稳稳地挺立江中，"俯视"着洪水滔滔东去。

但这"天佑北江大桥"的情形王成功等人当时并不知道，他们正处于心理学中所说的那种定式思维中，以为汛期一定会准时来到，以为如果这之前不完成桩基，之前所冲的桩基孔就会被泥沙填埋。于是，在北江汛期这把达摩克利斯"悬顶之剑"的恐怖笼罩下，他们一直夜以继日地大干苦干抢工期。

后来，项目工程部部长吴木怀曾看到过一篇关于贵广公司副总张继周陪同十多位全国政协委员和老将军到中铁二十三局修建的幸福源大桥视察的通讯。通讯中，记者对阳朔县境内幸福源水库大桥 10 号墩桩基在水深 8 米的水库底部，桩长 11 至 44 米这样的数据惊叹不已，对 79 米高的 10 号墩，记者更是觉得"直插云霄"。还说，政协委员和老将军们被气势恢宏的幸福源大桥深深吸引，连连感叹。

看报道时，吴木怀不由哑然自笑：那位记者如果到北江大桥来，看看 15 米水下 122 米的桩长和水面 113.8 米的塔高，他那"直插云霄"的形容词会不会换个地方？老政协委员和老将军们如果来看看北江大桥这种真正气势恢宏的场面，又将会产生怎样的激动与感叹？

在这位年轻的工程部长心目里，北江特大桥在中国，甚至在亚洲肯定都是一流的。它长 11.53 千米，主桥长 563.5 米，241 至 245 号墩在水中，水深 2 至

19 米，244 号桥墩处水深 15 米，比幸福源水库大桥 10 号墩桩基的水深深了近一半。243 和 244 号主墩基础分别由 18 根直径 3 米，长分别为 85 米和 115 米不等的桩基组成。特别是 244 号主墩桩基成孔桩长 122 米，仅 18 根桩基上边的承台就有 6 米厚，有"华南第一桩"之称。

从吴木怀的施工日志里，能让人感受到这 244 号主墩在施工过程中充满了多少麻烦。

"……使用双壁钢围堰为施工围水结构，兼做施工平台；钢围堰采用双壁自浮式结构，双壁间距 1.5 米，围堰外围尺寸为 38.3×20.3 米，高 18.3 米，竖向分为三节，在工厂加工，完成后由船运至墩位；定位船定位首节钢围堰放在水中，第二、三节钢围堰整体运输，吊起与首节连接，然后整体灌水沉放；在钢围堰顶部搭设钻孔施工平台，埋设钢护筒，钢围堰内灌注混泥土固定各钢护筒……"

埋设钢护筒是个技术含量较高的工序。8 毫米厚的钢护筒 6 米一节，用振动锤振打使其插入河里坚实的泥层，一节一节地加长。对钢护筒的振打，没有沙层的一般要振打五六米深，有沙层则要振打到 20 米左右的硬土层，244 号主桥墩的钢护筒则振打了 24 米。钢护筒隔断筒外的河水，接下来用冲锤钻孔机在钢护筒内冲击桩基孔。

李树喜是伴着北江大桥成长起来的：2009 年，刚大学毕业他就到北江大桥工地当施工员，到 2014 年工程结束时，他已由工区长、工程部副部长做到工程部长并被升为工程师。他所在的北江主桥桥梁班组被贵州省评为"工人先锋号"，李树喜与梁鹏、林唐拂和谢李勇被同事们戏称为"四小金刚"。

尽管在实习时李树喜也曾见识过冲击钻孔机施工，但进入北江大桥工地那天，他还是被施工现场的情景震撼了：十多台桩机不断把 15 吨重，"四周有五个爪子"的梅花型冲锤吊升至五六米高，然后狠狠砸下，砸得北江震颤，泥浆飞溅。与此同时，大功率的泵把循环的泥浆连同泥渣带入沉淀池过滤。

李树喜像幼儿园好奇的乖男孩一样默默数着工地上的钻孔机：一台、两台、三台……

带李树喜熟悉工地的工程部长吴木怀注意到了这个"乖男孩"的举动，笑着告诉他，"不用数了，前期，两个主墩共有 12 台冲锤钻孔机，一边 6 个。现在，为了抢工期，两个主墩一共增加到 18 台，一边 9 台。"

当技术员期间，李树喜的一项工作就是统计这 18 台钻孔机每天"砸"了多少米的桩孔。他发现，地质情况不同，每个桩基成孔的效率也不尽一样。主墩处的基岩由上至下依次为全风化、强风化、弱风化的泥岩、泥质砂岩、砂岩等。

弱风化岩石的地方，一台冲锤钻孔机每天只能"砸"下去 2 米左右，泥质砂岩的，一天能"砸"出 6 米左右的桩基孔。那时，李树喜认为这样的成孔效率已经很不错了，但李俊勇、李明忠、张佳荣这些项目部负责人认为这还不够，他们要 18 台冲锤钻孔机 24 小时不停地运转，要赶在北江汛期之前把两个主墩的桩基都完全建好。

冲锤钻孔机不断"咚咚咚"地猛砸时，常务副指挥长王成功却老担心这些钻孔机会突然停下来。

心理学中有一个"墨菲定律"，此定律说，你越担心某种事情发生，那它就更有可能发生。这个定律就是中国俗语说的"怕什么就来什么"。生活中，这种"怕什么来什么"的例子不少：一个外国人跨进挤满了人的电梯时突然担心，"这么多人，电梯会不会往下掉？"于是，他退出了电梯。结果，电梯升到 10 层时真的掉了下去。有个人揣一大笔钱出门总担心钱会丢，老用手去护着装钱的兜。他的这一动作引起了小偷的注意，结果，钱真的被小偷偷走了……

这天，王成功也被"墨菲定律"了，他一直担心的事情终于发生。上午，对讲机里又响起了施工员的"狮吼"，"243 号墩，钻孔机怎么停了？"

王成功心中一紧，寻声望去，果然，5 号钻孔机"罢工"了。赶过去一看，原来，桩基冲孔在进入 80 多米时遇到黏性土层，锤底的齿块进入黏土层后被黏住，冲桩卷扬机无法将其提起。

这是桩基施工中最令人头痛的"黏锤"。工程部长吴木怀、西主墩负责人刘子阳等人处理事故时，"撬抬""提升"等传统处理方式试了个遍，冲击锤丝毫不动。大家又朝桩基孔里抛片石，试图以此减少土层黏性将冲击锤提起来，但搞了 3 天，冲击锤仍死死地黏在那里。王成功等人只好试着朝桩基孔里抛钢屑，1000 多斤钢屑抛下后，利用钢屑与黏土"涡裹力"较差的原理，同时用 4 个大型的千斤顶与型钢组合抬升，才将这"大铁砣"提了出来。

在江水里施工，一点小小的纰漏都会招来事故。刘子阳当工区长时，在 243 号墩就遇到过一次因钢护筒振打不到位而漏浆的事故。根据施工方案，该主墩在冲孔前，先进行桩基钢护筒埋设。由于直径 3.4 米的钢护筒下的泥土一边硬，一边软，没有完全振打到位，施工时发生流沙渗漏，流进钢护筒的水稀释了泥浆，不能达到护壁的目的，容易坍塌。事故发生后，项目部安排潜水员从护筒内外进行探摸拍照，组织专业人员就具体问题提出处理方案。最后，接长 5 米的钢护筒振打到位，才使施工得以正常进行。

事后，李树喜用浓重的广东口音告诉到工地"取经"的人，"这都是小事故啦，2009 年下半年，进行桩基冲孔时，一个 15 吨的冲锤突然开裂，破成两半，有一半掉在了桩基孔内，那才把人弄得够呛！"

那次事故发生后，李俊勇、吴木怀等人忙组织打捞。用抓钩捞，用千斤顶"拱"，用钢梁抬吊都无济于事。随着时间推移，孔底沉渣牢牢地陷住了掉落的半块冲锤。本来，如果是排桩，冲锤被掩埋后，还有一条在桩基两侧设置骑马桩的路可走，但此处为群桩，此路不通。项目部只好从省里请来专家"会诊"，几套救援方案经过激烈讨论比选，最后决定用乳化炸药将冲锤四周沉渣炸松再进行打捞。

折腾了一个半月，才将破碎的那半块冲锤捞了出来……

31

就在冲锤破碎事故发生的第二天，王成功召集三项目部的管理干部和技术人员开会。在总结教训的同时，他提出"施工要少出错，最好是不出错。工效要提高，工艺必须创新"！

会后，围绕"提高工效"的目标，一公司三项目部的创新活动开始了。

创新首先从清孔开始。每个桩基冲孔结束后，都要进行两次清孔：孔深、孔径、倾斜率等指标符合要求时，进行第一次清孔。第二次清孔在钢筋笼安装完成后，灌注混凝土之前进行。

之前，常规清孔方法主要根据泥浆的正循环或反循环原理，采取抽渣法、吸泥法、换浆法等传统工艺进行。但在对北江大桥这类大直径的超深桩清孔时，传统工艺的原理和方法统统不灵了。243 号墩一个桩基冲击成孔后，吴木怀等人搞了 7 天 7 夜没有能将那个桩孔清理干净。

吴木怀明白，清孔不善，清孔时间过长，会造成后期灌注桩身质量问题。"7 天 7 夜还不能清出一个桩孔，北江里那么多桩基孔的后续施工猴年马月才搞得完呀！"会上，这个年轻的工程部长把创新清孔技术的想法提了出来。吴木怀的想法得到了三项目部经理李俊勇、总工程师何锦明等人的支持，清孔创新项目报到四航局后，局里派技术人员到北江大桥工地共同攻关。

不断摸索，不断失败，再反复试验。攻关创新最后终于被成功确立了下来：引进泥浆分离器，利用已掌握的气举反循环工艺，两者配合进行清孔。

两者具体配合的工序并不十分复杂。它的基本原理其实就是利用空压机压缩空气，通过送风管将压缩空气送入气举管内，高压气迅速膨胀，在内外压力差及压气动力联合作用下沿气举钢导管内腔上升，带动管内泥浆及岩屑向上流动，从而形成流速、流量极大的反循环，携带沉渣从孔底上升，筛分与旋流分离两种不同的泥浆，形成一个对泥浆处理的闭路循环净化系统，再通过泥浆净化器将含大量沉渣的泥浆筛分运走，而泥浆通过循环管回流补充至孔内，形成孔内泥浆循环平衡状态……

以上这段关于泥浆分离器和气举反循环工艺的记述读者不一定都有兴趣，但吴木怀那篇《北江桥超深长大直径桩基础施工关键技术》的文章中的一句话读者应该记住——过去采用抽渣法、吸泥法、换浆法需7天方能完成的工期，采用泥浆净化装置清孔工艺后只需半天到1天便能完成。

2010年年底，四航局的清孔创新获得贵广公司的"优秀小改小革奖"。

授奖会上，贵广公司总经理张建波说，创新就是生产力，就是效率和工期。期望北江大桥的工地能用更多的创新来带动贵广高铁建设的创新。

北江大桥工地上的吴木怀、李树喜这帮年轻人却认为，创新不是带动起来的，常常是逼出来的。

他们曾骄傲地告诉到工地检查工作的张建波：北江大桥工地发明的钢筋笼吊具和钢筋笼转换器就是逼出来的。

吴木怀记得：第一个桩基清孔结束后，他们开始安装钢筋笼。安装钢筋笼这种活儿吴木怀等人以前干过不少，但那些钢筋笼一般都只有20吨左右，直径不超出2米，最长也不过两三节。可北江大桥那直径3米的"华南第一桩"的钢筋笼直径就有2.7米，共9节，每节长12米，最重的节段达10吨，总计90多吨。更难的是，所有钢筋笼都是里外两层，两个钢筋笼接点就有156根。这156个钢筋节点不是随便焊接一下就可以了，是必须每根都用套筒螺母连接。

这种有点近乎苛刻的工艺可难住了也累坏了北江大桥工地那些搞技术的年轻人。

吴木怀说，我和梁鹏等技术人员带着工人分两班搞了7天7夜都没有能把两节钢筋笼安装上。

又是一个 7 天 7 夜没能完成一道工序！不是巧合，不是技术有问题，而是工艺太难。那之前，吴木怀等人接触的钢筋笼都是单层的，而北江大桥一节钢筋笼就有 78 根两层直径 32 厘米的主筋排列，这在桥梁施工中并不多见。32厘米的钢筋强度太大，掰不动，挪不开。对接时，上下接头必须完全对准，稍微偏移一点直螺纹套筒就拧不上去，就会变形偏位。

吴木怀等人在北江大桥钢筋笼连接时碰到的就是这样的情况：第一次对接不准确，有一半的直螺纹套筒怎么都套不上；第二次，好不容易对上了，准备拧螺纹套筒时才发现钢筋笼在反复吊装过程中已被折腾得变形了；第三次，螺纹套筒好不容易勉强拧上，一检测，有点偏位。只好拆了重来……

王成功和经理李俊勇等人多次到现场督战后暗下决心：一定要突破这个难关。他们安排吴木怀，"你们工程部先提个方案，我们联系公司的黄国忠、陈鸣等技术人员来协助，大家一起想办法把这个事情搞成。"

夜以继日的研发创新又开始了。有文章记载说：往常，有空的时候，李树喜喜欢骑个单车穿行在大道上，感受耳边呼啸的风声，可因为研究钢筋笼等工作，那辆不知多久没骑过的山地车已经生锈。"小伙伴们"成天都蹲守在施工现场上，吃饭都得轮换着，热得汗流浃背，衣服湿了又干，干了又湿……

李树喜回忆说："那段时间，吴木怀与梁鹏日夜轮流带领着我们和一帮工人搞发明，我们靠喝红牛饮料提神，不断改进钢筋笼的安装工艺。"黄国忠、陈鸣、何锦明、吴木怀及李树喜等"小伙伴们"没有白辛苦，在不断改进钢筋笼垂直起吊、垂直受力、多点受力、平均受力等难点问题的摸索中，他们发明的钢筋笼吊具和钢筋笼安装转换器终于问世了。

吴木怀描述：这一套吊具和转换器，可以将钢筋笼从车上吊下时由横向转换为竖向，并确保安装不变形。方形的吊具用来垂直起降，卡住固定好，下边还有一个圆形的钢筋笼转换器配合，功能是将上下的钢筋笼对接好，安全地固定在孔口。组装的技术人员和工人、吊车司机慢慢摸索，相互间磨合，两天就能装上一节钢筋笼。比原来快了 5 天。

国家知识产权局对这套获取国家专利证书的吊具做了这样的评价：

本大型钢筋笼专用吊具能避免钢筋笼在吊装过程中发生脱落、变形、扭曲等现象，提高了吊装作业的效率与安全性……

与此同时，陈鸣等人还设计了同在国家知识产权局获取国家专利证书的

"钢筋笼悬挂环装置"。国家知识产权局的评述是："本钢筋笼悬挂环装置可视作为钢筋笼的临时支撑装置。本钢筋笼悬挂环装置承重力强、受力均匀，拆卸、安装简单，悬挂及解除悬挂均十分方便，使用灵活……"

2009年后的两三年间，北江大桥建设工地的工艺改革创新活动进行得如火如荼：采用"长线胎座法"进行钢筋笼加工；在钢构件安装时，为避免焊接后的热变形使其变形，对钢构件采用先焊接再开孔的"后孔法"；JJC-1D型灌注桩孔径检测系统在北江特大桥的应用中获贵广公司"优秀小改小革项目"奖；钢筋笼吊具获贵广公司发明二等奖；大体积混凝土施工时用冷却水管降温，控制温差，使其平衡，这种混凝土浇筑温度掌控技术使大桥桥墩没有裂纹出现。

2012年5月，广东省建筑业协会授予中交四航局第一工程公司优秀质量管理小组二等奖。

32

2013年9月6日13时，北江上那座H型的双主桁四线高速铁路钢桁梁斜拉桥精确合龙，珠江三角洲平原上从此堆起了新的高度，中国桥梁界也有了新的骄傲。

公司佛山指挥部总工、桥梁专家邹焕华说，无论是武汉天兴洲长江大桥还是南京大胜关长江大桥，目前的四线钢结构铁路桥梁基本都采用的是三榀主桁结构，四航局承建的北江特大桥和思贤窖特大桥，首次把双主桁四线钢梁斜拉桥技术应用到高铁建设中，在亚洲是首创。邹焕华认为，这两座桥对于主跨度在400米左右的桥梁修建有借鉴应用价值。

广东桥梁专家协会会员、北江大桥项目部总工何锦明则从经济的角度阐述大桥的价值，"相比三榀主桁结构，北江特大桥主桥563.5米的两榀结构可节省8000吨钢材，近1亿元的成本。同时，大桥更加轻便、美观，空间也更为宽敞，而且这种结构的维护成本很低，使用年限可达到100年"。

北江大桥上有一幅非常醒目的标语：为百分之百精确而战。吴木怀说，我们连建栈桥也坚持精益求精。

北江特大桥主桥建设初期，某架子队负责搭建钢栈桥和钢平台。但刚做一小段，就被项目常务副经理李明忠叫停。"钢管桩、工字钢连基本的横平竖直都达不到，难看死了。还把材料胡乱堆放，你们是怎么干活的！"

明白了李明忠生气的原因，架子队的负责人松了一口气，"李总，这栈桥是难看了点，但我们已做了十几年的钢结构，质量还是很讲究的，这栈桥搭得牢实，保证能达到承重50吨的标准！"

架子队有人还用玩笑的方式表达着自己的满不在乎，"李总，这里是工地，又没有亲戚来串门，把材料堆放得那么规矩干啥？"

见工人们对标准化施工不理解，李明忠让工程部派人带工人们到兄弟单位的施工现场参观学习。当看到兄弟单位搭起的钢栈桥整齐美观标准高时，满不在乎的工人们不吱声了，他们终于明白了李明忠的良苦用心。回到工地后，没等现场技术员多说，就主动拉线、打水平，配合项目部按标准化的要求进行钢栈桥和钢平台的施工。

2009年3月31日，北江大桥西岸长430米，东岸长144米的栈桥建成。栈桥上整齐的工字钢和贝雷梁，铺设平整的桥面板，直线型的红白相间护栏让北江大桥工地的面貌焕然一新。北江大桥的施工栈桥在业主和上级检查参观中多次受到表扬，中交督察组检查时称赞栈桥建得很"震撼"。

称赞几百米栈桥建得"震撼"多少有些夸张。真正让人"震撼"的是工程部记录在卷的那些数据：主墩35×17×6米，一次浇筑混凝土方量3570立方；主墩桥塔无误差浇筑混凝土总方量15000立方米；桥塔由桥柱、下横梁、中塔柱、上横梁、上塔柱及附属结构组成，塔高113.8米，自上而下分28节施工，无一纰漏；在钢梁支座、重力式灌浆、阻尼器安装、斜拉索安装和钢桁梁合龙5道关键工序上拿下了贵广高铁同类桥梁建设的第一，书写了"零误差"和"零事故"的高铁桥梁施工纪录……

要对桥梁进行组装了。2万吨重的钢铁庞然大物即将由图纸建成实物，由上千根杆件和60多万颗高强螺栓连接成双主桁四线钢梁斜拉桥。"那么多钢杆件和螺孔、螺栓，安装难度非常大。"项目部总工何锦明说："一是杆件之间的安装误差不能超过5毫米，这很难。二是安装时钢杆处于悬臂状态，容易出现偏差，安全风险也大。三是钢杆件又重又长，每个杆件都重达数十吨，一个节间重量就超过400吨，杆件太重不好控制。"

当时，北江大桥是国内首例四线两榀钢桁梁，从设计到施工均没有经验可循，整个施工只能靠北江大桥的技术人员摸索，只能靠高精度掌控。何锦明说，施工不精准，一个小小的施工误差都可能导致大桥无法合龙。这就要求建设者们必须对每道工序和每个节点的控制都做到100%的精确，每根杆件的安装，三角杆件的三条边都要对准，杆件之间的安装误差只能控制在毫米级以内。

这种误差控制实在太难。重达数十数百吨的杆件安装时都处于悬臂状态，极难操作，更不好掌握的是这些杆件对外部环境非常敏感，昼夜间气温的热胀冷缩会使其产生伸缩，哪怕是轻微的伸缩都极容易使得安装出现偏差。

2012年5月6日，项目部启动钢桁梁架设时，26岁的现场技术主管李树喜在北江特大桥施工工地已待了4年，伴随大桥的建设过程，他接触并掌握了差不多所有架桥工艺，钢桁梁架设开始时，他又想探索昼夜气温的热胀冷缩会对施工产生怎样的影响。于是，李树喜连续好多天分早中晚对工地温度和杆件热胀冷缩情况进行测量，测得32度的气温对杆件长度影响最小，在这一最佳拼接时间里，施工实现了十万个螺孔螺栓的精准对位和上千件杆件的精准安装，促成了北江大桥主桥钢桁梁高质量完成。

在三项目部的工人和工程技术人员精细而高标准地干着所有活儿时，仍有一双"眼睛"在盯着施工的每个环节。北江特大桥有72根斜拉索，单根最长120.49米，连锚头重量都超过18吨，长度重量不一的斜拉索要从百米高的主塔精准就位安装在钢桁梁上弦杆上，再"抓"住钢桁梁，承载桥面的巨大压力，施工技术难度和安全风险可想而知。

一切都围绕保证高精度的要求进行。在钢桁梁安装过程中，项目部请设计、监控、监理单位一起监控，让铁二院监理公司和西南交大共同组成的桥梁监控项目部进驻北江大桥施工现场，测大桥受力状态，监测整个线型、标高是否在允许的偏差之内，确保每个节段都符合设计精度要求。

经过几个月的不懈努力，斜拉索如愿"归位"，牢牢地将2万吨的钢桁梁纹丝不动地安放在了坚实牢固的桥墩之上。

第九节　一诺千金

33

按中铁五局的惯例，中层干部50岁之后大多会退居二线，进入等待退休的程序。2008年年底，52岁的昌保良已做好"走程序"的思想准备时，局领导却说，别退了，儿女都大了，回去干啥？修贵广高铁去吧。

吕保良略一思忖，用河南人说话时很重的习惯语音回答道：中！

在中铁五局，吕保良不是学院派。他是实干家。

原郑州铁路局局长徐宜发介绍说：这个出生在大跃进年代的河南汉子饱尝饥饿的滋味，奶奶一生最大的愿望就是能让自己的孙子不挨饿、有饭吃，便给他起了"吕保良"这样一个吉祥的名字，"保良"的谐音是"保粮"，那意思是保住了粮才能有饭吃。

正是这个具有特殊含义的名字让张建波记住了吕宝良，并记住了他的经历：

1981年，20岁出头的吕保良接替家父的班进了中铁五局。接下来的几十年间，他从五局一处直属机械队的书记、队长到秦沈客专、成兰高铁等工程建设的项目经理，一路风生水起、业绩不凡。

五局在贵广高铁的项目是块硬骨头，局领导要一直业绩不凡的吕保良以一公司副总经理兼三项目部经理的身份去承建贵广路最长的岩山隧道。

最初，按铁二院的设计，岩山隧道进口左侧那个比较大的木材加工厂得搬迁。

吕保良记得，"和厂家谈拆迁，别人要5000万，谈好多次都谈不下来。我到现场看后觉得可以优化设计，采用接长明洞，以隧道的形式避开这个木材加工厂。"

当时，他算过一笔账：优化后，加长30多米明洞和100多米隧道的岩山隧道变成了14.693千米，比原设计多出130多米，这130多米的建设成本只需要1000多万，比拆迁木材厂要节省近4000万。同时，还可省去征地、重新给其找地建厂等很多麻烦。

吕保良马上给局指挥部汇报优化方案。局指挥部再给五局、业主、设计院和铁道部鉴定中心层层汇报。一路绿灯，优化方案被通过。

在省钱省事省麻烦的同时，吕保良主持修建的岩山隧道还一下子从全线第二长"荣升"到第一长，男子汉的成就感油然而生，让他着实自豪了一阵子。

自豪的吕保良更加雄心勃勃，甚至产生了创造奇迹的想法。本来，并没有谁要求他提前贯通贵广路上那个难打的第一长隧道，但贵广公司总经理张建波等人老到岩山隧道检查，从张建波那略显焦躁的神情里，吕保良隐隐感到了人们对这个"第一长隧"能否按时建成的担忧。这担忧的神情虽无形无声却压力巨大。在持久压力的刺激下，吕保良终于雄风顿生。一次，张建波刚到岩山隧道，吕保良就主动请缨说："张总，你不用担心岩山隧道，俺可以比合同期提前半年打通！"

张建波听后一愣，问："提前半年打通？中不中？"

吕保良不假思索地答道："中！"虽然只回答了一个字，但语气中那唾液落地都能砸个坑的坚定令人不容置疑。

张建波从这个河南老乡质朴憨厚的气质里看到，那个"中"字不单是河南方言里的一个自由词素，更是职业铁路人庄重的一诺千金。张建波对吕保良的那个"中"字深信不疑。"那好啊！如果你能提前打通，我到岩山隧道搞贯通仪式，为你们开庆功会！"

"真的！说话算数？"吕保良像捡了大便宜似的追问。

张建波一脸肃容，"军中无戏言，岂能说话不算数！"

吕宝良同张建波击掌相约，"中！那就一言为定！"

对自己主动请缨的动机，吕保良承认，"俺这人喜欢创造些奇迹出来让人高看一眼，所以，从小就想做成一些事情。"但他强调："想做成事情和创造些奇迹让人高看一眼并不是有野心，更不是想巴结领导，达到升官发财之类的目的，只是想给企业，给国家实实在在做点贡献，为企业的利益负责。"

修建岩山隧道时，吕保良写过一篇《贵广高铁长大隧道施工管理》，提出"结合红线成本管理，对每一细目进行目标考核，力争将成本控制在红线范围内"。

当时，他在算计："早晚都得把这洞打通，提前半年打通，至少可省下四五千万的工资、机械租赁费、场地占用费、电费等费用。晚半年打通，企业就要多浪费掉好几千万。"

这几千万自然在"红线"范围内，这是他最想避开的一条"红线"。

不让经济触及"红线"固然是吕保良经营企业的底线，通过岩山隧道"秀企业肌肉"则是他创造奇迹的另一个目标。后来，张建波为兑现"提前打通岩山隧道要为其开庆功会"的承诺，随原贵州省委书记赵克志等4位省委常委到岩山隧道搞贯通仪式时，还召集了很多项目经理前去参观学习。吕保良骄傲地对前去的参观者讲："以一个子公司的项目部独立承建岩山隧道这样大的工程在中铁五局的历史上还是第一次，体现了俺们一公司在管理、技术等方面的综合实力，展示了企业形象。"

他意味深长地对前去参观的经理老总们说："但愿岩山隧道的提前贯通只是一个抛砖引玉，能推动加快贵广高铁建设的进度。"

一个隧道的项目经理能站在全线的高度思考问题，这样的境界，让参观者们对其肃然起敬。

当然，也有人从他很有境界且还很骄傲自豪的话里听出了弦外之音："我这最长最难的岩山隧道都提前半年贯通了，你们那些还没有打通的隧道得考虑一下自己的形象了……"

34

能提前半年贯通岩山隧道，中铁五局一公司为三项目部装备的那些先进的机械设备肯定是非常重要的因素之一：使用国际先进的 C6 进行水平超前钻孔勘测地质状况；二臂、三臂、四臂凿岩台车和可进行钻孔作业的一拖八液压凿岩机组在岩山隧道大显身手；用大功率 WA470 装载机进行出渣；能自行行走、横向移动的仰拱栈桥机轻松地进行仰拱作业。

不过，毛主席早就说过："决定战争胜负的不是一两件新式武器，而是人。"

套用伟人的话，我们也可以说：决定岩山隧道工程进展的不是几种先进的高科技机器设备，而是人。

之所以要说那些高科技的机器不是提前半年贯通岩山隧道的唯一重要因素，是因为 2010 年 3 月，平行导洞掘进至 2500 米时，那些高科技的机械设备在岩山隧道里"耍脾气"了。这天，吕保良进洞检查，隧道里烟雾缭绕，尘土飞扬，一股闷热、潮湿得令人窒息的空气扑面而来。作业面 200 多米外，停满了"趴窝"的液压凿岩机、装载机、隧道凿岩台车等机器——它们开锅了，运转的水 100 多度，于是，高科技的机械设备纷纷罢工。

那个曾在一公司组织的青工技能比武中获"首席阿里瓦操作手"称号的工人党佳捂着两个大口罩，瓮声瓮气地冲吕保良吼道："吕总，实在受不了这高温和烟尘了，今天，这阿里瓦已两次开锅熄火！"

吕保良知道，在那种闷热的环境里施工，更受不了的是人。后来，他告诉前去采访的记者，"隧道里温度极高，烟尘扑面，吸进肺里的空气都是滚烫和污浊的。当时，我 50 多岁，进洞检查，待半小时，出来休息一个多小时都缓不过来。我检查不用干活都那样，那些干活的工人有多苦可想而知！"

按吕保良的评判标准，岩山隧道属于难打的"烂洞子"。

这"烂洞子"横穿黔东南州的榕江县和从江县，隧道地质包括22个断层、6个向斜、3个背斜，水患成灾，还要两次下穿寨蒿河。隧道顶部距河床底部最小距离仅2米多。

根据设计要求，岩山隧道增设了3个斜井、1个平导、1个横洞，2个进出口，共6个作业面。施工时，6个施工队、13个搅拌队和3个机械队，共1000多人从两头双向掘进。当吕保良以为这种长隧短打的施工方法能破解岩山隧道里程长的施工难题时，一个"热"字却顽固地迟滞着岩山隧道的工期。

隧道里作业面的温度大多在35至50度之间。隧道内常年有水，混凝土、施工机械及地热散发出的热量一汇集，完全把隧道变成了一个长形的大蒸笼。吕保良形容说："我勒个乖乖，一进那大蒸笼，那闷热、潮湿比桑拿还难受！"

"蒸笼里的桑拿"不仅频繁地使那些从国外进口的机器设备瘫痪，还差点摧垮了吕保良那些能征善战的突击队：2010年5月，三项目部第10队队长司亚洲带着100多名工人进入正洞施工。当时，隧道里气温40多度，湿气和闷热使90%的工人身上都长满了脓疮，干活时，衣裤常把脓疮磨得血肉模糊，工人们只得赤条条地在隧道里干活。

吕保良心痛极了，就安排买来吸水性强的土工棉布，随手一扎，做成"围裙"，让赤条条的工人们遮住前胸，背上的脓疮密密麻麻，不敢触碰，就干脆光着膀子干。为了减轻员工的痛苦，吕保良组织后勤在掌子面放上冰块、冰水"镇热"。工作时间取消8小时换班制，让工人们两小时一换班。换下来的人马上安排到备有绿豆汤、西瓜等清热解毒食物的会议室休息。项目部的领导们轮流为换班下来的员工涂抹药膏……

每次给工人涂抹药膏时，吕保良心中都隐隐作痛。他常说，企业的企字上边是个人，人没有了，企业也就"止"了。看到工人们那遭罪的样子，他真想把工程进度放缓。

但他不能。合同规定，必须在49个月内将这个破碎地质的"烂洞子"贯通。超过工期，企业五六千万的损失事大，影响整个贵广高铁工期更是天大之事！

吕保良可从没有干过这种拖泥带水的事情。

面对那些让机器停摆，把工人"桑拿"出脓疮的"大蒸笼"和"大蒸笼"

里不断出现的断层、向斜、背斜、浅埋等迟滞工期的"拦路虎",吕保良给一公司总经理蒲青松和中铁五局副总经理兼贵广项目指挥长的黄武汇报说:"俺要在岩山隧道里成立几个课题小组,搞技术创新,快速施工。"

黄、蒲二人问:"要成立哪些快速施工的课题小组?"

吕保良说,要创新的施工技术很多,但眼下首先要解决的是隧道里的降温消尘,还有施工排水技术,再就是过寨蒿河河段浅埋施工的控制技术也必须搞。

黄、蒲二人很支持吕保良的快速施工关键技术研究。称赞说,老吕,以前只知道你实干苦干,没想到你还学会了创新施工关键技术去巧干!

吕保良自责道:"你们就别表扬了,施工这么久俺才想起要创新施工技术,让工人们遭了那么多罪,这创新搞得太晚了。"

黄武安慰说,不晚,搞工程不能像做菜,把所有的料都准备好了才下锅。发现了问题才会搞创新解决问题嘛。

也有人不以为然。一次,吕保良在会上聊到那些创新课题时,下边传来了这样的议论:"在一条隧道里搞那么多课题,花架子吧?""凭一个项目部之力,去解世界上都没有能解决的难题,现实吗?"

吕保良自信满满。他说,岩山隧道里藏龙卧虎,人才济济,快速施工技术创新一定能搞成。

当时,三项目部的确云集了不少人才。总工程师曹振兴乃吕保良的得力助手,吕保良有技术创新想法,他很快就能拿出完善配套的方案;敢打硬仗的常务副经理褚云山参工以来就一直在隧道里,积累了经验丰富,因擅长打烂洞子而名满铁建行业,堪称久经沙场的老将;书记李光耀,一公司的副总工程师,这位优秀的党务工作者和企业文人使吕保良没有后顾之忧;苗利生、伍全林、王仁明等人都是技术和管理过硬的项目部副经理,但他们都兼任着架子队队长,平时都苦干在现场,只有开会才回一下项目部;第10队队长司亚洲、第9队队长李翔、第12队队长杜传泽,第10队技术负责人王福聪,项目部副总工熊胜等现场管理者乃中铁五局冉冉升起的企业新星;还有来自一公司全国8个项目部的技能高手也齐聚岩山隧道,青年技能比武首席阿里瓦操作手党佳,开挖班班长宋江勇,修理班班长李传俊……

吕保良说,不光是这些技术管理人员有水平,连岩山隧道的民工中都藏龙卧虎。四川广元民工董必文是岩山隧道里一个不太起眼的工班长,但好几个施工单位都在"挖"他,一公司也想给他转正,可他不愿转。

此人如此受人青睐，是因为他身怀绝技，能判断隧道里哪个地方什么时候会涌水、塌方。

董必文的这一绝技好几次都让工人和那些机器死里逃生。有一次，毫无征兆时他就让机器、人员快撤，说要发生涌水。工人们有些犯嘀咕：好好的，哪有什么涌水，撤了没事多耽误工期呀！董必文急得直嚷嚷："撤了不涌水我赔钱！"见他急成那样，大家半信半疑地撤了。刚撤，涌水和着淤泥一下冲了出来。那次，董必文救了十多人的命，价值几百万的机器也保住了。

吕保良希望在技术创新时能多一些董必文这样身怀绝技的人。但他知道，董必文判断涌水塌方凭的是经验，像消烟排尘这样的技术创新是不可能有谁身怀绝技的，得在实践中去摸索。当时，贵广线上好几个承建单位都在研究消烟排尘，吕保良就让第10队队长司亚洲和项目部副总工熊胜带着攻关小组去学习。

传统的施工方法中，消烟降尘最基本的措施通常都是通过机械抽排、压排等通风排尘方式，稀释和排出工作地点的烟雾及悬浮粉尘，补充新鲜空气。而对于长大隧道的施工，由于距离的增长，不但加大通风有难度，增加经济成本，更会在将粉尘排出洞外过程中弥漫整个隧道，降低消烟除尘的效果。而司亚洲、熊胜参观的那些单位都没有能从根本上解决这些问题。

攻关遇到困难时，熊胜想起了在乌鞘岭隧道时的一些情景。

兰新线上的乌鞘岭隧道位于祁连山支脉，这条世界第二、亚洲第一的山岭铁路隧道，全长20.05千米。当年，参加乌鞘岭隧道会战时，热害、煤层有害气体和施工中的烟尘令施工者们苦不堪言，每次爆破后，工人们都挤在高压风漏风、高压水管漏水的地方待着——那种地方烟尘少，空气清新。

这一情景在脑海里闪现时，熊胜来了灵感：为何不在隧道里加强高压风并辅以高压水，降低烟尘，使整个隧道的空气都清新起来？

但他马上觉得这样的设想不合实际：消烟降尘必须经济实效，在长十多千米的隧道里都采用高压风和高压水，其成本显然不符合经济有效的原则，更重要的是，如此长的隧道，那弥漫整个隧道的粉尘怎么才能尽快排出洞外？

司亚洲也觉得熊胜的设想有问题，他问："爆破和机器会不断产生新的烟尘，你排得完吗？简直是扬汤止沸。"

司亚洲的一句"扬汤止沸"使熊胜产生了"釜底抽薪"的联想：污染源主要来自爆破时的烟尘，如果在优化通风方案的基础上，把粉尘消除在掌子面这个烟尘的源头，不就能达到隧道内的消烟降尘目的了吗？

对消烟除尘的原理，熊胜也从乌鞘岭隧道里工人们挤在高压水和高压气附近躲避烟尘的情景中得到了启发：把通风与高压喷雾降尘两者结合起来，利用气和水来降尘降温。但这气和水不能像乌鞘岭隧道里漏出的那些高压气体和高压水，应把高压气体和高压水混合在一起，利用气体介质与液体介质之间的相互挤压、加速或剪切作用，将液体雾化，形成高压水微粒雾蔽带，使粉尘不能向外扩散，随着水粒降落，以达到空气清新，降低温度的目的。

吕保良召集管理人员分析了一下，大家觉得熊胜消烟降尘的思路正确。于是，攻关小组准备在岩山隧道平导工点开始降尘系统的试验。

试验前，吕保良特意给张建波打了个电话，欢迎其到现场指导。吕保良告诉熊胜等人，"张总特别注重创新，搞技术改革主意多得很！他在郑西铁路、青藏铁路上都搞了不少名堂！"

那些年，张建波的确搞了不少"名堂"。在郑西铁路客运专线上，张建波虽然只干了18个月的安全、质量部长，但他主持搞了全线隧道开挖作业、锚杆施工作业和钢架施工作业等方面的指导书；针对黄土具有多孔性、密度低、易发生湿陷等特点，他在潼洛川等隧道摸索出了在黄土地区修建铁路隧道的开挖、支护、防排水等施工关键技术，提出了"勤预报、管超前、短进尺、强支护、快封闭"的多种辅助措施联合运用；他带领中铁一局在秦东隧道创造了"步长控制"隧道安全施工理论，破解了在大断面湿陷性全黄土隧道中施工易变形、坍塌这个困扰全世界隧道施工技术的难题；到青藏铁路后，他又研究"滑坡对铁路线路的影响"，钻研《青藏铁路沿线植被多样性及盖度特征》……

857千米的贵广高铁有隧道238座计467千米，烟尘问题一直是困扰各施工单位的难题，这当然也是张建波要关注和解决的重点。得知吕保良、熊胜等人要搞降尘系统的试验，他从贵阳赶到岩山隧道后，径直去了试验现场。

试验开始时，只见高压风吹着从钢管里喷出的蒙蒙细雨一样的水在隧道里形成雾状四处弥漫，水雾到达处，空气清新，温度也降低了许多。

试验现场响起一阵掌声和欢呼。但张建波对熊胜、吕保良等人说："你们这消烟降尘系统还有问题！"

"还有问题？"吕保良很不解，"张总，这不是很好吗？平时，这隧道里热得像蒸笼，满隧道的灰尘让人眼都睁不开。"

张建波打断说："老吕，有这个消烟降尘设备隧道里的确比以前好多了。但制定工艺的原则是技术上的先进和经济上的合理。"张建波指着隧道顶部说："你们看，隧道下边的灰尘被水雾压制了，但顶部仍有灰尘在飘。"

众人点头称是。张建波指着隧道顶部和两侧接着说："这些混凝土凝固过程会不断散发热量，要不断浇水养护，否则就容易开裂。"

熊胜恍然大悟，"张总的意思是把消烟降尘的喷水洒到该养护的地方！"

"对！这样就一举两得了，喷水既消烟降尘了，又给隧道做了养护。"张建波摇摇喷水的钢管架子说："但你们现在这个架子做得矮了点，喷水的压力和风力也小了些……"

吕保良一拍脑袋，"有道理！熊胜，照张总的意见改！"

课题攻关小组的小伙子们开玩笑说："弄这么久我们都没有想到既降尘又养护这个点子，张总一来就想到了。叫人情何以堪！"有人"建议"说："张总，你干脆来给我们当技术指导吧！"

张建波摇着手连连说："不敢当，不敢当！"

但很多年后，张建波对记者说："吕保良他们会做，可不大明白工艺中的一些道理。我做不来，但爱琢磨其中的道理，爱探讨解决问题的方法。"

他还很注意一些施工中的细节。

那次从消烟降尘攻关小组离开岩山隧道已走很远时，张建波突然打电话告诉吕保良，"老吕，隧道里还应多建几个洗车槽，路面也要注意清洗，否则，仍难解决隧道里的灰尘问题。"

从此，岩山隧道的消烟降尘系统开始由独头通风、风管、降尘站、洗车槽、路面清洗等组成。

经过七八次改造，消烟降尘系统成形。那降尘站类似于高 4 米、宽 6 米的拱架，那些焊接而成的钢管可以自由拆卸，随隧道的推进而推进。使用时，高压风和高压水同时开通后，瞬间形成雾化。这雾化水与水压、风压、管径大小、距离大小、喷射孔大小都相关，安装在距掌子面 5 至 10 米粉尘最多的地方效果更好：它能将 90% 以上的粉尘烟雾消减在掌子面附近。同时，根据需要，在隧道内开设多个洗车槽，路面冲洗接口降尘站点，形成综合配套的降尘体系，消除隧道里制造烟尘的其他因素。

2011 年，三项目部的长大隧道消烟降尘施工方法及所使用的降尘站获得国家专利。国家知识产权局在"使用消烟降尘系统情况实验报告"中记录了这样的实验效果：

正常通风时，通道内温度 26 度，降尘效率为 0，现场效果闷热、烟尘刺鼻。

喷洒高压水时，通道内温度 22 度，降尘效率为 80%，现场效果空气清新、微刺鼻。

喷高压水雾时，通道内温度 21 度，降尘效率为 90%，现场效果空气清爽……

消烟降尘系统有效解决了岩山隧道通风、排烟、降温等问题，该系统在降尘效率、排烟时间、改善洞内施工环境等方面均取得了显著效果，为该隧道提前贯通创造了良好的施工环境条件。

贵广公司的简报说，消烟降尘系统投入使用后，岩山隧道三项目部奇迹般地连续 4 个月完成超百米成洞，两个月超 168 米，创造了贵广高铁沿线一流建设速度和质量。

35

寨蒿河，珠江水系西江干流黔江段的一个二级支流。它从贵州黎平县高洋乡一路奔来，跨榕江、雷山、三都等 4 县后以最大支流的气势一头扎进柳江，然后，再匆匆忙忙汇入广东的西江。

去岩山隧道检查工作时，张建波常被寨蒿河两岸的风光陶醉，他在日记中写道：那里的雄奇险拔和清幽秀丽有些像古代地理学家、散文家郦道元在《三峡》中描写的景色：白色的急流回旋着清波，深谷里碧绿的潭水映出山石林木的倒影。极高的山峰上生长着许多奇形怪状的古柏，悬挂着的泉水和瀑布，从它们中间飞泻冲荡下来……

因为寨蒿河水的汹涌狂野，当地人在《美丽的寨蒿河》那首歌里唱道：高山流水翻过来，寨蒿河清流淌过来。

张建波觉得：一个"翻"字，一个"淌"字能让人看到寨蒿河湍急的白浪，能让人听到河里喧器的涛声。

当地《水利志》上的一组数据张建波记得很清楚：寨蒿河全长 102 千米，落差 911 米，平均比降 8.9‰。他说："这种大落差形成了贵广高铁的桥梁奇观：长 867.95 米的朝利河特大铁路桥，横跨高山深谷，最高的墩柱 75 米，相当于 24 层楼高。最矮的不过 3 米，落差之大，实在令人拍案称奇。"

寨蒿河不仅落差大，且河口多年平均流量达每秒 52 立方米，多年平均流量每秒 45.77 立方米。如此巨大的河床水位落差和流量，寨蒿河的汹涌狂野和桀骜不驯可想而知。

可贵广高铁要从狂野不驯的寨蒿河通过，不是从河面的桥上而是要从河底的隧道通过。每次向人介绍贵广高铁下穿寨蒿河时，张建波都会特别强调："这条隧道要两次下穿寨蒿河！"

2009年2月12日，岩山隧道正式开工后，带着100多名工人两次下穿寨蒿河的是中铁五局一公司三项目部第9队队长李翔。在吕保良的评价中，这位部下"遇到困难从不讲条件不回避，能控制施工风险，人性化管理搞得好，民工的吃住、洗澡、伙房、篮球、棋牌等都弄得好好的，他带领的开挖班技术普遍都很好"。

李翔还有一个特点：心细。接受任务刚散会，他就立马抱着设计图到自己的管段熟悉情况，按图索骥一个下午，他牢牢记住了这样一些数据：9队负责的岩山隧道进口共1780米；岩山隧道到此处与寨蒿河呈60度角相交；河底为松动卵、砾石层，有2米至17米的浅埋层，存在偏压情况；线路右边边缘在山体坡脚与河沟边相交处，枯水季节，河水宽约3米，深约1米。

更让李翔触目惊心的几组数字是：隧道第一次下穿寨蒿河的长度是57.6米，第二次是180米。隧道的顶部需贴着河床下方2米多的地方施工，河道里平均日涌水量高达7万立方米……

铁二院的设计报告特别强调：此处岩体破碎，围岩稳定性差。河底土层强度低且透水性强，掘进中要克服岩爆、断层破碎带、软岩变形等复杂多变的地质灾害。

掌握情况后，李翔的压力从此陡然增加。凭经验，他知道，在这样的地段施工，如果不慎造成河水下渗及地表沉降，或不慎击穿河底，会招来拱顶渗漏或坍塌的灭顶之灾！

这样的施工风险不仅仅让李翔如芒在背，从三项目部到局指挥部到贵广公司直至当时的铁道部，一大批人也都在为寨蒿河下的那两段隧道提心吊胆。他们密切地审查、关注着第9队的施工步骤和三项目部课题小组关于隧道浅埋过河段施工控制技术的每一个研究成果，张建波等人更是隔三岔五就到施工现场检查督战，消除施工隐患和风险。

2010年8月，岩山隧道进口施工进入浅埋区，项目课题小组召开岩山隧道浅埋过河段施工方案评审会，方案确定了暗洞施作，地表咬合桩及注浆加固处理的意见。

一切都在按施工方案有条不紊地进行：先是进行河道改移，挖除拱顶松软土层然后进行水泥土回填。

到了此时，施工更加小心翼翼，施工程序也更加严格：超前地质预报，超前水平钻孔，坚持每次钻长度 30 米，取出芯样进行分析，判断前方围岩和地下水情况。施工过程中，每间隔 10 米就布设地表监控量测点进行地表沉降监测。加强洞内围岩检测，每 5 米布设一个监控量测点。

一切都按部就班，一切都四平八稳，但一切也都进展缓慢。后来统计的数字是：李翔带领的第 9 队 106 人两班倒，开挖了 3 个多月还没有能完成寨蒿河 180 米的下穿！

那是没有办法快起来的施工——整个过程都不能放炮，开挖使用的主要工具是风镐，还有就是把挖掘机的铲车部分卸下来，换上长长的破碎机头去一点点地钻开坚硬的围岩。

当李翔的第 9 队在"四平八稳"地进行施工时，一种潜在的巨大威胁也正悄悄逼近：如果施工拖到雨季，寨蒿河流域汇水面积大，雨季洪水频繁，到时，寨蒿河的下穿将受到突发性洪水毁灭性的冲击。

工程进行到后期，焦急的施工人员忍不住建议：是不是可以采用切缝药包定向断裂爆破技术炸开河底那些坚硬的岩石？

切缝药包定向断裂爆破技术也是岩山隧道快速施工关键技术研究的一个重要组成部分。吕保良说：隧道开挖，放炮技术好的炸出的洞很平顺，技术差的放炮后洞里像狗啃的一样，全是坑坑洼洼的。

岩山隧道的围岩特性主要是以板岩为主，光爆的效果不好，为了获得平整的岩石开挖面和井巷轮廓线，减少超欠挖，吕保良要求熊胜等人把岩石定向断裂爆破列为快速施工法的攻关项目。

课题小组通过对切缝药包在岩石定向断裂爆破中的切缝产生扩展进行研究后，形成了岩石断裂爆破技术。李翔的第 9 队下穿寨蒿河时，切缝药包定向断裂爆破技术在三项目部已经非常成熟，爆破光面平整度大大提高，超欠挖得到了有效控制。

但在下穿寨蒿河时采用切缝药包定向断裂爆破技术的建议被坚决地否定。隧道浅埋过河段施工控制技术研究课题小组在回复中强调："该段地质情况很差，岩石破碎，属于裂隙发育，即使最微弱的爆破都可能使河道里面的水涌进隧道，给施工带来安全隐患。"

不能在寨蒿河下采用爆破手段，课题攻关小组又为第9队研发了一种很"笨"却很安全的施工技术：在隧道围岩稍好的下穿段采用大直径钢管桩地表注浆加固，同时，在洞内加强超前支护，采用钢筋混凝土咬合桩及钢筋混凝土盖板进行地表封闭的方式通过。在围岩较差的河段下穿时，采用钢管桩地表注浆加固和双层直径适度的导管超前支护。这样一来，不仅比使用风镐和把挖掘机换上长长的破碎机头去一点点地"啃"下围岩的掘进速度快了很多，还减少了很多施工风险。

课题攻关小组的小伙子们把这种施工技术叫作"隧道浅埋过河段施工控制技术"。凭着这一技术，岩山隧道第二次下穿寨蒿河段终于在 2010 年 12 月初安全越过了河床边缘。

36

岩山隧道计入贵广高铁的里程是 14.693 千米。但实际上，加上平导、横洞和 3 个斜井，该隧道掘进总长度应是 22 千米。

展开地图可以看到，这 22 千米隧道位于以苗岭为分水岭的长江和珠江两大水系上游的大山下。这一带的大山处在亚热带季风湿润的气候里，雨量格外充沛，多年平均降水量都在 1400 至 1690 毫米，年降雨天数 150 至 204 天。最大降雨量一次可达 700 毫米。

丰沛的雨水降落到山岭起伏、沟溪纵横的莽莽大山时，一部分汇入河流而去，一部分渗入浅埋深切、频繁交错的山体，顺着那以砂岩、页岩为主的碎屑岩类之中，使岩山一带像吸满了水的海绵一样富水。没有外界打扰时，这些基石裂隙水会安静地待在"海绵"里，或慢慢地滋养大山里的草木生灵，或变成山泉瀑布欢快地奔向山外的世界，实在难以容纳的部分则把山体切割成大大小小的溶洞，或形成暗河另找出路。

吕保良带领着他的三项目部在山里开挖隧道无疑惊扰了岩山体内的安静，"沉睡"的水被激活后开始寻找新的去处：它们奔出溶洞暗河，穿越断层带，沿节理密集带争先恐后地涌向隧道。

于是，水的问题成了开挖岩山隧道的困扰。"开挖那 22 千米长的隧道时，到处都是水！"吕保良描述说：有时风钻一下去，就有水柱"冲"出来，刚开挖的隧道顶部，渗出的水滴滴答答地流个不停，像水帘洞一样，头顶总滴水，脚下总积水，必须穿雨衣雨鞋作业。尽管这样，工人们的脚还是被泡得脱皮泡得发白。

总工程师曹振兴做过一个测试统计：岩山隧道每天流入隧道的水能装满5个泳池。涌水量最多时一天就能达到12万立方米，相当于10万人每日的用水量……

如果隧道是平行开挖，如此多的涌水也许并不会对施工构成什么威胁，但斜井施工是从上往下打，坡度大多在12%左右（开挖100米下降12米），在施工过程中，水也是从上往下流，越往下打，水会积得越多越深。水积得过深，会淹没掌子面，影响隧道围岩的稳定和危及隧道施工的机械设备及施工人员的安全。

吕保良有一个硬性规定：隧道里的施工面随时都要准备救生衣、救生圈，工人们在闷热的洞里施工可以不穿衣裤，但必须穿救生衣，不穿就罚款。

最长的2号斜井1900米，打到正洞有3千米。12队队长杜传泽说，为了解决排水问题，斜井内配备了8台25千瓦的抽水机，24小时不间断抽水。积在洞里的水要一级一级地往上"传"，"传"五六次才能排出去。只要抽水机一停，不到一小时，就会淹掉掌子面。

排水越来越困难，由于积水严重，隧道推进速度由每天8米减缓到3米。

吕保良把各施工点的队长召集起来开会。会议议题只有一个：必须在近期解决斜坡排水问题。

曹振兴、熊胜与李翔、杜传泽、司亚洲等人在隧道里钻进钻出地忙着调查隧道总体概况、水文地质和隧道涌水量，摸索长大隧道排水经验。很快，那个后来被命名为"组合式阶段排水法"的排水方法成功地运用于岩山隧道，并在贵广线上得到推广。

在那份向中国施工企业管理协会提交的《科学技术奖科技创新成果申报书》中，推荐单位中铁总公司写道：中铁五局一公司三项目部在探讨斜井与正洞高落差如何排水以及利用隧道内综合洞室设置水仓集中排水时，采用集水坑反坡道排水方式，在斜井施工过程中分段挖反坡排水沟，在每一段的终点（分段处）开挖集水坑，设抽水机一台，把积水抽至最后一段反坡，最后一个抽水机将积水排出洞外，采用接力的方式将水抽至洞外的污水沉淀处理池。这种创新有效解决了长大隧道涌水、突水危害，真正达到了零事故、零伤亡目标……

后来，熊胜在一公司三项目部"主要科技创新日志"里记录：

2010 年 5 月，岩山隧道 1 号、2 号斜井数个工点先后出现大量涌水，项目长大隧道排水技术研究开始攻关；2010 年 8 月，隧道内利用综合洞室完成第一个水仓，正洞阶梯排水投入使用；2010 年 11 月，平导终点打入正洞，利用辅助导坑分阶段排水顺利实施；2012 年 2 月，岩山进口区段贯通，重大涌水量区段基本完成开挖支护，各作业口通过实践检验，通过长大隧道排水技术研究，确定了排水施工方案，使隧道排水能够满足最大涌水量要求，在合理优化布置的情况下减少工程支出，保证了施工安全……

隧道排水、消烟排尘、隧道切缝药包岩石定向断裂爆破等技术创新先后成功后，吕保良开始筹划对岩山隧道最后的决战，兑现当初向张建波许下"提前半年贯通岩山隧道"的承诺。

2012 年 2 月，吕保良向一公司的总经理蒲青松和局项目部指挥长黄武汇报，三项目部每月至少干完 100 米隧道，6 个月内完成余下的 800 米隧道。

这个决定遭到了质疑。有人问，老吕，那样干有多大意义？能不能真的提前半年干通？成本合不合算？

还有人提醒：吕总，大家都干得筋疲力尽了，你可要考虑大家的身体承受力。

这倒是让吕保良最揪心的问题。李翔、杜传泽等架子队队长，天天都在隧道里连轴转，累得走路都忍不住要睡觉。特别是司亚洲还患着严重的糖尿病，看人视物都出现了模糊状况。他的妻子几乎每天都要从长沙打电话督促他吃药。但成天忙得吃饭都不准时，他哪还记得吃药？终于有一天，正在掌子面工作的司亚洲突然眼前一黑，晕厥过去。

直到 2012 年春节，回家过年的司亚洲才在妻子的"胁迫"下，到医院做了手术。刚出院，他又出现在工地上。

吕保良心痛地劝道："亚洲，再休息几天吧。"司亚洲笑笑回答说，"工地上那么多事，我哪有心思休息。咬咬牙，干通岩山隧道再休息吧！"

吕保良也狠狠心，咬咬牙做出了让谁听后都觉得有些"疯狂"的决定：2012 年 3 月，刚干完一个月 100 米的任务，他又加码了：每月要干 150 米！

有人一听就嚷了起来："干 100 米都很吃力了，还要干 150 米？"

吕保良说，先不说行还是不行，我们一起试试看。

接下来的几个月里，项目部每月都有个生产计划会，按最低 150 米的任务，分解到各个队。隧道开挖的，隧道支护的，供应材料物资的，做混凝土的，搞后勤保障的，每天的工作都用表格造计划。生产任务定下，吕保良就到工地去组织施工，每天下午四五点，他都雷打不动地到工地同各队队长开交班会，各队队长都要汇报规划要干的活完成没有，为什么没有完成，没有完成的准备怎么办。同时，还要汇报成本支出，用了多少根锚杆、多少张网片、多少方混凝土，都用在了什么地方……

与交班会相配套的是兑现7天奖惩制，连续7天完成任务的有奖：钻炮眼的，4小时的活3小时干完了有奖，装药的该1小时装完他50分钟装完了有奖，出渣的提前弄完了也有奖。总之，只要是节约了时间，活儿又干得漂亮，都有奖。奖励时，把钱直接发到民工和带班的人手上，让每个参与人员都从中得到好处。

吕保良回忆说，那时，饭都是送到工地去，把冰冻的矿泉水、冰块送到洞里，像战场上前线打仗后方支援一样，送饭的工人顶到隧道里去了，项目部值班的就到工地送饭，领导就值班；工人干累了，就换下来；挖掘机、装载机等设备都是两套，一套用，另一套停在1千米外，两三小时，干活的机器开锅了，停在一旁的马上顶上去。

"那几个月，我们简直是在拼命，一天24小时，争分夺秒地干。"对"拼命"的那几个月，吕保良认为，"拼得值！前几个月每月都完成了150米的任务，五六月，在3级围岩情况下，还月进尺成洞160米。本来贯通岩山隧道的时间应该在2013年2月底，结果我们8月25日就打通了。是全线第一个贯通10千米以上隧道的项目部！"

"第一个"贯通全线最长隧道的三项目部得到了高度评价：2015年3月，岩山隧道项目部获得"火车头"集体奖，岩山隧道快速施工科技创新获得国家铁道技术协会三等奖，主持岩山隧道快速施工科技创新的吕保良也获得了国家级的火车头奖章。

吕保良说，对个人的荣誉他并不那么看重。他很看重在14.693千米长的岩山隧道里，自己率领三项目部在复杂地质条件下探索出的那条隧道安全、高效施工的新路。

他尤其珍视在岩山隧道获得的1项国家级发明专利，5项实用新型专利，1项国家级工法，1项省部级工法并获1项国家级QC成果奖，2项省部级QC成果奖。

他明白，这些堪称辉煌的成果将无可厚非地载入中国铁路建设的史册。

第三章

绝不留情

　　在西南那喀斯特地貌上修铁路，"业主"们战战兢兢、如履薄冰。为根除偷工减料者留下的隐患，张建波突袭"考文垂"；铁二局知耻而后勇，整顿安全、质量问题。贵广建设的"四化"大幕从此拉开。

第十节　隐患

37

日子原本可以过得十分潇洒，但张建波潇洒不起来。孟子那"君子有终身之忧"的话对他似乎已经一语成谶。

中国工程院院士王梦恕生前曾说："张建波属于那种忧患意识较浓的人。对高铁刻骨铭心的深爱使他产生了强烈的事业心和责任感，这种责任感由富于感性的理性和富于理性的感性演变成了一种浓浓的忧患意识和居安思危的习惯，使他对贵广工程的质量安全诚惶诚恐，不敢稍有懈怠。"

非但不敢懈怠，他简直就是处于一种战战兢兢、如履薄冰的状态。原铁道部几次要在贵广线召开安全施工的经验现场会，都被张建波婉言谢绝。他用多少有些无奈的口吻倾吐苦衷："在西南这种喀斯特地貌上修铁路，我就是一个坐在火山口上的人，不被突然喷发的岩浆烧着就阿弥陀佛了，岂敢奢谈什么经验？"

原铁道部的人不理解张建波的"火山"。"哪有那么严重，有些危言耸听吧？"

他说，那么长的线路，那么复杂的工程，那么多建设队伍和人，我不知道我们的管理是否都已到位，不知道什么时候会冒出一个什么样的风险，什么样的问题，让我去接棒。

张建波非常羡慕别人在平原上干完一个工程即意味进入保险状态的那种轻松感觉——没有隧道，也极少桥梁，根本不用担心隧道、桥梁出现安全问题。"而贵广高铁建通后，我更多的是被恍惚和不安笼罩着，469千米长的那238座隧道，数百座高桥下边那些说不清的溶洞、暗河，那些无法破解的地质之谜，谁知道它们会不会在什么时候冒出一个什么样的问题啊！"

这种由担心郁积而成的苦闷和烦恼的阴云里，隐藏着一个忧患者被折磨的痛苦心灵。

同僚、部下们一直想驱散笼罩着张建波的那团阴云。2017年，在张建波调天津任职时，同僚、部下们特意写下了这样的临别赠言：张总，从此放下，不钻隧道，不跑工地。别愁溶洞，莫困于路，莫睡觉都还梦着工程。喝点小酒，闲云野鹤，返璞归真，在宁静中以一种简单的方式去追求、去生活……

但张建波无法"闲云野鹤"，更无法放下。离开贵广公司四五年了，他还时常对他指挥修建的那些路，那些路的安危，那些路的运营及那些路沿途的发展牵肠挂肚。即使路旁的山上滚下一块石头他也会心神不宁。

原贵广公司综合部部长柴强铎笑称：张总这是患了高铁焦虑综合征。

刚到贵州时，张建波就落下这"病根"了，他说："贵广高铁也许会成为我人生的一次圆满答卷，也许是悬在我头顶的一柄达摩克斯利剑。它可能是我百年之后一个骄傲的墓志铭，也可能会在我几十年铁路生涯中留下一点遗憾。不管它今后是我的什么，但它眼下肯定是我思想上的一个包袱，心理上的一种压力。"

无独有偶，张建波的同事曾维德也有着相同的"包袱"和"压力"。

到贵广公司担任主管安全质量的副总经理之前，曾维德曾在铁道部的党校接受过 50 天的岗前培训。铁道部各部门的领导及铁道部副部长卢春房等人亲自上课，给大家反复强调标准化管理，强调安全生产，并用中国铁路建设史上那些血淋淋的案例加深被培训者的标准化管理和安全生产意识。培训结束，一组组惨烈悲壮的数据深深地嵌入了曾维德的记忆之中——

成昆铁路全长 1100 千米，留下了平均一千米就有一人牺牲的悲情数字。全长 358 千米的阳安铁路，修建中 1512 人重伤，384 人牺牲。襄渝铁路上，更有 100 多名初中学生早逝，长眠在荒山野岭间……

那次，铁道部还组织受训者到宜万铁路参观突泥突水等触目惊心的施工现场。那些数据和现场看到的灾害让曾维德更加深刻地意识到，自己接手的安全、纪检工作其实是在握着铁路建设中的两根"高压线"。

参观宜万铁路那些日子里，曾维德夜夜难眠。

他向专程到宜万铁路接受"警示教育"的张建波倾诉说："张总，你看，隧道里那种不良地质，那随时都可能发生的突泥突水、隧道坍塌、气体中毒，那隧道、桥墩下边跟地下迷宫一样的溶洞、暗河，让人不寒而栗，看了现场我就睡不着！"

后来，这样的情况在贵广高铁的施工中司空见惯，有的甚至比宜万铁路还严重，曾维德更加后怕了，也更加一刻也不敢松懈。

贵广高铁完工时，媒体用骄傲的笔调宣称：在贵广高铁238座隧道施工中，未发生一起重大安全事故，这是一个巨大的成就。与贵广公司"精心施工、精细化管理"分不开，同时也标志着我国高速铁路隧道的矿山法修建技术进入了世界新水平。

曾维德与记者开玩笑说：写贵广高铁施工未发生安全事故，你还应该说，这个巨大的成就与贵广公司上上下下在施工阶段的居安思危意识分不开，最好能写出"胆战心惊、忐忑不安"那样的意境，写出我们当时诚惶诚恐的心理状态。

因这样的心理状态，曾维德落下了个对电话铃声敏感的毛病。"特别是晚上，电话一响，就紧张。"贵广高铁联调联试期间，成都局的一个副总凌晨1点给他打电话，铃声一响，他马上从床上蹦起来，汗水也一下冒了出来，连拿话筒的手都有些抖了。一看是铁路局来电，才松了口气。

曾维德说，对一些特别对象的电话，他尤其敏感，"如果来电是下面的指挥长，或者是安质部与贵广公司设在下边的指挥部打来电话，就会神经质地紧张、焦虑起来……"

38

张建波、曾维德等人无法不紧张焦虑。

中国的法规规定，建筑市场不准转包、分包工程。但允许劳务公司和农民工以"架子队"的身份出现在建筑市场。民工是中国建筑市场的绝对主力，并为中国的铁路建设做出了巨大贡献，建设贵广高铁工程总人数最后达到10万人，民工占85%左右。

一些农民工的文化水平及业务素质偏低，安全质量意识不强——隧道放炮后打开的毛洞要清除松动的土石才能支护，但一些无知无畏者觉得麻烦，不清除就抱着管子直接往毛洞上喷射混凝土支护；高空作业需拴安全带，但他们觉得"拴着那玩意儿不方便"；有的干活儿甚至连安全帽也给"免"了……

这样的"无知无畏"无疑会给工程安全质量留下严重隐患。

比"无知无畏者"更可怕的是个别素质和诚信极差的企业领导。

2008年以来，为强化安全质量管理，贵广公司在安全质量方面实行专家防控、专项防控、专业防控；工程建设实行信息化、机械化、工厂化、专业化；建设中搞标准化管理机制、创新机制、行为控制机制、风险防控机制和有效奖励机制。同时还制定了《施工安全质量"红线"管理办法》等管理办法。除此之外，贵广公司还不定期暗查暗访，突击检查，强化检查的"威慑"作用。检查时，都以信用评价为手段，严格安全质量考核，搞得好的发绿色通知单，有问题就给其发黄色通知单，问题严重就发灰色通知单。

如此多的管理办法和手段仍不能杜绝违规。曾维德列举了一组数据，"开工后的一年内，我们发出的绿色通知单只有34张，而黄色通知单达到73张，灰色通知单62张……"

这样的情形迫使张建波下决心增强管理力量。负责贵广高铁和500多千米长昆高铁建设的贵广公司有110个编制，但长期只有60多人在岗。尽管如此，公司还是给安质部配备了20多人，是贵广公司人员最多的一个部。加上沿线的佛山、桂林和贵阳3个指挥部和6个监理单位，至少有600人长期在一线抓安全质量工作。

但负责抓安全质量的曾维德仍觉得手长衣袖短，"有时候还是盯不住，有些素质和诚信差的企业前惩后继，总是千方百计搞些小名堂来对付我们的管理。"

比如，初置钢架，按设计是间距0.6厘米，有人往往要搞成0.7厘米。这是一种偷料行为，但有些人认为，这属于篮球场上的"合理冲撞"，是乒乓球比赛中的"擦边球"，在建筑市场属于"合理违规"范畴。

他们的"合理违规"范畴里面却充满安全质量隐患。

"更有甚者，有人用软办法对抗我们的监督。"曾维德举例说："我们在施工现场安了摄像头，他就用东西蒙上镜头，或把镜头给转到一边。有的甚至把线路剪断，工程放炮时故意不对摄像头保护，让其炸烂。"

出现这些情况，人们自然会想到：工程监理人员不就在现场吗，难道他们会坐视不管？

那些素质和诚信差的人之所以敢于这样做，是因为他们知道，他那里的监理人员不会管这样的"合理违规"，有个别监理人员甚至还主动参与这样的"合理违规"。

早期，贵广公司给监理单位配备了PDA装备，这种设备其实就是一款手机，必须要监理本人的指纹才能打开，要每隔半小时就必须去用指纹刷一下，开一次机。不这样做，手机就会响，就会提示持有手机的监理：先生，你该注意了!

通过这手机，监理人员每天在哪个工地监督，是不是在规定的区域活动，监理人员是否出了这个区域，在哪里停留了多久，其活动轨迹在贵广公司26楼的监控平台上都能看得清清楚楚。

某监理单位的人认为这是对他们个人隐私的侵犯，就故意损坏设备，3000多元的手机被损坏好几部。于是，PDA手机没能推行下去。

还有一个容易被人们忽略却是致命的情况：监理人员分散在每个工地，与那些小公司、包工队同吃同住同劳动，久了，就被同化了。不要说让他认真监理，有的还与施工单位搞在一起，不但放任质量问题的存在，还与其共同对付贵广公司的质量监管……

这样的监理人员，岂能容忍。2010年，贵广公司共清理辞退不称职、不履责、不作为监理人员29名，更换监理项目部总监、副总监11名；对监理项目部发出黄色通知单36张，灰色通知单16张，扣掉安全质量激励约束费用21.5万元；扣总监质量安全风险抵押金3.78万元。

在贵广线上，还有一些安全质量隐患并不是谁有意而为，它甚至会出自一些意想不到的原因。

2009年的一天，有个安全质量一直抓得不错的单位的一个桥墩检查出质量问题。曾维德觉得纳闷，再检测，还是不合格，最后只好将20多米的桥墩炸掉。

光炸掉是不行的，还得找原因。最后才发现：在拌合站上料的时候，应该上5至10厘米的石子，但因为有两种石子堆放的地点分得不是很开，操作人员误上了2至5厘米的石子。

还有个标段，也是检测出混凝土强度不够，曾维德带人去查，各方面检测、分析都没问题。他又从拌合站到施工的隧道走了一趟才发现：正常情况下，开车半小时左右可以走完这段路，但出现浇筑不合格混凝土那天，运送混凝土的车在经过一街道时正逢赶集，被堵了半个多小时，送到隧道，早已超过了混凝土45分钟的初凝时间。初凝时间一超过，水合比流失，其强度自然就达不到了。

曾维德说，一个小小细节，如不及时被发现，就等于在工程中埋下了一枚炸弹，那才是最可怕的……

第十一节　突袭"考文垂"

39

张建波又一次失眠了。

墙上挂钟的指针迈着"嚓嚓"的脚步，艰难而沉重地走向 2010 年 7 月 7 日的凌晨。1 点了，深夜的静谧像一张巨大的幕布，掩盖了贵阳山城的喧嚣，云岩区枣山路 101 号铁道大厦外那些卖烧烤、烙饼的小贩早已收摊，刺耳的叫卖声和整条大街的嘈杂都已消逝在深邃的夜色里，只有疲惫的街灯默默打量着宁静安详的城市和偶尔驶过的车辆。

此时，张建波还端坐在办公室寂寞的长夜里，桌前的灯光将他的身影投射在墙壁上，凝固成了一个沉思的雕塑。

几小时前，公司分管安全质量和工程的副总曾维德、刘一乔及中层干部与他开了个碰头会。会后，这个一向爽朗乐观的河南汉子心情晦涩，陷入了烦躁和迷茫。

"怎样才能提高建设单位的认识，解决好贵广高铁建设中的安全质量问题？"他轻轻拍着额头，这个思索已久的问题几月来一直萦绕在他的脑际，使他日夜不安。

在铁路工程建设管理中，人们常把工程部比成汽车的油门，工程进度需"油门"使劲加油。安质部则被比作汽车的"刹车"，一旦发现安全质量有问题，哪怕问题还只是一种蛛丝马迹，也必须猛踩"刹车"，该停工就必须停工，该整改就必须整改。

"刹车"与"油门"的操作在绝大多数时间都不会步调一致的，但在晚上的碰头会上，分管"刹车"与"油门"的副总曾维德、刘一乔和安质部部长王昌新、工程部长李建业等人却非常一致地把一个严峻而紧迫的问题摆到了张建波面前：贵广高铁开工一年多来，一些施工单位疏于管理，敷衍塞责，安全质量已经到了需要猛踩"刹车"的时候了。

这"刹车"怎么踩效果才最佳？这是一个令人伤神的问题。一时半会儿没有想出什么好主意，张建波便拿起桌上的一份报纸随意地翻了起来。突然，他那忧郁的目光触到了第六版上一篇《把生命同质量拴在一起》的文章。

文章说的是，二战时，著名的美国四星上将乔治·巴顿从战事报告中了解到，牺牲的盟军战士有很多都是在跳伞时摔死的。这令他十分恼火，立刻赶到降落伞厂。

负责生产降落伞的商人叫考文垂，见巴顿兴师问罪，赶忙汇报说："这些年我一直在狠抓产品质量，降落伞的合格率已达 99.9%，创造了当今世界的最高水平。"

巴顿怒斥道："每个降落伞都关系到一个士兵的生命，你就不能做到 1005 合格吗？"

考文垂苦笑说："我已经尽力了，99.9% 是极限，没有再提升的空间了。"

巴顿怒不可遏，随便抓起一只刚出厂的降落伞包塞给考文垂说："这是你制造的产品，我命令你带着它从飞机上跳下来！"迫于将军的权威，考文垂胆战心惊地拿着伞包上了飞机……

运气还算不错，降落伞没有出现那可能存在的 1% 的问题，考文垂有惊无险地回到了地面。望着吓得快要尿裤子的考文垂，巴顿严厉地说："今后，我将不定期来这里，命令你背着新做的降落伞从天上跳下来！"

从那以后，巴顿再没去过考文垂的降落伞厂，盟军也再未发生跳伞伤亡事故。多年之后，下属疑惑地问巴顿："您是怎么想出那个主意的？"巴顿说："考文垂并非不具备制造完全合格产品的能力，只是他惯于惰性思维，按一般标准行事。只有把他和前线士兵的性命拴在一起，把他的生命安全和产品质量拴在一起，他才会竭尽全力地搞好降落伞的质量。"

看到这里，张建波两眼一亮，脑海里爆裂出一道劈开黑暗的闪电："巴顿可以把考文垂的生命同产品质量拴在一起，我为什么不可以像巴顿将军那样去'治'贵广高铁建设中那些敷衍塞责的'考文垂'，把他们诸如标段'指挥长''常务副指挥长'之类的'乌纱帽'同安全质量拴在一起？"

张建波不由兴奋起来，顺着这个突发的灵感，思路豁然开朗，当即做出一个决定：先发现一个"考文垂"，杀鸡给猴看。他觉得，只需"治"一个"考文垂"，就可以达到以儆效尤的效果！

第二天早上，张建波放弃了长期以来每天早上雷打不动的 1 小时锻炼。2006 年 8 月 31 日，在青藏路上，一场车祸使张建波的第一、二节脊椎骨压缩性骨折，医生嘱其必须坚持用锻炼康复。只要在贵阳，每天早上 6 点，他都会准时沿着枣山路跑 8 千米，然后再做一套操。但 2010 年 7 月 7 日这天早上，在张建波应该沿着枣山路跑步的那个时间里，一辆大众越野车却从铁路招待所开出，载着他一路向东，朝中铁二局在龙里县的项目部疾驰而去。

40

张建波之所以要选择这样的时间以突袭的方式对隧道工地进行检查，并非他事先获得了什么线索，而是因为他以前按部就班的检查曾经有过失败的教训。

那时，张建波自以为对隧道施工的情况摸得比较清楚。隧道里大多是劳务公司的架子队在负责施工，他们的作息形成了一个基本规律：白天基本上都干些打钻头放炮出渣之类的活。因为白天，施工企业的管理人员要去工地，贵广公司的管理人员也经常去工地，打钻头放炮出渣是看不出来什么问题的。夜里，企业在工地的管理人员都下班睡觉了，包工队才开始灌混凝土。在这道工序上，个别人钻空子偷工减料，该放钢筋的不放钢筋，洞顶该修补的不修补。

摸到这样的规律后，张建波曾经试图在晚上去打一个空当。

但他失算了。因贵广公司长期缺编，从各个建设单位抽了不少人到公司总部协助工作。以前，张建波、曾维德、刘一乔及安质部部长王昌新、工程部部长李建业等人下去检查，车一出门，就有人开始报信，说张总或曾总、刘总还有安质部的人又出来了，走的某某方向。得到消息的人马上一方面在工地"狠抓安全质量"，一方面对张建波等人"严防死守"。

一次，张建波下午 5 点赶到一施工单位驻地后悄悄在一宾馆住下，准备晚上再神不知鬼不觉地进入隧道检查。不料，刚住下，施工单位的指挥长就带着总工等一拨人赶到了宾馆，一见面亲热得不行，"张总来了！怎么也不说一声。我们也好准备一下，怎么也得来陪陪你呀！"

张建波是凡夫俗子，也讲人情世故，抹不过面子，只好把那拨人让进房间坐下。不想，那拨人一坐下就不走了，他们先是很正式地汇报，指挥长汇报了，副指挥长、总工汇报，工程上的事情聊过了，又无话找话地聊些张家死猫，李家死狗之类的家长里短。

闲聊之间，张建波明白：他们早就开始"准备"了，那些人堵在宾馆不走，是因为他们的"准备"可能还未"扫尾"，这时如果去工地，十有八九只能看到"狠抓质量，堵死每一个安全漏洞"的场面。

到时，你是表彰他们认真负责、一丝不苟的施工态度，还是批评他们弄虚作假，敷衍了事的行为？

对这次失败的检查，张建波曾在公司高管中进行过通报，要求大家今后改变检查方式。那之后，个别研究"检查应对预防术"的人发现：贵广公司的安全质量检查策略变得越来越令人难以捉摸了。

曾维德经常以川人的精明到工地"打游击"。有时，他亲自带人，或者是让安质部部长王昌新带人在下午5点左右悄悄赶到一些工地附近的场镇住下，吃过晚饭就睡觉，凌晨1点左右起床，直扑隧道里的工地。发现了问题，不需要上会，第二天处罚单就出来了。处理其他问题都需要上会讨论，唯独在安全质量问题方面，张建波曾授权安质部：一经查实，可以先斩后奏，该怎么处罚怎么处罚，处罚之后再报公司备案即可。

当然，像这种情况，曾维德等人的查处行动并不会就此结束。头天晚上查完某标段，处罚通知一发，第二天，全线13个标段也就全都知道了。某某标段会想，准备提防吧，今晚，安质部可能要检查我们了。但曾维德一行避开某某标段，跑到比某某标段更远的某某某标段去检查。某某标段估计曾维德等人不会再去时，一行人却突然杀了回马枪……

曾维德说，采用这种神出鬼没的检查方式，不在于检查发现什么问题，更多的是给那些在安全质量方面存在侥幸心理的人传递一种压力，形成一种威慑，使其不敢越雷池半步。

这种威慑力是显而易见的，贵广公司的几个领导及安质部所到之处莫不使个别人感到有虎豹出没之惧。这些人用戏说的语言表述这种威慑力的巨大："防火防盗防贵广公司，防不胜防。猫鼠游戏斗智斗谋，最是难斗安质部。"

知道"难斗"，很多施工单位对工程的管理更严格了。在安质部的统计中，安全质量问题明显减少。

但在那些不知张建波、曾维德、王昌新为何许人也的包工队民工那里，这种威慑力就明显弱化了。

2010年7月7日的那个早晨，张建波赶到中铁二局在龙里的工地时刚好8点。在一些施工单位的"检查应对预防术"里，8点应是张建波等人早餐或准备从贵阳出发的时间，不可能也不会这么早就来检查。他们万万没有想到，这天，张建波打了个时间差，6点多就出发。此时，人稀车少，大众越野车一路狂奔，8点便到了中铁二局贵广项目第四项目部负责施工的斗篷山隧道斜井工区。而此时，已在炎热难耐的酷暑中苦熬了数天的项目部管理人员们正想利用这个凉爽的早晨放松放松，睡个懒觉。但一阵令人惊怵的电话铃声惊醒了他们。接着，一个令他们为之一震的消息传来。"张总来了！"

"张总？快把他请到指挥部来呀！"

"来不及了，他直接到斗篷山隧道了。"

"斗篷山隧道？为什么不早点报告？"

"他到了隧道口我们才知道……"

"那，拦住呀……"

本来，张建波是被拦了，但没有拦住。一个敞着衣服露出肚皮的民工把横在隧道口的栏杆一放，挥挥小红旗威严地命令，"站住！干什么的？"

"我们是贵广公司的，进去看看。"张建波边说边往里走。

民工才不管什么贵广公司呢，他只认包工头"不准陌生人进洞"的指令。"里边是施工重地，外人免进！"

任怎么解释，那民工就是不让进，"想进去你给指挥部打电话，让指挥部的人陪着你进。"

与张建波同去的司机不得不亮明身份，"这是张总，我们要进洞检查……"

那民工也许听说过张总是谁，这才放了行。

进入隧道，一排愤怒的浪头立即扑进了张建波的心头。施工现场没有监理旁站，没有施工单位的管理人员监督，只有一群民工在那里随心所欲地干活！

现场作业很不规范，初支面不平，局部存在较深的凹坑。再用卷尺一量，钢拱架的间距也超标。更令张建波吃惊的是，刚开挖的毛洞没有初喷混凝土支护，工人们就忙着清理隧道的矿渣。见有人进洞检查，一伙人赶紧脚忙手乱地进行拱架安装。

再看已经支护的隧道，张建波不由惊出一身冷汗。由于爆破技术控制得不好，放炮时，把隧道顶部的很多地方都多炸得坑坑洼洼，形成了不规则的大洞小坑。在隧道开挖中，这些坑洞叫背后脱空。按操作规程，那些多炸掉的坑洼部分得全部填补起来。脱空部位在拱腰处的要采用钻孔注水泥浆处理，脱空部位在拱顶，要采用细石混凝土回填。

填补自然很费时费事还要增加材料成本，于是，胆大妄为的包工头就指使民工们在那些坑洼部分的表面挂一个网，喷上混凝土将其遮掩起来。这样，那些坑洼的地方看起来很平，没什么问题，但在铁路上干了大半辈子，特别是还在郑西线铁路当过 18 个月安质部部长的张建波一看就发现了其中的问题。

他强忍怒火，用平静的语气问几个满不在乎的民工，"你们如此作假糊弄，知道这样做的危害吗！"

民工们面面相觑，茫然地摇头。

随行的驾驶员告诉民工："你们的这种做法非常可怕。隧道开挖后之所以要求马上支护，是因为开挖毛洞以后，会迅速发生地质结构变化，极容易塌方。马上用混凝土将其封闭住，才可以阻止地质结构变化，防止坍塌。但你们在坑洞处挂网喷上混凝土，表面上看做平了，但里面那空着部分的地质一直还在发生结构变化，变化到一定程度就会坍塌下来，洞毁人亡。"

民工们听得一惊一乍，纷纷面露惧色。他们原以为，自己的任务就是帮着能够给他们发钱的包工头把那些大小坑洞用网封住，一般人来看，或者没人来看，或者来看也没发现什么问题那些人就被糊弄走了，包工头满意，按时把工钱发给他们，就皆大欢喜了。他们哪里知道，因为自己的作假糊弄，会酿成那么吓人的祸事……

41

张建波愤慨莫名，一阵怒涛似的卷出了斗篷山隧道。

在隧道外的山梁上，他先分别在电话中向曾维德、刘一乔等公司领导通报了情况，并建议 7 月 8 日（第二天）召开现场会，对有关人员进行处理。曾维德等人原则上同意张建波的意见，只是觉得第二天就开现场会，时间太仓促。张建波说，时间长了，现场被他们掩盖住就开不成这个会了。更重要的是，时间拖得太长，隧道塌了怎么办？

统一意见后，张建波拨通了柴强铎的电话，他安排综合部部长马上下发通知，让贵广路沿线各个标段的有关人员必须按时赶到龙里县斗篷山隧道参加现场会。

最后，张建波拨通了一标段指挥长王云波的电话。压抑住内心的愤慨和怒火，他用和缓却有些微微颤抖的声调说："云波，贵广公司准备在斗篷山隧道开一个反面典型现场会，你想想该怎么给大家一个说法吧！"

不待王云波解释，张建波便挂断了电话。

他直挺挺地坐在山梁的一块石头上，貌似平静地眺望莽莽群山，脑海里却一片愤怒和纷乱，像被烈火点燃了窠巢的蜂群，嗡嗡乱飞。脸上笼罩着的沉沉阴云和那充满愤怒却又有些恍惚的目光在反映他心烦意乱情绪的同时，也暴露了他内心正经历着某种矛盾的博弈。

他努力克制情感的波涛，使心绪慢慢沉静下来。他意识到，对此事的处理，自己需要进行理性而有条理的思考。

对一标段的这位指挥长，张建波一直心怀敬意。1982年毕业于西南交通大学铁道工程专业的王云波不仅是一位很有建树的教授级高级工程师，还是中铁二局的副总经理。曾先后参加了徐连、南昆、西康、株六、秦沈、青藏等铁路干线施工建设。他优秀的工作成绩，他在工程中的科技创新多次受到铁道部、全国铁路总工会的通令嘉奖。

"这个王云波，真背兴，咋整出这档子事情！"张建波烦躁地站起，在山梁边来回踱步边愤愤地念叨着。对这位铁路建设的有功之臣，他实在不忍心挥泪斩马谡，但斗篷山隧道的情形又让他愤愤不已。

他的脑海里有两个声音在吵架。"这次，绝不轻饶！一定要像巴顿那样，把王云波那顶指挥长的'乌纱帽'同因他疏于管理而造成的安全质量隐患捆绑在一起！"

另一个声音求情说："贵广线上的项目指挥长并非那种下三烂的包工头，今天在这里栽了，明天他们又可以在其他地方包工程。这些国企的指挥长要是在一个地方搞砸了，基本上也就意味着他要从这个系统里出局了。王云波是国家建设的有功之臣，这次只是疏于管理而已，再给他一个机会吧！"

"给他机会，贵广高铁的质量谁给机会？谁沾了疏于管理这个因，就必须承受出局这样的果！"

另一个声音仍求情，"过去查出这种问题都只是教育、处罚、通报和给建设单位发黄牌或灰牌，这次还是照着以前的方式处理吧。"

"不行！以前，就是因为没有把标段指挥长的'乌纱帽'与安全质量捆绑在一起，处罚、通报、黄牌或灰牌这样的处理，违规成本太低，有的人才会不计成本，前'罚'后继，工程质量隐患才会屡禁不止。"

另一个声音打抱不平了，"之前都是以对单位进行教育、处罚为主，这次却要撸掉王云波的指挥长，有些不厚道不公平吧？"

"什么不厚道不公平！对放弃安全质量管理的人厚道宽容，对贵广高铁就是一种最大的不公平！"

……

自己跟自己"争吵"一番后，张建波有了更加理性和深刻的考虑：

——人命关天的工程，容不得人情世故，明显的违规问题，决不能心慈手软当好人。对一标段的问题必须出重拳，下狠招，否则，不能在全线遏制忽视安全质量的势头。

——眼下，一些人在工程中对安全质量问题掉以轻心，放任自流，他们不怕黄牌和罚款，但如果有人为此丢掉"乌纱帽"，这种会影响个人前程和单位日后经营的风险肯定能收到杀一儆百的效果。

——王云波是铁路建设的有功之臣，这样的人在工程中出了问题都要受到撤职的处理，其他人一定能以儆效尤……

撤掉王云波的各种效果张建波都考虑到了，唯独没有考虑到假如王云波能够将功补过在整个贵广线建设中的效果。因为没有考虑过这种效果，所以，7月8日，现场会如期召开后，王云波诚恳地表示，并在会后用实际行动将功补过时，张建波毫无思想准备。

不过，现场会那天，张建波要撤掉王云波指挥长的思想准备还是很充分的。为了让王云波口服心服，会议的第一项议程就安排了"参观"。

张建波脸色铁青，表情严肃地走在"参观"队伍的前边一言不发。从来都是扬眉吐气、滔滔不绝地给领导，给同行介绍样板工程，介绍科研成果的王云波像个闯了大祸的小学生一样忐忑不安跟在张建波身后。主持会议的人不说话，王云波却被迫唱起了"主角"，一路走一路举着个电喇叭有些语无伦次地为包工队"背书"，检讨在隧道脱空处偷工减料，在钢拱架的间距上超标等问题，并深挖自己对施工现场责任落实不到位、监管不到位、整改不到位以致造成安全隐患的根源。

因为意识到问题的严重性，王云波检讨时态度也格外诚恳。他满脸愁云，表情凄苦，检讨完了又以身示教，要大家把斗篷山隧道的事情当作反面典型，引以为戒。当时，这种自我修复效果甚至让参会的很多人都动了恻隐之心。那默默"参观"的人群中，个别人还免不了有些兔死狐悲，物伤其类……

压力是无形的。

现场会的压力从一开始就显现了出来。以前，贵广公司也曾开过安全质量现场会，但参会者大多只是项目经理。而斗篷山隧道的现场会，不仅贵广公司的几个主要领导和业务科室负责人全部到会，13个标段的指挥长、总工程师和分管安全质量的副指挥长、项目经理、各标段项目总监及贵广公司沿线3个指挥部的负责人也都全部到会。这种少见的会议规格对一标段指挥长王云波的巨大压力自不消说，无形的压力对与会者中的个别人也形成了巨大威慑，使其产生了一种被震慑的畏惧心理。

会议期间，贵广公司多位领导言辞激烈的发言，不仅让与会者看到了张建波等人齐心协力抓安全质量的决心，那些毫不留情的批评虽是针对一标段，但有类似情况的标段也都听话听声，锣鼓听音，觉得那些批评话中有话，还另有所指。特别是王云波在会上那番态度诚恳的深刻反省，更让有类似情况的那些人也都不由惊出一身冷汗，暗自下决心要引以为戒，痛改前非，不再重蹈一标段的覆辙。

现场会上，某监理公司对监理不到位，监理人员数量、素质不满足要求，对存在的质量问题没有及时上报等问题做了检讨。负责本次检测的某科学院贵广项目部也深刻检讨了自己责任心不强，错用雷达检测天线，导致检测结果与实际不符的错误。

第十二节　知耻而后勇

42

斗篷山隧道现场会后，铁二局等单位存在的问题都被纳入下半年信用评价检查考核。渎职的监理部门，不在岗的管理人员，疏于管理的一标段有关领导都受到了黄牌、灰牌和罚款处理。

王云波将被撤职的传言却迟迟没有下文。人们只听说，会后，王云波又多次到贵广公司检讨，还给张建波写了一份报告，表示即使贵广公司要撤掉自己的指挥长职务，他也要对过去的工程负责，不能把一个烂摊子交给接任者。接着，他对工程进行了全面排查，并用3个月时间和数千万元把以前所有的初期支护、背后脱空等问题全部进行了整改。

与此同时，他与贵广公司联合开发混凝土拌合站和施工现场质量监控系统，并支持部下研发隧道仰拱模板。

到了这个份上，张建波还要撤掉这个功过参半的人物吗？

面对浮躁的舆论，张建波又像当初决定要把王云波的"乌纱帽"同安全质量捆绑在一起时一样端坐在办公室里轻轻拍着脑门。他要自己冷静下来，三思而行。

他和公司的副总及建设单位的指挥长们讨论，是撤掉王云波的威慑作用大还是让他全面整改，摸索出安全质量管理经验对全线的示范作用大？

有人告诉张建波，就是不撤王云波，指挥长们也会引以为戒了。3个月的返工时间和数千万元返工费用的代价足以震慑任何一个想偷工减料的指挥长了！

还有，一个指挥长当着众多同行的面拿着个电喇叭一路走一路检讨，谁丢得起那个人呀！

指挥长们的心态让张建波对斗篷山隧道的问题有了新的思考：任何事情都不是一蹴而就的，不能寄希望撤掉一个王云波就把所有安全质量问题都解决了，贵广高铁的质量不能完全寄希望于撤职和处罚，还得靠严格的管理。

站在这样的角度考虑对斗篷山隧道责任者的处理，张建波觉得，不撤王云波未必就是一件坏事。塞翁失马，焉知非福？生活中，不乏坏事变好事的例子。当年，巴顿将军没有一枪毙了那个质量不合格的降落伞厂厂长，降落伞的质量不是被考文垂抓得百分之百的合格了吗？

张建波觉得，斗篷山隧道，何尝不可以看作是当年曾造出摔死盟军士兵的降落伞厂？眼前这个王云波，为什么不能成为贵广路上把安全质量抓得百分之百合格的"考文垂"？

更重要的是，当王云波真正意识到自己的过失并真心地弥补过失时，他的行为正撬动着贵广高铁安全质量的走向，成了贵广公司强化管理的契机，斗篷山隧道现场会后，"四化"建设在全线进一步掀起。

信息化、机械化、工厂化和专业标准化被铁路人称为"四化"，是铁道部十多年来一直在常抓不懈的一件大事。标准化要求必须人员配备标准，技术标准，作业标准，管理标准。从项目前期科研院所的初步设计、审核、招投标，到施工单位招完标进场，到施工准备阶段，施工者的设置面貌都有统一标准，连宿舍怎么搭建，一个板房里面住几个人，所有的生活用品怎么摆放都有一套规范的管理模式。

张建波认为，标准化管理是整个工程推进的一个主线，而信息化、工厂化、专业化、机械化则是标准化管理的四个支撑。

贵广线上，这四个支撑无疑都是强劲有力的。三臂液压凿岩台车，能喷射15米的大功率湿喷机械，装渣运输的大吨位自卸车广泛用于工程，既确保了安全质量，又提高了施工效率；全线箱梁预制、混凝土拌合站、沟槽盖板、钢构件、钢筋笼加工、型钢拱架加工、电缆沟槽制作等，基本形成了"车间化"的工厂生产模式；构建了隧道岩溶、断层注浆，型钢拱架加工，桩基钻孔等"小型化""灵活化"的专业化架子队，把"农民工"变成了保证安全质量的"产业工人"……

比这些更令张建波骄傲的是贵广线上的信息化建设。他曾在多个场合介绍，"我们全路的信息化是走在前面的，在全国性的会议上做过经验介绍。在全路，现场视频监控系统与拌合站监控系统我们是唯一的，是我们搞创新创出来的。"

当初，张建波热心于搞安全质量监控系统功能拓展研发多少有些被"逼"上马的意思。

对于贵广公司当年的工作状况，柴强铎至今记忆犹新，"当时，只有60多个人，交通又非常不便，下去检查一次，至少要半个月。后来，我们在沪昆线又接了500多千米的修建任务，人手就更不够用了，很多工作都是疲于应付。像负责工会、纪检、行政、接待、信息化等工作的综合部10个编制却长期只有4个人在岗……"

对此，张建波也很伤脑筋，"即使贵广公司所有的人什么都不干，天天都去现场，也监控不了那么多的工地！"

在张建波觉得有些一筹莫展之时，中铁二局斗篷山隧道被抓了现场的王云波来了。那天，他是来向张建波汇报斗篷山隧道整改情况的。汇报中，他谈到，他那里早在2009年就在搅拌站设置监控探头，摸索安全质量监控。但因监控仅仅是限于拌合时间、原材料加入等动态功能，效果不是很好。他准备进一步拓展安全质的监控功能，增加拌合站产能分析、原材料成分和适时报警等统计功能。

从来都善于捕捉各种信息的张建波当时突然来了灵感：目前，贵广线上很多地方不是都在使用探头监控质量吗？如果把这种技术进一步拓展升级，在贵广公司设置一个平台，对全线现场的搅拌站、重点隧道、桥梁等工程随时监控。同时，再在此基础上开发视频会议平台，有了视频会议系统，检查工作，布置工作，就可以利用视频开会，这样，不仅提高了效率，还解决了各建设单位为开会长途奔波之苦，一年节约的会议费用就可达数千万元之巨，岂不是一举几得！

那天，王云波还未汇报完，张建波就表态：你搞监控功能拓展升级，我支持。同时，贵广公司也投入人力财力与你共同来搞这个研发！

同王云波约定后，张建波安排从铁道部信息中心借来配合工作的何前等人到中铁二局的指挥部与其共同研发监控系统。

很快，由贵广公司牵头，公司下设的贵阳、桂林、佛山指挥部、参建单位、工段共同参与的信息化队伍建立起来了。这支有26人的队伍在贵阳铁道大厦26楼设立了信息调度指挥中心。据何前介绍：在这个中心里，6台电视打开，可以分屏128个，覆盖沿线所有重点工点。"每个工点的施工情况都可以全部看到。"

何前说："我们在隧道口都安装了摄像头，在工人的安全帽里安装了芯片，工人从哪个工作面进去的，它有一个识别，他从哪个工作面出来的，也有识别。即使发生塌方，人被埋在哪个位置，被埋多深，都能适时定位。被埋者是什么身份，也都能知道。隧道里也有监控视屏系统，在办公室就能知道现场的施工情况，有没有违规操作，有什么问题都知道。如果发现有问题，用话筒可以和工点直接通话。"

系统开通那天，坐在指挥中心的视频前，张建波轻点键盘，随意调看着任何一个工点。他觉得有了这视频监控系统就省劲多了，"它能看到很多关键的、难度复杂的、有安全风险的工点。比方说，高风险的隧道、高墩的连续桥梁，平时到工地检查很多地方人都爬不上去，但在上边安一个监控视频，就能看到现场是不是按照标准在做，有没有问题。"

张建波在视频前关注得最多的还是混凝土搅拌站。

从一个普通工人奋斗到贵广公司董事长、总经理的领导岗位，对著名结构学家蔡方荫教授为加快学生笔记速度而把混凝土用"人工石"创造出的那个"砼"字，张建波有着独特而深刻的感悟。他说，"钢筋和混凝土是工程建筑的筋骨。工程建设其实就是钢筋和混凝土的工艺。"

如今，高铁建设的混凝土工艺已经非常成熟，一些地方还强制使用比人工搅拌混凝土更能保证强度标号和坍落度的商品混凝土了，但在十多年前张建波刚任贵广公司总经理那阵，谁都不敢说完全掌握了混凝土的施工工艺，遇到问题没有经验，没有可借鉴的东西，只能靠自己探索。

张建波和他的工程队伍就是那时开始苦苦探索研究这门"工艺"的。

在石家庄铁道大学学报的《自然科学版》里，张建波的论文《信息化技术在高性能混凝土质量过程控制中的应用》和副总黄嘉亿等人的《纤维素纤维混凝土性能及在二次寸曲中的应用》曾引起同行们的热议。

早高强喷射混凝土技术，提高了隧道初期支护结构刚度及性能，解决了常规喷射混凝土早期强度低、协同钢结构支护作用效应较差等不足。

喷射混凝土结构自防水技术，充分利用喷射混凝土的高抗渗能力，可实现初期支护结构达到地下工程三级防水标准。

纤维混凝土基体原位增韧技术、纤维聚合物混凝土复合增韧技术、纤维混凝土的现场制备技术、微细短纤维检测及定量评价等技术更探索出了隧道施工中混凝土在质量安全、低能耗、环保和职业健康等方面的经验……

摸索这些技术、经验时，设在贵阳铁道大厦26楼信息调度指挥中心的监控视频一直是贵广公司抓混凝土工艺的得力助手。

监控视频就安装在各个工地的混凝土搅拌站里。张建波常得意地给前去贵广公司参观视频监控系统的人介绍，"相当于工厂里面生产时用计算机控制一样，搅拌这一批混凝土，里面石子是多少，沙子是多少，水泥是多少，水是多少，它都能实时监控。"

最让张建波满意放心的是，"如果没有按照这个比例走，或者搅拌时间短了，它都能掌握。"对这一套系统，他充满了自信，"如果超过规定范围了，它就会报警，及时传递给我们公司领导和公司管质量安全的相关人员。同时，各个工程局指挥部的指挥长和工程技术人员的手机也是连着的，收到信息，他们会马上处理。"

2011年年底，在全国铁路系统的经验交流会上，曾维德向会议报告了这样一组数据："系统应用后，沿线建立了74个视频会议室和21个视频调度室，其中，11个会议室延伸到了工区。在三都等6座Ⅰ级高风险隧道、高天等2座局部Ⅰ级高风险隧道，平寨等11座长大及地质复杂隧道，北江、思贤窑特大桥及莲塘、荷村等拌合站计77个工点都安装了视频监控系统；在斗篷山等7座隧道洞口应用了RFID射频识别系统。贵广高铁所有拌合站均使用拌合站监控系统，有效杜绝了在施工中违法违规操作、偷工减料的情况发生。

到 2011 年年底，通过视频会议系统，贵广公司累计召开交班会 140 余次，全线范围内的综合会议 60 余次，专业会议 50 余次，研讨交流 10 余次，各类培训 40 余次。监理单位使用视频会议系统召开监理例会 150 余次。施工单位使用系统召开各类会议数百次。2011 年，仅公司组织的全线会议百余次，参会人数累计 5000 余人次，提高了工作效率 60 倍，管理成本每年降低 4000 多万元。"

曾维德在全国铁路系统侃侃而谈监控用于施工取得的成效时，与贵广公司联合研发混凝土拌合站质量监控系统成功的喜悦并未能使王云波的心情轻松下来。斗篷山隧道之耻对项目部上上下下的打击，贵广公司在信用评价检查考核中向铁二局贵广项目部亮出的黄牌，3 个月返工耽误的工期及花费的数千万元的返工费，像一块块巨石压在他的心头。

而就在此时，辖地内那个最不好打的"烂洞子"又不断传来坏消息：油竹山隧道这条长 9896 米的隧道，岩溶、断层和大型暗河引起的突水、突泥等不良地质风险屡屡发生，威胁着工程安全和进展。

王云波明白：要恢复项目部上下的信心，重树形象，抢回被耽误的几个月工期，技术创新将是自己渡过难关的重要支撑。

过去，在铁路建设那些司空见惯的风险中，他都是凭借着自己的技术优势转危为安的。兼任中铁二局二处西康铁路指挥长期间，他大力推广钢筋混凝土喷射技术，解决了隧道围岩软弱及岩层破碎问题，该工程获国家优质工程银奖；2003 年至 2006 年兼任中铁二局青藏路指挥长期间，他主持的 9 个隧道、4 段路基、39 座涵洞被青藏铁路建设总指挥部评为优质样板工程。样板工程总数在青藏铁路各参建单位中名列榜首；2005 年至 2008 年兼任中铁二局京津城际轨道交通工程项目部经理的两年半间，他主持研发了无砟轨道底座施工技术、安装及精调施工技术、无砟轨道 500 米长钢轨铺轨技术等 10 余项科研新成果。全线无缝钢轨焊接技术填补了国内空白，铺轨速度创造了国内施工纪录。该项目获第九届詹天佑土木工程奖称号，申报国家级专利有 11 项已获得授权，项目部获铁道部火车头奖杯……

靠科技创新成长起来的王云波，又一次把希望的目光投向了科技，投向了距都匀市区 40 千米外那绵延起伏，像大海波涛的油竹山中。

在王云波领导下的项目部，除与贵广公司成功研发混凝土拌合站质量监控系统外，还不乏其他创新成果。2010年5月，一标段研发了"隧道水沟电缆槽移动模架"，投入使用后工效提高，每一模水沟电缆槽模板安装时间从6至10小时缩短到2小时以内，工效提高3至5倍。成本也大幅降低，每单侧10延米仅安装成本就节省约70元（此成果后来荣获国家级一等奖）。

王云波告诉张建波，在研发"隧道水沟电缆槽移动模架"的同时，他们还在进行隧道仰拱移动模块的研发创新。对此，他非常乐观，"以前1个月只能建80米隧道，隧道仰拱移动模块研发成功，施工进度会大大加快，解决在油竹山隧道遇到的那些工程麻烦没有问题，被耽误的几个月工期也完全可以赶出来。"

王云波所说的隧道仰拱，通俗解释为向上仰的拱。这仰拱是为改善上部支护结构受力条件而设置在隧道底部的反向拱形结构，这种钢筋混凝土结构的仰拱，一方面要将隧道上部的地层压力通过隧道边墙结构或将路面上的荷载有效地传递到地下，同时，还有效地抵抗隧道下部地层传来的反力，起到防水，增加结构稳定性的作用。是隧道结构的主要组成部分之一。

长期来，建设者们只能用小模板"东拼西凑"进行铁路隧道仰拱施工，隧道仰拱施工进度无法在安全距离内与开挖进度保持一致，一直是铁路隧道建设的"卡脖子"工序，困扰着铁路隧道的总体施工。尽管铁路科研机构专项攻关，却一直未能取得明显成果。

张建波记得，在郑西客运专线当安质部部长时，他也曾组织攻关小组在黄土、某标等隧道进行仰拱攻关。但收效甚微，特别是在7684米的秦东隧道，仰拱进度、掌子面开挖进度无法同时满足规范要求而几次造成停工。后来，张建波专程到二局的油竹山隧道向王云波和他的攻关小组介绍了郑西客运专线上的那些失败的探索，并鼓励王云波等人吸取郑西攻关时的教训和经验，早日解决仰拱难题。

从二局的油竹山隧道回去不久，张建波隔三岔五打电话询问仰拱攻关情况，每次得到的答复都是"正在搞，争取早点成功"。这种答复令张建波有些失望时，一天，王云波突然在电话里说："张总，仰拱模块试验有点眉目了！"张建波一听立即兴趣浓厚，原本平静的语调变得激动起来。"云波，你们的创新如能成功，对整个铁路建设将是一个巨大贡献，功莫大焉！"

受张建波激动情绪的感染，王云波顺嘴答道："噢噢……"而后，想到自己应该谦虚一些，又急忙更正："不，不是，一点不足挂齿的研发，哪里称得上功莫大焉呀！”

张建波没有注意王云波客气的更正，急切地问：“你所说的有点眉目是到什么程度了？”

王云波回答说：“正在搞。有些技术难题还在摸索。”

“有多大把握？”

王云波稍作思忖，点点头说：“有把握，完全有把握！”

王云波如此把握十足，除对自己的研发创新能力自信外，他还对手下那个名叫张勇的科研干将信心满满。

张勇，时年32岁，中铁二局二公司贵广项目部的总工程师。身体瘦弱但充满朝气，肯动脑筋，工作中有一股大胆探索、勇于创新的韧劲。他因此获得"全国五一劳动奖章""全国青年岗位能手""中国中铁杰出青年总工程师"等荣誉称号。

2001年7月，由见习生转为技术员的张勇，担负渝怀铁路磨溪二号隧道的二次衬砌工序技术管理工作。他调整混凝土的配合比，使一个二衬循环作业时间由原来的56小时缩短到37小时，二衬进度从此实现了飞跃；2010年，张勇带领攻关小组成功完成的"隧道水沟电缆槽移动模架"，被铁路专家誉为"颠覆了隧道仰拱施工的传统工艺，具有革命性的成果"；中铁二局以张勇的名字专门成立了首个专家型职工学习工作基地"张勇工作室"后，他们相继承担了"降低大功率机械手喷射混凝土的回弹率""隧道仰拱的超欠挖控制""高速液压钻机与传统开挖台架组合的创新应用"等几个课题的研发工作。

张建波对隧道仰拱移动模块的研发创新寄予的厚望让王云波不敢掉以轻心，他到二项目部找张勇等人座谈，亲自制订创新方案。

在王云波与张勇、刘仁智、马辉共同署名的那篇《铁路双线隧道仰拱快速施工技术及配套设备的研制》中，他们定下了这样的目标值：实现在安全步距内，仰拱施工进度与隧道掘进速度一致的目标，月完成仰拱200至220延米，大幅度超过原每月只能完成仰拱80米的进度……

目标值既已定下，王云波等人已无退路，他们唯有破釜沉舟，背水一战。

决心背水一战的张勇压力最大。当时，贵广高铁正掀起大战120天的施工高潮，油竹山隧道是全线控制工期工程，如果试验失败，延误的工期如何抢回来？如果不成功，如何面对寄予厚望的各级领导和隧道里的那些建设者？

张勇不敢稍有懈怠，他查阅资料，理论分析，去隧道施工现场查看，不断修改仰拱设计方案。为了给张勇创造试验环境，2010年11月20日，王云波到二项目部宣布，隧道停止仰拱施工，让张勇带领10名助手实地研制仰拱快速施工技术及配套设备。

张勇和同伴们把那些冰冷沉重的模板一次次拆了装，装了拆。试验、改进，一次次失败，张勇等人又一次次摸索……

遭遇多次挫折后，张勇有些着急上火了。他曾把试验方案撕得粉碎，也曾在静谧的隧道里躺在阴冷潮湿的地上直愣愣地瞪着眼睛发呆，像是要在黑暗中寻找出解决隧道仰拱移动模块这道难题的答案，又像养精蓄锐，恢复多次挫折后变得伤痕累累的信心。

信心虽然"伤痕累累"，但张勇没有绝望过。他始终记着一位哲人的话，"成功就是不断失败而不失去信心。"他相信，这世界上除了心理上的失败，实际上并不存在什么失败，只要不是一败涂地，就一定会取得胜利。

研制的进展虽然不顺，但还没有到"一败涂地"的绝境。张勇分析：最初，对隧道仰拱移动模块的研制只停留在图纸上摸索，接着，模具成型了，能够试验了，试验后又进行了改进。改进后的多次试验虽然大多归于失败，但那毕竟是前进中的失败，是能够看到希望的失败！他给自己鼓劲说，眼下，获取胜利的关键是吸取失败的教训，不会从失败中找出教训的人，他的成功之路才会变得非常遥远。

张勇把撕碎的试验方案重新拾起，他在发呆时也没有忘记寻找攻克仰拱创新试验的难点。研发进入关键期，他给来工地探亲的妻子说了声"加班"后，卷起铺盖就住到了隧道。

事后，《人民日报》的记者在报道中写道：说是住到隧道，实际上就是一天工作20个钟头后的短暂休息。这期间，张勇和开挖班工人同吃同住，工人轮班休息，他还在现场坚持，累了，就和衣躺在工地上睡三两小时，饿了，就抓个馒头胡乱啃几口。手上总攥着笔和纸，随时记录数据和一闪而过的想法。太过专注的他没有时间洗澡，忘了换洗衣服，他甚至不愿耽误时间去洗一下满脸的尘土，刮一刮疯长的胡须，弄得灰头土脸，一身怪味。大工作量加之不修边幅，以致出入隧道的司机都对他的妻子胡雯婷说："你再不去看看张总工，恐怕就认不出他了！"

7天后，隧道仰拱移动模块研制成功。张勇再次出现在大家面前时，外貌变化的确很大，虽然只是瘦了10斤，但由于头发乱蓬蓬，胡须杂乱，让人觉得是瘦了很大一圈，有点"面目全非"的感觉。

张勇觉得很值，掉10斤肉却打破了国内铁路施工难题，研制出了隧道仰拱移动模块。为此，他获得了"2010年度中铁二局金牌职工""技术改革能手"等称号，中铁二局也掀起了一场"向张勇学习"的热潮。

到2011年年底，中铁二局贵广项目部研发的隧道仰拱移动模块在国内铁路隧道施工企业订购已达100套，产值达2000万元。更重要的是，这隧道仰拱移动模块能够提升安全度和施工速度，以前1个月只能建80米隧道，使用隧道仰拱移动模块后，可达到200米。同时，隧道内的施工环境也得到极大提升……

对中铁二局贵广项目部的研发成果，张建波喜不自禁。对隧道仰拱移动模块的使用效果，他更是赞赏有加，"开挖不到位，这个模板就放不下去。有的人想偷工减料都没门儿了……"

43

就在张建波为中铁二局贵广项目部的研发成果喜形于色时，有人写了篇《贵广隧道多，'逼'出隧道仰拱移动模块等三项专利》的文章。看后，张建波自言自语道：这个"逼"字说的是我吧？

他不由笑了，苦笑。

他真想打电话告诉那个写文章的人：一个人一支队伍如果不被人或不被自己逼一下，他也许永远都无法知道自己有多么优秀。

因发高烧脑部受到伤害的美国人海伦·凯勒在眼睛看不到，耳朵听不到甚至连话也说不出来后，她却把自己"逼"成了谱写人类文明史上辉煌生命赞歌的聋哑盲学者、作家、教育家；司马迁忍着被阉割的痛苦"逼"自己在狱中写出了千古不朽的《史记》；当年被国民党追得满世界跑的中国工农红军最后被"逼"成了能够消灭蒋匪帮，打败日本人和美国人的钢铁劲旅……

张建波有点不明白：被"逼"一下又有什么不好呢？我不"逼"，有的参建单位能有后来那么多变化吗？

话虽这样说，"逼人"终归不是受人欢迎的事，信奉中庸之道的人是不会经常干"逼人"这种事情的。但把工程质量看得高于一切的张建波并不觉得"逼人"有什么不妥。因为那个"逼"字，他甚至还想到了一个逆否命题：不幸者被"逼"成优秀固然可敬可佩，一个本来就正常的人或队伍为什么非要让人"逼"着才优秀呢？自己"响鼓不用重锤"，"不用扬鞭自奋蹄"不是更好吗？

"不用扬鞭自奋蹄"是一种美德，的确很好。不过，这种美德不符合投机取巧者的价值观，所有优秀背后，都需要苦行僧般的自律。这种自律只属于具有自觉自控自省自悟的人，属于用诚实、磊落、勤奋、守信和脚踏实地去砥砺奋进，去追求优秀和不凡的人。

张建波评价说，参加贵广高铁建设的绝大多数都属于这种人。特别是2014年工程进入尾声时那支来自中原的电气化建设队伍。

张建波始终觉得，中铁电气化局集团三公司的到来是贵广高铁的幸运。他曾当着一群记者用有点文学的语言评论说，"三公司是一个会让周围的人都觉得应该向他们看齐的群体。这个群体给人传达出的是一种'九牛爬坡，个个出力'的老黄牛精神。"

然而，具有老黄牛精神的三公司当初并不被人们了解。见其总是风餐露宿，大家以为他们特别忙，不料，有人却发现，"施工时，那些河南人总是一次次检测，然后再慢慢悠悠地栽杆放线！"这不免让人奇怪，"那么小心翼翼地，高铁电气化究竟是个啥名堂？"

网上有人解惑说："电气化高铁技术员其实就是高铁的电工。"

另一段描写则更具体："他们在无人的夜间，在冰冷的铁轨上，背着个挎包，拿把小扳手，爬上电杆修啊修……"

一位交通大学的理工男在评论区感叹说：如此凄苦的形象，实在让人"载不动许多愁"！

2014年5月的一天，一个没有做好采访功课却又有些自以为是的朱姓记者找到中铁电气化局贵广指挥部指挥长段廷华问："所谓电气化，不就电杆、电线那么点事吗？你们何苦成天开一长串什么恒张力放线车、接触网立杆车和检测车像搞高科技一样神神秘秘？"末了，朱记者嘟哝说，磨磨蹭蹭的，什么"老黄牛精神"……

段廷华明白：这朱记者是来"砸场子"的！

谁一听那些话都知道，朱记者提出的是一个有点刁难并会令人陷入两难的问题。被问到的人很难不感到被冒犯，被冒犯了还要假装不知地隐忍，还要给其恶补电气化知识，这实在有点贬损自己的智商和男儿血性。

不过，心理素质极好的段廷华并不在意。他把朱记者带到工地，让其参观工人们施工的程序和难度。三公司负责贵广电气化工程的项目经理郭书通也像诲人不倦的老师一样，耐心给朱记者讲高铁之所以能运行安全，首先是靠信号系统这个"大脑"掌控；它能跑起来并跑得快，靠的是被称之为"心脏"的电力系统给高速列车提供持续的动力；所有的信号系统、动力系统和为旅客服务的系统，都需要有一个最基础的通信系统把所有数据，所有控制信息串联起来……

　　朱记者听得一愣一愣时，郭书通却提醒："朱记者，可不要以为只有这几项才重要，如果没有路、桥、隧，没有土建，这些重要的东西就是没有基础的空中楼阁。"

　　朱记者仍然有些不解："你们栽的那些电杆、拉的那些电线也真有那么重要？"

　　郭书通解释说，别看栽电杆、拉电线这些活儿简单，但接触网是动力系统的电力传输平台，它和轨道之间的距离控制精度是毫米级的，一根电线杆栽的不是地方，接触线安装得松紧都会影响它跟钢轨之间毫米级的对应精度。所以，施工时，必须使用恒张力放线车、接触网立杆车和检测车反复校正它的精度。

　　朱记者终于明白："这高科技的东西还真的马虎不得！"

　　段廷华笑道："正因为栽电杆、拉电线技术含量高，我们才不敢不精益求精，只好磨磨蹭蹭地干嘛！"

　　朱记者满脸通红："段指挥长，你捞话！"

　　当时，郭书通心急如焚，完全没有心情听段廷华的那些"捞话"。

　　2013年12月1日，由中铁电气化局集团三公司承建的贵广铁路"四电"（通信、信号、变电、接触网）工程在贵州昌明组立了接触网第一杆，标志着跨越黔、桂、粤三省区的贵广铁路"四电"工程正式拉开序幕。

　　就是那一天，在施工日志的第一页，郭书通重重地写下了这样的施工节点：2014年6月30日主体工程必须完成；2014年7月底必须完成静态验收；2014年8月1日必须达到送电条件，并开始联调联试……

　　必须，必须，必须！郭书通用红笔画上重点符号的那些"必须"，把比泰山还重的任务压到自己的肩上时，指挥长段廷华有些担心地问："书通，俺们承建的虽然只有240公里，但施工区段地形复杂，传统施工中的急、难、险、重等特点基本全占，其中桥隧就占整个施工区段的82%，施工难度更大，最重要的是只有 7 个月的施工时间，行吗？"

郭书通竟毫不犹豫地盯着段廷华的眼睛点点头说："中！"

其实，郭书通点头说出那个"中"字时，他的心里也有些打鼓：整个工程不仅面临高铁"四电"接口检查、征地拆迁、站前站后交叉施工多等诸多难题，同时，区段内多为山路，雨季时常会出现山体滑坡等交通压力，在那么短的工期内完成工作量巨大的工程，我们真的"中"吗？

面对这样的千难万险，连当初那位不以为然的朱记者都感慨不已："郭书通他们居然坚持下来了，三公司这些人真够坚强！"

郭书通爽朗地笑道："能坚持下来，并不是我们真的足够坚强，而是我们已经别无选择地必须坚持和坚强。"

时任三公司总经理的毛明华后来回忆说："当时，郭书通他们能够选择的只能是定段落、定工期、定责任，充分发挥各自的主观能动性，找缝插针，以空间换时间，力保 2014 年年底实现贵广高铁通车的目标。"

虽然别无选择，但好在郭书通有毛明华等公司领导的支持。针对贵广高铁修建过程中工期紧、交通不便等困难，三公司运用网络化计算机技术，建立技术中心管理系统，通过各方面施工信息和科研数据汇总，对施工的科学性、安全性及时做出科学诊断和施工建议。

同时，毛明华给贵广的项目部投入了足够的机械设备，并调集 3800 多名职工攻坚会战，开展劳动竞赛，并倒排工期，细化分解任务目标，保证了施工进展。

那段时间，媒体不断刊出这样的新闻：

"5 月 1 日，中铁电气化三公司开展'比安全、比质量、比进度、比管理、比效益，大干 90 天，主体工程完'的劳动竞赛推动各项施工任务……"

"5 月 24 日，首条电气化接触网导线在贵阳市昌明区段成功架设，标志由三公司承担施工的电气化工程进入挂网架线阶段。"

"结合施工进展情况，中铁电气化局三公司组织职工挑灯夜战架线忙……"

对项目部经理郭书通，那位当初到项目部"砸场子"的朱记者是这样报道的：

"工程开始后，郭书通老想着临行前公司经理毛明华的一句话：记住，绝对不能掉链子，你们是代表三公司去搞工程！

从那一刻起，郭书通只有一个想法：绝不能在工程安全、质量等方面留下丁点隐患，在经济、管理上给三公司带来损失和麻烦。不管是盛夏烈日，还是刮风下雨，他都穿行在崇山峻岭间那条羊肠小道上，去工地测量杆坑深度，查看架线质量，检查施工安全，督促工程进度，协调相关的矛盾……"

后来，中铁电气化局表彰先进三级工程公司和工程项目创效功臣时，郭书通荣获"中国中铁工程项目创效功臣"称号，其表彰材料几乎完全采用了朱记者的报道。表彰材料还强调："郭书通同志围绕施工抓管理，坚持现场保市场，严格落实责任成本，最终该项目实现净利润12304万元。由郭书通担任项目经理的沪昆线也实现净利润10301万元……"

对取得的成绩，郭书通谦虚地说，"取得成绩跟公司支持分不开，毛明华等领导经常到工地帮我们解决机械、物资、人员等方面的困难。"

因为毛明华常去工地，老跑工地的张建波也常在三公司的工地上与他相遇。

张建波第五次遇见毛明华是2014年6月17日，那天，他和段廷华陪同中铁电化局集团董事长韦国乘轨道车从龙里北站出发，历时7小时，行程240千米。对沿线昌明、榕江、从江等7站区的工程施工情况进行检查，督促各施工队优化施工组织，确保工程安全质量，以此展现电气化局能打敢拼的国家队主力军风采。

张建波对韦国、毛明华等人身先士卒，从上到下都齐心协力地扑在工程上这种职业精神非常赞赏。闲聊时，毛明华说，我们韦总常在下边跑，受他的影响，我们跑基层也跑成习惯了。

这种习惯与那些常年在办公室"日理万机"，一边对秘书发指示，一边左手拿电话，右手做笔记的领导比虽然少了些"派头"，但毛明华的脑子在工地时特别灵光。

他的很多点子都是在工地上想出来的。

2014年5月，针对贵广等项目出现的困局，他在公司开展"执行力提升年"活动。

针对工地技术人才匮乏现状，从2015年起，每两年他都要举办一次员工职业技能大赛，选拔培育出了一大批"全国劳模"和"全国五一劳动奖章"获得者。

他发挥党员先锋模范作用，搞"一个支部一堡垒，一位党员一面旗"。用党员突击队、劳模创新工作室等智能建造团队围绕重难点工艺工序开展课题攻关。

还有，实施"区域化经营、精益化管理"发展战略；推进企业改革，确保该放的权放到位、该管的事管得住、该追责的追到底……

毛明华这些在工地上找到"灵感"想出的点子使他"一身转战三千里，一剑曾当百万师"，他经营过的企业也都财源滚滚，生生不息。

对此，张建波一点也不感到意外。

2014年6月17日在工地第五次遇到毛明华那天，张建波就预感，中铁电气化局集团韦国等领导如此放低身段沉到基层、脚踏实地地真抓实干，一定能带出一批登高望远、奋勇拼搏的干部。

张建波的预感非常准确。几年后，他不断听到"毛明华调任中铁电化局集团副总经理""毛明华担任中铁电气化局京张高铁指挥部指挥长""毛明华调任中铁武汉电气化局集团有限公司董事长"等消息。

调到"上边"的毛明华依旧保持着常在工地上跑的习惯。在京张高铁的建设中，他带科研团队采取机器人巡检的方式，引入基于大数据的健康自诊断系统和自然灾害监测系统，同时融入了大量的先进技术手段和智能化元素，确保了京张高铁列车时速超出设计最高时速10%，达到385千米。

之后，在中老国际铁路"一带一路"重要项目，毛明华主导下的武汉电气化局重点从工程测量、深化设计、施工生产、试验检测等5个阶段着手，聚焦数字化、智能化、集约化和标准化，研发了接触网4C检测车、便携式接触网智能检测小车综合智能作业平台、接触网施工参数一体化测量装置等智能装备，填补了国内空白。

毛明华透露，今后，中铁武汉电气化局将立足国内，放眼全球，紧跟国家"一带一路"战略，深度参与国际化竞争，输出中国高铁"四电"标准，贡献中国高铁"四电"智慧，向成为轨道交通领域国际总承包商的道路不断迈进。

他还有个目标：力争到"十四五"末，把中铁武汉电气化局集团的营业收入突破200亿元……

第十三节 收拾"残局"

44

当初，中铁十四局参加贵广高铁修建的那拨山东人也都像毛明华一样，是带着搞好工程赚大钱的美好愿望而来的。

2008年春节，指挥部和各项目部的人都留守在贺州的工地上。按山东的风俗，正月初一，大家聚在一起包饺子。结果，肉馅剩了很多。参加包饺子的人都心中暗喜——照老家的说法，肉馅剩得多，预示来年大家都会财运亨通，能赚大钱。

结果2009年后的几年里，局指挥部的财务账上却连续出现赤字，到后来，连工资都开不出，大家这才觉得包饺子肉馅剩得多可以财运亨通的说法实属无稽之谈。

二项目部王伟丽是一个铁二代，为修建贵广高铁把才几个月的女儿留在山东泰安让母亲照看，一家五口分居四地，父亲和丈夫分别在山西和海南修高铁，她在贺州的铁路建设工地上，与丈夫一年也难得见上一面，春节了也无法回家去看看母亲和孩子。如此抛家舍子地为贵广高铁奉献，她的日子却窘迫不堪。因技术标准调整和局指挥部资金短缺，她歇工一年多，局指挥部答应每月发1000元生活费，可她一分钱也没领到，给孩子买尿不湿、买奶粉还得靠老父亲资助。

类似的情形还发生在很多参建者的身上。"肉馅剩得多能赚大钱"的神话破灭后，人们心灰意冷，士气涣散，工程建设出现了前所未有的低迷。

走进四项目部的工地，要不是有十四局贵广指挥部的人带着，张建波会觉得像是走进了一个冷清的二手货机械交易市场。凿岩机、挖掘机、推土机、铲车、压实机和装载车悄无声息地停了一大片；小河沟旁边的搅拌站也早就偃旗息鼓，混凝土搅拌物料输送系统已经锈迹斑斑；守厂的员工无所事事地在工棚里"斗地主"；走了好一阵，总算遇上几个挖水沟的架子队农民工。他们告诉张建波，因资金紧张，干得越多工资欠得越多，所以，他们的"大部队"走了。他们留在这里，一是因为与四项目部打了好几年交道，有一定感情，留下来是给四项目部一个面子。二是为了在这里守着工程，免得今后有钱开工时别人占了这里的岗位。

工程中出现的这种颓势像火炉一样，把指挥部、项目部一些人的信心都烧成了灰烬。他们直言不讳地告诉张建波，要在规定时间内完成工程，我们没有这个勇气和信心。

张建波十分不解。这个具有铁路特级施工能力的企业，从来都英勇善战，所向无敌，从来都奉行"诚信、合作、创新、卓越"的经营宗旨，怎么会因征地拆迁和资金流转出现一点困难，就节节挫败，背负起一段残缺而沉重的记忆，让那浓重的失落感像山里的云雾一样笼罩他们的贵广项目？

当天，张建波拨通了时任中铁十四局集团公司总经理张挺军的手机，通报情况后，他以随意的语气发出了严厉的警告：张总啊，贵广高铁 2014 年通车，现在都 2012 年 6 月下旬了，像你们工地上那种状况，到时肯定会拖整个贵广工程的后腿！

对自己队伍在贵广路项目上的情况，张挺军是清楚的，但张建波的话还是让他一愣，心里涌起了一阵愧疚和难过。沉默片刻，也许是张建波的警示激起了他心中的勇气，张挺军坚定地答道："张总，请你放心，十四局从来没有在哪个工程拖过后腿，也绝不会拖贵广高铁的后腿！"

当晚，张挺军召集十四局领导班子开会，研究解决贵广项目问题的方案，并做出了一个决定。第二天，这个决定以公司"人事【2012】262 号"调令的方式传真到了十四局贵广指挥部的驻扎地贺州——

贵广高铁工程指挥部：

经集团公司研究决定，批准集团副总经理周长进兼任贵广高铁工程指挥部指挥长，×××不再兼任该指挥部指挥长职务。

……

看到那份抄送贵广公司的调令后，张建波如释重负。

对于周长进，他并不陌生。此人毕业于被称为"铁道黄埔军校"的石家庄铁道大学，经十四局十多年的磨砺，周长进颇有建树。2003 年，还在十四局三公司时，周长进就大显身手，一个立交桥项目干下来，在盈利 2000 多万的同时，"两个直管""五大市场"等创新经营管理模式还被十四局推广并运用至今。

对此，周长进一直很低调，说："原来，项目部下面是队，队下面是工班。我把队给撤了，项目部直接管理工班，这样节约了管理层，引入了竞争机制，增加了一线作业的活力。"

一炮打响，周长进从三公司调到了集团公司。当时，京广线第6次提速正遇到"肠梗阻"：河南信阳至湖北省广水陈家河段，坡陡、弯急，开通百年来，虽几经改造，最高时速也只有80千米。铁道部决定彻底打通这个"堵点"，全程开行200千米时速的动车。2005年，周长进带队组织施工，6个月打通长5.7千米的鸡公山隧道，三连冠获得信用评价第一名。

2006年10月，十四局在广深港项目中标32千米，周长进再次临危受命，也再次干一个项目树一块丰碑，培养一个优秀团队，锻炼出了一批优秀的科技人才。周长进也因此被评为"全国优秀项目经理""中央企业劳动模范"，并获"火车头奖"。

2009年，凭着业绩，周长进在激烈的竞争中跻身集团公司领导行列。

中铁十四局在关键时刻换将，派周长进这个集团副总经理兼任贵广指挥部指挥长，这是一种重视，也是一种决心，更是张挺军承诺"绝不会拖贵广高铁后腿"的保证。

而此时，周长进并不知道到贵广项目当指挥长的事情。十四局贵广路贺州指挥部的人向他请示工作时，他还惊诧不已，以为是开玩笑。消息证实后，他的目光里夹杂着许多的困惑：贺州出现了什么问题？要我去干什么？去了要解决哪些问题？我会经历哪些难关？

在中铁十四局，任免一个工程的指挥长也算是大事了，按程序，本来应该先征求一下周长进本人的意见，再给一点时间，让他慎重考虑考虑。但张挺军在电话里告诉远在华南广深港项目工地的周长进：来不及与你交换意见了，也没时间再走程序了。

"程序只是一种形式。你从来就是一个不拘形式的人。"张挺军以玩笑的方式，深沉地表达着形势的严峻和集团公司不可动摇的执着与决心。"但是，长进，我要提醒你，你目前面对的形势非常不利，你可能会遇上很多困难。"对自己的同事应对困难的能力，张挺军很有信心，他说："长进，你抗压能力强，集团公司相信，你有能力把这个项目干好，你必须干好，也肯定能够干好！"

在张挺军给周长进鼓劲的同时，周长进的亲戚朋友们却把阻止的电话一个接一个地打到了他那里。都说，这些年你南征北战，也算有功于十四局了。功成名就之时，去接那么一个烂摊子，弄不好贵广项目就是你的"麦城"。你要三思而行，别去收拾那个残局！

当时，如果真的不去，周长进还是有退路的。一些人对工作挑肥拣瘦，不想服从组织安排时，就说，身体不行，精力不支，家里有事。当时，周长进的父亲已久卧病床，家里的确有需要他堂前行孝这等大事。

如果家里的事情还不能成为他不去贵广项目的理由，那么，周长进当时在广深港项目、海南环线等工程身兼数职，成天忙得一塌糊涂，那是一个不需理由组织就应该考虑能不能再让他去贵广的现实问题。

但周长进显然压根儿就没有想过要用这些"理由"去搪塞班子里那些也成天忙得不可开交的同事，他心里非常明白：贵广这个项目如果干不好，对十四局不只是影响很坏，而是灾难很大。

他开导反对他去贵广项目的妻子："我是班子成员，是十四局培养了我，关键时刻，不能眼看着贵广这个项目把整个企业的牌子砸了，把集团公司1.4万多人的饭碗给砸了……"

45

周长进清楚地记着，他是怎样满腔热情地走向十四局的。

他出生于山东济宁鱼台一个农民的家庭。小时候去赶集，看到一个工程师头戴安全帽，站在高高的桥墩上挥动着小旗指挥工人们建桥，那英俊高大的形象剪影一样贴在了周长进的脑海里。从那时起，他就暗下决心：好好读书，长大也当修路架桥的工程师！带着这样的夙愿，高考时，他选择了石家庄铁道学院。毕业后，又选择了中铁十四局。

但到十四局三公司报到那天，一辆大客车把他和27名同学拉到商丘阜阳的建设工地时，他的心凉了：没有高楼大厦、车水马龙，坑坑洼洼的土路上积水四溅。驻地在一个农家小院，满地鸡屎猪粪……

同去的同学很快有人把"请调书"送到领导的桌案上。有位城市的同学干脆不辞而别，临行前发表"逃跑感言"说：宁愿回到城里讨口，也不留在隧道里当被禁锢的贵族。

那时，周长进也有过一丝迷茫惆怅。曾在逃荒路上被日本鬼子抓到煤矿当劳工，受过不少皮鞭之苦的父亲告诫他：是共产党救了我们老周家，你要听党的话，服从组织安排。从此，"听党的话，服从组织安排"成了周长进的一个人生原则。不管是单位安排他搞测量，还是让他搞造价管理，他都任劳任怨，兢兢业业。

如今，当亲朋好友反对周长进临危受命时，父亲那"听党的话，服从组织安排"的叮嘱又在他的耳畔响起。声音苍老微弱，那么遥远，那么殷切，那么令人心热，使他在新的挑战前产生了前所未有的勇气。

到贺州后，周长进第一件事是了解工程进展情况。他大吃一惊，6 年的工期已过 3 年 9 个月，可十四局贵广项目 60 多千米线下的工程才完成 60% 左右，线上的工程更无从谈起。特别是第四项目部线下的工程量才刚过 50%！

更严重的是，前期施工各项目部基本都是先易后难，剩下部分大多是难啃的骨头。那些诸如架设桥梁等技术含量较高的难活没有做，那些诸如挖水沟、砌挡土墙之类的杂活也没人愿意干……

周长进发现，问题都出在施工队。

标段内的一些施工队在项目部"有人"。贵广路开工前，某项目部经理朱福利（化名）的亲戚、朋友与合伙人就兴奋得不行，他们觉得，朱福利负责的那段工程，其实就是他们可以分而食之的一块"唐僧肉"。开初，朱福利并不敢吃"唐僧肉"，可亲朋好友一番煽动后，他终于拒绝不了诱惑，与那伙人暗中达成了"分肉"协议，接着，装模作样地在台面上履行一番仪式后，"唐僧"就被他们"合法"地瓜分了。

不能拒绝诱惑，则无法避免灾难。开工后，一支缺少技术含量的施工队连个架桥方案都没有，把几个高 50 米的桥墩竖在河里，但他们不知道怎么做那个最高的墩，不知道怎么做悬挂梁，不知道怎么把跨河的连续梁融入 700 多米长的大桥。后来，前去接手这个工程的一位工程师很吃惊，"整个建桥工地混乱得近似一片废墟"！无法竣工的一排桥墩在"废墟"上迎着滔滔河水怒目苍天，它们似乎不甘心如此"寿终正寝"却又无可奈何。

周长进了解到，亲友们给工程摆下这样的烂摊子，朱福利也曾陷入惶惶不可终日的巨大恐慌。但想到自己当初已从合同和法律的层面"铺垫"好了吃"唐僧肉"的"合法性"，且亲朋好友也都信誓旦旦地表示，"就是刀架在脖子上也绝不互相出卖"。于是，朱福利不再惶恐，他若无其事地用"唐僧肉"滋润着自己的"幸福生活"。

他实在没有理由害怕什么,给他算命的"大师"曾安慰他,"一看你朱福利这名字就是大富大贵之人,我担保你安然无恙"……

有"大师"担保,朱福利放心了,也更无畏了。周长进最初到项目部了解情况时,朱福利以"因合同订立时不能预见、不能避免并不能克服等不可抗力因素,所以工程出现了亏损"这样的"理由"去应付、搪塞,并以缺经费和技术的理由在工程上磨洋工。

得知有人举报自己时,朱福利还在想,这种你知我知的事情,只要打死不开口,神仙也难下手!

后来,听说有关部门要对工程进行审计时,"朱福利的人"还暗地里到处找人"平事",甚至还到贵广公司"活动",想得到张建波等领导"谅解"。

比较了解张建波等贵广公司领导的周长进觉得很好笑:那个坚持"有职务的人不应该有爱好"的张建波,那些认为高处不胜寒,主张"高处的权力者必须耐得住寂寞,拒绝得了诱惑"的贵广公司领导,那些连工程的指挥长们到贵阳想与其吃顿饭或喝次茶都一律拒绝的人,他们会接受说情"谅解"你朱福利侵吞贵广高铁的建设资金?

想想都是个笑话。

闹出这个笑话的朱福利等人大概还不知道,张建波有"廉政洁癖"的"遗传基因":张建波的父亲张发忠在新郑县当县委副书记兼组织部部长时,张家正困难,可他宁愿让张建波到大街小巷去卖冰糕换粮食,让张建波去工地背砖挣钱补贴家用,也不接受哪怕是善意与合理合法的帮助。

遇上紧急的事情,有的干部偶尔也会到张家汇报工作。那个年代的人走哪都喜欢挎一个帆布包,为防止别人送点花生、黑桃之类的东西给张建波几姊妹,只要看到有人带了挎包,张发忠就总是坚持让别人把包挂在院子里的树上才准其进屋……

这样的父亲教育出来的张建波,他会放过你侵吞贵广高铁建设资金的朱福利?找他"谅解"简直是自投罗网!

后来,朱福利毫无悬念地落入了法网。他叹息:作案时,我想到了同亲朋好友订立攻守同盟,想到了"打死也不说",我唯独没有想到国家审计、检察院介入后照样查清了我的问题。

《检察日报》的报道说:长期以来,工程领域一直是腐败的高发地,党的十八大后，全国各条战线都查了不少大要案件，但在十八大之前的背景下，贵广铁路投资 1050 亿元，15 个工程局 10 万人参建，只出现了朱福利那么一个职务犯罪案件。

最高人民检察院多次在成都、遵义等地召开会议推广贵广公司的经验，把贵广线没有发生重大腐败案的主要经验归纳为一个"防"字。把贵广公司以预防打造廉洁示范工程的经验称为"贵广模式"。后来，"贵广模式"又催生了"渝黔经验"，"贵广模式""渝黔经验"从此一直在全国各重大工程中推广。

《检察日报》认为，"贵广模式"的产生，关键在于贵广公司的主要领导强力推行了预防职务犯罪的"4+1"联合工作机制（建设、设计、施工、监理单位加铁检机关的反腐败联合工作机制）。

贵广线开工以来，负责工程施工的贵广公司和沿线的川、桂、粤三地铁检机关联合签订了《预防职务犯罪廉政责任书》和《预防职务犯罪工作实施意见》等文件，共同开展预防职务犯罪工作。

贵广公司及 3 个工程指挥部也都成立了由主要领导担任负责人的预防职务犯罪领导小组，公司内部制定了《贵广公司党风廉政建设和预防职务犯罪管理办法》等 20 多项制度。同时，张建波等领导还利用公司信息网络平台，以组织参观警示教育基地、收看典型案例专题片等形式，开展预防犯罪教育，并经常深入施工一线检查，发现问题及时处理并进行整改。

朱福利案就是如此，审计发现问题后，张建波专程赶到了贺州的项目部，他给周长进提了两个要求，"对朱福利贪污案，要坚决配合检察机关对其查处；对朱福利请来的那些施工队，必须坚决清除，绝不能让转包、分包的后患祸害贵广工程"！

张建波警告说："转包、分包的教训，殷鉴不远。"

几乎就在朱福利案发那段时间，东北一重要铁路项目，被层层转包、违规分包给一家冒牌的骗子公司，然后由曾做过厨师却"完全不懂建桥"的吕姓包工头施工。本应浇筑混凝土的桥墩，包工头竟在工程监理的眼皮底下偷工减料投入大量石块，形成巨大的安全隐患。连施工者都说："将来这趟火车通了，我可不敢坐！"

"骗子承包、厨子施工"事件曝光后，隐患铁路全线停工检查，负责本项目的中铁某局也被取消一年铁建投标资格……

这样的案例更加坚定了周长进清除违规承包工程的决心。然而，那些从

"后门"进来的包工队容易清除，他们留下的后遗症不那么容易处理。有一个隧道，施工队挑肥拣瘦，把好干的如二衬等工程干了，电缆槽等零碎难干的活儿都留在了那里，拉电线的下锚洞也不打，仰拱打得不平，需要重新返工。

朱福利被查处后，项目部的管理和工程陷入一片混乱，项目部内部互不信任，人心惶惶，参建的职工、干部纷纷要求调休、轮休，架子队的农民工见状，也都一哄而散。工地上的机器大部分都是租的，工程处于半停工状态后，那些停歇下来的机器却每天都照样需要付出一笔数目不小的租金……

周长进越看越生气，越看越着急。他寝食不安，急火攻心，嘴上长出了一串水泡。

一夜之间，他的性格似乎也发生了很大变化。他平时爱笑，但眼下他笑不出来。不管走到哪个工地，都表情严肃，不苟言笑。还老爱发火，不管是开会还是检查，一发现问题就批人。觉得批重了，私下又找人沟通……

46

十四局贵广指挥部的很多人都认为：周长进治理贵广项目那些招数大多是他急火攻心时的一种急中生智。

为把工程恢复到一个正常的状态，周长进采取的第一招是清除那些在工程项目中引起人心浮动的亲属包工队和没有技术含量的施工队。这些人大多属于请神容易送神难那种角色，一般人根本动不了他们。某经理的亲戚包了一个隧道，周长进派出人去接替工程，被挡着不让进入工地。周长进就亲自带队进驻到现场，并成立了由他挂帅，由计划、财务、物资、工程、安质等业务部门组成的工作组实地考察核实工程量，为清理寻找依据。为了支持周长进，张挺军也从集团公司总部派出工作组协助清理那些关系户施工队。排出各种阻力和干扰后，工程回归到了正常的管理。

周长进的第二招是换人换队伍。撤掉那位带着亲戚朋友修高铁发财的经理后，周长进从集团公司点将，将范文远换成项目经理。范文远出手不凡，在交通不便，吃住困难的深山里，他认真组织，积极响应周长进发起的劳动竞赛活动，不仅提前半年完成了本工段任务，还支援 13 标铺设数千米无砟轨道，并帮助佛山项目部完成 1400 多万元的工程。

三项目部的王旭华本是负责修建贺街隧道的总工程师，但有一个隧道一座桥需要更换队伍，周长进让他顶上去。小伙子二话不说，带人进驻了工地，在对其不合格的工程返工的同时，完成了桥和隧道的半拉子工程。周长进称赞他"在技术、管理等方面都非常优秀，特别是对质量的把控，不管是同事还是领导，他都能瞪起眼睛来按照规范去做，他主持的工程让人放心"……

这个让人放心的人很快被提拔为项目部主持工作的副经理。

周长进还用赛马场理论托举集团公司的"明日之星"。他认为，伯乐相马是不科学的，应该提倡赛马场理论，让所有的马在平等条件下竞争，千里马自会脱颖而出。

赵光强，1982年9月出生于一个普通的农民家庭，在十四局的一些项目上历任技术员、施技科长、总工程师。在整顿贵广项目时，这个30来岁的工程师白天跑现场，晚上看图纸，把每一座结构物的技术特点、施工难点和规范标准都内化于心，外化于形。他带领的科研小组在参加"提高无砟轨道施工道床板施工精度"质量管理活动中，被评为2009年度全国工程建设优秀质量管理小组二等奖，他本人也获"优秀总工程师"荣誉称号。

周长进有意识地给赵光强压担子，将其提拔为项目经理。赵光强不辱使命，为确保贵广高铁按时开通，他将施工任务层层分解，组织协调机械调配、人员配置、材料供应，平均每天工作14小时以上，保证了工期按时完成。

"统一度量，统一单价"是周长进的第三招。在施工拨款问题上，常存在"会哭的孩子有奶吃"，有关系可以多拨款。周长进接任指挥长时，经费紧张，各个项目部都亟须大量资金，指挥部想方设法弄来的钱根本不够花。为解决这一矛盾，周长进采取了两个办法管理拨款：一是各项目部的利润和管理人员工资费用由指挥部负责，指挥部直接把民工工资和材料款等款项花到作业面。各项目部只是管理安全质量，按时完成任务，不得染指费用。二是周长进运用自己学过的单价预算和计划知识，对全线62千米的隧道、桥梁、路基等工程统一度量，把一个桥墩多少钱、一米路基、一米隧道多少钱，填方、运渣、碾压等工作多少钱都全部量化，统一单价。不能包的按计时，干一天给多少钱，或者是把一个活干完给多少钱。

这个缺钱时逼出来的办法虽然只是权宜之计，但各项目部都处在同一起跑线，公平公正，保证了材料款、民工工资和管理人员的开支运转。也防止了各个项目部通过非正常手段向指挥部要钱，人为导致资金紧张和管理混乱。

想方设法找钱保工程运转也许不算什么招数了，但周长进费尽九牛二虎之力在银行贷到的和在集团公司筹得的那数亿元在工程中解决了无米之炊的问题，对工程运转和迎接工程转机取得了绝对的保证作用。

此外，为了赶工期，周长进不断搞劳动竞赛。2013 年 3 月举行了"大干 100 天，拉通全管段"劳动竞赛；2013 年年底，又提出"五大战役"；2014 年，"全员而动、争分夺秒、紧盯节点，打好无砟轨道施工大会战"后，又搞"大干 60 天"的劳动竞赛……

披肝沥胆的周长进带着一批披肝沥胆的员工不断推动着贵广工程的进展。

2013 年 6 月 9 日，贵广高铁何屋大桥特大桥最后一片 900 吨预应力箱梁缓缓落入桥墩预定位置，标志着中铁十四局贵广项目部预制箱梁全部安全架设完成；2013 年 10 月 26 日，中铁十四局贵广项目部贯通了最后一座隧道两广隧道；2014 年 6 月 30 日，中铁十四局贵广铁项目铺上了最后一节钢轨……

至此，中铁十四局贵广高铁整个项目全部完成。

在华南地区信用评价中，张建波当初十分担心的中铁十四局贵广项目指挥部得到了信用评价加分。

贵广高铁通车后，周长进在给集团公司的报告中骄傲地写道："我们扭转颓势，打了一个翻身仗，笑到了最后，同时更增强了十四局的实力自信，这种感觉非常之好！"

第十四节　容不得沙子的"眼睛"

47

胡贵云（化名）挥起臂力棒砸向崔继伟的脑袋之前，毫无凶险的征兆。

几分钟前，胡贵云还堆着一脸谄笑，殷勤地给铁二院监理公司负责工程现场监理的工程师崔继伟敬烟。还说要找什么长什么主任陪同崔继伟共进晚餐，并信誓旦旦地许诺，"有钱大家挣，有财大家发，今后绝不会亏待崔工程师"……

礼下于人，必有所求。事后，胡贵云说："那天，我的确有点小事想找崔工程师帮忙。"他强调，其实，那个事都小得算不了事，不过就是让他睁只眼闭只眼，让我施工的工程通过而已。

这胡贵云的爸爸是个以某劳务公司经理身份在中铁 × × 局贵广项目部承

包工程的包工头。参照社会上把某某局长叫"某局",把某某处长叫"某处"的官场称谓法,人们把胡包工头尊称为"胡总"。在包工头这个行当里,这"胡总"也算是个人物了。故此,他的公子胡贵云自我感觉非常良好,认为自己不计"胡总"儿子的身份,礼贤下士地结交崔继伟,让他替自己办事是给他面子和机会。但敬烟、请吃、许诺的礼数都用尽了,崔继伟仍不买账,胡贵云火了。"他不识抬举,好说歹说还是油盐不进,我忍无可忍,就动手了!"

胡贵云对自己的"动手"很是理直气壮,"就那么屁大一点小事,他崔继伟硬是一点儿都不通商量,这不是故意刁难我们这些搞工程的企业家吗?他不是自己找揍吗!"

当时,崔继伟并未意识到胡贵云要行凶揍他,胡贵云操起一根锻炼身体用的臂力棒时,他还以为这位包工头公子只是拿着玩玩而已,不想,这家伙挥起那根玉米棒粗细的臂力棒当头就是一下。脑袋被重重一击,猛然间,一股鲜血像突然扑出的一大团红火,顺着崔继伟的双眼滚滚而下。一阵强烈的晕眩使他感到天旋地转,脑袋一下好沉,有如巨石,压得他抬不起头来。渐渐地,鲜血糊住了他的双眼,整个世界渐渐变得很黑很沉很深远,四野无声无息,一片死寂。实在撑不住了,他沉闷地哼了一声,重重地倒下。倒地之前,透过挂在眼前的"血幕",崔继伟恍恍惚惚地看到包工头公子像只受惊的兔子一样仓皇逃出了房间……

半小时后,崔继伟所在的铁二院监理公司贵广项目部监理总监罗建伟把情况汇报到了贵广公司,公司上下莫不震惊愤慨。

研发出拌合站监控系统并将其用于贵广高铁、沪昆客专的工程建设后,张建波曾对外宣称,在铁路建设的工地上,他有一双"眼睛"在盯着:一只是监控系统这只"天眼",一只是监理队伍这只不容沙子的"人睛"。眼下,有人凶狠地伤害监理这只"眼睛",张建波自然不会放过,他当即指示安质部部长王昌新前去佛山,与佛山指挥部指挥长耿浩调查崔继伟被打事件。

事情并不复杂,王昌新、耿浩和罗建伟很快就搞清了胡贵云行凶的原因和经过。

根据设计,中铁××局项目部负责施工的一座特大桥的26号桥墩需要采用人工开挖,设计桩长为18米。

2009年5月16日,施工单位现场技术人员向现场监理工程师崔继伟报检，说该桥 26 号桥墩 7 号桩基础已按设计要求开挖好了，申请验孔，然后进行下道工序的钢筋施工。崔继伟到达现场对开挖的桩基础深度进行量测，但实际开挖深度只有 17.87 米，距离设计开挖深度还差 13 厘米。于是，他要求继续开挖。施工单位的技术员问："桩基础底部岩石坚硬，开挖比较困难，是不是通融一下？"

崔继伟不肯通融。说，那不行，你还差 13 厘米，开挖深度没有满足设计要求，怎么能确保施工质量？我在还差 13 厘米的工序单上签字，就是支持偷工减料，这种事我可不敢做！回办公室时，他再次要求："你们继续挖吧，再挖 13 厘米，我马上就来验收……"

承包桥梁桩基础开挖的胡贵云不愿继续挖了，他尾随崔继伟而去。进入崔继伟的房间，胡贵云开始是软磨硬泡，给崔继伟敬烟、请吃、许诺，但崔继伟不为所动，还叫胡贵云不要浪费时间，回去尽快组织工人开挖。

胡贵云的父亲"胡总"在场面上是个很吃得开的人物，胡贵云觉得自己也应该吃得开，崔继伟应该不看僧面看佛面，高抬贵手让他过关。但崔继伟"油盐不进"，胡贵云就觉得这是不给他父亲面子，是在刁难自己。于是，他翻脸了，开始用他平时骂民工那些粗言秽语骂崔继伟，还威胁说："老子早晚要收拾你这个不开窍的榆木疙瘩！"

崔继伟不理会胡贵云那些脏话和威胁，拉开房门让他出去。说，我们监理人员不和包工头接触，有什么诉求，请通过你们施工单位的技术员转达。

人前人后，胡贵云从来都说自己是"搞工程的企业家"，而崔继伟说他是包工头，还不愿意同他接触，"企业家"觉得这是崔继伟对他最大的蔑视，是忍无可忍的事情，于是，他挥起臂力棒砸向了崔继伟。

得到王昌新、耿浩和罗建伟的报告后，张建波大怒："简直是嚣张至极！有关方面若不严肃处理，我们将诉诸司法解决！"

见贵广公司态度强硬，施工单位很快到医院向崔继伟认错道歉并赔偿了医药费用。同时，清退了胡贵云的施工队伍。贵广公司在全线范围内对施工单位的中铁××局贵广高铁工程指挥部进行了通报批评。

通报说，最近，在工程建设中，出现了一股歪风邪气，有人弄虚作假，拒绝监督，有人企图用武力偷工减料。

"武力偷工减料"的事件不仅仅发生在铁二院监理公司的监理现场，大西南监理项目部、北京铁城监理和中原监理等项目部都曾有过类似的遭遇。

贵广公司综合部部长柴强铎曾在一份材料中总结说，个别地方武力对抗监理的重要原因是监理让他们付出了代价。

北京铁城监理项目部在监理某路基施工时，发现施工单位没有按设计要求进行堆载预压就悄悄向路基面堆放洞渣，北京铁城的监理人员发现后下发监理工程师通知单，要求清除所有堆载体，恢复路基进行碾压。

一纸通知单，施工单位多花了10多万元。

惨痛的"损失"让个别人的偷工减料变得更加隐蔽。中原监理项目部总监安太顺总结说，他们在拱架间距上打擦边球，进行轻微超标，喷射混凝土厚度不够，路基填压厚度不够，更有甚者，在钢拱架中间铺石棉瓦，挡着后背不喷混凝土，或者不垂直喷混凝土，斜着喷把拱顶喷成空洞。

安太顺也很快研究出了对策：要求施工单位在拱顶每隔两三榀的拱架上钻一个小孔，专门留着让监理人员爬上作业台车去检查，发现空洞或石棉瓦就砸。安太顺说："我不让工人去砸，专门让作业队长自己砸。让那些故意搞托空的人丢人现眼，让他长记性。"

对那些想占便宜的偷工减料者，安太顺绝不手软。

中原监理项目部的监理工程师刘潇回忆说："2010年7月的一天，安总下午巡视检查一段仰拱施工时，作业队正进行钢筋安装，我让他们安装好以后报检再灌混凝土。之后，我们开车到另外一个工地去，回去时作业队已经灌注上混凝土了。安总一看就怀疑，那么多钢筋，他们不可能这么快就绑扎完。上前一检查，发现左侧和右侧竖起来的钢筋数量差了3根。刚灌的混凝土比较软，摇晃几下拔出来一清点，发现纵向有11根钢筋未与上段施工纵向钢筋焊接……"

安太顺马上责令其返工。施工单位不想返，找人来做工作，说算了吧，下不为例。安太顺说，你们就是找来天王老子说情这工也得返。他提醒施工队，你们现在拖时间，到明天那混泥土钻都钻不动，就要放炮炸，返工更困难，成本更大。

施工队无可奈何，只好一边骂安太顺"不近人情"，一边用挖机将仰拱破碎，彻底返工。

"不近人情"的安太顺和他的部下们开始不断遭到报复。

2010年7月一天，监理林西平要求某工地将焊在一起的初支锚杆和钢拱架的焊点打开，拔出锚杆检查，发现锚杆实际长度不够，要求把全部锚杆拔出更换。施工队将锚杆更换重新焊接锚固注浆时，把注浆管对着林西平猛喷，林西平的衣裤被喷满浆液。

中原监理项目部的监理人员小顾去某工地检查出了工程质量不合格，要求返工。有人威胁说，让我返工你就从这里滚！小顾不服，"我倒是想看看你怎样让我滚！"

没有谁正面去让顾监理"滚"。但小顾从工地回住处时发现：被子床单全部被人用水淋湿。当晚，小顾虽然没有"滚"，但他无法睡觉，只在山中的寒夜里坐了一宿。第二天，又有人找上门说小顾把他们村里水井的水给挖断了，要求赔偿几万元的损失。小顾哭笑不得，问："我又不负责施工，怎么会把你们的水源挖断？"那伙人说，反正不是你就是你监督施工那些人。他们挖断我们的水源你为什么不监督？你不监督就要找你赔，不赔偿就揍你。小顾赔不出"损失"，真被人揍了一顿。

中原监理项目部总监安太顺知道此事后赶到该施工地调查。施工单位说，是地方上的人打的小顾，跟他们的人无关。他们更不知是谁大冷天把小顾的被子泼湿的。

安太顺并不恼怒，说，小顾一个人在这里监理，力量太单薄了，也不安全，我们准备多派几个监理人员来加强质量管理，争取把你们的每个工点都配一个。施工单位着急了，找人求情，说他们会配合小顾把工程质量搞好，也会负责保护小顾的安全，保证不再发生类似的事情。

在贵广线上，有的"拒绝监督"甚至到了胆大妄为的地步——前文已经介绍，贵广公司在各拌合站都安装了监控设备，这种设备有分析材料成分、比例的功能，能够报警，原材料比例不对，贵广公司和所在建筑单位的指挥部就会查处。有家施工承包单位找"高手"破解，把混凝土拌合站监控的现场实施数据进行修改匹配，使之传出完全"合格"的虚假信息。

发现一些蛛丝马迹后，贵广公司信息中心配合安质部进行检查，把那些被篡改的监控器数据全部复原，使之原形毕露。接着，贵广公司要求找"高手"做假的某项目部整改，被修改数据后搅拌的混凝土用在哪儿，就在哪里返工。找"高手"做假的某项目部不得不把隧道里偷工减料搅拌的混凝土全部铲掉重新喷射。

那位找"高手"做假的某项目经理很沮丧："本来就用了不少材料，为'省'偷工减料那么一点材料，结果在返工时多用了两千多万！"经理肠子都悔青了，"真是偷鸡不成反蚀一把米"……

48

中铁二院监理公司贵广六标总监罗建伟 1992 年毕业于西南交通大学桥梁专业，先后参加过宝成复线、南昆铁路、内昆铁路等项目的设计及配合施工。1999 年调入中铁二院监理公司，从专监、组长、副总监干到总监，具有丰富的监理经验。

他最重要的经验就是首先管好自己的队伍。

罗建伟领导的铁二院贵广监理项目部实行月考试制度。项目部副总监陈宏伟每个月的一个重要任务就是根据《高速铁路质量验收标准》等规定，从桥梁、隧道、路基施工允许的正、负偏差等方面对每一位监理组长、监理人员进行闭卷考试和阅卷评分。监理组连续 3 次考试排倒数第一的监理人员会被予以清退——6 年间，他共清退了 13 人，确保了整个监理团队的人员素质达标。

他们实行监理人员轮岗制度，有效避免了监理人员与施工单位长期"同吃同住同领导"后产生的"默契""同情心"和"睁只眼闭只眼"等现象。同时，毫不手软地清退了 8 个有"默契""同情心"的监理人员。

他们稳定监理队伍，给监理人员解除后顾之忧。铁二院贵广项目部有 100 人左右，其中 70% 的都给买了"三险"，对那些招聘者，只要表现好，一个工程结束，在下一个工程会继续聘用。据贵广项目部副总监陈宏伟统计，在贵广高铁工程结束后，76 人又去了蒙（内蒙古）华（江西）路建设的监理项目部。

罗建伟的另一个经验是正确处理各种关系。

他是这样梳理监理工作关系的：

……监理项目部应把所在的局指挥部、项目经理作为监督对象；监理组应把各自管段的项目经理、技术负责人、架子队负责人等作为监督对象；现场专业监理工程师、监理员应把架子队负责人、技术负责人、施工长、施工技术员、施工班组长等作为监督的对象。

他很清楚，监理与施工企业的关系：在工作关系上是"监理"与"被监理"的关系；在法律地位上是"平等的法人"关系；对工程安全、质量、进度、环保进行控制时，二者的目标是一致的。说到底，在实际的施工中，二者既对立又统一。

这些错综复杂的关系决定了"既对立又统一"的难度。罗建伟说，管它有多大难度，我们只管按铁道部"标准化施工"的标准来进行监理。

按"标准化施工"要求，隧道开挖的初期支护必须实行"湿喷工艺"。这个工艺的概念是，"必须将检验合格的骨料、水泥和水按设计配合比均匀拌和后，用湿式喷射机压送到喷头处，再在喷头上添加速凝剂后喷出……"

隧道内湿喷混凝土施工程序为：开挖验收—松动岩块撬除—冲洗岩面—素喷3至5CM—锚杆造孔安装—挂网—喷至设计厚度—养护。

湿喷步骤特别强调："喷射前，用高压水冲洗受喷面，当受喷面遇水易泥化时，用高压风吹尽岩面……喷射顺序要先边墙后拱顶，由低到高，喷嘴应均匀地呈螺旋形转动……"

这么多需要严格执行的程序，有人觉得麻烦。

为了减少成本和"麻烦"，有人表面上表示要湿喷，也购买了湿喷设备，但监理一离开施工现场，他们照样抱着干喷机器干活。这干喷工艺挺简单，只需将水泥、砂子、石子按一定比例混合成干拌和料后，再用干喷机喷射到受喷面上即可。但它影响喷层强度，粉尘影响工人健康，所以，铁道部多次严令制止使用这种工艺。

但铁道部的三令五申已经制止不住一些施工单位使用干喷机了，他们说，已经习惯干喷了，用其他工艺不得劲。张建波告诉那些人："习惯于缺点是重大缺点，必须改正！"

可违规干喷的事情仍时有发生。屡禁不止的干喷现象让张建波想起了美国IBM前总裁郭士纳的一句话，"人们不会做你希望的，只会做你要检查的"。

张建波也意识到：如果强调什么，就应该检查什么，不检查就等于不重视。于是，在各工程段监理负责人会上，他多次下命令：加强监督检查，不管哪个隧道工地，干喷机见一台砸一台！

到工程结束时，贵广线上一共砸了116台干喷机。

有人恨得咬牙切齿："张建波，太野蛮了！"

罗建伟很理解和贵广公司领导的这一决定，他说："砸干喷机的做法表面上看有点野蛮，但工程质量和施工者的健康因此有了保证！"

认可贵广公司领导砸干喷机决定的罗建伟也经常大抓反面典型，让那些违规者偷鸡不成蚀把米还颜面扫地。

2009年5月19日晚10点，罗建伟带领项目部巡视组、监理组一行5人驱车前往××局的施工地段，为了不被其发现，车在附近的一个村庄隐藏了起来。凌晨两点，罗建伟一行打着手电，步行6里多山路赶到了施工现场。

一进隧道，空气中弥漫着的大量粉尘扑面而来。罗建伟明白：他们在干喷！快速冲进施工现场一看，果然，几个工人正在乌烟瘴气的隧道里进行干喷混凝土施工。罗建伟一面指挥监理现场拍照，一面电话通知施工单位指挥长、项目经理到现场……

第二天，佛山指挥部指挥长耿浩召集管段所有的施工、监理单位负责人到了××局的这个隧道。在反面典型现场会上，施工单位指挥长很丢人地做了书面检讨，耿浩还宣布，年底，××局的信誉评价将会受到黄牌处理。同时，挖掘机毫不客气地将该项目部所有的干喷设备现场砸毁……

罗建伟这次突击排查的震慑和教育效果是：干喷机从铁二院贵广监理管段的4个施工单位彻底退出了历史舞台。

在长期的监理中，罗建伟和他的团队摸索出了一套监理经验：严格控制源头，强化过程检查，严把试验检测，积极推行标准化。

贵广线上，沙石、矿粉、粉煤灰等粉状材料不是工厂化生产，质量很难控制。个别材料供应商有时会打些歪主意，供应材料时，在运输罐体表面装合格产品，在罐体下面装次品。罗建伟决心刹住这股歪风。但对只有一个小口的罐装车进行检查很困难。罗建伟想起，粮食部门为了检查里层粮食的质量，有一种比较长的旋转取样器。于是，他安排人去周边的粮站四处寻找样品，然后依葫芦画瓢地特制出3米长的螺旋长管取样器，配发到各个工点，对所有灌装的粉状材料进行检查。铁二院贵广项目部副总监陈宏伟说，长管取样器的威慑力很大，自从有了它，那些想在罐装车下面装次品材料的供应商再也不敢打歪主意了。

49

陈锦华，58岁，身材苗条，曾是业余模特。平时喜着装时髦，爱穿牛仔裤、牛仔服。

她有一个本应很幸福的家庭。但眼下，一家三口天各一方：女儿在深圳，丈夫在河南，年近六旬的她还年轻人一样在佛山的贵广高铁工地上早出晚归地忙碌着她所热爱的工程监理工作。这让人想到她把事业视为生命，要为事业奋斗终生的壮举。陈锦华却再三解释：我可没有那么伟大，只是忙惯了累惯了，如果闲下来静养着，实在适应不了。

不过，陈锦华承认，"有些女性喜欢在家相夫教子，我呢，还是想在工作中体现一个女性的社会价值。"

在贵广路上，让陈锦华体现价值的岗位是思贤窖大桥。6年来，她一直被"禁锢"在那条563.5米长的大桥上。一年四季，看桥头草枯草荣，听桥下惊涛拍岸，大桥和大桥周边风光成了她6年来的整个世界。但脚踏枯燥冰冷的桥面，她照样演绎出了精彩的人生。

2013年9月6日，随着一声清脆的锤响，思贤窖大桥顺利实现无应力合龙，陈锦华同那些建设大桥的小青年一起欢呼雀跃，欣喜若狂。她高兴的情绪里充满了骄傲，"我们创下了所有栓接的栓孔全部百分百重合，达到了零误差合龙……"

令陈锦华骄傲的思贤窖大桥是座双塔四线钢桁梁斜拉桥，大桥使用高栓近60万套却做得丝毫不差，实属不易。

陈锦华"监理"的是人们不太容易搞懂的技术活，所以，了解陈锦华的工作必须了解高栓这个词。高栓其实就是高强度的螺栓，属于一种标准件，主要应用在钢结构建筑工程上。一般情况下，高强度螺栓可承受的载荷比同规格的普通螺栓要大，它连接的工作原理是有意给螺栓施加很大的预拉力，这种预拉力是通过扭紧螺帽实现的。所以，别小看扭螺帽这活儿，在工程建设中技术含量高，要求极其严格。

以陈锦华监理修建的思贤窖大桥为例：施拧大桥高栓时，首先要求扳手的设计力值控制要稳定，上班前，施工人员必须到试验室标定扳手的力值，下班时，再到试验室标定。如果标定结果变化不大，说明这个扳手拧出的高栓力值符合要求，如果变化了，就得重新检测。

钢桥在架设中，对高栓的扭矩要求很严，比如，60万套高栓拧到设计的力值后，按规范要求，还要抽检10%。也就是说，要重新检测6万套左右。

检测一个高栓要6个人同时进行，而且，不是在地面上，是6个人在悬空的地方搭一个小平台，两个人扳，栓里面还要有一个人用扳手固定住它，一个人看着线，一个人看着表。陈锦华作为监理既要看线又要看表。

检测时，即使位置好，从准备到结束，检测一个高栓至少得15分钟。位置不好的，时间会更长。

时间越长，成本也就越高。一个厂方技术工人一天的工资要 300 元，还有施工技术员、质检员等人的开销。

不堪成本和麻烦的一年轻人到陈锦华那里试探说，陈阿姨，扳手只要没问题，施拧的距值可能也没问题，复检就免了吧。

陈锦华不松口，"不能免。你说的可能只是一种假设，它还有存在问题的可能。我们必须用数据说话，不能以假设决定施工质量。"

另一个年轻人又商量说，陈阿姨，你看能不能降低点频率？不检测 10%，只检测 8% 或者 7%？

陈锦华还是说不行，必须按规范要求做。

年轻人不耐烦了，他不再那么嘴甜地叫"陈阿姨"而改称"老陈"了："老陈，有什么嘛，那规范就是我们厂的专家编的！"

陈锦华还是不温不火，说，规范是你们编的，你们就更应该模范地执行这个规范。

说不通陈锦华，年轻人心里憋着一股气，一边悄悄地骂"不开窍的鬼老太婆，只知道当恶人"一边只好老老实实地按正常频率检测。

认真检测后，两个年轻人吓了一大跳：真有 26 套不合要求！

思贤窖大桥是国内乃至世界第一跨度的四线铁路钢桁梁斜拉桥，载荷很大，技术含量也很高，60 万套栓每一套都要受力，其中任何一套栓出了问题，都会留下隐患。

查出问题后，陈锦华在这些搞技术的年轻人心目中的形象一下高大起来，崇敬和感激之情也油然而生。他们明白，没有陈锦华"当恶人"，按照责任终身制的原则，他们今后说不定会真摊上大事儿。

陈锦华当"恶人"毫不留情。

思贤窖大桥的主塔用的都是 32 毫米直径的粗钢筋，要用套筒连起来按照严格规范焊接：套筒连接后，外露丝牙不能超出两个。这样的操作有一定难度，也需要操作者有一定的技术。

但最初用套筒连接钢筋的那些人属于"放下锄头拿镐头，放下镰刀拿瓦刀"的那一类，由于技术水平达不到，套筒连接后，外露丝牙总是超标，陈锦华要求重新施拧，他们嫌麻烦，说，陈工，差不多就得了吧。陈锦华不"得了"，他们就跟陈锦华闹矛盾。

这样的事情反反复复出现，陈锦华终于痛下决心：要求项目部找比较规范的施工队伍来做。

那些人离开时，眼里充满了哀怨的目光。那目光似乎在问："为挣钱养家糊口，我们背井离乡，苦干苦熬，你还赶走我们，我们容易吗！"

陈锦华问心无愧地迎视着那些目光，在心里默默地说："国家建贵广高铁更不容易，这是百年大计，容不得半点质量的疏忽。对不起了，要你们走，这是我一个监理工程师的职责所系……"

2009年，贵广公司给陈锦华授"优秀监理奖"，听说陈锦华的事迹后，张建波大加赞赏，"我认为，监理也好，安全质量监督人员也好，你没有当恶人的勇气是不行的。'好人'监理出来的工程肯定要出毛病！"

在罗建伟的监理队伍里，也有当"好人"的。对这种"好人"，罗建伟也像眼睛里容不下工程质量的"沙子"一样坚决清除队伍内部的这种"沙子"。

2009年9月2日，罗建伟到某工点检查，发现该工地在隧道仰拱回填时严重违规。

这是一段三类围岩仰拱的回填。按规定，三类围岩仰拱填充时，首先要将仰拱表面的积水、泥浆、岩屑、有害的附着物清理干净，然后按设计尺寸安装模板，保证填充与路面的混凝土结合。

但该工段施工的人把这些工序都给省略了。更恶劣的是，必须用混凝土回填的材料被他们用片石给替代。这无疑会给运营安全留下巨大安全隐患。检查时，罗建伟要求施工单位进行返工处理。

当天夜里2点，施工单位打电话报告说，已经返工结束，要求进入下道工序施工。罗建伟打电话要求现场监理李某前去工地检查确认。20分钟后，李某打电话说，施工单位已完成返工处理。

罗建伟心里充满疑惑：凭自己多年的经验，没有一两天时间，那段违规仰拱是不可能完成返工的，李某为什么做出这样的证实？罗建伟再三追问：你是否肯定完成？是否在现场检查过？李某做出了肯定回答。

罗建伟明白：李某"叛变"了。

施工单位估计，罗建伟肯定不会在夜里再跑上百千米去复查，所以，想不返工就蒙混过关，将回填的部分用混凝土封住，趁机进入下一道工序。

而此时，负有监理职责的李某放弃原则，帮助施工方偷工减料，这让罗建伟痛心疾首。

带着一股愤怒，罗建伟带人长途奔袭，凌晨 4 点赶到了现场。果不出所料，违规的仰拱回填未进行任何返工处理，施工方正加班加点地进入下一道工序。

毫无疑问，违规者受到了处罚。"叛变"的李某也被找去谈话。那次，罗建伟只对李某说了一句话：请便吧，我们的队伍里容不下你这种人！

50

李某的"叛变"，对贵广公司高层震动很大。事后，根据张建波的安排，综合部部长柴强铎曾搞过一个专题调研，个别监理人员为什么会"叛变"。

柴强铎首先发现，"目前，一些监理人员像飘在水面的浮萍一样没有归属感。贵广路 13 个标段有 6 个监理项目部，每个项目部都有几十上百号人，而真正属于监理公司的正式员工，最多项目部有 6 人，最少的只有 2 人，其余全是外聘人员。"

柴强铎很同情这些外聘人员的境遇。"他们大多没有三金，没有固定工作，一个工程完了，得另找门路谋生。这些人的工作十分清苦，远离亲人，交通不便，每天都必须到施工现场监理。说好听点，他工作的地方青山绿水原生态。说难听点，是待在屙屎不生蛆的地方。你给他的是浮萍一样的生存状态，叫他如何能拿着买白菜的钱去真正为你百年大计的质量操心？叫他如何耐得住清贫，守得住寂寞？叫他如何产生与监理公司共进退的荣誉感？"

对此，柴强铎有了这样的结论："从体制上就决定了，会有个别外聘监理人员不会真正忠诚于监理公司，为他服务的企业负责……"

更严峻的现实是：这些现场监理天天都与施工方同吃同住同劳动，天长日久，被监理者对监理者产生了"同化"，于是，这支队伍的个别意志薄弱者被瓦解了——日久生情者，对违规施工睁只眼闭只眼；见利忘义者，帮助其偷工减料；在一些重要工序上，应该旁站的监理在睡觉，在远离现场的地方。

这种状况让贵广公司的管理者们提心吊胆，忧心忡忡。他们不得不亲自出马，抽出大量人员长期在沿线强化质量监督。同时，他们找第三方监理，即工程结束时，找与工程无关的第三方对全线的工程进行全面的检测，进行事后把关。

同时，他们更寄希望于监理公司，要求他们能改变队伍的素质，尽职尽责地搞好监理工作。

在张建波的印象中："经过几轮磨合，绝大多数监理队伍的状况发生了改变，变成了我们可以信赖的监理队伍。"

中原监理项目部总监安太顺领导的监理队伍肯定也在"可以信赖"之列。

贵广6年，安太顺尝尽了大山里的种种酸甜苦辣，深知生存的艰难，尤其知道黔桂的行路艰难。中原监理项目部处在湘黔桂三省交界的三江、黎平、从江、榕江四县，偏僻，交通落后，监理们在山里没有车是出不来的。修建贵广高铁的前3年，到贵阳跑一趟得7小时。

山大隧道多是中原监理项目部工作环境的另一个重要"特色"。中原监理项目部所监理的118千米路段有102千米的隧道，都在大山里钻进钻出。

在这样的交通环境里，安太顺每月都有20天左右要去现场检查，最多的一个月达26天。他说："那么多天，很多时候都是被堵在路上，堵一大排车走不了。车上备有开水和方便面，但人多无法带那么多开水，方便面无法泡就干吃，喝点凉水。"

艰苦的工作条件更加深了安太顺对人文关怀的理解。他认为，在那几乎是与世隔绝的大山里，人文关怀首先要体现在注重人的存在、人的价值，尤其是对人的生存状况的关怀，尊重员工的劳动，重视他们的生活条件，给予他们应该享受的劳动报酬，以此激发他们的主动性、积极性和创造性。

因此，出任贵广项目部总监时，安太顺在中原监理公司争取的第一个"政策"是：必须解决好员工的工资福利待遇。

64岁的康建东原是洛阳工务段的总工程师，2009年受聘到中原监理项目部任副总监，对安太顺争取到的工资标准，他觉得很满意，"当初，我们拿4500元的月薪时，其他监理单位的月薪在3500至4000元之间。2009年后，我们的税后工资接近5000元，工程后期，我们的税后工资达到6000元。监理人员的工资在全贵广线最高，其他标的人员私下联系，想到我们项目部来……"

除令人羡慕的工资，该给员工的补贴和其他福利安太顺也一分都不少。

在隧道里工作，烟尘大，温度高，夏天基本都是40多度。公司规定，夏季35度以上高温，室外工作人员每天补助10元。长大隧道施工，温度高达43度，但不是在室外。一度，因为这"室外"和洞内的争议，贵广监理项目部的一线员工未能领到补贴。安太顺反复汇报，还将自己检查时在洞内照的照片发到公司。见到照片中温度计上蹿升的温度和监理人员在尘土飞扬的隧道里挥汗如雨地工作，公司领导感动了，员工们的补贴很快就发了下来。

除了工资补贴，员工每个季度的工作服，节假日的加班费，每年的体检，逢年过节几百元的购物卡安太顺都不会忘记。

安太顺还坚持"肥水不流外人田"。项目部监理公司需要打字员、资料员，安太顺觉得这些招聘指标首先应该解决有困难的员工家属。有些员工的老婆电脑熟，他就聘来当打字员，细心的就聘来当资料员。饭做得好的就聘到食堂帮厨……

总之，员工有困难时，安太顺总会第一时间伸出援手。50多岁的谢玉来在一个叫邦土的地方当监理组长。2014年夏的一天晚上突发脑出血。项目部马上派车送到黎平县医院，随后，安太顺带人赶去探视，派人照顾，并动员职工为其捐款1.2万余元。治病期间，监理部支付了15万多元的医药费。后来，因术后脑部感染，谢玉来去世了，安太顺又安排帮助处理后事。员工们说，安总亲人一样帮助老谢，已把人文关怀体现得淋漓尽致了。

安太顺说，中国这么多人能走在一起工作是个缘分。我在项目部负责，能照顾就尽力照顾，这也是我这个总监的职责。

第四章

决战"滑铁卢"

　　资金问题、征拆难题、"举报"风波和施工风险接踵而至，成了贵广高铁多灾多难的"滑铁卢"。

　　贵广公司决战千里，率领一支"哀兵"在"滑铁卢"的泥沼里一次次绝地突围，摆脱舆情的追杀、征拆的阻挡和工程的种种险情，把贵广高铁不断向前延伸……

第十五节　难以逾越的村庄

51

在佛山三水区西南街道办陆家村村口那座牌坊前，张建波久久地伫立，发呆。

这牌坊处在贵广高铁的红线内，一个大跨度的连续梁正好要从牌坊上方跨过，所以需要拆掉。

但牌坊总是拆不了。这令张建波伤透了脑筋。

佛山指挥部指挥长耿浩向人介绍拆迁难时，常常会谈到张建波在那牌坊前着急而又无可奈何的样子，"每次到佛山检查，张总都要在那牌坊前站一会儿，然后，摇头，叹气，怏怏而去……"

耿浩认为："他也没招。只得和我一起去找街道办找区里的领导，后来，我们还找到了佛山市市委林书记的办公室。但是，最终，还是没有能解决问题，至今，那个牌坊仍没有拆，仍在贵广高铁的桥下示威一样矗着……"

"哽住"牌坊拆迁的是一位村长。

2010 年，谈判这座牌坊拆迁事宜时，村长就宣布自己是村民的代言人，"要站在全村人的立场上来处理这件事情"。街道办的领导跟他谈，他坚决不同意拆。政府领导说，贵广高铁是国家重点建设，你作为村长应该支持配合。村长叫板说，我这个村长可不是你任命的，是民选的，你罢免不了我。我可以不听你的，我做事要征得老百姓同意，老百姓不同意，这个事儿我就不能做。

是不是老百姓不同意，只有村长知道。反正他把老百姓推出来，政府官员也就没招了。谈了两三年无进展，急于施工的耿浩着急了，只好亲自出马。

耿浩告诉村长，拆掉这个牌坊，我们可以给钱，或者在铁路红线之外你认为合适的位置再建一个比这个规模更大更好的牌坊。村长坚决不同意。先是说："这牌坊是我们村的风水，拆了就破坏了全村的风水。"接着又拿老祖宗做挡箭牌，说"老祖宗立下的东西，万万动不得"！后来，贵广公司准备不拆，采取其他办法施工时，村长又同意拆了。耿浩赶紧找评估公司评估。评估公司测评：牌坊大概值十多万。

但村长叫价 500 万。几轮谈判下来，他"降价"为 400 万。并一口咬定，"我们已吃大亏了，400 万，少一分都不行"！

狮子大张口，这个吓人的数字谁也不敢答应。耿浩气愤地告诉村长："我们不拆了！"

接下来，施工队费尽周折，采取技术措施，在牌坊下面打桩把它托起来，这才把连续梁勉强修了过去。事后，耿浩找村长又谈了一次，强调说："这牌坊在红线内，今后肯定要拆！我们肯定也不会满足你 400 万的要求！"

贵广线上，一种欲望，一种风俗，一种关于风水的说法，一棵树或一座坟，都可能使工程一年半载甚至四五年都开不了工。

张建波经常被那些形形色色的拆迁消息困扰着。

某镇长找到耿浩说，高铁不要经过我们镇，改一下线，给你们 1000 万行不行？不行就给 2000 万啦——那个至少拉长了三拍并带有颤音的"啦"字里充满了财大气粗者的蔑视和不屑。

一个开工厂的老板也学着镇长的口气说："谋闷台啊（没问题），只要不拆我的厂，给你鸭（一）千万当零钱用啦！"

张建波一声长叹："真是悲哀啊，有钱人以为什么都可以用钱解决，穷乡僻壤的一些人却以为什么事情都可以用来弄钱！"

龙里县贴出拆迁公告后，为获赔偿，很多人都在地里大量栽树。有的一夜之间把房子加高一两层，有的在房子旁加修"偏房"，以求在丈量面积时得到更多赔偿。

也有软抗的。贵广路经过佛山时，需拆迁一个基督教教堂。耿浩和政府的人去与教堂的主教谈判，愿高于原教堂的标准在附近重建一座教堂。不料，主教躲到了香港，教民们一边在额头和胸前画十字，一边口念"阿门"，念念有词道："这是神的住所，这是我们抚慰心灵的天堂，你们怎敢拆除？愿主原谅你的罪过！"……

最让张建波窝心可气的是，一个孕妇竟将北江大桥这样的控制性工程阻了 7 个多月！

北江大桥修建时，大桥东侧一带的民房需要拆迁，新的拆迁房已经建好，赔偿也都全部到位，其他拆迁户都陆续搬走，但有一家人迟迟不搬。耿浩前去了解才知道，拆迁前，这家的女主人怀上了孩子。耿浩以为她怀了孩子不方便干搬家之类的体力活，就说，搬家的事情你就不用操心了，我派人帮你，一切事情都包在我身上……

不料，女主人却说了一个耿浩帮不了也包不了的事情——她要在这房子里生孩子。耿浩感到奇怪："医院、新家，哪里不能生孩子呀，何必硬要在这里生？"

女主人说："我在这个房子里怀的孩子，就要在这里生下这孩子。这是我们的风俗！"

张建波觉得这风俗很好笑也很可气，每次到佛山，都要问耿浩："那个孕妇生了没有？都21世纪了，哪还有这种风俗呀！"

架桥机就要进场了。耿浩和镇里、区里、市里的领导又多次轮番前去协调、谈判，动员她到新家或医院生孩子。不料，那孕妇又提出了新的要求：不准施工队在周围弄出响声，那样会惊吓肚里的孩子；不准在她房子上钉施工的标记之类，说那样会给她带来不祥。还威胁，不尊重她的风俗，就不搬了。耿浩担心这孕妇今后真的犯倔，只得给张建波汇报："没有其他办法。我们只有等，只有再等等……"

这一等就是7个月。2014年年初，孕妇生孩子后才搬了家。

在肇庆丹灶镇还有一个风俗：过完鬼节才能动土搞建设。在该镇的某村，贵广高铁的工程早在几个月前就把所有的征地手续和有关款项赔付到位了，但村民们一直不准拆迁。说按照习俗，要过完鬼节之后才能动土。鬼节的时间是每年的正月十五之后的20天左右，村里要把在外面的人都要召回来过这个节，大家跪成一片，烧香磕头，集体祭祖。

丹灶镇政府多次配合佛山指挥部等建设单位去村里协商，希望能够马上动工。但村民们说，这个事情没商量。耿浩说："没办法，我们只有等。一直等了一个多月，那天，他们在村里举行仪式，我们所有的机械人马都在村外等着，他们一搞完，村长说'可以了'，咱们的人和机器呼呼啦啦的一拥而上，一些人帮他们搬家，一部分人搞拆除。按规定，拆除应该由当地政府请拆迁公司干，但我们已经没有多余的时间了，为抢工期，像孕妇搬家那天，还有村民过鬼节那天，全都是我们的施工队贴着钱帮助搬家和拆除……"

52

在各地上报的简报中，张建波发现：以孝道、维权、公平等堂而皇之的理由抗拒拆迁的人，很多时候是醉翁之意不在酒。

佛山市某街道办辖区内的某氏祠堂（注：隐去了真实姓氏）因年久失修，已经破败不堪，房上缺瓦，墙壁百洞千孔，冷清的祠堂里已看不到某氏子孙烧香祭祀的痕迹。胡乱堆放的柴火、杂物则明显的是对神龛上供奉的某氏祖宗的不敬。

但当这个祠堂正好处在贵广高铁的核心范围中时，它一下就变得无比金贵。2011年，拆迁谈判开始时，村长神秘地说，拆不得，这是我们某氏元祖灵魂安息的地方，你们拆了，我们的祖宗魂归何处？

后来，镇里、区里、市里的领导和佛山指挥部的耿浩隔三岔五地找上门，村长又推说，这是某氏家族的大事，必须召集所有某氏子孙开会研究。过了很久，村长又说，某氏家族很多人都移居到了港、澳等地，一时半会儿开不了会，他让耿浩等着。

等到2014年年初，张建波着急了，他冲着耿浩大声喊："年底必须通车，你还要等到什么时候？不能再让他牵着鼻子走了！"

耿浩和当地的政府官员又去村长那里苦口婆心。村长的工作仍然做不通。有人难免有点来气，责问村长，你也算一级领导了，怎么能把自己混作一个钉子户？

不想，村长哈哈大笑道，你现在才知道我是钉子户？为了某氏祠堂，这钉子户我当定了！

在贵广高铁拆迁最艰难的那几年，有一篇《钉子户指南》的文章在沿线流传。"钉子户的条件"一章说，钉子户要吃透各种法律法规；脸皮要厚、嘴要凶、脾气要大；要敢于漫天要价；如果家中有见风即倒的老人，则是王牌，因为谁也不敢动他们……

这些"条件"村长都具备，尤其是"王牌"，他村里多的是。当地政府曾几次派警察前去维持秩序，协助拆除。但每次，一群走路颤颤巍巍的老头、老太太在那条通向村里的路上放个小板凳一坐，准备去拆除祠堂的人就没招了。

2011年到2014年年初的3年时间里，这些"王牌"轻松地阻挡在贵广线上，让工程寸步难进……

关键时刻，佛山市和区、街道办的三级政府领导挺身而出支持贵广高铁的拆迁。

先请评估公司鉴定评估，某氏祠堂被评估成 12 万元。

接着和村长摊牌：要么接受赔偿后拆迁，要么接受依法强行拆迁。

已经以孝敬祖宗名义"矜持"了两年多的村长也亮出"底牌"：同意拆，但要 500 万。

耿浩和政府搞拆迁的人都大呼："价格太高了，太离谱了！村长，你说个靠谱的价吧！"

村长说："同意拆祠堂我已经背上骂名了，你们总不能让我既当不肖子孙，又在经济上得不到好处吧！"

因为急于开工，谈判的人只好在评估价的基础上层层加码。"拆迁是有政策的，按规定，这个祠堂最多只能赔偿 12 万。如果配合我们的工作，给你增加到 20 万，行不？"

村长冷笑，"这么大的事情，加几万？毛毛雨啦！"

要从别人的地盘上过，谈判的人咬咬牙，又涨到 30 万，村长仍冷笑。

谈判的人一阵商议一通电话请示后强压怒火地问："40 万！总可以了吧？"

谈判的人以为太超规定的这个数字，反而惹怒了村长，他拔腿就走。"以为老子是讨口的呀！"

最后增加到了 100 万。

村长还是坚持 500 万分文不少。说，少了这个数，你贵广高铁就休想从牟家村通过。

加到 100 万之后，地方政府的官员主动给耿浩说，不能为了工期再往上涨了，再涨，我们地方政府没法给社会交代了！

区里和街道办决定出动警察维护拆除现场秩序。

村里依旧如法炮制，针锋相对，出动一大群老头、老太太进行阻扰拆除和施工。怕引起冲突，警察又撤了。

再次告捷，村长底气更足。政府再派人前去谈判时，他威胁："现在 500 万你们不拆，小心我又要涨价了！"

距贵广高铁年底通车时间越来越近，区政府忍无可忍了。先向法院做出强拆申请，并由其发出强拆通告。接着，在全区内动用 400 多警力，出动医护人员、救护车在村外严阵以待……

500 万的漫天要价毕竟缺乏法律根据和良心支持。村长没能组织起家族子孙保卫某家祠堂，贵广高铁得以在此通过。

类似的情况，让耿浩忘不了江阳大楼的拆迁。

贵广高铁需要征用肇庆市广灵县某镇江阳大楼 1400 平方米土地。2008 年年底，贵广路开工后，在此施工的中铁某局就与当地政府一起不断与江阳大楼业主沟通、谈判。

业主姓江，是个生意人，夫妻俩对大楼赔偿的心理价位太高，要 5000 多万。而按政策，征迁方最多只能赔偿 300 多万元，结果，谈判了 3 年，最后陷入了僵局。广灵县征地拆迁办公室所有的人轮番做过工作都没能做下来。

县领导亲自出马了。第一任罗副县长没有做通。罗副县长卸任之后，第二任江副县长也做不通。县长袁海平多次上门，老板夫妇依旧不同意政府的拆迁价格。

最后，广宁县县委书记张桂洪登门拜访，堆着笑脸给业主说，贵广高铁是国家重点工程，省里、市里压力都很大。你们给我这个书记一个面子，把征拆的事情办了，不要太漫天要价了……

书记去求了几次情后成了被攻击对象。业主在广州上大学的儿子，在网上发帖子说，广宁县委张书记违法拆迁已被撤职。业主的儿子还罗列一大堆"经济、作风问题"进行人身攻击。肇庆市的警察找到学校业主的儿子拿出证据，业主的儿子傻眼了，"随便写写还要证据？"警察说，你捏造虚假信息对他人进行人身攻击，是犯法的，应该受到法律追究。

但为了拆迁，书记放弃了对业主的儿子的追究。

书记的宽宏大量并没有能感化业主。他们与广宁县的一家单位共同委托肇庆市某评估公司对大楼做出了 5500 万的天价评估。夫妇俩说不给足这个数，贵广高铁休想从大楼地面上过去。此后，他不允许协调人员进入大楼，打电话不接，发短信不回。

直到 2011 年，那家评估公司在报纸上宣布撤回那份缺乏事实和法律依据的评估报告，宣布作废。另一家评估公司将江阳大楼评估为 339 万元后，业主将赔偿"降价"到 2000 万——仍比实际价值翻了近 6 倍。

此外，大楼业主还出了一个让征拆无法解决的问题：大楼面积本来只需要征用围墙等部分附属物，大楼的主体建筑不在征拆之内，但业主要求征收江阳大楼所有的土地和房屋。

在贵广线上，这种强行搭配征用的事情经常遇到。南海区丹灶镇有个厂房只需征拆前面的宿舍楼和仓库等附属建筑。拆除后，对厂房的整体功能并无影响，故很快签了拆迁协议并将款项赔付到位。但施工时，厂方不干了，要求把线外的厂房全部拆掉。贵广高铁不需要的土地没有办法征拆。不征拆厂方就长期阻工。市交通局副局长李叶培挂帅，区征拆办主任叫谭明，镇里的陈副镇长与耿浩半年内跑了数十次，厂方仍不同意施工。最后，政府只好通过司法程序，组织强行施工。

江阳大楼的拆迁陷入僵局时，耿浩向贵广公司汇报了准备走司法程序拆迁的思路。张建波说，走这条路已是势在必行了，你们在依法合规的原则下放手干吧，贵广公司完全支持。

耿浩向广宁县政府提出走司法程序依法征拆的建议后，县里开了3次专题会议。2012年1月9日，在肇庆市的《西江日报》上刊登了对江阳大楼的征地公告和和征收决定书。一个月后，又在《西江日报》登出补偿决定书。

业主希望通过时间消耗战来满足天价赔偿的意图破灭后，向肇庆市政府提请行政复议。这期间，贵广高铁建设单位按照《补偿决定书》中的数额，将全部款项打入广宁县法制局公证处账号，并书面通知业主，随时可以领取该款项。

2012年5月17日，广灵县的百余名警察到江阳大楼维护秩序，中铁某局的施工单位进入现场准备拆除。一个业主用发簪抵住自己的喉咙高喊，"你们敢进来，我就自杀！"另一个业主将一桶汽油放在院子中间，手握打火机，随时准备点火。他花钱纠集的200多号人也冲进现场打着横幅标语，阻止拆迁工人进场。前去维持秩序的警察组成人墙，挡住一次次冲击，拆迁队乘机开始拆掉酒店外围的围墙，接着，建筑队进场施工……

事后，那位业主到处上访。耿浩说，我和广灵县的杨县长、县政法委、拆迁办的领导到省信访办接过他好几次……

53

在报纸上看到莫吉祥主动拆房支持贵广路建设的消息时，常被征拆受阻之类消息困扰的张建波不由一阵感动。

那则消息说，2010年4月，贵广高铁在桂林市恭城县太平乡一带的征拆受阻时，北溪村 70 多岁的莫吉祥爬上自己家的房顶，动手拆了起来。施工工人见莫吉祥自拆房屋，支持贵广高铁建设，不由动容，纷纷前去帮忙。工人们说，修路拆房是最头疼的事，没想到老人这么支持……

后来，通过各种渠道，张建波陆续知道了莫吉祥的一些情况。

莫吉祥是一位教了 39 年书的教师，1999 年退休。

退休后，他回到了恭城县太平乡北溪村老家。那儿，他有一个幸福舒适的"窝"：早在 1988 年，他就出钱在儿子的包产地里用三分地修建了近 300 平方的两层房子。

之所以要把房子修在包产地里，是因为他找人看过。"是恭城县的许半仙看的。我花 888 元请他看的。"莫吉祥强调，这 888 元花得很值，"许半仙 80 多岁了，是恭城最出名的地迁风水先生，看得准得很！"

为了证实许半仙"看得准得很"，莫吉祥曾多次把采访他的记者带到他建房的地方，指点周围的山川河流。"我房子的后方是个五冲山脉，由低到高有五层，最高的那层叫银殿山，海拔 1185 米，是我们当地那条叫大江头的河的源头。这条河从我房子的右边流过，绕到我房前，流向珠江的一条支流。我房前这一片很开阔，前方是毛笔山，左边的后山呈座椅状，两个支脉成双龙相聚之势会合在后山。许半仙说，这是一个出文状元、出大人物的地形……"

后来，莫吉祥的孙子在广西艺术学院毕业后到俄罗斯圣彼得堡国立大学留学去了，今后是否能成为"文状元"或者"大人物"，现在还不得而知。但有一点是可以肯定的：这块曾被好多人垂涎的风水宝地的确给莫吉祥的一家带来过幸福而温馨的生活。

1988 年，在包产地修好房子后，莫吉祥和儿子将余下的 2.7 亩土地全种上了砂糖橘，两年后，地里的橘子开始挂果，年年都硕果累累，每年都能收三四万斤。前些年，每年能够卖 7 万至 10 万元。2015 年，水果贩子到恭城收购砂糖橘的价格是 5.3 元一斤，如果他的那些树还在，莫吉祥家的年收入应该在 20 万元左右。

可是，如今，那两亩多种砂糖橘的包产地被征收了——贵广高铁那座连续桥不歪不斜，正好从他家老房子上边穿过，37 号桩刚好定位在他家房子的正中！他家那块长方形的包产地也正好处在贵广路的红线内。

"2008 年，那些背着标杆仪器的勘察人员在我房子周围勘测打桩时，我就知道房子保不住了。"那时，除恋恋不舍外，莫吉祥还有很多的伤感，"毕竟，我一家生活的保障就在这里，我一家的心血也在这里。还有，许半仙给我那个关于'文状元'和'大人物'的心理暗示也寄托在这里……"

抛开这一切不说，作为进入古稀之年的人，这里是一个绝佳的养老之地——莫吉祥在房子旁打了一口井，屋前屋后都种上了桂树、兰花、菊花、铁树、松柏等名贵花卉树种。春秋季节，花儿们争芳斗艳，香气扑鼻。环境好，空气新鲜，总让莫吉祥有一种心旷神怡之感。他常常静坐小院，或听听音乐，默然相赏；或举目远山，观房前的大江头滚滚东去；或约二三知己，一道品茗，会文论道，笑傲烟霞之际，内心顿生脱俗之思……

但贵广高铁从银殿山下伸出来后，把莫吉祥的一切都带走了。像被突然揪心揪肺地抓了一把，那难以忍受的痛楚和怅然若失可想而知。太平乡政府到北溪村搞拆迁的乡干部和铁路项目部的老曹问："莫老师，怎么办？"

"还能怎么办，拆吧！"

"你还有什么条件和要求？"

"没有！都按国家的标准办吧……"

按国家的标准，政府以 10.8 万元一亩的价格征走了莫家的两亩包产地（给他剩下了 7 分边角地），用 9 万元拆除了他家近 300 平方米的房子，两项共计赔偿不到 30 万元。

莫吉祥的儿子莫建华算了一下，"整个赔偿还不及我包产地里砂糖橘一年半的收入！"莫吉祥却劝儿子，"账不能这样算，我们家世代贫穷，国家不给你包产地，你上哪里去挣那一年 20 万？没有政府培养，我到哪里去教书挣钱养大你？又怎么可能有钱把你儿子送上大学还送到国外留学？现在，国家修铁路需要土地，我们应该做出牺牲，支持建设……"

土地支持了贵广高铁建设，莫吉祥父子在北溪村人口集中的地方开了一个小杂铺。莫吉祥说："铺子里的收入加上自己的退休金，一大家人的生活也勉强够了。"

离开那块"风水宝地"后，莫吉祥又迷上了给贵广高铁"画图"。不管是刮风下雪，还是日晒雨淋，吃完饭，把纸笔往兜里一塞，就出门画图了。儿媳邓云娟形容他比上班还准时。为此，有人称他"路痴"。

莫吉祥成为"路痴"缘于一个传奇的梦。

"20 年前，我就梦到铁路从村中过。"对这个梦，莫吉祥一直记得很真切，"火车冒着白烟，拖着几十节车皮从银殿山中钻出来，开进了我们村。"这个梦与现实的差异在于后来从银殿山钻出的火车车头不冒白烟，也没有拖着几十节车皮，而是电气化的和谐号子弹头动车。

2008年1月，莫吉祥惊喜地得知贵广高铁设计线路要途经恭城北溪村。梦想成真，从那一刻起，莫吉祥决定要画一条"恭城高铁全境图，把一切都记录下来，让后代也好好看看"。

贵广高铁在恭城境内共有49千米，北起阳朔交界的宝丰山，进入恭城县的第一个桩号是498号，16米一个。到南端钟山县单地坪村时，桩号已变成2636号。

莫吉祥记得很清楚，2008年1月23日，是在一个叫"毛笔洲"的地方画下了"第一笔"。接着，在上边标注：DKJ523+700。对这些字母和数字的意思，莫吉祥很清楚：DK是高铁，时速250千米，J后边的数字和符号表示，从贵阳到这里的里程是523千米再加700米。他还特意在图的上端标明：如果是"JK"开头，就是时速350千米。可惜，贵广高铁前边的"JK"听说被否定了！

从毛笔洲开始，莫吉祥顺着勘测队打下的木桩走，逢水就脱鞋过河，遇到隧道，就翻山越岭。遇到村庄，就一座座房子都得清清楚楚……

远的地方，他坐车去，近的地方徒步走去。来来回回，不知道走了多少个49千米。2014年火车通之前，他那幅全长14.6米的"恭城高铁全境图"终于完成。

莫吉祥的故事在贵广线上广为流传，感动过很多人。但人们也很同情他在获得赔偿时的"政策性吃亏"。

对"政策性吃亏"这类问题，桂林市铁建办副主任王文杰觉得非常头疼。"贵广高铁经过城区时也有迁坟的问题，迁一座坟500元，请工人都不够。"

"问题的麻烦还在于：城里的坟你迁到哪里去？不像农村随便找块荒地就可以埋掉。只有迁到公墓，公墓一平方米要好几万。怎么迁？"

"还有，老百姓一亩地你征走9分，剩一分别人怎么种？"

"还有，恭城是水果县，补偿标准是一亩地几万元。农民的水果一年都不止几万……"

"还有，按规定，红线内30米内出了问题由施工队伍负责，之外的不管。你放炮把别人30米外的房子震裂了，把别人的水挖漏了，该怎么办……"

贵广高铁建设，总有很多意想不到的问题。这些问题发生时，只有依靠地方政府出面协调。857千米长的线路上，沿途的市县区（乡）镇的书记和行政长官们在出现问题时，总以"非常的办法、非常的措施、非常的力度、非常的政策"全力支持贵广高铁建设。

广东省长朱小丹、常务副省长徐少华等领导多次率有关部门负责人到佛山、肇庆等地现场调研，现场办公，现场督导铁路项目征地拆迁工作，以地方包干模式推进征地拆迁进展，确保贵广高铁工程顺利进行。

桂林市把工作做得更具体。王文杰说，我们各县、市、乡镇都成立了专门的拆迁领导小组，由各级书记和市县乡镇长任正副组长。实行一个单位包一户拆迁户，天天去做工作，请拆迁户喝酒吃饭，直到拆除完成了，这个单位才交得了差。

张建波很欣赏把拆迁对象"包干到户"的做法，但他认为，经常请拆迁户喝酒吃饭这样的"措施"不一定灵。拆迁黔南州龙里化肥厂和铁厂时，动辄两三百号人到工地堵路、到政府堵门，难不成你天天办几十桌酒菜请他们吃饭？如果请了能解决问题也行，但很多堵路堵门的人并不是冲着几顿饭来的，你又怎么办？

很多年后，张建波还感叹：当时，要不是配合征拆的黔南州常务副州长夏庆丰（现任国资委宣传局局长），自己也许不会想到，那些堵路、堵门的人中，有很多都跟征拆无关，他们只不过是想混吃贵广铁路这块"唐僧肉"而已。

夏庆丰带人到龙里化肥厂、铁厂忙活一阵后，很快就摸清了情况。他告诉张建波：数十名只是曾在厂里打过几天临工的人也想得到征拆补偿。他们与化肥厂、铁厂的正式工"团结一致"，连续两月在厂里埋锅造饭，对抗拆迁，还拉着"我们要工作，我们要吃饭，我们要住房"的横标到县政府、州政府和省里上访……

夏庆丰配合当地政府先把这些无理取闹的人清理出来，然后按政策处理正式工的问题，使闹得沸沸扬扬的征拆风波平息了下来，工程得以正常施工。

贵广铁路在黔南州沿线的征拆中，也有一些"政策性吃亏"的情况——同在铁路旁边，铁路左边的拆迁是3000元以上一个平方；铁路右边的拆迁只能给500元一个平方。巨大的差距仅仅因为一路之隔。

还有坟地，铁路建设迁土坟300元一座，石山坟700元左右，修得特别好的坟才3000元左右一座……

对这些拆迁户，夏庆丰很同情，他告诉张建波："赔偿那点钱远远不够成本。"

张建波认为：对"政策性吃亏"的征拆户，多亏夏庆丰等人动之以情、晓之以理地反复宣传动员。否则，贵广线在黔南州不可能那么快就过了关。

那种"过关"宣传很艰难，也很考验一个领导的水平。"夏庆丰到征拆户家里，同他们一起憧憬黔南州进入高铁时代后的情景。说眼前的征拆我们可能会吃点亏，但从长远看，大家是会受益的。"张建波记得，有人不相信能从贵广高铁获益。夏庆丰告诉那些人，"我们黔南州有很多开发优势，贵广铁路建成后，你随便在医药工业原料、早熟蔬菜、生态畜牧业等方面选择一种来发展都可以发家致富。再不济，弄些牛肉干、香米、黑糯米、脐橙或者是独山盐酸菜卖给那些乘坐贵广高铁来黔南州的游客，也完全可以养家糊口……"

夏庆丰苦口婆心的宣传说服了沿途的征拆户，在赔偿上明明吃亏了，但为了支持贵广铁路建设，他们还是同意把坟迁走，把房屋拆了，把土地让出来。

夏庆丰调任国资委宣传局局长，张建波觉得"他智商情商都很高，的确是一个搞宣传的高手"。

能体现夏庆丰是宣传高手的还有他多次带宣传促销团到广东推介黔南州旅游的那些活动。他用"君住珠江尾，我住珠江头。日日思君不见君，共饮一江水"的诗赢得东莞市民的情感共鸣。他向广州市民介绍黔南州浓郁的民俗风情，介绍那里"地球腰带上的绿宝石"和福泉洒金谷。他请茶友品都匀毛尖茶。他以黔南州的优惠政策和贵广高铁在黔南境内的都匀、龙里、贵定、三都均设有站点等便捷的交通条件打动投资者的"芳心"……

多场大型招商推介活动成功举办后，广州先后组织了 80 余家珠三角企业、商会到黔南考察 20 多次，签约城市综合体、文化旅游、休闲娱乐、现代农业、装备制造等行业项目 155 个，签约资金 778.21 亿元。

后来，夏庆丰调任铜仁市委书记，他和黔南州其他领导在广东的宣传效应还在持续"发酵"：广州对黔南州茶产业进行对口帮扶，全州茶园面积猛增到 161.8 万亩，2017 年实现茶叶产量 3.2 万吨、产值 53.98 亿元，出口创汇 5800 万元。全州涉茶企业（合作社）1300 余家，仅都匀毛尖品牌就在全国设立专卖店 263 个，销售点 3939 个，入驻电商平台 358 个。茶叶从业人员 45.6 万人，吸纳返乡农民工就业 5.4 万余人，带动 3.5 万人脱贫……

第十六节 "举报"风波

54

"举报"的灾难扇动着巨大的翅膀盘旋于贵广沿线上空，恶毒和危险渐渐逼近贵广公司之前就已有一些预兆。

贵广公司安质部、综合部等部门先后接到自称是记者的人打来的电话。"记者"们的口气很吓人，说："贵广公司，你们摊上事了！群众举报你们修的铁路安全质量问题严重，你们要给我们一个说法！"或者说："小心点，你们招投标买的产品有问题，我们要进行舆论监督！"

提到那次声势浩大、来势汹汹的"舆论监督"，贵广公司的很多人都用到"门庭若市"这个词。他们说，在公司上班有人找，回了家有人找，走在路上有人找，坐在车上有人找。害得我们上班要把办公室的门关着，走路见了那些挎着小包像记者模样的人要赶紧躲着，手机经常关着。

贵广公司被采访过的人慢慢摸清了那些自称"记者"的人的套路：他们大多会不苟言笑，一脸肃然，作高深状。

这些玩深沉者喜欢莫名其妙地一本正经地告诉张建波及他手下的那些人舆论监督的玄机和意义，上气不接下气地神侃他们"舆论监督"的战绩，意味深长地推测贵广公司在这场"舆论监督"中丢盔弃甲的惨败情形……

在这些有证或无证的"记者"中，也有人不那么气势汹汹地玩深沉。他们把自己装扮成"正其谊而不谋其利"的谦谦君子，说他们是来为企业保驾护航，他们的"舆论监督"是为了帮助贵广公司走出困境……

等等等等。

但玩深沉者和谦谦君子们信的是同一个上帝，所以，他们很快都会原形毕露。

想把自己转换成"朋友"的"记者"们给贵广公司推荐说，宏远地方的产品更合适一些，为了贵广高铁的质量安全，你们可以考虑一下嘛。性子急躁又不老到的"玩深沉者"会忍不住单刀直入，要求订报订杂志，或者要求"考虑一点广告费……"

对那些成天"四处游荡的幽灵",张建波反感至极。他认为这简直就是以"舆论监督"之名在实施明火执仗的抢劫。他还以为,身正不怕影子歪,贵广公司的工作经得起检验,要"各个部门都不要理这些家伙,看他能怎么样……"

这些不能把贵广公司"怎么样"的"家伙"却咬住贵广高铁的施工单位不放了。

桥梁、隧道建设需要大量混凝土,为了节约成本和润滑、改善混凝土各项性能,避免结构开裂,按规定,可以在其中掺入一定比例的粉煤灰。粉煤灰是施工单位自购的建筑产品,于是,有记者先通报说:中铁十八局、中交二公局、中铁五局买的粉煤灰有质量问题。

因张建波打过招呼,"不要理那些家伙",所以,施工单位都真的没有理会。

于是,《撒网报》(化名)的李某、余某把"贵广高铁原材料涉假调查,供应商直接买次品交货"等稿件传到有关单位"审核"。

稿件给张建波的印象是"虽故弄玄虚却写得煞有介事,那些危言耸听的'事实''数据'和'危害'让人一看就觉得触目惊心,问题严重。"

"但我知道那些都不是事实,所以仍不理睬。"张建波说,"我倒要看看他们还要怎么表演。"

另几家媒体也把李某、余某的稿件改头换面,换上"贵广高铁原材料涉假调查""贵广高铁造价近千亿,被曝原材料涉假"之类的标题传去贵广公司"核稿"。

这些招数早在张建波的预料之中。"那些人让你'审稿',只是一种造势生威,你害怕了,那他们会建议,咱坐下谈吧,拿多少钱?"

张建波明白,各施工单位买粉煤灰在质量上没有发现什么问题,管理上可能不太完善。那些人想抓住管理上不完善的地方,无限地去扩大炒作,一旦跟他们"息事宁人",就会掉进一个无底洞。"你这次给了,下次他还会来。这一拨不来了,他们会把所谓线索给另一伙人又来搞你。所以,我坚持不理他!"

张建波坚持不理遭到了警告性报复。

2010年8月5日,网上出现了一篇《贵广高铁粉煤灰造假》的帖子。

帖子大概内容为:2010年7月25日上午,一罐不达标的粉煤灰运到了贵广高铁中铁十八局项目部的工地。文章计算,加上买粉煤灰的成本、运费等开支，供一吨粉煤灰给中铁十八局，就要亏本约 50 元。

文章的结论：没有一个公司愿意亏本，于是，供货商们只好去购买低价的不达标粉煤灰，然后以等级灰的价钱输送给贵广高铁。这就是这些供货商扭亏为盈的唯一途径。

张建波预感到来者不善，他要用事实去应对这突发的"举报"。8 月 6 日，由副总经理曾维德牵头的调查组赶到了中铁十八局贵广路工程指挥部。收集施工单位物资招标有关文件、进场物资台账、进场材料报验单、原材料出厂合格证、质检报告、施工单位试验报告以及高天隧道施工日志等。接着，查看现场，与物资供应商、运输驾驶员谈话，到生产厂家实地了解情况……

当时，《撒网报》的记者已经获悉，"……贵广高铁公司、施工方中铁十八局、中交二公局等相关单位，在过去两个月中，已对这一事件所涉标段在进行全面核查"。

《撒网报》不给贵广公司等单位喘息的机会，调查还在进行中，9 月 17 日，《撒网报》等媒体在网上发起了集体轰炸式攻击。

这些媒体的文章都首先强调："作为一种从电厂高炉中收集的粉末，一般高铁建设使用的必须是 I 级粉煤灰，细度不大于 12，烧失量不大于 5%。"

按照这个标准，文章再次提到中铁十八局项目部的工地那"一罐不达标的粉煤灰"。提"一罐不达标的粉煤灰"是针对"在出具给本报的《关于被举报使用不合格粉煤灰和水泥的情况说明》中，中铁十八局认为，涉嫌举报的粉煤灰，系重庆云帆从贵州天福化工公司购进的。施工单位于 7 月 24 日晚进行了取样试验，试验合格……""中铁隧道局也对本报记者表示，没有发现不合格粉煤灰流入工地……"

这显然不是《撒网报》的那两个记者需要的结果。于是，文章又重算买粉煤灰的价格、运费等成本开支，重复"没有一个公司愿意亏本，供货商们只好去购买低价的不达标粉煤灰，然后以等级灰的价钱输送给贵广高铁"的结论。

一时，舆情汹涌，全国一片哗然。

张建波自不敢掉以轻心，贵广公司马上召开专题会议，重新组建了时任安质部部长许为农为组长，安质部副部长刘善忠、杜刚为副组长的调查组。调查组成员除贵广公司物资部张明跃，安质部的崔林生、王生涛等人外，桂林指挥部的王孟涛和监理部门也介入其中。2010 年 9 月 17 日至 9 月 23 日，调查组分别对中交二公局、中铁十八局、中铁隧道局、中铁五局等施工单位粉煤灰采购、使用情况重新展开了调查。并对文章中重点提到的福州宏远公司向中交二公局第四经理项目部 3 个混凝土拌合站供货计 3 车（共 104.32 吨）的情况进行了重点核查。

一个星期后，调查有了结果。在那份《关于贵广高铁部分标段粉煤灰使用情况的调查报告》中，调查组的结论是："中交二公局、中铁十八局、隧道局所使用的粉煤灰，除部分在细度指标上略有超标外，绝大部分为合格灰，进场自检和监理平检频率符合验标要求……"

调查报告在"媒体反映问题中的几点说明"中含蓄地指出了《撒网报》的不实之词。

——媒体报道："2010 年 8 月 30 日的槽罐车，陆续驶入金宝顶隧道横洞的混凝土搅拌站，停在粉煤灰储罐旁。司机跳下车来，迅速地将槽罐车的输送管接到储罐上，开始送灰。20 分钟，粉煤灰全部打到了储罐内"的可能性不大。一是施工单位不可能不对散装车进行过磅计量，否则运了多少货都没数，每车散装车至少要经过两次过磅（一次重车，一次轻车）；二是有过磅员、检验员签单，有车辆毛重、净重等记录，符合日常进场管理的程序。"

——媒体报道"本报记者在此前采访贵广高铁公司质量安全部部长杜刚"，但杜刚从未接受过任何记者的采访。

——媒体报道关于供应商提供假产品合格证问题，调查组要求福州宏远建材公司和郴州东湖建材公司共同到场质证，双方均借故未到场。可媒体引用了不少据说是两家公司的观点……

对《撒网报》在文章中反复强调的铁路建设必须用 I 级粉煤灰的说法，贵广公司的调查报告表述为：目前的实体工程最高强度值为 C35，适用标准为"细度不大于 25%，烧失量不大于 8%"，所有检验报告中均表明可用于 C50 以下砼……

这种专业的表述让业外人很难明白其意。后来，广西经济网那篇《贵广高铁使用十万吨假粉煤灰真相调查》的文章对其意思做了这样的解释：贵广高铁公司最初招标时要求各施工企业使用 I 级粉煤灰。但招完以后，发现标准过于苛刻，现有的粉煤灰资源难以满足如此高的标准。随后，铁道部发了一个 152 号的《铁路混凝土工程施工质量验收补充标准》，把各项指标标准降低了。在随后的第四、第五批次甲控物资采购招标公告中，贵广高铁公司加入了"生产厂家能生产 I 级或 II 级粉煤灰"的要求——做出这样的决定，一是因为粉煤灰作为电厂发电的副产品，质量有波动是很正常的现象。而混凝土的质量好坏，关键在于水泥、砂石料以及施工工艺。二是在重点工程混凝土使用粉煤灰方面，设计时已留有足够的余量，以应对粉煤灰质量波动的问题。因此，粉煤灰的质量在正常范围内的小幅波动，不会对混凝土质量造成实质损害。

《撒网报》用I级粉煤灰的标准去"监督"铁道部已经放宽为II级粉煤灰的标准，结果可想而知，"监督效果"也可想而知——广西南宁益川环保材料有限公司总经理陈景中说："其实，网上炒作'贵广高铁使用十万吨伪劣粉煤灰'，是抓准了普通老百姓对粉煤灰不够了解的现状而作为炒作切入点，加上7.23高铁事故，让老百姓对高铁工程特别敏感，所以，他们才有机会把这件事炒作得那么火爆。"

还有人认为："有些人为了达到自己的不法目的，把网络当成一种攻击、要挟的武器。利用广大网民对高铁的关心，在网络编造虚假新闻吸引眼球，误导民众，危言耸听。"

对于文中提到的"举报"原因，贵广公司的调查报告说得很含糊："可能涉及经销商间利益分配和诚信度问题。"

对"利益分配问题"的含义，有知情人透露："粉煤灰是电厂的一种下角料，过去都是电厂贴钱运出去扔掉的。知道有这种用途后，他们就卖，因不是电厂的产品，卖时很不正规，可能是55元钱一吨卖张三，李四通过关系，50元钱就可能买到。张三不高兴了，为什么要50元钱卖给李四而不以55元卖给我！于是就说，这个电厂的粉煤灰的品质不一样，李四50元买来的是劣质的，只有我55元钱买来的才是优质的。张三还会琢磨：50元钱卖给李四，55元钱都不卖给我，这里面肯定有问题，有猫腻。所以，就找媒体，搞新闻炒作……"

55

《撒网报》的炒作使得贵广公司陷入被动。此时，张建波再也不敢不理会"那些家伙"了。"为这事，光北京我都跑了好多次，通过铁道部宣传部，还专门去找了《撒网报》的领导交涉。"

但这是一种无效交涉。这种局限于礼节性的行动对整个粉煤灰事件的降温丝毫不起作用。那次接触，给张建波留下的唯一印象是"他们的胃口太大"。

令人"胃口太大"的重要原因之一是大家都想息事宁人。最初，张建波主张起诉《撒网报》的不实报道。但大家劝他说，还是忍了吧。

当时，铁路部门实在说不起话，不得不忍——铁道部主要负责人出事，又遇上 7.23 车祸，铁路再也经不起事了。那时，上边真怕贵广高铁有事再雪上加霜，所以，一有"举报"，就派调查组调查，对粉煤灰、工程实体现场进行取样检验。

通过严格认真的调查，贵广高铁的粉煤灰并无问题。但自"7.23"之后，对那些怀着卑鄙目的绑架贵广高铁的"举报者"，铁路部门已无还手之力——或者是早就习惯了逆来顺受的铁路系统仍主张忍气吞声。为了稳住为粉煤灰事件气得不行、想开新闻发布会对"举报者"进行反击的张建波，有领导劝慰说，建波，你要追求阳光，就要能接受阳光投下的阴影——你不愿"勾兑"那些搞新闻敲诈的"职业杀手"，不想用广告费息事宁人，你就得承受他们掀起的"举报风波"。这些人你不要搭理，越搭理越麻烦——就像两个人吵架，他骂你你不吭声，他骂骂就没劲儿了。跟他对着骂，他不越骂劲头越大吗？

但问题是，贵广公司越不吭声，《撒网报》等媒体的劲头越大。"他们攻击贵广的文章多了，很多熟人都打电话问我，建波，你是不是出了什么问题？"事过数年，张建波还大气呼呼："当时，我心里真是憋屈得慌！"愤怒之情，溢于言表。

憋屈而不能发声，张建波非常难受。在这场"举报"风波中已忍得太久的他有了"决斗"的冲动。他不想再逆来顺受地忍着，他要诉诸法律，与"举报者"做一个了断。不料，刚让律师给《撒网报》发了律师函，他要付诸法律手段的意图再次被人劝阻。

这次"决斗"的冲动招来了更大的反弹——张建波要付诸法律手段的意图惹怒了《撒网报》的记者：明明还不了手还想反抗，简直是找死！

《撒网报》的记者完全有将贵广公司置于死地的武器——在他们看来：善于"举报"是新闻舞台上的一种技巧，长于"举报"则等于掌握了无往不胜的武器。2011 年 11 月，《撒网报》的记者运用他的"技巧"和"武器"，将一支改装了的"假粉煤灰"举报之箭绷上复仇的弓射向贵广公司。

"假粉煤灰"事件再次升级，网上出现"湖南企业家举报贵广高铁使用十万吨伪劣物资"等消息。

文中的"湖南企业家"名叫廖元（化名），是郴州市东湖建材公司西南地区负责人。2011 年 11 月 17 日，他在网上以"一名老员工"的身份给"铁道部"写了一封公开信。

信中所讲内容大多是《撒网报》发表过的，即：宏远建材公司冒用东湖建材公司名义，装运粉煤灰送到贵广高铁，用于建筑工程。贵广公司却出具处罚通知，认为东湖建材公司给合作伙伴宏远建材公司出具招标委托书欺骗了贵广公司，因此决定取消东湖公司的投标资格 3 个月，并以此为由拖欠东湖建材公司的材料款。东湖建材公司认为这个处罚是错误的，并认定"贵广公司的某些负责干部，与宏远公司早已形成利益共同体"。

这封信还"保守估计，贵广高铁使用宏远建材公司的劣质粉煤灰应该 10 万吨以上。据此推算，应该有数十千米以上的主体工程，使用了这些劣质材料……给长达 857 千米的西南干线带来严重的质量隐患"，希望铁道领导"查清和排除隐患，确保贵广高速铁路的建设质量安全"。

公开信的最后威胁说："如果您无视我的呼吁，我将公布更多的证据，并将和公司员工一道，前往北京，到铁道部去找您评评理，算算账！"

随后，数家媒体一齐发力，对这封公开信中进行了阐述性报道，贵广公司再次陷入舆论风暴的中心。

与此同时，也有媒体披露了廖元写公开信和贵广公司对其处罚的原因：宏远建材公司和东湖建材公司曾开展深度合作，贵广高铁竞标时，东湖建材公司以粉煤灰生产企业的名义授权宏远建材公司投标贵广高铁项目。不过，宏远建材公司投标成功后，并未真正从东湖建材公司的粉煤灰来源地湖南郴州电厂和竹山电厂购买粉煤灰，而是在运输更近成本更低的桂林永福电厂和来宾 B 电厂购灰。

更严重的是，宏远建材公司的"质量检验报告单"及"产品合格证"都盖有东湖建材公司的公章。虽然廖元认为"两样东西都是假的，公章是伪造的"，但贵广公司调查时发现是东湖建材公司授权宏远建材公司投标，出现了那么多违规之事，故对其做出"取消投标资格 3 个月"的处罚，并依据相关规定和协议扣押了东湖建材公司卖粉煤灰的款项。东湖建材公司与宏远建材公司的合作赔了夫人又折兵，故不断"举报"。给铁道部部长写公开信不过是整个"举报"的高潮而已。

56

"举报"高潮期间的一天，张建波坐在办公室里发呆。

已经无法想象这个河南汉子那凝重的表情、哀怨的目光、略显忧郁的神情里压抑了怎样的愤怒和悲怆。

是为"记者"以不正当的目的而掀起的"举报"风波感到痛心疾首？是因"假粉煤灰"事件再次升级，事情闹到铁道部长处而感到凄惶？还是险恶的舆论环境令他伤感……

莫须有的"举报"带给张建波的是伤感，也是一种伤害。

这种伤害还在没完没了地发生着——正当张建波心情恶劣时，《撒网报》的×记者又找上了门，在张建波对面坐下，翘着二郎腿开始滔滔不绝地谈粉煤灰问题的严重性，谈粉煤灰事件的不良影响与后果，谈他想与贵广公司合作"帮助"其走出困境的打算……

言谈举止间，×记者非常明显地给张建波传递了这样一种信息：现在，你只有束手就擒、老实配合的义务，而没有提出反面意见的权利。

"举报者"这种居高临下的气势极大刺伤了张建波的自尊心。他在心里反复权衡：是屈服还是反抗？是沉默或是爆发？

张建波明白，反抗和爆发有可能引发新一轮风波，给贵广高铁的修建增加更多的麻烦。于是，他竭力控制着自己的情绪，用平静的语气给×记者耐心地介绍贵广公司和铁道部的几次调查结果，说工程使用的粉煤灰没有问题。×记者却反复强调粉煤灰有问题，说着说着还骂骂咧咧起来："妈的，你手下那些干工程的人敢在国家重点工程使用劣质粉煤灰，真是太黑了！"

张建波忍不住反击了，他"虎视眈眈"地盯着对方问："×记者，你是色盲吧？"

×记者不解，笑道："不是啊！"

"也不色弱？"

×记者又笑，摆摆手答道："张总，别开玩笑了，我的辨色能力正常得很。"

"那你一定是乌鸦！"

×记者不笑了，放下二郎腿坐正身子严肃地问："什么意思？"

张建波一本正经地说："乌鸦也会骂别人太黑，我还以为你是乌鸦呢……"

×记者愤怒了，像被烧红的铁块戳了似的一下从椅子里蹦了起来，指着张建波结结巴巴地嚷道："你、你、你这是什么话！"

张建波依旧微笑着，轻轻按下×记者微微发抖的手："你看看，你看看，亏你还是记者，连莎士比亚骂那些混蛋的一句名言都不知道，还说这话是我说的……"

×记者再次把发抖的手抬起来对张建波指指点点："你、你，你竟然敢骂我是乌鸦！你，你简直是……"

从×记者气急败坏的神态里，张建波知道自己又捅马蜂窝了。但他毫不畏惧，也没有丝毫的后悔。如果"举报者"仅仅是来表达一下对张建波准备把"举报"诉诸法律这种"冒犯"行为的报复和示威，来炫耀一下"举报"战无不胜的能量，不那么颐指气使，咄咄逼人——或者颐指气使、咄咄逼人了而不骂人，张建波也许保持沉默就算了。可是，"举报者"不仅颐指气使、咄咄逼人，还肆无忌惮地要求"合作"，没完没了地纠缠，还骂人，这就超出张建波的原则和底线了。

本来，此时×记者如果识相点，一走了之也就算了，但咽不下被骂成乌鸦这口气的×记者还在那里结结巴巴地威胁说："张建波，告诉你，我有证据能证明那些粉煤灰有问题，我有证据证明那些人黑，你不配合，就等着吧！"

张建波忍无可忍，终于发飙——他从椅子里站起来，以标准的礼仪动作做了个送客的手势："有证据就公布吧，不要在这里耽误你做文章的时间了！"

×记者向张建波投去怨毒的一瞥讪讪而去时，那敌意的目光让这位贵广公司老总的脑海里突然无由来地蹦出了遥远的欧洲那个著名的小镇——滑铁卢。

那是1815年，英国将军威灵顿带领普鲁士、奥地利、比利时等7国的数十万重兵进攻法国巴黎。欧洲的历史巨人拿破仑率军赶到比利时布鲁塞尔南的滑铁卢镇，首先击败了由布吕歇尔将军率领的普军。但是，拿破仑手下的一名将军没能按命令消灭逃跑的普军，拿破仑的法军与英军打得精疲力竭时，布吕歇尔重新集结溃散的部队，猛攻法军右翼。加之大战的前一天突降大雨，整个滑铁卢的田野变成一片泥淖，关键时刻，拿破仑的作战主力火炮队陷在泥淖中不能参战，因此，被雨果称为"二流将军"的威灵顿踏着6万多具将士的尸骨赢得了滑铁卢这场一流的战争。

大败而归的拿破仑在几天后被流放大西洋一个名叫圣赫勒拿的孤岛上，6年后死于砒霜中毒。滑铁卢从此被用来比喻惨痛失败的代名词。

这个悲壮而又复杂的故事在张建波的脑幕上一闪而过时，他突然想到，贵广线上艰难的征拆和眼下这来势汹汹的"举报"及那些充满种种险情的工程难道就是自己和贵广高铁的"滑铁卢"吗？那些不起眼的粉煤灰难道会将贵广公司沉入"泥淖"？

×记者离去的背影消逝在门外时，一个被压抑已久的决定从张建波心底冒了出来：不能再被动地被那伙不法之徒玩弄于股掌了！对被人炒得沸沸扬扬的粉煤灰事件，应该把真相公之于众，使贵广高铁的建设者们尽快从"滑铁卢的泥沼"里脱身，使贵广公司在"滑铁卢"这个"麦城"里绝地突围，摆脱舆情的追杀、征拆的阻挡和工程的种种险情，把贵广高铁不断向前延伸……

2011年11月22日，贵广公司对媒体关注的粉煤灰问题做出了通报："贵广高铁开工建设以来，铁路工程建设中的粉煤灰虽由施工单位通过招标采购，但贵广公司从未放松过监督。一年多时间内，为了保证粉煤灰产品质量，确保检测的权威性、公正性，贵广公司多次委托国内多家具有国家检测资质的第三方机构进行粉煤灰和实体质量检测。

"同时，贵广公司先后进行了6次集中专项检查，共抽检粉煤灰110组。其中107组各项指标全部合格，另有1组烧失量指标超标，2组细度指标超标，均已及时清除出场。经多次对相应工程实体质量进行钻芯取样检测，结果显示全部合格。

"铁道部质量安全监督机构也多次对粉煤灰及相应工程实体进行检测和钻芯取样，没有发现质量问题……"

贵广公司的通报收到了釜底抽薪的效果。张建波说："向社会公布粉煤灰质量的调查情况后，所有的舆论风平浪静，没人再挑这件事情……"

第十七节 "此山无路"

57

"此山无路"不是中铁二院勘探人员的原话。他们在设计图纸上标注的原话是："天平山隧道进口无路可去，出口交通非常困难……"

2008年12月21日，中铁十二局二公司通知正在宜万铁路搞扫尾工作的张朝阳到贵广高铁第六标第一项目部担任经理时，他并不知道即将赴任的地方会无路可走。当时，二公司发通知的办公室主任还在电话里祝贺说，张经理，这次你去的可是个好地方，在桂林市辖区内。为此，张朝阳高兴得不行——向往"甲天下"的桂林山水已久，这次终于可以如愿以偿地一饱眼福了！

3 天后，平安夜，张朝阳飞抵桂林。

到桂林的第二天早上，天刚麻麻亮，还看不清桂林山水的模样，张朝阳便被公司那辆三菱越野车拉着去工地。出市区在 321 国道上狂奔 72 里，再向左拐进宛黄路，在山里盘旋着爬行 28 千米进入黄沙乡的地界后，大山里的偏僻荒凉让张朝阳傻眼了——他嘀咕着问："这是桂林吗？"

前去布置任务的二公司董事长祁玺剑语气肯定地说："当然是桂林嘛。天平山隧道进口属桂林市临桂县，从进口往贵阳方向走十多米就是临桂与柳州市龙胜县分界的黄沙河。河的这边属临桂，对岸是龙胜的地界……"

后来，张朝阳对人说，就在那一刻，自己有点怅然。他说，要是祝贺我"去的是个好地方"那位办公室主任在眼前，估计会忍不住狠狠踹他一脚。

不过，既来之则安之，张朝阳很快就走出了"桂林情结"的阴影。他站在临桂与龙胜的边界，认真听专程上山来带路的黄沙乡政府领导介绍情况。

乡领导说，黄沙是一个林区乡，也是临桂县最大的一个乡。

张朝阳很奇怪："你这最大的乡怎么看不到几个人？"

乡领导讪讪笑道："我们黄沙乡在临桂县面积最大，人口却最少，全乡只有 5100 多人，全是林农。"

乡领导还"如数家珍"般地告诉张朝阳：桂北这第二大山脉天平山南北绵延百余千米，主峰海拔 1778 米。你们今后施工的地段历史上曾是土匪藏身的深山老林，那一带有"蛇王窝""野猫塘""熊霸岭"……

这些令人毛骨悚然的地名听得张朝阳一身鸡皮疙瘩。

董事长祁玺剑告诉张朝阳，第一项目部第一阶段的任务是维修、改建从宛田到黄沙 28 千米的四级县道，修建从黄沙乡政府到上朝塘村的 8 千米村道并在此建项目部；从项目部左侧修 1 千米的便道至 2 号斜井，然后再从项目部右侧修 20 千米的便道至天平山隧道进口……

张朝阳一听就知道在这里改建公路和修便道都是比打隧道还难干的苦差事。

在来黄沙乡的路上就听当地司机讲：宛黄公路是桂林临桂县从 1992 年开始用 15 年时间修建的一条从桂林宛田乡到黄沙乡的四级县道。一个记者在这段县道上走过一遭后写道：全长 28 千米宛黄公路峰回路转，时而苍山突兀，溪流鸣泉，时而奇峰闪现，飞鸟穿林。它的特点是：坡陡、路窄、弯急，一个连续上坡 18 千米，一个连续下坡 10 千米。28 千米的路上有 40 多个涵洞、3 座桥梁、900 多个急弯……

有个司机曾发表行车感言说："在宛黄路上开车，像被人抽得像陀螺一样在山里旋上旋下。跑完宛黄路如果不晕车，驾驶员可以直接送去当飞行员！"

张朝阳带领第一项目部人员进山时，这条低等级的县道却成了天平山隧道建设的生命线。之前，经过这条路的车要守三个规矩：一是因路是沿山而建，半挖半填，通行能力只能限制在 10 吨之内，否则，有塌方的危险。一次雨后，一辆重车刚转过一个弯道，车后的公路看着看着就全部塌下去了，吓得司机一身冷汗。二是此路冬天雾大——很多时候，在宛黄公路上行车就像飞机在天上一样，能看到两层云。有时，云雾把山包裹得严严实实，视线不过数米。所以，当地交通部门规定：云雾天时速必须限制在 10 千米内——有个年轻人不执行这一规定，结果在云雾中从窄窄的山路上"起飞"到了山下。三是山上冬天结冰，晚上 10 点至早上 6 点禁止车辆通行。

这三条规矩至少有两条都是第一项目部今后难以遵守的——云雾天像蜗牛一样在山路上爬行没有问题，但运材料的工程车不可能只装 10 吨，也不可能晚上 10 点至早上 6 点就不跑车了。

为了不被这些"规矩"束缚，后来，张朝阳采取了拓宽硬化路面、修筑上下挡墙加固等办法"伺候"着通往天平山隧道的这条生命线，使其数年来一直畅通无阻。

"伺候"这 28 千米的"生命线"，张朝阳抽人成立养护工班，全路全天候养护、抢修着就可以了，但是，要在层峦叠嶂的崇山峻岭中向天平山隧道的进口和 1 号、2 号斜井修近 30 千米便道就不那么好"伺候"了。

知道便道难修，张朝阳曾想与人共同来做此事——天平山隧道进口是中铁十二局六标的起点，跟十二局接壤的是中交二公司六项目部的黄沙河大桥和其岭隧道出口。到其岭隧道出口的便道有两处可走：一是顺黄沙河而下，通过张朝阳的一项目部修建的便道，从天平山隧道的进口旁绕到其岭隧道的出口。二是沿黄沙河逆流而上进入其岭隧道。

最初，中交二公司六项目部想从黄沙河上游方向修一条便道进入其岭隧道。张朝阳想，好事呀！如果两家一起修这条便道，不是省力又两全其美吗？于是，张朝阳专门去找中交二公司六项目部的负责人丰小平商谈，达成了共同修便道的意向。

但 2009 年春节前，中交二公司放弃了顺黄沙河向下的选线方案，勘测人员全部撤走。丰小平打电话说，朝阳，恕不奉陪，太难了，工程量太大了！

中交二公司可以放弃，但是，张朝阳别无选择，他必须从黄沙河方向开出一条通向隧道进口和 1 号、2 号斜井的便道。

修便道的第一步工作是选线。到黄沙乡的第二天，细雨蒙蒙。但张朝阳等人不敢偷懒，找来向导和几辆摩托拉着大家去实地勘察工地和便道线路。

摩托车顺着护林便道翻山越岭把张朝阳一行拉到一个叫野猫塘的山凹，然后步行到黄沙河岸边。曾给铁二院勘探队带过路的向导远远地指着对岸云雾中一座陡峭的山峰说，那里就是 1 号斜井的位置。

张朝阳说，这么远看一下怎么行？带我们上去看看吧。

向导打了一个寒战，嗫嚅地说，"张经理，你要去那地方？这条路连猴子都上不去，危险得很，我不去！"他劝张朝阳，"你们也别去了，掉下山会出人命的，就在这里将就着看一眼算了！"

行业内有"遥测"的说法——个别勘探人员为了偷懒，不愿跋山涉水，勘察时远远眺望，大致看一下地形了事。

张朝阳从来不搞"遥测"。他"威胁"说："不把我们带到山那边 1 号斜井的位置，你今天的带路费就搞不成了。"

这话很管用，无可奈何的向导嘟嘟哝哝地带着大家下到悬崖下，再攀上 1 号斜井那座山峰。上山后，张朝阳觉得风景不错：迷蒙中巨峰突起，和周围那些高低起伏的小山峰共同挑着飘来飘去的白雾。张朝阳一行无心欣赏眼前美景，马上进行勘测。不料，巨峰后飞来一团浓雾，严严实实地缠绕着山峰再也不肯散去。

费了老大的劲，结果勘测没搞成，张朝阳沮丧至极。

张朝阳不甘心就这样费尽周折却一无所获，第三天，见云雾稍微散了一些，他把工程技术、测量人员派出去勘察隧道进口在设计中的具体位置。

勘察手段非常原始，向导带路，一帮人背着干粮一大早就出去。出门就没有路，在黄沙河的水里走很长一段后又胆战心惊地走过几段悬崖路才到了山下。接着，大家挥刀猛砍，在六七十度的陡坡上从荆棘密林里劈出路来，攀着藤枝，手脚并用地往上爬。爬到一个叫木勇的地方，终于找到了进口。

勘察完毕，当天已无法赶回。晚上，他们只好借住在附近的山民家里。

无路可走并不是最恼火的事，让张朝阳等人无计可施的是雨和雾。每年的12月到第二年的6月是黄沙乡的雨季。这里的雨比其他地方多，桂林市下蒙蒙细雨，黄沙乡大山里必定是瓢泼大雨。有时，桂林市里晴天，这里也下雨。反正，这里的雨水总比城里高一两个等级。

困扰张朝阳一行的还有山中那令人头痛的雾。

一年中的大多数时间，天平山一带的峰峦都在缥缈不定的云雾中忽隐忽现，仿佛天上的仙境，却从不让世间凡人看清这"仙境"的真正面目。有时，偶尔也会云开雾散，那些掩映在莽莽群山中雄伟挺秀的峰峦、飞流直下的瀑布、深谷幽涧里的神秘气氛会惊鸿一现，但还没有来得及看清它的全貌，就会像张朝阳一行第一天进入1号斜井那座山峰时一样：不知从哪里飘来一团浓雾，罩住整个大山。

漫山遍野的大雾让寻找勘探便道线路的人们一筹莫展。至今，张朝阳还记得："出去勘察，只能看几米十几米。我们虽然天天在勘察，但是，30多天都没有搞清那一带的山势地貌和河流走向，整天云里雾里，翻几个山后，就分不清东南西北了……"

张朝阳非常着急，按惯例，元宵节前，公司要开年度工作会议。会上，新上工程要做项目介绍，可他连工地是什么样都还没有看清楚，便道的走向还没有确定，怎么汇报？

当时，比张朝阳更着急的是测量队长马德仓。在雨雾天气里，他和队员们已测绘了30多天。山里树高林密，无路可走，向导带着马德仓一行东绕西绕，边砍树、砍荆棘边一点点地前进。后来来到黄沙河一处两侧陡峭有点像长江上的夔门的地方，勘测再也无法进行下去。

张朝阳用激将法问马德仓：春节前完成便道选线设计方案行不行？不行就吱声！

一句话问得马德仓满脸涨得绯红。干了几十年勘探，测量队长还是第一次碰到这样的地形，第一次如此束手无策，也是第一次被领导质疑行不行！张朝阳的激将法点燃了马德仓心中的一团烈火——当时已是寒冬腊月，黄沙河水冰冷刺骨，马德仓要用心中的那团烈火去挑战那冰冷的河水。他和两个队员猛喝几口酒，然后脱掉衣服下河，游到河对面的悬崖下，用被冻得麻木的双手对"夔门"进行拍照和计算……

腊月二十三，便道的初步估算资料终于完成：有140万方的石头要爆破。"夔门"能不能炸通是个未知数，沿河至少要修两座桥。更重要的是修建时间不能确定，工期无法得到保证……

"当时，我都绝望了！"绝望的张朝阳在心里一次次地追问自己，"怎么办，难道真的无路可走了？兰新路的乌鞘岭隧道、重重险关的宜万路，我们都闯过来了，这次难道要栽在天平山的云雾里？栽在一段便道上？"

一个声音不断在张朝阳的耳边呼喊：不能认栽，修不通便道不光是你自己丢脸，更是在丢中铁十二局的脸！十二局可从来没有丢过脸——由抗日战争时那支著名的回民支队演变而来的十二局，由铁道兵第二师演变而来的十二局，在烽烟弥漫的解放战争、抗美援朝、援越抗美、对越自卫反击作战中从来都是勇往直前，屡建功勋，什么路、什么困难能阻挡得了这个英雄的团队？

世界上，每个生物体都有各自的基因。一个人、一个民族、一个集体也都有不可改变的基因。二公司贵广第一项目部的"基因"里就牢牢地拷贝着中铁十二局这个英雄团队勇敢顽强的"基因密码"。艰难险阻降临时，"密码"被激活了，团队的精神力量使张朝阳振作，使他心中焕发出了要冲破重重艰难险阻的动力："就是拼了命也要把便道修通！"

张朝阳告诉二公司董事长祁玺剑和贵广项目指挥长李天胜："我准备租直升飞机沿黄沙河飞一遍，想把天平山看个透！"

两位领导劝阻说："漫山遍野都是云遮雾罩的，你在飞机上能看到什么？再等等吧！"

放弃租用飞机勘察后，张朝阳唯一能做的也只有等待。在心急如焚的等待中过完了2009年那个备受熬煎的春节……

后来，张朝阳说，自己是吉人自有天相。2009年正月初三到初六，天气放晴——后来，每次向人提到那4个晴天时，张朝阳都会强调：是云开雾散，太阳出来的那种晴天！

张朝阳抓住机会，带人爬上天平山高处向下看，绕到黄沙河的对岸向山上望，把天平山隧道1号、2号斜井和进口周围的山势河流、走向、坡度、拐弯等情况都看得清清楚楚：原来，黄沙河把天平山分成了北岸、南岸；天平山隧道进口跨过黄沙河进入天平山，从北边的国家级花坪保护区和南边广西区级的寿城保护区中间穿过。天平山云开雾散那天，张朝阳才发现，便道从黄沙河对岸绕向 1 号斜井显然不是捷径，多修建两座桥和 8 千米路不说，还不一定能修通"夔门"处的路段。于是，最初的选线被果断否定，一条不用修桥过河且还短 8 千米的新选线在那云开雾散的 4 天里确定下来。

从进山到看清地形并最终确定便道选线走向，张朝阳整整用了 43 天。

58

最后确定的便道线路没有全部沿着黄沙河走，而是从黄沙小学背后爬坡进入熊霸沟山里，绕到了黄沙河对岸的山腰上，再绕山下坡到达 1 号斜井，全长约 20 千米。

其实，这 20 千米的便道从起点到终点的直线距离不过 4 千米。但是，因为拉材料的全是重车，便道坡度不能太大，得在崇山峻岭里沿着等高线转，顺着山势盘旋攀升，一直绕到 1 号斜井。

后来，张建波陪同铁道部工程设计鉴定中心桥隧处处长赵勇一行到太平山隧道调研软岩问题时认真数了一下：新修的 20 千米便道有 130 道弯，13 条桥梁跨越山涧小溪，8 处大坡，在一侧是峭壁，另一侧是悬崖的山峰下，24 个 360 度的"Ω"型"回头弯"盘旋而上……

赵勇一行通过便道时感叹说："十二局在天平山创造了奇迹！"

创造这一"奇迹"时，总工程师王毅军带着技术人员就着地势在山里转来转去，半道上，在黄沙河靠隧道进口一侧遇到了几处难度较大的悬崖。当时，为了避开那几处悬崖，张朝阳还设想了一个方案：在便道的悬崖处修建大坝，抬高黄沙河水位，先用车经便道把建筑材料拉到大坝下，再用船把材料拉到工地。后来，因大坝拦水会对下穿地段的隧道施工增加风险，这一方案被放弃。

2 月 23 日，便道开始边设计边施工。张朝阳和王毅军带着施工队伍进山了。此时，在天平山里爬摸滚打了几十天的张朝阳才注意到黄沙乡秀美的景色：山峦高低起伏，连绵不断。乡政府背后的山上竹海青翠——张朝阳觉得有点像蜀南竹海。靠天平山隧道周边的大山全是原始森林，树林里遍地树根、树枝和树桩。粗壮的藤条缠绕在饱经沧桑的老树上。施工队走进山林，林间的鸟儿惊叫着从树梢掠过，溪沟里的水急匆匆地奔向山下。张朝阳觉得：如果溪沟上再有座小桥，那就完全是"枯藤老树昏鸦，小桥流水人家"的苍凉意味了。

张朝阳说，以前，我并不知道"朽木"这个词的真实含义。在天平山里，我看到了半人多高的树木倒在地上老死腐朽的样子——完全腐朽成了树洞、树槽，用手能一掰一大块……

最初，便道是从黄沙小学方向往1号斜井方向修。张朝阳的考虑是，这样修，后面的各种机械、材料和施工人员的生活所需也就可以随着修好的便道都上去了。但工程进行一个月只修了1千米多便道，照这样的进度，20千米长的便道得修一年半左右，这是工期绝对不能允许的。于是，张朝阳决定兵分两路：一路继续往1号斜井修；一路从山上的1号斜井向外修。

分"兵"之后，问题来了——从1号斜井往外修那一路的物资供应和生活保障发生了困难。

这路人马领队的是总工程师王毅军，他们前期的任务是要从1号斜井往山下勘察确定出路线来。

王毅军记得："每天早上6点不到，我们就背上干粮、雨衣、防暑药、防蛇药和砍刀出发。怕蛇咬，得穿长靴子。大热天穿靴子，用不了多久，里边全都湿透了。衣服也是湿了干，干了湿，工作服只要一干，就是一片白色。"

花3小时到达工作地点后，大家赶紧用GPS定位仪，拿手持机测坐标，测高程，然后标上点，把路线图画出来。

选线完成后，王毅军带大家在斜井附近搭建营地。

1号斜井处也和贵州一样"地无三尺平"，王毅军带着十多号人用一天的时间在一面全是竹子的斜坡上砍出一片空地，平整后才勉强把帐篷支好。

在天平山建营地大多只能这样"勉强"——隧道进口处后来成立的进口项目部就是在悬崖峭壁边呈阶梯型地建了四排工房。第一排工房的屋顶就是第二排房子的地板，像梯田一样，挖一层建一层工房，再挖一层，建一层工房。住在这样的工房里，进出非常不方便。

不过，这"梯田房子"肯定比王毅军他们的帐篷强——帐篷内不能搭床，只能用砍下的竹子搭大通铺。晚上睡在帐篷里又闷又热，但一天累下来，大家和衣而眠，照样睡得很香。

后来，提起1号斜井处的帐篷，王毅军就叹息："住帐篷那段时间，日子苦得不能再苦了！"每天都下雨。不是大雨就是毛毛雨。下雨时漫山是雾，不下雨时仍然是漫山的雾。整个大山都是湿漉漉的，被子啥时候都是潮的，衣服洗后，十天半月都干不了。潮久了大家都长疮，长湿疹，奇痒难忍。

那地方无污染，吃水成了王毅军等人唯一的骄傲。但有段时间，那令他们骄傲的水发臭了。追根寻源，原来是两只倒霉的长尾巴竹鼠掉进水池淹死被泡得尸体腐烂。

晚上没有电，上厕所全靠手电。一天晚上，技术员小李半夜上厕所，在帐篷门口恍恍惚惚踩上一个软乎乎的东西。因正睡得迷迷糊糊，小李没有留意就过去了。早上起床，大家发现帐篷门口有一条剧毒的五步蛇死掉了——经观察，大家发现五步蛇的致命伤在头上，都惊诧地问这蛇谁给打死的，但谁也不知道。最后，小李才想起，晚上起夜时似乎踩过一个软乎乎的东西，不想，他这一脚正好踩在五步蛇的头上，那蛇因此稀里糊涂地丢了命——五步蛇丢命，帐篷内的人也许逃过了一劫。

事后，大家害怕了——这山里那些五步蛇、眼镜蛇、金环蛇可都是一口能让人致命的家伙。为了安全，王毅军安排晚上轮流值班，点上蜡烛，拿着手电在门口"警卫"。

但这并没有能阻止蛇们光顾。一天早上，有个工人一觉醒来，突然猛地惊叫着从大通铺上蹦了起来。大家一看，原来地下有两条通体灰色、脑袋扁扁的剧毒蛇……

几次虚惊之后，王毅军不敢掉以轻心，修临建房时，他特意在每个窗户周边都用水泥打一个1米多高的台子，用混凝土把彩钢房门下和地面有缝隙的地方堵得死死的。不仅如此，还买来雄黄撒在周围。严防死守，蛇患终于得到解决。

但山里威胁人们安全的不光是毒蛇，还有蚊子。天平山的蚊子身子是白的，头是黑的，工人们叫它花蚊子。

王毅军说："花蚊子特别厉害，咬人一口，体质好点的，起鸡蛋那么大的包；体质不好的，会起比鹅蛋还大的包。有的员工整条胳膊都被咬得肿了起来。我们被蚊子整整咬了3个月，直到修起彩钢房才把那些讨厌可恶的蚊子阻挡在房外。"

当时，吃喝的问题也很严峻。前期选线时，王毅军特意给大家一人备了一个大保温桶。每天从项目部去1号斜井一带勘探时都背一桶开水，可以泡两顿方便面。后米在山里搭起帐篷后，大家没地方背开水泡方便面了，只能干啃饼干和方便面，渴了喝生水。王毅军觉得，这样不行，得想法子让大家喝上热水。

帐篷边有一条水沟，王毅军让项目部那个叫唐翠元——工人们喜欢叫他"唐老鸭"的材料员买来一个能发 1000 多瓦电的小水利发电机，在溪沟上方建起一道小坝，用 PVC 管把水引到发电机里去发电，终于把用电的问题解决了——那 1000 多瓦电晚上能照明，白天能给手机充电，能放音响听音乐，大家的生活丰富了起来。

电还使帐篷里的十几号人的吃喝得到了改善。有电烧开水后，大家不用干吃饼干、方便面喝凉水了。后来，"唐老鸭"又弄来一个小锅，大家在勘探时顺便采点野菜煮好后泡在方便面里改善生活。有时，"唐老鸭"会在帐篷周围套只"探营"的兔子或到黄沙河里摸盆小鱼，用那只小锅给大家做辣子兔、水煮鱼。酒足菜饱，听生性开朗的"唐老鸭"打着哈哈讲他读小学的儿子在作文里形容"女老师身材很好，肥而不腻"之类的笑话，讲他进城采购时买彩票多次都"只差一个号"屡买不中的惊险和沮丧……

便道的具体修建线路确定后，100 多人的施工队伍开进了 1 号斜井附近，不能再靠一个小发电机、一口小锅小打小闹了。机械设备及机器用油需要往山上运，100 多人的吃喝需要往山上运，用人背显然不行。2009 年 5 月，项目部从黄沙乡老百姓那里租马组建了一支 20 多匹马的驮队给山上驮运材料和给养。

当地的马个头不大，但很有力气，还很能吃苦耐劳。林农们用它们上山驮运竹子和木料，6 米一节的楠竹，那马一次能驮运 16 根；往山上运材料和食品，一匹马一次能驮 180 斤左右。王毅军说，每天早上，项目部安排 5 个人带着 20 多个林农赶着马把东西运上山，下午返回，跟茶马古道上的驮队一样……

上山的驮队经常会遇到险情。一次，雨后路滑，驮柴油的马滑倒在路边被树挡住了，但驮在背上的柴油桶却咕噜咕噜一直滚到了山沟底，找了很久也没能找到。

接近两个月的时间里，驮队把发电机驮上了山，把必需的设备驮上了山，把 70 多吨物资运上了山。山上的工人因此住上了彩钢房，在斜井附近施工也可以用电磁炉炒菜煮饭了，工人们彻底告别了啃方便面、喝凉水的日子。

但接下来的日子并未因此轻松。

施工中，常会发生一些意想不到的事情。挖掘机施工一般都是施工到哪儿就停在哪儿。一天早上，驾驶员发现头天停在开挖处的挖掘机不见了，大家找了很久，才在离开挖处 300 多米的深沟里找到摔成一堆废铁的挖掘机。原来，晚上下雨，边坡垮塌，挖掘机掉到深沟里去了……

便道经过的很多地方都是石头山，面对那80度左右的陡峭山崖，大家犯愁了。项目部副经理孟吉良咬咬牙（这位被大家叫作老孟的关中汉子有个遇事总爱咬牙的习惯），和工人们把绳子拴在山顶的树上，吊到山岩下，3个人扶着一台风钻在峭壁上打炮眼，一天工作13小时也只能放3到4炮。有两三个月，每天都只有2米左右的进度。熊坝沟50多米的悬崖，全是老孟他们这样一点一点"崩"下来的。每天，张朝阳要求汇报进度时，工地现场负责人说："你不要问我进了几米，我只知道爆破了多少石方。"——方量的数字比几米的数字好像更能说明当天的工作成绩。

在老孟他们的"咬牙"坚持下，几处像"夔门"一样陡峭的山崖终于被打通，接下来的山路施工变得相对容易。紧张激烈的总攻开始了——张朝阳忘不了当时的情景："光挖掘机就上了11台，还有好几十台装载机、推土机、压路机。整条路上都是流水式作业，前面挖掘机一字排开挖毛胚路，后面推土机推平路面，压路机反复碾压。同时，砌上下挡墙，绿化处理。那场面真是热火朝天！"

正当便道快速向前推进时，突发的灾害把在天平山施工的人们逼入绝境。

2009年8月，一场特大洪灾把从宛田到黄沙乡的多处公路冲垮，有一处就垮塌19000多立方。交通阻断后，十二局在天平山修便道和在隧道进口施工的1000多人全部去沿途抢险。以前，项目部的生活车每天跑一趟县城才能保证供给，塌方后，山里出不去，吃的运不进来，1000多人一下陷入没吃没喝的绝境。头两天菜少一点，但还有米饭、面条可吃。到第三天，菜没了，熬点粥弄点咸菜应付着。再后来，连粥也没有了，就到老百姓那里买。当地只有十几户林农，怎能供得了1000多号人的食品，很快，就买不到了。老孟又习惯性地咬咬牙，带着"唐老鸭"等人徒步出山买食品救急。一个多星期后，道路抢通，供给才得到了恢复。

塌方断路是明着的灾害，还有一种暗伏的"灾害"：有人到项目部找到张朝阳说，张总，你的车把我的路压坏了，不赔钱就不准过。后来，项目部把所有路都硬化了。这也不行，有人想出了新招：下雨后，有人在积水处埋下三角铁钉，租来拉材料的车进一次天平山被扎一次轮胎。司机说，运费还不够轮胎钱，不拉了。外地车不拉，那些埋三角钉的人愿意拉——他们的运费比正常价格高1倍半，最贵时，110元一方的沙子强卖到290多元。

往事重提，张朝阳摇头苦笑。接着，他长嘘一口气说，苦战10个月，总算把路修通了！

<h1 style="text-align:center">59</h1>

天平山隧道的设计中，最初有一个将其岭隧道、天平山隧道串起来，连成一条特长隧道的方案。

铁二院天平山隧道设计负责人游芬在她那篇《天平山隧道设计方案比选》的文章中透露：

长隧的天平山隧道 22.78 千米，洞身大部分段落穿越花坪国家级自然保护区，与后来 14.12 千米的短隧间距约 3 千米。其洞身地层岩性与不良地质与短隧几乎相同，不同之处在于地质构造与洞身的涌水量——短隧断层平常每天的涌水量 58300 立方（比长隧少 28700 立方），雨季每天的涌水量是 93300 立方（比长隧少 37200 立方）；不良地质方面情况一样，也是软岩大变形，瓦斯聚集以及断层富水带……

游芬说，结合地质、断层、施工通风、排水、工期及工程费用等因素对比，设计最终选择了短隧方案。

短隧道面临的地质状况比长隧更糟：长隧三级围岩近 17 千米，四五级围岩 5 千米。14.12 千米的短隧道二、三级围岩仅 4 千米，其余十多千米全是破碎泥岩、炭质页岩、炭质板岩地质的四、五级围岩。

其中，正洞有 1.8 千米的软岩，若加上 2 号斜井的 200 多米软岩，天平山隧道的软岩有 2 千米多。

张朝阳说，对天平山隧道，我最难忘的是"软岩"和"软岩大变形"。

关于软岩，从它出现后就没有形成过一致的和明确的定义，专家学者们近百年来争论不休留下的十几种解释使它变得高深莫测。

国际岩石力学学会定义的软岩是指单轴抗压强度小于 25MPA 的泥岩、砂页岩及泥灰岩等；中国 1984 年煤矿名词昆明讨论会将软岩定义为"强度低、空隙大、胶结程度差、受结构面切割及风化影响或含有大量易膨胀黏土矿物的松、散、软、弱岩层"；有学者提出，应根据围岩变形是否超出初期支护的预留变形量来定义软岩大变形。

如此等等，不一而足。

张朝阳则概括说，其实，软岩就是那种软弱、破碎、膨胀、流变、强风化的岩体。

首例严重的交通隧道软弱围岩大变形是 1906 年竣工的长 19.8 千米的辛普伦 I 线隧道。辛普伦 I 线隧道北起瑞士的布里格,南至意大利的伊则尔,双孔单线隧道,地质情况极其复杂,施工中屡屡遭遇 47 至 56 度的地温和严重的软岩大变形。此后,日本的惠那山公路隧道、奥地利的陶恩隧道、阿尔贝格隧道等都是世界上典型的隧道软岩大变形灾害工程。

在张朝阳的印象中,国内也不乏这样的灾害性软岩变形工程。比较知名的是南昆线上 1992 年至 1997 年修建的穿越煤系地层的家竹箐铁路隧道。8 个月内,软岩大变形的范围扩展到长达 390 米的洞段,拱顶发生 240 厘米的下沉,边墙内移 160 厘米。青藏线 1977 年修建的关角隧道,2002 年修建的宝中线大寨岭隧道等工程,均出现过不同形式和程度的软岩大变形情况。2003 年至 2006 年贯通的兰新线长 20 多千米的乌鞘岭隧道发生的软岩大变形更为惨烈:5 号斜井 100 多米的洞内发生软岩大变形,拱部下沉变形达 105 厘米,日变形量 16 毫米至 34 毫米,边墙收敛也大变形 103 厘米,最大变形量边墙收敛 1000 毫米以上……

当时是十二局 5 号斜井项目工程部部长的张朝阳亲历了乌鞘岭隧道的软岩大变形。他至今仍还记得那些触目惊心的情形:"地板上鼓,两侧收敛,初期支护的混泥土开裂、掉块,型钢拱架出现严重扭曲变形和断裂。二次衬砌开裂剥落,断面不断缩小。"张朝阳说,我们增加钢筋混凝土套拱结构,做了三层,斜井变形才被遏制住,勉强可以行车。但仅能通过一辆车,没有人行空间,通风也困难。此处形成了 5 号斜井的瓶颈。

也许,正是乌鞘岭隧道 5 号斜井的这段经历确定了张朝阳与天平山软岩大变形的"缘分"。

本来,他是可以不与那段软岩遭遇的——按最先的分工,在修通便道后,张朝阳的第一项目部负责从进口、1 号斜井向出口方向掘进。但 10 个月的便道修建时间耽误了太久的工期,工程难度又严重迟滞着工程进展。为加快施工进度,十二局"重兵把守,各个击破",把天平山隧道原来的两个项目部增加到四个项目部。3 号、4 号斜井和出口有两个项目部向进口方向打,张朝阳原先所带的第一项目部又分出来一个进口项目部,从进口直接往正洞打。张朝阳的第一项目部则负责贯通 2010 米的 2 号斜井进入正洞向两面突击。

2009 年 4 月 18 日,2 号斜井开工。到 2010 年 5 月 4 日,还没有能够进入正洞，张朝阳的第一项目部便被 220 多米的软岩大变形阻挡在斜井里。

那时，很多不知道软岩变形厉害的人还很高兴，副经理老孟回忆说："出现炭质页岩后，开挖不用爆破作业了，挖掘机就可以直接挖成洞型，很好施工，施工进度也一下快了许多。"像遇到所有问题时一样，老孟习惯性地咬咬牙，要求施工队"加快进度，冲过这一段"！

斜井突然变得好施工，细心的安质部部长宋煜坤觉得"不正常"。他发现，那些炭质页岩跟煤层一样，黑色，用手一掰就碎，过了十几小时，开始风化成细土状。

已在乌鞘岭领教过软岩变形的张朝阳告诉宋煜坤："这是软岩变形的前奏，要马上采取措施，用 I 20B 型钢进行一次支护。"见宋煜坤有些不解，张朝阳解释说："炭质页岩风化成粉后体积会发生膨胀，产生巨大的挤压力。这斜井宽 8 米，高 7 米，这么大的断面，中间部分的岩土被挖走，它没有了支撑，此时，如果用小于挤压力的东西去支撑，支撑物也会被挤压变形……"

从事后的施工记录看，王毅军完全没有预料到软岩变形后产生的挤压力会如此巨大。"炭质页岩变形发生后，我们用 I 20B 型钢支撑，然后喷射 30 厘米厚的混凝土。但没有想到，洞内岩土不断膨胀的力大于一次支护的力，混凝土很快被挤压得开裂、剥皮、掉块，钢筋也被挤压得麻花一样变形……"

情况还在恶化。没几天，斜井一侧的变形超出了预留的 10 厘米，初衬之后还要再打一层混凝土，而二衬的位置已被变形"吃掉"，这将直接影响到接下来二衬的厚度和成品的质量。张朝阳决定，用 20 公分厚的 H200 大规格的型钢套上一层，间距也由 1 米一环加密到 50 公分一环，再喷上混泥土。这样，当斜井内拱架的承受力大于外面的挤压力时，斜井内才重新稳定平衡了下来。

对软岩大变形发起的第一波冲刺以较高的成本代价"惨胜"后，2 号斜井施工的决策者们变得纠结起来。在 2 号斜井和正洞交叉口发现炭质页岩时，离正洞还有 200 多米。铁二院的设计图纸上只是说"可能会出现软岩变形"。遇上软岩变形后，这个并不确定的"可能"让张朝阳和王毅军等人不知后面是不是一直都是炭质页岩——他们侥幸地想，也许只是恰巧碰上这一小段软岩而已，咬咬牙，挺过这一小段就可以正常施工了。

但曾见识过乌鞘岭隧道软岩大变形和宜万铁路齐岳山隧道地质灾害的十二局副总经理和万春发出警告：天平山隧道地质条件的恶劣程度等于乌鞘岭隧道加上齐岳山隧道，要有足够的思想准备！

不服输的十二局领导们通过再三斟酌，做出了一个让张朝阳颇觉意外的决定：先挺过20米再说吧！

发现软岩时，十二局大大小小的领导们之所以纠结犹豫，是因为他们曾经有过教训。

张朝阳说，以前，在其他工程出现软岩变形等特殊情况时，个别业主、监理和设计单位为了转嫁施工风险，总是把软岩变形和施工质量事故等同认识，一味从施工质量、施工工艺上找原因。

施工单位也无可奈何，如果软岩变形规模小，自己承担费用加强措施也就算了。张朝阳说："这样，既可避免'报工程变更骗钱'之嫌，也可避免'施工单位技不如人'的非议，还可以不因此耽误工期。"

在接下来要"挺过"的20米里，为了避免乌鞘岭5号斜井因软岩大变形最后"仅能通过一辆车"的后果，制订2号斜井软岩段施工方案时，张朝阳、王毅军等人有意把斜井轮廓线预留了60厘米，多的时候留到80厘米。这样，一旦发生变形，采取二次支护、衬砌措施的空间就不成问题了。

施工中，出于安全质量的考量，张朝阳要求施工时把钢架加密，仰拱及时闭合，变形严重的地方还做了三层支护，工字型钢架的标准也由工18毫米提高到20毫米。而且加密到间距0.5米，在初期的闭合成环后，还进行了钢筋混凝土衬砌。

但这种施工措施还是不管用，钢筋混凝土裂开，斜井的初支和衬砌结构全被破坏。这次，他们打锚杆，注浆加固，然后又套了一层钢架喷混凝土，才遏制住了继续变形。

但此时，这段斜井做强后的成本已超过预算成本很多，张朝阳等人感到了难以承受之重。他们不敢再"挺"了，于是，天平山隧道遭遇软岩变形的问题层层上报。

这次，张朝阳觉得很意外，业主和有关部门没有像以前的有些业主和有关部门那样推诿扯皮。很快，张建波、刘一乔和当时的技术装备部部长黄嘉亿、工程部部长李建业、铁二院的人到天平山来了，铁道部也派工程设计鉴定中心桥隧处处长赵勇赶到了天平山。2010年4月22日，几家开会统一思想，都觉得十二局第一项目部前期对软岩变形的做强措施很好，但只是成本超出预算多了一点——1米就超一两万，这样下去得超出多少？

对此，几方达成了一个共识：不能强调安全而不顾成本造成浪费，也不能为节约投资造成隧道的安全事故。要对天平山隧道的软岩变形问题进行研究试验，得到最合理、最经济、最安全的支护数据，做到既安全又经济。

于是，引进课题组的事情摆上了贵广高铁建设的议事日程。

60

2010 年 7 月 29 日，赵勇带队第二次到天平山隧道现场办公，确定在 2 号斜井进行软岩大变形课题研究。

对课题研究情况，中铁十二局 2014 年公布的《山西省科学技术奖推荐书》是这样表述的：

《天平山隧道软岩变形控制技术现场试验研究》是原铁道部科技开发计划重大课题，旨在进一步提高我国大断面软岩隧道的施工技术水平，找出不同支护条件下围岩及支护的变形规律，得出安全经济的支护形式，指导后续正洞及类似工程施工。

2010 年至 2011 年的一年多时间里，参与课题研究的中铁十二局、北京工业大学、石家庄铁道大学、山东大学、贵广公司、中铁二院等单位针对天平山隧道施工中的关键技术难题，在充分调研的基础上，以理论分析、室内试验和数值模拟为主要手段，并结合天平山隧道现场试验，对炭质页岩力学特性、大断面软弱围岩隧道合理施工方法、围岩变形规律、围岩变形特征与控制标准、变形控制技术体系等内容进行了系统研究。

《软岩大变形控制技术》联合科研小组是 2010 年 8 月 31 日进驻第一项目部的。科研小组的分工情况是：石家庄铁道大学朱勇全教授牵头，负责具体的现场试验，以及数据分析整理；山东大学负责做模型试验；铁二院负责设计参数调整配合；张朝阳的一项目部负责隧道变形时各种压力及应力的监测，根据课题组确定的支护参数进行指导施工，确保仰拱、衬砌的施工速度和施工安全。任务明确后，各单位各司其职，开始埋设监测仪器，进行变形数据采集分析，进行初期支护早高强喷射混凝土的现场选材和试验。整个技术攻关工作紧张而有序。

试验进行一段时间后，赵勇再次召集有关专家和各参与课题研究的单位到桂林开会，对软岩大变形的控制技术体系等内容进行研究。

那次会议讨论得十分激烈，参会者畅所欲言，各抒己见。王梦恕院士、西南交大关树宝教授的意见是超前支护，用长锚杆锁住变形。西南铁科院罗朝廷教授强调早强喷混凝土。贵广公司副总工程师黄嘉亿提出了早强喷混凝土、长锚杆施工的意见。施工单位的张朝阳、王毅军主张在软岩变形的地段由强到弱，依次递减地进行支护。课题组的意见恰巧相反，他们建议由弱到强。最后，经过讨论，课题组的意见成了会议最后的决定意见。

会后，2号斜井里200多米的软岩大变形地段被分为8个试验段（每段25米），主要进行了六肢格栅钢架与H175型钢架、长短锚杆、普通喷砼与早高强砼、补强支护中聚丙烯纤维砼与钢纤维砼效果对比等试验，以此掌握软岩大变形隧道围岩应力释放和支护结构受力变形规律，提出变形控制标准和相应的施工工法、施工措施。

王毅军记得："最开始所试验的是用格栅拱架、花拱架，用钢筋焊成方形截面，但这种支护比较软弱，抵不住继续变形。试验变形后，在里面又加了一层，还是不行，最后搞了三层才抵住了变形。"

有了这次测试参照，之后的支护参数很快得到调整，找出了有效应对软岩变形控制的最优支护参数。

试验结束时，课题组宣称，整个试验过程形成了以下技术突破和创新：

1. 揭示了倾斜炭质页岩的基本力学与蠕变特征，掌握了隧道施工掌子面挤出变形与沉降变形大、变形持续时间长等变形特征。

2. 采用大型隧道施工三维模拟试验，系统全面地揭示了天平山隧道炭质页岩区段变形动态规律及渐进破坏的特征。

3. 提出采用加大上台阶及核心土高度、缩短台阶长度的三台阶开挖方法，形成以掌子面喷混凝土封闭、及时支护封闭等技术措施为主的软岩大断面隧道变形控制技术，实现了软岩大断面隧道的安全快速施工。

课题组还公布了几组令人鼓舞的数据："之前，两个掌子面合计月平均开挖进度仅为25米，从2010年9月开始，采用软岩变形控制支护参数，有效控制了围岩变形，基本避免了套拱、长锚杆等事后加固，促进了施工进度稳步提升，单个掌子面月平均开挖进度超过80米；因合理支护参数和实施工艺的改进，每米节约支护结构成本1.5万元，该隧道不良地质段长度约2千米，共节约支护结构成本约3000万元；提前工期1年，节约工时费2000万元；课题组出版专著1部，申请国家专利11项，其中，授权发明专利3项，公开发表学术论文16篇。"

第十八节　闯过"禁区"

61

20世纪初，英国人曾想设计修建一条从上海经过重庆、贵州、云南到缅甸的铁路，后来放弃了。

英国人之所以放弃，是因为他们认为，整个中国西南部地区都是"工程的禁区"，根本不能修铁路。

苏联"老大哥"援华时，专家们想粉碎西方老牌帝国主义的预言，可是勘察后，不得不承认，"那里的确是一个禁区"。也不敢越雷池半步。

"西方老牌帝国主义"和"苏联老大哥"为什么会对中国西南那块神奇的土地惧而远之？我们需要重温一下喀斯特地貌这个名词。

中学地理课本中说，石灰岩在略有酸性的水中容易发生溶解——大自然中，pH值小于7的水都是酸性水——连雨水也带弱酸性。雨水不断沿水平的和垂直的裂缝渗透到石灰岩中，将石灰岩溶解并带走，使裂缝加宽加深，形成石骨嶙峋地貌，形成洞穴系统或地下暗河等。

在南斯拉夫西北部伊斯特拉半岛上，有一个叫"喀斯特"（KARST）的石灰岩高原就有洞穴、暗河及石骨嶙峋的地形地貌。所以，后来世界上把类似的岩溶地貌都叫作喀斯特地貌。

喀斯特地貌还有许多划分法：按出露条件分为裸露型喀斯特、覆盖型喀斯特、埋藏型喀斯特；按气候带分为热带喀斯特、亚热带喀斯特、温带喀斯特、寒带喀斯特、干旱区喀斯特；按岩性分为石灰岩喀斯特、白云岩喀斯特、石膏喀斯特、盐喀斯特；按发育程度分为全喀斯特、半喀斯特或流水喀斯特；按形成时期又分为化石喀斯特、古喀斯特、现代喀斯特等。

16世纪，中国明朝著名的地理学家徐霞客就曾早于西方200多年研究喀斯特地貌。据说，在用两年时间遨游广西、贵州、云南后，他对中国西南喀斯特地貌的形成发育条件做过这样的判断：

1.地表附近有致密石灰岩。

2. 中到较大的降雨量。

3. 地下水循环通畅。

在天长日久的岁月里，雨水、河水等酸性水不断沿岩石表面流动、溶蚀，以神奇的力量把大自然搞得面目全非——石灰岩遭受水的强烈溶蚀、切割，形成了密布如林的云南石林和贵阳周边那无数撼人心魄的峰丛、峰林、孤峰，还有安顺龙宫满是石钟乳、石笋、石柱、石幔的溶洞……

低山、丘陵包围的封闭洼地若是石灰岩，还会形成溶斗。溶斗和溶蚀洼地底部的通道若被堵塞，可积水成塘或岩溶湖。很早以前，素有高原明珠之称的贵州威宁草海就曾是一个很大的岩溶湖，湖面面积 90 平方千米以上。只是后来由于地表水的侵蚀，湖水从地下暗河流出，湖面开始逐渐收缩直至完全消亡。19 世纪 50 年代，草海又曾重现。据史载：清咸丰七年（1857）七月，落雨 40 余昼夜，山洪暴发，夹沙抱木，大部落水洞被堵。洪水无法宣泄，盆地东部被淹成湖，水深 2 至 5 米，湖水面积 45 平方千米。因湖中滋生繁茂的水生植物，故名草海。

喀斯特给人类带来了美轮美奂的风景奇观，但岩溶地质也给人们带来灾害：使地表严重缺水；喀斯特地下水位的迅速下降，导致地面塌陷；采矿或开挖隧道时发生涌水；地下洞穴的顶板坍塌引起洞上的铁路建筑物下沉或破坏；洞穴或漏斗周期性冒水，淹没铁路路基，引起沉陷、翻浆或崩塌……

因为这些，英国人、苏联人到中国西南地区一看，赶紧掉头就走——他们惹不起这片"工程禁区"。

在这片"禁区"摸爬滚打了 7 年之后，张建波对喀斯特地质的认识独到深刻。"它像钙物质严重流失的骨骼，外表坚硬，里面全是空洞！"他强调，"骨骼成了这样，肯定酥松易碎！"

对在喀斯特地貌上修建贵广高铁工程的复杂性，张建波总结了 7 点：

一、岩溶比较发育——全线百分之七十左右的地段都是可溶岩，在这种可溶岩地段打隧道时，常遇突水突泥等灾害。

二、肇庆、广州地段软基严重，到处都是水，到处都是鱼塘，处理起来很麻烦。

……

七、在地质复杂的西南山区修高铁，对地质、地理的认知和把握，有历史的局限性……

尤其是贵定县尖山营双线特大桥那里的地块不可知地大面积沉浮更让人感到诡异。

对尖山营双线特大桥的地质、水文、施工等情况，张建波早就烂熟于心：

该桥位于贵州贵定县昌明镇上寨村，桥区内覆盖层主要为红黏土，地层岩性主要为石灰岩、白云质灰岩。工程地质岩层状况总体比较平稳。

尖山营大桥全长 738.707 米，全桥共钻孔桩 186 根。其中，0 号至 2 号墩、12 号至 22 号墩为直径 1.25 米的钻孔桩，7 号至 11 号墩是直径 1 米的钻孔桩，最深的是 13 号桩，桩长 73 米。全桥设矩形桥墩，墩高 7.6 米至 8.5 米。

本桥区属于长江水系，5 至 8 月为雨季，12 月至次年 3 月为旱季，连续降雨最长时间有 15 天的记录。

该桥的建设由中铁二局贵广高铁一项目部组织修建，工程进展还算顺利，因项目部从一开始就把桩基工程化为 3 个作业单元，同时进行平行施工，所以，2013 年下半年，大桥按时完工。但是，不久后的一天，该局指挥部一项目部经理胡关江、常务副经理张羽清、总工程师李杰到贵广公司给领导和各业务部门汇报说："经长期观测，发现尖山营大桥有轻微沉浮。"

针对沿线地质情况，尽管贵广公司好几年前就专门发出通知，安排各标段进行沉降观测，要求各施工、监理单位将沉降情况周报、半月报给中铁二院沉降组，再由铁二院报贵广公司，但胡关江一行报告的情况还是让听取汇报的公司领导和各部门负责人震惊——以前，各业务部门虽各司其职，公司领导的分管工作也各有不同，但大多数参加会议的人都曾听说过一些关于尖山营大桥的情况，那时，大家都一直希望那只是一种误测误报。如今，一旦被施工方确认，还是有人不能接受这个严酷的现实，会议室里传出一片质疑声。

"沉降！真有沉降？"

见高度紧张的与会者把"沉浮"理解成沉降，中铁二局贵广高铁一项目部总工程师李杰解释说："不仅仅只是往下沉降，过一段时间又往上浮。"

与会者更加惊诧："怪了！我只见过桥往下沉降，还第一次听说它沉降后又往上浮！"

有人满脸疑惑地问："是不是桥墩的桩基没有开挖到位？"

总工程师答道："某一个桥墩出现沉浮，有可能是桥墩桩基的施工出现了问题，十多个连续的桥墩同时均匀沉浮，不可能都是因为桥墩桩基开挖不到位吧。"

张建波插话道："关于桥墩基础的问题，我曾几次去尖山营调查过，如果是摩擦桩出现沉浮，可能是计算摩擦力时有问题，或者是摩擦桩下端遇到了软基。但那里是桩柱，是端承桩！"

有工程建设常识的人都明白张建波的意思——桥梁施工主要采用两种桩柱基础方式：一种是摩擦桩，即架桥的地方基岩很深，桥柱打不到基岩上，只好依靠桥桩侧土的摩阻力支撑桥的重力。第二种是柱桩，即端承桩。施工时，要求把柱桩的桩脚要直接落在结实的岩层上，将建筑物的压力全部通过柱子传递到岩层上——需要强调的是，按设计，承受大桥压力的柱桩必须建在超过3米厚的岩石盘上。支撑的柱桩找不到这样的岩石，就要一直往下打，直到有3米厚的石盘为止。实践证明，柱桩比摩擦桩更稳更保险。张建波此时强调尖山营大桥采用的是柱桩的施工方式，意在提示与会者：已将桥柱嵌入3米厚的岩石，此时，柱桩不可能沉浮，只可能是桥下这一块地壳在沉浮。

总工程师李杰补充说："尖山营大桥的基础质量是可信的，铁二院设计部门曾挖开桥柱，对桥墩等部位进行了全面检查，柱桩都是在岩石上再钻半米左右，然后再用钢筋灌混凝土，把桥柱和石头连接在一起的，其施工质量和设计要求是一致的。"

施工没有问题，大家又从另一个角度为大桥那奇怪的沉浮感到紧张不已，"它沉浮的幅度有多大？是不是毫无规律地沉浮？"

这是一个稍有点常识的人都会担心的问题——沉浮幅度太大，毫无规律地沉浮，或者是沉浮过于频繁，沉浮速度过快，对大桥和列车运行的安全都将是致命的！

胡关江给出的答案相对轻松："有时，它沉降2公分左右，有时，它又上浮2公分左右。它总是把沉浮比较准确地控制在这个幅度内。"

这样稳定且有规律的沉浮尺度让大家有了一种"不幸中的万幸"的感觉——有规律的2公分沉浮应该不会影响大桥本身和列车运行的安全。

但还是有人担心地问："沉浮速度如何？"

胡关江回答：沉浮速度较慢，沉浮一次需要半年左右。

半年才出现2公分的沉浮，应该算是非常缓慢、非常轻微，也应该算是一种在安全系数内的沉浮。

这样的沉浮速度虽然缓慢、轻微，看似安全，但公司的各级领导还是忐忑不安，谁也不愿让贵广线今后因一座缓慢、轻微沉浮的桥而"输得干干净净"。

大家都苦思冥想，费尽心思地查原因，找问题，以独特的视角去解读尖山营双线特大桥的沉浮：从岩溶角度分析的人持与岩溶有关的观点；从地质角度做研判的分析者认为与地壳有关；也有人从基础工程学的方向分析桥墩可能出现的问题。

讨论中，胡关江介绍说，雨季时，那些桥墩就慢慢升起来，旱季就降下去，旱涝循环，沉浮有序。

这样的规律让大家自然想到，尖山营大桥的沉浮一定与水有关——特别是积存于溶洞之中的地下水和奔流不息的暗河。

刚由公司技装部部长提升为副总经理的黄嘉亿说："尖山营一带到了雨季它就上升，旱季它就沉降，这明显是水的原因造成了尖山营大桥的沉浮嘛！"

曾维德提醒："不可能！2011年7月至9月的两个多月里，尖山营乃至整个贵州都遭遇35至37度以上的持续高温，导致旱情，可尖山营大桥仍在有规律地沉浮。"

对这一情况，黄嘉亿认为："贵州不下雨，但周围的云南、重庆、湖南、广西、江西等省份在下雨。那些地方的雨水通过山川河流及地下暗河完全有可能进入尖山营的暗河或溶洞，起到这里的溶洞和暗河以往上浮尖山营大桥地质板块的作用。"

对黄嘉亿的判断，张建波提出了质疑："嘉亿，有一个因素你应该考虑到：光一片桥梁就重900多吨，加上其他的附属设施，怎么也有两千吨重左右，桥墩的重量少说也有几百吨。还有，那一带承载大桥的地壳又有多重？有什么力量能把那一大片地壳连同十多个3000多吨重的东西顶上来啊！水的力量再大，它能顶起如此巨大的重量吗……"

"这……"黄嘉亿欲言又止，挠挠脑袋，对张建波提出的问题，他说不清其中的奥秘。与会者也都对这个问题说不出个子丑寅卯。对大自然认识的局限性使这次会议无法形成一个比较统一的说法和认定，不同业务的人持不同的观点，这些不同观点似乎都有一定的道理，但又好像都有些不太靠谱。

虽然没有找到大桥沉浮的原因，张建波和铁二院、施工单位商议后，还是采取了一个两全其美的措施：在每个桥墩旁都多加了几根桩柱——想使大桥更加稳固，同时也想以增加重量的方法减少桥墩的上浮。

这样的措施使大桥的沉浮逐渐趋于稳定，大桥本身和行车安全有了保障，但这个全国乃至全世界都少见的大桥曾经沉浮的案例仍使张建波如梗在喉。

在张建波的印象中，世界上沉降的建筑物不少：

——闻名于世的意大利比萨塔，全塔 8 层，高 55 米，塔基产生不均匀降沉后，北侧下沉近 1 米，南侧下沉 3 米，塔身倾斜约 5.5 度。

——1920 年，甘肃的一场地震波及山西，建于明末清初、被誉为"中国最高古砖塔"的山西汾阳文峰塔下沉 1.6 米并向东倾斜。

——墨西哥艺术馆沉降量达 4 米，临近的公路下沉 2 米，公路路面至艺术宫门前高差达 2 米，参观者需下 9 步台阶进入艺术宫。

相似的案例还有上海锦江饭店。饭店建在软土地基上，由于地下水位较高以及基础施工时承包商偷工减料，竣工后楼体逐年下沉。解放初期，锦江饭店大门朝北，由长乐路上几个台阶进入。1979 年 9 月，建筑物绝对沉降达 2.6 米后才稳定下来。至此，原来的底层变成了地下室，饭店只得在西侧院的墙上新开一扇进入饭店的大门。

张建波注意到，世界上下沉的建筑物虽多，但它们沉降后，没有一个像尖山营大桥那样再"浮"起来！

建筑物下沉，对地球重力方向能够感知的重力感应学可以解释这一现象，专讲地基承载能力和稳定性的工程力学更能详尽地阐明它的原理。但对尖山营这座能够沉浮的大桥，张建波则找不到任何理论根据和事实根据。他只记得，17 世纪，一个苹果的偶然落地，英国人牛顿发现了对人类具有划时代意义的万有引力定律：地球表面上的任何物体，与地球本身的质量相比都是微不足道的，都会产生地球引力——也就是说，尖山营大桥只会被地球的力量吸引，绝不会脱离地球而上浮。

当然，牛顿也发现了"两个物体之间的作用力和反作用力总是大小相等，方向相反"这一著名的牛顿第三定律——但作用力和反作用力没有主次、先后之分，它同时产生、同时消失。尖山营大桥下压的作用力怎么可能产生大于大桥上浮的反作用力？

工程力学中找不到尖山营大桥上浮的理由，万有引力定律里没有大桥上浮的根据。作用力和反作用力的牛顿第三定律也无法解释这一怪异的现象，但这一怪异的现象偏偏神奇地出现在贵广线上，发生在自己的眼皮下，成了一个难解的自然之谜。

张建波不愿让它稀里糊涂地成为永远无解的秘密。后来，他请国家地矿部的地质专家、院士们到尖山营考察论证，以期揭开隐藏其中的秘密。

博学多才、见多识广的地质专家、工程院士来了。老专家、老院士们在尖山营大桥下前后左右地仔细勘察，对各种情况认真比对分析，对贵广公司和施工单位曾经争论过的那些问题也一一进行审视复核，甚至还费尽心血地试图从设计、施工和建桥材料等方面发现大桥沉浮的蛛丝马迹……

但心血枉费，劳而无功。一切都依旧百思不得其解，一切都无法辨析！

像所有人一样，专家、院士们也都云里雾里，不知所措。

迷茫困惑的专家们惊诧莫名，"真是怪事，真是邪门儿了！"

找不到答案的专家们调侃说，张建波，是不是你有魔法啊，能让桥沉下去，也能让它浮上来……

张建波苦笑："有啥魔法哟，我是六神无主，活得辛苦呀！"

62

贵广高铁广西北部的恭城县至贺州车站70.55千米，属于第8标段中铁十三局的施工地段。

在此标段指挥工程的常务副指挥长张福国是老铁道兵，京哈、京津等高铁建设都参加过，也算是见多识广，阅"路"无数了。但到了贵广高铁，他才觉得，"自己算是真正开了眼界——浅埋、富水、花岗石、灰岩、溶洞、暗河、斜岩等包罗万象的地质状况，所有铁路工程的难题在这里几乎都遇上了……"

中国工程院院士王梦恕曾公布说，贵广高铁施工中先后遇到270多个大小溶洞。对王院士统计的溶洞数，张福国不以为然。他说，王院士统计的也许只是隧道里的溶洞，事实上，沿途车站、大桥下的溶洞数量都远远超出这个数。仅中铁建二十五局四公司项目部承建的贵阳北站地下就有70多个溶洞。施工时，他们采取浇筑和喷注的方式，将溶洞里的稀泥置换成高强度的混凝土，将溶洞进行加固，把原本千疮百孔的溶洞修补成一个完整的岩体后才得以完成北站的工程。8标段三项目部30多千米的施工路段有7座隧道、19座桥梁、81座涵洞，只有16千米路基。在这30多千米铁路的施工中，隧道里有溶洞，路基下面有溶洞，桥下更是横七竖八地布满溶洞。

张福国所讲的那些不可思议的溶洞是看不见的，人们能够看到的是桥，由桥墩支撑着。但在托起桥墩的桩基式承台下边，还有6至12个桩柱，这，并不为很多人所知。张福国断定："知道这些桩柱和溶洞之间还有故事的人，可能就只有我们这些修铁路的了。"

介绍这样的"故事"时，张福国形容说："那些溶洞像串'糖葫芦'一样，有的三四个横着串在一起，也有竖着五六个串一起。最多的一个桥桩柱打下去竟遇上了9个溶洞。"

打桥桩柱是一件很费劲的事：架起高高的塔架，工人们3人一班，24小时轮流着用机桩吊起一两吨或四五吨的冲击钻往地下砸。冲击钻中间的高压水枪和冲击钻同时作业，冲击钻把土层或石头砸成粉渣。高压水枪强劲的冲力把那些粉渣冲上来过滤掉，留下泥浆护壁——工序和原理也跟北江大桥打桩柱一样。桩柱打到有3米厚的岩石后再"砸"下去半米左右才算完成。

如果正常，即使是在石头上砸出两米的大洞，一天时间也就够了——或者说，在正常的地质情况下，"砸"一个直径1.5米左右的桩柱两三天也就足够了。但是，如果运气不好，遇上了溶洞，特别是遇上张福国所说的那种"糖葫芦"，就麻烦了。

打桩柱，几吨重的冲击钻一定要有持力层才行。可溶洞使冲击钻失去了持力层，突然失去重心，价值20万元的合金冲击钻一锤砸下去，空的！冲击钻的钢丝绳常常被挣断，钻锤跑到哪里去了都不知道——这种情况在贵广线上比较普遍。贵广公司组织各施工公司开会时，张福国听中铁十二局第六项目部在甘棠江特大桥施工的朋友讲，他们光冲击钻钻头就被溶洞卡掉21个。他们从广州请来专业潜水员钻到泥水里摸，捞出了13个，其余几个不知其踪。所以，遇上掉锤这样的事情，往往没有什么办法，只好换一个冲击钻继续往下砸。再打一层，又是一个溶洞，再打一层，还是溶洞……一层一层地往下打，很多桩柱要打七八十米，有的甚至要打100多米。

按设计要求，桩柱孔"砸"成后开始下钢筋灌混凝土——这时，常常会出现世界上为数不多的建筑奇观——十多吨混凝土灌注下去，没了，不知道跑到哪里去了！

贵广高铁8标段富江双线特大桥桩基施工记录中这样记载了一次混凝土"失踪"的过程：

……14号墩－3号桩基在桩基展示图中显示有小溶洞。14号墩－4号桩基设计桩长24米，钻孔深度28.6米。钻孔过程中遇到溶洞，按设计要求填充黄泥夹片石。

2010年7月8日开始浇筑，前两车混凝土灌注顺利，倒入第三车混凝土后，并始出现泥浆面缓慢下滑现象，浇筑至 12 米时，泥浆面急剧下沉，泥浆流失，桩孔四周出现塌陷。下沉 3 米后稳定。继续浇筑该桩，但混凝土倒入速度始终慢于泥浆面下降速度。此时，导管埋深 7 米左右。此后，又倒入 14 车，但混凝土面始终不见升高，直至下部混凝土凝固卡住导管。

该桩共浇筑混凝土 141 立方米。桩基报废。

张福国推测，那些"失踪"的混凝土是流到旁边更大的溶洞去了。有人则说，可能是被地下暗河给冲跑了。

对这样的结果，张福国很无奈。"我们标段的罗家洞特大桥、白沙河特大桥、水口洲大桥等十多座大桥的桥墩在打桩柱时也都曾遇到了混凝土'失踪'的事故。"

二局、十二局、二十三局等施工单位也都遇到过这种"事故"。这种"事故"桩柱处理起来很麻烦——首先要对桩基采用片石回填，重新冲孔，将混凝土砸碎后，用吸铁石吸附砸碎的钢筋。然后，用直径 1.5 米左右的钢护筒跟进桩基。

费这么大的工夫，很多时候还不一定能够解决那些令人头疼的混凝土失踪事故。

贵广线上，糖葫芦串式的溶洞地形和打桩基时找不到 3 米厚的岩石成了一个"老大难"问题。这种"老大难"问题把那些有技术、有经验的施工单位"刁难"得一筹莫展，也把张建波等贵广公司的领导们折腾得寝食不安。他们一趟又一趟往"老大难"工地跑，同工程技术人员一起解决施工中遇到的问题。

一次，张建波在三都隧道听郑大榕讲，他们向一个溶洞倒了很多片石、黄泥和混凝土下去都没有堵住，就把干海带一捆一捆地抛进去。海带遇水膨胀就堵住了溶洞，然后再往里扔石块填土，终于成功解决了混凝土填入溶洞后"失踪"的事故。

听到这个消息后，张建波当即打电话把郑大榕用干海带堵溶洞的经验告诉了中铁二局、中铁十二局、十三局等遇上"老大难"情况的施工单位。接着，又一家一家地到这些单位去查看用干海带堵溶洞的效果。

解决十二局等施工单位的混凝土"失踪"事故后，张建波很得意："我虽不是专家，但我跑的工地多，收集的信息多，见多了、听多了也就有解决问题的方法了。"

但张建波见到的、听到的那些方法不能解决所有问题。中铁二局、五局、十三局遇到几个"糖葫芦串"溶洞，填了无数海带、石块和混凝土，打了七八十米深仍没有3米厚的石盘做柱基。施工成本早超预算，柱桩不可能再无限度地往下打。施工单位的项目经理和指挥长们谁也不敢在没有3米厚石盘的桩基上做柱桩，都把情况反映到了贵广公司。张建波也没招了，只好从铁道部工管中心请来副总工程师兼桥梁处处长蒋主贵。

蒋主贵是国内著名的桥梁专家，有经验也很有担当，到有关工地现场查看地质情况后，找不到3米厚的石盘，他就根据自己的经验和地质情况往桩柱孔注浆。把桩基浇筑坚固，在能支撑住桥墩以及桥上火车压力的基础上，再用端承桩和摩擦桩相结合方法做桩柱，解决了"3米厚石盘柱基"长期困扰桥梁工程建设的问题。

贵广线上，比"糖葫芦"更可怕的是遇上斜岩溶洞。在琉璃山大桥、白祖2号大桥、水口州大桥等多座大桥打桩基时都遇到过这种斜岩溶洞。这种溶洞的斜岩有些像上细下粗的竹笋，如果冲击钻头刚好打到"竹笋"的边沿，有岩石的一边十分坚硬，但靠溶洞一边土层松软，持力层较差。往下打着打着，钻头就跑到"竹笋"旁边的溶洞里去了。这样，钻头的一边受力、一边不受力，并且，钻头会沿着"竹笋"越来越粗的底部越钻越偏，最终结果是无法继续往下钻。这时，只好把钻头拔出来，再往里面填黄泥夹片石，填到靠溶洞一边也有了，才能钻得下去。

黄泥夹片石能把小溶洞填上，如果遇上大溶洞，填进去再多的石头泥土也堵不住。张福国记得，何家大桥遇上了个深不可测的大溶洞，很多片石加混凝土填下去像是填进了一个无底洞，怎么也堵不住。干套筒下不去，护筒下不去，后来，在钢筋笼外绑竹片，再用油布包缠，想尽办法还是不行。最后，改用挖孔桩，边挖边处理溶洞，施工一年多时间，一根桩还没打完。

板坝桥9号墩5号和6号桩柱遇到的麻烦比何家大桥那个"竹笋"溶洞更大——这两个桩柱下边都串着三四个溶洞。据"板坝双线大桥原设计情况"记载：板桥双线大桥为岩溶桥，岩溶强烈发育，特殊岩土为膨胀土。9号墩6号桩基设计桩长为67.5米，桩的直径1.25米，桩底标高59.655米，桩底嵌入灰岩。因桩基位于岩溶不良地质地段，较大空洞或填充物较差，溶洞采用钢护筒下地，设计采用170方片石和113方黄泥回填。

施工记录记载：2010年11月1日，9号墩6号桩开钻。桩基钻至30米时出现塌孔，整个地表塌陷。回填后二次开钻。这次，施工人员先根据深度把钢护筒一个一个地焊起来，然后用电击锤砸下，用以稳固钢筋和混凝土，并在钢护筒周围浇灌20厘米厚的混凝土用于支撑钻机。钻至孔深45米时，孔中又严重漏浆，出现塌孔，地表大面积下陷。后续施工过程出现多次塌孔和地表塌陷。

除了塌孔之外，一台钻机的冲击钻头挣断钢绳掉进了洞内。施工不得不暂时停止。

9号墩5号桩施工的情况也同6号桩相似，2010年12月开始钻孔，钻至28米处，出现塌孔。采取回填二次冲孔，刚钻2米又塌孔，地表下陷，塌陷面积由开始的50平方米扩大至100平方米，塌陷深度由开始的5米扩大至8米。多次塌孔和地表塌陷迫使暂时停工。

施工陷入困境后，张建波、刘一乔带着贵广公司的工程技术人员同铁二院的工程设计者赶到现场"会诊"。

现场勘查，开会研究，集体讨论，修改方案。根据现场地质情况，"会诊者"们建议对板坝双线9号墩的6号桩采取回填加固后再钻孔。但这次很不巧——干了两天就钻到"竹笋"了！顺着"笋"尖钻了不久就钻偏，几吨重的冲击钻砸下后失去持力层，顺着"笋"尖的斜面"跑偏"。

技术人员建议，先放炮，在"竹笋"上炸出一个平台再钻。

还是不行，冲击钻很快又滑到溶洞一边。

灌混凝土填充溶洞。但混凝土不知道流到哪里去了，连灌了2000多立方米混凝土的"铁笼子"也不见了。

最后，还是采用老办法：回填泥土石块后，再钻但回填的片石漏泥浆，成不了孔。使用钢护筒跟进处理措施，把钢护筒用冲击电锤往下一节一节地砸，砸到71米处，直径1.5米重115400公斤的钢护筒被砸歪，只好又弄上来。

反反复复地折腾了几个回合，大家无计可施了。2012年3月19日，贵广公司桂林指挥部召集设计单位、监理单位、施工单位再次开会，对板桥双线大桥9号墩5号、6号桩基进行了变更设计。

事后，根据铁二院2012年3月26日提出的变更工程措施，施工单位先在5号桩柱左侧承台外2米，其余在塌陷面外3米范围内成正三角形钻直径0.5米的孔。然后，把混凝土浆液通过高压发射装置高速喷射到孔内，形成一定直径的旋喷桩，对膨胀土进行地基加固。再用抽水机将溶洞内的水抽出，然后用黄泥夹片石回填，再进行桩基钻孔。钻穿 40 米高的大溶洞顶板后，对溶洞内采用碎石并掺水泥填充，填充至溶洞顶板。

待水泥固结后，继续钻孔成桩，同时采用钢护筒跟进处理，以免灌注时爆桩。

与此同时，6 号桩柱也以同样的措施进行变更施工。

2013 年 5 月，9 号墩的 5 号和 6 号桩柱在经历两年半的反复"折腾"后终于完成。

张福国回忆说："当时，架桥机已到了 9 号墩附近，但无法过，准备掉头绕过去。这时，我们的桩柱打成了，9 号墩竖了起来，架桥机直接从 9 号墩把桥架了过去。"

63

在张建波的印象中，中铁十四局的施工段内没有太复杂的工程。向人介绍该局修建的金鸡头隧道，他的口气里更有一点不屑的意味："那是一条比较短的隧道，全长不过 2.4 千米。这样的隧道在贵广线上不计其数，数不胜数。"

在这位贵广老总的眼里，像 14 千米的天平山隧道，14.574 千米的三都隧道，13.58 千米的宝峰山隧道，特别是像 14.693 千米的岩山隧道，那才算是具有技术含量、具有挑战性的隧道。这些隧道洞身动不动就要穿越几十条地质断层或几条河道，岩爆、软岩变形等多种地质灾害经常威胁着施工，隧道平均日涌水量够十几万人使用——这些风险、这种难度是金鸡头隧道能够相提并论的吗？

不过后来，张建波不得不承认，那条只有 2 千米长的"金鸡头隧道在修建过程中也有一定难度——它的底层是软基，并且富含水，还是五级围岩。这样的地质，你不施工不扰动它，它可能是稳定的；只要在这里施工，它的平衡就被打破了，它就会随着施工一直不断地动，不断变形"！

变形是工程之大忌——它说明工程干失败了。

造成金鸡头隧道修建失败的软基、富含水、五级围岩，是工程建筑中常见的几个地质学名词。软基很好理解，望文生义就可以知道：地层基础因滩涂、湿地等因素不稳定、承载力小易下沉的叫软基；富含水大概说的是地层中的出水能力；解释五级围岩需要先搞清楚围岩——指的是隧道周围一定范围内，对洞身的稳定有影响的岩（土）体。

在工程地质学中，根据不同的地质条件，围岩可分为一至五级。它的规律是：等级越高，围岩越差。一级围岩会是坚硬的石头——曾担任过贵广公司技装部部长的副总黄嘉亿说，贵广线上，他还没有见过一级围岩，最高的是二级围岩。二级一般都是比较好的石头，三级围岩还会是石头。但黄嘉亿强调：石头也有好、差之分，同样是三级围岩，有的强风化，有的弱风化。弱风化的可能好一点，强风化的不行。有些围岩看着好，不沾水没问题，一沾水就软了。而五级围岩则可能全是极其容易坍塌的潮湿细粉砂或结构松软的黏性土，安全系数很小。

中铁十四局三公司项目部总工程师、副经理王旭华等人当初在金鸡头隧道遇到的就是这种安全系数极低的五级围岩。

说它安全系数低，我们还可以从隧道的施工工艺知道五级围岩对工程的威胁：隧道施工中，按规定，0.5 至 0.6 米必须安一榀拱架。一级到三级的围岩，一次安装两榀到三榀拱架都没有问题，四、五级的围岩，则不得超过一榀拱架——也就是说，隧道开挖 0.6 米，必须马上喷射混凝土支护，安上拱架，做好初支，然后才能继续往前开挖。否则，隧道就有坍塌的危险。超过 0.6 米，施工者就违规了，就要受到处罚。

明白了软基、富含水、五级围岩这三个在隧道建设中令施工者望而生畏的名词的含义后，就应该知道十四局三公司王旭华等人在金鸡头隧道遇上什么难题了。他比喻说，金鸡头隧道的滑坡塌方像多米诺骨牌一样，一爆破，就大面积塌方，一处滑坡就是一大片。我们打了一年，隧道才打进了 30 多米，还被滑动变形，随滑坡体移动跑出去几十厘米，使隧道整体废弃。

介绍自己在工程中的地位作用时，王旭华说，自己这个总工程师，有点像部队的参谋长，只是帮军事长官参谋，一切都要由项目经理来定夺。

但对金鸡头隧道出现的情况，这位毕业于石家庄铁道学院的高才生也不知道该怎么参谋了。

不知所措的王旭华给贵广公司写了份请求技术支援的报告。

报告很长，且多是专业术语，极其难懂。那份很长且难懂的报告重点只有三个：

一是在广西贺州市贺街镇境内修金鸡头隧道地形陡峭，地质极差，属五级围岩。隧道上方的山体一边高一边低，形成了隧道的偏压，经常造成隧道滑移。

二是隧道表层为粉质黏土、碎石土，往里开挖后全是泥质砂岩。这种泥质砂岩层内富水，隧道下方的溪沟中常年有水流。由于有地下水，导致隧道上的覆盖层稍有扰动，隧道洞身的地层就会向前、向下、向右滑移变形。

三是金鸡头隧道先后经过3次洞口段滑塌和山体地表开裂以及洞顶坍塌。具体时间为：

2009年5月23日和6月3日发生仰坡坍滑，导致洞口导向墙遭到破坏。

2009年9月16日的那次坍滑更具毁灭性。

对这次"毁灭性"的坍滑，王旭华在报告里描述得非常细致：

凌晨，线路左侧边坡坡顶出现平行于线路方向的纵向裂缝，自左侧边坡延伸至截水沟端部，并沿截水沟延伸至隧道右侧。左侧边仰坡喷射混凝土面出现隆起脱落。同时出现垂直于线路方向裂缝。初期裂缝最大宽度为6厘米左右。接下来，裂缝迅速扩展，到最后，裂隙范围扩展至距离隧道中心33.5米处，在隧道口附近形成了纵向长度79米，宽度33米的滑坡体。

王旭华在报告中特别强调：由于洞身顶部左侧山坡向隧道中心线方向滑动，洞身受到向右挤压和推动，隧道洞内临时仰拱出现下弯和外鼓，喷射的混凝土大面积开裂，临时仰拱钢架出现扭曲变形，部分仰拱钢架中央连接板处螺栓崩断。

在山体开裂变形和滑移的同时，隧道内中心水沟附近的仰拱填充砼顶面出现了3条纵向裂缝，裂缝长度16米，最大宽度8毫米。

第一次出现仰坡坍滑险情后，负责工程现场指挥的王旭华马上向贵广公司和负责设计的铁二院做了汇报。贵广公司负责工程建设的副总刘一乔和工程部部长李建业等人会合铁二院的设计者很快到金鸡头隧道实地勘察。一番讨论分析后，自然提出了不错的应急措施。这些措施包括：在洞口重新设置了3米长的导向墙，同时在导向墙后反压回填，并进行注浆加固稳定仰坡。然后，再进行洞口施工。

但过了10天，这些措施被金鸡头隧道一一挫败。

王旭华的施工日志记载：洞身和隧底局部地段有孤石出露，线路左拱脚处有裂隙水渗流出，监控量测数据显示，拱脚处围岩受裂隙水软化，拱顶下沉较大，仰坡再次坍滑，导向墙再次被摧毁。

就在那段时间，收到王旭华的报告后，贵广公司邀请铁道第三勘察设计院的设计大师史玉新到现场勘察，并对施工进行技术指导。

大师告诉王旭华：线路左拱脚处有裂隙水渗流出来的时候，金鸡头隧道就已经"病入膏肓"了。

见王旭华有些茫然，大师说，隧道施工中，水是万恶之源——地下水的存在会软化围岩，对泥质岩和炭质岩的影响尤其明显。同时，存在地下水的界面会减弱围岩之间的联结力，容易出现滑移现象。因此，地下水的过分引排会造成围岩内地下水位变化，引起整个底层的稳定。

但那之前，王旭华还不知道金鸡头隧道已经存在"病入膏肓"那样严重的"病情"，更没有料到金鸡头隧道正面临彻底毁灭的命运。2009年9月16日的坍滑发生后，他在"监控量测日志"里详细记录了隧道在抢救中一点一点走向"死亡"的过程：

"自山体出现开裂以后，隧道拱顶每天沉降约为10毫米。

"临时仰拱加固完成后，洞内沉降和收敛基本得到控制，但山体表面开裂仍在不停发展。自金鸡头隧道洞内停止施工后，隧道变化基本稳定，但遇上雨天，隧道则变化明显。

"2009年12月20日至2010年1月2日，雨天，拱顶下沉变化58毫米。

"2010年1月2日至13日期间，因下雨，拱顶下沉变化42毫米，平均每天9毫米……"

设计金鸡头隧道的铁四院和王旭华一直不肯放弃对已经"垂危"的金鸡头隧道进行抢救。铁四院先后3次组织专业地质队伍对隧道进口地质进行了详细勘探，同时多次组织专家进行会诊。根据会诊意见，王旭华指挥对山体裂缝夯填封闭，并在裂缝外侧进行了注浆填堵；同时将线路左侧边坡土体进行部分卸载和锚喷防护，还设置了一道临时重力式砼挡墙。在进行洞外处理的同时，还在原临时仰拱上方又增加了一层仰拱，想以此保证洞身整体安全性。

干完这一切，王旭华的"监控量测日志"里出现了惊喜的句子："隧道终于从整体趋于稳定！"

但他万万没有想到的是，这种"稳定"不过是金鸡头隧道彻底毁灭前的一种"回光返照"——2010年1月21日至25日，贺州地区那场持续的降雨成了压垮金鸡头隧道的"最后一根稻草"！

25日凌晨5点，它的灭顶之灾不可阻滞地到来：先是隧道地表出现塌坑，坍塌体和着洪水全部涌入隧道内。接着，隧道右侧13号抗滑桩坍塌，15号抗滑桩护壁发生变形。很快，在滑坡体巨大压力的冲击下，隧道左侧9号、11号抗滑桩附近的坡土开始松动开裂。

眼睁睁地看着费尽心血竭力抢救的隧道毁于一旦，王旭华痛心疾首，欲哭无泪。

金鸡头隧道第四次出现滑移后，之前一直认为中铁十四局管内没有太复杂工程的张建波也觉得棘手了。他专程去了工地，眼前那山崩地陷的情形让他震惊不已——他简直无法想象，是什么魔力将山体撕裂，将整个金鸡头山体搞得七零八落、四处塌陷！得有多么巨大的力量，才能将隧道揉弄得整体扭曲变形，才能将一整段山体推移到几十米之外？！

这股神秘莫测的巨大魔力令人无法捉摸，却又实实在在地存在于眼前！

张建波不敢再小觑这座只有2.4千米长的隧道了。2010年4月16日，他再次召集有关单位负责人到现场办公，同时组织专家会诊。此后，佛山指挥部的指挥长耿浩又多次组织开会，听取各方的意见。

王旭华记得，"各种研讨会开了至少有10个，听到的意见也是五花八门"——有的建议加固抗滑；有的说在洞内强力支付；在隧道两侧的桥梁和路基均已定型的情况下，有的还不切合实际地建议：把隧道向山的主体方向偏移20米；更有人说，以动物名称给隧道命名经常遭遇麻烦，建议把金鸡头隧道改名为贺街隧道……

最后，这些各抒己见的诸多建议除采纳把金鸡头隧道改名为贺街隧道这一条之外，其余建议都没有能形成改变金鸡头隧道命运的意见。

于是，研究对策的研讨会规格越来越高。2010年5月16日至17日，贵广公司在桂林召开了"贵广高铁金鸡头、东科岭东科山隧道专项技术咨询会"。铁道部工程设计鉴定中心、铁三院、西南交大、石家庄铁道大学的专家及铁二院、四院、中铁十三、十四、二十三局贵广高铁工程指挥部、甘肃铁科、北京铁城贵广高铁监理项目部等单位参加了会议。

会议期间，专家们再一次进行现场踏勘并召开了专项技术咨询会。以西南交大关宝树教授为组长，铁道部第三勘察设计院设计大师史玉新为副组长，贵广公司安质部许为农、铁道部鉴定中心赵勇、石家庄铁道大学朱永全教授、贵广公司桂林指挥部杨延伟等7人为组员的专家组，形成专家意见，确定了贺街隧道进口段的整体施工处置方案。即针对浅埋、偏压软岩，在隧道左侧地表设置17根锚固桩和以旋喷桩的方式加固山体；变形段采用明拱暗墙法施工，对基底根据开挖情况采用相应措施加固；洞内采用玻璃纤维锚杆支付，加设锁脚锚杆，增设排泄水措施；对洞内下沉地段采用旋喷桩加固底层，以保护隧道掌子面及周边岩体的稳定。

"5.16桂林会议"一结束，王旭华和他的工程队很快按照新的方案及措施对山体进行加固处理后进行隧道开挖。为了赶工期，他们从中间加一斜井，开辟出两个工作面同时施工。

2013年10月，贺街隧道实现安全贯通。

第十九节 "哀师必胜"

64

原以为，秋天来了，工程建设中那些令人郁闷神伤的事情都会像树上的枯叶一样慢慢脱落，随风飘走。但张建波没有想到，2014年9月21日这个快进入深秋的日子给他带来了更大的烦恼。

那天，贵广公司开动员大会。会议讨论的主题只有一个：贵广高铁是否能在年底开通。

会前，张建波先向公司的一些领导透露了力争年底开通贵广高铁的想法。他特别强调，公司领导班子的态度是能否得到铁总督导组支持的关键，所以，希望大家能有一个鲜明的态度，拿出能让督导组信服、支持的意见。大家点头称是。在这种情况下，才召开了这次动员会。

这是一个很具规模的大会，公司班子和中层干部都参加了会议，铁总工管中心副主任何志军及他所带领的贵广高铁督导组的成员也都列席了会议。

为了引导会议按着自己的思路走，主持会议时，张建波首先回顾了6年来公司每个部门和所有建设单位所做的努力及取得的成绩，强调贵广公司2008年与原铁道部签订的贵广高铁工期合同2014年年底即将到期，又讲了力争年底开通贵广高铁的基本想法，并希望大家再接再厉，确保贵广线准时开通……

讲完，张建波以为自己充满激情的动员准会引起热烈反响。但他没有料到，年底开通贵广高铁的想法对与会者形成的压力就像一只弹簧，压得越狠，反弹得越厉害。以至于没有人为他的想法鼓掌，没有人附和年底开通贵广线这个话题。会议室一片沉默。

当时，张建波就隐隐感到，这沉默里弥漫着一种隐晦的挑战。但想到班子成员和中层干部们从来都与自己同心同德，配合默契，他相信，关键时刻，大家会一如既往地支持工作。

为了打破冷场的尴尬，他问："有什么问题吗？大家都讲讲，知无不言，都是为确保贵广高铁年底开通嘛。"

没有应答。

张建波又催："有什么就提出来嘛，让督导组的领导知道我们的真实想法。"

有人一声长叹，缓缓摇了摇头。

是不同意年底开通？还是不想谈这个话题？或者是用摇头这种肢体语言来向我传达他们的意见？

张建波思忖着，同时在对方的眼神里探寻着。

没想到大家对力主年底开通贵广高铁的事竟会如此冷淡，张建波在感到失望的同时有点忿然。

"我提几个问题。"首先打破会议僵局的公司副总经理曾维德一脸肃然，边打开笔记本边说，"对张总刚才所讲的力争年底开通贵广高铁，我认为，我们应该向这个目标努力，但从工作量和所剩时间，从保证安全和质量的角度讲，这个目标很不现实！"

曾维德的开场白使全场为之一振，会议室出现了一阵轻微的声响和躁动。张建波也为这位同事与会议主旨背道而驰的发言感到吃惊，他抬头直视着坐在矩形会议桌对面这位分管安全和纪检工作的副总经理，生怕他再讲些有违会议主旨的话题。

曾维德似乎根本没有考虑张建波对他发言内容的感受，用带着川音的普通话滔滔不绝地阐述着他的"问题"："首先，未完工程与所剩时间形成了巨大反差。现在已是 9 月下旬，离年底贵广高铁开通的时间只有 3 个多月。"曾维德正要进一步阐述，坐在旁边的副总黄嘉亿打断补充说："准确地讲，如果算到 12 月 31 日，离要求开通时间还有 101 天，如果要把开通时间定在毛主席诞辰那一天，就只有 96 天了……"

曾维德接过话题反问："剩下的工程量还有多少？这段时间我们都在下边跑，大家都明白，全线除了二标、三标、八标、十一标等几个标段的工期时间没有多大困难外，其余哪一个标段不需要半年到 10 个月左右的工期？"

曾维德的话在会场上显然引起了共鸣，参会者中有人点头赞同他所估计的工期时间，有人交头接耳，小声议论这么短的时间根本不可能开通。

曾维德被这种氛围鼓舞，继续侃侃而谈："我的第二个问题是，我们可以拼，可以 24 小时不停地大干苦干，但赶出质量问题怎么办？赶出了安全事故又怎么办？我们要面临的第三个问题是，即使在预计的时间内把工程赶出来了，也不存在大的安全质量问题，但赶出来的工程未必能够完美，如果有缺陷，检查验收时需要整改，需要多少时间才能整改完？谁也说不好……"

张建波身体前倾，眉头微皱。显然，他被曾维德发言的语调拖进了定式思维的旋流。他觉得自己的这位同事讲得有理，所讲情况的确应该认真考虑。但一细想，他又感到曾维德有理有据的发言中有些过分强调困难，且提出的问题都充满了"如果""即使"等假设。这种假设不仅偏离了动员会"力争年底开通贵广高铁"的主题，还会影响与会者的斗志和督导组对开通时间的判断。

他想谈谈自己的观点，把发言扳回到"主题"上。但公司分管工程的副总经理兼总工程师刘一乔抢先接过了曾维德的话题："曾总提出的问题的确值得我们重视。我们要客观地评估未完工程的所需工期，这样，才能比较准确地计算出开通的大致时间，然后在此基础上倒排工期。"

刘一乔的简短发言把与会者的发言引向另一个话题。工程部部长李建业、贵阳指挥部指挥长吴青山、一直在桂林段负责工程进度的公司副总经理张继周等人纷纷自报所辖标段的工程量和施工难点。

大家七嘴八舌的发言把这样的情景推到张建波的眼前：

贵阳北站施工现场，机器轰鸣声响成一片，进出工地的卡车一辆接一辆。这里，每天至少需要钢筋工 300 人；每天需运混凝土的车 150 辆左右；每天需要 400 多吨混凝土；每天要浇筑混凝土约 1500 方——达到了这些指标，才能保证贵阳北站站房装修进入倒计时，进而保证年底开通。

十四局施工的大岐山隧道出现的问题在张建波眼里"从来就不能算是问题"，可是，到 9 月的这次动员会召开前不久，因把隧道斜井更改为逃生通道等原因，这里成了一个新的"堵点"。

佛山指挥部指挥长耿浩更是叫苦连天——在他的辖区内，佛山西站、跨桂丹路特大桥、佛山隧道的工程量没有一个能保证在半年内完成！

……

根据这些情况，有人提出了一个难以接受的结果：即使能抢通大部分工程，但只要一座桥或是一个隧道不通，整个贵广高铁就难以开通。

这样的分析很有感染力——会场上"开不通"的呼声一下占了上风。"难度太大，风险太高，剩余时间太短，年底开通有点悬！"

"开不通，肯定开不通！"

"100%开通不了！"

有人还说300%开不通。

与会者纷纷向张建波投来怀疑和审视的眼光。有人打退堂鼓了，"年底通车是看不到什么希望了，干脆悠着些干吧……"

"对，还是稳扎稳打的好！"

"没日没夜地干，实在受不了。"

"静一静，同志们！"在嘈杂的议论声中，张建波轻轻叫了一声，仿佛要唤醒一群已经心力交瘁即将进入睡眠的沉睡者。

"沉睡者"们抬起头望着张建波，看到了一双布满血丝和疲惫的眼睛。大家的心猛一收缩，情不自禁地想到了这位老总长期没日没夜奔波在工地的情形。有人不由自主地想："要说苦和累，他更苦更累，更受不了！"

张建波说："知道大家一直都很辛苦，从目前的情况看，年底完成工期也的确有很大困难。但大家不能泄气，不能放弃，要坚持！否则，就前功尽弃了……"

张建波的话未完，有人接话说："张总，辛苦没有啥，我们也愿意坚持，但还有那么大的工程量，坚持一下就能解决问题吗？"

"是啊，张总，坚持了又有什么用，坚持了也没希望！"

张建波纠正说："同志们，不是看到希望才去坚持，而是坚持了才能看得到希望。所以，我们一定要坚持！"

他要把涣散松懈的人心重新集合振作起来，向年内开通的目标奋进。为了让大家从自己的表情中感受到轻松和信心，张建波咧了咧嘴，想笑，但没有笑出来。

但他那有些发僵的表情并不影响思想发动，他用丘吉尔的一句话鼓励大家要保持信心："信念不死，希望永存。成功就是不断失败而不失信心。"

虽是伟人的话，但与会者们并不明白怎样才能"信念不死"，又为什么要"不断失败而不失信心"。有人着急地问："张总，眼下的困难根本无法实现年底通车的目标，我们为什么还要坚持？又怎么坚持？"这样的语气不像是下级向上级请教，而像是部员与部员之间在争论问题。

但张建波高兴，因为只有放下官衔、职务这些世俗的约束时，大家的沟通才是自然和发自内心的。他环视一遍会场，推心置腹地说："眼下，困难的确很多，甚至还风险很大。但我们要咬紧牙关突过去，为什么？因为贵广高铁已经拖不起，贵广公司也已经没有退路！"

张建波那炯炯如炬的眼神仿佛使整个会议室产生了一种灼热气氛，他的话题更是把很多与会者带入时不我待、需要背水一战的严峻情势之中。"我们已经干了6年，目前，各建设单位都已呈强弩之末！"

张建波不想只是简单地给大家描述一种严峻的形势，他详细地剖析着"强弩之末"形成的一个重要原因。"贵广高铁是2006年做概算，2008年开工的项目。2011年，原铁道部实行新概算，定额提高了。但贵广高铁是老项目，执行的是老概算。依照贵广高铁招标时的概算标准，一个人工一天只有24元的工资。实际上，一两年后，一个人工124元一天也找不到。前不久，我听大岐山隧道的一位项目经理讲：2009年，他们请当地的老百姓干活，一天只需六七十元，到2011年，两百元一天还请不到人。到2014年，一个人工一天更是高达300元……"

讲到这里，张建波扬了扬手中的一份文件说："这是中交四航局交来的一份报告，这份报告里提到了这样一些数据：他们修建3.75千米长的佛山隧道已给村里付了2800多万的土地以租代迁租金，因工期拖延而多付了几千万的人工费和机械租金，他们已经给村里付出'损失费'1300多万元。"

张建波强调说："这些费用还只是一个月前的数据，再拖下去，这些数字还会翻着筋斗往上涨！"

张建波公布的数据使不少与会者惊愕，有人小声发问："怎么会这样呢？"了解内情的人轻声答道："有什么奇怪，很多标段都是这样过来的！"

在大家议论纷纷时，张建波把发言转向另一个话题："不光是各个标段拖不起，我们公司也不能往后拖了。因为贵广公司负责修建的500多千米沪昆高铁定的是2015年6月开通贵州到长沙段，昆明方向定在2016年6月开通。这些工作都是一环一环定下的，如果贵广高铁今年开不通拖到明年，到时，我们这个只有60多人却长期干着120多人的工作的贵广公司就没有人力物力，也无法集中精力和时间去开通沪昆线。所以，我们只有咬紧牙关把贵广高铁在今年内拼通——就是拼上老命也要搞通。"

张建波的发言赢得了不少与会者赞许的目光。张建波迎视着大家的目光说："3个多月要干完半年到10个月左右的工程，你们一定觉得非常不可思议。我要说，将不可思议的事变成现实便是创造奇迹。我们一起来创造这个奇迹吧！"

但铁总督导组的人似乎并不相信谁能创造这个奇迹。

张建波发言结束后，一直默默关注会议情况的铁总工管中心副主任何志军做了个简短的发言。他说，我从2013年10月起就和督导组的同事们入驻贵广高铁的工地，对各标段的工程进展、存在的问题及工期等情况还算得上了如指掌。建波同志强调要在2014年开通贵广高铁那些原因的确很重要，应该尽力朝开通的方向努力。但同志们啊，眼下，开通面临重重困难和极大风险，我们需要理性对待，尽我们最大的努力去开通，而不能一味冒险强求。如果努力了，确实开不通，那也是情有可原的。

督导组长的一句"不能一味冒险强求"和"情有可原"给不少与会者留下了想象和发挥的空间。当即有人推测：铁总已经放弃2014年开通贵广线了！

督导组另几位参会者婉转地解释说，不是不支持贵广公司今年开通贵广路，主要是施工量太大，按正常的施工组织设计，倒排工期排不过来——我们反复排了几次都排不过来。

督导组还有人强调：即使你们能完成工程，验收也来不及——联调联试要先静态验收，然后才能动态验收。光静态验收就有路基、隧道、桥梁、轨道、房建、防突救援等17个专业，每个专业组织验收了还要组织专家评审会，根据验收提出问题，再组织建设单位进行整改……

如此等等，不一而足，归纳成一句话就是：贵广高铁2014年不可能开通。

督导组成员的发言无异于给了张建波狠狠一击，他心头感到一阵刺疼：自己用激情和鼓动使部分与会者沸腾起来的热血又被督导组一勺冷水浇了下去！

会场风标再次转向，副总们、正副部长们以及督导组的成员们反复强调：2014年年底，不可能开通贵广高铁。

至此，会议的意见已经完全背离了张建波的意向。

事后，铁总督导组的一位小伙子在谈他对张建波的印象时说：他是一个坚持年底开通贵广线的鹰派，但他是一个孤独的鹰派。

"孤独的鹰派"感到非常悲哀：同僚们对形势的分析跟他背道而驰，不被理解的良苦用心居然成了一个错误!

但孤独的张建波没有在一片反对声中败下阵来。他仍试图说服同僚，把贵广的责任担当连同自己的信心与坚定揳进他们最深的思想里。

会议结束前，他利用会议主持人的"特权"再次阐述自己的主张："按照正常的思维，常规的施工速度的确不能保证在年底开通。但如果我们以反常的思维，以超常规的方式来组织、指挥施工呢? 会不会把不可能的事情变成一种可能……"

张建波本还想继续讲下去，但会场里传来一句非常刺耳的反驳："反常规的做法往往都是违背科学的，不值得推广。"

"让我把话说完! "张建波沉声打断了对方。接着，语速极快地凛然道："不是有人说 100%、300% 都不可能开通吗? 我们就是要用超常规的方式来决战 2014 年，即使有 1000% 个不可能，贵广公司也必须在 2014 年年底把贵广高铁开通，把它变成 100% 的可能! "

说完，张建波激动地在桌子上擂了一拳。

随着桌子咚的一声闷响，会议室出现了短暂而使人局促不安的沉默。所有人都僵住了，纷纷把目光转向张建波。从与会者们惊愕的表情中，张建波隐隐觉察到自己的话太重，有些失态。他抱歉地冲与会者点点头，把几句更为激烈的话咽了回去。

65

会议结束的第二天，张建波驱车直奔 900 多千米外的佛山。

越野车风驰电掣地一路狂奔。驾驶员从反光镜里看到了张建波昏昏欲睡的眼睛里隐含着一种倔强和愁苦。

动员大会开成近似争吵的局面，完全出乎张建波的意料。尤其是督导组的态度，更使他感到一种无形的压力。

动员会后，他与班子的几位副总碰了一下。张继周、黄嘉亿判断：大岐山隧道、贵阳北站等处的工程组织力量突击一下，年底通车也许问题不大。但大家对 13 标的几处工程感到伤神，曾维德说："13 标的佛山隧道、跨桂丹路特大桥都是佛山西站的咽喉地段，前几天我去那里看过，这两处重难点工程没有半年肯定弄不完! "刘一乔的估算更悲观：能在 10 个月内干完就很不错了。

几位副总的分析让张建波如坐针毡。他决定实地做一个全面调查，亲自倒排一下工期，算一下人力、设备调配，看能不能在 3 个月内把 13 标的几处"欠账"半年至 10 个月的工程攻克了。

张建波之所以直奔佛山，是因为 13 标"欠账"的根源都在佛山西站。

佛山西站设在佛山市南海区的罗村。这里南抵桂丹路，西靠工业大道，北至兴业路，东邻兴塑路，是一个极具经济战略意义的地带。但罗村的意义和价值最初并没有被重视，在原铁道部批准的设计方案中，佛山站只是一个区间站。后来，当地政府说要把这个站扩大，要做成与广州站、广州东站和广州南站一样大的枢纽站。这个枢纽里，包括贵广、南广客专车场、城际车场、客专运用所和城际动车运用所四部分。

佛山政府宏大的设想并不仅仅只是出于交通的考量建一个"枢纽城"，他们的目的是以佛山西站和佛山高新区为载体，打造一个主体区域面积达 92 平方千米的粤桂黔高铁经济带合作试验区（广东园）。

佛山政府如此的大手笔并不为所有人理解，2008 年时的铁道部就认为，广州南站离佛山太近，没有必要建那么大的站。

意见不统一，双方都将自己的方案交到国务院定夺。2011 年年底，佛山政府的方案获得国务院批准。此前，因争议，必须结合佛山高铁站的设计来确定佛山隧道和跨桂丹路特大桥等工程的设计图纸也拖了下来。2012 年，佛山高铁站方案确定后，图纸规划设计又是几度变更。施工方案正式确定下来已是 2013 年 10 月。

那时，佛山西站已不可能在 2014 年建成，为防止出现贵广、南广铁路线建成而站场还在施工无法使用的尴尬局面，有关方面趁机放出话来："贵广和南广铁路 2014 年年底通车时，也许不会停靠佛山西站，而是'飞站'直达广州南站。"

一个"也许"，佛山西站巧妙地"金蝉脱壳"。但影响了工期后又置身事外的佛山西站坑苦了已被拖得精疲力竭的中交四航局的施工队伍——当时，铁四院给四航局的正式施工方案是：在佛山西站的西咽喉区新建一座跨桂丹路特大桥主桥和连接线，让贵广、南广两条高铁四轨道横跨桂丹路后接入佛山西站。该桥设计跨度为 1600 米，宽 23 米，施工工期为 14 个月。

2013 年 10 月见到这个施工方案时，四航局贵广高铁工程指挥部常务副指挥长张建华哭笑不得："为了这个方案，我们已在佛山隧道和跨桂丹路特大桥的工地上边停停干干地折腾、边苦苦地等了整整 5 年！14 个月的工期却让我们耽误了 5 年！这算哪门子事呀！"

如果从拿到施工方案就能马上进行施工，四航局的工期最后也许还不至于那么紧张。但他们需要再等——还得等佛山隧道和跨桂丹路特大桥工地沿线的征拆——过去的 5 年，四航局就是这样等过来的：一边拆一边见缝插针地施工，拆一点干一点。拆不动时，几千号人几百台机器就眼巴巴地等着，停停干干地"等"了 5 年，工程量完成还不到五分之一！

这种状况让张建波头痛不已，提到佛山的征拆，就会触碰到他敏感的神经："那真是一件让人烦恼令人不堪回首的事情！"他记得，"朱小丹当常务副省长时就开始去佛山协调征拆，当了省长还去协调，先后 7 次到现场办公解决贵广高铁的征拆问题。时任副省长的胡春华也多次去解决征拆的事情，但都收效甚微。到 2014 年 4 月，佛山一带的征拆还没有实质性的突破"。

在张建波感到有些绝望时，事情终于有了转机——仍是广东省省长朱小丹等人带来的：2014 年 5 月，朱小丹和铁总卢春房副总经理再赴佛山，与那里的大小官员们一起上阵督促、突击征拆。这次，跨桂丹路特大桥等处的工地达到了可以施工的条件。

这时，距贵广高铁开通只有大半年时间了。

从那时候起，经常关注佛山新闻的张建波不断在报刊和网络中看到这样的描述：

"沿途全是挖机、吊车在作业，钩机在开凿岩石，大型挖掘机在跨桂丹路特大桥一带平整土地，开挖基坑……

"巨大的路桥基坑内，钢筋铺设已见雏形。连续梁桥墩承台把钢筋扎好后，部分地段桥墩如雨后春笋般冒出了地面，越'长'越高。

"大桥现浇梁完成，已进行贵广、南广正线施工……"

与跨桂丹路特大桥热火朝天的施工场景相比，佛山隧道的施工却是另外一番不顺。

这里的不顺首先是征拆不顺。这里虽然也处在全国百强镇第八位的大沥镇境内，但这里没有那种用蔑视和不屑的口气说"给几个亿你们把贵广线绕一下"的财大气粗者，也没有为了一棵树、一座坟、一种风俗或一种关于风水的说法而向贵广高铁猛敲竹杠的人。

但他们就是不同意征拆。

原因很简单，这里不像其他的地方，一个工厂征拆了再给划一块地把厂重建起来。3.75 千米长的佛山隧道横穿 3 个村子，土地奇缺的 3 个村子没有地给谁重建，一个工厂拆了，这个企业就消失了；一家民房拆了，这家村民就没有地方盖房。所以，你给再多的钱他们也不愿意拆迁。

但他们愿意把土地出租给四航局施工——用明挖施工工艺在几米至十七八米的地下把隧道建好后再填土复原，交给村里使用。明挖隧道期间，村里共收 2800 万元的租金。

如此昂贵的租金，村里还有很多附加条件：

1. 不允许用冲钻等噪声大的机械。

2. 每天晚上 10 点到凌晨 7 点之前不允许作业。

3. 先交 1300 万元押金，作为违规或损坏房屋的赔偿（这笔押金后来全被"赔"进去了，村里说还不够）。

4. ……

施工虽被"约法三章"束缚，但隧道建设还能在村子的地盘上缓慢地向前"蠕动"。"蠕动"到佛山机场附近，工程寸步难行了。

负责佛山隧道施工的项目经理叶国毅告诉张建波：佛山隧道有一段要经过广州军区佛山机场附近，机场跑道正好对着北面的隧道，机场的引航灯离隧道不过 20 多米。如果施工区的机械太高，就会对飞机的起降造成危险，所以，隧道施工区成了机场的限高区。施工要使用大型旋挖钻机、汽车吊、臂架泵等较高的机械都被认定为危险物，所以，部队不允许施工。

接下来是一番马拉松式的谈判、协调。在接受部队限高、限时等要求后，部队允许施工了。但一干，叶国毅等人才发现，接受部队要求后的施工相当于开一辆轰着油门却踩着刹车的汽车在闹着玩儿——限高、限时的要求非常严苛：设备只能用功效较低的；吊车等高物必须在规定的时间内放下来；飞机起降时必须停工，人机撤离。

最要命的是，这是一个军民共用机场，飞机起降频繁，工地上的"人机撤离"也就必须随之频繁。

叶国毅在一张纸上给张建波写下了这样几组数据：

各趟民航航班起飞或降落前至少提前 30 分钟停止作业，人机撤离。重新恢复作业至少需要 15 分钟，每次施工受影响时间约 45 分钟。佛山机场每周出发和到达民航航班 64 架次，平均每周有 48 小时不能施工。

空军飞行训练时要求至少在 60 分钟前停止作业，人机撤离。重新恢复作业至少需要 15 分钟，每次施工受影响时间约 75 分钟。空军作训平均每昼夜飞行次数为 5.06 次，每天有 6 个多小时不能施工……

三项目部书记古新标说："我们哪里是施工，完全是在搞防空演习。有时刚把机器发动起来，飞机就来了，我们得马上停机，进入演习。"

频繁的"演习"使得有时一天只能干两小时。

影响施工的除了飞机，还有佛山那令人神伤的雨。

佛山隧道暗埋段经过横岗涌为主线形成的水网，与隧道的筷子涌、机场涌、大沥涌及太平涌均有直接或间接连通。进行隧道暗埋段的开挖之前，要先对主要河涌水网进行改移，需要切断外界的水源。这时候，天公偏偏不作美——广东的八九月正是梅雨季节，一下雨整个工地都是水。下一场雨，得用数台大功率的抽水机从开挖的隧道里往外抽几小时的水。隧道里的水还没有抽干，大雨又来了……

13 标指挥长张建华说，望着倾盆大雨，我真想放声大哭！

愁对佛山的雨天，张建波当时的感觉是，"神经都快崩溃了！"

看完 13 标的几个工地，张建波觉得好累。心累！

他甚至有了这样的幻觉：贵广高铁面前正横着一道坎子，这坎子上密密麻麻地布满了深不可测的基坑，到处都是横七竖八的钢筋和排排行行的桥墩……

面对这道"坎子"，张建波热血沸腾，不由产生一种飞蛾扑火的冲动：在这道坎子面前，要么纵身猛跳，超越而过，要么畏缩不前，让贵广高铁的开通遥遥无期！

但他的耳畔似乎有人在问：有必要纵身猛跳超越而过吗？

纵身猛跳就一定能"超越而过"吗？如果不能超越而过，掉进那深深的基坑或被那些乱七八糟的钢筋绊倒岂不是前功尽弃？

痛苦沉甸甸地压住了张建波的思维，他不愿继续往下细想，害怕细想下去自己已经紧绷的神经之弦会因不能承载过重的压力而断裂。

事关贵广高铁命运和 10 万建设大军的利益，也关系到贵广公司的荣誉，更事关自己的责任与担当，他无法马上确定这是不是一道必做的单选题……

眼下，贵广高铁何时通车并不是无可选择或者必须做出某种选择：按部就班地干，晚几个月开通也情有可原——因为 2011 年的工程措施改变和 7.23 事件后的停工都影响了工期，铁总应该认这个账，不至于把年底不能开通的责任推给贵广公司，更不至于让我张建波承担什么责任。

何况，代表铁总的督导组已经有了可以不在2014年完工的暗示。

想到这些，张建波释然，紧绷的思想之弦也慢慢松弛了下来——他劝慰自己：人的思想也有负重而疲惫不堪的时候，给自己放个假吧，以一份洒脱娴静的心态面对喧嚣的红尘，面对横在贵广高铁上的那道坎子。

似乎，张建波大彻大悟，真要"遁入空门"了。

但即将"遁入空门"之时，他突然想到：关系一条高铁命运和10万建设大军利益的大事，自己附和大多数人做出的选择难道真的就那么合情合理？真的就不会留下什么遗憾？

他不由想到米兰·昆德拉名著《生命不能承受之轻》一书揭示的那个主题：生命中的许多事，看似轻如鸿毛，却让人有无法承受之重。

过去，张建波曾听人说，流落异乡无法叶落归根是漂泊之人的生命不能承受之重；逢年过节，不能与家人欢聚一堂是流浪者的生命不能承受之重；对于逐利之徒，看不见金玉满堂是他生命不能承受之重；出现了子欲养而亲不待的结局，这会是一个孝子的生命不能承受之重……

而对于一个负责承建一条高铁的总经理，轻易地放弃了不该放弃的，一有困难就随波逐流，就不负责不担当，这会不会成为他的终身遗憾和他的生命不能承受之重？

张建波灵魂的深处，旋风一样卷来一声喝问：尔俸尔禄，民脂民膏。对国家的高铁，对国家的承诺，岂能言而无信？又怎能随波逐流，不负责无担当！

像一道闪电照亮了晦暗的心空，张建波打了一个寒战。快要"遁入空门"的他重又回到了尘世，认真掂量责任的分量。

他历来认为，责任其实就是分内应做的事。接受责任的能力，是衡量一个人一个单位的标准。贵广高铁是贵广公司承诺要在2014年完成的任务，在规定的时间内就应该把这个活干完，即使累趴下了也要咬牙坚持干完，不能拖国家的工期！

这是一种责任。也是一种必须的担当。

从某种意义上说，敢于担当是一个人必须具备的基本素质。遇麻烦有危险时，普通百姓尚能站出来拍着胸膛说："一人做事一人当。这件事我负责！"一个负责一条高铁建设的总经理岂能在关键时刻畏首畏尾、患得患失？

"回避困难，上交矛盾从来就不是我张建波的做派。'苟利国家生死以，岂因祸福避趋之'才是我秉承的信念！"想到这些，张建波心中涌起一阵冲动：绝不退缩，自己的出现，就是为了承载按时开通贵广高铁这样一个神圣而光荣的使命……

为了这一使命，他要把完成工期的"标尺"再次拉高。

66

10月初，卢春房飞抵佛山。他此行的目的是要进一步调研贵广高铁是否可以年底开通的问题。

卢春房是主张、支持贵广高铁年底通车的，但铁总督导组从9月21日动员会上带回的信息使这位主管工程的副总难免有些纠结犹豫。于是，他赶到佛山，现场考察后，准备与张建波这个力主年底开通贵广高铁的"鹰派"做一次沟通，然后召集贵广公司中层以上的干部和各标段指挥长、总经理各开一个会，把是否在年底开通贵广高铁的事情敲定下来。

卢春房与张建波的交谈一开始就直奔主题。"建波，这几天我到工地看了，觉得难度的确比较大，2014年开通贵广高铁没有把握。征求一下你的意见，能不能把开通的时间往后拖一拖？"

"啊……"卢春房约谈前，张建波就担心这位主管上司的决定会被那次会议的主流意见影响和裹挟，当卢春房果然把他担心的问题开门见山地提出时，瞬间，动员会上那片孤独的阴云以及孤独带来的忧郁再次袭上他的心头。

不过，"阴云"转瞬飘散，张建波思维的天空依旧明朗。"卢总，我还是坚持2014年开通贵广高铁的意见！"

"说说理由。"

张建波有条不紊地讲起了他在动员会上讲的几点理由。

听后，卢春房问："除了各标段经过6年的苦战已成强弩之末，继续拖下去会增大成本，贵广今年不开通会影响2015年沪昆高铁的开通这几点外，坚持今年开通还有其他原因吗？"

"有。"张建波说："舆论和造谣者都盯着贵广高铁开通的时间问题，一直就没有消停过。他们已把贵广高铁'逼上梁山'了。"

张建波记得，进入2014年，网上就传：据可靠消息，贵广高铁工期一延再延，原计划 2012 年通车，现在要 2014 年才建成，2016 年通车。

另有版本说，2014 年，贵阳到桂林可以通车，2015 年年底全线通车。

2014 年 8 月 19 日，《南方都市报》用很大篇幅辟谣：

"从今年 4 月开始，关于贵广高铁将于 8 月 22 日开通的消息就在网络上热炒。随着'8 月 22 日'的临近，最近几天，这一消息又开始在各大论坛和朋友圈疯转。

"'东莞到达桂林仅需 2 小时 12 分钟，全线 21 站，站站都是旅游景点！'，'贵广高铁 8 月 22 日将试行！暑假一路向西玩过去吧！'……

"8 月 22 日就在这周四，贵广高铁真的要来了吗？网友们这次恐怕又要愿望落空了。南都记者日前从广铁集团、成都铁路局确认，贵广高铁不可能在 8 月 22 日开通……"

贵广高铁不能按时开通的消息使媒体普遍流露出了深深的失望与不满。有家很有影响的网站刊文说："贵广高铁言而无信拖延工期，桂林旅游高铁时代被迫迟到，游客盼有关方面早日兑现开通承诺……"

听了张建波的介绍，卢春房摇头苦笑："造谣可恨，人言可畏！"

"谣言和舆论的压力也许还可以通过舆论化解，另一种无形却是更加巨大的压力就难以应对了。"张建波把一个多月前的一张报纸递给卢春房说："卢总，你看看这个。"

卢春房接过报纸一看，只见头版头条的消息说：8 月 30 日，贵州省政府副省长秦如培主持召开会议，研究解决贵广高铁建设中存在的困难和问题，提出加快推进措施，强调要坚定信心、鼓足干劲、奋力冲刺，确保今年年底如期建成通车……

看完报纸，卢春房感慨道："良马不窥鞭，侧耳知人意啊。贵州省政府是在用他们的努力督促我们的工作。如果不能按时开通，我都无法向他们交代了。"

卢春房的话触动了张建波的心事："是啊，我们绝不可以失信于民众和当地政府，不可以没有责任和担当。贵广路拖过年底开通就违约了，我这个贵广公司的一把手，任其违约成为一个失败的工程，那就是我不负责，没有担当！古人尚能立木为信，何况我还跟铁总签了合同？"

卢春房用欣赏的目光打量着这个大有古君子之风的贵广老总，年底开通贵广高铁的信心在他心底一点点地增加。

但他仍没有十成的把握。于是问"古君子"：如果不能完全开通，可不可以先从贵阳开通到桂林？卢春房强调说："主要是桂林以东的工程量太大……"

　　卢春房还未说完，张建波便抢着答道："开通到桂林仍然只能算作半途而废，应该全线一次开通！"

　　见张建波态度如此坚决，卢春房沉思片刻后问："如果赶工期失败，照样不能开通，想过后果吗？"

　　"现在是冲锋陷阵的时候，我没有精力去瞻前顾后想退路。我要考虑的是怎样千方百计地保证安全而成功地开通。"停了停，张建波补充说："赶工期也许会失败——这和飞蛾扑火也许会被烧死一样。但飞蛾扑火的自我牺牲是一种为了追求而付出时的义无反顾，我们人类有很多时候也需要义无反顾地去追求。追求可能失败，但有个叫惠特曼的外国人说：'当失败不可避免时，失败也是伟大的，而且，死亡和绝望也是伟大的！'"

　　张建波那扬在脸上的执着和刻在生命里的坚强感染了卢春房。"明知不可为而为之，有时是任性、偏执，但有时是一份不知前途却要义无反顾的执着。"他不由想起美国作家海明威的名言："人是不能被打败的，你可以消灭他，但不能打败他！"

　　"不能让贵广路上险恶的局面坑害了这个难得的'鹰派'！"卢春房提醒说："建波，有人质疑：贵广各参建单位既然已成强弩之末，你还有什么把握在年底开通？"

　　张建波略一思忖说："哀兵可用，哀师必胜！"

　　"你说得明白些。"

　　"卢总，坦率地说，目前，我们开通贵广高铁的一个重要优势是人。我们只能发动承建单位去拼，去赶工期，把工程拼出来！"为了显示对参建单位的信心和把握，张建波介绍说："卢总，你是知道的，贵广路参建的大多是铁道兵出身的工程单位。比如，中铁十二局集团的前身是在抗日战争中威震冀中平原的回民支队；由直属桥梁团为基础组建的铁道兵第四师成了如今的中铁十四局集团；十八局集团是铁道兵八师组建而来的。还有很多单位的老底子都是铁道兵。当年，他们在抗美援朝、抗美援越的战场上立下了汗马功劳，和平年代，又先后修建了成昆、贵昆、襄渝、青藏等铁路。1984年改编为铁道部的工程单位后，他们告别军旗仍然是一支劲旅。所以，铁道兵勇往直前的精神既是我们抢通贵广路的财富，更是一种力量，一种资源……"

听到这里，卢春房有些不解："既是劲旅，你为什么把他们称为'哀兵''哀师'？"

张建波笑笑答道："各参建单位对贵广线的老概算标准都有怨气，他们自喻是'已被老概算标准逼得没有退路的哀兵之师'。"

卢春房仍然有些不明白："老概算标准与哀兵之师又有什么关系？"

张建波说："他们深知老概算标准对他们的不利，施工时间越久，他们越会雪上加霜。所以，陷入困境的承建单位普遍想尽快结束工程，普遍想奋战一场，摆脱目前的困境。在这种心理支配下，已成哀兵之师的建设单位一定能够众志成城，从困境中杀出一条生路，在年底开通的决战中大获全胜——古人早就断言哀师必胜嘛！"

张建波慷慨激昂的阐述使卢春房感觉到：这个心思缜密的总经理是要将古代的用兵术点化成嘹亮高昂的号角，让冲锋陷阵的激动在 10 万贵广建设者的心中蔓延。

至此，卢春房对年底开通已没有了太多的顾虑。事后，在给国家发改委、铁总的报告中，卢春房说："难度很大，力争全线开通！"

那天晚上长谈结束时，卢春房握着张建波的手也讲出了同样的意思："建波，年底开通的事情曾遭反对和嘲笑；反对和嘲笑的梦想更值得你去实现。努力干，力争开通！"

第二天，卢春房在广铁集团的会议室召集贵广公司班子成员和中层干部开会。

会上，卢春房问大家："我们原计划 12 月 26 日开通，现在离我们预定的开通时间就剩两个多月了，能不能开通，你们有数没数？"

大家望着卢春房欲言又止。他又催道："大家伙跟我说说心里话，透透底。"

与会者们不得不表态了。

公司副总曾维德仍然明确表示说，我心里还是没有数。目前存在的困难和问题太多，不把这些问题解决好，我心里不敢有底啊！

其他人的发言也都表达了这样的意思，但在结束发言前，大家全都无一例外地强调："我一定尽最大的努力配合建波同志，实现年底开通的目标。"

公司的意见统一后，卢春房随后召集各参建单位的指挥长、项目经理开了一个会。会上，所有人也都一致表示愿意在最后两个月内努力拼一把，力争年底开通。

对大家的表态，卢春房很满意，说："12月能不能开通，就看大家的水平、能力了，就看大家的责任和担当了！"

为了鼓励与会者，卢春房表态："努力干吧，按时开通了贵广线，铁总给予重奖！"

后来，贵广高铁按时开通了，铁总一分钱的奖励也没有。一次，卢春房到贵广检查工作，有人问："卢总，你不是说按时开通要给重奖吗？"

卢春房很惊讶地反问："铁总颁发了那么多的火车头奖、五一劳动奖、全国劳动模范奖、先锋号奖，张建波没有把奖状发给你们？"

众人一愣，然后一阵大笑。

大笑的人群中，张建波最开心。

但卢春房当初在会上说铁总要给重奖时，张建波开心不起来。那时，他甚至有些发愁——联调联试已经在贵州段开始。成都铁路局的检测列车已对轨道、接触网和通信信号状态进行检测试验。铁总的综合检测列车已进行每小时160至275千米共计11个速度级逐级提速试验。10月底，动车组将进行信号场景试验……

而此时，桂林以东的工地上大多正在夜以继日地抢工期。在这一阶段，需要铁总督导组现场督促。联调联试验收，更会给铁总各部门带来很多不必要的麻烦——本来，他们主持验收时，一次就可以完成，但因为没有全线完工，只有分段验收——贵州、广西要搞两次，广东需要搞3次。而不管多少次，他们都必须到场，工作量可想而知。如此大的工作量，铁总的任何一个部门在任何一个环节欠了"账"，年底开通的目标都会泡汤。

张建波在心里盘算："贵广公司和承建单位我能说服他们、鼓励他们，但对上级部门，我不可能去动员说服或鼓励他们。"

张建波觉得，全线开通，铁总领导和各部门是关键的"助推器"——得用他们的积极性带动整个贵广线建设者的积极性，以此推动工程进展。

一天，张建波在报纸上看到了一则政治局委员、广东省委书记胡春华关心贵广高铁能否在2014年年底开通的消息。

消息说，胡春华在一次视察中谈道，贵州遵义是确定毛主席领导地位的地方，12月26日又是毛主席的诞辰，如果能在这一天开通贵广高铁，具有深远的历史意义和重要的现实意义。

这则消息使张建波的精神为之一振：这不是推动贵广线开通的大好"新闻

由头"吗！

当天，贵广公司将这则消息改写成专题报告传给了铁总。铁总有关领导在报告上批示：铁总各部门要认真落实政治局委员、广东省委书记胡春华同志的指示精神，克服一切困难，与贵广公司协同作战，确保贵广线在毛主席诞辰之日开通。

这个批示使铁总各部门各专业都有了工作目标和压力，大家齐心协力地与贵广公司一起推动开通贵广高铁。

这下，张建波更有把握了。

古人破釜沉舟、背水一战，置之死地而后生的心理在全线建设者身上发挥作用后，正产生着一种勇往直前的巨大力量推动着工程进展。

而贵广公司那些同事，之前，他们看到了工程推进的危险与困难，出于对贵广工程、对事业负责，他们认定300%开不通。但他们忽略了人可以开发挖掘的潜能，忽略了超常规地组织、发挥后的事半功倍。一旦思想统一后，他们"5+2（一个星期，5天加两天的休息），白加黑（白天加黑天），天天夜总会（天天夜里总开会）"，用300%的努力为开通而工作。

铁总督导组分桥涵、路遂4个专业在一线督导，贵广公司60多人，就有40多人忙在工地上：刘一乔带着工程部、安质部、综合部、物资部及对外协调部等部门的近20人到广东东段进行督导，张继周带着十来人在桂林段，曾维德带十多人在贵州段与铁总的督导组配合督战。他们分段分点逐段落实，分天、分时段一点一点地督促，一点一点地把工程往前推进。

13标的很多人都知道，铁总工管中心、贵广公司的人都常住在工地上，每个点都有人蹲点督战。连在驻地守大门的那位刘姓老头都知道："他们每天晚上都开碰头会，参建单位的工程进展要碰，督导组对整体情况要碰，每天的工程进展、质量、安全等情况要统计，然后分别汇报给北京和贵阳。连续几个月，礼拜天节假日从来没有落下过。"

各标段也纷纷开展"大十两个月（或'决战50天'），年底保开通"活动，或者开展以"比安全、比质量、比进度、比管理、比效益"为核心的劳动竞赛。

后来，张建波形容说："那热火朝天的阵势就跟打淮海战役一样！"

为确保"淮海战役"的关键阵地取胜，刘一乔代表贵广公司与四航局的副总经理兼指挥长周达培签订了目标责任书。

责任书规定：对桥梁逐孔、逐墩考核，滞后一天或有安全、质量问题罚款10万；安全、质量好，能提前一天奖励10万；考核实行累加制，每周兑现；按期完成卡控点奖励100万，完不成处罚100万；对工程节点时间连续滞后一个星期的，除上述处罚，贵广公司有权责成四航局追究现场主要领导的行政及经济责任；连续两周的，贵广公司有权调整施工队伍，四航局要承担经济损失，同时报铁总处理。

这份责任书在决战阶段成了四航局的"紧箍咒"，工程进展或安全质量稍有问题，在佛山督战的刘一乔就会黑着脸很认真地问13标指挥长张建华："老张，你是想我们兑现那份责任书吗？"

有这么一个"紧箍咒"，又有铁总、贵广公司几十号人驻扎在13标督战，四航局不敢稍有松懈疏忽。他们倒排工期，精心组织，细化分解各项施工指标，开展劳动竞赛，投入足够的机械设备，调集3800多人（高峰期5000多人）攻坚会战，保证施工进展。

项目部增加了180多个房间，花20多万元为每个房间配上空调，为参战人员创造生活条件。

管合约的部门每月要处理超过90份的结算资料，直接对应140个合作队伍。按照生产计划，每天需完成产值850万元，混凝土浇筑方量4500方，钢筋制作安装450吨，佛山隧道土方开挖每天需完成3600立方米。

关键时，四航局两个副总现场蹲点。

高峰期，四航局调40多名科级干部到各项目蹲点助战……

在13标的工地上，总能看到张建波的身影。为抢通桂丹路特大桥，他数次到施工现场，检查连续两次把跨桂丹路特大桥悬空拼接的作业还存在什么问题；看从基坑到绑扎钢筋，到打混凝土，打完以后凝固，凝固以后张拉，张拉以后挪动钢模这个循环工期还可不可以再优化；与工程技术人员研讨承载贵广、南广及地铁到达线这五条线的大桥怎样施工才能既保证质量安全又保证施工进度；看能不能把所有的工程措施都在这里采用；看能不能把所有的工序，所有能用的人和设备都用上……

媒体报道中也弥漫着越来越浓的紧张气氛——

"贵阳北站站房装修进入倒计时。

"贵广高铁焊花飞溅铺设忙。

"贵广、南广铁路四线铺轨顺利，广州南站至佛山隧道贯通。

"跨桂丹路连续桥主体工程完工,贵广高铁打通了最后的瓶颈。"……

贵广路最后的"瓶颈"打通那天,卢春房激动不已,当即把清朝蒲松龄的座右铭抄录给了"鹰派"张建波:

有志者,事竟成,破釜沉舟,百二秦关终属楚;

苦心人,天不负,卧薪尝胆,三千越甲可吞吴。

67

贵广高铁的"瓶颈"被打通,张建波终于有精力把目光投向他认为"根本就不能算有问题"但后来出了进度问题的大岐山隧道。

大岐山隧道地处广西大瑶山山脉之中,地势险峻,山上全是原始丛林,施工和交通运输条件极端恶劣。

不过,张建波到这里时已有一条盘山路通向大岐山隧道的工地。路的一边是陡峭的岩壁,另一边则是滚滚贺江。远远望去,贺江宛若一条绿色的丝带在云雾缭绕的群山间若隐若现。而那条盘山路,也醒目地缠绕在峰峦之间,与贺江争相起舞。驾驶员告诉张建波,这条蜿蜒的山路是中铁十四局大岐山隧道项目部2009年年初开凿的施工便道。

为抢修这条便道,项目部修路的工人们深入莽林,晚上十多人挤一顶帐篷,白天吊着保险绳从陡峭的山腰间垂下去悬空作业,开山放炮。大雨封山,粮食运不进山,就顿顿吃泡面。小伙子们顶着岭南的湿热一干就是6个月,硬是在崇山峻岭之中开凿出了一条40多千米的施工便道。

便道的毛坯建成后,很多地段需要石头修挡土墙。这里虽是崇山峻岭,但山里没有石头,修路所需石料得到贺州去拉。拉石头没有路,就用船运到梅花渡口,再用板车往山上拖。在贺州买石头30元钱一方,拉到山上已变为一方130元。但花大价钱开通的这条路值,这条便道在打通大岐山与外界交通的同时,也彻底改变了便道两侧4座村庄肩扛手提的历史,被山民亲切地称为"贵广大道"。

大岐山隧道的项目经理叫张哲,一个面容清瘦、身材并不高大的山东邹县人——向陌生人自我介绍时,他总是忘不了强调:"古圣人孟子的故居离我家很近,只有两三千米。"

事前,听人介绍,张哲刚过不惑之年。但初次相见时,张哲的"颜值"令张建波很是吃惊：憔悴，消瘦，肤色黢黑，头发花白，双手长满了白斑——与张哲 40 岁的年龄极不相符。

张哲告诉张建波，刚到大岐山那一个月，他只看到过 3 次太阳。其中，有两次都是太阳刚一露面便被黑沉沉的乌云扑上去严严实实地给遮住了。这山上，经常细雨霏霏，湿云压顶。其实，很多时候不是在下雨，只是不知不觉间，你的衣服、头发就统统湿得可以拧出水来。而晴天，火辣辣的太阳又把大山变成闷热无比的蒸笼，"蒸"得人难受至极。在南方这可怕的湿气的侵袭下，加之太为工程的事情着急上火，未老先衰，手上还留下了无法治愈的白斑……

张哲是 2009 年 3 月调任大岐山隧道项目经理的。在十四局的人事任命文件中，他是第三个被派到大岐山隧道的经理——他就任时，大岐山隧道已经开工 3 个多月。这 3 个多月里，换过两个项目经理——一个干了两个月，一个干了不到两个月。调动的原因都是"工作需要"。

2009 年 3 月 16 日，公司市场开发部部长张哲接任大岐山隧道项目经理。

到任那天，当先坐车再骑摩托最后在烂泥巴路上赤着脚、提着鞋、扛着行李进入大岐山时，张哲看到的情景是"三无三少"："无路、无水、无电，材料少、道路少、晴天少。"

这里用水特别困难，生活用水要到山下的河里挑。为免除挑水之苦，张哲带人在 3000 米外的一个山沟里筑一个小坝拦住山上流下来的水，再用塑料管引到项目部。但这水食用后大家老拉肚子，一查，原来是枯树叶、死在水池里的老鼠、蛇等造成了大肠杆菌超标。夏天，吃肉也很难，中午买了肉运到山上就有味了，厨师只好使劲往里放桂皮之类的东西去味。

有一篇文章说：面对困难，张哲没有退缩，他迎难而上，带领项目员工住帐篷，吃干粮，早上 6 点起床，晚上 12 点睡觉。没有电，就点蜡烛开会；大雨封山，粮食运不进来，张哲就带人去山上挖野菜……

张建波到大岐山隧道那天，张哲说出了心里话："当时那么艰苦，我也动摇过，也想以'工作需要'为由调动一下。但上山那天，我看见很多工人因潮湿闷热，身上长满湿疹和浓疮，一出汗水，难受得直皱眉。但他们仍用绳子吊在悬崖上施工修路，仍在大山的寂寥中无怨无悔地默默奉献青春。当时，我受到很大震动，心想，难道我的觉悟还不及一个普通工人？于是，想以'工作需要'的理由调动的话再也说不出口。"

从此，张哲在大岐山隧道一干就是 6 年。

这 6 年的每一天他都被那条充满麻烦和风险的隧道困扰着——要穿越 4 条断层及 6 条次级断层，三级围岩占百分之七十，四、五级围岩各占了百分之十，9.5 千米没打出一块石头来，全是烂尾岩。同时还存在岩爆、突泥涌水、软岩大变形等多种不良地质因素……

贵广公司发起决战 2014 年时，有个架子队被隧道里的一段五级围岩难住了：松散的泥土像沙子一样无法稳定，放炮会坍塌一大片，用机械开挖也会不断坍塌。这阵势吓得架子队不敢干了，几十人的队伍一夜之间全部不告而辞。为了能在联调联试前抢通这一段，张哲只好自己带着突击队进入隧道苦战了一个多月。这一个多月里，隧道施工中发生过一次突泥涌水和一次岩爆，两次坍塌。但张哲坐阵指挥，和员工们一次次战胜了自然灾害，一点一点地把隧道向前推进，最后终于在规定的时间内贯通了那险象环生的 50 多米的烂尾岩。

张哲告诉张建波，大岐山很多事情都是需要拼、需要打硬仗才能干成的。前不久，一场特大的暴风雨彻底瘫痪了大岐山工地的用电线路——山民们种植的高大的桉树被风雨刮倒在输电使用的裸线上。这些线路只要有一处接地，送电闸就合不上不能送电，整个大岐山隧道工地就得停产。

凌晨 4 点多。项目部副经理张建勇组织 3 个砍伐队，亮着手电带着 18 把电锯上山了，到了约定地点后，叫来村支书和村主任，首先确权，看倒在电线上的树是谁家的，赔偿后再将树锯断。

顺着线路一路清理倒在电线上的树、一路往山上前进。下午，张建勇带着一个砍伐队到了大山深处的洼地时，一幅"惨不忍睹"的情景出现在眼前：数十棵桉树横七竖八地倒在低垂的电线上！张建勇一行来不及多想、顾不上休息就大干起来。

凌晨出发时，原以为到中午前就能干完，大家都没有带干粮。午后 3 点，已经连续干了十多小时的队员们早就饥肠辘辘。

饿得瘫坐在地时，张建勇突然发现不远处的树林里有一个窝棚。凭经验，他知道那是伐木工人的落脚之地。于是，跑过去想向伐木工求援。但是，窝棚里没有人——可能是昨天的暴风雨把他们"撵"下山了。又累又饿的张建勇推断，在大山深处伐木，他们肯定要带食物，下山避雨，食物不可能带走。张建勇钻进窝棚寻找起来。但没有。他又推断，是不是藏在周围了？于是，他让队员们四处搜寻。

果然，队员们在一棵大树上找到了吊着的锅碗瓢盆；张建勇在一山洞里找到了大米、花生油、腐竹和一点空心菜。但没有找到盐。饥不择食，几人垒灶生火接来山泉，将所有食物用大锅一通乱炖，还未全熟，一伙人便狼吞虎咽起来……

当天晚上，全线的电路疏通。大岐山隧道施工的机器又隆隆响了起来。

在决战2014年的战场上，大岐山隧道里还有很多舍身拼搏、勇于奉献的故事。施工中，项目部张建勇腿部受伤，流了很多血。他用水冲了冲，村里诊所的老太太用缝衣服的针给他缝了几针，就回去继续上班了。结果，伤口发炎，他不得不住院。腿还没有愈合，伤口里还有液体渗出，张建勇就出院回到了工地。

赵风山，铁道兵出身，大岐山项目部书记。隧道遭遇断层时，赵风山住到施工一线，与员工同吃同住，指导施工。洞里浑浊闷热的空气让54岁的赵风山患上了热伤风，大家都劝他去医院治疗，可他说："这点小病挺一挺就过去了，要是这断层突不过去，贵广线不能按时开通，我的心病就永远治不好了！"员工们犟不过他，只好找来医生在工地给他挂吊瓶。整整10天，赵风山挂完吊瓶便又戴着安全帽直奔掌子面。直到隧道顺利穿越断层，施工情况好转，赵风山才拖着虚弱的身体去了医院。

上山那天，张建波看到，处于决战阶段的大岐山分外忙碌：隧道里能走车的地方也就8米多宽，可隧道里有20多辆罐车来回穿梭。按最初的方案是分5个工作面整幅前推，但为了抢工期，张哲决定半幅半幅地施工，这样，有限的空间可以错着来往，工作面就多了一半。张建波不由暗暗赞叹这位孟子的老乡不同寻常的施工智慧与技巧。张哲得意地说：施工时，可用巧力时就用巧力，该拼的时候就拼。

"决战50天"的那些日子里，大岐山隧道里几乎天天都在拼命大干。每天，张哲都守在隧道里，像战场上的督战队一样激励战士冲锋陷阵。张哲的激励是有实实在在的好处的：比如，打一模二衬，按正常的时间应3天完成，工资是两万元。如果提前半天打出来一模，项目部就外加2000元的奖励。提前一天打出来一模，项目部就外加4000元的奖励。这2000元或4000元是谁干出来的就现场发给谁。这样，速度快了许多。

决战阶段，各个施工单位都在抢架子队，一个局的不同公司也相互抢。本来，有一个架子队的几十号人头一天还在张哲的工地上干，但第二天进洞一看，这些人不在了。一查，被十四局三公司用更高的工资"挖"走了。张哲一急眼，骑着摩托冲到三公司的工地上，扬着手里的钱袋子说："都回去，我给你们涨工资，干一星期结一星期的账……"

"决战 50 天"的最后阶段，隧道里的施工已是人困马乏了。当时在隧道里任记录员的马川记得：每天凌晨四五点钟，大家都非常疲倦，有的眯着眼干活，有的杵着根铁铲都能睡觉，施工效果很不好。

张哲想了一个办法：弄来音响放音乐给大家提神。音响一放，整个隧道都产生共鸣，听觉效果非常不错。驱散员工的瞌睡后，工程进展也加快了许多。但张哲听过几次后把负责放音乐的小伙子找去说："不行，你尽播放些缠缠绵绵、风花雪月之类的歌曲，这种东西有点四面楚歌的感觉，涣散斗志，放'咱们工人有力量'这种给力的歌曲！"

音乐声中，按部就班半个月才能干完的活，张哲带领大家 6 天就完成了。这种拼抢的速度使大岐山的各项施工都如期完成。

中铁十四局贵广项目指挥部在给集团公司的报告中写道：第九标争分夺秒保联调联试；10 月下旬，"黄医生"在预定时间内以 275 千米的时速用 1 分 40 秒顺利通过了 9.5 千米长的大岐山隧道。

9.5 千米长的大岐山隧道和张哲的故事从此镌刻在贵广高铁的丰碑上，令人无法忘怀。7 年后，在《穿越喀斯特》一书出版前，张建波还赞不绝口："十四局的张哲实干苦干，身上有一股百折不挠、勇往直前的干劲。此人是个可干一番大事的将才！"

张建波慧眼识才。后来，张哲从大岐山隧道经理到武汉地铁 8 号线穿越长江隧道指挥长，再到十四局大盾构公司总经理、执行董事（董事长），他的确干成了很多大事。

但 2014 年，张哲没有预料到自己在这个马年里会成为十四局上下关注的人物，更没有想到，命运之神在没有任何预兆时会突然降大任于自身，让刚由项目经理提拔为隧道公司副总经理才 4 个月的他，又接受了到武汉修建地铁 8 号线江底隧道的任务——正是这次任务，使他登上了发挥领导潜质的舞台，于 3 年后在武汉的长江下创造了一个被业界公认的辉煌。

那是一个来之不易的辉煌。

长江下那条全长 3.18 公里的隧道在竞标、工期、拆迁等方面给张哲等工程人带来的种种困扰、压力和苦恼，他们与外国制造商较量时的足够智慧和维护国家利益的绝对忠诚，还有始发井漏水、破洞门喷浆、加固区遇阻、棚户区历险及洪水倒灌隧道时的险象环生，更有陷入泥饼之困、冲槽段之险和复合地层时的艰难。但张哲带领手下的那班能征善战的精兵强将，在绝境里以奋战贵广大岐山隧道时不畏艰险的那股韧劲顽强拼搏，在历经"九九八十一难"后绝处逢生。

武汉地铁 8 号线江底隧道的成功修建，给张哲也给十四局大盾构公司不断带来好运：2018 年，张哲被提拔为十四局大盾构公司总经理、执行董事。此后短短的 4 年间，南京地铁 4 号线二期工程、厦门市轨道交通 2 号线一期工程、南京地铁 5、6、10、11、16 号线、上海轨道 23 号线 6 标、武汉和平大道南延等项目先后归入十四局大盾构公司的"囊中"。张哲到大盾构公司任职以来，承揽工程金额 487 亿元，在建里程超过 70 千米。

如此战绩使得张哲和他麾下的大盾构公司声名赫赫，誉满天下。

中企之声研究院院长李锦工作的重点是做国企理论政策研究、课题研究、经验总结。十八大以来，他曾解读过 70 多份党中央、国务院与国资委企业文件，他的调查被 45 位中央政治局委员批示，每年接受媒体采访上千次，被舆论界称为"中国企业政策第一解读人"。1982 年，邓小平听取李锦汇报后称其对改革"有发言权"。

2021 年 10 月 7 日，这位"有发言权"的院长在南京十四局的大盾构工地参观后，觉得自己"很受启发，很受鼓舞，很为振奋"。在中企研究领域见多识广且早就声名大噪的李锦对十四局大盾构"从跟跑到领跑"的华丽转身大加赞赏。

更让李锦赞叹不已的是，目前，全球开挖直径排名前 10 的盾构隧道有 8 项在中国，而十四局则承建了其中的 6 项。同时，全国在建直径 14 米以上超大直径盾构隧道中，十四局实现占比 58%，全国建成和在建铁路盾构隧道占比 75%。

由此，李锦得出结论："十四局有资本、有理由拿出经验来；十四局是出最重要的材料、出最生动故事的地方！"

李锦认为，十四局大盾构凝炼的是一种"勇往直前，集成行远，实干成事，创新强国"的中国盾构精神。

他说："大盾构精神是中央企业精神的最新一章，值得很好地总结提升，把它作为企业品牌建设的一件大事来抓。"李锦强调："这不仅是大盾构公司的事情，也不仅是十四局的事情，而是中铁建、中国建筑业、中央企业的文化建设大事。"

第五章

贵广脊梁

　　贵广线上，永远的铁道兵军魂不死，脱下军装仍是兵；责任，让一群硬汉的理想更加崇高；具有阴柔细腻气质的"女汉子"们巾帼不让须眉；架子队把奉献的足迹深深烙印在延绵数百千米的喀斯特山区……

　　有人评价说，他们是"人心的旗帜，人世的脊梁，人群的灵魂"。贵广高铁的故事，因他们而愈加生动厚重。

　　国家不会忘记他们——32 个火车头奖杯，225 个火车头奖章，4 个全国五一劳动奖章，27 个贵州省五一劳动奖章，1 个全国劳动模范奖，4 个贵州省劳动模范奖，3 个茅以升铁道工程师奖，90 个贵广工人先锋号奖，把他们的功绩和光荣，镌刻在了贵广建设的历史上……

第二十节　给你一个撬动地球的支点

68

20世纪60年代中期，贵广公司工程部副部长王佩雷的父母怀着支援三线建设的夙望，阔别北国美丽的海滨城市大连，来到了横亘西南的贵州高原。

那个时代，人们常唱一首歌："我是党的一块砖，任党用来任党搬……"

坚持理想信念，把国家的需要当成自己的第一需要，为一个铁路情结或者自己热爱的事业而奋斗终生，是那一代人家国情怀最主要的特征。"国家至上"的观念和民族主义精神自然也让王佩雷的父母无条件地把自己当作国家大厦上"任党用来任党搬"的"砖"。党把他们"搬"到贵州，他们就无怨无悔地把人生最美好的青春年华献给了这片高天厚土。

几十年间，像许多小人物一样，王佩雷的父母在追求梦想和寻找辉煌的路上度过了平凡的一生。在那方闭塞而贫瘠的土地上，他们在彷徨伤感、寂寥失落中无奈地坚守着漫长的岁月。

众多像王佩雷父母那样的小人物的努力和坚持，使贵州高原逐渐变得生机勃勃，他们的那个西南铁路梦想也逐步实现——川黔、贵昆、湘黔等4条铁路干线在贵阳交会后，形成了西南地区重要的铁路交通枢纽。

这激励他们有了一种朝圣般的神圣，也激励他们继续在莽莽高原坚守着，演绎着"献了青春献终身，献了终身献子孙"的感人故事，把为西南铁路事业而奋斗拼搏的生活状态保持在自己精神家园的同时，也把"国家至上"的大义沉淀下来，和着民族主义的血脉与品质传承给了"铁二代"们。

王佩雷就是传承这种血脉与品质的"铁二代"。

熏陶于父母的铁路情结和"国家至上"的爱国主义情怀，"铁二代"王佩雷在追梦的铁道线上开始了新的"轮回"——1991年，从西南交通大学铁道电气化牵引供电专业毕业后，王佩雷回到父母奋斗终生的那片土地。在贵阳铁路分局供电段贵南线路车间，他以一个立杆架线、悬挂安装的接触网工的身份开始了自己的铁路梦想。

此后，从一介书生到贵广高铁电力、通信、信号高级工程师的"领衔"人物，王佩雷用了 17 年时间——2008 年 8 月调贵广公司工程部任专业工程师时，线路工区技术员、供电段技术室专业工程师、安顺车间党支部书记、段安全调度中心主任、贵西车间主任的逐级磨砺，已使他成了能够独当一面的专业人才。

但他不是高铁的全才。

高铁的通信、信号、电力、电气化叫四电集成，四电集成的建设是王佩雷的主要工作——铁路施工中，把包括电力、通信、信号、房屋建筑等在内的工作叫站后业务，各专业的通信、信息、客服、综合维修、防灾救援、消防审查等施工协调工作也都属于这个系统。

这可都是高铁的重要专业。比如，信号系统，通过钢轨，可把 7 个信号区段 15 千米内的数据传输给列车，让驾驶员知道这个距离内是否可以安全前行。假如，15 千米内突然有一棵树或其他什么倒在路上，列车马上就能发现并预报，防灾的供电系统在得到预报后立即就会断电，列车就不能再走了。

信号是一个调度系统，一趟车往哪里走，什么时候开，列车运行位置，前后多远允许有车，它的准点率等，都是靠这个调度系统来实现的。

通信系统是整个生产运作工程中，串连各个站之间，站和司机之间的联系，调度指挥和司机之间联系的系统。

最初，建设这个庞杂而充满奥秘的系统时，贵广公司的操作管理者只有王佩雷一个人。要求一个学牵引供电专业的人突然变成"全才"去管那么一大摊子他并不熟知的事情，免不了会有一阵手忙脚乱，会首先考虑"各自打扫屋前雪"。

但王佩雷没有手忙脚乱地去做很多人都认为该做的那些事情。

他首先想到的是修补知识的风帆，解决技术问题。

在抓站后组建的同时，王佩雷与书为师，以书为舟，以读为桨，努力在时光流转中静静地咀嚼着隐藏在书本中的各种高铁站后奥秘。《高铁通信概论》《高速铁路信号控制》《高铁电力牵引供电工程施工技术指南》等书伴王佩雷度过了无数不眠之夜和出差路上的"休闲"时光。

这种"休闲"显然是"磨刀不误砍柴工"——他系统掌握通信专业、传输交换、信号等专业的综合知识后，把高铁通信、信号和高铁电力等业务知识炉火纯清地熔入自己的业务管理活动之中。他起草的那份《贵广高铁、沪昆客专接口施工指导意见》，使各参建单位的理论知识和实际施工能力得到提升，为确保施工质量、满足高铁安全运行要求打下了基础。

掌握了专业知识，王佩雷并没有忙着"各自打扫屋前雪"。他首先关注的是铁路施工中的路基、桥涵、隧道、站场这些属于站前施工的"瓦上霜"。张建波评价说，管理方面，王佩雷有一种"高瞻远瞩"的特质：能够提前预判某一个问题可能引申的次生问题，并提前思考和制定相应的解决办法。

王佩雷的这一特质在处理站前、站后施工单位关系时得到了充分发挥。根据以前的经验，他知道，很多站后施工的基础工作是由站前来实施的。如果站前的土建工作出了问题，站后的通信、电力等工作就没有办法进行，就会出现误差、废弃和返工。2009 年和 2010 年，他对贵广线土建接口的各级管理、施工专业技术人员及监理部门进行了系统的培训。

这种培训表面"利人"，实际"利己"：王佩雷的培训使站前的施工、监理、设备接管运行单位都深刻认识到了站前、站后的关系。在施工质量上下功夫，保证了通信、电力等工程施工完毕后，站后对接基本无误差，避免了因误差而废弃和返工的情况，圆满实现了一次性无缺陷开通。

2011 年，王佩雷获铁道部"火车头奖章"时，张建波代表贵广公司对他的推荐评语是：投入贵广高铁建设 6 年来，该同志爱路如家，一直把自己的命运和企业生存、企业发展紧紧捆绑在一起。为了公司利益，他从不退缩，敢于担当，主动协调解决贵广高铁建设中繁杂的问题……

"四电集成"这个专业对很多铁路人也都是陌生的。王佩雷说："当初，给公司领导汇报业务，解释一个事，还得先用很多时间讲相关的业务知识。贵广公司长期缺编，所有人都是一个萝卜几个坑，哪有时间听帮不上忙，反倒耽误时间的专业知识？"

王佩雷要求"放权"。他对张建波说："张总，公司里只有我是搞四电集成这个专业的，不管你们拍不拍板我都必须承担责任，特别是与供电公司那些谈判和签订合同，我是要负责到底的。领导忙不过来，你就授权让我来负责与电力公司谈判，让我来考虑这些问题，也由我来承担责任！"

王佩雷那跃跃欲试的样子，让张建波感觉到：给眼前这个年轻人一个支点，他就可以撬起地球！

在张建波的印象中，王佩雷是那种钻研业务比过日子更用心、爱企业胜过爱家，给他买"小菜"的钱，他总能给单位割回一大块"肥肉"的年轻人——

在电价谈判时，他跟电力公司一分钱一分钱地谈，甚至是一厘钱一厘钱地抠。那样子，好像那些要付出去的款都是要掏他私人的腰包似的。凭着这种"抠"劲，贵广高铁开通初期，每年就能减少基本电费2亿元，仅贵广高铁联调联试就节约2500万元的电费支出。

对这种人，张建波常常会无由来地想起拿破仑在向埃及远征时下达过的一个爱护人才的命令："让驴子和学者走在队伍中间。"

在贵广公司，既刻苦钻研业务又一心维护公司利益的王佩雷当然应"走在队伍中间"。张建波几乎没有犹豫就给王佩雷签发了授权书。

接到公司总经理的授权书时，王佩雷知道，公司已把一副沉甸甸的担子压到自己的肩上。他有些惶惑不安了，晚上老睡不着觉，老是想着通信、信号的事，老是琢磨还可以利用哪些法规给公司省点钱，连迷糊了说梦话都在为电价与人讨价还价。爱人一揶揄他：把那心思用在家里，你也早就成富豪了，还用那么费劲地去搞什么"四电集成"吗？

"四电集成"这个专业费劲就费劲在电价问题上。铁路上用电，不像单家独户的城乡居民，可以用多少买多少，铁路用电要事先规划。贵广高铁设计时，考虑了2020年至2025年的用电容量：到那时，西北、西南的成渝、渝黔、兰（州）渝到广州、到华北的所有客车都会走贵广线，车流量能达到75对，这样的车流量和用电量的设施在建线时就得规划好。电力部门按规划建好了有关设施，而2014年贵广高铁开通时，才开了16对列车，实际用电量只有20%。但是，沿途一些电力公司想利益最大化，虎着脸对前去谈判的王佩雷说："我们按规划把设施建好了，你们公司得按规划电量付款。"这样的话，贵广公司每年得付出20多亿元的电费。

这显然是毫无道理的漫天要价。但对方对电力有垄断权，金口玉言，有圣旨一样不可改变的话语权。这样的强势企业，谁也得罪不起，王佩雷只好陪着笑脸打哈哈，说，开通16对车，冲破天一年也就只能赚五六个亿，你们电力就要收20多亿，你想让我们破产呀！

对方硬硬地答道："没办法，其他铁路用我们的电都是按规划电量付百分之百的费用。这是行业惯例。"

言外之意很明白：对贵广高铁也必须执行这一"惯例"。王佩雷在感受"惯例"传达出的巨大压力的同时，也有一个坚定的信念：贵广高铁的钱绝对不能让人平白无故地"赚"走！

他软中带硬地告诉对方，电力法规规定，客户没有按规划用完规划电量时，只需按规划的 40% 交基本电费。

对方发火了："我们这里的惯例就是这样，觉得不行，就另找高明！"

这是垄断者惯用的语言——当全中国都"敬畏"地尊称这个行业为"电霸"时，王佩雷还能找谁呢？他唯一的办法只有跟"电霸"们"磨"——他最低的心理价位是要"磨掉"那 40% 之外的"惯例收费"。有条件时，再争取搞到 20% 的"实报实销"。

他知道这很难，但为了贵广高铁的利益，必须去做。每次，他会先预约一下，别人同意他要去谈，不同意也会去"磨"。他看对方脸色行事：脸色不好时，就少说。脸色好点了，就抓紧说电价的事。"磨"了好几个月，对方终于松口了："为支援高铁事业，打八折吧。"

王佩雷笑而不答。

对方问："笑啥，七折行不行？"

王佩雷仍坚持不按惯例按法规的电价。他告诉对方："都是企业，你们想利益最大化可以理解，但我们必须在法律的框架下去经营。就是说，我们只能按规划的 40% 交基本电费。"

虽不乐意，但王佩雷说的那些法规的确比"惯例"硬——"惯例"不过是虚化的资产，谈判对手如果是那种把公司的钱不当数的人，也许可以得到这笔虚化资产。但王佩雷这人，完全就是一个赚他公司的钱比掏他私人腰包还难的主，对方只好"认栽"，"大度"地说，王佩雷，遇上你这种人，我们只有吃亏了，40% 就 40%！

这样算来，如果贵广线都按 40% 交电费，16 对列车供电加其他用电，电费只需要交八九个亿。

"磨"掉了 60%，王佩雷暗喜，以为自己旗开得胜。但他没有想到，电价的水深着呢——光国家规定的电费就有基本电费、电度电费、功率因数调整电费、无功电价电费、分时电价电费等。

随电费收取的还有附加费。附加费里面又有很多科目——以每度电 0.538 元为例，其中包含着 0.04916 元的三峡工程基金、城市附加费、重大水利工程、地方水利等附加电费，各地规定普遍占电价的 5% 左右。

在执行电费时，电力部门又有丰枯电价、峰谷电价之类。丰水期在基准电价基础上下浮 10%，枯水期电价在基准电价基础上上浮 20%。而峰谷销售电价在用电的高峰时段还必须在丰枯浮动电价的基础上上浮 60%……

这些电价本来就够复杂的了，更可怕的是一些电力公司还要"灵活"执行。

一些地方违规将涉农的附加费在城市变电所收取。这样一转换，某电力公司想把涉农附加费"转"到贵广公司的电价中。

某省并无铁路还借国家文件支持，某供电局却想将其加进贵广公司的电价里。

某供电局还想收取贵广公司的丰枯电费……

当然，这些都是谈判之初一些电力公司"想"干的事情，王佩雷则以对公司的忠诚，用法规去据理力争，一次又一次地断掉那些人的非分之想。

断掉这种非分之想很难。有人想用吃喝玩乐去"争取"王佩雷；有人会为达到目的而给王佩雷送礼；有人还会承诺，"只要按我们的条件签合同，今后，我们公司忘不了王部长"……

王佩雷知道，"吃人家的口软，拿人家的手短"。为了在谈判桌上口不"软"、手不"短"，很多时候，他都以身体不适而躲在宾馆里吃方便面，而不去赴那些丰盛的宴会。对那些诱人的礼品，他一概拒绝；实在推脱不了的，也会在离开时悄悄"物归原主"。

对王佩雷的中规中矩，有人觉得不以为然，"开导"他说，佩雷，钱是贵广公司的，让点给电力单位又不损害你一分一厘，何必那么死板？随和点吧。

王佩雷告诉那些人，不让贵广路吃亏是我的基本原则，死板惯了，随和不了。

为了不让贵广路吃亏，王佩雷可以为一笔电价与人谈 3 年半。2011 年 5 月，同某电力公司谈电价时，对方提出了很多苛刻的要求。王佩雷在其他地方争取到的优惠在这家公司得不到不说，对方还总想把电价的法规"灵活运用"——按照这家公司的要求，贵广公司每月得多付 100 万左右。这个数字王佩雷当然不可能接受，他与对方周旋说："贵广高铁造福于包括你们在内的沿线旅客，你们不应把电价弄得太贵。"

对方很牛，说，嫌贵就别用我们的电！

对这种经常听到的口头语，王佩雷早就不把它放在心上。不管是对方给他甩脸子，还是冷嘲热讽，他都一概忍着，都一如既往地一次次上门去"磨"。有时，为了联络感情，他还请别人喝茶吃饭。他的目的只有一个：对方必须让价。

　　精诚所至，金石为开，对方终于被王佩雷 3 年半的坚持不懈感化。2014年 12 月 25 日——在贵广高铁开通前的最后一天，这个最后给贵广线送电的变电所终于和贵广公司签了合同。结果是：对方让了一步，把原先要贵广公司多交的每月 100 万减少至 40 万。

　　张建波等贵广公司领导很满意，说，这个结果比我们的心理价位和实际应付价格低很多了。

69

　　在人们的印象中，中铁七局贵广 11 标项目部负责施工那段线路的环境非常优美：湛蓝的天空，棉花一样的云朵，还有层层叠叠的峰峦和苍翠的山林。特别是山中有洞，洞里有河，简直就是人间仙景。

　　然而，在这里修贵广高铁的年轻人们并不觉得自己的日子里有什么诗情画意，有的只是受困的青春年华无奈的选择。

　　中铁七局五公司贵广高铁项目常务副经理袁江涛很不受人待见：皱皱巴巴且总是沾满尘土的工作服，长得不能再长却一直没有时间去理的头发，因天天在工地抬水泥盖板，晒得紫红色的脸，粗糙的手。初次见面，谁都会以为他是一个地地道道的农民。一天，几个工务段的人在工地上看图纸，他也想凑过去看看是啥内容。对方以为他是民工，满脸不屑地问："看得懂吗？"

　　常年难得与家人相聚，袁江涛回到家，两岁多的儿子问："大哥哥，你找谁？"

　　袁江涛没有时间陪儿子，被"降格"为"大哥哥"。但儿子还是儿子，即使被叫成"大哥哥"，他仍然是儿子的父亲。

　　可是，技术员小董就没有那么幸运了，因为没时间陪女朋友，那个快成他新娘的女朋友转眼间成了别人的老婆。

　　小董和女朋友已经谈了 3 年。但在一起的时间加起来还不到一个月。好几次，小董都说等忙完这一阵就去看女朋友，但每次都因工作给耽误了。女朋友很生气，怪小董老放她的鸽子。

　　后来，小董再在电话里说去看她，女朋友会付之一笑，回条短信：你的话，我连标点符号都不信！

接到这样的短信，小董只能带着歉意回句"对不起"。可女朋友说：不是每句"对不起"都能换来一句"没关系"。希望下不为例！

虽然有些责怪小董，但女朋友还是爱小董有事业心，为人实诚正直；小董也非常珍视与女朋友的那份感情。故，远隔千里的两人凭着视频、短信和电话的沟通交流，关系还是维持得很热络。

本来，两人都已经谈婚论嫁了，要不是小董再次"放鸽子"，他们真会组成一个幸福的家庭。

那是贵广高铁"决战50天"时，女朋友出差到广州，离小董施工的地方只有2小时的车程。但小董实在没有时间前去陪女朋友。女朋友有些生气了，用短信给小董发去最后的通牒："这次你千万别再放我的鸽子，否则，我也会放你一次鸽子——一放肯定就是一辈子！"

如此严重的警告引起了小董的重视，他决定无论如何也要抽时间去陪陪女朋友。结果，工程统计等工作缠住了他，他没有能去陪女朋友。女朋友委屈、难过至极，给小董发短信说："既然爱情没有特效药，我不会为它发高烧。你先忙吧，来世记得挤点时间来娶我……"

小董意识到情况不妙，多次打电话请求女朋友原谅。但女朋友不接，只把一首伤感的诗发给了小董："离别莫问几分疼，且在梦里留倾城。我怕他年人易变，不如从此不相逢！"

后来，当小董忙完工作去找女朋友解释时，女朋友已快与人结婚了。

小董并不埋怨前女友，他认为，这也许就是铁路人的宿命。

铁道类的大学里流传着这样的说法：两年没对象，三年没婚姻，五年没青春。这句话的诠释是：毕业后，如果有女朋友了，男的去干铁路，两年之内必然会分手，失去对象；如果结婚了，三年之内肯定也会分手，失去婚姻；五年之后，这男人也就没有青春了……

在山里修路，更多的是寂寞之苦。

中铁七局五公司驻扎在肇庆广宁县古水镇大潘村。这是一个四面环山、中间狭窄、长不到1千米、宽不过几百米的闭塞小山村。进村那天，有个职工给家人发短信说，自己住进了一个"火柴盒子"。夜幕降临，"火柴盒子"里除了虫鸣蛙叫和偶尔传来一阵狗吠外，就什么也听不到了。在隧道里已闷得太久的年轻人们想了解一下外面的世界，但上网没有网络。想给家人打电话以解思念之苦，手机信号太弱，时续时断……

袁江涛黑得像民工也许是一种荣耀，被儿子叫大哥哥也只是时空阻隔造成的误会。可是，眼看就要娶进门的媳妇转眼嫁作他人妇时，小董那内心的刺痛呢？他失去了美丽的爱情是否会黯淡了自己的生命？ 还有，长夜里在"火柴盒子"中寂寥孤独的那些年轻人又是怎样的心情……

不用说，长期的寂寥难免会让人感到压抑和郁闷——有时还免不了有些不满。

一位长期喜欢用诗歌排解心中压抑和郁闷的年轻人在网上写道：即使是硬汉，也需要关怀和温柔。谁能"烘干我们那颗潮湿的心"，不再让压抑和郁闷的苦泪淋湿我们的眼睛？天气渐渐转凉的深秋，背井离乡的我们诵读几句"露从今夜白，月是故乡明"这种流传千古的名句就能解除绵绵无尽的思乡之情吗？天近黄昏，飞鸟归林之时，"日暮乡关何处是？烟波江上使人愁"，那凄婉的诗句会不会使我们愁上添愁？我们伤感地仰天叩问"春风又绿江南岸，明月何时照我还"时，谁能告诉我们归期？是不是可以用电视、图书、篮球场、乒乓球、棋类等文体活动化解我们"独在异乡为异客，每逢佳节倍思亲"的浓浓思亲之情？

这段话对中铁七局贵广项目部及集团总公司的领导们的震动极大，他们意识到，职工们的情感世界枯萎太久，那郁闷的氛围已经如传染病一样在心理上传递着一种"感染"效应。领导们想起，这些年来，浓重的失落感是如何像山里的云雾笼罩着11标段的艰苦岁月。"人心思走"是怎样成了这支工程队伍的流行病。几年前，30多名大学生应聘中铁七局修贵广高铁，第四年剩下不到一半——有门路的从商从政，奔"富"而去。无门路的也不肯待在山里。有个大学生，刚应聘到七局贵广项目部不到半年就跑回了家，说，我宁愿在城里摆地摊，也不去挣山里修铁路那个钱……

天之骄子们逃离贵广高铁还有一个重要原因：本科毕业，要到基层见习1年，才能转为助理工程师；熬满5年方可评工程师，评高级工程师需要10年，而正高级工程师则需要15年才有资格评定。在一些地方，不是高级工程师很难在工程中受到重用，干不出成绩更无出头之日。于是，那些来到山地寻找生命价值的年轻人在遭遇不快后，走不出前途渺茫的阴影，开始带着失落的遗憾另寻出路了……

这样的情形困扰着11标段的各级领导们，更让中铁七局的总经理张建国等领导忧虑不安，心急如焚。人往高处走水往低处流，年轻人向往城市，想在重要的岗位上做一番事业，都是人之常情，可以理解。但安排使用大学生有文件、有程序在那里摆着，那些条条框框和呆板的程序在文件里写着。不照章执行会违规，执行不当又留不住人。稳定不了队伍，就会影响贵广高铁建设的顺利完成，企业的振兴发展就会成为无源之水，无本之木。眼前的近忧、后继无人的远忧迫使集团公司总经理张建国等领导思考、研究和行动……

一个共识很快形成：要稳住队伍留住人，当务之急，必须创造一个干事业的环境，靠事业留人，靠事业造就人，靠政策激励人。

那之后，围绕职工需求和价值的行动在中铁七局贵广项目部的各工程部率先展开：

切实改善物质文化生活，让员工结束苦行僧生活。为了让员工能上网能打电话，五公司主管领导王金璇找通信公司，跑镇上的联通；不行，就找广宁县的联通。没多久，一个无线中继站屹立在项目驻地后的山上，手机信号立马满格。从中继站引下来的光纤彻底解决了办公生活上网问题，村里的老百姓也跟着沾光，纷纷买电视、买电脑、买手机。

不能光上网，还得丰富文体生活。于是，篮球场、乒乓球、棋类等各种文体设施建了起来。工作之余，一帮年轻人在夕阳余晖之下龙腾虎跃，施展球技。

在"火柴盒子"里封闭久了，谁都想出山去接接人气。五公司的领导们充分满足大家要求，每个星期都会安排一批人乘车到镇上、到县城转一圈散散心……

中铁七局旗下的郑州工程公司党支书刘平海是推行"家文化"的主要领导，各工段那些按标准化建设起来的彩板房、厨房、卫生间全都是在他的督促下建起来的。为了让员工在广东炎热的季节里能休息好，每个宿舍都安装了空调。连民工的宿舍也全都安了空调。刘平海隔三岔五就会到各工区检查食堂的饭菜是否适合大家口味，要求每天都变着花样给员工们改善伙食。

解决两地分居的问题也提上了中铁七局领导的议事日程。经过多方协调，五公司那个被儿子叫"大哥哥"的袁江涛的妻子终于调到贵广高铁项目工作。有人还建议，应借鉴20世纪50年代为屯垦戍边而招"八千湘女上天山"的经验，扩大应聘女大学生和女技工的比例，解决职工的"个人问题"。

鼓励并重用为事业拼搏者，让其出人头地，施展才华是中铁七局的另一个重要举措。贵州省"五一"劳动奖章获得者毛树峰2009年年底应聘中铁七局郑州工程公司后，有了一份破格"天天向上"的履历：从技术员、项目部工程部长到第一架子队总工程师，只用了3年时间……

创立了相对论的世界杰出犹太裔物理学家爱因斯坦说，关心人的本身就是发展生产力。

对人的关心和对人才的重视把涣散在各种思想壁垒里的人心集合了拢来。那些有志于贵广高铁的建设者不再犹豫动摇，他们毫不吝惜地在事业上倾注自己的精力，不断焕发出心灵的活力。

毛树峰从普通员工到架子队总工，他爱岗敬业、任劳任怨。工程铺轨期间，每天睡眠不足4小时；他编制的《贵广高铁11标铺轨工程实施性施工组织设计》提高了施工效率，降低了机械设备成本，获得郑州公司"2012年优秀施工组织"二等奖；同时，几年间，他为公司培养了几十个技术骨干成员。

贵广高铁铺轨在即，中铁七局郑州工程公司的铺轨基地还未建成。基地要建在两个鱼塘上，刚对鱼塘抽水、清淤，广东雨季来临，泥泞的场地上一走一滑，几乎站不住人。但为了赶工期，毛树峰带着几十名工人，在机械的协助下，将30多万立方的土石方填入塘中，平整出了60多亩的场地。接着，冒雨建起了存轨区、生活区和办公区。工程结束，回到办公室，毛树峰累得一屁股坐在地上。有人问他有沙发为什么不坐，他说，地上可以摊开双腿，舒服。

基地刚建完，毛树峰接到了妻子早产的电话。急急忙忙赶回河南驻马店老家，看着床上羸弱的妻子和孩子，毛树峰自责地默默流泪了。不停地说："老婆，对不起，对不起！我没能陪在你身边……"

道歉归道歉，道了歉毛树峰仍不能陪老婆孩子，7天之后，工程上的事情使他不得不提前返回。临行，他再次给妻子说声抱歉，便急匆匆地踏上了归途。

毛树峰办公室的隔壁是"调度长"或"调度主任"樊元学的办公室。

其实，"调度长"中那个"长"字是同行们调侃他加上去的，"调度主任"也属于民间加封。樊元学真正的职务只是中铁七局郑州工程公司的一个普通调度。樊调度是铁二代，早先做线路工，2013年到贵广项目部之后，领导见其办事认真负责，就让他搞调度工作。

如果只是调度中铁七局的6台东风内燃机车、4台电力机车和5台轨道车，樊元学的工作也许会很轻松。但当时，在广宁、怀集、肇庆3个站之间同一路段有机车通行的还有电气化局、中铁十六局、中交四航局、中水电十四局，共30多辆。大家都忙着运钢轨、运道砟等建材赶工期，都想自己的车能一路畅通无阻，所以，在路上会车时常常互不相让，造成堵车。每当此时，樊元学都心急如焚。他知道，中铁七局那 15 辆车一天的租金就是十多万，只要一堵，单位就会亏损。一次，又塞车时，樊元学忍不住跑到现场调停，很快将线路疏通。几个单位被堵的司机见樊元学指挥时内行且公道，就建议今后干脆由他当"调度长"统一指挥调度几个局的机车。樊元学当仁不让，当起了"调度长"。

从此，"调度长"的日子不再轻松。

他先与电气化局的"张调"、十六局的"罗调"等线下单位调度人员建了一个 QQ 群，每天下午 6 点之前，各单位调度都会把第二天用车的计划报到樊元学那里。樊元学根据各单位施工的轻重缓急编制和调整车辆运行计划，在调度单上安排哪个单位的车先过，哪个单位的车需要在什么时候经过哪个站，谁的车需在哪个站避让会车。计划编制好了不一定都能够实施，经常还会出现某单位的机车在车站等着会车时挡住另一个单位施工了，或者火车在路上被哪个施工单位挡了、某单位的车没有按时到达某站、其他单位的车无法通过这类状况。樊元学还得对突然出现的状况进行协调调度。很多时候，那两台对讲机，两部手机会同时响个不停，搞得樊元学手忙脚乱……

当了"调度长"，樊元学的生活也不正常了。各单位施工都是两班倒，樊元学却一天 24 小时都得在值班房守着。吃饭由厨房送去，"方便"的事他总得憋着，最让他不能忍受的是睡觉——对讲机、手机不响了，他就赶紧在沙发上躺下，但往往是刚躺下对讲机就叫了，手机也会响起。每天，他最多只能躺三四小时——这三四小时不可能一直睡着，中途可能还会被电话吵醒数次。公司副总经理史磊说，从来就没有见过樊元学睡醒过，他的眼睛总是肿着的。

樊元学忍受着极度的困倦坚守着调度岗位，使几个施工单位的车辆运行井然有序，保证了各工段工程的顺利进行。两年下来，他的调度水平炉火纯青，俨然一调度高手。电气化局的"张调"建议说，樊调度长，贵广高铁修完，你完全可以调到铁路局当调度所主任了。

樊元学似乎不认为这是"张调"在调侃自己，自信而一本正经地答道："以这两年摸索出的调度经验、锻炼出来的指挥水平，我当个调度主任也许还真的够格。"

当然，他明白自己当不了调度主任，但他仍大胆设想："如果真有当调度主任那一天，我得好好感谢给我机会、让我在调度这个平台上磨炼的公司领导。"

第二十一节 "蓝领"阶层

70

"蓝领职工"这个概念是美国人 50 年代进入信息化时提出的。指的是以体力劳动为主的工薪阶层，如一般工矿工人、农业工人、建筑工人、码头工人、仓库管理员等。

在中国，那些在工程建设中"以体力劳动为主的工薪阶层"有一个专用的名称——农民工或打工仔。

在铁路建设中，农民工和打工仔的组织叫"架子队"。

其实，架子队最早指的不是"以体力劳动为主的工薪阶层"，而是部队的骨干力量。1945 年秋冬之际，为在东北根据地组建新的武装，解放军总部从各大战区抽调 2 万名干部成立"架子团"。以此为"骨架"，扩展新的部队。解放后，铁道兵仍一直沿用"架子团"这种组织方式，对参与成渝、宝成、鹰厦、成昆铁路建设的地方民兵与民工实施管理。

进入 21 世纪后，架子队再次出现在中国铁路建筑市场，是因为建筑包工头太嚣张。

当时，中国建筑劳务用工市场准入和怎么合理利用社会资源等矛盾十分突出。法律规定，承包人不得将其承包的全部建设工程转包给第三人或者将其承包的全部建设工程肢解以后以分包的名义分别转包给第三人。但市场现实是，以劳务为主的大量中小建筑企业或个人根本无法进入铁路建筑市场。而有资质承包铁路建设工程的建筑企业，如果不能合理利用社会资源也无法承接或兑现合同义务。

于是，包工头权力寻租，在铁路建筑市场横行无忌。

在贵广公司综合部部长柴强铎的印象中，"前些年，铁路施工企业被人要挟，很多工程项目，特别是重点工程的长大隧道施工，常被一些'背后有人'的大包队垄断。他们有'通天'的本事，牵着项目部的鼻子走：你要赶工期，他就漫天要价，你不加价，他就以停工相要挟"。

几年前，《国际商报》《东方今报》等媒体都曾报道：那些"背后有人"的大包队成为铁路施工业界最具杀伤力的黑色风暴，致使一些项目的工程指挥长、项目经理，陷入时时被掐"咽喉"、处处被"敲竹杠"的尴尬窘境。项目经理们被逼得灰头土脸，走投无路。媒体叹息：自己承建的工程，自己却不能做主，这无疑是一种令人不解的社会悲哀……

铁道部决定结束这种悲哀。2005年6月20日，原铁道部副部长卢春房在胶新铁路建设现场会的讲话中向全路提倡以架子队模式带劳务，杜绝包工头。

2008年，铁道部以文件的形式要求在铁路施工企业推行架子队管理模式，结束猖狂霸道的垄断大包队。

这种管理模式的核心是：企业要用职工带民工，要有自己的主要设备，要抓住材料供应权；必须坚持同学习、同劳动、同管理、同生活、同报酬；必须培养自己的骨干管理力量；必须坚持专业化，体现架子队的专业化施工；必须加强监管，下决心消除包工队……

从此，企业职工带领有一定技能的民工、下岗工人等"打工仔"开始逐步进入中国的铁路建筑市场。

2009年，张建波到任后就以豪迈的气势提出：我的工程我做主，让新型架子队成为贵广高铁建设的基石！

中铁二十一局把对"基石"的管理模式概括为：以铁的手腕把劳务工费掐住，把队长、工班长管住，把主材料控住，把小型机具卡住，把"电老虎"缚住，把工序衔接抓住。实现项目部、架子队和职工（民工）三家共赢的良好格局，彻底打破了建筑施工单位长期依赖大包施工队的"神话"。

活跃在贵广线上的架子队设有专职队长、技术负责人，配置有技术、质量、安全、试验、材料、领工员、工班长等架子队主要组成人员。它和大包队的最大区别是，架子队的队长及主要管理人员由施工单位的职工担任，外招一些技术型、劳力型的劳务。队长及管理人员的工资奖金由项目部根据考核结果发放，也就是说，架子队长及管理人员，相当于项目部的"打工仔"。

据不完全统计，贵广路上的架子队有近10万之众。这些架子队有大有小，从事隧道工程的一般都在120人左右。如2011年2月，修建百旺1号隧道时，中铁二十一局集团贵广指挥部在第一项目部成立的那支架子队有6个工班，其中，开挖28人，支护20人，二衬18人，机械18人，杂工14人，拌合站

12 人。

从事钢筋工的架子队没有那么多复杂的工种，人员也不会超出六七十人。还有，因钢筋工的电焊是个技术活，所以，钢筋工的工长也不一定是施工单位的员工——中铁七局贵广项目部郑州工程公司钢筋班那位名叫钟建国的工长就是一个民工。

35 岁的钟建国有着大多数广西人一样的容貌：黑瘦，眼窝较深，鼻翼发达，面部骨骼轮廓清晰——总之，属于那种相貌特征突出却又其貌不扬的人。

这个出生在广西恭城的农家子弟虽不相貌堂堂，却有着不错的电焊技术。铁路建设中，钢筋制作工稀缺，于是，钟建国有了机会。

来自农村的钟建国特别能吃苦耐劳。做一片 32 米长的桥梁需要加工钢筋 60 吨左右。他每天的工作就是蹲在地上，用弧焊、氩弧焊、氧气－乙炔焊等方法，在刺眼的强光和电焊产生的炽热里，汗流浃背地把做大梁的分布筋、U型筋、底层面筋、顶层面筋、抽拔棒等钢筋一个个地焊接在一起。每天都要干 10 个钟头左右，忙时会干 12 小时。工作繁重而枯燥，但金属在高温下发生焊丝熔化后形成的那些丰富漂亮的肌理变化，让钟建国享受着焊接的艺术美。焊机的嗡嗡轰鸣，不同的焊接工艺产生的火焰、电弧、激光让他感受到了独特而美妙的焊接艺术语言……

当然，工作辛苦的钟建国收入也很可观。由于技术好，他的保底工资最低是 3000 元，计件工资能干到 3000 至 5000 元，一个月能拿 6000 元到 8000 元。加班多时，月工资 1 万多元。

有人说，钟建国已达到锐蓝水平——中国人等级观念很浓，同样是打工一族，人们也会将其分为"金领""白领""蓝领"等不同的阶层。同样是蓝领，还会被分为锐蓝、普蓝、深蓝。

锐蓝的硬性指标是：技术必须在同类工种中最强，收入必须在同类工种中最高。按美国标准，年薪 5 万美元以上，拥有属于自己的房、车，就算是蓝领。在中国蓝领的概念中，靠体力获取报酬在 3000 元以上就算作蓝领了。钟建国的收入水平，已超过锐蓝阶层接近美国蓝领水平。

钟建国义气，先富而不忘乡党。几年间，他从家乡把 20 多个邻居、同学都召集到自己的麾下。开初，这些人技术不行，他就手把手地培训，把自己多年摸索的焊接技术毫不保留地传授给大家。

为了保证大家的收入，他把自己和弟弟等熟练工干的活拉到一起算工资，达不到3000元的学徒工他给补够3000元；稍微熟练点的，他就大幅度地往上涨钱。如今，钟建国带出去的那20多个徒弟一年大多都能挣10万元左右。

打工最怕东一榔头西一棒，不能在固定的单位干固定的工种。钟建国和他的徒弟们没有这种后顾之忧。十多年来，他们一直在铁路上打工。先在中铁十四局，后来，因口碑良好，他们又被中铁七局给"挖"了去。中铁七局贵广项目部郑州工程公司的党支书刘平海说："我们之所以；'挖'他们过来，是因为小伙子们忠厚，干活地道，从不马虎。"

钟建国认为："干活马虎就是砸自己的饭碗。"他想保住自己这个工班所有人的饭碗，所以，不仅自己活干得好，对手下的那些徒弟也要求极其严格。每天，他都会认真检查大家焊接的大梁钢架。为了达到质量标准，他曾经和徒弟们红过脸、吵过架，也受过不少误解。但不管怎么误解，他都坚持：谁的质量不合格谁就过不了关。对干活马虎不用心的，讲道理批评教育几次之后，他也会辅以"不好好干就请离开"之类的威胁，敦促其把焊接质量搞好。

由于钟建国严格把关，项目部检测、现场技术员抽查、监理验收时，他那个工班所焊接的大梁架基本没有返工的。各个关口的质检员对钟建国所在的工班质量很信任，都说，他们制作的产品可以免检。

钟建国的工班跟着中铁七局干了很多工地，中铁七局到哪里就把钟建国的工班带到哪里。在邢台干了两三年，2009年又到中铁七局的佛肇大冲梁场。接着，在七局肇庆东制梁场干了好几年。广东的工程结束后，他的工班又到七局在江苏徐州的一个工程接着干。

钟建国带领的工班基本上都已达到锐蓝水平，但这些蓝领民工十分节约。一身施工单位发的工作服永远都没有换过；八九个人像沙丁鱼一样挤住在十多平方米的小屋里；常到街边的公益电视前打发难熬的长夜；自己请厨师做饭，为把一天的生活费控制在15元左右，买菜大多是罢市前的大路货⋯⋯

这些平时灰头土脸、有些邋遢、生活节俭的蓝领逢年过节回家时，一定要使劲地显摆一番，做出荣归故里、衣锦还乡的样子：来去都要坐飞机，出门要打的，名牌皮鞋擦得铮亮，头发弄得油光亮滑，嘴上叼着软盖中华，手里拎着茅台五粮液。年年回家的服装也一定要领导新潮流：中国的波司登、鄂尔多斯、七匹狼，搭配着外国的皮尔卡丹、路易威登，轮流着穿。使用的手机由诺基亚到摩托罗拉到三星到苹果，到后来，据说是为了体现爱国情怀，又统一换成了华为，令大山里那些赶不上趟的公务员和摩登青年汗颜。

钟建国带出去那拨人大多在老家修了新房，还买了车。钟建国前些年早修了小楼，冰箱、电视、空调、洗衣机等家电一应俱全。在肇庆，从住处到上班的地方不过几分钟的路程，钟建国本不想买车，但考虑到时尚——自己带出来的人都买了，自己不买，与师傅的身份就名不符实了。有人建议他买日本车，但他觉得还是应该支持民族工业，就买了辆大众车。

2015 年春节，钟建国回恭城老家过年时，没有开车回去。他坐的贵广高铁——他是要体验和享受自己的劳动成果。"我们做的桥梁用在哪儿我都知道，高铁跑在那一段路上，我心里特别激动，也特别骄傲。我真想大声向所有人宣告：这里的桥梁是我们做的！"

71

在《高铁梦唤醒沉睡的苗岭侗乡》那篇文章中，记录着中铁二十一局贵广第三项目部书记廖继银进入从江县洛香镇伦洞村时看到的情形：解放初修建的那些房屋大多破烂得摇摇欲坠，屋檐的瓦已掉得参差不齐，墙壁千孔百洞，从前壁便能看到后壁外的山岩，恣行无忌的山风时常呼啸着冲过墙壁的破洞穿堂掠室……

比破房子更糟糕的是村里大多是人畜混居——牛羊猪鸡等牲畜住底层，人住上面的吊脚楼。白天，牛羊猪鸡在外野放，地上粪便满地。男女老少随地大小便，弄得村里臭气熏天。刚进村那天，嗡嗡乱飞的蚊蝇和着屎尿的恶臭扑面而来，与廖继银一起前去的某技术员没能忍住，蹲在地上吐得一塌糊涂。

历史进入 21 世纪，但洛香镇伦洞村与现代文明几乎沾不上边：没有电，自然也就没有电灯、电视、电话或洗衣机、空调之类。使用电池的收音机在村里也许就算是最豪华、最奢侈的家电了——就这样的"家电"，在村里也只有少数几户人拥有。很多村民家别说收音机，连个煮饭的灶台也没有，菜按在板凳上切，在火笼上吊个黑黢黢的铁罐煮饭。条件好点的也只是在地上摆个小炉子，支口铁锅烹煮。廖继银曾揭开几家那被柴灰和浓烟包裹的铁罐，里边大多是有盐无油的南瓜、红苕。村民们说，一年到头，能保证有这些东西吃就算不错了。

长期缺乏营养，村里的人大多满脸酱色中透着菜色，浑浊的眼中充满了茫然无助。他们基本上都家徒四壁，即使家境好一点的，连个像样的衣柜也没有；制几套衣服，就用一根竹竿把衣服搭在上边……

看到这些，廖继银伤感不已。

在贵州，让人叹息伤感的事情太多了。新华社曾编发过一则"探访贵州贫困村，村民年收入 2 万元成首富"的新闻。那新闻说，新华社记者到桂、黔等省区贫困村采访时了解到，贵州省榕江县古州镇九秋中心村住着 200 多户村民。县里准备对这里实施整村搬迁，但只有 106 户愿意。九秋中心村副主任张永辉介绍说，目前，当地群众的生活基本属于自给自足状态，自家种点稻谷、白菜、萝卜、辣椒等。一个 4 口之家，一年的收入也就两三千元。"我家搞运输，一年能挣两万元左右，已经算是加退村的'首富'了。"

洛香镇伦洞村的村民们从来就没有想过，他们会很快就超越了张永辉这个"首富"，他们能够整体成为打工族中的蓝领阶层。

2009 年 3 月，随着贵广高铁全面开工，中铁二十一局贵广指挥部第三项目部数以万计的建设者从天南地北汇聚伦洞村周边，莽莽苗岭在隆隆的炮声、机器的轰鸣声中沸腾了起来。

苗岭侗乡的人们开始对山外的人、山外的事情产生兴趣。他们畏畏缩缩地到筑三项目部的驻地，期期艾艾地和那些见过世面的山外人交流，像好奇心特重的小孩一样想把外面的世界问个究竟。久了，还与项目部的人做起了生意。每天，侗族、苗族男女老少们成群结队地挑着疏菜、水果到项目部或工地叫卖，一些村民还和食堂定点联系直接送货。交易中，这些做买卖从来都是"一口价"但往往又以山里的消费标准要价太低的他们学会了讨价还价，所卖东西的价格也比以前高了两三倍。

一来二往，村民们和工程队的人熟悉了，知道铁路建设需要很多劳动力，便纷纷到工地找活儿干。因村民们没有多少技术，只能干些如养路、砌挡墙、边坡防护、挖排水沟等活儿。据三项目部书记廖继银统计，仅在中铁二十一局工程部打工的村民，平均每天不下 800 人。而在无砟轨道施工期间，当地民工数量每天 1600 人以上，其中有很多都是穿着民族服装的妇女。

据那篇《高铁梦唤醒沉睡的苗岭侗乡》的文章介绍，6 年来，第一项目部的 30 千米便道一直都是当地 30 名村民维修养路。己约村侗族妇女丁配莲对他们的收入很满意："第一年我们每月工资 1500 元，后来涨到 1800、2000 元，从 2010 年开始每月 3000 元。"这样的收入已远远超过张永辉那个"首富"，并达到了中国蓝领阶层的标准。

丁配莲觉得，自己比外地蓝领更有优势的是："我们在本地打工，下班后还可以照顾家做农活儿，比到外地挣钱要划算，含金量更高！"

丁配莲的老公徐忠林原来在乡间杀猪卖肉，后来，见妻子在铁路上养便道的收入比他还高，便放弃已干了十几年的屠夫职业，到工地立模板打混凝土，成了吃香的技工。打了几年工，夫妻俩买了辆五菱面包车，工程或其他人需要时他们就将车出租赚钱。

村民丁振齐打工几年，掌握了电工技术，他一直在隧道内搞大电，还精通维修空压机、变压器等机械设备，成了技术大拿。项目部副经理杨雄长期与村民打交道，他说："6 年来，村民通过在贵广高铁工地打工，共有 40 多人学到了电焊、钢筋加工、装载机驾驶、拌合站、机械维修等技术。今年，高铁施工结束后，村民们凭过硬的技术外出打工，每月挣 6000 元以上是没有问题的。"

有人做过统计：伦洞村等几个偏远的村子很多人家都盖了新房，买农用车、卡车 30 台、面包车 16 台、轿车 8 台。双江乡政府对双江到天堂、已约村的便道进行了硬化后，村民们纷纷跑起了运输，向山外拉货拉客，有了谋生的新门路。

这几年，从江县洛香镇伦洞村村民吴光贤也一直在铁路工地打工。他最先从小工干起，学到了一手浆砌和电焊技术。因为人诚实，干活不偷懒耍滑，工地的附属零星活儿源源不断地包给他，几年挣了 70 多万元，成了村里最先富裕起来的人……

两千多年前，西汉著名的史学家司马迁在《史记》中说了一段流传久远的话："仓廪实而知礼节，衣食足而知荣辱。"礼生于有而废于无。故君子富，好行其德；小人富，以适其力。渊深而鱼生之，山深而兽往之，人富而仁义附焉。

这段话翻译成现代语言的意思是："仓库充实了，百姓才能懂得礼节，衣食丰富了，百姓才知道荣耀与耻辱。"礼仪产生于富有而废弃于贫穷。所以，君子富有了，喜欢行仁德之事，小人富有了，就把力量用在适当的地方。潭渊深了，里面就会有鱼，山林深了，野兽就会到那里去，人民富了，仁义也就归附于他们了。

贵广高铁修建过程中，司马迁这段有关经济发展与精神文明建设的论述在伦洞村等村寨得到了诠释：凡是在贵广高铁工地打工的人都得到了实惠，经济发展了，随之而来的是村民生活质量显著提高。如今，伦洞村的 100 多户村民告别了吊脚木屋，全部建起了清一色的砖混结构楼房。家家户户都购置了摩托车，都添置了沙发、衣橱等物件。液晶电视、电冰箱、电脑等也成了寻常百姓家中的必备之物，姑娘小伙们穿着打扮开始追求时尚……

物质生活改善后，村委会不失时机地加强对村民的素质教育。此后，随地大小便的陋习得到了改变，讲文明礼貌蔚然成风。环境改变人，带来人的文明素质提升，昔日粪便满地，散发恶臭的村寨变得干净卫生了起来。

第二十二节　新版《燕诗》

72

综合部部长柴强铎说，铁路建设者枯燥清苦的生活比吉普赛部落还不如。"吉普赛人至少还能混个一家人待在一起，但铁路建设者大多是一家几口分居在几个地方。常年被禁锢在大山里，没有好的生活条件，没有娱乐，铁路修好，板房一拆就走。"

对长年累月都机器一样连轴转的张建波，原贵广公司综合部副部长孟禹繁劝他"还是应该有点业余爱好"。张建波说，高处不胜寒，自己不敢有爱好。

他发现：某单位的领导喜欢打网球时，就总有人跟着去打网球；领导喜欢打乒乓球了，单位又掀起了乒乓球热。后来，领导爱好唱歌跳舞，人们的兴趣也纷纷随之转移……

张建波痛恨这种阿谀奉承、趋炎附势之风。他认为，"越王好勇士"，就会"国人多轻死"。"楚王好细腰"，必定会"宫中多饿死"。为了杜绝自己任职的单位出现这种无心工作、专门揣摸领导意图的风气，自从任许昌工务段段长那时起，张建波就主张：单位的一把手不能有业余爱好。

他的生活轨迹基本上都是三点一线：工地—单位—单身宿舍。除此之外，就是看看电视，看看书。

张建波的女儿曾担心地问他："爸，你既不会唱歌跳舞，又不会抽烟打麻将，退休后，你去干什么呀？"

张建波反问女儿："怎么会无事可干？退休后，我要做的事情还多着呢！

我要写东西，要系统地读些书。还要出去旅游……"

他特别想到拉萨去参观一下布达拉宫。在青藏线的 31 个月里，张建波每月至少要到拉萨去出一次差。但去了 30 多次拉萨，从布达拉宫外的广场往返了六七十次，他竟然一次也没有进过布达拉宫——不是不想去，而是觉得自己一个人进去太浪费了，想等有客人来了时陪着去。结果，到调走他都没去过。他给女儿承诺："退休后，我一定带着你妈和你一起参观布达拉宫。"

他还要还一笔"债"——陪陪年迈的父亲。几十年来，总是难得回河南老家一趟，回家也只是匆匆忙忙到父亲那里去看看。父亲想与他好好聊聊，可他又得走了，总是一次次把遗憾留在父子之间。随着年龄增长，张建波深切感到，过去，自己这个儿子当得太不尽职了，退休后，怎么也得和父亲好好待一段时间，好好向事业型的父亲汇报一下自己这几十年来都干了些什么事业，在生活上好好照顾他，不能把在母亲那里"子欲养而亲不待"的风树之悲再留给父亲。

在张建波喧嚣的心中，有一块令他内心不得安宁的领地永是寂寞——那是他对去世母亲无穷无尽的疚愧。

在张建波的心目中，儿时，母亲是天，是太阳，是一首最动听的歌。成人后，他评价自己的母亲"具备了中国妇女传统美德，是最伟大的女性"。他多次对人谈起，"母亲勤劳、善良、朴素、吃苦，她一生竭尽全力孝敬老人，培育孩子，照顾父亲，为这个家庭不遗余力地尽着自己的责任，吃尽了一般家庭妇女不能吃的苦后，一天福都没享过就离开了我们！"

张建波不能忘记，母亲 1957 年随父亲进城后曾在新郑被服厂上班。1960年，饥荒降临，父亲做表率让母亲辞去工作当家属，下放到新郑附近的农村。在那间灰头土脸的破屋里生下了张建波等五姐弟。从此，一家 7 口和奶奶、外婆就靠父亲一个月 90 元钱的工资生活。每月领了工资，母亲要寄给奶奶 20元，寄给外婆 15 元，剩下的 55 元钱才是全家人的"身上衣服口中食"。人均不到 8 元的生活费，使家里的日子过得像穿上了紧身衣。

缺钱的日子，张建波和全家人都经历着生存的困惑和生命的挣扎。在众多不堪回首的往事中，他记忆中最苦涩的就是那个"饿"字。长期以来，他的食物只有鲜红薯、红薯干、红薯面拌高粱面窝头和稀粥。那时，张建波姐弟 5 个正吃长饭，吃起饭来如狼似虎，一锅稀粥总是一抢而光，肚子吃得像个罗汉，但好像从来都没有吃饱过。

张建波印象最深的是，每顿吃饭时，母亲总会习惯性地去忙家务，等孩子们吃饱了，她才会舀点剩菜剩饭随便对付一顿。

当年，正直的父亲不准子女踏入官场，不准家人沾自己的光。有人准备给张建波的母亲安排个临时工，帮补一下这个实在困难的家庭，但父亲坚决不同意。张建波的母亲只好到建筑队搬砖，到食品厂捅枣核，走街串巷卖冰糕。

她更多的时间是给县委招待所洗被褥。洗一个被褥 2 毛钱，洗一个床单 1 毛钱，洗一个枕巾 5 分钱。这些价格中包含肥皂、水的成本。母亲舍不得用要付钱的自来水，就晚上把被褥拆下来用碱水泡着，第二天背到离家两千米以外的双喜河去洗。数九寒冬，河给冻上了，母亲把冰砸开，在冰窟窿里洗。她大多是早上走，晚上才能洗完。中午，张建波和姐姐给母亲送点饭过去。晚上回家时，母亲的全身几乎都冻僵了……

往事重提，张建波总是忍不住潸然泪下。

怀着一种疚愧之情，母亲去世时，张建波流着泪用一个晚上写了 12 页感人至深的悼词。悼词中，张建波对母亲深厚的情感，唐代《燕诗》中"须臾十来往，犹恐巢中饥"等句子描写的情景在张家母子两代人身上的再现，引起了参加追悼会亲友们的强烈共鸣，"座中泣下谁最多"，知情亲友青衫湿。

感人的《燕诗》是唐代诗人白居易的作品，讲的是一户人家的梁上有一雄一雌两只燕子。它们衔泥在梁间筑巢，生下了 4 只小燕子。这 4 只小燕子向父母的求食声响个不停。青虫不容易捕到，小燕子的黄嘴没有吃饱的时候，虽然燕妈妈燕爸爸的嘴爪都裂开了，但还是不感到疲倦，一会儿就飞了十几个来回，就怕小燕子挨饿。有一天，羽毛丰满的小燕子展开翅膀随风四散，燕妈妈燕爸爸在空中急切地鸣叫，叫哑了嗓子也没有把小燕子们给呼唤回来，回到空巢里，两只燕子整夜哀鸣。

张建波甚至觉得，自己就是那只飞走的燕子。他在追悼会上哭母亲，不仅仅因为母亲"一天福都没享过就离开了"，更有风树之悲的追悔莫及。

从此，母亲成了张建波心里一个永远的痛点。

在贵广高铁建设大军中，杨长普也是众多因风树之悲而追悔莫及的一员。

杨长普，中铁十四局贵广第四项目部办公室主任兼拆迁办主任、工地医生。这之前系某铁道兵部队的一个卫生兵，转业到中铁十四局后，参加过京九、京沪等多条铁路建设。2008 年，贵广高铁开工时，他放弃了条件更好的工作，放弃了对家庭的更多照料，在那个去一趟县城需坐 3 个多小时汽车的牛栏山里一干就是 7 年。

对这一切，他无怨无悔。他说："脱下军装我还是个兵，是永远的铁道兵！"这位永远的铁道兵在牛栏山的 7 年里，仍天天早上出操、升旗，再引吭高歌那支充满豪情壮志的《铁道兵战士志在四方》：

"劈高山架桥梁，锦绣河山铺上了铁路网，今天汗水洒下地，明天鲜花齐开放，满怀豪情斗志昂扬，铁道兵战士志在四方……"

兵歌萦回，往事历历。永远的铁道兵不会忘记自己的使命，更不会患得患失个人的利益。

但他内心深处，掩藏着两件终身的憾事。

至今，父亲那哀怨的目光总是挥之不去，时常刺得他心神难宁。那次，父亲胃出血已是癌症的预兆。卧病在床的父亲得知回家探望自己的儿子很快就要回单位，几次想对杨长普说什么却欲言又止。杨长普明白：父亲是知道自己来日不多，想让他留下来陪陪自己。他也想留下来照顾父亲，但想到自己在单位兼任的几项工作都已停摆，正影响工程的进展，还是咬咬牙，决定尽快赶回去。临行前，杨长普本想安慰父亲几句，但一种生离死别的预感沉甸甸地压倒了他的思维，使他失去了表达的能力，他甚至不敢正眼看一下父亲便头也不回地走了——他生怕父亲那哀怜的眼光动摇了自己归队的决心。

不久，父亲病逝。那段时间，单位的工程正抢工期，杨长普承担着统计进度、汇总资料、上传下达等工作。工作和奔丧尽孝的冲突使杨长普陷入深深的矛盾之中：生不能病榻行孝道已令他内心不安，自责不已，父亲死后岂能不扶七尺棺！但自己离开后，给整个工程带来不利影响和损失的现实使他实在迈不开回家奔丧的脚步。最终，他还是留了下来，把对父亲的疚愧之情深深埋在心底。

从此之后，杨长普的内心世界再也无法安宁。当时，网上正在为一个相似的事件吵得不可开交：一个援藏干部 3 年只回家过两次，甚至连母亲生病过世都因工作不能赶回去见最后一面。

对此，有人说：抛妻弃子去奉献已失去了圣洁的光芒，一个连自己的母亲去世都以工作为理由，不赶回去见最后一面的人，人性伦理何在？一个连自己至亲都不爱的人，何谈爱人民爱国家？

更多人认为，公而忘私的敬业奉献精神是中华民族的美德，在强调自我、凸显家族利益的精神氛围不断滋长的背景下，有敬业奉献精神的人是中华民族的脊梁。

杨长普觉得自己够不上"民族的脊梁"的份儿,但"人性"的大锤时时猛砸着自己——不是砸自己的"脊梁",而是砸自己的良心。这个抢起"大锤"的不是别人,而是他内心深处的另一个自己——心中那个"生不能病榻行孝道,死后未能去扶七尺棺"的痛点使他永远无法迈过良心的那道坎。

1961年,杨长普出生于贵州织金县城关镇。他有两个哥哥一个姐姐。在"皇帝爱长子,百姓爱幺儿"的国度里,杨长普这个"幺儿"特别受父母疼爱。三年大饥荒时,再没有钱,过年时,父母也要给襁褓中的杨长普弄一套新衣服。没有吃的,母亲瘦得皮包骨,但她坚持不给杨长普断奶。在农村,大人干农活儿时都会把还不会走路的孩子绑在床上任其哭闹。为了不让杨长普遭这样的罪,母亲上山干活儿时,总用一根布绳将杨长普吊在胸前。一次,母亲割草时触到了一窝马蜂。在毒蜂扑来时,母亲没有逃跑,而是飞快冲到不远处的杨长普跟前,双膝跪地,将身体蜷曲成一座"拱桥"把儿子护在身下,任马蜂在手上、头上叮咬也不肯丝毫改变这种姿势。

长大后,杨长普成了白居易诗中的那只"燕子"。当兵离家那天,母亲怕自己受不了那骨肉分别的场景,躲到山上,泪眼遥望儿子远去的身影。20世纪80年代中期,农村的通讯主要靠写信。有一年,杨长普写信说3月初就能探家,结果,单位有事,5月中旬才回。两个多月里,母亲天天杵着拐棍到1000米外的山口去接杨长普。

后来,思子心切的母亲病了,想儿想得吃不下饭,整天萎靡不振。但很奇特,只要杨长普一回家,母亲立马精神好转,能吃能喝。为了能让母亲的身体好起来,1999年,杨长普专门请假,回到织金陪母亲生活了半年。

杨长普回单位后,母亲旧病复发,又常到1000米外的那个山口去等杨长普回家。杨长普稍有时间,就回家陪母亲住一段时间,但一走,母亲又会一如既往地表现出对她那个已年近半百的"幺儿"的思念,经常到山口去等着。终于有一天,老人跌倒掉到崖下,摔断了右腿,从此再也没有能站立起来。病重时,杨长普赶回家,母亲眼睛已经看不见了。她用手摸儿子的脸和手,把舐犊之情传递给"幺儿"。杨长普让她住院,但听说住院费很贵,不几天就坚决出院。杨长普犟不过,就买了些贵重的药。母亲听说一瓶药要好几百,沉默半晌后吩咐:"不要买药了,我这腿养养就好了。"当杨长普不在时,母亲就停止服药。她说,我摔这一跤,杨长普花了好几千,他又白干一个月了,不能再增加他的负担了。

母亲去世前，大哥打电话要求杨长普回家见母亲最后一面。杨长普哭着对大哥说："我也想马上回来，但我们工地的征迁一直是我在搞，对外所有的关系只有我熟悉。我一走，地征不下来，几千号人就得停工。征完地，我一定回家看母亲！"

但母亲等不及了，临终前出现谵语了还问杨长普回来没有。杨长普的大哥说，回来了，在回家的路上了。母亲"哦"了一声，眼里流出两行清泪，闭上了眼睛，带着谁也摸不透的心情永远离开了人世。

为此，杨长普的哥哥再也不肯原谅弟弟，告诉母亲去世的消息时，他只说了句："你要工作不要老人，可惜母亲那么疼你！"就挂断了电话。

杨长普"要工作不要老人"，成为家人不让他继承父母遗产的理由。贵广高铁开通前，杨长普父母的土地被县里征收后有38万元的费用。家人以父母去世杨长普都没有回家为由没他的份。

不能继承父母遗产的"惩罚"，并没能淡化杨长普对父母的怀念和疚愧。贵广高铁通车后，他坐高铁回了趟贵州老家。在父母坟前，杨长普情不自禁地想起台湾诗人余光中的《乡愁》："小时候，乡愁是一枚小小的邮票，我在这头，母亲在那头……后来啊，乡愁是一方矮矮的坟墓，我在外头，母亲在里头……"

他知道，从此后，这座矮矮的坟墓，将把自己与父母永远地隔开，不管是邮票还是船票，都无法叩开那冰冷的墓门，都无法连接这阻隔的阴阳。

此情此景，使杨长普感而发，发而思，思而悲，悲而泣。

他点燃香烛，长跪不起。他的耳畔老是回响着音色醇厚、和缓而纯净的歌声，把他带回几十年来漂泊、隔离、绝别、可望而不可归的离愁别绪之中。哦，那不是降央卓玛演唱的《父亲》吗——

"那是我小时候，常坐在父亲肩头。父亲是儿那登天的梯，父亲是那拉车的牛。忘不了粗茶淡饭将我养大，忘不了一声长叹半壶老酒。都说养儿能防老，可儿山高水远他乡留……"

杨长普心中大痛，悲泪奔涌。

73

1963 年，美国一个名叫洛伦兹的气象学家在解释空气系统理论时说，南美洲热带雨林中一只蝴蝶扇动几下翅膀，空气和气流的连锁反应也许会在两周后引起美国得克萨斯州的一场龙卷风。

后来，洛伦兹的说法被人们称作"蝴蝶效应"。

中铁十四局贵广项目常务副总指挥长刘志波的"后院"因为一点点小事引发过一场"蝴蝶效应"。如果用文字解说，可以编排出这样一个连锁反应的过程：刘志波在广西修高铁十分忙，回不了家；回不了家，儿子和他越来越陌生；因为陌生，产生了不理解；因为不理解，父子间有了隔阂；因为隔阂，儿子开始对父亲反感；因为反感，儿子终于向父亲"开战"……

先是"冷战"。

刘志波一年难得有几天假，回家后儿子把他当"熟悉的陌生人"——不正眼看刘志波，不喊刘志波，不与刘志波说话，实在有什么要说也要通过妈妈李芳"中转"，父子俩形同陌路；后来，开始划清界限：不与刘志波同处一室，不参加有刘志波在场的任何活动，不与刘志波同桌吃饭，每顿吃饭时都端到一边去吃；再后来，刘志波感觉到了儿子那可怕的眼神——他解释时强调说："那眼神里充满了轻蔑和仇视……"

接下来，公开挑战开始了。

有一年春节，刘志波在另一房间看电视，声音开得很小，儿子却以吵着他为由冲进房间关掉电视，然后把机顶盒扔在地上猛踹一脚。

真是可恼可气，刘志波忍无可忍了，高高扬起巴掌，想要家法伺候。不料，儿子昂首挺胸，威武不屈地大声质问："你有什么资格打我！我已经读初中了，你是辅导过我学习，还是去学校开过家长会？你把什么事情都甩给我妈，你对得起她吗？这么多年，你都在干些什么？你心里根本没有这个家……"

像听了咒语一般，刘志波那高扬的巴掌无力地垂了下来。儿子轻蔑地哼了一声，甩门而去。

一个指挥成千上万人的常务副指挥长，一个独当一面的贵广高铁项目的重要负责人，一个中铁十四局给予高度评价并在员工中享有极高威望的人，怎能受得了这种强烈的刺激？

那一瞬间，刘志波愣在那里，心中生出了愤怒和悲哀：一个乳臭未干的臭小子竟敢如此放肆地质问自己这些年都在干些什么，难道他不知道为父那些风生水起的事情吗——上海北环项目，我名扬上海滩；广深港铁路工程，我誉满南粤地；广西云桂铁路建设，我南疆担重担；贵广高铁援助中交四航局的无砟轨道铺设，我刘志波带400人25天就干完了贵广公司要求两个月完成的工程；半年评比，我们在全线得第一名，下半年，在30个单位中得第六名，并获贵州劳动竞赛"优胜单位"；我刘志波也多次获得"火车头奖章""五一奖章"……

如果知道为父的这些业绩，乳臭未干的臭小子，你还敢质问"你都在干些什么"吗！

但是，这些辉煌的业绩在遭到儿子质疑时，刘志波也只能在心里这样想想，儿子那句"你把什么事情都甩给我妈，你对得起她吗"的责问，击中了他的软肋。对妻子、儿子及整个家庭，自己亏欠太多，实在在儿子面前说不起话，抬不起头……

刘志波的爱人李芳在某化纤厂工作，原也曾在父母那里享受着"掌上明珠"的待遇。李芳与刘志波结婚，父母坚信自己的"明珠"找到了一个不错的夫君，唯一的遗憾是女婿长年累月四海为家，不能常伺候于"明珠"左右。但李芳觉得，生活型的"家庭主男"未免庸碌，可鄙而不可亲。事业型的男人，难以是家庭生活的楷模，可敬而不可爱——任何事情都没有十全十美，两者之中，李芳更爱四海为家的刘志波，选择了留守在那个被外界称为"寡妇村"的中铁十四局的家属院。

日子久了，李芳觉得丈夫也太"四海为家"了——1992年从石家庄铁道学院毕业后，20多年参与过12个项目的建设，担任过四任项目经理、一任常务副总指挥、一任总指挥长。从上海到深圳，从云桂到广西，足迹留在大半个南中国，夫妻俩一直是只能在七夕才能相见的牛郎织女。并且，一年相见的时间大多没有超过15天。

嫁给刘志波后，李芳这以前从未干过家务的"明珠"黯然失色了——她的闺密对丈夫的解释是"吃完饭洗碗的那个人"。但这个"丈夫"的角色长期被她自己兼任了，这且不说，她成天还得忙着上班、洗衣、做饭、带孩子，忙着探望头疼脑热的父母，忙着给儿子开家长会和兼任"家教"。后来，她累得腰、腿都出了毛病，胃也不好，加之双方父母和儿子无人照料，李芳只得提前离岗。

让妻子长期一个人承受上有老下有小的压力，这让刘志波内心很是自责。一次，休假回单位时，李芳去送他，抚着爱妻虚弱的身子，刘志波心痛地说："李芳，这些年我老在外奔波，让你一个人受累，抱歉了！"

对丈夫的抱歉，李芳念了一首小诗：

你进，我陪你出生入死；你退，我陪你颐养天年；你输，我陪你东山再起；你赢，我陪你君临天下……

并不是所有家人都喜欢刘志波这个"不回家的人"并执着地陪他"出生入死"。父母生病，弟弟也不告诉刘志波，说，反正你也回不来；刘志波的岳父老家临沂有个风俗，每年春节，女婿都要去岳父家送大公鸡和猪腿。但刘志波有8年都没能回山东过春节，每年，都是李芳代替他去送大公鸡和猪腿。岳母埋怨说，把俺闺女娶到手，就不上门了。母亲生日，李芳数星期前就提醒刘志波，千万记得打个电话祝寿。但当时贵广高铁大战100天后又加了一个决战60天，一忙，忘了打电话。母亲很失望，说，儿子翅膀硬了，记不得俺这个当娘的了；儿子更是质疑刘志波"心里根本没有这个家"……

这让刘志波委屈莫名。

扪心自问，刘志波又何尝不羡慕那种夫妻缱绻、花前月下的恩爱？又何尝不向往堂前行孝、舐犊情深的小日子？他觉得，只要家人能够在一起，哪怕少拿点工资，哪怕再苦再累也是幸福的——他甚至觉得，只要能与家人在一起，即使像董永那样"我耕田来你织布，我挑水你浇园"都行。

然而，几十年来，刘志波没有得到过这种"幸福"。在工地那喧嚣的寂寞里，他总有一种无以言表的思念，他甚至没有家的感觉，一直住单身宿舍，一直都是吃食堂。这让他很不习惯，"在外面，哪怕吃得再好，也不如在家里的粗茶淡饭那种家的感觉，那种惬意，那种舒服。每当此时，我会觉得自己像秋天的一片树叶在空中飘啊飘。不知道要飘到什么时候，会飘到什么地方……"

很多时候，刘志波都会千方百计地补偿自己欠下的那些家债。2015年1月7日是刘志波父亲的生日。当时，贵广高铁通车后，他不再那么忙了，专门回家给父亲过生。刘志波说："父母感到很意外，高兴毁了！"

对与儿子的关系，刘志波也抓紧修复。贵广高铁工程扫尾后有些空闲，刘志波回家住了一段时间。"李芳从中调和我和儿子的关系，我也给儿子买东西，给他做三菜一汤去'贿赂'他。"

儿子对父亲的"冷战"终于结束。读高三时，儿子病了，主动给刘志波打电话。刘志波趁回济南开会的机会在家里多逗留了几天，陪着儿子输液，和儿子谈心消除隔阂。儿子 18 岁那天，他还和李芳联名给儿子写了封题为"写给成人的你"的信。

信中，刘志波真诚地说："儿子，老爸很惭愧，我已经很久没有给你写信了。回想起来，那还是你上小学的时候，每次我出差，都给你写上那么几句。不知不觉，你 18 岁了，在电脑上翻看你的照片，恍如昨天。

"这几年是你学习的爬坡期，也是爸爸工作最忙的时期。特别是 2008 年到 2015 年的 7 年间，老爸参与了 3 条铁路的建设。妈妈也没有多少时间管你，你独自在济南这个陌生的城市生活了好几年。现在想来，爸妈很歉疚，这永远是爸妈的心病。贵广高铁开通了，老爸尽量不接新任务，争取陪你度过高中这个攻坚阶段……老爸老妈会在生活上尽量帮助你，如果心里有什么事，尽量和老爸说说，老爸应该是你最亲近的朋友了……"

把隔阂修复成"最亲近的朋友"，刘志波父子的关系完全正常化了。儿子开始亲热地喊他，也愿意跟他坐在一起吃饭了。每次回家，还总同他黏在一起。刘志波把被儿子摔坏的机顶盒修好，他回家终于可以放心大胆地看电视了……

第二十三节 "女汉子"们

74

李阳春，中铁四院轨道专业高级工程师。1972 年生于湖南长沙，却给人四川辣妹子的感觉。说话语速极快但吐词清楚，近似普通话的长沙乡音中也像四川人说普通话一样，后鼻音省略，把翘舌音通通发成平舌，有些 h、f 混淆、l、n 不分。特别是语法习惯和声调气息，不明显的语法重音和逻辑重音在滔滔不绝中给人的第一印象是伶牙俐齿。

俗话说：男怕入错行，女怕嫁错郎。李阳春虽反对那种以人身依附为根基的"青藤缠树""夫贵妻荣"式夫妻关系，但她同意"婚姻是女人的第二次投胎"的说法，更同意"找老公就像购买股票"这样的比喻——只能买优绩股，不能买垃圾股。一旦选错了，贬值的不仅仅是婚姻，而且还包括女人的心理、精神、身心和大打折扣的生活质量。

不管是"投胎"还是"买股票"，李阳春都是幸运的。佛说：前世 500 次的回眸，能换来今生的擦肩而过；前世 1000 次的回眸，能换来今生的姻缘。在中南大学读书时，李阳春一眼就认定来自吉林的同学李秋义是她"前世 1000 次回眸"的那个人，便毫不犹豫地将其发展为老公。李秋义果然是个"优绩股"，很快就被铁四院作为人才引进。从此，二人在铁四院那片天空下安家乐业，比翼双飞。凭着主持铁道部、建总 18 项科研课题并荣获"詹天佑铁道科技青年奖""神华杯"央企青年创新优秀奖、铁道部优秀设计一等奖等一大堆奖项，李秋义有了"青年拔尖人才""铁道部评标专家"等头衔。因为那些奖项和头衔，李秋义很快被提拔为铁四院线站处副总。李阳春也以在贵广、武广、郑西、陇夏等多条线路上的业绩，无可非议地成了铁四院轨道专业的骨干。

按照歌曲"军功章有我的一半也有你的一半"的说法，按照"90% 的好男人是女人调教出来的"的说法——更重要的是，凭着李阳春突出的业务能力，有人由衷地称赞她是一个女强人。

李阳春不喜欢"女强人"这种形象。

她比较欣赏女诗人舒婷《致橡树》中说的：女人应该作为树的形象和男人比肩而立——"你有你的铜枝铁干，我有我的红硕花朵"——而不应该以"女强人"或"女汉子"的形象"称雄"于她的那个行业和她的家庭。

基于这样的价值取向，李阳春说，女人不应该只是爱情的使者，或者是把自己"混"成丈夫、孩子的附庸，但也不应是没有女性阴柔优美气质的"汉子"。

这种观点并不排斥志同道合的丈夫，活泼可爱的儿子是她生活中最宝贵的部分。李阳春给自己制定的家庭主妇标准是：作为妻子，对丈夫应不失贤惠；作为母亲，对孩子应不失温柔。

后来，李阳春才发现，这样的标准对自己是多么勉为其难。

2006 年，参加贵广高铁修建时，李阳春还同时干着南广、汉渝、陇夏、武汉城际等多条线路的工作。很多时候，一个项目的电话未接完，另一个线路又把手机打爆了。这边在谈贵广高铁图纸的事情，武汉城际那边又在要求"下午两点你必须到工地对我们的无砟轨道现场指导，否则我们就停工了"！

这样的情形使李阳春陷入身心俱疲的撞墙期，长年累月没有星期天节假日，没有白天晚上的概念，带病上岗是常事，加班加点是常事。家，成了夫妻和孩子共同的旅馆，她根本无时间对丈夫和孩子"贤惠温柔"。

丈夫李秋义也是那种"年忙月忙天天忙忙碌碌，家事妻事儿女事事事不管"的工作狂。好在李阳春"同病相怜"，特别能理解。"他不是经常加班，就是经常出差，哪有时间管家管老婆孩子？"

提到出差，李阳春会不由自主地头疼："我和秋义一年中差不多有一半以上的时间都在出差。有时，他出去我回来，有时，我回来他出去。有时，我在机场下飞机，他在机场安检登机。有时，我们会在同一个项目的工地擦肩而过但无空见面。"这种状况难免让李阳春触景生情，"每当此时，我都会想到舒婷诗中那两棵比肩而立却无法亲近的橡树和木棉……"

因为忙，李阳春家的那棵"橡树"根本就想不起李阳春要做贤妻良母的计划。他们的儿子子杰一直渴望母爱，渴望能经常与爸爸、妈妈待在一起。

2006 年，贵广项目勘探设计开始时，子杰 5 岁多，上小学一年级。很多时候，李阳春和爱人同时出差，只好把他寄养在同事家里。第一次送儿子去同事家，他很不乐意。李阳春开导说，男儿当自强，怎能老黏着爸爸妈妈？子杰仍磨磨蹭蹭不愿去，无奈，李阳春拽着儿子的小手，"拉壮丁"一样往同事家走。意识到必须接受这种现实时，嘴上虽不说什么，但儿子那恋恋不舍的目光，那竭力忍在眼眶里打转的泪珠，那一步三回头的神情，让李阳春的心像被儿子的小手紧紧地攥着似的。她鼻子发酸，不敢正眼看儿子，生怕儿子那快要滚落的泪水会淹没她即将踏上的旅途。

那次出差归来，李阳春还没有来得及放行李就去接儿子。"儿子很开心。问他在阿姨家住得习不习惯，他说阿姨一家都对他挺好，但他还是想爸爸妈妈。"见李阳春面露难过的表情，儿子学着她的口气安慰说，"该出差你们就去吧，别担心我，男子汉大丈夫，怎能老黏着爸爸妈妈？"

李阳春搂着儿子大笑："真这样想？那我们今后就经常去出差哦！""男子汉"赶紧实话实说："别呀，这段时间，别人的爸爸妈妈都能带着小孩开开心心地玩，我一个人孤零零的，心里好委屈……"

"男子汉"读四年级时，不愿意去别人家过夜了，坚持要一个人在家住。李阳春问他一个人在家，怕吗？子杰一拍胸膛："我一个男子汉大丈夫，怎么会怕？"

结果，"男子汉"第一次一个人在家住就出了事。那天上午，正在北京开会的李阳春突然接到班主任老师的电话，说子杰上体育课时摔了跤，前门牙碰断了。李阳春听后心里一沉，忍不住眼泪掉了下来。当晚，她刚给子杰打通电话，就传来儿子伤心的哭声："妈妈，昨晚我一个人在家睡觉，心里有点害怕，没有睡好。今天在学校上体育课，头有点晕，下课时一不小心就摔了，前门牙没了！"

听失去门牙的儿子讲话时不关风，李阳春心中一阵酸楚。为了减轻子杰的心理压力，她学着儿子的口气安慰说，没事的，男子汉大丈夫，这点小伤算什么！电话那头，儿子扑哧一声笑了。电话这头，李阳春母爱的天空却泪雨磅礴……

当晚，李阳春彻夜难眠，眼前老晃动着儿子受伤的样子，心里充满了自责。这么多年来，只顾工作而忽视了孩子，几乎没有参加过儿子的家长会，周末和节假日差不多都没有能带孩子出去玩，对他亏欠得太多了！

李阳春总想补偿对儿子的亏欠。她喜欢唱歌跳舞，但别人去歌舞厅时，她"心如止水"，从不为所动。出差回家，李阳春的时间属于家庭，属于儿子。她总是挤出一切可以挤出的时间在感情上给儿子"补课"。星期天，还陪着子杰到郊外、到动物园玩。

时间久了，新的情况又出现了——自己和丈夫都出差时，不愿被寄养的子杰吃饭成了问题。本来，说好让他三顿饭都到同事家去吃，但后来，从子杰学了那篇该死的《大丈夫日记》记录的一些经历她才知道，认为"男儿当自强"的子杰因逞强不愿去同事家而经常"饿饭"——

"昨天早餐，葛阿姨特意给我买了面包，结果，我不喜欢那种口味。葛阿姨的女儿吃的是米粉，我馋得不得了。不过，我忍住了，还是吃了一些面包——只吃了个半饱。"

"今天，本应该到葛阿姨家吃早饭，我告诉她，自己在外买米粉吃。结果，睡过了点，没有吃早饭。"

"今天，爸妈还没有回来，我不想到葛阿姨家吃晚饭，就在家吃了点饼干，没有吃晚饭。"

"爸妈又出差了，不想去李阿姨家吃晚饭，自己在家煮面条，结果，面条没有煮熟，还打烂了碗，生气了，懒得吃晚饭……"

"今天，爸妈还没有回来，没有人煮饭。人是铁饭是钢，为了不被饿得慌，晚上到李阿姨家吃饭……"

似乎，儿子越来越不愿忍受被忽视的处境了，等待父母出差归来的日子里，孤独的怨气和盼着与父母厮守的渴望持续在他的心里聚集、发酵。他的泪点也越来越低，老是眼泪汪汪。晚上，还常常抱着父母的枕头哭。

这让李阳春很心疼。但贵广高铁和其他几条线路打来的那些充满焦急和催促的电话又让她不得不无奈地一次次狠下心奔向出差的旅途。她心里特别不愿这样没完没了地不停地奔波，但她心里也特别明白：自己不去奔波，那些热火朝天的工地就会沉寂下来，就会耽误工期，就会留下安全质量隐患。所以，必须把对儿子的爱和对儿子的愧疚藏在心底，必须去出差去奔波……

75

长年累月地奔走于野外的工地，高荔有点黑。有人担心地问，黑成这样，好不好找老公？她安慰对方说，放心吧，我的小孩都好几岁了。

高荔性格开朗直爽，工作上敢于担当，生活中比较自强——出差行李自己扛，灯泡坏了自己换，电脑有问题自己拆，是加班到深夜也不需要人接的那种"女汉子"。与范冰冰、刘诗诗那种自称"范爷""诗爷"的影星比，高荔的气场不见得就差到了哪里。

但她有些马大哈。

1996年考大学时，她竟然也和贵广公司总经理张建波一样稀里糊涂——以为铁道学院毕业会分到列车上当列车员或到车站卖票检票，根本不知道铁道学院培养出的人会去深山老林里修铁路。甚至在高考成绩超本科线30多分时，还因为石家庄离她父母工作的山西阳泉比较近，就报考了石家庄铁道学院。入学后，学的是交通土建，她居然仍不知道今后要干什么。大二时，学校搞三加一加一（三年大学学习，加到施工单位实习一年，再回校学习一年）到中铁十二局实习时，才彻底明白了自己今后面对的是施工单位。

至此，她才觉得"问题很严重"，有些悲观。悲观的人偶尔会胡思乱想，对于今后，高荔也曾想过自己这辈子可能会碰到的坏事儿——包括因待在深山老林里修路而找不到男朋友成不了家，施工时被塌方困在隧道里，修一辈子铁路而一事无成，等等。

但后来的情况并不是那么糟糕。刚毕业不久，她就有了如意郎君并有了宝贝孩子。解决了"个人问题"的她开始全身心地"立业"：受聘于中铁十二局的十多年间，从渝怀铁路、武（汉）（安）康铁路到贵广高铁，高荔把桥涵、路基、隧道、无砟轨道、架梁等工作都干了个遍。"塌方困隧道"的事情从未发生，一直都无惊无险，平平安安。同时，她还顺利地从技术员干到了技术主管、助理工程师，并且还有了技术科长这样的一官半职。贵广高铁上的突出表现，最终使她获得了总工程师的职称。

到贵广高铁后，高荔所在的中铁十二局三公司的铺架大本营设在桂林。桂林的条件自然不错，但高荔无缘常驻，十二局三公司在贵广线上负责阳朔至从江260多千米的铺架。随着铁轨不断延伸，高荔头几个月在阳朔那风景如画的"人间天堂"里指挥铺轨。后来的一年多时间里，她就相继转战于峰峦起伏、云雾缭绕的三江、从江和天平山一带的几个工地了。这些地方山高水险，渺无人烟，层峦叠嶂，群峰林立的大山里完全无路可走。2009年年初，中铁十二局一公司的张朝阳、王毅军带人花了10个月时间，才在天平山各斜井及主洞口之间硬生生地劈出几十千米的施工便道。

这便道，向上望危岩高耸，触目惊心；往下看，云雾缭绕，深不见底。

雨季常常把施工便道弄得泥泞不堪，经来往的重车频繁碾压，便道上坑坑洼洼。外地运送材料的司机在那段陡峭的便道上行车时手脚哆嗦，跑一趟天平山就不敢再去第二次。一位姓王的散装水泥罐车司机说："我的命再贱，也不敢再到天平山挣这个钱了！"有个劳务公司的女老板想组织架子队到天平山包工程，奥迪车开到山下就不敢"越雷池半步"了。勉强搭车进山看了一下更是望而生畏，下山前，她几乎是嚷着告诉高荔："给再多的钱我也不到这里干工程！"

女老板看到的只是山路的险恶，而驻扎在天平山的高荔还要面对很多生存难题：她和同事们隔几天就要在驻地周围遍撒雄黄——那里，世界上最危险的"眼镜王蛇"、五步蛇、金环蛇能让人一口致命。为防毒蛇，出门时，她必须带三种东西：雄黄袋、蛇药和竹棒。山里的蚊虫多且大，山里那位护林员说，"三个蚊子一麻袋"，那蚊虫能一口就咬得人直跳；那里还有高荔最怕的多脚动物大蜘蛛、蜈蚣、恶蜂……

相对这些，女老板望而生畏的那条便道实在算不了什么——在那条路上，高荔每天必须至少往返一趟。有时，半夜三更了，她还得独自行走在这条充满凶险的山路上，到工地去解决施工中诸如铺架机坏了，焊接机出了毛病，运钢轨的车被堵了等种种问题。

高荔第一次夜里去工地是 2013 年 6 月的一天凌晨 3 点，施工队打电话说，施工机器造成天平山隧道里的电线短路，要她去处理事故，恢复施工。

公司的越野车载着睡眼惺忪的高荔跳舞一样往山里爬。一上车她就有些发愁：车开不到工地，自己还得走过一片树林，穿过一条 1 千米和一条两千米的隧道，再在天平山隧道里走 3 千米才能达到要去的工地。

本想让司机送送自己，但想到他要守车，就不好开口了。下车后，高荔打开手电，壮着胆子走进树林。

黑夜中的天平山并不宁静。虫儿在草丛里不知疲倦地鸣叫，山风掠过树梢打着刺耳的响哨。树林里，不断有毒蛇捕捉猎物时弄出的稀里哗啦的响动和受袭者凄厉的惨叫声，惊起树上的鸟儿在黑暗中凄惶地飞向远方，沿途留下瘆人的哀鸣在山谷久久回荡。那些高荔叫不出名字的野兽，在黑夜里相互呼唤应答着，奔跑着……

突然，手电光罩住了一双泛着绿光的眼睛！

高荔立即毛骨悚然，心一下悬到了喉咙里。在大学时，她从一本书中了解到，野兽眼睛的瞳孔深处有一层薄膜，夜晚，这层薄膜能把收集到的光反射出去。有的反射红光，有的反射绿光。眼前这双反射绿光的眼睛使高荔本能地想起这一带"野猫塘""熊霸岭"那些令人恐怖的地名。"莫非自己遇上了山猫？或者是熊！"这样的念头一旦产生，恐惧的情绪立即笼罩了高荔，她跌跌撞撞地狂奔起来。冲出树林，气喘嘘嘘地跑过那两条短隧道，仍然心惊肉跳，那双野兽眼睛似乎还在身后紧追不舍……

进入天平山隧道，高荔又被另一种恐惧笼罩：施工电路出现故障后导致的停电使隧道内一片漆黑，手电在黑幽幽的深邃中显得暗淡无光，渺小至极。

黑暗中的隧道静极了。越往里走越像是在快速坠入无底的深渊，听不见风声，没有了虫鸣的声音，只有自己呼哧呼哧的喘气声闷声闷气地在隧道里回响。隧道顶偶尔掉下一滴水也能听得清清楚楚，每当水滴在洞内被扩音成刺耳的响声时，高荔就会产生许多奇怪的想法：流经天平山的黄沙河下有好几条暗河，这些暗河多次从隧道上方山体穿过，头顶的水是不是暗河流下来的？隧道会不会被暗河的水冲塌倾泻而下！

恐惧和长时间奔跑的疲惫使高荔全身发软，她瘫坐在一堆没有运走的建筑垃圾上直喘粗气。垃圾堆里凸起的石头和水泥块硌得她难受，这是她此前绝不会落座的地方，但现在已经顾不得那么多了，她需要喘息休整。

心理学家说："一个女性如果发现，环境和现状逼迫只能自己照顾自己时，性格里的男性气质就会被调动起来。"

高荔的父母在阳泉上班，她从小随姥爷在阳高县农村长大，惯看云门山、采凉山、六棱山的巍峨险峻，早识山里的虫蛇野兽。在农村黑灯瞎火的夜晚里，她和小伙伴们借着夜色捉迷藏、做游戏，也曾练就了一定的胆量。跟着一帮小子成天不是上树掏鸟窝就是下河捉鱼捞虾，对野外活动遭遇危险时的自救也还有一定的处置能力。去工地的那个晚上，被恐惧和危险包围的关键时刻，这种能力和性格里被调动起来的的男性气质无疑帮助了高荔。在地上瘫坐一阵后，她渐渐镇定下来，儿时在农村潜伏于性格里的"男性气质"也渐渐恢复。她意识到，坐在这里，摆脱不了困境，远处，施工队在等待自己，这地上也容不得自己趴下，得赶紧继续前行。

她鼓足劲站起，摁亮手电继续前进……

这次经历"练"大了高荔的胆量，后来，一个人经常在深夜里去工地时，她再也不害怕了。

76

如果说高荔的胆量是在天平山"练"出来的，铁二院环评设计负责人女工程师陈莹在地震时冒着生命危险进入办公大楼抢救出环评材料的胆量则是"逼"出来的。

2008 年 5 月 12 日 14 点 28 分，四川汶川发生 8 级特大地震。灾区地动山摇，房屋坍塌，无数人失去了家园和亲友。

与汶川相邻的成都也遭到波及，市区高楼倾斜，房屋裂缝。

惊慌失措的人们开始无序地逃命。有人估计：12 日晚，成都至少有 400 万人没有回家睡觉。

当晚，铁二院贵广高铁环评设计负责人陈莹也彻夜未眠。第一道地震波冲击成都平原时，她家的房屋就已出现裂缝。她本想坚持一下，让自己和 60 多岁的父母能在家里躲过灾难，不去外边受那风吹雨打之苦。但 5 月 13 日，灾难还没有结束。据四川地震局统计：至 13 日 12 点，6 级以上的余震发生了 3 次，5 级以上的余震发生了 16 次，余震总共发生了 1900 多次。

越来越频繁的余震使陈莹和父母再也不敢"坚持"了，他们惊慌地汇入那些来不及穿鞋穿衣便冲下楼的人群，在淅淅沥沥的雨中聚集到小区的空旷处，挤在简易的遮雨布棚里等待着灾难过去。

惊魂未定，饥寒交迫的人们开始抢购，超市不断传来消息：饼干没有了，方便面没有了，奶粉没有了，瓶装饮料快没有了，罐头也买空了……

在防震棚安顿好父母，陈莹也准备去找家超市买些饮水和食物，但她突然想起，自己马上就要去贵阳参加贵广高铁环评技术评估会议了。想到会议，刚才还觉得有些凉意的陈莹冒汗了：所有的会议材料都还在办公室里，万一办公楼被震垮，自己和环评小组全体同事用心血凝聚成的那些珍贵的环评资料岂不是要被毁于一旦！

几个月来，陈莹和同事们一直在贵广线上忙碌着。从大山里的不毛之地到桂林漓江这样的国家级风景名胜区，从工程占地影响分析到对野生动植物资源的影响和水土流失影响及保护措施，统统都是陈莹等人勘察的标的。陈莹带着大家放弃了节假日，长期加班加点。2008 年 2 月，贵州和广西发生了严重冰雪灾害，环评小组仍在恶劣的气候下坚持环评。

他们实在没有时间休息或去暂避一下自然灾害。沿途声环境影响要评价，生活污水需要预测分析，电磁污染治理措施要制订，风景名胜、自然保护区、文物古迹更要保护选线，还有工程概况、工程分析、项目所在区域环境概况和自然环境保护等环评资料都需要出报告。如此巨大的工作量甚至让铁二院的领导对环评是否能够按时通过也产生了几分担心。作为环评设计负责人的女工程师，陈莹没有多话，只是用近乎玩笑的方式立下了"军令状"："我今年 28 岁了，原准备最近结婚，环评报告书如果不通过，就不结婚了！"

陈莹不辱使命，辛苦数月，终于写出了那套关系贵广高铁命运的环评报告书，为贵广高铁的设计和开工建设提供了重要的评价文件。

而眼下不断发生的余震，环评小组数月的心血随时都可能毁于一旦！

想到这些，陈莹顾不上给家人买饮水和食物了，直奔通锦路 3 号的办公楼而去。

余震的次数还在增加，余震还在猛烈地摇曳撕扯着成都，楼群就像被暴风吹得东晃西摇的树林一样。惊慌失措的人们纷纷逃离建筑，而陈莹与逃命的人群逆向而行，快步接近铁二院那座高楼。

事后，陈莹坦言：当时也怕，身子在颤抖，脚有些发软。"自己还没有成家呢，如果被埋掉或被砸死，此生也就交待了。自己交待了不要紧，父母怎么办？男朋友怎么办？亲友们该有多么伤心……"

她不寒而栗，不敢再往下想，生怕这样的念头会动摇自己进入办公大楼抢救环评资料的决心。

陈莹觉得自己此去办公大楼有点"逼上梁山"的意味——5月13日，环保部、铁道部、黔桂粤三省区及贵广公司相关领导和各地参会的专家已开始向贵阳云集。如果不从大楼里抢救出环评资料，拿什么参会？会议凭什么研讨贵广高铁环评？没有环评贵广高铁怎么开工……

一连串的问题让陈莹鼓起了进入办公大楼的勇气。

刚到办公楼附近，又是一次强余震，周围的大楼像醉汉一样摇晃起来，花盆、玻璃不断噼里啪啦砸下，人们尖叫着惊慌四散。

站在办公大楼外，恐惧再次袭来，是进还是退？进去，如果楼房真的坍塌了怎么办？不进，悄悄离开，也不会有人知道——重要的是，她完全有理由不进大楼——警车开着高音喇叭在大街小巷一次次广播："……广大市民请注意，广大市民请注意，根据预测，还有较大余震发生，请大家不要进入楼房，远离建筑物，远离建筑物……"

此刻，如果离开办公大楼并没有什么不对，但陈莹觉得，此时退却，如果大楼坍塌，被埋掉的不仅仅只是自己和同事们数月来的心血，还有自己的职业道德和良心，更有贵广高铁的命运。

她不愿埋掉自己的职业道德和良心。更不甘心把那么多人的心血连同贵广高铁的命运一齐埋掉。她鼓励自己战胜恐惧，咬紧牙快步跑向办公大楼。

办公楼已经封闭，见陈莹急得满头大汗的样子，保安纠结了一阵还是打开了大门放行。电梯早就停运，陈莹气喘吁吁地爬上存放资料的第五层。打开已经有些变形的房门进入办公室后，闷热和紧张使她立即汗如雨下，但她顾不得汗迷双眼，像"抢宝"一样将上会所需的两册环评报告和30套90本资料、文件和图纸一套套、一本本地清理出来。

正清理着，又一次震感强烈的余震发生了，楼道里传出类似打雷的轰隆声，窗户发出咯吱咯吱的响声，椅子、电脑和文件柜也都"配合"着那些恐怖的声音摇晃起来。陈莹感到一阵眩晕和恶心，冷汗也一下冒了出来。但她没有停下来，只是惊恐地朝窗外瞥了一眼，继续边清理资料边判断这次余震的形式——书本里说过，地震波有横波和纵波两种形式。地震时，纵波会先到达地面，人会感觉上下颠簸；横波会接着到达，人会感到左右摇摆。陈莹想：整个大楼摇晃得如此厉害，应该是地震的横波造成的……

当陈莹吃力地拖着一大袋资料有些慌张地"逃"出办公大楼时，成都市区依然在下着大雨，依然让人闷得慌。她忧心忡忡地告别还沉浸在恐慌之中的父母，匆匆赶赴贵阳参加贵广高铁环评会。

会议期间，环保部、铁道部、黔桂粤三省区及贵广公司相关领导高度赞扬了陈莹等人为贵广高铁环评所做的工作和她在地震中表现出的勇敢。与会专家认为贵广高铁环评报告编制质量好、全面细致、基础工作扎实，一致通过评估。随后，环保部做出了批复。

2009 年度，陈莹主持编制的《新建铁路贵阳至广州线贵阳至贺州段环境影响报告书》获得了中国中铁优秀工程咨询成果二等奖。

陈莹说过，环评通不过就不结婚。环评既然已经通过，她开始着手筹备婚礼了。

她要做个美丽的新娘。

77

到贵广线热火朝天的工地采访，很多记者都会想起"谁说女子非英物，龙泉壁上夜夜鸣"那句诗，都会发出巾帼不让须眉的感慨。《桂林日报》一篇"女工成为工地美丽风景"的报道说：不要以为女子乃泛泛之辈，在贵广线上，女子也和那些挥汗如雨的男人一样，为贵广高铁做着贡献。

在阳朔段建设的工地上，四川广安女工张六妹也和男人一样，头戴黄色安全帽，每天爬上 30 多米高的高架桥顶着烈日在不通风的空心梁中扎着烫手的钢筋，站在桥墩边填充混凝土，把汗水挥洒进贵广高铁的建设中。

刚进工地时，施工队考虑到张六妹是女的，安排她搞后勤，但没几天，她便要求调到了一线工地。在火辣辣的太阳下，不穿长袖衣，就会被晒掉一层皮。张六妹把自己包得严严实实，一干就是一整天。相比太阳照在身上的温度，最热的还是在箱梁上装模板扎钢筋的时候。张六妹测试过，"那里面不通风，钢板吸热，就像个蒸笼，温度 40 多度"。

为了赶工期，张六妹经常顶着高温作业。刚到工地时，爬到几十米高的桥墩上干活儿，张六妹有些不适应。"虽然旁边都装了护栏，但毕竟太高了，看着都眼花。"但天性不服输的她没有放弃，还是坚持上桥墩作业。"人家爬悬梯几分钟就上去了，我就慢点多花点时间呗。"长年累月地爬上爬下，后来，张六妹上悬梯已能像男人们那样快。

世上大概没有多少人会愿意吃苦。但张六妹说，为早日修通贵广高铁，她愿意吃苦。她认为，"在工地干活儿肯定要累些，但觉得有成就感"。看着一个个桥墩在自己和同事的努力下竖了起来，张六妹感觉特别开心。"感到吃苦也是一件十分自豪的事情。"

心理学家说，在我们的生活中，阴柔的气韵才是女性从生理到心理的一种先天特征。中国水电十四局尚敏就是那种具备阴柔细腻气质的女性。

2012年4月，中水十四局所承建的10标段遇到征拆困难——公证地说，有些困难是施工队自己造成的：建造贵广高铁江屋特大桥时，施工队的车压坏了怀集县马宁镇姚塘村李老头家门口的路，还造成其家被水淹。李老头要求把路和被水淹的房屋修补一下，可施工队的毛头小伙子们置之不理，还出言不逊。李老头火了，堵住路，运梁车过不去了。

镇政府、村里的干部提着礼品登门拜访，李老头明白干部们"礼下于人，必有所求"的意图，赌气不买账。施工方的经理带着冒犯李老头的毛头小伙子们前去真诚地认错，并表示马上派人修补路和房子，李老头说"不敢劳驾"。几波人败兴而归后，刚从中水十四局政工部门到10标段不久的尚敏又被派去做工作，李老头还是不理不睬。尚敏知道，自己遇上了个老偏头。

做了20年人事工作的尚敏知道跟这种人打交道急不得，于是，她不同李老头谈赔偿，而只是和他的几个孙子、孙女玩。尚敏出生在云南大理蝴蝶泉边，唱歌跳舞是她的强项。她利用自己的强项很快就和孩子们打得火热。接下来几次去李家，尚敏总是把带去的糖果分给孩子们，教他们唱歌跳舞。见李老头脸色好些了，就悄悄打电话让运梁车赶紧开过来。开初，李老头拦着不让过，但几个孙子抱住腿求他"让尚阿姨他们的车过嘛"，李老头就半推半就地让路了。尚敏第五次去李家，李老头主动说，尚同志，我是准备非要4万元赔偿不可的，现在，看在你的面上，那就按政策办吧。

这件事让中水十四局10标段的负责人得到启发：征拆的事，偏于意气用事的男人不灵，还得靠偏于感情用事的女人。

领导得到的启发让尚敏在贵广高铁征拆的岗位上一干就是3年。3年间，尚敏发现，广东的很多男人不仅"一根筋"，而且脾气火爆。中水十四局承建的10标段涉及怀集县和广宁县8个镇的58千米路段。在这58千米的路面上，那种脾气火暴，动不动就要拳脚相向的拆迁户自然不少。

每当此时，负责征拆的男子汉们显得比女人勇敢——他们寸步不让地与脾气火暴的拆迁户争论、对峙，即使一触即发也绝不退让。紧要关头，尚敏却比男人们镇静——"那些脾气火暴的拆迁户发作时，我会避让，不和他们争吵。"她解释说："反正我也听不懂他们那广东话到底在说什么，他想吵就吵吧。过后，我再问村干部，那些拆迁户的诉求是什么。"

即使拆迁户的诉求不合理得令人生气，尚敏也不与暴脾气的男人们冲突。她了解到，广东也和全国其他地方一样，很多家庭，女人才是当家人。别看那些男人在外火暴得牛气冲天，回到家在女人面前服服帖帖得像只绵羊。

尚敏常把那些统领"绵羊"的女人们选作自己工作的突破口。拆迁户情绪比较激动的时候，她就去和他们的女人们拉家常、闲聊，让她们去熄灭男人的怒火，心平气和地回到谈判桌上。

在怀集县沿线，政府发文，电视公告让迁坟，但很多人外出打工去了，不知道迁坟的事。加上那一带的坟不兴立碑，只有一个小土包，征拆时以为是无主坟，就迁走了。第二年清明，那些打工的人回来一看坟不在了，闹得一塌糊涂，说私挖他们的老祖坟，坏了他们家族的风水，伤天害理，要找征拆的人拼命。

村民孔某说他祖坟下边是祖坟的祖坟，坟下叠坟，他一共报出了十几座坟。他还暴跳如雷地对着项目部管拆迁的负责人指指点点说："我们孔家人丁兴旺，你们却把我的祖坟当无主坟，这不是诅咒我们孔家无后吗！"

接着，他痛陈祖坟被迁的严重后果：让他的老祖宗们不得安宁，破坏了孔家家族气数，影响到了他的前程……

问他怎么处理，孔某开始漫天要价了："要重新安葬，要请风水先生做道场，要赔偿孔家后人的运气，要赔精神损失费。"开完条件，他特别强调说："不给，就要把征拆组杀个人仰马翻！"

关键时刻，那些平时还算勇敢的征拆员也乱了方寸。可尚敏异常镇静，她找到孔的妻子，讲贵广高铁修通后会给大家带来的方便，讲征拆的赔偿政策。最后，她还给孔某的妻子设想了一个动粗的结果："老孔真要把征拆组杀个人仰马翻，他也会受到法律的制裁。可到时，赔偿仍会按政策来处理，他毁了别人，也会毁了自己，毁了你们这个家。老孔真动了粗，今后，你们这个家谁来管？你们的儿女谁来养……"

一番话说得孔某的老婆心服口服。很快，孔某的态度收敛了。迁坟赔偿的事情也得到了妥善处理。

具有阴柔细腻气质的尚敏有时也很倔。

12号便道是怀集火车站唯一的施工道路，因为拉道叉，要征地进行拓宽拉直。便道拓宽时，村民们在路旁的地里抢种了一些砂糖橘。下雨后，拉道叉的车把泥浆溅到了砂糖橘上。村民开始闹事，说农田溅了泥浆无法耕种，砂糖橘也会因灰尘太大开不了花结不了果。

其实，那些砂糖橘树苗就1米多高，根本不会开花结果。而且，村民们把树栽得密密麻麻，1分地里大部分都栽了100多棵，即使能开花也根本不可能结果——他们栽树时的目的就非常明确：施工队如果碰了他们的砂糖橘树苗，就要赔个好价。

砂糖橘被溅泥浆成了他们要求赔偿的理由。开始的要价是50元一棵。一向温柔的尚敏一听就嚷了起来："你们把树栽得那么密，50元一棵怎么可能！以为国家修的铁路是唐僧肉呀？"

也难怪尚敏不温柔，按文件规定，树苗的赔偿有一年龄、二年龄、三年龄等不同价格，而且，每亩地最多只能补偿80棵，每棵最高补偿50元，一亩地也就4000元。而这些人1分地就种了100多棵，一亩地就有1000多棵，得补偿5万多元！

村里有人放出话来："一亩不赔5万元就阻工。"

当时是2013年9月，工期正紧，拉道叉的时间是贵广公司排定了的，如果10标段拉不进去，车就会被调到其他地方，后面相应的工序就无法展开。但让国家这样稀里糊涂地"赔"出去那么多钱，尚敏觉得是自己的渎职。她向领导申请，"再去试一试，不能这样让国家受损失"。

这之前，县领导到村里对12号便道的阻工沟通过一次，但阻工者放行两天就又堵上了。领导再去，又通两天，然后又堵上。两三千米的路一直就这样反反复复地堵着，县里也无计可施了。

县领导都没有能协调通，尚敏还能"试"出什么样的结果呢？

尚敏也没有把握就能说服那些偏头偏脑的阻工者，她只是觉得不努力而让国家无故受损实在于心不甘，关键时刻，自己应该挺身而出，捍卫国家利益。她和征拆组的同行们缠着镇、村干部一起，把各家各户在这条便道上的农田位置全都画成一张图，标注好农田受损面积及砂糖橘受损棵数。然后天天到现场去做工作，把她以前用在李老头、老孔等人身上那些办法都用了出来，通过妇女们去做那些态度强硬村民的工作。

结果，精诚所至金石为开，各家各户所获得的赔偿基本上都执行了每亩赔80多棵、每棵50元这样的标准。

第二十四节　男儿有泪

78

在贵广高铁建设的千军万马中，中铁七局参建的郑州工程公司、电务公司、五公司有点像军队序列中的没有多少作战经验的"地方武装"。

连中铁七局贵广项目部的副指挥长兼郑州工程公司经理的白宏州也承认："以前，我们没有干过预制、制梁这类工程。贵广工程我们建在广宁的轨枕预制场，是郑州公司、也是中铁七局第一次干，没有多少经验；肇庆东制梁场，是郑州公司第一次生产900吨箱梁，几乎是在摸索中进行；长距离无砟轨道铺设，七局也是首次施工……"

可是，就是这么一支"地方武装"，要承担贵广高铁9至13等5个标段范围内的256千米无砟轨道和120千米的有砟轨道的铺设，要负责427孔整孔箱梁预制和安装，还要完成标段铺轨范围内无砟道床使用的40万根双块式轨枕的预制工程任务。

问题的严重性还在于，按规划，郑州工程公司铺轨376千米的任务本有7个月时间，但在其铺轨的路段，很多线下标段工程未完工，铺轨一直是干干停停。等到其他局2014年5月把桥梁、路基等工程做完退出时，已经影响了郑州工程公司3个月的作业时间，留给其在全线联调联试前完成铺轨工程的实际有效时间已不足4个月。

如果真有4个月，情况也许还好些。问题是，郑州公司还未进入全面铺轨，铁总就重新下达了完成铺轨任务的时间——郑州公司必须在70天内铺完余下的120多千米的无砟和120千米的有砟轨道！

白宏州回忆说，当时一听我就头都大了，连声说，不中！不中！70天怎么铺得完这么多？

白宏州认为"不中"，除了时间太紧之外还有一个重要原因：当时，由于线下工程耽误工期，无法正常施工的郑州工程公司每天却仍要承担巨额的经费：工人的工资，租用机械的租金，制梁场地设备闲置着仍要付费，方方面面造成的资金缺口已4000多万。工期被耽误后还给郑州公司带来了连锁反应：公司停工，技术人员和工人到其他工地助勤后就不肯再回去了，造成技术骨干缺少……

这样的状况，不能不使贵广公司对完成工期持怀疑态度。张建波多次到七局的路段"监工"不说，还老是叮嘱分管工程的副总刘一乔和工程部部长李建业：你们要把中铁七局的工程盯紧点，否则，他们会拖整个贵广高铁的后腿！

知道情况后，七局的工程项目指挥长张振强给张建波捎话说，请张总放心，我们一定不辱使命，兑现全部节点工期！

信誓旦旦的张振强决心背水一战。

他非常自信：凭着郑州公司这支队伍和在郑州公司挂帅的那位得力干将白宏州，这背水一战定能稳操胜券。

担任铺轨总指挥的白宏州，在郑州工程公司兼任几年经理后华发早生且谢了顶，30多岁的年龄就"老"成40多岁的摸样。铁总的一个年轻人检查工作时曾称他为"白老"。

"白老"不仅敬业，而且精力旺盛，自从贵广高铁"大战100天"开始后，很多时候，他都是早上6点才从工地回去。睡到八九点就起床，然后召集项目部班子成员开会，安排现场工作。下午4点到工地检查。5点左右参加业主召开的现场会、碰头会。晚上盯工地……

他实在有些紧张。铁总下达70天完成240多千米铺轨任务时，白宏州就把整个铺轨需要具备的条件都迅速在脑子里过了一遍。经过一番心理评估，他觉得，铺轨的技术和物质条件还是具备的——

中铁七局贵广项目部指挥长赵红新、郑州公司董事长常兆峰等领导在经过反复对比后，已选购好了铺轨的机械设备并安装调试完毕。

前期，线下单位架桥和修路基时，负责铺轨的郑州公司没有多少工作可干。趁此空闲，白宏州安排公司总工程师张文格组织岳文红、未文河等一大批业务骨干到正在施工的汉宜铁路、南广高铁、广珠城际等铺轨基地观摩，学习基地建设、工艺流程，掌握了有砟无砟的铺轨技术。

当时，恰逢肇庆东制梁场梁体全部预制完成，白宏州当机立断，将制梁区设备拆除，改为存砟区，一个月就存储了 20 万立方道砟。接着，每天用可以自行卸砟的 120 辆风动车进行运输，一个月时间就将 20 万立方运送到位。尤其是思贤窖特大桥桥梁刚刚架设到位，项目部就在桥梁上对每一根轨枕的摆放位置进行了反复测量和计算，摆放了 8 万根轨枕。所有这些前期准备，都为后续的铺轨赢得了宝贵的时间。

在铁总最后下达节点工期后，没有退路的白宏州唯有上紧时间的"发条"，掐算着每一天甚至每一小时的工作任务。

他在心里盘算：无砟轨道铺轨规范是每天 4 千米，钦北高铁铺轨时，有砟是按照每天 3.5 千米的速度铺轨。这样算来，铺设 120 千米无砟轨道就需要 30 天，而 120 千米有砟的铺轨至少也得 34 天，两项需要的时间是 64 天。

不中！有砟无砟每天都得平均铺 5 千米，这样，基本上可以保证 48 天就能完成任务。

但一想，白宏州觉得还是"不中"：48 天只是一个正常情况下的理想数值，广东的夏季天气变化无常，遇上暴雨和台风天气或者是机械坏了是没有办法施工的，一耽误，每天 5 千米的计划就泡汤了，这样的变化概率几乎天天都有——也就是说，5 千米的计划天天都存在泡汤的危险！

不中，还得加码，每天得平均完成 6 千米，这样才有保险系数！

为了求得双重的保险，白宏州决定把有砟和无砟分成两个工作面来同时进行——也就是说，他要在自己的管段里一天铺设 12 千米轨道——那样，即使有三分之二的天气不能施工，或者是很多时候都出现机械故障，也能在铁总规定的节点完成工期。

但这每天每个工作面平均 6 千米的铺轨任务谁可完成？

白宏州无由来地想起了伟人那首荡气回肠的诗："山高路远沟深，大军纵横驰奔。谁敢横刀立马？唯我彭大将军。"

在白宏州看来，如果贵广高铁建设也是一个"战场"，郑州公司贵广项目的副经理岳文红和党支书未文河可算敢于横刀立马之人。

岳文红，祖籍河南汤阴县程岗村，后搬迁至汤阴县岳飞庙附近。据他说，撰于康熙二十五年的《岳氏族谱》记载，那位极受敬仰的民族英雄岳飞就是他们的老祖宗。岳文红常以《岳氏族谱》的小引解释自己和岳飞的关系："吾祖以宋忠武王（岳飞）为始，自南渡后子孙流寓，后籍不一，遂蕃衍半天下……自明初由汤阴而洪桐……以忠武王（岳飞）为第一世，五候为第二世，相续绵绵，百世不易……"

听过岳文红诵读《岳氏族谱》小引的人对他是岳飞第 30 代子孙的关系虽
将信将疑，但对他身上那种"精忠报国"、忠于事业的浩然正气还是很认可的。
1987 年参加工以来，岳文红曾在石（家庄）武（汉）客专、神延铁路、京广
线提速等铁路建设中初露锋芒，积累了丰富的线路施工经验。在多次的铁路项
目施工中，他带领的工班被誉为"所向披靡的岳家军"。特别是京广路第六次
提速改建时，很多复杂的技术难题都被岳文红攻克，为工程节点工期提供了有
力的保障。之后，郑州公司不管在什么地方施工，首先都会想到这个"所向披
靡的岳家军"。

知人善用的白宏州自然也会想到"岳家军"——他同时想到的还有一个曾
在石武客专、郑州东站等铁路建设中多次攻坚的干将未文河。

任务下达的当天，白宏州把岳文红、未文河叫到一起，围绕着工程任务，
开了一个务虚会。白宏州问："指挥部已经同意 70 天铺完这 240 多千米了，你
们说咋办？"

"既然同意了就干呗，还能咋办！这事咱可要讲诚信。"岳文红快人快语。

未文河也附和道："对，诚信才是无形却巨大的资产，能否按时完成工期，
事关七局的声誉，更牵涉到郑州公司的前途，我们可不能把这事干砸了。"

见两位干将都满怀豪情，白宏州这才把自己要分两个工作面铺轨，每天各
完成 6 千米的计划告诉给了岳、未二人。并希望岳文红负责带队铺设肇庆东到
广州南的 120 多千米有砟轨道，未文河带队铺设两广隧道至肇庆东的 120 千米
的无砟轨道。

岳、未略一思忖，严肃地盯着白宏州的眼睛，庄重地点了点头，"中，就
这么干！"

79

高铁铺轨的工序复杂且要求严格。

以岳文红所带工班每天推进 6 千米有砟铺设为例：有时，需要从 100 多千
米的存砟区拉 5400 方砟石到工地分多次填充。上完道砟，还要从很远的地方
拉去 9600 多根轨枕摆好。轨枕放好，然后放垫板和钢轨。钢轨装完了，需要
装扣件 3600 多套。钢轨联通之后，还要在上面撒石砟，然后用大型捣固机进

行捣固密实，再把 500 米一根的钢轨一根根焊接起来。焊完之后再一遍遍地跑车进行调整……

铺设 6 千米的有砟轨道，一个班需要 500 人左右。无砟轨道铺设的工序更复杂，需要的人员更多。

未文河说，复杂的工序对来自中原的施工者还不是最大的挑战，最具威胁的是广东的天气。

每年 4 至 6 月是广东的雨季。进入 7 月，被风雨压抑了数月的烈日开始炙烤珠江平原上的每一寸土地，肇庆一带酷热难耐。还不到上午 10 点，火辣辣的太阳就把树叶晒得卷了起来，知鸟们在树上扯着嗓子难受地嘶鸣着。

未文河对南北的夏天做过这样的对比：北方热的时候四周是通透的，不时有风吹过，散热快，虽热而不难受。南方四周都是直挺挺的大山，像把人放进了一个偌大的铁桶里，巨大的湿度被高温加热后无法散发，闷热的空气逼出的汗水像黏乎乎的胶水涂在身上，使人难受至极。此时，置身于炎炎烈日之下，又像被放在烈火上烧烤。那些被闷热的高温"挤"出体内的"胶水"很快就被烤干，变成白花花的"盐粒"凝固在身体和衣服上……

未文河经常站在"铁桶"底部，一边不停地抹着脸上的"盐粒"，一边揪心地望着在道砟上方诡异跳动、升腾的滚滚热浪。每当此时，他总是担心：那热浪会不会把整个大地连同铁道上施工的人都燃烧起来？

白天，钢轨的温度很快就会蹿升至 50 度以上，站在旁边，已有灼人的感觉，这时，工人们还得贴近钢轨上扣件。尽管戴着手套，手还是被烫得生痛，脸被烤得发烫。久了，喉咙里生火冒烟，脑袋发昏，眼冒金星，像要窒息一样大口喘气。

有个民工将鸡蛋打在滚烫的钢轨上做过一个实验：不到 3 分钟，鸡蛋蛋白的外围开始冒小泡，随着时间的推移，蛋白逐渐焦化。再过 5 分钟，蛋黄开始冒泡并凝固……

如此燥热，未文河却害怕起风。他说："广东夏天很少刮风，一刮就是台风。那台风刮得你蹲在地上一动不敢动。更可怕的是雷鸣电闪，风雨大作——广东的雨一下就是暴雨，那雨斜着下，豆粒大的雨滴形成一张密不可透的雨幕黑压压地挂在天地之间，像要把人冲倒卷走一样！"

大雨倾盆而降时，像突然把一瓢水倒进烧红的锅里，蒸汽马上升腾。此时，如果穿着雨衣避雨，会更加闷热难受。轨道工程第一架子队总工程师毛树峰对雨中穿雨衣那种难受的感觉是："无异于是在蒸汽腾腾的锅上捂一个盖子，把人'蒸'得像洗桑拿一样大汗淋漓。"

下雨时穿雨衣热得受不了，大家就用伞遮雨，台风却把伞刮得满天乱飞。施工的人只好背着雨躲在水泥墙边或者藏在拉钢轨的火车下。

岳文红、未文河等人还有一个苦恼是走路。比如，在思贤窖大桥上铺轨，12.6千米的桥上只有3个步梯，上桥作业要徒步走三四千米。每天铺轨6千米，但岳文红要走过来、走过去地检查指导，前边有问题、后边有问题都要去解决，来回走。一个工序下来一天不知要走多少千米。岳文红说："很多时候，走得我走路都在睡觉。曾因此摔倒过好几次。"

在工地上，几乎是所有人都"练就"了一坐便可入睡的"本领"。一次，郑州公司党支书刘平海到工地办事，去时，正遇上机械坏了，岳文红让大家休息一会儿。事后，工人们"休息"的情景深深揳进了刘平海的记忆里："你不知道当时都困成啥样了，40多度的高温下，机械擦在钢轨上都能起火。可他们随便找个东西靠着就睡着了……"

暴热和疲惫常常影响人的情绪。

又累又热，工程任务完得不顺时，岳文红总是脾气不好，容易发火，并且会天天发火，跟谁都爱发火。每当此时，他的爱人会提醒女儿："这两天你爸爸是不是更年期又发了，脾气暴得很，你千万不要给他打电话！"

这种时候，在顶头上司白宏州那里他也会"脾气暴得很"。一天，因机械坏了，岳文红的工地只完成了5千米铺轨任务。同样被暴热和疲惫折磨得情绪很不好的白宏州生气了，问，昨天怎么搞的？还差1千米没有完成？已累得就要倒下的岳文红火了，把安全帽一扔，说，我干不了那么多，你行你来干！

还未走出工地，岳文红又后悔了："就是累死也应倒在工地上，我岳家军怎能临阵脱逃撂挑子？"想着，岳文红马上折回了工地。

见岳文红回去，白宏州笑了："怎么又回来了，舍不得这里呀？"岳文红也忍不住笑了："这是我负责的工地，我为什么要走？要走也该你走。"于是，两人一笑泯恩仇，又和好如初。

为了避开白天的高温，每天早上4点，面包车就拉着睡眼惺忪的民工去工地。岳文红说："看着他们在车里睡得东倒西歪的样子，我心里感到阵阵生痛。上午10点到下午3点，是一天最热的时候，不敢让工人们在野外作业，只得回去休息。下午3点重返工地，一直要干到晚上10点。"

为了让大家少晒太阳，安装扣件等工作，岳文红安排先干隧道里和太阳晒不着的阴凉地方，然后，再干有太阳的地方。

为了确保施工人员的身体健康，项目部买了3万支藿香正气水和1000多斤绿豆、白糖，供施工队食用。

即便这样，还是不断有人中暑，最多一天，两个施工队竟倒下了十多人。中暑轻一点的，扶到桥下或隧道里喝点藿香正气水，休息休息，好点了就重回岗位。中暑严重的，等候在桥下的值班车马上就会将其送到医院救治。为了不让设备停，中暑的送走了，其他人立即顶上。

在铺轨工程临近结束前，前去采访的记者对十多个工人提了同一个问题："这个工程干完了，你最想做的事是什么？"

"回家，回家睡觉，好好睡上一觉！"被问的十多人，答案都一样——对于一般人极为平常的一件事，在贵广线的建设者那里竟成了一种奢望。

这种奢望甚至足以动摇"所向披靡的岳家军"岳文红再来一次的信心——他曾以铺轨那70天为参照评估自己的勇气："现在，如果还要我那样去干，我真不敢保证还有没有那样的勇气再去那样干一次。"他甚至想不明白，"那时也不知道是怎么挺过来的，现在想想头皮都发麻……"

那的确是一个令人"头皮发麻"的施工阶段。工程后期，为实现在年底通车的目标，贵广公司提出"大干100天"，随后，又要求"决战50天"。

岳文红所说的那些令人"头皮发麻"的故事大多发生在"决战"阶段。

如今，"决战"中那些惊心动魄的细节渐渐成为参战者们遥远的记忆，变得苦涩而模糊。但佛山指挥部办公室主任陈旗对一件事记得特别清楚：2014年8月以后，铁总不断派出工作组到郑州公司铺轨的路段督战。第一个工作组由工管中心的领导带队，来了5人。不几天，又来了一个6人督导组。贵广公司副总刘一乔也带着安质部、工程部等部门组成了两个工作组和督导组在佛山指挥部住了两个多月。

一下来了4个工作组，几十号人，负责接待的陈旗一下忙得不亦乐乎。那时，在工地上正忙得焦头烂额的白宏州已顾不上北京和贵阳派来的工作组了，他打电话给陈旗说，兄弟，我这边实在忙不过来了，工作组的接待工作你就多担当些了！

当时，白宏州正对着一库房的钢轨、扣件发愁：要把由钢板、螺栓、弹条组成的这150万套扣件运输到梁屋一号桥至江屋特大桥的工地，一共有16.5

千米的距离。扣件要通过这段路，最大的难题是路的问题——施工便道已被线下单位使用得面目全非，破烂不堪，根本不能继续使用。白宏州组织人抢修后，一场大雨马上又把便道变成泥泞的烂路，大型车辆一进去就会深陷泥潭。广东多雨的天气宣告了禁止大型车辆在这段路上通行。

车不能通行拿什么去运那些死沉的扣件？更严重的是，大山深处，接近工地的地方基本上是无路可走，150万套扣件即使到了那里，如何运上工地又是一个更令人头疼的问题。还有，把扣件运到工地后，又怎么向两边投散？

白宏州带人到现场转悠了大半天后提出了一套运输方案：首先用车把扣件运送到离工地最近的梁屋一号桥，再租用村子里的农用拖拉机接力运送。无路的地段就人背肩扛，桥上用三轮车向两端投散。

方案制订后，梁屋一号桥至江屋特大桥的16.5千米的路面上马上热闹了起来。每天，从几个村子租用的40多辆手扶拖拉机和三轮摩托在坑坑洼洼的土路上颠簸着，奔跑着。一辆三轮摩托车和拖拉机一次只能驮十多套扣件，150万套扣件运到江屋特大桥附近，竟用了一个半月时间。

那一个半月也是梁屋一号桥至江屋特大桥一带村民积极性最高的一个时期。因女人每天能挣150元左右，主要劳力一天能挣200元以上，所以，每天天不亮，数个村的灯都会早早地亮起来。接着，大家吆三喝四地集中到江屋特大桥附近，有马有驴或有牛的就用牲口驮运，没有牲口的就或背或扛地往工地运送扣件。一时间，狭窄的山路上人来人往，马嘶驴叫，好不繁忙热闹。

这条繁忙的运输线也充满危险。崎岖小路太窄太险，很多地方只容得下一人通过。下山的人遇到上山负重的人或牲口，就主动让到旁边待其通过再走。其间，有牲口累倒，还有驴、马掉下山涧，其状十分惨烈……

铺轨工程的有些条件是受限的，比如，焊接。

钢轨焊接分为单元焊和锁定焊。锁定焊有严格的温度控制，必须在28度摄氏度正负5度的条件下才能焊接。而广东西北地区的天气，只有在深夜才能满足这样的焊接条件。于是，郑州公司的焊工们只能夜里工作，白天休息，两头不见太阳。郑州公司副总经理史磊称他们是"一群没有见过太阳的人"。

每天夜里，大山深处焊花飞舞，火树银花般炫丽。在一两千米之外，就能听到线路上传来铛铛铛的钢轨撞击声。

80

古人作诗要求"男儿有泪不轻弹",但那是因为"只是未到伤心处"。太过艰苦、太大的磨难或太反常的工作负荷等常会使人的情感变得脆弱,心灵不再那么坚强,无法强抑苦泪的凝咽之悲,到了"伤心处","男儿有泪"也会流。此时,"无情未必真英雄,落泪如何不丈夫"?

刘平海、岳文红、未文河及郑州公司项目部的安质部部长赵海峰等几条铁骨铮铮,令人肃然起敬的中原硬汉,在经历了一些令人动容的事情时,就曾"执手相看泪眼,竟无语凝咽"。

刘平海多次向人介绍自己曾就餐过的一个"食堂":那时,刚进场,某工点建家建线的地方还没有找好,为了赶工期,就在背街的小巷子里找了间房子作为临时食堂。

只有十几平方米的"食堂"被隔成了两间,里间是餐厅,外间是厨房。厨房里,一口大锅占了小半个房间,进去两三个人就转不开身子。但这个狭小的厨房要"伺候"60来号人吃饭。厨师李师傅最忙的时候一天要做七八顿饭。

那次,刘平海刚走进里间的"餐厅",眼睛一下潮湿了:两个长条凳、一个硬纸箱上面放上一块地板砖算是餐桌。几个员工拿着碗或坐或蹲,边扒着饭边讨论着当天的工作……

这次"进餐"给刘平海触动很大,他找到施工负责人说,你这食堂虽是临时的,但也不行!食堂、住宿必须严格按建家建线标准执行。他说,大家的工作本身就苦,连个吃饭睡觉的地方都不像样,我们这些管理者就失职了。

后来,为了方便施工,刘平海还建议较远的工点把饭菜送到工地。这样,既能节约员工在路上的时间,还能让他们就地多休息一会儿。

送饭也不那么容易,很多地方都没有路,无法行车。司机只能在最近的桥头或路口背着饭菜上桥步行。近60度的地表高温,司机有时候背着盒饭一走就是十多千米。

一篇关于郑州公司的报道里记载着这样一些情节:未文河的女儿2014年大学毕业后,独自跑到上海去闯天下。当爹的不放心女儿一个人在外打拼,就提出让她来自己的单位工作。不料女儿说:"我就是要饭也不会去你的单位上班!"未文河感到很震惊,甚至有些愤怒地教训女儿。女儿哭着反问道:"你长年在外,只知道上班上班,你对得起我们这个家吗?你尽到了一个做父亲的责任了吗？"

一句话呛得未文河低下头泪水长流。

2012年4月6日，是安质部部长赵海峰妹妹出嫁的日子。但翻转脱模机只有他一个人能够熟练使用，如果他走了，生产流水线就要"掉链子"。妹妹打电话催了他无数回，他总是说等等、等等。等到4月5日，他不得不狠狠心给妹妹打电话："哥真的是回不来，你原谅哥！你和妹夫出去旅游的花费，哥包了！"

妹妹在电话那头哭着说："你就那么忙？地球离开你就不转了？你就一个妹子，我结婚呀，你也不回来！"

"对不起了！妹子，我真不能回来。我不敢给爸妈打电话，拜托你给他们说一声。"说完，他挂掉了电话，眼泪夺眶而出。

网上曾疯转中铁二十局一位女工的请假条，上边写道："快忘了老公长啥样了，我想回去看看。"

岳文红已经两年没能回家了，他也想回去看看——不仅仅只是想看看"快忘了长啥样子"的老婆，更想看看那双几年未见的宝贝儿女。2014年8月4日，中铁七局通知岳文红回郑州学习、考试。走时，他给白宏州请假说，考试完了，回家待几天。

怕白宏州不同意，岳文红主动表示：保证不多待，3天后立马买高铁票回来。白宏州不表态，只是笑笑说，去吧，要把试考好。

事后，岳文红才觉得，"白宏州是在狡黠地笑！是奸笑"！他之所以认为"白宏州狡黠"，是因为刚到郑州，就收到办公室主任发来的短信：岳经理，工程上有急事，考完试请速归！已给你订好6日晚上19点的机票，届时，有车到桂林机场接你。祝旅途愉快……

好几个公司在郑州考试的人对那条短信感慨不已，羡慕地对岳文红说，岳经理，命好啊，遇上了这么体贴、这么知冷知暖的领导，怕你坐火车太辛苦，给订了机票还派车到机场接。

当时，岳文红一看短信就直想骂人，他甚至想狠狠地扇那个祝他"旅途愉快"的办公室主任几个耳光。但考虑到形象问题，岳文红忍住怒火，只是在心里暗暗骂道：愉快你奶奶个熊呀，想骗老子回去干活儿！还假装好人给我买机票！这么久没有回过家了，到了家门口也不让回看一眼，缺德不缺德！

5日下午考完试，岳文红还是在夜里11点从郑州赶回了200多千米的老家汤阴——他急着回家还有一个重要原因：已经好几年未见到在上海读大学的女儿了，他想，这次无论如何也得见她一面。不料，女儿4日下午就回上海了。

后来，向本书的作者讲这件事时，岳文红猛地从沙发里站起，背过身去，肩头剧烈地抽动，良久，用手在脸上狠狠地抹了几把。等他回过头时，作者才发现：那未擦净的泪滴正顺着黑红的脸膛缓缓流下。

岳文红说，那次，在家待了半天，吃过午饭，急匆匆地到郑州去赶飞机。回到肇庆，才知道工程上真的有急事：当月8日，是郑州公司兑现节点工期的日子。

贵广公司总经理张建波、副总刘一乔和铁总工管中心的主任等领导要到郑州公司铺轨的路段检查，以确定沿途铺轨的具体进展和联调联试的时间。但按进展计算，到时，郑州公司铺轨的路段还会有12千米没有铺通。8月8日，如果铁总检查的轨道车不能从岳文红负责的路段通过，郑州公司的节点工期就是违约，该公司376千米的铺轨情况也会给铁总留下疑惑。

在距铁总的轨道车通过肇庆只有24小时时，白宏州决定：为了中铁七局和郑州公司的信誉，集中所有力量抢通这12千米，让铁总检查的轨道车从郑州公司铺设的路段畅通无阻地通过！

岳文红是这"所有力量"中的重要力量，当然要被召回。岳文红说："这种时候，我是不会含糊的。干吧，回去后我就赶到工地和大家连夜奋战。一直干到第二天早上6点多，一天一夜，12千米的轨道终于铺完！"

8日8点，贵广公司和铁总领导乘坐的轨道检查车隆隆驶过郑州公司铺轨的路段时，下班回宿舍的工人们正在面包车里睡得东倒西歪……

第六章

"贵以道惠民"

　　贵广路通江达海，黔道不再难。官员们宣称：贵州提升区域经济地位有了重要筹码！媒体欢呼：贵广高铁将整个西南融入了长三角和珠三角，"后进生"贵州弯道超车。商家认为，"贵广高铁把我们带进了经济圈"。贵广沿途则伸出热情的双手，"远方的客人，请你留下来"……

第二十五节　黔道不再难

81

贵广高铁全线的联调联试全部顺利结束后，12 月 5 日，贵广高铁开始首次全线拉通试验，线路的动态验收进入最后阶段。12 月 6 日起，贵广高铁全线转入开通前的试运行阶段。

至此，张建波终于长长地吁了一口气——但他那颗一直悬着的心并没有完全放下。

他仍被恍惚和不安笼罩着。在谨慎而低调地向媒体谈论贵广公司如何秉承"贵以道惠民、广以和致远"的企业核心价值观，坚持"技术、管理、环保、绿色、惠民、廉政、文化"高标准，创造当代在最复杂艰险山区高标准修筑世界一流高铁的过程的同时，张建波坦陈，"当前，监测手段的局限性决定了我们对这个无知世界了解的局限性，贵广高铁路上那 469.7 千米长的 238 座隧道，那么多的高桥下边那些说不清的溶洞、暗河是不是把所有隐患都消除了？尖山营大桥那个无法破解的地质之谜会不会就此消停下来？这都是我一直不敢掉以轻心的问题……"

已为贵广高铁精疲力竭的参建者们有些悲情。

20 世纪 80 年代初，从江浙农村考入西南交大的黄嘉亿曾在成昆路上徒步行走于甘洛、越西、普雄、西昌的"工程禁区"。后参加过老沪昆线等工程建设。再后来，到贵广公司任技装部部长、副总经理。在西南，黄嘉亿见惯喀斯特、瓦斯、软岩等复杂的地质，目睹过几多塌方突水，洞毁人亡，体验了在西南修铁路的种种酸甜苦辣和艰险。

尤其是徒步行走在成昆铁路上，他感受到了工程带给他的震撼，也感受到了工程在这片土地上留下的悲壮：全路长 1100 千米，沿线牺牲的建设者的坟墓也有 1000 多座——这个数字还不包括那些在伤残的折磨下逝去的建设者。

在那些倒下的人中，有隧道塌方时奋力将同伴推开，自己却扑向死神的英雄；从事故现场救出来、在生命弥留之际还向工地投去最后一瞥的战士；一个村子支援成昆建设时在一次事故中同时遇难的 3 个民工……他们的故事令人动容，催人泪下。如今，他们都默默长眠于荒山野岭，而他们的悲壮故事深深烙印在了黄嘉亿的脑海里……

艰险经历得多了，黄嘉亿渐渐没有了工程灾难降临时的恐惧，也没有一个工程胜利时的欣喜若狂。不管是面对艰险还是迎接胜利，他都平静淡定，心如止水。

贵广高铁开通那一天，人们载歌载舞、举杯相庆之时，黄嘉亿却独自坐在办公室喝茶看报。给公司送报纸的女工很奇怪："黄总，今天是个大喜的日子，你怎么一个人坐在办公室里？"黄嘉亿回答说，修路架桥平常事，我已经过了激情燃烧的年龄。

"修路架桥平常事"的淡定是铁路建设者的一种普遍心态。中铁二局贵广指挥部一个叫"百卉"的在《贵广赋》中写道：

> ……贵以道惠民，三省区百姓翘首；广以和致远，西到东富庶三江。数载辛苦事，一朝互相忘。西南腾飞时，我曾建贵广。熠熠丰碑在，启程奔他乡……

全赋笔意纵横，一唱三叹，情感强烈，贵广路建设者执着、深沉、热烈、真挚的情感跃然纸上，感人至深。尤其是"数载辛苦事，一朝互相忘。西南腾飞时，我曾建贵广"之类的句子，着实有些"王师北定中原日，家祭无忘告乃翁"的意味，令人为之共鸣和感动。

普通人也为贵广高铁欢欣鼓舞。"黄医生"综合检测车还在贵广线上联调联试，一首名为《贵广高铁欢迎你》的网络神曲便在网上传唱——

> 贵阳、广州，准备好了吗？
> Here we go（绿灯亮了，我们走吧）！贵广高铁现在辉煌谱写，
> 精彩的美景连接。
> 贵广高铁所有的烦恼全部都给你解决，
> 肚子饿了，先在贵州吃锅酸汤鱼，
> 突然想去广州逛街，随时都可以。
> 累了，想去休闲顺便搞个下午茶，

那么，将就再去学习一点广东话……

对贵广高铁，沿途的官员们也表现出了少有的思绪飞扬。他们那神态、那微笑虽不免仍有些矜持，但他们的脸上已少了许多强装出来的肃穆和抹不去的刻板。谈论贵广高铁，务虚的词语也变得实实在在。

原贵州省政府副秘书长、省铁建办主任吴强（现任贵州副省长）毫不隐讳地宣称："贵广高铁是贵州提升区域经济地位的重要筹码，其效应将难以估量！"

吴强乐观判断："贵广高铁将使贵州的发展出现一派生机与活力，社会的进步至少可以加快10年！"显然，他指的不只是外来的投资，更指思想的解放、观念的转变和无限的商机。

这位20世纪80年代末参加工作、在交通部门任职10年的贵州官员是贵广高铁建设的参与者亲历者，对贵广高铁为西部地区铁路网的构筑带来的重大变革，他注入了浓浓的个人情怀。早在2014年，有着工程硕士、规划师"头衔"的他就代表政府给贵州"高铁梦"做出过这样的规划：至2020年，贵州将初步建成"北连川渝、南通两广、西通云南东南亚、东连长三角"的对外铁路大通道网络。

对省内铁路交通，吴强展示了一幅更令人鼓舞的远景：形成"三横、四纵、五射"骨架格局，路网覆盖95%以上的县级及以上经济据点及主要资源产地、工矿重镇、产业园区、旅游景区，快速铁路里程3000千米以上……

普通民众大多不懂"三横、四纵、五射"，也缺乏想象贵州的高铁时代将是什么模样的能力，但沿线各族人民仍兴高采烈地载歌载舞相庆。他们想的是，黔道从此不再难，今后到东南的广州、深圳去办事就更快捷、更方便、更"安逸"了！

在贵广高铁开通的当天，《黔中早报》讲述了一位在深圳的贵阳人因交通不便而留下的两件遗憾事。

故事的主人公叫刘建，贵阳人。十多年前大学毕业后，刘建在深圳扎下了根。那之后，回贵阳往返机票2000多元。刘建觉得太贵，就先坐城际快线从深圳到广州，再转去贵阳的火车，28小时才能回家。去来在路上要耽误两三天，回贵阳就不能待得太久，每次总是来去匆匆。十几年间，和父亲母亲、爷爷奶奶团聚的时间极为有限。

2014 年的 9 月 14 日，刘建的奶奶去世。刘建和当时正在深圳的父母马上买机票往回赶，但不巧遇上台风，航班无法起飞。刘建的家乡有个风俗，人死后一般都是在家停放一天，第二天殓入棺材，第三天送上山。遗憾的是，刘建一家数口，由于交通不便，竟没能最后见到奶奶一眼。"如果当时贵广高铁已通车，从深圳转广州才一两小时，广州到贵阳只要 4 小时，最多只要六七小时就能到贵阳，也不至于留下这终身遗憾！"

遗憾的事情还不止这一件。11 月，刘建回贵州结婚后，过一天就是爷爷的生日，但由于时间计划有误，机票无法改签，刘建只能在爷爷生日的头一天返回了深圳。"就差一天时间，没给爷爷过成生日，挺遗憾的！"刘建仍然假设，"如果当时贵广高铁已通车，就不存在机票改签了，我怎么也得陪爷爷过生日之后再走。"

贵广高铁通车前，榕江县一位名叫杨超锦的侗族老汉也对高铁进行过一番畅想。

1988 年到 1995 年，杨超锦的 4 个孩子陆续到省城读大学，后来又分配在贵阳。由此，他一直奔走在榕江至贵阳探子的漫漫旅途上。

20 多年前，杨超锦从榕江去贵阳需要坐 8 小时的客车，经雷山县绕到凯里，然后再转乘 3 个多小时的火车才能到贵阳。一个单边就是 500 多千米，车费要花 160 多元，还必须在贵阳住一晚上。有时，为了节省，他就到火车站的大厅里对付一下，第二天再颠簸近 12 小时回家。

2014 年年初，厦蓉高速公路通车后，杨超锦的探子路程变为 367 千米，他可以花 110 元钱坐 4 小时的客车到贵阳。

2008 年，贵广高铁开工后，喜欢拍照的杨超锦常到工地拍些施工的场景，也一直在心里憧憬：贵广高铁通车后，自己跑了几十年的探子之路将缩短到 300 千米左右，坐 1 个多小时的动车，就能从榕江赶到贵阳。

对此，杨超锦感触良多：早先，往返一趟省城仅在车上就要耗去 24 小时，后来变成 8 小时，现在，高铁只需花 1 个多小时。从榕江到贵阳往返一趟的交通费用也由 320 多元到 220 多元最后变为 100 多元。他说，贵广高铁不仅给我节约了钱，更给我节约了大量的时间。这些节约下来的时间，可以多陪一下娃娃们了。

贵广高铁通车前，杨超锦一直忙着教洋学生学侗语——1995 年，一名来自德国的学生，经人介绍，专程到榕江侗寨找杨超锦学习标准的侗语。随后，不少来自瑞士、法国的欧洲游客也到杨超锦家，向他学习侗语。

外国学生都很喜欢榕江的侗寨，但是都说来一次很痛苦。"太远了！"

杨超锦安慰自己的外国学生："快了，贵广高铁一通车，贵阳到榕江就方便了……"

相似的情形还发生在广州一个叫李衡懿的网友家里。李衡懿在网上"晒"自己一家三代人和铁路的情结时说，他的母亲是广州人，为支援三线建设到了贵州，后来在贵阳安家，如今已经四十几个年头。

李衡懿的母亲常常感叹，二三十年前，从贵阳到广州，只能坐"绿皮车"，要花上三天两夜，回家的路真算得上是"难于上青天"。

到了李衡懿这一辈，有了普快、特快列车，情况好了许多。节假日回老家陪母亲，从贵阳到广州的时间被缩短到 20 多小时。

2014 年 12 月 26 日，贵广高铁在观山湖区发出第一声长啸，李衡懿和妻子带着两岁的儿子，陪母亲坐高铁回广州。

李衡懿感慨说，回家之路，从三天两夜到 20 几小时，再到 5 个多小时……冥冥之中，我们一家三代人成了贵州铁路交通发展变迁的见证人和受益者。我想，孩子长大后，我也会向他讲述我们一家与铁路的故事，他也将继续参与、见证贵州家乡的变化。

还有一个群体为贵广高铁欣喜若狂。贵广高铁开通那天，中新网的一位记者在网上发文宣称："返乡摩托车大军不再无奈走单骑！"

文章介绍说，在深圳打工的杨先富与工友们购买了 6 张春节前返回贵州的高铁车票。按照他们的"返乡路线图"，先从深圳坐城际快线到广州，再从广州乘坐贵广高铁到从江。

"贵广高铁开通，不仅外出打工方便，现在回家也多了一种选择。"饱受春运回家之苦的杨先富谈起当年的"返乡记"直感叹"人在囧途"。火车票"一票难求"，飞机票价格太贵，乘汽车要看老天爷"脸色"，冰冻太厉害就不安全；加入"返乡摩托车大军""千里走单骑"更是无奈选择。

春节"千里走单骑"不仅是"返乡摩托车大军"的无奈，更是年味浓浓岁末的一种心痛和无奈。

春节是南下农民工"回潮"的日子。这是国人一年中最重要的传统节日，无论离家多远，不管身在何方，南下的农民工们会在春节到来前丢下手中的事情，带着内心最刚性的要求，像是要去参加一次虔诚的朝圣，心急火燎地赶回去与家人团聚，共度新春。于是，春运驮上了全中国，自 20 世纪 90 年代务工流、学生流、探亲流叠加，使全国各地的火车站人山人海，拥挤不堪，春运也便成为一个世界上绝无仅有的历史名词，年复一年地不断颠覆并创造着世界运输之最：

1991 年，全国春运共运输旅客 8.5 亿人次。

2001 年，春运的统计数猛增至 16.6 亿人次。

2006 年接近 20 亿人次。

到 2013 年，中国春运客流量飙升至 34.07 亿人次，比 1991 年增长了 4 倍。

2015 年的春运从 2 月 4 日开始，至 3 月 16 日结束，春运人数增加至 37 亿人次。有人说，这 37 亿人次出行，相当于让非洲、欧洲、美洲、大洋洲的总人口搬一次家。

当年的 3 月 22 日，国家发改委副主任连维良在全国春运电视电话会议上指出：2015 年春运旅客人数为历年之最，运力投入为历年之最，但"一票难求"并未根本缓解。运力结构、产业结构、城乡结构、区域结构亟待调整……

铁路、公路、飞机、轮船不堪重负，运力总是赶不上春运出行人次的快速增加。返乡的民工们只得自寻门路。每年临近春节，长三角地区、珠三角地区都有数十万务工人员组成"返乡摩托车大军"，返回贵州、广西老家过年。"摩托车返乡大军"成为春运里独特的"风景线"。

据统计，2014 年春运，自行驾驶摩托车返回贵州、广西过年的"返乡摩托车大军"60 万人以上。"返乡摩托车大军"这道风景线对归心似箭的人们来说是因为"无票回家"而被迫做出的无奈选择。"千里走单骑"不仅需要忍受寒风冷雨，还得一路用生命做"赌注"。

贵广等高铁线路的开通，担当了春运"主力军"，解决了人们的春运需求。民工们不仅"走得了"，还"走得好"。据广州铁路集团公司介绍，作为春运主要新增运力，高铁已占广铁集团春运运客量的六成以上。贵广、南广高铁开通后，西南方向车票紧张状况得到较大缓解。广州铁路集团公司客运处副处长闵灿玉介绍："贵广高铁开通后，初期高铁开行列车 30 对，南广开行列车 23 对，两条线路加起来，春运节前 15 天能比以前多运送 50 多万人。"

贵广高铁开通运营 100 多天后，有统计数据表明：贵广高铁为贵州境内发送旅客已达 90 万人次，日均发送旅客接近 1 万人。带着说走就走的潇洒，贵广高铁已成沿线旅客出行的首选。2015 年 7 月 1 日至 29 日的铁路暑运，贵阳北站日发送旅客更是达到 1.7 万人次。

2016 年以来，贵阳高铁站每年日最高发送量由 3 万增加到 5 万左右。2020 年国庆、中秋相逢期间，该站日发送量大多在 7 万，高峰时达到 7.4 万！

大批旅客涌向贵阳北站，有一个重要原因是贵广高铁的价格不仅远低于飞机票，甚至比汽车长途运输价格还低，这让每年春运骑摩托车返乡的务工人员可以从"艰难回家"变成"快乐返乡"。

受益的不光是沿线——贵广高铁横穿桂中、桂北地区，被认为是广西"较北"的一条高铁线路。有人以为，这条高铁跟南宁及区内其他城市没什么关系。但有人注意到，贵广高铁开通前，南宁去贵阳需要走 12 小时，而且每天只有一趟普速列车。贵广高铁开通后，南宁借道桂林西去贵州，所需时间仅为 5 个多小时，运行时间缩短了一半多。于是，有人说，南宁到贵阳虽绕个弯，但省时一半，南宁离贵阳更近了。

人民网一个叫李刚的记者老家在江西赣州，2014 年 12 月 31 日，他乘坐高铁体验"高铁时代城市零距离"。

7 点 58 分，李刚乘坐的 D211 启动。李刚感觉到车厢宽敞明亮，现代化气息十足。座椅设计相类似飞机的款式，可任意调解舒适度，且每个座椅前设计了小桌板，可供乘客放水杯，或看书、上网。

贵广高铁留给李刚另一个较深的印象是："列车上的乘务员正装短裙，头戴船形帽，黑丝长靴，笑容甜美，气质优雅。如果不往窗外看，你似乎不会察觉这是列车上的旅行，而是空中的飞行。"

12 点过 2 分，D211 列车到达广州南站。

完成"早上吃贵州羊肉粉，中午品尝广州粤菜"的体验后，14 点 56 分，李刚乘坐 T170 次列车，于当晚 7 点 40 分抵达赣州。

以前从贵阳回江西赣州，坐快速列车需要 26 小时 43 分，不仅时间长，且到站时是凌晨。列车上的漫漫煎熬，让李刚把回家的路当成了畏途。

这次回家的旅途，贵阳至广州 4 小时，广州至赣州 4 小时 50 分——李刚回家在车上的时间只有原来的三分之一。

当天的晚餐是家乡客家菜肴：剁椒鱼头，粉蒸鱼，南安板鸭。

李刚说，那一刻，幸福感油然而生。

82

因贵广高铁"幸福感油然而生"的还有那些深山老林里的村民。

他们世代居住在沟壑纵横、道路崎岖的高山峡谷里,"上山上到天,下山到溪边,两山能对话,走路大半天"的出行艰难,成了山民们最无奈的生存状态。

云山阻隔行路难,不仅是贵州人600年的嗟叹,连古代那些偶尔路经贵州的官员也无不扼腕唏嘘。

1510年,明代著名思想家王阳明任兵部主事时,因得罪独揽大权的大太监刘瑾,被贬贵州修文县。途经贵州新晃时,感慨沿途山路险恶,留下了《兴隆卫书壁》一诗。诗中叹道:

> 贵州路从峰顶入,夜郎人自日边来。
>
> 莺花夹道惊春老,雉堞连云向晚开。
>
> 尺素屡题还屡掷,衡阳哪有雁飞回?

贵州气势磅礴的高山峡谷和悬崖绝壁留给民族英雄林则徐的则是破胆惊魂的震撼。

清末的一个夏天,林则徐乘一抬官轿,从江西出发,经湘西,进黔东,赴云南昆明任乡试主考官。进入黔东南,一行人穿行在蜿蜒狭窄的古驿道上。林则徐对眼前的景象唏嘘不已,不由诗兴大发,挥笔写道:

> 行人在山影在溪,此身未坠胆已落。
>
> 传闻雨后尤险绝,时有奔泉掣山裂。

如今,当贵广高铁驶来时,贵州人知道,自己不只是多了一条通往山外的坦途,身边那"贵州路从峰顶入,夜郎人自日边来""行人在山影在溪,此身未坠胆已落"的畏途也因贵广高铁的修建而终结。与此同时,"以道惠民,以和致远"的企业价值观更注定了贵广高铁会惠及贵广百姓。

张建波解释说:"以道惠民,以和致远"是贵广公司企业文化的核心定位。"以道惠民"是指讲求经营之道,铸造精品工程,施恩惠于民。这是贵广公司经营中重要的战略思想。

"以和致远"是指同心同德，共创共赢；以和为贵，寻求和谐；和而不同，求同存异，实现更远的目标。

在这种企业价值观引导下，开工以来，贵广公司就要求各参建单位：铁路修到哪儿，民心工程就要干到哪里，对贫困村民的帮扶就要进行到哪里。

到贵广公司后，在山里跑的时间多了，那些因生存环境恶劣至今仍很贫困的村民形象留在张建波的记忆里：后背佝偻，满脸酱色，浑浊的眼中充满茫然无助。

他们的家境令人心酸：床上那分不清颜色且补缀的蚊帐，从被单的破洞里探头露脑的黑棉絮，堆放在纸箱里那些破破烂烂的衣物，将农家的贫困寒酸暴露无遗……

还有贵阳城里的那些"背篼"。刚去贵州那年冬天，张建波经常看到一些衣衫破烂的男男女女当街点燃纸壳或建筑弃物，围坐在背篼上烤火，公司的人告诉他，这些人是"贵阳背篼"。

见他不甚了解，有人解释说："贵阳背篼是一种廉价劳动力，男女都有，他们的服务工具就是一个用藤条或竹子编的背篼。久了，背篼就成了使用这种工具者的代称。雇主需要时，会冲背着背篼的苦力吼道：'背篼，过来！'"

张建波还了解到，背篼们如牛负重，报酬却很少。很多背篼甚至晚上无钱租房，就在街头巷尾和衣而眠。

他们还经常空着肚子干活儿。一首《贵阳背篼》的歌中唱道：

> 又是一个阳光明媚的早晨，
> 背起背篼准备六点钟头出门。
> 心头想到早餐搞碗牛肉粉，
> 昨晚没吃早上是不是来个双份？
> 但是吃了双份就没得中午啊那一顿……

这样的歌词刺痛了张建波的神经，成了他心中无法排解的难过。

贵阳背篼们那"吃了双份就没得中午那一顿"的窘迫生活，使张建波情不自禁地想起自己13岁在工地背砖时饿得发晕的情景。他还情不自禁地想起了小时兄妹几人饿得面黄肌瘦的模样。母亲为了让自己的孩子们有口饭吃而砸开冰窟窿给人洗被子的事情也历历在目地浮现眼前，一种"同病相怜"的情感油然而生。

出身于"高官贫困家庭"，从小就在苦难的炼狱饱经磨砺的张建波很懂事。八九岁时，男子汉对于家庭的责任感就懵懵懂懂地萌生在他幼小的心灵。见母亲太辛苦，放学后他就帮母亲去卖冰糕，每支冰糕赚 5 厘钱。有时，他会用冰糕到村里换玉米和小麦。13 岁时，放暑假，他到建筑队打工背砖……

一个新郑县"高官"的儿子常到大街小巷去卖冰糕、换粮食和背砖，免不了遭人白眼，那些不屑的目光也曾让张建波感到有点"缺少尊严"。那时，他多么渴望人们能够给予同情，多么希望有人能买他一支冰糕，能换给他一点玉米、小麦。在背砖跟跟跄跄走不稳时多么希望能有人扶他一下……

这一切让张建波觉得，帮扶山里那些瘦骨伶仃、衣不蔽体的村民和贵阳城里那些如牛负重的"背篼"，是一个当初曾渴望别人帮扶自己的人屏蔽不掉的自然情感。也是一个主张"官员的道德血液，只能来自百姓的血管"的共产党员的朴素情感，更是一个国企负责人义不容辞的责任。

自从到了贵广公司，张建波就暗下决心：一定要尽最大努力帮扶那些贫困的人。于是，他建议各标段在招工时尽量招收当地的村民和贵阳城里的"背篼"到工地打工。

张建波的建议在贵广高铁建设中得到了很好的落实。据统计，仅在从江县洛香镇二十一局工地打工的队伍中，有 20 多名架子队员就曾是贵阳城里的"背篼"。

每次到基层，张建波都会带头给贫困的老乡捐钱——但他知道，"授人以鱼不如授人以渔"，给点钱只能解决一时之困，不能解决长久贫困。只有在贵广高铁工程修便道架桥梁时，尽可能地从村民们今后可用的角度着想，把路和桥修得更宽更直更经久耐用，让他们能把山里的特产运到山外赚钱，才能从根本上消除贫困的根源。

据贵广公司综合部部长柴强铎统计：贵广高铁贯通时，共为沿线农村新建、改建便道 2805 千米；新建便桥 4600 多米；新建给水管路 63 千米。采购地方各类物资 58 亿元，新增就业岗位近 6 万个，支付劳务工资 70 多亿元……

伦洞村所在的从江县是黔桂两省交界的九万大山腹地。境内的伦洞河、四寨河、双江河是一道道难以通行的天堑。长期以来，两岸村民"鸡犬声相闻"而无法往来，要想到对岸得沿河绕着走两三天。县志里说，从江县是贵州省通车最晚的县，直到 1964 年才有了第一条公路。到 1992 年，仍无一条达标公路，无汽车站、无水运码头。

上点年龄的农村干部们至今都还记得：到 20 世纪七八十年代，县里开三级干部会，要提前 3 天通知到大队（现在的村）。大队干部们带上干粮步行一天到达简易公路路口后，县里派车去接，再在车上颠簸一天，才能到达县城。

而在很长时间里，距县城 70 千米、到洛香镇 40 多千米的伦洞村，没有任何交通工具可以借助，干什么事都只能靠两条腿在只有几十公分宽的羊肠小道上翻山越岭。20 世纪 70 年代"备战备荒为人民"时，才将大山里通向外界的那条弯弯曲曲的羊肠古道稍做拓宽。

封闭的环境并不能掩藏这座美丽的侗寨。多情的文人墨客说，伦洞村群山环抱、青翠萦绕，梯田层叠，生态植被完好，寨前溪水潺潺流淌，屋后古木参天，白天蝉鸣鸟唱，夜晚蛙叫虫吟。这里还有保持着原始风味的鼓楼、吊脚楼及少数民族服饰，是一座富有诗意的侗寨。

但村民们的生活没有诗意——他们本想让日子有些诗意的，1984 年，村民们曾集资新建了一座风雨桥，可十多年后不幸被洪水冲走。直到 20 世纪 90 年代，火车、汽车这些现代文明的产物，在村民们的印象中依旧是一个个陌生的名词。当地人没有看过电影，更不知电视，其娱乐生活顶多就是在犁地时一边驾驭吆喝着老牛，一边哼唱几句带有贵广色彩的侗族小调而已。

这些，直接导致村民们"人无三分银"的贫穷。自从有了"贫困县"这个名词后，"国家级贫困县"这顶甩不掉的帽子便紧紧罩在包括伦洞村在内的从江人头上。住吊脚楼，以土豆、红薯为主食，一家五六口人只有两三床破被，被子上跳蚤、虱子乱窜的情形非常普遍。

这样的情形让张建波满心酸楚。第一次到黎平、从江检查工作时，他走一路吩咐一路："你们要尽可能把便道修结实些，施工用了，要保证老乡们今后还能使用。"

中铁二十一局几个项目部的经理们记住了张建波嘱托的事情。修便道时，驻黎平县双江乡已约、天堂村的第一项目部和驻从江县谷坪乡帮土村的第二项目部、驻从江洛香镇伦洞村的第三项目部坚持路窄的拓宽，无路的新修，把已有的路维修养护得更平整。他们在双江河、四寨河、伦洞河上架起了 7 座钢架便桥。沿河百姓"隔岸相望，相逢在何年"的遗憾和"两山能对话，走路大半天"的出行艰难从此终结。

很多时候，贵广高铁的建设者们将道路拓宽或新修道路，并不是为了施工需要。在修建双江乡到天堂、己约村的 26 千米便道时，中铁二十一局贵广项目指挥部结合地方乡镇建设规划，将原本通过街道的便道特意改为沿双江河边修建。为此，花巨资修筑防护河堤 1 千米多，为双江乡街道扩建创造了有利条件。其余便道在规划时，以方便村民出行为原则，即使绕道也要从村里通过。据统计，在二十一局施工范围内的 10 个村，便道绕道 13 千米多。

据二十一局贵广项目指挥部常务副指挥长李景统计，几年来，他们维修养护加固了黎平县城到双江乡 70 千米公路，拓宽了从江县至谷坪乡 60 千米、洛香镇到双江乡的 50 千米便道，新修便道 60 千米。

在道路修建时，项目部舍得下大力气，花大血本，把便道拓宽到五六米，全面整修加固。指挥部还专门成立了施工便道养护作业队，配备挖掘机、装载机、运输车等设备共计 20 台（套），投入 5000 多万元长年累月不间断地对沿线道路整修、维护。工程结束后，这些道路成了老乡们把土特产运往山外的绿色通道。

在贵广线上，到处都有道路改变山民命运的故事。中铁十二局员工张明泉在一篇《穿山奇兵》的通讯中记述说：……天平山里住着一位叫李承发的林农，他过去到一趟桂林，要先沿着山路走一天才能到黄沙乡坐班车，办完事情回来，要在黄沙的小旅馆住一晚，第二天走一天山路才能到家。

贵广高铁建设时，山里修了便道，他就买了摩托车和农用车。如今，到黄沙乡去办事，他只要半小时就够了。过去，山货要靠人背到乡里卖，现在用农用车一拉就去了。一条路，让他的生活发生了巨大变化，家里买了彩电、冰箱，弟弟还从桂林领回个漂亮的媳妇……

李承发说，这都是贵广高铁建设给他带来的福气。

相似的"福气"也出现在贺州市八步区。以前，这个区的大山里有 4 个村庄从未通过公路，村民出行只有靠水路摆渡和徒步翻山。修建贵广高铁时，中铁十四局第四工程段投入 1.5 亿元，新建三级公路等级的便道 256 千米。

"2008 年进场到 2009 年什么都未干，一直都在修路。"第四工程段副经理范艳涛记得，"投资那么多钱修那么多路，有关部门都不信，国家审计署还派人来调查。我领着他们转了一天，信了。还竖大拇指表扬我们所修工程便道质量好，工程结束后能造福于当地群众。"

四工段未进山前，八步区榕木村的村民住的全是破烂矮小的土坏房，因交通不便，很多上点年龄的老人从来都没有去过山外的世界。他们不知道城里人早在看"一群人在一个匣子里唱歌跳舞的"电视，还用机器洗衣服，把蔬菜放进冰箱保鲜。倒是听说过有一种能"背"很多东西的汽车，但从来也没有谁见过那汽车是什么模样。年轻人们在城里见过汽车，也见过城里那些摩登时髦的同龄人，但城里同龄人的生活除了使他们自惭形秽外，也总让他们为上街赶集没有套像样的衣服而苦恼。

四工段在榕木村修建贵广高铁时，根据贵广公司的意见，尽量招收村民们到工地打工。挣到钱后，村民们的日子好了起来，有的人家还买车，利用工程便道跑起了运输。有个叫荣华的村民用面包车拉工程上的人进城办事或在工程沿线拉材料，每天收入四五百元。见工地上有几百工人，他还在四工段驻地对面开了家超市，虽是小本生意，但七八年下来，也赚得盆满钵满。

贵广高铁工程结束前，榕木村的人基本上都修起了新房。家里都买了电视、冰箱、洗衣机，男女青年们的穿衣打扮更是与城市男女无异。农家小孩坐的童车，也是城市人家不一定舍得买的那种高档小汽车。

荣华感激地说，是贵广高铁改变了我们村的面貌，给我们创造了新生活。

除了帮助村民创造新生活，贵广公司还组织公司员工和参建单位为贫困山区捐资助学，扶危济困，先后使 500 多名学生受益，让 50 多名因贫困辍学的学生重返校园。

这一切让张建波很有成就感，他说："每当看到老乡们用来拉土特产的那些道路，每当看到村民生活发生了改变，每当看到那些辍学的学生重新回到课堂，我都觉得，在修建贵广高铁的同时，我们还干了很多非常有意义的事情！"

83

高铁是一场变革，也是一次浪潮。贵广高铁的浪潮给封闭的贵州百姓和经济带来了福音，但也猛烈地冲击着一些普通人家的生活和一些行业的利益。

《贵阳晚报》记者杨璇、申欣在桂林磨盘山码头遇到的那位叫黄平的船长对高铁就带着几分担忧、几分期许。

老船长黄平的人生，遇到过两次急弯。一次是初中毕业，辍学和父母到漓江上运货。一条货船，养活黄家 7 口人。从桂林到广东，来回一趟十多天——

但由于时间成本太高，有时，黄家人两个月才拉一趟货。"后来，这条线上陆路交通越来越发达，已经很少用船拉货了。"

水路交通的唱衰、公路的发展，使黄平迎来了他人生的第二个急弯——阳朔到桂林的公路修通后，通行时间从水路的一天缩短为半天。黄平卖了船，到陆地上给人开车。后来，旅游逐渐红火，他又辞职下江，"风光 69 号"的船长，他一干又是 14 年。

这一次，更快更便捷的高铁驶来，在人生第三个急弯处，老船长认为，更多的游客会搭上高铁，体验时下热门的"高速旅游"。"高铁那东西太快。"他说，而自己曾经赖以生存的慢节奏旅游方式，或许会和"风光 69 号"一样，不再"风光"。

记者杨璇、申欣认为，实际上，高速铁路开通后，"风光 69 号"的游客就经历了第一次分流。游客一少，黄平的收入就涨不起来，这是他眼下的难题。

从磨盘山到阳朔，顺水下去，需要整整 4 个半小时。而高铁从桂林站坐到阳朔，只需要 20 分钟。贵广高铁贯通后，对"风光 69 号"这样的游船的冲击可想而知。

高铁来了，黄平说，漓江水道上的九马画山、镰刀湾，或许也将和"风光 69 号"一样被速度湮没。

一辈子在漓江上讨生活，黄平说，自己将坚守"风光 69 号"——高铁在带走部分快节奏客人的同时，也许会留下更多怀旧、喜欢慢节奏的人乘上风光 69 号——烟雨漓江中，一碟瓜子，一碟漓江特产的炸小鱼，游客就能在船上慢悠悠过上半天。

黄平满怀期待地说："到时，说不准搞游船的日子还会更宽裕呢。"

公路交通、航空市场却不敢像黄平那样乐观地去期待未来。

2015 年 1 月 1 日，是贵广高铁开通后的首个小长假。《贵阳日报》把各种交通工具在这天呈现出的节日"表情"概括为：客车较"惨淡"，普列有些"冷"，民航很"淡定"，动车相当"火"。

贵阳最大的金阳客车站元旦前往广西、广东、浙江的乘客约有 169 人，客流量减少一半以上。贵阳至北海 11 人，贵阳至深圳 6 人。有的车上仅有 2 人，还有跑空车的。而以往这些线路均会达到 50 人。

普快列车的情形也不容乐观：贵阳到广州的 4 趟普速列车，硬卧车票共剩余 700 余张，硬座剩余 1800 余张。

而贵广高铁的线路上另是一番情景：2014年12月31日—2015年1月1日，贵阳到广州和桂林的动车组车票全部售罄！

在贵广高铁强大的冲击波下，唯有民航客流在元旦小长假呈上升趋势。

但小长假之前和之后的情况又如何呢？

中国东方航空董事长刘绍勇曾估计，由于高铁客运专线的覆盖，国内至少60%的民用航空市场受到了一定程度的影响。"有些航空公司还受到较大冲击，对我国航空公司的发展将产生直接和持久的压力。"

贵广高铁开通首日，即有数千名旅客体验贵阳与广州间4小时直达的"速度快感"。相比之下，贵广空中快线的专属值机柜台则较为冷清。"空铁大战"悄然再起，到底是坐飞机还是坐高铁成为两地热议的话题。

贵广公司总经理张建波对这一话题的看法是，贵广高铁的运力首先就会对航空形成巨大冲击。贵广高铁运营初期列车时速最高为250千米，开行12对动车组；每日运力约1.5万人次，是航空的数倍。贵广高铁还预留了提速至每小时300千米的条件，运力也远远没发挥出来。

让航空公司忧虑不已的不只是贵广高铁的运力，还有高铁票价远远低于机票，尤其是把出租车和机场高速公路费用等额外成本考虑在内的"乘机票价"，让很多乘客都会放弃乘坐飞机。

感到"压力山大"的贵阳至桂林、南宁、广州、深圳等与贵广高铁有交集的航线不得不放下前些年"皇帝女儿不愁嫁"的高贵身价。2014年12月16日，贵广高铁还未开通，贵州机场集团就协同南航、国航、海航等航空公司联合打造"贵广空中快线"，并于12月18日正式上线运营。其重要的手段之一就是降价——广州飞贵阳的经济舱全价为960元，而从12月9日起到2015年1月上半月票价基本稳定在300元左右，最低为225元，最高为350元。2015年元旦后，广州到贵州只要100多。1月5日过后，甚至还有降到0.9折仅85元的机票，加上机场建设费50元和燃油附加费60元，比贵广高铁261元的票价还便宜。

不过，航空公司的这种运价等级是根据季节和市场来制定的，不能明确固定价格和占比。各大票务网站信息显示，从2015年1月中旬开始，广州飞贵阳票价逐步走高，到春节临近的2月初已回升到900多元。所以，航空价格的优势是有季节性的，它不会真正成为让利于乘客的固定价格。

从时间上看，广州至贵阳的高铁4至5小时，坐飞机在空中飞行时间是一个半小时左右，加上两边的机场路程，也要三四小时。重要的是，乘客必须很早到达机场，才能赶上安检进入候机室。抵达机场后，取行李、等候捉摸不定的巴士，或者排队等候出租车，再在高速公路上行驶一小时左右才能进城。这样，整个旅行时间有可能超出5小时了。

还有令人头疼的误点。

"多彩贵州网"的记者程曦曾记录过香港丰泰农产品有限公司欧老板对飞机误点的苦恼。2013年，欧老板的公司投资在贵州龙里县建了一个蔬菜基地，丰泰公司的相关负责人平均每月都要到龙里两次，交通路线一般都会选择从香港坐车到深圳，再从深圳机场坐飞机到贵阳龙洞堡机场，转车到龙里。

欧老板抱怨说："从建基地到现在，记不清来回跑了多少次了，70%的时间都会遇到晚点。我所说的晚点指的是超过一小时的，一小时以下对飞机来说已经不算是晚点了。"有一次，欧老板要到龙里开一个很重要的会，结果因为飞机晚点，他没能赶上。

贵广高铁的开通，欧老板有了新的出行选择："我们肯定选择坐高铁，再也不用担心有急事要处理时，遇到飞机晚点了。"

还有，乘坐的舒适程度也使不少人迷上了高铁。在飞机上，即使运气不错，也只能看到飞机肚皮下枯燥的蓝天白云。碰上恶劣天气，强大的气流和漫天乌云会让人提心吊胆；而高铁上让人有脚踏实地的感觉，还能不断观赏车外风光。飞机每位乘客可免费携带20公斤行李，超重部分每千克按飞机票价格的1.5%付行李费。高铁超重行李不额外收费；上了飞机就被保险带固定在一个狭窄的座位上，还不准抽烟打电话。相比之下，那些崭新的高铁列车干净、快速、平稳，座位宽敞，可以在过道随意走动；还可以打手机，瘾大的烟民在动车靠站的一两分钟内还可以走出车厢"吞云吐雾"一番……

因为这些原因和票价的猛跌及旅客的流失，逼停了一些航班。拥有贵阳直飞桂林航线经营权的华夏航空、山东航空、国航计划于2015年1月起取消贵阳与桂林两地的直达航班。

华夏航空公司相关负责人对外宣传说："这是战略转移。"

而张建波则认为，这是贵广高铁逼停了贵阳直飞桂林航班。他解释说，有交通调研表明：1000千米以内的航线受高铁冲击比较大，1500千米以上的长航线，高铁的影响就很小了。贵阳至桂林航线只有420千米，正处在"冲击较大"的区间。

有分析人士预计，随着高铁网络的发展，航空公司将撤销 500 千米及以下距离的航线，而行程在 500 至 800 千米之间的航空旅客中，多达四成将转乘高铁。这与过去 20 年欧洲高铁网扩张期间竞争格局的发展趋势十分相似。

为了应对贵广高铁，贵广空中快线采用"5 专 2 缩短 1 提高"的方式服务顾客——"5 专"即设立"贵广空中快线"专属机位、登机口，专属值机柜台，专属安检通道，专用行李滑槽及行李提取转盘，"苗姑娘导乘"专人引导；"2 缩短"即力争航班地面保障时间缩短 10 分钟和贵阳至广州出港航班登机时间由常规的 30 分钟缩短至航班起飞前 25 分钟；"1 提高"即实现贵阳至广州航班正常率高于平均航班正常率 10%。

但这些，能抵消贵广高铁的种种优势吗？

第二十六节　一个朴素的设问：高铁为沿线带来了什么

84

虽然并不存在"万亿俱乐部"这样的组织，但中国经济持续发展 20 多年后，作为一种标志，"GDP 万亿俱乐部"还是在人们心目中"横空出世"。

这个"俱乐部"里，聚集着国内生产总值 GDP 总量超万亿元的省（市、区）或城市。人们普遍认为，GDP "万亿俱乐部"是衡量地方 GDP 的一个门槛，也被公认为是衡量地方经济发展水平的一个标准。

这个"门槛"和标准并非谁都可以轻易迈过，但截至 2016 年 4 月，在全国只有 85% 的地区（28 个省、市和地区）的 GDP 跑赢了全国 6.7% 的增速时，贵州省成了以 1 万亿元的经济总量跻身全国"万亿俱乐部"的省份，以 10.7% 的高增速排名全国第三。

贵阳市的 GDP 增速也和贵州省一样突飞猛进。据国家统计局资料显示，2005 年，在全国 33 个重点城市排名中，贵阳市的 GDP 只有 603 亿元，成了"垫底"的第 33 名。2015 年，在根据统计局数据制作的增速对比表中，10 年前在 33 个城市中"垫底"的贵阳市以 2891 亿的成绩使 GDP 增幅达到 379%，增幅排位居全国 33 个城市的第四名！

实在令人难以置信，GDP 几乎从来都是全国倒数第一的贵阳、贵州怎么一下就蹿到全国第三、第四的位置上去了呢？

在 2013 年的全国"两会"上，时任贵州省委书记赵克志谈道，贵州省小康进程落后全国 8 年、落后西部平均水平 4 年。

那时，贵州人均 GDP 还仅为全国平均水平的 40%，只相当于上海的 17%，只有上海人均 GDP 的六分之一，总财政收入不到广州市的四分之一，全省 88 个县市区中还有 50 个被列为扶贫开发重点县。

总之，那时，在 31 个省市区，贵州仍在"垫底"。

对贵州的省会城市贵阳，人们更是觉得它比广州、西安、成都等省会城市至少落后了 10 年，只能勉强和其他省份的二线城市相比。

可转眼之间，他们的 GDP 一下在全国名列前茅，这让人们很不习惯，也实在不敢相信。

然而，国家统计局的资料显示，贵州 GDP 增长还不仅仅只是 2016 年的第三，从 2008 年至 2018 年这 10 年各省份的 GDP 累计增长速度来看，贵州一直是增长的冠军。

该省 2008 年 GDP 仅有 3561.56 亿元，但到了 2018 年已达到 1.48 万亿元，GDP 同比增长达 9.1%，远超全国平均水平。累计增长约 3.2 倍，成了这 10 年间唯一一个 GDP 累计增长了 3 倍以上的省份！

以前谈论贵州的发展，谈论贵州与广东、深圳的差距，离不开交通薄弱、人才缺乏等话题。

当年，林树森认为，贵州贫穷，主要是知识的贫穷，思维方式的落后导致长期积弱。他觉得，把广州、香港、深圳这些地方先进的经营方式、思想理念、人才人流吸引到贵州，才会给贵州造成经济跨越式大发展的条件。

真理不需要太多的话，林树森寥寥数语切中要害，演绎出了与众不同的眼光与胸襟。

这个汕头老人的理念得到了贵州人的普遍认同，连经常与其探讨贵州发展的张建波都常把"贵州开发首先是思想的开发"这种观点挂在嘴上。

贵广高铁开通前，张建波曾面对记者们伸过去的话筒侃侃而谈："贵广沿线落后地区与广州相比，最大的差距是思想观念的落后。贵广沿线落后地区开发，首先是思想开发。要寻求突破，首先是应该向广东人学习解放思想。"

这位国企老总站在一个独特的角度预判自己主持修建的这条高铁的一个重

要价值："贵广高铁新增上亿人口进入高铁时代，珠三角、港澳地区的先进文化、理念将与内陆传统民族文化碰撞融合，给沿线特别是给贵州带来的时空变化和思想观念变革也将是革命性的！"

真知灼见，如珠落玉盘。

张建波的见解同官方的治省方略不谋而合。原贵州省委书记赵克志强调："我们要把引进具有先进思想的人才作为贵广高铁的一个重要功能。"

"夜郎国"人变得虚怀若谷：请中国改革开放前沿的广东人和经济发达地区的所有人到贵州上课，拓展贵州人的思维空间。

赵克志以东道主的热情、贵州人的诚意，向珠三角、港澳地区和全国发出邀请：我们将敞开市场，提供服务。欢迎带着优势产品占领贵州市场，欢迎带着资金、技术管理参与贵州开发。

最先"占领贵州市场"的方阵中有广东的数千家企业和众多的福建茶商，还有"亚太生态经济研究院"（下称亚太生态）的专家、学者们。

就是从那时起，这些被请来给贵州"上课"的人用他们解放的思想影响并改变着贵州人的观念：广东企业家们教贵州人开阔视野，吸取外地的先进观念和技术；福建茶商教山里的茶农如何把茶叶由粗加工变精加工，如何适应全国各地顾客需要的经营之道；20世纪90年代由中国内地、香港、台湾以及美国、泰国、印度尼西亚、日本等地的专家、学者、知名人士共同组建专业从事亚太地区金融、贸易、政策等领域研究的专家们，则结合当地生态、特产、经济等实际情况，对贵州进行战略定位，量身定制，打造工业园项目和专业、独特的农业园区。

这种规划和打造不仅是一种观念上的碰撞，更是在生态、农业、能源、经济等领域里一种革命性的变革。

2016年，亚太生态谋划了贵州首个高铁经济产业带时，贵州的官场和民间都为此感到震撼——这个规模宏大的产业带以黔西南州8县市为基础，凭借普安高铁站在黔西南州面向东盟、南亚开放前沿阵地和新窗口的有利位置，打造通道经济，构筑产业带，带动整个黔西南发展。形成往南通过粤黔桂产业带融入泛珠三角经济圈，往东与湖南共同打造湘黔高铁经济带，承接中部产业转移，往西则通过云南，面向东南亚承接"一带一路"。

"高铁经济产业带规模宏大，气势不凡！"一位黔西南州的官员感叹，"在这里工作几十年了，高铁时代来到贵州时，怎么就没有想到这种格局呢？"这位官员找出的原因是："旧观念束缚了我们的思维！"

由此，这位官员对那句老在电视上出现却一直被他忽视的广告词不由心生佩服："你的思想有多远，你就能走多远，不怕你做不到，就怕你想不到……"

高铁时代来到贵州后，思想者的激情、智者的智慧碰撞出的星星之火，不断在贵州大地上燎原。

贵州是国际地质学界公认的"沉积岩王国"和"古生物王国"，孕育了举世瞩目的古生物化石库。2016 年，亚太生态为兴义市乌沙片区打造了乌沙贵州龙大遗址公园。策划了乌沙片区的产业融合、产业集群和品牌营销等系列方案。

普安县境内拥有全国较大、最为集中的野生"四球茶"古茶树群。四球茶对糖尿病的康复具有特殊的医疗作用。亚太生态为普安打造了主要针对糖尿病的"中国慢病康疗基地"。

黔西南州有享有"高原塞外"之称的放马坪，被亚太生态将此地打造成了高原草甸。

除了这些遗址公园或者康疗基地，贵州还有大手笔：重点打造 100 个产业园区、100 个现代高效农业示范园区、100 个旅游景区、100 个城市综合体、100 个示范小城镇。以打造大数据为引领的电子信息产业、以大健康为目标的医药养生产业、以绿色有机无公害为标准的现代山地高效农业等"五大新兴产业"。

要实现如此宏大而壮阔的规划，急需高层次的人才入黔。为此，贵州采取了一系列措施。

在贵州广栽物质、文化、待遇等方面的"梧桐树"，吸引"孔雀东南飞"；连续 3 年举办"中国贵州人才博览会"，向全国网罗人才；副省长带 30 余家大数据用人单位数顾"茅庐"，到复旦、上海交大、北大、清华等 8 所知名高校巡回招聘人才；向海内外广发"英雄帖"，邀请重点行业所需人才到贵州创业"打天下"……

为了人才，贵州舍得花大价钱：招揽人才有服务费；为人才建"绿色通道"；给应聘者发差旅费补贴；帮助挖掘高端人才的猎头费最高 20 万；大数据人才引进最高可奖励个人 300 万元……

这些网罗人才的措施为贵州挖掘了大批高端人才：截至 2016 年 2 月，贵州引进国内外知名大数据专家 5 名，引进大数据核心业态领军人才 20 名，引进大数据创新创业人才 100 名，引进大数据专业技术人才 860 名，还引进和培养大数据实用技术人才 3000 名……

贵广高铁给贵州带来了几百个产业园区和大批的人才。但贵州的收获远远不仅如此。

原贵州省政府副秘书长、省铁建办主任吴强认为："没有贵广高铁就没有贵阳作为西南高铁枢纽这样的地位的确立，就会被边缘化；没有贵广高铁，就没有贵州高铁时代的到来；没有贵广高铁，整个区域经济和贵州大交通就会落后一个时期。"

对于贵广高铁与贵州大交通的关系，吴强打了一个比喻："经济社会中，高铁像一种催化剂，不直接参与反应过程，但因其存在，它能产生连锁反应，使地区发展的潜能得以释放。"

透过一份铁路建设大会战主要项目一览表，我们可以知道，贵广高铁是如何引发连锁反应，释放巨大潜能，催生大批高铁和普铁同时向贵州驶来——

贵广高铁：全长 857 千米，2014 年已建成通车。

重庆至贵阳铁路：全长 347 千米，2017 年建成。

成都至贵阳铁路：全长 519 千米，2017 年建成。

贵阳枢纽白云至龙里北城际铁路：全长 58 千米，2017 年建成。

贵阳枢纽小碧经贵安、清镇至白云铁路：全长 91 千米，2017 年建成。

贵阳至开阳城际铁路：全长 62 千米，2015 年 5 月建成。

铜仁至玉屏铁路：全长 48 千米，2017 年建成。

全长 110 千米的安顺至六盘水铁路，全长 421 千米的黔桂铁路增建二线，全长 498 千米的渝怀铁路增建二线，全长 177 千米的叙永至毕节铁路，都在 2014 年之后开工，2017 年建成。

在贵州的铁路网中，更具非同寻常历史意义与经济价值的是历时 8 年分段建设、分段开通运营的沪昆高铁于 2016 年 12 月 28 日全线开通运营。

沪昆高铁是《中长期铁路网规划》中规划的中国"四纵四横"高铁网快速客运通道之一，由沪杭客运专线、杭长客运专线以及长昆客运专线组成。途经上海、杭州、南昌、长沙、贵阳、昆明 6 座省会城市及直辖市，线路全长 2266 千米，开行时速 300 千米，是中国东西向线路里程最长、经过省份最多的高速铁路。开通后，上海到昆明由原来的 20 多小时缩短到了 9 小时左右。

在这条大动脉上，有 559.5 千米路段由东向西横穿黔地，玉屏、凯里、贵定、贵阳北站、安顺、黄果树等地设有高铁站。这样的格局给贵州带来的肯定不仅仅只是互联互通和客源，还有更多的商机和经济增长源。

按照规划，"十三五"时期，贵州将把山地旅游作为基本定位，大力发展全域旅游，促进旅游+多产业融合发展，"努力把贵州建设成为国内一流、世界知名的山地旅游目的地"。

沪昆高铁全线贯通，作为途经重要节点的贵州，旅游业必将搭上高铁这趟快车。沪昆高铁贵州段东达覆盖11省市的长江经济带，南接贵广高铁覆盖的9省区、港澳的泛珠三角合作区域。它既连接了长三角、珠三角这样的重要客源地，又串联起了云南石林、贵州黄果树、广西桂林、湖南张家界、杭州西湖等世界级旅游名胜，进一步凸显了贵州作为西部交通枢纽的地位优势，"多彩贵州·山地公园省"旅游目的地地位也将日益凸显。

放眼世界，沪昆高铁是贵州连通东盟自由贸易区、孟中印缅经济走廊的快速铁路通道，这对内陆省份贵州来说，将具有进一步开发全域旅游资源、扩大开放的重大战略意义。

2019年6月21日，在贵州发布的交通蓝图里，有一组非常富有吸引力的数据：预计到2022年，贵州铁路里程将突破4300千米，其中高铁2000千米。远期铁路里程将达7500千米，其中高铁约2500千米。本省铁路网覆盖的县将达到58个，其中，高速铁路覆盖的县达45个。届时，贵州作为西南地区重要的铁路客运、货运的枢纽地位作用将得以更好的发挥。

蓝图显示：2014年建成的贵广高铁联通了珠三角和北部湾，并由此进入高铁时代；2015年建成的贵阳至长沙高铁联通京津冀、长三角及中部地区；2016年建成贵阳至昆明的高铁联通昆明；2017年，建成重庆至贵阳的铁路联通成渝和西北地区；2018年，建成铜仁至玉屏铁路，铜仁实现高铁连接。

目前，贵阳与广州、长沙、昆明、重庆、成都已有高铁直接联通，与南宁直接联通的贵阳至南宁高铁预计2022年建成。全省9个市州中心城市中，贵阳、都匀、凯里、安顺、遵义、铜仁、毕节、六盘水已通高铁，兴义预计2022年通高铁……

这份蓝图竭力向贵州民众传达一种"贵阳快则贵州快，贵阳强则贵州强"的"龙头意识"。

由于地理优势，省城贵阳一直是贵州经济文化发展的"排头兵"。贵州的官员们要大家相信：贵阳火车北站在成为西南高铁枢纽的同时，还将带动省内周边的 8 个市州"跑起来"。

他们认为，贵阳位于贵州中部，是名副其实的黔中。以"经济圈""生活圈"为发展模式，贵阳作为这些"圆圈"的中心点，无疑具有得天独厚的区位优势。

然而，这之前，交通的制约，让贵阳这个"圆圈中心点"对"圆周"上的兄弟城市"鞭长莫及"。贵阳，一度孤掌难鸣。

如今，贵阳有了日新月异的变化：二环四路城市带"扩城"105 平方千米将聚集 80 万人口。目前，"三环十六射"骨干路网进入冲刺阶段，成为贵州"4小时经济圈"支点的贵阳，到全省 8 个市州都会通过快速铁路相连。

贵阳的交通也会因为高铁时代的到来得到改观。贵州的交通部门描绘说，到时，"下了高铁，换乘轻轨"。建成后的新北站不仅可以通江达海，还可以乘坐贵阳至开阳、织金的贵阳城际铁路。这里，还是贵阳轻轨的一个车站。乘汽车、轻轨、高铁进站后，不用出站，即可换乘需要的交通工具，非常便利。

在贵州交通部门的描绘中，贵阳的高铁枢纽作用更是令人神往。今后，所有线路都将汇集于贵阳北站。这个有站房建筑面积 25.5 万平方米、有 15 个站台 32 条轨道线、规模大于北京南站、天津站、武汉站、成都东站、重庆北站的西南地区最大的枢纽站，每小时可发送 10700 人次的乘客。

届时，以贵阳为中心，北连川渝，南通两广及港澳，西接云南、东南亚，东达长三角的这个枢纽，将呈"米"字形铁路网状向外辐射，形成贵阳至黔中中心城市 1 小时、至其他市州中心城市 2 小时、至周边省会城市及全国主要经济区 2 至 7 小时的交通圈，从此拉近本省城市间的距离和大山与外面世界的距离。

85

贵广高铁不仅仅是造就了贵阳北站这个西南最大的高铁交通枢纽，它还把贵阳北站所在的观山湖区扩张成了贵阳强劲发展的"驱动硬件"。

黔讯网有文章说：地处贵阳市西北部的观山湖区原有 45 万余人，面积307 平方千米。贵广高铁刚刚"挤"进"十一五"计划，观山湖区就开始实施"交通枢纽、金融会展、总部经济、商贸物流、文化体育、生态宜居"的"六城"带动战略。用地面积约 132 公顷，投资 300 多亿元建立了集金融服务、商务办公、休闲娱乐为一体的大规模、复合型金融商务区——贵阳国际金融中心。

如今，这里除了没有机场，市级行政中心、轻轨、高铁火车站、金融、奥体中心、会展等都集中在观山湖区。

在火车北站功能区内，观山湖区先后与北京大学、方正集团、新恒基、贵州电力试验研究院、川商投资等企业达成了投资意向。会展城、西南商贸城等商圈全面发展，预计在 2019 年形成初步规模，形成年产值 200 亿元的中心商贸区、中心商务区。

与此同时，贵阳坐拥高铁的优势，观山湖区的现代装备制造、高新技术产业园包容的项目也越来越多。国贸广场、沃美影城、居然之家、苏宁电器等大型购物、娱乐项目进军贵阳西北，贵州铝镁设计院、盘江煤电、大唐电力等 20 多家企业的总部也随后入驻观山湖区，使得贵阳西部地区规模最大的商贸物流城和企业"经济总部"的雏形初显。

接着，中国华润集团、浙江吉利集团、中海油集团、京东集团、中国铁路通信信号有限公司、中国联合金融集团、华强北在线、银江股份、万达广场等 10 个世界 500 强企业和 13 个中国 500 强企业纷纷入驻。观山湖区已成为 500 强企业到贵州投资的重要聚集地，千亿元级产业园前景可期。

事实上，贵广高铁惠及的不只是观山湖这一城一地，高铁对沿途经济发展的拉动作用，早在贵广高铁"出生"前的建设时期就已显现。

原贵州省铁建办主任吴强计算过：

按照每 1 亿元铁路投资需要 25 万个劳动工日、1000 个就业岗位计算，贵广高铁总投资 918 亿元，能带来百万个就业岗位。

按照每修建 1 千米铁路需要 400 个工人计算，贵广高铁全长 857 千米，能带来 34 万个就业岗位。

贵广高铁修通后，为沿线地区旅游业、餐饮业等产业带来的就业岗位数字更加庞大。

理论上，每投资 1 亿元的高铁建设，能提供 1000 个铁路建筑业岗位，带动 2 万吨水泥、3400 吨钢材的销售。

今后，7500 千米的铁路网、4200 千米的高铁会给贵州提供多少个就业岗位，能带动多少水泥、钢材的销售？

虽无人计算过，但可以肯定，贵州铁路交通的数字如此奇妙膨胀的结果，必然是贵州产业结构新一轮的转型升级。贵州必定将摆脱长久以来被边缘化的劣势，成为西南地区通江达海的铁路大通道和重要陆路交通枢纽。

贵广高铁也影响着贵州、广西等省、区的经济形势。

贵广高铁给广西桂林带来的"红利"是显而易见的。贵广高铁在桂林市辖区内线路全长171.56千米，经过龙胜县、临桂县、桂林市区、灵川县、阳朔县和恭城等县。贵广高铁建成通车，加上之前已通车的湘桂高铁，从桂林乘火车到中南、华南、西南的南宁、长沙、广州、贵阳4个省会城市均仅需2小时左右。桂林作为西南、中南、华南地区的交通枢纽，其地位将日益凸显。

据桂林市工信委提供的数据显示，2015年1月至3月，工业投资增幅最大的是贵广高铁通过的恭城瑶族自治县、象山区、灵川县，同比分别增长91.2%、53.2%和41.9%。

在恭城县的政府工作报告中可以看出，贵广高铁对当地经济的意义更为深远："贵广高铁的开通，把恭城融入了桂林'半小时生活圈'和南宁、广州、贵阳'2小时经济圈'，开启了'高铁经济'发展的新征程，为恭城加快发展拓宽了空间，注入了新的生机与活力。"

因贵广高铁，恭城2015年的经济发展的主要预期目标才有了这样的底气：生产总值增长8%，财政收入增长8%，全社会固定资产投资增长18%，社会消费品零售总额增长13%，城镇居民人均可支配收入增长9%，农民人均纯收入增长10%，城镇登记失业率控制在4.5%以内……抢抓桂林国际旅游胜地建设和"高铁时代"到来的良好机遇，以创建"广西特色旅游名县"为目标，大力推进以旅游为龙头的服务业发展。

政府的经济预期目标使人有了浪漫的遐想："你有想过周末一大早乘车去广州跟朋友喝个早茶，然后，晚上又坐在恭城街边吃一块五毛钱一碗的油茶，或吃几百元一餐的油茶宴吗？"

有这种浪漫情怀的一定还有贺州、广宁、肇庆等1小时经济圈城市里的人们。

尤其是肇庆。贵广高铁不仅将其融入珠三角，还使它与广西、贵州相连，成为连接大西南的枢纽门户型城市。

贵广高铁的开通，对林树森这个西部高铁网最初的编织者、推动者无疑是令他最兴奋的事情。这位拉开贵广高铁建设帷幕的"老省长"说，贵广高铁及其随后建设的几条西部高铁完善了整个西部的高铁网，使从广州乘高铁到达贵阳、昆明、重庆、成都、兰州、乌鲁木齐等主要城市不用走高铁网的直角边，形成西部城市至广州的大通道，从客观上改变了广州受自然地理局限、经济腹地有限的格局。

从这个格局中，受益的还是普通民众。网上，广州人曾先生讲，他到贵阳工作已经 5 年。两年前，谈了个贵阳女朋友，到谈婚论嫁时，"在哪儿买房"的问题成了他头疼的事情。

"我们家很传统，落叶归根的观念很深，之前我说要结婚，父母明确说回家买房，他们不想离我太远。但我女朋友是独生子女，她的父母也不同意让她去外地，所以我们的婚事一直拖着。"

为了说服父母，曾把父母接到贵阳玩了一圈。父母对贵阳印象不错，对比了贵阳和广州的房价后，再想到贵广高铁已将贵阳、广州的距离缩短到了 4 个多小时，最终终于同意儿子在贵阳买房。

曾的父母是小本生意人，几年前在广州白云区买了套两室一厅的小房就花了 100 多万，这个价位在贵阳完全可以买套洋房。

86

珠三角、长三角和以北京为中心的环渤海地区是当今中国最具活力的三大核心经济圈。

纵观三大核心经济圈的发展历程，《南方日报》的"万木时评"回顾说：珠三角自 20 世纪 90 年代率先崛起，得改革开放之先，倚毗邻港澳之便，承接全球制造业雁行迁移之潮，迅速进行工业化的转型。然而，此后因缺乏产业发展的纵深腹地，于 21 世纪初先后被以上海为中心的长三角地区和以北京为中心的环渤海地区赶超。

珠三角的产业腹地在哪里？这是广东政经界苦苦探索多年的命题。

2004 年，由广东倡导并得到福建、江西、广西、湖南、海南、四川、云南、贵州等 8 省（区）政府和香港、澳门特别行政区政府积极响应和有力推动，泛珠三角区域经贸合作平台，为珠三角寻找产业腹地打开了一扇门。

10 年后，有数据显示，包括广东、广西、贵州在内的泛珠三角区域经济总量占全国的比重已超三分之一。

这种发展趋势给泛珠三角区域政企界最大的启示是：加速各类生产要素流

通，实现区域内资金流、信息流、人流、物流的高效率流转，是泛珠区域合作走向纵深的关键。

高铁正是突破这一关键的关键——它"缩地成寸"的功能"诱惑"着泛珠地区的各个省区跃跃欲试地试图翻越新的门槛。

泛珠区域内的粤桂黔需要开启新一轮合作，一直处于落后状况的贵州更有一种时不我待的紧迫感。2014 年年底，泛珠新干线贵广高铁、南广高铁正式开通运行之前，贵州官方便向广东、广西企业发出邀请：欢迎参与贵州的开发。

两广的"封疆大吏"们做出了热情的回应。

2014 年 12 月 26 日清晨，时任广东省委书记胡春华、省长朱小丹率广东省代表团乘坐 D2896 次贵广高铁首发列车从广州出发前往贵阳。与此同时，时任广西壮族自治区党委书记彭清华、区政府主席陈武等官员从桂林乘高铁出发，在从江站与前来迎接的原贵州省委书记赵克志、省长陈敏尔会合，共同前往贵阳。

当天，粤桂黔三省区建设高铁经济带工作座谈会在贵阳召开。

数十名政要，同聚一张巨型圆桌，商讨着如何利用好高铁给三省区带来的合作机遇。

第二天，三地的媒体把主要领导的发言主题概括为——

胡春华：三省区合作进入高铁时代，务实推进高铁经济带建设，把贵广、南广高铁经济带打造成全国内陆开放发展的新高地、区域合作发展的示范带和面向泛珠、承接珠三角产业转移的先行示范区。

彭清华："一带一路"战略衔接，共同争取，将涉及三方的相关项目纳入国家"十三五"规划。

赵克志：打造富民路和黄金带。

相比之下，会议东道主招商的心情显得迫切而不失矜持：欢迎两广的企业到贵州来共同打造富民路和黄金带。赵克志特别强调外地企业与贵州发展的共同需要——企业到贵州来投资，是拓展市场，不是赞助；是共享一片黄金，不是简单的资金、技术输出；是有利可图，不是无利可图。贵广高铁对贵州和外地企业同样是机会，它将使我们产生更深层次的默契与合作。我们将以最优惠的政策，最优质的服务，最优越的环境，为外地企业低成本扩张创造条件，真正做到你发财，我发展……

这次会议的直接成果是原广东省省长朱小丹、原广西壮族自治区政府主席陈武、原贵州省省长陈敏尔代表三省区签署了《建设贵广高铁经济带合作框架协议》和《建设南广高铁经济带合作框架协议》。宣布将正式合作建设贵广、南广高铁经济带，从产业转移与承接、旅游、教育、科技和农业等方面全面深化区域经济一体化，打造新常态下区域经济新动力。

根据三省区签署的协议，粤桂黔三省区将以高铁为主线，推动铁路、公路、航空、水运等多种交通方式无缝衔接，形成互联互通的综合交通网络。以产业互补协作、生态联防联建、旅游连线扩片发展等为重点，把项目作为合作交流载体，推动区域协调联动发展。以建立健全常态化合作机制为支撑，不断扩大合作领域，提升合作层次和水平。

两个框架协议签订后，粤桂黔高铁经济带正式起航。接下来，三省区共同委托国内权威咨询机构编制《贵广高铁经济带发展规划》《南广高铁经济带发展规划》，作为泛珠区域合作的重要内容，争取纳入国家"十三五"规划。

这次会议后，泛珠三角地区的内部城市走得更近，为泛珠三角地区合作提供了一个支撑点。

在一片喝彩叫好声中，也有人认为，站在更高的层面审视，粤桂黔高铁经济带的价值也许要若干年后才能充分估量。当前，粤桂黔收获的只是理清了思路，完成了谋篇布局。

这种说法不无道理。贵广高铁开通后，节省了时间成本，加快了人流、物流、信息流，这对经济有重要的影响。是不是能形成经济带还不好说。因为高铁主要是运人，而不是运货。

中国科学院地理所研究员金凤君完全赞同这种意见："广州到贵阳开通高铁后，沿线经济可以得到发展，类似的广州到南宁地区也一样。但是能不能形成经济带，需要全面研究，那毕竟不是一两年的事情。"

金凤君的理由是："因为该地区山多，为限制开发区域，某些工业并不适合发展。沿铁路发展成一个经济带，要考虑具体情况。如果贵广进一步延伸，最后到了重庆，它就成了成渝经济区和珠三角地区的连接线。贵广高铁作为西南地区到珠三角的通道，似乎更能发挥经济带的作用而最终形成一个经济带。"

知名财经评论家、财经专栏作家叶檀赞同金凤君的观点："一个高铁商圈的形成，并非一朝一夕，5 至 20 年都不为过。"但叶檀坚信："不过肯定能发展起来。"

在专家们热烈的评说中，有人却站在另一角度提醒：避免对高铁资源的浪费是各省区必须迈过的一道坎。

这一问题的提出者说的是贵广高铁开通 10 个月后，全线一共有 3 个站没开通，全都在广西。这 3 个站的站前广场，道路都没有修。据说，有人找了有关领导，希望督促把这些站前广场、道路、上水管、下水道建起来。结果……

有人在网上慨叹：一条线开通了，某一区段还有这么多站不能开通，全国绝无仅有！

对高铁冷漠并抵触的还有肇庆市德庆县那位姓杨的中学语文教师。2012 年 8 月 8 日，他在广州南站购买到衡阳东站的高铁车票。为了省钱，他提出买二等座车票，但二等车票已售完，他只得买了一张一等座车票。一等座与二等座车票价差 135 元。因为嫌高铁一等座票价太贵，又不得不买，他将高铁告上了法庭。

还有一位上海先生在网上发表《长期乘坐沪宁铁路的旅客心声》，说以前，他几乎每周都要花 7 元坐 60 至 90 分钟的绿皮车到苏州去看老婆。2007 年，绿皮车渐渐消逝了，只有坐 K 字头或 T 字头的快车。

"原先一次旅行坐火车 14 元就能搞定，快车变成了往返 30 元，T 字头往返要 22 元。"

"被快车了"，这位上海先生很不满意。再后来，K 字头和 T 字头的一些车次被动车组取代，一个单边就是 26 元一张票，但速度快，只需 31 到 37 分钟。虽然这位上海先生也能花 30 元或 22 元去坐 K 字头或 T 字头往返一次上海到苏州，但他认为自己"被动车了，出行成本几乎又翻一倍。感觉就像是被打劫似的"。

87

粤桂黔三省签署战略合作框架协议以来，贵广、南广高铁沿线 13 城互动、交流越发频繁，大家都在探索和寻找自己的定位。

2015 年 9 月，是西南和华南的收获季节。首届粤桂黔高铁经济带联席会议及展览投洽会在佛山举行。会前，贵州的官员们没有忘记见缝插针地"销售"他们的"私货"。

贵州省副省长蒙启良说，欢迎两广的企业乘坐贵广高铁到贵州"种菜"，把生产出来的有机农业产品卖到粤港澳等地。

六盘水市副市长马雷在会前吆喝说："我到广东卖雪来了。"六盘水海拔高达 1800 米，有"中国凉都"之称，每年冬季通常有 3 至 5 场降雪。六盘水玉舍滑雪场 5 万平方米，5 条雪道，可容纳 6000 名游客滑雪。马雷热情地邀请："欢迎两广的客人来看雪和滑雪……"

与会者们报以开心一笑，接着开始盘点那些已经收入囊中的成果。

从贵州官员脸上洋溢的难以掩饰的兴奋里可知：他们是贵广高铁的最大获益者。贵州省投资促进局的数据表明：2011 年至 2015 年，广东企业在贵州累计投资项目 1500 多个，投资总额 7000 多亿元。在贵广高铁开通的刺激下，广东一跃成为贵州最大的外来投资来源地。

广东人在贵州聚集最多的当数龙里。

高铁出贵阳北站，用 250 千米的时速往东南方向风驰电掣 15 分钟，便是龙里。

《贵州通志》说龙里"负山阻溪，为八省咽喉"，显然有些夸张，但说这个黔南自治州下属的小县是贵阳的东大门，是贵州东出三湘、南下两广的要道是实实在在的描述。

在贵州人的描述中，他们用贵广高铁把龙里县与贵阳"同城化"，"融筑连匀"的战略构想定格成了一条切实可行的立体化通道。

在这条通道上，龙里县瞄准贵阳市和珠三角经济区的产业配套和产业转移，用 78.8 平方千米的面积，壮大省级龙里经济开发区，演绎出了国际级的眼光与胸襟——

围绕打造千亿园区目标，把冠山高新技术产业园区打造成资源深加工、新材料等产业集群度高的产业区；把谷脚工业园打造成民族医药产业园及医药产业研发、医疗器械、新型建材、加工服务的创业产业区；把龙山工业园建成装备制造、汽车零配件加工业等高端产业区；发展壮大湾滩河、龙架山、茶香 3 个高效生态农业产业园和供贵阳和"粤港澳"的万亩"菜篮子"……

俗话说，栽有梧桐树，引得凤凰来。在距离龙里站两千米的高新区，贵广高铁开通时，已入驻企业 238 家。其中有 108 家规模以上企业，三分之一来自广东沿海地区。2014 年的产值 50 多亿元。

与此同时，中国中铁股份有限公司投资 567 亿元，总建设面积 3.1 万亩的龙里"贵州国际旅游体育休闲度假中心"工程开工建设；6 家快递公司入驻双龙物流园，贵州省 90% 的快递包裹从这里发出；贵州双龙现代农副产品集散中心、龙里万豪总部城、香港豪德国际商贸物流城等项目拔地而起……

高铁带来的自信使龙里经济开发区管委会那位名叫曹礼鹏的副主任显得有些"嘚瑟"："现在，有了贵广高铁这个平台，招商时，低于 500 万的企业，我们都不谈了。"

从曹副主任那难抑兴奋的"嘚瑟"中，人们看到："招商"，抽象的词语已能见能触。"平台"，务虚的词语变得实实在在。

站在贵广高铁这个平台上，投资者们在沿线那匆忙的脚步声正随着高铁的隆隆轰鸣潮涌而来：

在贵阳北站功能区，保利来了，北大方正来了，万科也来了。

浙江义乌百货商城已"空降"龙里县城。

围绕高铁机遇，榕江致力于建造珠三角的"后花园"。

都匀的第一个大手笔是让世贸（亚洲）投资集团公司 100 亿元投资的项目落地生根。

都匀的香港产业园，用地 7.9 平方千米的土地，将商业园、工业园、物流园、住宅园集合成一个产、住、销、邮、购的城市综合体。香港产业园里筹建的那座海关大楼，都匀乃至贵州生产的工业产品提交及办理过关手续后，便可直接输出香港。三里城商业园还会引进免税商场、免税区、免税店……

贵定县昌明站，是贵广高铁在贵州境内 8 个车站中，唯一一个以乡镇名字命名的高铁站。它给人们带来了惊鸿一瞥的震撼。

原因很简单——除贵广高铁在贵定县的昌明设站，沪昆高铁也在贵定设站。此外，依托原有的湘黔、株六、黔贵 3 条铁路和贵新高等级公路、厦蓉高速公路的交通网络，贵定成为黔中经济区重要节点城市，是连接南昆经济带、成渝经济带、泛长三角、泛珠三角经济合作区、中国至东盟自由贸易区的重要交通枢纽。

贵定这个贵州交通大会战中集万千宠爱于一身的幸运儿——便捷的交通条件吸引客商纷至沓来。2014 年上半年，仅广东客商便有 50 余组到昌明考察；贵州格力重工机械有限公司负责人马胜利用两个月的时间考察了贵州省内所有工业园，最终决定将公司新址定在昌明经济开发区；总人口有 6 万多人的昌明镇，以前一家开发商都没有，2014 年年底已有 6 家企业；昌明经济开发区浙商产业园内，浙江人黎孝赎的黔力重工自行研发生产出了第一台"贵州制造"

塔机，填补了贵州省塔机行业领域的空白；2014年上半年，贵定销售的1760套商品房中，广东买家占总买家人数的10%；贵定县瞄准粤港澳市场，先后引进两家绿色蔬菜种植企业，流转2500亩土地，在3月到10月之间种植广东和港澳人喜欢吃的菜心。小菜心已成为贵定的大产业。

贵定的"小菜心大产业"很快就成燎原之势。到2020年，贵广高铁沿线成型的现代绿色生态农业走廊已有40多个。当地村民组织起来，将蔬菜产业提档升级，统一品牌、统一标准、统一营销、统一推广。产地连接销地，打通了产业链，贵广高铁沿线的一些县、市逐渐成为粤港澳地区的"菜篮子"——仅贵州榕江县蔬菜种植面积就达6万亩。该基地出货的高峰期每分钟就向粤港澳提供4吨蔬菜。早上刚采摘的茄子、黄瓜，晚上就可以送上广州、香港市民的餐桌……

长期吃贵州的蔬菜、水果，越来越多的粤港澳人开始渐渐知道并熟悉了那片喀斯特高原。接着，他们把关注的目光投向大西南深处的贵州。他们突然发现：自从有了贵广高铁，这个原以为十分偏远的省份原来并不遥远！

于是，他们便经常花几小时乘坐高铁到贵州旅游、考察、投资……

在外商沿贵广线北上贵州的同时，也有不少嗅出商机的贵州人不再被动地等待外商的到来。他们坐着贵广高铁走出大山，要到外面的世界去看个究竟。这两股双向逆反的风潮强劲地搅动着沿线经济的发展，三都县的水晶葡萄，黔地的药材，贵州的香猪，都匀的茶叶纷纷流向广东港澳。

贵广高铁开通时，都匀市拥有27万多亩茶园，47家茶叶生产、加工、经营企业，以及41个茶叶农民专业合作社。都匀市的茶叶基金从600万元增加到2000万元；目前，都匀市可采茶园11万亩，有机茶园认证面积2万余亩；茶叶总产量2850余吨，综合产值7.8亿元，全市3.5万多户、12.5万余人从事茶叶生产经营，种茶户均增收5000元以上。

十多万茶农共同的梦想是黔茶出山。

据《贵州日报》报道，都匀针对高铁的旅游团，推出"茶山一日游"项目，让游客坐下来，住下来，亲身体验都匀的气候、毛尖的生长环境。对都匀毛尖的品质有了更为直观的体验后，才能在省外树立口碑，打开市场。

香猪是从江县的知名产业。25岁的湖南姑娘曾卫辞去家乡电视台的工作，跟随丈夫跑到贵州大山里发展香猪园。

为打开广东市场，曾卫总是往广州跑，在农户手里收来14至18元一斤的香猪，经加工、冷冻，运输到广州人的餐桌上已经是 69 元一斤。

2014 年，从江在珠三角销售的香猪达 20 万头之多。贵广高铁开通后，从江在珠海建了两个冷库，2015 年计划 100 万头香猪进入珠三角、长三角市场。

贵广高铁没有预留货运专线，也就是说，从江的香猪要运到广州，依然需要很高的时间、经济成本。但曾卫说，从江是贵广高铁进入贵州的首站，高铁通车后，来从江的广东游客增多，让他们现场品尝香猪肉就是最好的宣传。

广东把高铁经济的重心集中在怀集和南海两个点上。

肇庆市怀集县是西南地区通向沿海的咽喉要地，贵广高铁拉近珠三角核心区和大西南的距离后，怀集成了承接外来投资和珠三角核心区产业转移的近水楼台。

于是，在肇庆市怀集县，一个面积 200 平方千米的广佛肇经济合作区 2013 年开始规划修建。

之前，有人认为，在广东，怀集县的地理位置以前比较尴尬，尽管地处广西、广东两省区接合部，并拥有充足的土地空间和廉价的劳动力成本，但由于交通不便，并不是企业理想的投资区域。

怀集登云汽配公司总经理欧洪先至今还在为痛失的商机而深感遗憾：1993 年，肇庆市政府联合贵州云马飞机制造厂，与美国灰狗巴士公司搭上线，准备合资在贵州成立一家汽车制造公司。谈判拉锯式地进行了很久，很多条件都成熟了，最终却因为交通不便，让这家美国最著名的全国性长途汽车公司决定无限期推缓项目。

如今，欧洪先在想，贵广高铁通了，"灰狗"会不会回来？他说，他会去做最后的努力，争取用贵广高铁把"灰狗"吸引到怀集。

事实上，贵广高铁的吸引力是巨大的。至 2014 年 10 月，广佛肇经济合作区共引进项目 64 个，总投资 84.13 亿元。

2015 年 7 月 18 日的一次招商会，又有 500 多家企业到场洽谈合作，涉及陶瓷机械、汽配等领域的 25 个产业项目现场签约，33 个项目达成合作，投资总额 85.89 亿元。其中，汇集了包括世界 500 强企业之一的欧尚超市等多家国际知名商家。

广东的另一个大手笔在南海。南海市是佛山市代管的省直辖市。该市是"广东四小虎"之一，2014 年，在全国百强区中位列第二。同时，南海也是千年文化名城，秦始皇三十三年（前 214）就置南海郡，数千年来经济发达，商贸繁荣，文教鼎盛。在广州佛山同城的大环境下，南海打出了"广佛同城、南海先行"的口号，做好广佛同城的排头兵。

2014 年年底，贵广高铁、南广高铁开通后，南海市以佛山西站和佛山高新区为载体，谋划打造粤桂黔高铁经济带合作试验区（广东园）。该试验区以佛山西站为核心区域，主体区域面积达 92 平方千米。试验区总体规划方案在广东省政府常务会议上获得通过后，已于 2015 年 9 月下旬正式启动。

粤桂黔高铁经济带合作试验区是一个重要的发展平台，有很强的拉动作用。它不仅是佛山的门户，也是广东的门户——它将成为珠三角辐射大西南的"前沿阵地"和大西南融入珠三角的"桥头堡"，更意味着南海必须为珠三角制造业如何迈向大西南产业腹地纵深破题。

第二十七节　远方的客人　请你留下来

88

贵广高铁对旅游业的影响是立竿见影的。

2014 年 12 月 9 日，贵广高铁开通前夕，以"迎接贵广高铁，深化区域合作，共建高铁经济带"为主题的贵广高铁旅游推介会在广州举行。贵州省副省长蒙启良、广东省副省长招玉芳出席会议并致辞。

推介会上，贵州、广东、广西三地区政府高层就"抱团"共同打造贵广高铁沿线生态旅游产业带形成共识：三地区联合组建贵广高铁旅游营销联盟，联手整合"多彩贵州旅游卡""广东国民旅游休闲卡""广西八桂旅游卡"资源，实现区域内优惠措施互通互享，建立客源互送机制。

"十二五"以来，贵州的旅游总收入、旅游接待总人数年均增速在全国的排名由之前的第 23 位和 24 位上升到第 16 位和第 19 位。

贵广高铁更是极大推动了贵州的旅游业。贵广高铁从广州到贵州全程最快只需 4 个多小时，相比乘坐经黔桂线或湘黔线周转 1400 多千米的 K829 次列车可以省下 18 个多小时。价格方面，贵广高铁团较目前的飞机团约便宜 500 至 800 元，高铁的开通使贵州旅游产品的性价比大幅提升。更重要的是，贵广高铁在两广和贵州之间串起了包括阳朔、桂林、黄果树等在内的众多旅游景点，这条旅游线很快就成为一条旅游黄金通道。

这条旅游黄金通道旺盛的势头在贵广高铁开通的第一天就显现了出来。南湖国旅副总经理梁智毅向《南方都市报》记者介绍：由于贵广高铁覆盖了两个潜力巨大的热门目的地桂林和贵州，广州出发的高铁产品形成了较强的市场竞争合力，出游的便捷和成本的下降也令出游人数大幅增加。贵广高铁 2014 年 12 月 26 日开通的首日，南湖国旅出发到贵州的人数 600 多人，到桂林的人数也有近 600 人，仅南湖国旅组织当日乘坐贵广高铁的游客就 1200 多人。

在广之旅国内游总部总经理文爽的记忆中，以往，由于广州飞往贵州的航班较少，每到旺季，贵州当地航空资源紧缺，票价上涨。贵广高铁的开通扭转了这种局面，令不少市民"游兴大发"，直接催热了贵州旅游市场。广之旅的数据显示：12 月 26 日贵广高铁开通首日，该社乘高铁分批分车次赴贵州、桂林等地出游的团队人数就达 1131 人。

这样的高铁旅游热在持续"发热"——贵广高铁开通首月，贵州主要旅行社接待游客同比平均增幅达 300%，黄果树景区接待游客同比增长 154%，其中持高铁票游客占 42.3%。

据《中国旅游诚信网》2015 年 4 月 10 日报道：一季度，贵州全省旅游总人数 7558.91 万人次，比上年同期增长 19%；实现旅游总收入 706.21 亿元，增长 22.2%。

旅游定点监测的数据表明：与旅游业关系密切的客运、住宿、餐饮和旅游商品销售等单位的经营效益也非常良好。贵州纳入监测的 11 家旅游景区、47 家景区旅游住宿、53 家景区旅游餐饮、45 家景区旅游商品销售单位，经营收入同比分别增长 33.7%、24.0%、15.4% 和 19.7%。9 家旅游客运单位创营业收入 1478.74 万元，同比涨幅高达 38.7%。淘宝多彩贵州旅游馆旅游产品销售额突破 1.06 亿元。

贵州省旅游局副局长余泠表示，贵广高铁开通后，贵州将推出一系列"高铁＋景区＋酒店"的旅游套餐福利和惠民便民措施。其中，参与旅行社首日贵广线路的游客，可享受贵州全省所有门票免费的优惠。此后至 2015 年 2 月底，持高铁票都有景点门票 5 折的优惠，至 4 月底前有 7 折优惠。此外，贵州在高铁沿线也将新打造 100 多个景点，到 12 月 26 日高铁开通首日，预计有二三十个新景点可以迎客。

《广西日报》2015 年 7 月 21 日的报道显示，广西的旅游业也受到了高铁的有力推动。

上半年，广西壮族自治区接待入境过夜游客人数 222.13 万人次，同比增长 11.43%；国际旅游（外汇）收入测算约 9.39 亿美元，同比增长 15.26%。全区国内游客人数为 1.64 亿人次，同比增长 15%，接待国内游客收入 1542 亿元，同比增长 24%。旅游总收入 1579 亿元，同比增长 23%。

广西壮族自治区旅游发展呈现的一大亮点是高铁旅游持续升温。桂林等旅游地成为广州、湖南、云南、贵州以及区内各市出游的首选目的地，仅在"三月三"小长假期间，南宁铁路局累计发送旅客 113.2 万人次。

在持续升温的高铁旅游潮中，那个远离自治区首府的贺州受到了特别的青睐。前些年，由于偏南一隅，广西无力眷顾，连与南宁直接连接的铁路、公路通道也没有，故经济发展长期受限；旅游方面只有姑婆山国家级森林公园才是贺州重点打造的旅游目的地。

贵广高铁像一座桥，连通了贺州与广东、广西、贵州三省区合作交流的通道。向东，贺州很快就能进入珠三角地区"一小时经济圈"；向西，贺州可把桂林和贵州的旅游连成一脉。为此，贺州利用自身优美的生态环境、毗邻粤港澳的地缘优势，发展特色旅游业和农业，吸引珠三角和港澳高端消费人群，全力打造粤港澳的"后花园"。除传统的旅游项目，贺州还策划了"周末游"产品：游客周末乘坐高铁游黔桂，"早上在贵阳吃肠旺面，中午游桂林山水，晚上到贺州泡温泉，一天之内饱览不同风光"。

贺州还通过媒体向游客发出邀请喊话："翻山过海的时候，欢迎在贺州歇一歇脚。贵广高铁开通之日起，游客持高铁车票到贺州，所有 A 级景区均有折扣，所有的星级酒店也将以最优惠的价格等着你来！"

一系列的措施初见成效。据《广西日报》报道：借助高铁开通之机，贺州加速融入大桂林旅游圈，打造了"贺州、梧州——高铁之旅"3 条精品线路，将特色农业、特色城镇、特色旅游与贵广高铁结合起来，开辟通往贵州市场的旅游线路，努力使之成为中国最具特色的"山水文化走廊"。这些措施迎来了大批客人，2015 年上半年，全市共接待游客 650.48 万人次，同比增长 21.8%，实现旅游总收入近 70 亿元，同比增长 24.3%。

一条高铁的开通，改变了沿途旅游业的发展格局。华夏经纬网报道说，"贵广高铁打破了贵州元旦旅游的淡季"。报道称，与以往元旦小长假为旅游淡季不同，2015 年元旦期间贵州旅游火爆。元旦首日，贵州就接待游客 167.06 万人次，旅游总收入达 9.71 亿元。高铁沿线主要旅游城市旅游接待最为火爆，其中都匀市接待游客 10.03 万人次，龙里县接待游客 1.7 万人次，三都县接待游客 1.1 万人次，从江县接待游客 1.4 万人次。

这样的人气让贵州旅游局的一位官员乐不可支："没办法，高铁加我们自身的旅游资源优势，想不火都难！"

《贵阳日报》在报道"侗寨求变，留住来客"时用很大篇幅大谈从江肇兴侗寨利用自身优势发展旅游的情况——

贵广高铁路线图显示，从江站距肇兴侗寨只有 5 千米，驱车不到半小时便可到达。也就是说，贵广高铁开通后，贵阳到肇兴只要 1 小时，广州到肇兴只要 3 小时，桂林到肇兴只要 40 分钟。

这样的地理位置让肇兴人喜上眉梢。不少村民在接受媒体采访时高兴地反问："高铁来了，游客还是问题吗？"他们估算，高铁开通后，仅从最近的桂林景区，侗寨每年便可吸引约 300 万人次游客。

但侗寨人明白，要留住游客，除了自身独特的民族文化外，还需要完善基础设施、提高服务和营销水平。于是，常年在家织布的侗族姑娘们走出家门，成了侗族文化表演者；村里的小伙子们也组成了旅游观光车队，免费载游客在寨子里游玩；投资 4 亿元修建了一条连接从江高铁站的二级公路，在肇兴侗寨建了一个有 2000 个车位的停车场……

肇兴的做法吸引了越来越多的游客前去游玩。截至 2014 年年底，已有 20 多万人次游客进寨，是去年全年的两倍多。

贵州的旅游部门更是苦练"内功"吸引旅客。《贵州日报》把这种练"内功"的做法概括为：

景区，提前发力"深耕"两广市场。贵广高铁开通前，贵州的一些景点就已经开始与两广的大中型旅行社以及高铁媒体、旅行社接触，拓展市场。

酒店，对准客源"调口味"。2014 年 8 月以后，贵广高铁沿线的景点开始调整菜单，粤菜的比例逐渐加大。点菜时，服务员要注意询问客人来自哪里，如果是两广的客人，在推荐本地菜时注意推荐辣味淡的、不油腻的菜。

黄果树酒店集团公司为了应对时尚的两广游客，推出了房车酒店——把房车安在离大瀑布最近的半边街上，隔着车窗就能看到瀑布；车里厨房、卫生间、淋浴、冰箱一应俱全，既能享受与大自然融为一体的住宿体验，也能享受现代化的酒店服务。房车最多可以同时住 6 个人，对家庭游和三五好友出行很有吸引力。

旅游商品，围绕高铁做文章。广西游客喜欢壮族娃娃，镇宁瀑乡蜡妹民族工艺品厂就大量做壮族娃娃。重彩真丝蜡染在广东很受欢迎。平坝县东方民族蜡染厂就按照广东人喜欢的色彩、图案设计新产品，希望能让广东客人把重彩真丝蜡染作为首选的旅游纪念品。广东人都喜欢传统山水，向往宁静自然，特别是喜欢平坝农场的百年香樟、千亩樱花，还有安顺的茶。深圳人秦健到安顺经营茶厂后，就常常邀请广东的朋友到厂里品茶，还改建 50 间客房，建了广味餐馆，供客人食宿……

秦健说，我所做的一切，就是希望远方的客人留下来，旅游得愉快，对我们的产品满意。

89

顺着广州人柳本华在贵州、广西旅游的视角，也许能看到"贵广的气质"。

促成柳本华一家的那次旅游是因为天气——2015 年 8 月 7 日后，广州气温持续 36 度以上，热带气旋和 80% 以上的相对湿度让人感到闷热难耐。正放暑假的某中学语文教师柳本华夫妇决定带父母去旅游避暑。

他们把出游地选择在贵州。柳本华说："天太热，怕父母身体受不了，按计划，原只准备用 3 天时间到贵州黄果树旅游一趟就打道回府。"

可柳本华一家这一游就"乐不思蜀"——用 16 天时间把贵广沿线的主要景点差不多都玩了个遍还意犹未尽。柳本华说："要不是学校开学在即，我们还会用更多的时间去深度游。"

柳本华一家改变旅游时间和旅游地，主要是交通的方便和沿途景色的秀美。教语文的柳本华形容说："贵广高铁沿途简直就是一条美景美食和风土人情的历史长廊！"

8 月 11 日，乘坐贵广高铁刚进入这"长廊"源头的贵阳，柳本华一家便立即有了"爽爽"的感觉。柳本华的父亲兴奋地感叹："广告上说，这里冬无严寒 夏无酷暑，是爽爽的贵阳，避暑的天堂。过去还以为他们吹牛呢，想不到果真如此！"

一到贵阳，柳本华一家便在"爽爽"的感觉中沉醉于贵阳风光旖旎的景色里。这时，他们才相信，报纸里那"山中有城，城中有山，绿带环绕，森林围城，城在林中，林在城中"的介绍并非夸张而是精辟。

去了举世闻名的黄果树瀑布后，柳本华一家又游了龙宫、黔灵山公园、青岩古镇、甲秀楼等旅游胜地，品尝过雷家豆腐圆子、糕粑稀饭、丝娃娃、荷叶糍粑等贵阳风味小吃，柳家四口无不心旷神怡，陶醉其中。

一直担心这次旅游会花钱太多的母亲建议："出来一趟也不容易，是不是再多走些地方？"

建议得到全家支持。于是，一家人在贵广线上坐着高铁一路向西。

和其他游客一样，柳本华一家的旅游不只是在景点。沿途，他们一刻也没有停止过欣赏并用相机记录贵广路桥隧相连的这条"超级地铁"、各个车站的特色和沿途绚丽的风景。同时，柳本华还写了《贵州行》和《广西行》两篇游记。

在《贵州行》中，柳本华写道：为了找准旅游线路，欣赏到最美的风景，我先在网上看媒体和当地对风景、美食的介绍。然后"按图索骥"——父母都是60多的人了，为我和姐姐辛苦一生，以前根本没有机会旅游，这次，我要把贵州最美的风光和美食献给他们。

贵州之行，瑰丽的高原风光常让柳本华这个中学语文教师激动得无以言表，写《贵州行》时，他总感到词不达意，满眼美景也只能胸中有，笔下无，他甚至怀疑"自己是不是得了语言匮乏症"？柳本华不愿因这种言不及义的"语言匮乏症"毁了一路的风光，就参考导游、媒体的记载，最后总算完成了他的旅游日记：

龙里既有云贵高原的峰峦叠嶂，更有蒙古草原的悠远宽广，极目远眺，群山环抱，青草茫茫，山花烂漫，牛羊成群。

三都充满原始古朴、秘密无穷：闻歌起舞的"风流草"，石破天惊的"产蛋崖"，通天测地的"晴雨石"，黑夜生辉的"月亮树"，左冷右热的"冷热洞"，鬼斧神工的"仙人桥"……

有2000余年历史的云贵高原名城都匀有一个"格多苗寨"充满神秘：那里流传着一个诡异的苗族祭天神活动叫"早干爱"——谁家孩子病了，把一条活鲤鱼挂竹竿上一天一夜，再放水里还能活。仪式结束后，患病的小孩就好了。

从江景点：加榜梯田、岜沙原始部落、占里古村。长廊式走道、檐角飞翘，被文化部命名为"中国民间艺术之乡"的高增乡小黄村，被称为"世外桃源"的高增乡占里村，被国家列为重点保护文物的往洞乡增冲鼓楼，还有贯洞龙图一望无际的十里柑园，具有神奇疗效的瑶族药浴。

榕江给柳本华留下的印象似乎特别深刻。他在日记中写道：

"榕江景点：大利侗寨、车江三宝侗寨、摆贝苗寨……

"三宝侗寨又称车江三宝，坐落在贵州高原'三十里平川，两万亩良田'的五大河谷盆地车江大坝之上，天下第一侗寨，是中国侗族地区人口最多、最密集，历史文化最悠久的侗寨寨群。

"榕江有一个特色是两汪乡空申超短裙苗寨。这里距县城 94 千米，全村共有 215 户，1015 人，村寨依山而建，吊脚木楼鳞次栉比，是榕江著名的苗族风情旅游村寨之一。因这里苗族妇女终年身穿五寸长的超短裙劳作生活，且历史悠久，因此被誉为世界超短裙的故乡。"

对贵州各民族的风土人情和服饰等情况，柳本华在日记中无不涉猎，不完全了解的，他还摘录网文以补充：

"贵州居住着苗族、布依族、仡佬族、黎族等很多的少数民族，他们的服饰体现了自己民族特色和文化。

"在千户苗寨，看着他们穿着盛装在门口迎接宾客，发髻挽于头顶，戴上精美的银花冠，插有高低不齐的银翘翘——有的镶二龙戏珠，有的镶蝴蝶探花，有的镶丹凤朝阳，有的镶百鸟朝凤，有的镶游鱼戏水等多种图案。他们手拉手，围成一个圈，手舞足蹈，高声唱歌。伴着优美的舞姿可以听到像流水一样清脆的哗啦啦银饰摩擦出来的声音，混合天籁般的歌声，加之五彩斑斓的服饰，银光闪闪的头饰，浑然一体，形成了一个多彩的世界。眼前的一切，淋漓尽致地展现了苗族的特色和待客的热情。

"石头寨蜡染一条街，大部分住着的都是布依族人。他们钟爱蜡染，喜欢穿蜡染图案的百褶裙，系绸缎腰带，斜襟短衣。听说他们从小就有制作蜡染的灵气，所穿的服装大都是亲手缝制，合身得体，古朴典雅。只是布料看起来比较粗糙，但会印染上白色细碎的小花，或者是色彩斑斓的图案。年轻点的喜欢在衣服上刺绣人物、花草、动物等一些惟妙惟肖、活灵活现的图案。穿着在妇女们身上，显得落落大方，美丽朴实的犹如那些女子脸上憨憨的笑，幸福且温暖！

"在这里，随处都可见人们背着手工编成的竹篓。赶集买东西的时候，他们喜欢把杂物放到竹篓里，也有将自己的孩子放到竹篓里背着。经常还可以见到一些人用竹篓背很重的东西穿梭在山路上……"

8月22日，柳本华一家乘高铁离开贵州从江县进入湘、桂、黔三省（区）交界的三江侗族自治县。

三江县被称为"百节之乡"——正月十五斗牛节，三月初三花炮节，八月十五赶坡会，九月初九新禾节，十一月二十二的冬节……让人领略其独具魅力的民族特色。三江的程阳风雨桥、三江风雨桥、三江鼓楼都给柳本华一家留下很深的印象。

桂林享有"山水甲天下"的美誉，随着贵广高铁的建成，秀美的桂林山水之间，增添了一幅幅现代化高速列车飞驰而过的动感画卷。柳本华一家游了漓江，去了阳朔，还在阳朔附近的兴坪古镇休整了两个晚上。

柳本华在日记中写道：一到桂林我就陶醉了，儿时课本中描绘的"桂林山水"终于出现眼前。漓江清澈透明、碧绿欲滴。漓江上烟波浩渺，令人神思不知所往。清晨，从磨盘山码头乘游船顺流而下，江中波光粼粼，与妩媚、秀美的群山倒影交相辉映，令人疑是到了仙境。玉女峰亭亭玉立，巧梳云鬓；望夫崖凝神远眺，深情守候；赶考的书童、跳龙门的鲤鱼、盘旋的田螺、憨厚的骆驼，形态各异，变化万千，令人目不暇接。在历史的轮回中，我仿佛看到了刘三姐当年对歌的地方，几百年的古树枝繁叶茂，渔舟在水中欢快地游走，人们在田间辛勤地耕种，播撒着收获的希望……

听说在桂林市西北部85千米处的龙胜龙脊梯田很有名，但柳本华担心父母上不了山间的梯田，就放弃了去龙脊的计划。从当地人的描述中，他只知道这里春季蓄满水的梯田如同上千面镜子，夏季如道道绿波，秋季农作物成熟金黄一片，冬季雪花落下，白雪连成一片。他还听说，龙脊梯田景区内，黄洛长发瑶寨里，全村60户人家中，头发1米以上的有60多人，最长达1.7米。这里因长发人众多，被号称长发村。

游到贺州，柳本华一家已有些疲惫不堪了，但他们还是坚持游了较有特色的姑婆山国家森林公园和黄姚古镇。

姑婆山峰高谷深、山势雄伟、森林繁茂、瀑飞溪潺、环境幽雅，有集雄、奇、秀、幽于一体的特色。

黄姚古镇是一个具有千年历史的文化古镇，地处漓江下游，素有"梦境家园"之称，保存着全国最完整明清古建筑群。与丽江、凤凰等古镇不同，黄姚古镇为典型的喀斯特地貌。导游介绍说，镇内有"六多"——山水岩洞多，亭台楼阁多，寺观多，祠堂多，古树多，楹联匾额多。有山必有水，有水必有桥，有桥必有亭，有亭必有联，有联必有匾，构成古镇独特的风景。漫步在历经沧桑、平滑如镜的青色石板镶嵌而成的街道上，仿佛穿越时空，回到千百年前……

柳本华的母亲也一路走一路记日记，与儿子不同的是，在家"掌勺"的母亲记下的是在各地吃到的风味小吃，说回广州后要给大家"露一手"。

她对贵州饮食中"辣"的特色很感兴趣，"几乎家家户户都种辣椒，当辣椒成熟的时候就会用绳子把红辣椒串起来，一排排地挂在自己家的墙头上，等待风吹日晒将它晒干，想吃的时候就拿一把下来炒菜。常年累月如此，仿佛没有辣椒做成的菜就会缺少美味。无论是火锅还是炒菜，都是辣味冲天，难怪在贵州的'八大怪'中位居第二怪的就是'没有辣椒不成菜'……

"龙里美食：芋头糕、三月粑、糖糕、卷粉等，卷粉是用劲道的米皮包裹上四季豆和肉等炒好的料，包成像寿司一样的卷卷再配上七八种作料。"

而对三江美食和从江的酸食文化个性，她认为"更鲜明，更有特色：酸汤鱼、腌鱼、腌肉、酸汤鸡、酸汤猪脚……"

此外，从江香猪、从江香禾糯、从江小香鸡等也令人难忘。

和母亲的兴奋点不同，令柳本华难以忘怀的远远不止这些——这次黔桂粤之行让他感触良多，在那篇出游的"收官日记"中，他感叹：即使放在世界高铁史的背景里，贵广高铁也可以当之无愧地成为绝伦绝美的千古绝唱！

柳本华认为：这条线路以高超的工程技巧用钢筋混凝土在喀斯特大山"千疮百孔"的躯壳里创作出了大气磅礴、精妙入神的不朽之作。工程产生的那种无可回避的视觉震撼和心灵震荡让人感慨万端，令人心魂震颤，更令人肃然起敬！

他在日记的最后写道：有首悲观的歌说，没有什么天长地久，也无永垂不朽，一切都会有尽头。

但我要说：92%的桥隧比这个山区高铁的标杆会天长地久。贵广高铁那魅力无限的风景线，贵广这条"钢铁纽带"联通、带动大西南经济发展的现实不会"有尽头"。贵广路艰苦奋斗、百折不挠的建设精神连同贵广高铁这项伟大工程必将载入宏伟史册。生命消逝了，时间流逝了，贵广高铁仍会与山河同在……

尾声

习近平总书记说，创新是中国发展的新引擎。

2013 年，《中国经济周刊》联合经济网等媒体发起了"寻找中国创新榜样"的活动。

一年后的 12 月 10 日，《人民日报》、国资委、《中国经济周刊》、国资委新闻中心等联合主办的第 14 届"中国经济论坛"，推选贵广公司为"中国创新榜样"。张建波代表公司赴京领奖。

自 36 年前被"搭配"到铁路系统后，张建波曾多次获奖，其中有原铁道部授予的优秀共产党员、火车头奖章、全国五一劳动奖、全国劳动模范等荣誉称号。但他特别看重第 14 届"中国经济论坛"评出的那个属于贵广公司的称号。

这大概是一个感情问题。对贵广高铁，他有很深厚的感情——是这条高铁给了他施展才华的舞台，是贵广高铁使他的理想抱负、精神境界得以升华，是贵广高铁"逼"着他在那片喀斯特高原不断提高高铁建设管理水平。

"中国经济论坛"组委会对他的这种管理水平评价极高，获奖理由说：贵广公司"建成了穿越中国最复杂山区的最长高铁干线，为高铁建设管理确立了世界标准"……

岁月流淌，会洗去和湮没许多厚重的历史，但历史不会忘记贵广高铁的创新管理标准，不会忘记使中国高铁建设和管理达到世界领先水平的贵广公司，更不会忘记贵广公司在不平凡的 6 年里，是如何走过那些一波三折的多事之秋，带领 10 万建设大军用智慧和汗水在贵州高原那片喀斯特"禁区"成就着中国高铁的梦想……

如今，贵广高铁那 10 万"聚是一团火，散是满天星"的建设大军早就路通人散，天各一方。我们无从知道他们都去了哪里。但我们可以肯定，在国内或国外的很多建设工地，一定有那些平凡而伟大的芸芸众生续写使命传奇的身影……

2015 年 10 月初稿于北京

2016 年 9 月二稿于固安

2017 年 5 月三稿于成都

2020 年 11 月四稿于成都

2022 年 8 月定稿于固安

附：参考的主要资料

1. 林树森：谈贵广高铁。

2. 林树森：《广州城记》。

3. 中央电视台：《解密中国高铁》。

4. 贵广高铁的前世今生。

5. 桂林日报：《揭秘争夺贵广高铁通过桂林鲜为人知的情况》。

6. 贵广公司：2010 年至 2014 年工作报告等材料 89 份。

7. 贵广公司：贵广高铁管理评述。

8. 曾维德：西南复杂地质山区客运专线建设安全质量管理的探索与实践。

9. 曾维德：超前地质预报技术在贵广铁路隧道施工中的应用。

10. 贵广公司：2014 年 12 月安全质量激励约束及风险抵押金考核情况通报。

11. 贵广公司：关于贵广铁路部分标段粉煤灰使用情况的调查报告。

12. 《经济报》：贵广高铁原材料涉假调查供应商直接买次品交货。

13. 贵州都市报：贵广铁路公司将进一步加大对粉煤灰的管控力度。

14. 广西日报：七旬老汉自拆房屋让高铁。

15. 央视：2010 年省长访谈。

16. 刘新红：他让讲述者红了眼眶。

17. 中国铁路工程建设网尹登明、廖继银、刘顺民：高铁梦唤醒沉睡的苗岭侗乡。

18. 中国新闻网：破解中国高铁秘密。

19. 马辉、王云波、刘仁智、张勇：当前铁路隧道施工中需要解决好的若干问题。

20. 张建波：贵以道惠民，广以和致远。

21. 《人民铁道》：为点点星光动情吟唱。

22. 贵广高铁第七站桂林：高铁冲击江上慢生活。

23. 傅洛炜、胡建中、孟禹繁：无限风光在险峰。

24. 广州日报：林树森同志谈贵广高铁。

25. 张建波：托起贵州高铁之梦。

26. 贵广公司：西南艰险山区高速铁路项目管理的信息系统研究与应用。

27. 中华铁道网：中铁七局贵广铁路建设沿线纪实。

28. 陈应先：探索中国铁路网之梦。

29. 旅游网、中国新闻网、新华网等媒体关于贵广铁路沿线旅游业的报道。

30. 黄嘉亿：三都隧道的修建经过。